GARY SHTEYNGART wurde 1972 als Sohn jüdischer Eltern in Leningrad, dem heutigen St. Petersburg, geboren und kam im Alter von sieben Jahren in die USA. Er legte 2002 mit *Handbuch für den russischen Debütanten* seinen Erstling vor, der umgehend zu einem preisgekrönten New-York-Times-Bestseller wurde. Es folgten die vielfach ausgezeichneten Erfolgsromane *Absurdistan* und *Super Sad True Love Story* sowie sein autobiografisches Buch *Kleiner Versager*. Shteyngarts Werke werden in dreißig Ländern veröffentlicht und stehen regelmäßig auf den Bestsellerlisten. Nach *Willkommen in Lake Success* ist dies der aktuelle Roman des New Yorker Kultautors bei Penguin.

Landpartie in der Presse:

»Ein großer Spaß.« *Hamburger Abendblatt*

»Gary Shteyngart ist einer der originellsten und aufregendsten Schriftsteller unserer Zeit.«
New York Times

»Sinnlich, geistreich und voll scharfsinniger Ironie.« *stern*

»Ein sehr bunter, sehr reicher, sehr üppiger Roman mit sehr viel komischen Szenen.« *rbb kultur*

»Einen relevanteren Roman für unsere Zeit kann es nicht geben. Um es ganz klar zu sagen: Dies ist ein Meisterwerk.«
Andrew Sean Greer, Pulitzer-Preisträger

Außerdem von Gary Shteyngart lieferbar:

Willkommen in Lake Success. Roman
Super Sad True Love Story. Roman

GARY SHTEYNGART

LAND PARTIE

ROMAN

Aus dem Amerikanischen
von Nikolaus Stingl

PENGUIN VERLAG

Die Originalausgabe erschien 2021
unter dem Titel *Our Country Friends*
bei Penguin Random House, New York.

MIX
Papier | Fördert gute Waldnutzung
FSC® C014496
www.fsc.org

Klimaneutral*
Druckprodukt
ClimatePartner.com/14044-1912-1001

Penguin Random House Verlagsgruppe FSC® N001967

1. Auflage 2023

in der Penguin Random House Verlagsgruppe GmbH,
Neumarkter Straße 28, 81673 München
Redaktion: Renate Haen
Umschlaggestaltung: Sabine Kwauka
Umschlagabbildung: © Shutterstock (Dasha D, Chinch)
Satz: Vornehm Mediengestaltung GmbH, München
Druck und Bindung: GGP Media GmbH, Pößneck
Printed in Germany
ISBN 978-3-328-11012-5
www.penguin-verlag.de

Für E. W.

PERSONEN

ALEXANDER (SASHA) SENDEROVSKY
Schriftsteller und Grundbesitzer

MASHA LEVIN-SENDEROVSKY
seine Frau, Psychiaterin

NATASHA (NAT) LEVIN-SENDEROVSKY
deren Tochter

KAREN CHO
Erfinderin einer beliebten Dating-App und eine Freundin Senderovskys aus Highschool-Zeiten

VINOD MEHTA
ehemaliger außerordentlicher Professor, aktuell Koch in einem Schnellrestaurant, außerdem Highschool-Freund von Senderovsky und Karen Cho

ED KIM
ein Gentleman

DEE CAMERON
Autorin und ehemalige Studentin von Senderovsky

DER SCHAUSPIELER
von der »Neuen Zürcher Zeitung« als der Welt größter Mime bezeichnet

DIVERSE AMERIKANISCHE DORFBEWOHNER

ERSTER AUFZUG

DIE KOLONIE

1

Das Haus auf dem Hügel war in heller Aufregung.

Lastautos von Handwerkern strömten die lange, gekieste Auffahrt hinauf. Man hatte zwei Installationsfirmen beauftragt, von jeder Seite des Flusses eine, die fünf Bungalows hinter dem Haupthaus aus dem Winterschlaf zu holen, und sie mochten einander nicht. Ein paar zerbrochene Fensterscheiben in einem der Bungalows mussten schleunigst ersetzt werden, und eine Familie von Feldmäusen hatte das Kabel durchgenagt, das einen anderen mit Strom versorgte. Der nicht auf dem Grundstück lebende Hausmeister war von der Lage der Dinge derart überfordert, dass er sich auf die ausgedehnte überdachte Veranda zurückzog und mit langsamen, bedächtigen Kaubewegungen ein Käsesandwich aß. Masha, die Hausherrin, hatte die Rollläden ihres im Erdgeschoss gelegenen Arbeitszimmers heruntergelassen, um der Kakofonie der modernen Geräte und ländlichen Flüche zu entgehen. Zuweilen spähte sie hinaus, um festzustellen, was man nach dem Abzug der Arbeiter alles abwischen musste. Natasha (die sich gern Nat nennen ließ), ihre achtjährige Tochter, war oben, in der Dunkelheit ihres Zimmers von einem Bildschirm beleuchtet, in ihrer eigenen, einsamen öffentlichen Welt.

Das einzige glückliche Mitglied der Hausgemeinschaft

war Alexander Borisovich Senderovsky, von seinen Freunden Sasha genannt. »Glücklich« mit einem Sternchen, sollte man wohl sagen. Er war aufgewühlt und auch begeistert. Ein Sturm hatte die schweren Äste zweier toter Bäume, die die Auffahrt flankierten, abgerissen und den riesigen vorderen Rasen mit ihrer toten Weißfäule übersät. Senderovsky verbreitete sich gern ausführlich über den »entropischen« Charakter seines Besitzes, die Art und Weise, wie jederlei Gewächse nach Lust und Laune wuchern durften, wie der Sumach stattlichere Pflanzen verdrängte, Efeu die äußere Umfriedung vergiftete, Murmeltiere Zerstörung über den Garten brachten. Aber die verstreut herumliegenden toten Äste verliehen dem Haus auf dem Hügel etwas Apokalyptisches: ebender Zustand, dem seine Gäste mit ihrem Besuch bei ihm zu entfliehen suchten. Der Hausmeister machte Rückenbeschwerden geltend und vermochte das Wegräumen sämtlicher Äste allein nicht zu meistern, und der sogenannte Baumpfleger war verschüttgegangen. In seiner Sporthose und seinem grellbunt gemusterten Hausmantel hatte Senderovsky versucht, einen dieser prähistorisch anmutenden Äste selbst zu verrücken, aber schon das allererste Hochwuchten ließ ihn einen Leistenbruch befürchten.

»Ach, was soll's«, sagte er und stieg in seinen Wagen. Ein Wort zu dem Wagen. Oder nicht so sehr zu dem Wagen als vielmehr zu der Art, wie er gefahren wurde. Senderovsky hatte erst drei Jahre zuvor fahren gelernt, im bedeutsamen Alter von fünfundvierzig Jahren und nur innerhalb der Grenzen einer ländlichen Umgebung. Der Highway auf der anderen Seite des Flusses verunsicherte ihn. Er war ein ausgesprochen schrecklicher Fahrer. Die halb leeren regionalen

Straßen ermutigten ihn, den Motor seines robusten, aber wenig wendigen schwedischen Autos »hochzujagen«, und er betrachtete die gelben Streifen, die die Straßen zweiteilten, als Vorschläge, gerichtet an »weniger routinierte Fahrer«, wer immer das sein mochte. Weil er an Straßenmarkierungen und bestimmte Aspekte der Relativität nicht glaubte, hatte sich ihm die Vorstellung der unübersichtlichen Kurve nie erschlossen. (Seine Frau erlaubte ihm nicht mehr, mit dem gemeinsamen Kind an Bord zu fahren.) Schlimmer noch, er hatte irgendwo den Ausdruck »rumdüsen« aufgeschnappt.

Und jetzt raste Senderovsky los, um seine Besorgungen zu machen, und achtete dabei auf nichts anderes als die Radarfallen, die mit langweiliger Vorhersehbarkeit an den zerfaserten Rändern von Kleinstädten oder in Schulgebieten aufgestellt waren, wo man die Geldbußen verdoppeln konnte. Als Erstes besuchte er seine Metzger, zwei ehemalige Katalog-Models aus der City, inzwischen Mann und Frau, die ihrem Gewerbe in einer Scheune nachgingen, die so rot war, dass es schon ans Patriotische grenzte. Die beiden prächtigen Fünfundzwanzigjährigen – blitzende Zähne und Overalls – überreichten ihm mild gewürzte und scharfe italienische Würstchen in Papier eingewickelt, glänzende Hamburger-Bratlinge und seine Geheimwaffe: Lammsteaks am Knochen, so frisch, dass nur ein von Senderovsky bewundertes Restaurant im Schlachthofviertel von Rom damit konkurrieren konnte. Der bloße Anblick von Fleisch für die morgige Grillparty weckte eine Freude in ihm, die man bei einem jüngeren Mann Liebe hätte nennen können. Nicht wegen des Fleisches selbst, sondern wegen der Gespräche, die drum herum dahinfließen würden, während es mariniert, gegrillt und serviert wurde, trotz zunehmender Beschränkungen solcher Nähe. Morgen Mittag würden seine besten Freunde endlich zusammenkommen, nachdem es in vorangegangenen Sommern nie so richtig geklappt hatte: zusammengeführt zwar von den Anfängen einer sich verschärfenden Tragödie, aber gleichwohl zusammengeführt an seinem Lieblingsort auf Erden, dem Haus auf dem Hügel.

Allerdings würde auch noch jemand anders kommen. Jemand, der kein guter Freund war. Jemand, der dafür sorgte, dass Senderovsky, der bereits Trinker war, noch mehr trank.

Eingedenk dessen raste er zum Wein- und Spirituosengeschäft im reichsten Dorf des Bezirks, ein Laden, der die Räumlichkeiten einer ehemaligen Kirche nutzte. Er kaufte im südlichen Querschiff zwei Kisten österreichischen Riesling, im nördlichen eine Kiste Rosé nebst einer Kiste Beaujolais, der überhaupt nicht zur Jahreszeit passte, für ihn und seine Highschool-Freunde Vinod und Karen jedoch mit nostalgischen Gefühlen verbunden war. Ed würde wie immer am schwersten zufriedenzustellen sein. Tief in der Sakristei wählte Senderovsky eine achtzehn Jahre alte Flasche aus, die seine Mittel eigentlich überstieg, dazu jeweils zwei Flaschen Cognac und Rye und, um seine draufgängerische Seite hervorzukehren, Schnaps und einen seltsamen Single Malt aus Tirol. Der Eigentümer, ein zotteliger Anglo mit Kupferakne-Nase, die unter seiner locker getragenen Maske hervorlugte, wirkte hocherfreut, als er, die Finger in schwarzen Einmalhandschuhen, die zahlreichen Käufe in die Kasse eintippte.

»Hab gerade einen Anruf von der Behörde gekriegt«, sagte er zu Senderovsky. »Kann sein, dass sie mich jetzt jederzeit dichtmachen, weil ich nicht systemrelevant bin.«

Senderovsky seufzte und kaufte eine zusätzliche Kiste Riesling und zwei Flaschen eines handwerklich bereiteten Gins, von dem er noch nie gehört hatte. Er konnte sich vorstellen, wie Ed davon kostete, die Lippen schürzte und ihn für »trinkbar« erklärte. Als die endgültige Rechnung, ein knapp vierstelliger Betrag, mit vielen langen Rucken aus dem Gerät mäanderte, bewältigte Senderovskys Hand mit Müh und Not den Slalom seiner Unterschrift. Ein besonderer Anlass, tröstete er sich.

Den Kofferraum mit Flaschen und Fleisch gefüllt, jagte er in ein anderes, fünfundzwanzig Kilometer weiter nördlich gelegenes Dorf, um weitere Einkäufe zu tätigen. Danach sollte er das Fleisch zu Hause abliefern und Ed vom Bahnhof abholen. Bei der Ausfahrt zur Brücke über den Fluss geriet er in eine Autoschlange. Nichts irritierte Senderovsky so sehr wie die hiesige Version eines Staus. Er brachte dem ländlichen Leben die Ungeduld des Großstädters entgegen. Hier in der Gegend galt es als unhöflich zu hupen, aber Senderovsky hupte. Er kurbelte sein Fenster herunter, streckte sein längliches, knochiges Gesicht hinaus und drückte weiter mit dem Handballen auf die Hupe, wie er es Männer in Filmen hatte tun sehen. Der Wagen vor ihm rührte sich nicht. Er lag tief auf der Straße, eine rostige Schubkarre in den Kofferraum geklemmt, im Fahrerfenster eine flatternde Landesflagge und auf der Stoßstange ein teilweise abgeknibbelter Aufkleber mit der Aufschrift ICH HALTE ZU MEINEM PRÄS... Senderovsky wurde klar, dass er bei diesem Tempo auf keinen Fall einkaufen und das Fleisch abliefern konnte, ehe Eds Zug ankam. Er ignorierte die sehr eindeutigen Straßenmarkierungen, die vor einem ebensolchen Manöver warnten, wendete durch mehrmaliges Vor- und Zurückstoßen und raste schon nach wenigen Minuten seine lange Auffahrt hinauf, wo er abermals die herabgestürzten Äste verfluchte, die den Blick auf das Haus auf dem Hügel verdarben. Während er in der riesigen weißen Küche geräuschvoll das Fleisch in den gewerblichen Gefrierschrank pfefferte (das Haus hatte einmal einem Spitzenkoch gehört), rief er den Jungen von jenseits des Flusses an, der immer zum Rasenmähen kam, und bat ihn, die Äste wegzuräumen. Aber der Junge hatte anderes zu tun. »Was denn anderes?«, wollte Senderovsky wissen und reizte ihn mit doppelter Vergütung. Draußen auf der überdachten Veranda stellte er den Hausmeister zur Rede, der aus einem schönen roten Radio alte Musik hörte, aber alles, was er zur Antwort bekam, war: »Meine bessere Hälfte hat gesagt, ich darf wegen meinem Rücken nichts Schweres heben.«

Nun trat Senderovskys bessere Hälfte in ihrem Kaftan auf die Veranda, die Arme in die Hüften gestemmt, die Finger in den weichen Leib gedrückt. »Bei dem ganzen Lärm kann ich nicht arbeiten«, sagte Masha zu ihrem Mann, eingedenk des Hausmeisters auf Russisch. »Für mich ist heute ein Arbeitstag. Meine Patienten können mich kaum verstehen und regen sich unter den gegebenen Umständen sehr auf.«

»Was denn für Lärm?«

»Bei den Bungalows wird gebohrt, und du wirfst Fleisch in den Gefrierschrank und schreist den Jungen an, der den Rasen mäht.«

»Liebling«, antwortete Senderovsky, der sich einer aufgeblähten Verkleinerungsform des Begriffs – *dorogushka* – bediente. Er kannte seine Frau seit ihrer beider Kindheit. Russisch baute als Sprache auf dem Verströmen von Wärme und Schmerz auf, aber in letzter Zeit empfand Senderovsky seine Liebeserklärungen an seine Frau als gestelzt, als läse er sie aus einem Theaterstück vor. »Die Arbeiter machen um drei Feierabend, wie immer«, sagte er. »Und ich muss nur noch Ed abholen und einkaufen.«

Der Hausmeister starrte die beiden an wie Aliens, die sie ja auch waren. Als er drei Jahre zuvor die Stelle bei den beiden angetreten hatte, waren sie von annähernd gleicher Größe gewesen, zwei eher kleine Gestalten, höchstwahrscheinlich Collegeprofessoren (ein winziges, aber sehr umtriebiges College lag in unmittelbarer Reichweite von Senderovskys Auto), in ihren Ansinnen nervig und in ihren Ausgaben frugal, allerdings ein City-Idiom sprechend, das nur leicht akzentgefärbt war. Inzwischen war die Frau etwas in die Breite gegangen, sah um die Hüften und an den Armen eher wie eine Einheimische aus, während der Mann die gegenläufige Entwicklung genommen hatte, geschrumpft und abgemagert war und sein Haar größtenteils eingebüßt hatte. Einzig seine spitze Nase und der Ziegelstein von einer Stirn stachen als Merkmale hervor, beides so markant, dass der Hausmeister vermutete, er sei krank. Ebenfalls im Gegensatz zu früher wirkte der Mann ungeachtet der alles durchsetzenden Zischlaute der Sprache, die sie sprachen, mittlerweile zufriedener, während sie sein früheres forsches Auftreten angenommen hatte. Was auch immer dieses Wochenende bringen würde, dachte der Hausmeister, es würde nichts Gutes sein. Außerdem hatte er gehört, der Hausgerätetechniker der Senderovskys von jenseits des Flusses habe schon monatelang kein Geld gesehen, obwohl der Kühlschrank im Haupthaus ständig auf interessante neue Arten kaputtging.

Das Gespräch setzte sich mit steigender Tonlage fort, bis sich die Frau an den Hausmeister wandte und sagte: »Würden Sie bitte die Hecke am Pool schneiden? Alle anderen sind beschäftigt.«

»Diese Art von Arbeit liegt mir eigentlich nicht«, sagte der Hausmeister. Trotz des kalten Märzwetters trug er eine kurze Jeanshose von antiquiertem Himmelblau, und eines seiner Beine zierte eine für beide Senderovskys unverständliche Ikonografie – Adler, Schlangen und kryptische Symbole –, von der sie hofften, dass sie nicht auf die Zugehörigkeit zu einer gewalttätigen Vereinigung hindeutete. Nachdem sie in ihrem ersten Jahr nach dem Kauf des Hauses auf dem Hügel ihren nichtkonfessionellen Neujahrsbaum aufgestellt hatten, sagte der Hausmeister zu Senderovsky: »Ich hätte Sie gar nicht für so Leute mit Weihnachtsbaum gehalten.« Dabei hatte er gelächelt, aber sie hatten in jener Nacht beide wach gelegen und sich gefragt, was er wohl meinte.

»Die Heckenschere ist in der Garage«, sagte die Frau zum Hausmeister. »Wir wären Ihnen wirklich dankbar.« Das war eine weitere Veränderung, die dem Hausmeister in den letzten Jahren aufgefallen war: Während der Mann herumeierte, äußerte sich die Frau mit Bestimmtheit, ein gegen die Finger geschnelltes Gummiband.

Senderovsky küsste seine Frau ungelenk auf die Stirn und rannte zu seinem Wagen. Er sauste mit sechzig Stundenkilometern die Auffahrt hinunter, sodass das Auseinanderstieben des Kieses ein Muster kahler Stellen zurückließ, und bog auf die Straße ab, ohne nach links und rechts zu schauen. Als er bei der benachbarten Schaffarm noch weiter beschleunigte, hörte er es hinten klappern, und ihm wurde bewusst, dass er vergessen hatte, die Kartons mit Alkohol auszuladen. Er fragte sich, was passieren würde, wenn er eine Flasche Whiskey nach vorn in den Wagen holte. Bei früheren Besuchen pflegten er und Ed auf der Heimfahrt zu bechern, konnten es kaum erwarten, ihre Freundschaft zu bekräftigen. Heute, von der bevorstehenden Ankunft seiner Freunde glücklich gestimmt und von der seiner Nemesis geängstigt, hatte Senderovsky Lust, seinen Mund mit Alkohol zu fluten, sich nach Art seiner Vorfahren zu betäuben.

Der Parkplatz vor dem Bahnhof war voller europäischer Autos, die auf Reisende warteten. Senderovsky winkte einem Professor für Kalabrische Literatur am örtlichen College zu, ebenso dem Besitzer eines erstaunlich florierenden Cafés plus Buchladen, eine feste Größe des schicken Viertels der kleinen Stadt auf der anderen Seite des Flusses. Der Anblick dieser freundlichen Gesichter heiterte Senderovsky auf. Er war hier in der Gegend eine angesehene Persönlichkeit. »Sie haben eine großartige Familie und ein großartiges Zuhause«, hatte seine Agentin aus Los Angeles ihm bei einem Besuch vor mehreren Jahren gesagt, nachdem sich ein weiteres Fernsehprojekt zerschlagen hatte.

Der Zug hatte zwanzig Minuten Verspätung, aber schließlich schob sich seine altertümliche graue Form vor die gleichermaßen graue Linie des Flusses. Vom Alter kurzatmig, stiegen Stadtbewohner die Stufen vom Bahnsteig zum Bahnhof hinauf. Senderovsky erspähte seinen ersten Gast, der vergleichsweise jung und gelenkig war. Ed Kim schleppte einen Gladstone-Koffer aus Leder, hatte eine Pilotenbrille auf und trug sein Haar dunkel. Seit sie sich mit Mitte zwanzig kennengelernt hatten, erinnerte ihn Ed an den Protagonisten eines Films über den letzten Kaiser von China, den er einmal gesehen hatte, speziell an dessen zügellose Phase als Tuxedoträger und Marionettenherrscher der Mandschurei.

Senderovsky sprang aus dem Wagen. Er trug immer noch seinen Hausmantel, ein Geschenk, das Ed ihm in einem Geschäft in Hongkong mit Namen The Armoury gekauft hatte. Die beiden Männer betrachteten einander am Bordstein, beäugten einander wie Hund und Katze. Normalerweise würde Senderovsky seinen Freund in seine mageren Arme schließen, während Ed ihm mit einer Hand auf den Rücken klopfte, als wollte er ihn dazu bringen, Bäuerchen zu machen. »Ach je, was machen wir denn jetzt?«, rief Senderovsky.

»Dieses Spielchen mit dem Ellbogengruß mache ich nicht mehr mit«, sagte Ed. »Lass dich mal anschauen.« Er senkte die Sonnenbrille, wie es manche Onkel tun, wenn sie ihre jungen Nichten begrüßen. Die Fältchen um seine Augen sahen aus, als wären sie schon seit seiner Geburt da, während sein Gesichtsausdruck zugleich Distanz und Amüsiertheit zeigte. Senderovskys Freundin Karen, die über einen nebulösen Vorfahren in Seoul irgendwie mit Ed verwandt war, hatte diesen Gesichtsausdruck auch manchmal, aber sie brachte ihn erst seit ihrem jüngsten Erfolg zustande.

Ed schaffte es, sich mit einer Hand eine Zigarette anzuzünden, während er gleichzeitig den Kofferraum öffnete und sein klassisches Gepäckstück verstaute. »Masha hat mich gebeten, es allen zu sagen«, sagte Senderovsky, »Rauchverbot im Auto. Und übrigens auch auf dem Grundstück. Sie sagt, dass es den Krankheitsverlauf verschlimmern kann, wenn man sich ansteckt. Aber«, fügte er hinzu, »ich habe dir in deinem Bungalow einen Aschenbecher unters Waschbecken gestellt.«

»Lass mich eben drei Züge nehmen«, sagte Ed. Sasha sah zu, wie er dreimal karikaturenhaft inhalierte und den Rauch in die schiefergraue Luft ausstieß. Als jüngerer Mann hatte Sasha davon geträumt, Ed zu werden. Er fantasierte immer noch davon, ein Jahr lang mit ihm um die Welt zu reisen, sobald seine Tochter die sehr teure Schule für übersensible und schwierige Kinder in der City abgeschlossen hatte.

»Außerdem«, fuhr Senderovsky fort, »hat sie mir gesagt, dass niemand vorn sitzen soll. Wegen der Abstandsregeln.«

»Ach, scheiß der Hund drauf«, sagte Ed und öffnete die Beifahrertür. »Die Leute übertreiben es wirklich mit diesem Kram. Ich ducke mich, wenn wir zum Haus kommen.« Das Auto füllte sich mit dem Duft von frischem Tabak, was bei Senderovsky Sehnsucht nach einer Zigarette weckte. Ed legte eine Hand aufs Handschuhfach, wappnete sich gegen das Lospreschen des Grundbesitzers. »Was ist da passiert?« Er deutete auf den herabbaumelnden Seitenspiegel.

»Die Garageneinfahrten sind zu schmal«, sagte Senderovsky. Nur Sekunden waren verstrichen, doch der Bahnhof lag bereits weit hinter ihnen, und sie rasten, schlingerten am Skelett dessen vorbei, was in drei Monaten ein Bauernmarkt sein würde. »Ich hätte sie verbreitern lassen sollen.«

»Wie lautet noch mal die russische Redensart über unfähige Leute, die anderen die Schuld geben?«

Senderovsky lachte. »›Ein schlechter Tänzer stolpert sogar über seine Eier.‹«

»Mmmm.«

»Macht es dir was aus, wenn wir noch ein paar Lebensmittel kaufen? Ich habe nur das Fleisch und Alkohol.«

»Ich hab's nicht eilig«, sagte Ed, und Senderovsky fiel sofort ein passender Grabspruch für seinen Freund ein: HIER RUHT EDWARD SUNGJOON KIM, ER HATTE ES NICHT EILIG. Mit zunehmendem Tempo fuhr er weiter in Richtung Norden, auf einer stark befahrenen Landesstraße mit Aussicht auf die violetten Berge jenseits des Flusses, von denen jeder einen präpotenten amerikanischen Namen trug. Peekamoose mochte seine Tochter am liebsten. Unterdessen erspähte Ed, während Senderovsky über das Wetter, die politischen Nachrichten, Spekulationen über das Virus, die jeweiligen Vorteile von mild gewürzter und scharfer italienischer Wurst schwatzte, am Horizont ein ausgedehntes Frontensystem von Langeweile, von endlosem Obere-Mittelschicht-Geplauder, schlecht gemixten Negronis, heimlich gerauchten Zigaretten. Was sollte er machen? Sein Freund hatte ihn gebeten zu kommen, und die inzwischen zum Verstummen gebrachte City wäre noch deprimierender.

»Wer kommt denn noch?«, fragte Ed. »Außer dem Erhabenen.« Er sprach von dem berühmten Schauspieler, der für ein paar Tage kommen wollte, um mit Senderovsky an einem Drehbuch zu arbeiten, das die Ursache von dessen Bauchschmerzen war. »Karen, hast du gesagt.«

»Vinod auch.«

»Den habe ich schon ewig nicht mehr gesehen. Ist er immer noch in Karen verliebt?«

»Er hat vor ein paar Jahren einen Lungenflügel wegen Krebs verloren. Dann hat er seinen Job am City College verloren.«

»Ganz schön viel Verlust.«

»Masha wollte, dass er kommt, weil sein Immunsystem vielleicht geschwächt ist.«

»Wäre ich doch auch so eine tragische Figur, dann würde deine Frau mich mögen.«

»Musst dich eben anstrengen.«

»Und wer noch?«

»Eine ehemalige Studentin von mir. Letztes Jahr ist eine Essaysammlung von ihr erschienen: *Wie man sich selbst Steine in den Weg legt und kapituliert.* Hat ziemlich eingeschlagen.«

»Na, die wird wenigstens jung sein. Vielleicht lerne ich ja noch ein, zwei Dinge. Wie geht es übrigens deiner Tochter?«

»Blüht und gedeiht«, sagte Senderovsky.

Sie rauschten in eine kleine Stadt, die es eigentlich gar nicht gab. Das Warenangebot in Rudolph's Market, dem einzigen Geschäft am Platze, umfasste Dinge, die weder Ed (geboren 1975 in Seoul) noch sein Gastgeber (1972 in Leningrad) in ihren nichtamerikanischen Jugendjahren genossen hatten: Süßigkeiten, die nach Veilchen schmeckten, Brot, das dermaßen vollwertig war, dass man es als Isoliermaterial verwenden könnte. Neben diesen ungeheuer hochpreisigen nostalgischen Artikeln gab es internationale Lebensmittel, die noch teurer waren und die Ed sorglos in einen Korb stapelte. Es gab frische ganze Sardinen, die man vor dem Fleisch grillen konnte. Luftschiffförmige griechische Oliven von Inseln des klassischen Altertums, Käsesorten, die so vollgestopft waren mit aromatischen Kräutern, dass sie (aufseiten Senderovskys) Erinnerungen an niemals Geschehenes heraufbeschworen, Zutaten für ein schlichtes *vitello tonnato*, die sich – ohne das Kalbfleisch – irgendwie auf über achtzig Dollar summierten. »Ich glaube, wir haben genug«, sagte Senderovsky beunruhigt. »Ich möchte nicht, dass etwas verdirbt.«

Sie standen in einer langen Schlange von Zweithausbesitzern. Als der schockierende fällige Betrag auf einem Touchscreen erschien, wandten sie beide den Blick ab, bis die ältere

Frau hinter der Kasse vielsagend in ihre behandschuhte Faust hüstelte. Senderovsky seufzte und griff nach seiner Karte.

Bald ließen sie auf der langen Auffahrt Kies aufstieben. Es war erst zwei Uhr, aber die Arbeiter waren bereits fort, zusammen mit ihren schweren, mit alten, ortsüblichen Namen beschrifteten Lastwagen. »Bitte entschuldige die vielen toten Äste«, sagte Senderovsky. »Ich habe mich noch bemüht, sie wegräumen zu lassen.«

»Was für Äste?« Ed betrachtete geistesabwesend sein neues Zuhause, die Bungalows, die sich hinter dem Haupthaus erhoben wie ein Halbrund es umkreisender Monde. Der Himmel hatte die Farbe einer alten, bis an die Ränder der fernen Hügel heruntergezogenen Projektionsleinwand, die hier und da von der tintenbekleckten Hand eines Jungen angefasst worden war.

Unterdessen hatte Masha in ihrem Arbeitszimmer einen schweren Perlenvorhang angehoben. Sie sah Ed mit jener Mattigkeit, die ihn so leicht überfiel, aus dem Wagen ihres Mannes steigen. Natürlich hatte er nicht hinten gesessen, wie sie es verlangt hatte. Sie gab ein Schnauben von sich, das sie sofort als das ihrer Großmutter, einer Überlebenden eines Arbeitslagers, erkannte. *Na bitte, da hast du's*, pflegte ihre Großmutter immer zu sagen. Das erste der Kinder war da. Noch mehr Kinder, um die sich Masha kümmern musste, zusätzlich zu demjenigen, das sich oben Videos von asiatischen Boygroups ansah, mit offenem Mund und trüben Augen, ruhiggestellt. Bald würde sich das Grundstück mit ihnen füllen, erwachsenen Kindern ohne Kinder. Im Gegensatz zu den Freunden ihres Mannes waren alle ihre Freunde verheiratet (und keiner wäre so verrückt, in Zeiten wie diesen jemand anderen zu Hause zu besuchen). Masha schaltete ihren Bildschirm aus, erwog kurz, sich für Ed etwas anderes als ihren Kaftan anzuziehen, trat dann jedoch so, wie sie war, auf die Auffahrt hinaus.

Den knarzenden Gladstone-Koffer auf den Rücken geworfen, kam Ed ihr entgegen. Masha war zeitweise in New Jersey aufgewachsen und hatte kräftige Männer auf ähnliche Weise Golftaschen tragen sehen. »Wie war die Zugfahrt?«, rief sie, im Ton ein bisschen zu leidend, wie sie fand.

»Bezaubernd«, sagte Ed. »Ich habe einen Platz mit Blick auf den Fluss bekommen.« Er wusste, dass er zunächst einige Präliminarien hinter sich bringen musste: »Vielen Dank, dass ich in diesen Zeiten hier zu Gast sein darf. Ich weiß das sehr zu schätzen.« Er zwang sich zu einem übertrieben tiefen Einziehen der feuchten Luft. »Mmm«, sagte er. »Genau das, was der Arzt verschrieben hat. Ihr seht beide wunderbar aus. Sasha hat richtig abgenommen.«

Die Bemerkung zum Abnehmen, wurde ihm rasch klar, konnte von Masha fehlinterpretiert werden, die zwar schön war, ihn inzwischen jedoch an das Porträt einer Adligen erinnerte, das er voriges Jahr in der Tretjakow-Galerie gesehen hatte. Der Kaftan half auch nicht gerade. Die beiden Männer stiegen schweigend die Zedernholzstufen der überdachten Veranda hinauf, die mit dem Haupthaus verbunden war und die Bungalows überblickte, das Herzstück des Besitzes und zugleich sein Juwel, eine abgeschirmte Welt für sich.

»Wenn es dir nichts ausmacht, werde ich jetzt ein bisschen ärztlich«, sagte Masha, »falls man das so sagen kann.«

»Keineswegs«, sagte Ed. Machte es ihm keineswegs etwas aus, oder konnte man das keineswegs so sagen? Darüber musste Masha nachdenken, und vielleicht war genau das die Absicht.

»Ich habe ein paar Regeln aufgestellt«, sagte sie. »Da du mit dem Zug gekommen bist, könntest du dir vielleicht frische Kleidung anziehen, bevor du dich irgendwo hinsetzt. Aber zuerst würde ich gern noch einige Flächen in deinem Bungalow abwischen, mit denen die Arbeiter in Berührung gekommen sind. Es gibt immer noch vieles, was wir über dieses Virus nicht wissen.«

»Sicherheit geht vor.«

Sein Ton gefiel ihr nicht. Senderovsky stand in gebeugter Haltung neben ihnen. Er hatte viele Jahrzehnte lang als Diplomat zwischen zwei sich bekriegenden Elternteilen fungieren müssen. »Außerdem«, fuhr Masha fort, »werde ich in gemeinsam genutzten Räumen wie der Veranda und dem Esszimmer auf die Einhaltung von Abständen achten und jedem einen festen Platz zuweisen. Es tut mir leid, wenn ich mich wie eine Spaßverderberin anhöre.«

»Da gibt es kein Richtig oder Falsch«, sagte Ed. »Wir alle müssen in dieser Krise wir selbst bleiben.«

Tatsächlich gab es da sehr wohl ein Richtig und ein Falsch. Ed erinnerte sie an die Eltern ihres Mannes. Sich mit ihnen zu unterhalten war wie die Auseinandersetzung mit einem lächelnden Widersacher, der eine Handvoll vergifteter Zahnstocher in der Tasche hatte. Jedes Mal wenn man nicht auf der Hut war, spürte man einen scharfen Stich im Hinterteil.

»Noch eine Frage, die ich dir stellen muss. Und im Grunde ist das ein Kompliment, weil du ständig in der Weltgeschichte umherreist. Kannst du mir sagen, wo du seit, sagen wir, vergangenen Dezember überall gewesen bist?«

»Seit Dezember? Hmmm.« Ed blickte zum gipsverputzten Haupthaus auf, ein neutrales Grau wie der Himmel. Angehörige einer bestimmten Schicht, insbesondere Einwanderer, erregten nicht gern Aufsehen. Ein Treppenabsatz im ersten Stock und ein angrenzendes Fenster, gegeneinander versetzt, waren gelb erleuchtet, sodass es wie ein Gemälde von Mondrian wirkte – der obere Quadrant war höchstwahrscheinlich das Zimmer der Tochter. Ed hatte ihren Namen vergessen.

»Tja, also ich war in Addis zu diesem Jazzdings«, sagte er. »Dann bin ich nach AD geflogen, um Jimmy zu besuchen, der dort einen Lehrstuhl hat.« Ed zog in der Luft eine Linie von (vermutlich) Addis Abeba nach (vermutlich) Abu Dhabi. »Zu Weihnachten bin ich nach Seoul geflogen. Nein, halt.« Die Linie über das Arabische Meer endete abrupt, Eds Finger kreiste und ließ Treibstoff ab. »Ich habe Suketu in Bombay besucht, bloß übers Wochenende, und dann bin ich nach Seoul weitergeflogen.« Sasha folgte der Linie durch die Luft mit Interesse und stellte sich vor, er und nicht Ed wäre es, der diese Reisen unternahm, einen Business-Class-Whiskey in der Hand. Vor langer Zeit, nachdem seine Kindheitsbeziehung mit Masha zu Ende gegangen war, aber bevor seine Erwachsenenbeziehung mit ihr begann, hatte er als Autor und Redakteur für eine Reisezeitschrift gearbeitet und war mit nichts als einem Notizblock und ein bisschen Vokabular in beiden Hemisphären herumgejuckelt. Diese Zeitspanne umfasste einige der besten Jahre seines Lebens, die Spesenkonten, der Schweiß tropischer Städte, die betrunkene Kameradschaft der Eds dieser Welt.

»Wann bist du aus Seoul abgereist?«, fragte Masha.

»Ach, ich verstehe, worauf du hinauswillst. Gleich nach Weihnachten, bevor es dort so schlimm wurde. Und von dort« – Eds Zeigefinger war bereit für einen bedeutenden Sprung – »nach Big Island.«

»Zu Ehren unseres Bungalows«, sagte Sasha strahlend. Der für Ed reservierte Bungalow war demjenigen nachempfunden, in dem er und Masha während ihrer Flitterwochen auf der Hauptinsel von Hawaii gewohnt hatten, und er hatte eine Besonderheit, über die kein anderes Haus verfügte – eine Außendusche, deren Wände mit Muscheln verputzt waren.

»Ja«, sagte Ed. »Mein Freund Wei hat einen Bungalow am Mauna Kea. Ich hüpfe sozusagen von Bungalow zu Bungalow.«

»Wei Li?«, fragte Senderovsky.

»Wei Ko. Er ist in der Biotechbranche. Ich schätze, das ist sein großer Moment.«

»Und dann bist du in die City zurückgekommen«, sagte Masha.

»Nein, nicht direkt. Mein Bruder hat ein Weingut in Ungarn gekauft.« Senderovsky fielen der österreichische Riesling und die diversen Alkoholika ein, die noch immer in seinem Kofferraum herumschepperten, und er betete, dass bei seinen vielen Fahrten nichts kaputtgegangen war, besonders nicht die achtzehn Jahre alte Flasche, die er Ed und dem Schauspieler zugedacht hatte. »Ich war am Plattensee«, fuhr Ed fort. »Sind eure Familien damals eigentlich je dort gewesen? In den sowjetischen Ferien? Der Wein war eine ziemliche Plörre, aber ich habe eine fantastische Kalbsleber in haufenweise Butter und Paprika gegessen, wüsste zu gern, wie sie die gemacht haben. Und dann London.«

»Irgendein spezieller Grund für London?«, fragte Masha. Sasha fand, sie höre sich an wie jemand von der Einwanderungsbehörde, der einen Besucher aus einem Entwicklungsland ins Verhör nimmt.

»Nein, das war bloß … London«, sagte Ed.

»Letzte Frage, versprochen. Irgendwelche Reisen nach China oder Norditalien?«

»Nein«, sagte Ed. Missmutig stellte er seinen Koffer lauter als nötig ab. »Doch, halt, einmal hatte ich eine Zwischenlandung in Linate.«

»Das ist Mailand«, sagte Sasha.

Beiden Männern fiel auf, wie Masha in diesem Augenblick ihren Gatten ansah. Doch was sie ärgerte, war nicht dessen Unterstellung, sie sei provinziell. Sie zwingen mich, jemand zu sein, der ich nicht bin, dachte Masha. Sie verwechseln meine Fürsorge mit autoritärem Gehabe, und dann bleibt mir keine andere Wahl, als zu einem weiblichen Stalin zu werden. Was soll ich denn sonst machen, wenn ich verhindern will, dass diese Kretins krank werden?

»Das war eine ganz kurze Zwischenlandung«, sagte Ed über seine Zeit in Norditalien. »Ich bin mir sicher, dass ich es nicht habe.« Wenn Ed Kim im Gespräch nervös wurde, legte er die rechte Hand hinters rechte Ohr, als wollte er es zum Muschelhorn machen. Es war ein nervöser Tick, der jedem auffiel und dessen er sich wohlbewusst war, dennoch konnte er in Momenten der Sozialphobie nichts gegen sein Hand-hinters-Ohr-Legen tun.

»Ich bin mir auch sicher, dass du es nicht hast«, sagte Masha. »Ich exerziere das alles wirklich nur sehr ungern durch. Ich tue das wegen Natasha.« Richtig, so hieß die Tochter. Sasha, Masha, Natasha. Sie versuchten es nicht einmal, diese Russen. »Man kann gar nicht vorsichtig genug sein«, fügte sie hinzu. »Irgendwelche Sonderwünsche fürs Abendessen?«

»Das kommt überhaupt nicht infrage«, sagte Ed. »Heute Abend koche *ich*. Du ruhst dich aus. Ich habe gehört, dass

Eltern es zurzeit besonders schwer haben. Und Sasha ist dir bestimmt keine Hilfe.«

»Wir haben tolle Sachen gekauft«, sagte Senderovsky. »Wir wissen doch, wie gern du frische Sardinen magst.« Masha lächelte. Auch wenn es nicht stimmte, dass die beiden an sie gedacht hatten, die Lüge war nett. Sie würde sich mit der Lüge zufriedengeben. Ed meinte, einen flüchtigen Blick auf ihre Jugend erhascht zu haben, als sie lächelte. Die neue Fülle ihres Kinns erinnerte ihn an eine Griechin, in die er sich fast auf den Tag genau vor zehn Jahren verliebt hatte, eines der letzten Male, dass er jemanden geliebt, zugelassen hatte, dass vergessene Stellen seines Körpers – unterhalb seiner Fußknöchel, an den Wimpern – ohne Grund kribbelten. Senderovsky legte beide Hände in das fruchtbare Tal zwischen seiner Brust und seinem Hals, froh darüber, dass sein Freund und seine Frau miteinander auskamen. Inzwischen herrschte völlige Stille bis auf die Laute eines übererregten Laubfroschs und das Klappern, mit dem der Hausmeister die Hecken am abgedeckten Pool so geräuschvoll schnitt, als wollte er gegen sein Los aufbegehren.

Zwischen den Bungalows verlief ein gekiester Fußweg auf eine Weise, die, so hatte Senderovsky gehofft, die Anmutung eines gepflegten europäischen Dorfs erzeugte, die Art von Dorf, wie es seine Vorfahren niemals willkommen geheißen hätte. Die Bungalows bildeten ein Halbrund um das Haupthaus, einige überblickten eine klassische Wiese, andere ein von lärmenden Tieren überlaufenes Wäldchen. Im Winter waren sie gemütlich, wie es sich für kleine Behausungen gehörte, und im Sommer zweckmäßig, aber ihnen fehlte das visuelle Flair von rauchenden Schornsteinen oder Verandaschiebetüren. Was es an Luxus gab, sollte in gemeinsam

Erlebtem bestehen: dem guten Essen und noch besseren Gesprächen. Zu Anfang hatte es in Senderovskys häuslichem Leben wenig zu lachen und wenig gute Ideen gegeben, und obwohl er mittlerweile Restaurants und gelegentlich auch literarische Veranstaltungen in der City besuchte, gefiel ihm nichts so sehr, wie der Anführer seiner ländlichen Menagerie zu sein. Ganz zu schweigen von dem verstohlenen Staunen, mit dem er sich auf seinen vielen Morgen privaten Senderovsky-Besitzes erging, auf einem Kontinent, der seine Adoptionspapiere unterzeichnet hatte.

Allein, packte Ed seinen Koffer aus, den Laptop (jetzt fiel ihm ein, dass es im Bungalow keinen Empfang gab), Ladegeräte, frische Garnituren zusammengelegter koreanischer Unterwäsche, überreicht vom Dienstmädchen seiner Mutter, Polohemden, ein Leinenjackett (würde er wirklich bis zum Sommer bleiben müssen?), zwei Krawatten und ein Einstecktuch. Er setzte sich auf das weiche, bequeme Beinahe-Art-déco-Bett und erlitt anscheinend eine Panikattacke, bei der seine Atemzüge in kurzen, schnellen Stößen kamen, als zwänge ihn jemand, Luft aus einem Ballon zu saugen.

Das einzige Fenster offenbarte ein sich immer weiter vertiefendes Grau, die Vorstellung einer künstlichen Intelligenz vom Verstreichen der Tage auf der Erde. Er war den rasch wechselnden Hafenstadthimmeln der City so nah und doch so fern. Waren über dem spitzen Zedernholzdach jemals Kondensstreifen zu sehen? Flugzeuge, die dem Verlauf des Flusses zu den Flughäfen folgten? Wie schon aus einer anderen Ära hörte er die strenge, näselnde Stimme eines Pursers: *Meine Damen und Herren, wir beginnen jetzt mit dem Landeanflug auf Berlin-Tegel.* Wie viele seiner ähnlich situierten Freunde überall auf der Welt blickten jetzt wohl gerade aus einem doppelt isolierten Fenster oder auf eine Giebeldecke aus Zedernholz und versuchten, sich mit ähnlichen Beschwörungsformeln zu beruhigen?

Über dem Kopfende hing ein opulentes Foto von der in den Pazifik brodelnden Lava des Kilauea auf Big Island. Ed fand die Komposition einfallslos, aber schön, ja interplanetarisch, dennoch stieg er aufs Bett und verrückte den Rahmen, sodass er etwa zwanzig Grad von der Waagerechten abwich. Er zerwühlte das sorgfältig gemachte Bett, als hätte sich gerade ein Liebespaar darin vergnügt. Auf dem modernistischen Schreibtisch erspähte er zwei aus Holz geschnitzte Ananasskulpturen (wobei ihm einfiel, dass eine bedeutende Ananasproduktion immer nur auf Maui und Oahu, nie jedoch auf Big Island stattgefunden hatte) und stieß eine davon um, womit er der tödlichen Krankenhausordnung um ihn herum eine gewisse Asymmetrie verlieh.

Was würde seine Mutter von ihrem unverrückbaren Gangnam-Kokon aus sagen, während ihr vom heißen Gerstentee der Hals kribbelte? Ein Ratschlag, den sie selbst niemals befolgen würde. Sei stark für deine Freunde.

Von der überdachten Veranda her schrie eine Frau – es musste wohl Masha sein – irgendwas. Für Ed war der zweimal wiederholte Einsilber nicht zu verstehen, und er fragte sich, was sie in dieser ländlichen Einsamkeit in solche Aufregung versetzt haben konnte. Er lehnte sich auf dem Bett zurück, befreite eine Gauloise aus einem zerknitterten Päckchen, und sein Blick hielt dem blinkenden Licht des Rauchmelders an der Decke stand. Für seine Freunde stark sein? Geschwindigkeit war sein Freund. Verschwindende Landschaften waren seine Freunde. Ihm fiel ein, dass Sasha ihm im Badezimmer einen Aschenbecher unters Waschbecken gestellt hatte. Die rebellische Zigarette hellte seine Stimmung rasch auf. Bis zum Essen würde es noch einige Zeit dauern, nicht wahr? Er hatte seine Ohrstöpsel vergessen, aber er schaffte es trotzdem, einzuschlafen.

2

Karen Cho zwang ihren Mietwagen in die vielen Senken und blinden Kurven der vertrauten Landstraße, in ihrem Fahrverhalten nur unwesentlich gezügelter als Senderovsky. Sie hatte einen Satellitensender eingeschaltet, der Songs aus ihrer Jugend plärrte, und sie versuchte, das Ganze so ernst zu nehmen, wie Ed es immer tat, der noch beim dämlichsten Song sein Karaoke-Bestes gab. Und dies war kein dämlicher Song.

> Christine, the strawberry girl.
> Christine, banana split lady.

Das Fahren hatte ihr gefehlt, seit sie von der Westküste wieder hierhergezogen war, aber im Gegensatz zu Senderovsky konnte sie den Wonneschauer, den es ihr vermittelte, nie genauer bestimmen, das Gefühl, gerade dann ein kleines bisschen amerikanischer zu sein, wenn sie einen viele Tonnen schweren Koloss mit überhöhter Geschwindigkeit eine Straße entlangsteuerte, eine Familienpackung saugfähige Wischtücher in einen Kombi stopfte, das hypnotische Metronom eines Blinkers einschaltete. Das Fahren passte zu ihrem neuen Machtgefühl, das sie, wenn sie ehrlich mit sich war, immer noch nicht völlig verstand. »Wie fühlt es sich an?«, hatte Senderovsky sie nach dem Verkauf ihrer sogenannten Firma ständig gefragt, im Grunde einer bloßen Idee: eine Softwareentwicklerin (eine Freundin und ehemalige Bandkollegin) und zwei Urheberrechtsanwälte auf Pauschalhonorarbasis. Sie sagte ihm, sie könne jetzt gegen einen weißen Mann im teuren Hoodie auskeilen, in der sicheren Gewissheit, dass sie ihr Geld trotzdem behalten würde, wenn sie damit fertig war, ihn anzubrüllen.

Now she's in purple, now she's the turtle.
Disintegrating.

Karen stieg auf die Bremse. »Brr«, sagte sie. Seit der Scheidung hatte sie angefangen, mit sich selbst zu reden. Ein perfekt gerundeter grüner Hügel beschwor einen Dinosaurierrücken herauf. Der Rücken war mit wolligen kleinen Bauschen bedeckt. Jetzt fiel ihr ein, dass ein Teil von Sashas Besitz an eine Schaffarm grenzte, und so fuhr sie rechts ran und stieg aus dem summenden, piependen Wagen. Die Schafe hatten sich in Reihen aufgestellt, als praktizierten sie das Abstandhalten, das man ihren Besitzern verordnet hatte. Sie waren erst kürzlich geschoren worden und erinnerten in ihrer Haltung an schlaksige Teenager. Einige hatten das Maul voller Gras, doch die meisten beobachteten irgendetwas auf der anderen Seite des Zauns, der die Farm von Senderovskys Grund trennte. Karen hätte am liebsten ihr Handy gezückt und ein Foto gemacht, aber sie hielt sich zurück. Kürzlich hatte sie sich geschworen, in ebenden sozialen Medien, die sie reich gemacht hatten, keine Fotos mehr hochzuladen, sondern Augenblicke zu genießen, anstatt sie einzuschließen.

An Haufen von frisch gemähtem Gras entlang ging sie auf den Zaun zu. Auf der anderen Seite der Straße, neben einem imposanten neuen Haus, erspähte sie Pferde, die Pullover trugen. Pferde in Pullovern, was für ein Leben. Es schien fast unmöglich, dass die Besitzer der kaputten Häuser, die sie unterwegs gesehen hatte – »Bruchbuden-Yankees«, wie Ed sie einmal auf seine typische Art genannt hatte –, die gleiche gehaltvolle Landluft atmen konnten wie Sasha und einige seiner Nachbarn. Sie wunderte sich, dass die Atmosphäre des Landes nicht schon längst von einem Algorithmus erfasst und gemäß Inhalt eingeteilt worden war. Einige ihrer Verbündeten im Valley arbeiteten wahrscheinlich schon daran. Sie stahl sich einen gewaltigen Atemzug knospende Forsythie, dann noch einen, ein plötzlich dankbares Kind der Großstadt. Bald war Ostern, aber ihre Mutter war trotzdem tot.

Ein Hütehund trabte an der Umzäunung auf und ab und kläffte sich wegen irgendetwas die Lunge aus dem Leib, die Schafe reihten sich hinter ihm auf und bedachten die Aufregung mit Gleichmut, von der Anwesenheit ihres Anführers beruhigt. Karen konnte eine einsame, winzige Gestalt ausmachen, die sich in der einbrechenden Dämmerung auf der Senderovsky-Seite des Zauns bewegte, und begann wie in Trance darauf zuzugehen. Warum war sie hierhergekommen? Offiziell, um ihre Freunde zu besuchen, die sie seit ihrem geschäftlichen Triumph, wie sie fand, vernachlässigt hatte. Obwohl es ihr bei ihrem letzten Gespräch mit Vinod schwergefallen war, ihre Traurigkeit zurückzuhalten. Und ihren Zorn. Auch nachdem ihn der Krebs einen Teil seiner Lunge gekostet hatte, arbeitete er weiter in der schmierigen Küche seines Onkels. Es war, als wollte er ihr unter die Nase reiben, wie sein Leben sich entwickelt hatte. Sie war nahe dran, ihm tatsächlich Geld oder eine Pro-forma-Beschäftigung anzubieten – mit anderen Worten, ihm das Herz zu brechen. Tja, besser sein Herz als das, was von seiner Lunge noch übrig war. Sein Herz hatte sich im Lauf der Jahre als ziemlich unverwüstlich erwiesen, trotz allem, was Karen damit angestellt hatte. Also noch mal, weshalb war sie hierhergekommen?

Die Version, die sie sich selbst erzählte, die inoffizielle, lautete, dass sie den Schauspieler sehen wollte. Zwar bekam sie in ihrem neuen Leben eine Menge berühmter Leute zu sehen, aber sie hatte ihn seit Ende der Neunziger geliebt, seit seinem ersten Film, in dem er nackt mit diesem dämlichen Hut auf dem Kopf getanzt hatte, augenblicklich der Liebling ihrer Generation. Die Vorstellung, dass der Schauspieler in den bemühten Charme von Sashas Bungalowkolonie einbezogen werden sollte, hatte sie veranlasst, einen Wagen zu mieten und die stillgelegte City zu verlassen. Sogar während der Herfahrt auf dem leeren Highway durch eine malerische Landschaft hatte sie sich dabei ertappt, dass sie eine Hand an die Innenseite ihres Oberschenkels legte, ihr Atem unerwartet warm, ihre Oberlippe nach Frühling duftend.

Es gab also den offiziellen und einen inoffiziellen Grund für ihren Besuch. Aber der ehemalige außerordentliche Professor und jetzige Küchenhelfer Vinod würde fragen, welches der richtige Grund war.

Jetzt wurde die herantänzelnde Gestalt deutlich. Es war ein Junge, und er schien … ja, was? Inzwischen sah sie immer schlechter, vor allem im Dunkeln. Sie war ein Jahr älter als Sasha und Vinod, was bedeutete, dass ihr Fünfzigster keine Frage von Jahren, sondern von Monaten war. Aber nein, jetzt erkannte sie ganz deutlich, der Junge tänzelte, hüpfte, klatschte in die Hände, stieß nach Art eines Martial-Art-Kämpfers die Fäuste in die Luft und sang dazu mit lieblicher Mädchenstimme, während der Hund seine unbeachtet bleibenden Warnungen kläffte und seine Schützlinge andächtig zusahen, zu verblüfft, um zu blöken.

Als Karen den Liedtext hörte, lachte sie lauthals, ganz so wie damals, als ihr mittlerweile Ex-Mann Leon ihr die Scheidungspapiere hatte zustellen lassen oder als ihr Anwalt ihr ein erstes Kaufangebot für ihre Firma vorlegte. Ihre Kindheit war fast ohne Überraschungen verstrichen, ein endlos schwingendes Pendel aus elterlichen Kränkungen und Populärkultur, aus unten angebrüllt werden und sich oben selbst trösten. (Immerhin, wäre sie von ihren Eltern belehrt worden, hatte es – anders als bei ihren armen Verwandten in ihren beengten Wohnungen in Elmhurst – eine Treppe gegeben.) Was der Junge sang, waren unverkennbar Worte in ihrer Muttersprache, gefolgt von dem englischen Refrain: *I'm so sick of this fake-ah love, fake-ah love, fake-ah love.* Es handelte sich um einen Boygroup-Pophit von vor vielleicht zwei Sommern. Sie erinnerte sich, ihn im Lotte World beim Einkaufen für ihre Verwandten, diese Versager, auf Wiederholungsschleife gehört zu haben, damals, als sie nach Seoul geflogen war, um sich von der Presse eine Woche lang als hochgeschätztes Musterexemplar ihres Volkes beweihräuchern zu lassen, als Tochter von Daehan Minguk, die es geschafft hatte.

Der protokoreanische Junge trug eine hübsche weiße Weste mit V-Ausschnitt, hellbraune Hosen und, wie es aussah, eine Erwachsenenkrawatte, die ihm bis zu den Oberschenkeln reichte. Eine durchgeknallte koreanische Schuluniform. Karen war überrascht und war es zugleich nicht. Alles, was im Dunstkreis von Senderovsky passierte, war immer ein bisschen seltsam.

»Hi!«, rief Karen dem Jungen zu. Es kam keine Antwort. Sprach er kein Englisch (außer *»fake-ah love«*)? *»Annyong-*

haseo!«, rief Karen. Das Kind blickte auf, winkte, dann hüpfte und sang es weiter. Der Hütehund, der nun zwei Feinde wahrnahm – einer davon größer als er selbst –, fing zu knurren an, seine Nackenhaare stellten sich auf, und die Schafe begannen zur Erwiderung zu blöken, obwohl einige trotz ihres Schreckens weiterhin Gras mampften. Und dann erkannte Karen etwas an dem Jungen, das Oval des Gesichts, die lang gestreckten, aber stämmigen Beine, die breite Nase, genau das Kind, das vor mehreren Jahren auf der überdachten Veranda auf Senderovskys Schoß gesessen hatte, während er – auf grenzwertig rassistische Weise – zu erklären versuchte, dass seine Tochter sämtliche Markenzeichen der Gegend um Harbin an der chinesisch-russischen Grenze trage, von wo sie adoptiert worden war.

»Natasha?«, sagte Karen. Das Kind tanzte weiter. Der Hütehund und seine Schützlinge führten inzwischen einen wütenden Dialog sowohl mit ihren vermeintlichen Feinden als auch untereinander, ein verunsicherter Liberaler, der einen standhaften zur Rede stellt. »Natasha!«

»Ich nenne mich jetzt Nat«, sagte das Mädchen zwischen zwei Verszeilen, streckte die Brust vor und schwenkte keusch die Hüften, ihre Bewegungen zu geübt, um echt zu sein. Unvermittelt erinnerte sich Karen an die Erkennungsmelodie einer Fernsehshow mit dem unwahrscheinlichen Titel *Happy Days* und daran, wie viel es ihr vor fast einem halben Jahrhundert bedeutet hatte, in ihrem Zimmer dazu zu tanzen, den Bauch mit den *ramyeon* ihrer Mutter gefüllt. *Saturday, what a day, groovin' all week with you.*

»Nat, wo ist deine Mommy?«, fragte Karen. »Und dein Daddy?«, fügte sie hinzu.

Das Mädchen wies mit einem Schlenker seiner Hand in

Richtung des Hauses auf dem Hügel. »Dein neuer Bubikopf gefällt mir«, sagte Karen. Keine Antwort. »Gehen wir nach Hause und essen einen Happen. Ich komme gerade aus der City und bin am Verhungern.«

»Nein danke.« Das Mädchen hörte sich atemlos an, sprach jedoch mit entschiedener Stimme. Vielleicht war sie seit Stunden zugange.

»Deine Eltern sorgen sich vielleicht schon«, sagte Karen. Sie machte einen Schritt nach vorn und ergriff eine kleine Hand. »Ich bestehe darauf«, sagte sie. Das Kind blickte auf, die Lippen wütend geschürzt. »Hey, ich bin deine Tante Karen«, sagte sie. »Wir haben auf der Veranda mit meinem Telefon gespielt, als ich das letzte Mal hier war. Erinnerst du dich an mich?«

»Wir sind verwandt?« Das war eine ungemein erwachsene Frage. Aber Karen war klar, woher sie kam.

»Na sicher«, sagte sie. »In gewissem Sinn.«

»Mein Daddy hat gesagt, dass Onkel Ed kommt, aber der spielt nicht gern mit Kindern.«

»Stimmt.«

»Aber an dich kann ich mich überhaupt nicht erinnern.«

»Komm, ich fahre dich mit meinem Auto heim.«

»Mommy hat gesagt, ich darf auf keinen Fall zu jemand Fremdem ins Auto steigen.«

»Das ist superschlau von Mommy. Aber ich bin niemand Fremdes.«

»Genau das würde auch jemand Fremdes sagen.« Diese Logik.

»Richtig. Aber ich glaube wirklich, sie machen sich vielleicht schon Sorgen um dich. Es wird jetzt jede Sekunde dunkel.«

»Okay, aber zuerst muss ich den Schafen und dem Hütehund Auf Wiedersehen sagen.«

»Cool. Das würde ich gern sehen.«

Das Mädchen trat an den Zaun, der es von dem bellenden und den blökenden Tieren trennte. »Auf Wiedersehen, Schafe. Auf Wiedersehen, Luna«, sagte sie. Und verbeugte sich dann steif, wie ein Boygroup-Mitglied, das einen Preis entgegennimmt. Die Tiere schienen sich augenblicklich zu beruhigen, als ob sie diesen Ablauf bereits kennen würden. Luna, deren Knurren inzwischen heiser und gedämpft war, folgte ihnen zu dem hell erleuchteten Wagen mit den melodiösen Manchester-Stimmen im Radio.

»Ich weiß nicht so genau, wie man ein Kind anschnallt«, gestand Karen ebenso sehr sich selbst wie Nat ein. »Außerdem denke ich, dass wir beide uns nicht so nah kommen sollten.«

»Wegen des Virus«, sagte Nat.

»Ja, bis das vorbei ist. Was sehr bald der Fall sein wird.«

»Oder auch nicht«, sagte das Mädchen. So klug wie ihre Mutter, dachte Karen, und genauso optimistisch. Sie schnallte sie auf dem Rücksitz an, und dabei wurde ihr klar, dass sie noch nie zuvor Kinderschweiß gerochen hatte und dass alles, was man darüber sagte, stimmte. »Danke, Tante Karen«, sagte das Kind höflich. Bei Karens letztem Zusammentreffen mit Senderovsky hatte er sich in aller Ausführlichkeit über die Schwierigkeiten seiner Tochter und über die neunundfünfzigtausend Dollar Gebühren für eine Schule beklagt, in der man Unterschiede nicht nur tolerierte, sondern laut der auf Fotokarton gedruckten Broschüre regelrecht feierte, bis Karen sich an ihren Freund gewandt und mit einem Augenrollen, das fester Bestandteil ihres Vokabulars war, gesagt hatte: »Mein Gott, vielleicht solltest du sie nach China zurückschicken.«

Sie rollte langsam die lange Auffahrt hinauf und sah dabei im Rückspiegel immer wieder nach ihrer Mitfahrerin. Trotz der Dämmerung konnte sie die weißen Äste ausmachen, mit denen der vordere Rasen übersät war wie mit Leichen nach einer Schlacht. So viele Jahre, und Senderovsky konnte immer noch nicht für sich selbst sorgen. Bei diesem Gedanken musste sie grinsen. Immer noch derselbe Sasha. Ihre Scheinwerfer erfassten eine unvertraute Gestalt, die vom Haus aus auf sie zurannte und dabei ganz deutlich »Nat! Nat! Nat!« schrie, und Karens Mitfahrerin verkündete: »Da ist meine Mommy.« Karen kniff die Augen zusammen. Sie hatte sich stets das Bild von Masha aus der Frühzeit ihrer Bekanntschaft bewahrt, als sie sich alle Sorgen gemacht hatten, dass sie nicht genug äße. In ihrer mütterlichen Hast rannte Masha, den Kopf voran, beinahe in den Wagen hinein, sodass Karen auf den Rasen ausweichen musste und unter einem Rad ein riesiger weißer Eichenast knirschte.

Masha öffnete die Hintertür und schnallte mit fliegenden Fingern ihre Tochter los, wobei sie halb schrie, halb weinte: »Wo warst du? Wo warst du? *Wo warst du?*«

»Sie hat den Schafen etwas vorgesungen«, sagte Karen ruhig, denn sie hatte in ihren Entwicklungsjahren gelernt, mit unglücklichen Eltern umzugehen, obwohl das Masha gegenüber nicht fair war. »Es war süß.« Inzwischen waren sie alle ausgestiegen, und Masha kniete auf dem Kies, der sie mit kleinen Stückchen in die Füße pikte, und hielt das Kind an den Schultern fest.

»Das darfst du nicht!«, schrie sie. Sie packte die lange Krawatte – höchstwahrscheinlich eine von Sasha – und begann sie mit fahrigen Fingern zu lösen.

»Nein!«, schrie Nat. »Mommy, lass die an!«

»Du wirst dich damit erwürgen«, sagte Masha, während sie die Krawatte losriss und in die Tasche ihres Kaftans stopfte. Das Mädchen begann laut zu weinen. Jetzt sah Karen Sasha die Stufen vom Haus herabsteigen, und zwar, wie sie zunächst nicht wahrhaben wollte, in einem Hausmantel. Sie verstand Mashas Angst nicht. Hatte sie ernsthaft geglaubt, ihre Tochter wäre weggelaufen? Wo sollte sie denn hin?

»Ich stelle mal lieber den Wagen ab«, sagte sie.

»Ah! Ah! Ah!«, rief Senderovsky. »Karen! Nat!« Er wirkte zerzaust und stark abgemagert, und er hatte schon mit achtzehn eine Haltung wie ein Fünfzigjähriger gehabt. »Du hast sie gefunden!«, sagte er zu Karen. »Tausend Dank. Wir dachten schon, sie wäre weggelaufen. Wir hätten beinahe Ed geweckt, damit er uns bei der Suche hilft.«

»Ed kann ja nicht mal sich selbst finden«, sagte Karen. »Und dabei hat er buchstäblich überall gesucht.«

Senderovsky lachte. »Wie schön, dich zu sehen«, sagte er. »Wenn wir uns nur umarmen könnten.«

Karen warf ihm eine Kusshand zu. Sie betrachteten seine Frau und seine Tochter auf dem Kies, wie Masha ihr auf Russisch etwas zuflüsterte, Worte, die nur Senderovsky verstehen konnte, ein beruhigendes Mantra, das sie nur in den schwierigsten Lagen zur Anwendung brachte: »Ich habe eine wunderbare Familie und wunderbare Freunde. Ich kann alles schaffen, wenn ich mir Mühe gebe, und ich bin freundlich zu anderen Menschen.«

Das Mantra hatte anscheinend gewirkt. Das Mädchen beugte sich vor und küsste seine Mutter mehrmals auf die

Stirn, Küsse, die erwidert wurden. Senderovsky beugte sich mit einem knirschenden russischen *»Oy«* herab und tat das Gleiche, sodass sein Hausmantel jetzt im Matsch schleifte. »Wir tun das, um uns zu vergewissern, dass wir die richtigen Präriehunde sind«, erklärte das Mädchen Karen.

»Wie bitte?«

»Präriehunde müssen einander küssen, um sich zu vergewissern, dass sie miteinander verwandt sind, weil es so viele davon gibt«, sagte Senderovsky.

»Darf ich dann Tante Karen küssen?«, fragte das Kind. »Ich glaube, wir sind verwandt.«

Karen ertappte sich dabei, dass sie erwartungsvoll vortrat, aber Masha hob die Hand. »Tante Karen ist gerade aus der City gekommen, deshalb müssen wir ihr noch ein bisschen Zeit lassen«, sagte sie. Und an Karen gewandt: »Vielen Dank, dass du das verrückte Ding gefunden hast. Ich dachte, ich verliere den Verstand.«

»Wie alt ist sie jetzt?«, fragte Karen.

»Ich bin acht!«, schrie das Mädchen. »Sieh mal, das Geburtstagsarmband, das meine Mommy mir geschenkt hat, mit acht Merinowollperlen, für jedes Jahr eine. Zusammen ergeben sie N-A-T-A-S-H-A und ein Ausrufezeichen. Natasha! Aber eigentlich nenne ich mich Nat. Und meine Pronomen sind ›sie‹ und ›ihr‹, obwohl ich mir das Recht vorbehalte, sie später zu ändern.«

»Sie ist acht und wird demnächst achtzig«, sagte Senderovsky zu Karen. »Wie auch immer, bitte entschuldige die Dramatik unseres Vorprogramms. Ich verspreche, von jetzt an herrscht nur noch ländliche Ruhe und Frieden. Masha kann dir helfen, dich einzurichten; ich muss Vinod von der Bushaltestelle abholen.«

»Willst du nicht helfen, deine Tochter zu beruhigen?«, fragte Masha, in der falschen Sprache, wie sie sich klarmachte. »Was ist los mit dir?«, fügte sie auf Russisch hinzu.

»Ich kann Vinod nicht an der Haltestelle warten lassen. Nicht in seinem Zustand. Und sie ist jetzt okay. Sie hat ihren Präriehundekuss bekommen.«

Karen fuhr den Rest der Auffahrt hinauf bis zur Garage, während Senderovsky wie ein gehorsamer Vasall neben ihr herging. Das futuristische Auto manövrierte sich selbst mit Verve in eine freie Lücke. Senderovsky bekümmerte der Tumult, der die Ankunft seiner Freundin begleitet hatte, während Karen sich über ihre Beförderung zur »Tante« freute. Sie wusste, dass sie bald mit den Problemen ihrer Freunde überhäuft würde. Aber im Gegensatz zu ihrer jüngeren Schwester und ihrer Mutter, als sie noch lebte, würden ihr diese beiden zumindest zuhören.

3

Wieder einmal attackierte Senderovskys Wagen den unschuldigen Briefkasten an einer Biegung der zur Brücke führenden Straße und dellte das darauf abgebildete naive Kunstwerk – einen alterslosen, von einem Kleefeld entzückten Osterhasen – tiefer ein. Wieder einmal malte sich Senderovsky ein weinendes Kind – »Jemand hat Bunny angefahren!« – und ein tröstendes Elternteil aus: »Aber nicht mit Absicht. Das war bloß ein schlechter Fahrer.« Wieder einmal ertönte der Gong seines Näherungsalarms, allerdings erst, als das Malheur schon im Gang war. Senderovsky raste weiter. Irgendwann würde er dem Grundstücksbesitzer einen neuen Briefkasten schenken, mit einem Kaninchen, gemalt von einem Künstler aus der City, sodass der Kasten zwangsläufig an Wert gewinnen würde, wenn man ihn ordentlich imprägnierte, aber heute entschuldigte er sich nur leise in Form einer gemurmelten Selbstrechtfertigung: »Zu viel um die Ohren.«

Die zwanzig Minuten von Nats Abwesenheit waren brutal gewesen, Mashas in voller Lautstärke schreiende, panische Stimme (für Senderovsky gab es nichts Erschreckenderes als eine Psychiaterin in Panik) – »Natashenka!« – und seine eigene unsichere, wenig gebieterische – *»Nat?«* – schallten über das Gelände. Obwohl keiner von beiden mit der Beaufsichtigung von Nat betraut worden war, die, hatte Senderovsky vermutet, immer noch oben bei ihren Videoclips steckte, wusste er, dass Masha ihn wegen Nats Verschwinden unter Anklage stellen würde. »Sie ist bereits dysreguliert, weil die Schule auf Onlinebetrieb umgestellt hat, und jetzt schleppst du auch noch fünf Leute an, die herumlaufen, Lärm machen und weiß Gott was treiben.« – »Soziale Kontakte tun ihr gut.« – »Mit ihresgleichen, nicht mit diesen Leuten.« – »*Diesen* Leuten. Das sind meine besten Freunde.« – »Oh, das weiß ich. Und *ob* ich das weiß.« – »Sie können auch Elternfiguren sein. Du magst Vinod.« – »Vinod braucht Ruhe. Was er nicht brauchen kann, ist die Übernahme der väterlichen Pflichten, denen du dich entzogen hast.« – »Du behauptest also, sie ist weggelaufen, weil Leute zu Besuch kommen?« – »Neue Gesichter machen ihr Angst. Es ist ja nicht so, dass generalisierte Angststörungen dir unbekannt sind.« – »Wenn ich doch bloß als Kind meine sozialen Defizite überwunden hätte. Dann ginge es mir jetzt erheblich besser, so viel steht fest.« – »Ich erinnere mich, wie du damals in dieser Bungalowkolonie als Achtjähriger warst. Du warst so verdammt freundlich. [Wechsel ins Russische.] Wir konnten dich gar nicht mehr zum Schweigen bringen.« – »Eben. Und das hier ist Nats Bungalowkolonie.« – »Abzüglich einer Peergroup. Während sie [Wechsel zurück ins Englische] Identitätsprobleme hat.« – »Während sie dabei ist, sich selbst zu finden.« – »Und Ed Kim wird ihr bei dieser Reise helfen?« – »Bei meiner hat er mir geholfen.« Selbstverständlich fand dieses Gespräch niemals statt. Aber es hätte bis hin zur allerletzten therapeutischen Formulierung so stattfinden können. Wie sehr Senderovsky doch Autoren beneidete, die die Ehe zu ihrem Thema gemacht hatten.

Schlimmer noch, er hatte vor Karen sein Gesicht verloren. Seit Karens Beitrag zur Zivilisation seinen eigenen in den Schatten gestellt hatte, war Senderovskys Bedürfnis nach ihrem Beifall noch stärker geworden. Eine »*großartige Familie* und ein großartiges Zuhause« zu haben, um seine Agentin aus Los Angeles zu zitieren, wäre ein Beweis dafür, dass er im Gegensatz zu seiner unverheirateten, kinderlosen Freundin »alles hatte«. Und jetzt hatte Karen mitbekommen, wie seine Tochter weggelaufen war, um Schafen etwas vorzusingen. (Aber vielleicht hatte sie das ja als Beleg für die Fantasie und die Eigenständigkeit des Kindes aufgefasst. Die jüngere Karen hätte das ganz bestimmt.) Weitere Vorfälle dieser Art könnten in diagnostische Vorträge münden, die wiederum zu noch mehr Erwähnungen ihrer Schulsituation führen würden, in der sie von den feinfühligsten Lehrern unterrichtet wurde, die jemals Kreide geschwungen hatten, allerdings ohne dass sie dort trotz der zahlreichen Interventionen ihrer Eltern irgendwelche Freunde gefunden hätte.

Und während er auf dem Grundstück nach Nat suchte, hatte er eine etwas vage Nachricht des Schauspielers bekommen, dass er sich verspäten oder heute Abend nicht mehr oder vielleicht überhaupt nicht kommen werde, und das hieße, falls es stimmte, dass es mit dem Drehbuch nicht vorangehen würde, und damit wiederum würde sich die Hälfte von Nats neunundfünfzigtausend Dollar Schulgebühr verflüchtigen. Ganz zu schweigen von dem, was es kosten würde, auf unbestimmte Zeit seine Gäste zu füttern und deren Bungalows zu heizen und zu kühlen. Andererseits wusste Senderovsky, dass sich die Atmosphäre, sobald der Schauspieler einträfe, verändern würde: von einem »Besuch in ›Sashas luxuriöser Bungalowkolonie‹« zu einem »Abend mit dem Schauspieler in ländlicher Umgebung«. Er würde entweder darum kämpfen, sich über dem schönen Schweigen des Schauspielers Gehör zu verschaffen, oder versuchen, eine Lachkonserve beizusteuern, was am Ende auf das Gleiche hinauslaufen würde.

Drei Autos waren an die Kreuzung zweier größerer Landesstraßen herangefahren. Senderovsky hatte vergessen, wer in einem solchen Fall Vorfahrt hatte, ging davon aus, dass er es war, und trat aufs Gas. Ebenso passierte er einen Kilometer weiter ein »Vorfahrt gewähren«-Schild, weigerte sich jedoch, die Vorfahrt zu gewähren. Auf der Zufahrt zur Brücke verlangsamte er sein Tempo, weil weiter vorn wahrscheinlich ein Polizeiwagen wartete (sein Seitenspiegel baumelte immer noch herab), und als er auf die Bremse stieg, hörte er aus dem Kofferraum das Geräusch einer großen Umschichtung, die mit der unverkennbaren Sinfonie zerklirrenden Glases endete. *Hol's der Teufel.* Er hatte schon wieder vergessen, die Kartons mit dem Alkohol herauszunehmen. Er fuhr von der Straße ab auf den »Kiss & Ride«-Parkplatz. Senderovsky, noch nie im Leben auf einen abgelegenen Bahnhof angewiesen, konnte sich einfach nicht denken, warum der Parkplatz so hieß. Eine Anstiftung zur Prostitution? Er öffnete seinen Kofferraum, aus dem es sofort nach ausgelaufenem Alkohol roch. Er seufzte. War das womöglich die achtzehn Jahre alte Flasche, die er gekauft hatte, um Ed und den Schauspieler zu beeindrucken (der, das hatte er ganz vergessen, eigentlich gar nicht trank)? Er durchstöberte die Kartons, bis er sich an einem Stück zerbrochenem Glas leicht in den Finger schnitt. Er nuckelte eine Zeit lang an seinem Finger. Schließlich wagte er einen Blick nach unten. Die teure Flasche war unversehrt, aber zwei Flaschen ländlicher Rye waren gegeneinandergekracht und in den Karton ausgelaufen. Senderovsky führte den Karton an die Lippen, kippte ihn leicht und trank, wobei seine Zunge kleine Glasstückchen aussiebte. Jetzt befand er sich in seinem natürlichen Zustand, leicht angetrunken und in seinem Hausmantel, Frau und Kind in einer anderen Welt. Wenn Staats-, Bundes- oder intergalaktisches Recht es erlaubt hätten, hätte er die nächste Stunde auf dem »Kiss & Ride«-Parkplatz zugebracht und sich in einen tragikomischen Zustand getrunken, ehe er seinen Wagen seinem Freund entgegenjagte. Er warf die Flaschenreste in einen wartenden Abfalleimer, dann stellte er sich an die Straßenseite und sah den blindwütig auf die Brücke sausenden Autos zu, deren Fahrer, ins elektronische Licht ihrer Kabinen getaucht, klein und unscheinbar wirkten, nicht vorbereitet auf diesen Moment in der Geschichte.

Die Stadt auf der anderen Seite des Flusses war seit Kurzem in Mode, wurde von Stadtplanern jedoch immer noch als abschreckendes Beispiel herangezogen. Um die einzelnen Viertel nach Rasse zu trennen, hatte man Autobahnen gebaut, die für viel größere Metropolen ausgelegt waren, und manchmal geriet Senderovsky wie eine nicht sonderlich schlaue Labormaus auf Kleeblattkreuzungen und Kreisverkehren in die Irre. Die Bushaltestelle, die von einem obskuren, im gesamten Bundesstaat operierenden Busunternehmen angefahren wurde, war irgendwie im trendigen, ehemals schwarzen Teil der Stadt gelandet, ganz in der Nähe des florierenden Cafés nebst Buchladen und einer ganzen Reihe von Restaurants mit schummriger Innenbeleuchtung und gepflegten Preisen.

Bei Senderovskys Eintreffen stand Vinod, zwei Plastikkoffer zu Füßen, allein vor dem schäbigen Gebäude und wirkte wie eine leicht upgedatete Version seines Vaters in jenem Augenblick, als dieser aus Indien ausgewandert war, zu spät in seinem Leben, um in der Neuen Welt als Besitzer eines Computerladens zu reüssieren. Masha hatte darauf bestanden, seinem mittellosen Freund statt seiner Bus- eine Bahnfahrkarte zu bezahlen, weil sie das für gesundheitlich unbedenklicher hielt, aber er hatte ihre Hilfe mit der gleichen sturen Höflichkeit abgelehnt, mit der er auch Karens Hilfe zurückgewiesen hatte.

Senderovsky bremste nur Zentimeter vor den Koffern seines Freundes und sprang aus dem Wagen. Die Männer starrten einander an. Eine Sekunde lang waren sie wieder fünfzehn, zurück in der Orientierungsstufe der Highschool für intelligente, vom Leben gebeutelte ausländische Jugendliche. Vinod hatte einen dichten Schopf ergrauender Haare, die ihm bis auf die Schultern herabwallten, pfefferfarbene Koteletten, die in einen salzfarbenen Vollbart übergingen, und irgendwo inmitten dieses ganzen Gewuchers einstmals wilde Augen, die er unlängst, aus Höflichkeit, hatte erlöschen lassen.

»*Bhai*«, sagte Vinod, und das Wort ploppte wie eine kurze, hübsche Explosion aus seinem Mund.

»*Bhai*«, erwiderte Senderovsky. Das Wort bedeutete »Bruder« auf Hindi. Während ihrer Collegejahre und darüber hinaus hatten die beiden ein Jahrzehnt lang in einem aufstrebenden Viertel genau wie dem, in dem sie sich jetzt befanden, zusammengelebt (bis das Viertel schließlich oben angekommen war und man sie zum Wegzug aufforderte), und in dieser ganzen Zeit bezeichnete Vinod Senderovsky entweder als *bhai* oder als *bhenchod*, was für einen Mann stand, der es mit seiner Schwester treibt. (Allerdings wurde *bhenchod* auch als Allzweckwort für jede unerfreuliche Sache oder Person verwendet, ganz ähnlich wie Russen *blyad*, »Hure«, benutzen, um die erbarmungslose Welt um sie herum zu bezeichnen – »Wann hört dieser *verhurte* Schneesturm endlich auf?«)

Senderovsky breitete die Arme aus. »Darf dich nicht umarmen«, sagte er. »Und nur um dich vorzuwarnen, Masha ist zur Epidemiologin mutiert.«

»Sie ist ja auch Ärztin«, sagte Vinod.

»Psychiaterin.« Vinod gegenüber konnte Senderovsky seinem Kummer mit einem einzigen Wort Luft machen, wie es ihm gegenüber seinen wohlhabenderen und ehrgeizigeren Freunden nicht möglich war.

»Ich setze mich nach hinten«, sagte Vinod, während Senderovsky die glänzenden Gepäckstücke zwischen den Alkoholkartons verstaute.

»Wirklich? Das musst du nicht. Ich bin ganz gesund. Habe allerdings ein bisschen abgenommen.«

»Auf die Weise kann ich so tun, als säße ich in einem Taxi und du wärst mein Fahrer.«

Sie machten sich rasch einen Jux daraus, im Akzent ihrer jeweiligen Eltern oder, im Fall von Vinod, in einem Akzent, dem er eigentlich nie entwachsen war, miteinander zu frotzeln. »Diesä Tageszait, jich würrrdä nähmän Belt Parkway«, sagte Senderovsky in seinem bärbeißigsten Leningraderisch.

»Sir, bhollen Sie mich auswhauben?«, protestierte Vinod. Senderovsky war entgangen, dass Vinod, anders als die meisten seiner Mitfahrer, sich nicht gegen die Lehne des Vordersitzes stemmte, als er lospreschte, auch kein Gebet an irgendeinen Gott richtete oder sich am Haltegriff festklammerte, als Senderovsky auf die Brücke einschwenkte und kaum abbremste, um seine Maut kassieren zu lassen. Allerdings registrierte er ein sehr lautes Gähnen, wie er es von seinem Freund niemals gehört hatte, ehe vor zehn Jahren Krebs bei ihm diagnostiziert worden war. Vor seiner Krankheit konnte er die ganze Nacht aufbleiben, gestärkt von einer Stange Marlboro und einer Freundlichkeit, die der von Senderovsky gleichkam und der gleichen einsamen Quelle entsprang.

»Wir sind in zehn Minuten zu Hause«, sagte Senderovsky, doch Vinod kannte den exakten Punkt während ihrer Fahrt, an dem das Auto über den Fluss schwebte und der eigentliche Kontinent im Rückspiegel zurückblieb. Er blickte hinter sich, um das allerletzte Licht des Tages zu erhaschen. Es war, als setzte man eine neue Brille auf. Grünes Gras, ein grauer Himmel, der sich am Horizont tiefblau verfärbte, eine Bildfläche mit makellosen violetten Bergen. Wenn das alles eine Computersimulation war, dann war es eine sehr gute. Irgendjemand, irgend*etwas* hatte in irgendeinem interstellaren Bangalore sein ganzes Können in dieses Konstrukt einfließen lassen.

In der dritten Klasse hatte Vinod die Unabhängigkeitserklärung auswendig gelernt, um den fremdenfeindlichen Schulrabauken zu beweisen, wie sehr er hierhergehörte. In den letzten beiden Wochen, während Menschen in immer größerer Zahl starben und er begriff, wie ernst das war, was ihm und anderen bevorstand, und *es im Zuge der Menschheitsentwicklung für einen Menschen notwendig wurde, sich aufzulösen*, dachte Vinod, dass dieser Mensch er sein könnte. Die Einladung seines Freundes zu einem Besuch auf dem Land nahm er an, weil er darin eine Chance sah, sich aufzulösen, nicht so sehr, wie üblich, in Alkohol und weichen Drogen, sondern in den Geschichten, die er mit den anderen teilte. Und falls es dazu kam, hatte er unten in seinem

Gepäck Papiere, notariell beglaubigte Papiere, mit denen er auf jede Eventualität vorbereitet wäre.

Jetzt schlief er trotz Senderovskys unsteter Fahrweise ein und träumte vom Buick seines Vaters und von all den Orten, wo er hingewollt hatte. Senderovsky betrachtete Vinod, der auf dem Rücksitz schlief, das Gesicht gegen das getönte schwedische Glas gedrückt, und konnte sich der Stärke seiner Gefühle, der ungetönten Klarheit seiner Liebe nicht entziehen. Untypischerweise bremste er ab, um den Augenblick auf sich wirken zu lassen.

4

Vinod stand neben der Garage, während Sasha seine Koffer herausrollte. Von Geburt an Großstädter (Ahmedabad, 1972), wusste Vinod nicht, welche Bestandteile die Luft lieblich machten, wusste nicht, was ein abziehendes Unwetter mit den Sinnen anstellen konnte. »Bitte entschuldige die ganzen toten Äste«, sagte Senderovsky. »Ich versuche gerade, einen Trupp zusammenzustellen, der sie wegräumt.«

Vinod hatte keine Ahnung, wovon er redete. Er blickte hinauf zum Haupthaus, auf die erleuchtete Küche, und sah zwei sich darin bewegende Gestalten, eine mit rotbraunem, die andere mit dunklem Haar. Das musste sie sein. Er lachte in sich hinein. Da hatte er so viele Romane gelesen und sogar einen geschrieben und konnte die ewigen Gefühle unerwiderter Liebe immer noch nicht auf den Begriff bringen. »Du bist wirklich ein *bhenchod*«, hatte Senderovsky ihm damals, 1991 in der Stadt, auf einem grässlichen, mit Kondomen übersäten Pier gesagt, als er ihm seine Verliebtheit in ihre gemeinsame schwesterliche Freundin gestanden hatte. Doch inzwischen hatte sich das Bedürfnis nach Phantomzärtlichkeiten (und Schlimmerem) gelegt. Er wollte einfach nur mit ihr reden, sie fragen, wie es ihr zu dieser späten Stunde gehe.

Sie machten einen Bogen um die Küche und vorbei an der überdachten Veranda, aber Vinod rannte nicht hinein, um sie zu begrüßen, obwohl er sogar ihre näselnde Stimme hörte (irgendetwas über die Vorzüge von Chinakohl gegenüber der Sorte, die Russen mochten), deren alltäglicher Mangel an Melodie und Magie ihn rührte. Er wollte sein Alleinsein noch ein wenig länger auskosten. Er wohnte in seiner üblichen Unterkunft, dem Lullaby Cottage, dessen Wände die Schlaflieder zierten, von denen Senderovskys Freunde aus ihrer Kindheit erzählt hatten, ausgeführt in heiterer Kursivschrift von einem bekannten (und bekanntermaßen grausamen) britischen Künstler, der seither in Ungnade gefallen war. Senderovsky hatte die Einleitung zum Katalog einer Ausstellung des Künstlers mit Werken aus Kork und zerstückelten Ameisen verfasst, und der Künstler hatte dafür das Cottage ausgemalt.

Vinod schaute nach seinem Gujarati-Beitrag, der in safrangelber Devanagari-Schrift direkt über dem Kopfende des Bettes stand.

Er irrt umher, und dann gehe ich ihn suchen.
Jemand hat ihn ins blühende Gebüsch gehen sehen.
Wir wollen das Gebüsch schneiden und ihn nach
Hause zurückbringen.

Schlaf, mein Kindchen, schlaf.
Mein Kindlein schaukelt gern in seinem Bettchen.

»Ich glaube, du kannst vor dem Essen noch ein Nickerchen machen«, sagte Senderovsky, klappte eine Gepäckablage herunter und hievte das Gepäck auf deren Gurte, Schweißtropfen auf der Stirn und von der kleinen Aufgabe außer Atem gebracht. »Den Wohlfühlservice unseres Hotels hast du leider verpasst.«

»Als ob ich mich hier nicht ohnehin schon so wohlfühlen würde.«

»Wie bitte?«

Vinod lächelte mit den gelb verfärbten Zähnen des ehemaligen Rauchers. »Ich wollte dir bloß für diese Einladung danken. Bei Masha bedanke ich mich später.«

»Ich finde es bloß traurig, dass du letzten Sommer nicht bei uns warst.«

»Ich führe nicht Buch. Und ich fühle mich geehrt, dass ich in solchen Zeiten zu den Gesalbten gehöre.«

»Alle sind ganz aus dem Häuschen, dass du hier bist.«

»Alle? Ich hatte einen kleinen Zusammenstoß mit unserer genialen Freundin.«

Senderovsky fiel auf, dass Vinod den Blick abwandte, als er das sagte. Die Verliebtheit seines Freundes in Karen rief ihm eine alte sowjetische Redensart in Erinnerung, gemünzt auf den Großen Vaterländischen Krieg gegen die Deutschen: *Niemand wird vergessen, nichts wird vergessen.*

»Dann ist sie eben am Telefon auf einen von uns wütend geworden, na und?«, sagte Senderovsky. »Das ist doch nichts Neues. Ich glaube, ich bin die ganzen Neunziger über von ihr angebrüllt worden. Jedenfalls sobald sie ihre Abende und Wochenenden geplant hatte.«

»Es war meine Schuld. Ich hätte ihre Hilfe annehmen sollen.«

»Ich glaube, reich sein fällt ihr schwer«, sagte Senderovsky. »Wenn ich so viel Geld hätte, würde ich wahrscheinlich einfach die Gicht kriegen und am nächsten Tag sterben.«

»Ich habe damit gerechnet, dass du ›Sie macht sich Sorgen um dich‹ sagst.«

»Sollte sie das denn?«

Vinod sah ihn mit seinen höflich erloschenen Augen an. »Nein.«

Die Endgültigkeit der Antwort stellte Senderovsky zufrieden. »Gut«, sagte er.

»Okay, *bhai*, ich wasche mich eben, und dann gehen wir den Damen Hallo sagen.«

Senderovsky verbeugte sich vor ihm wie ein Majordomus nach der Rückkehr seines Herrn aus der Hauptstadt.

»Noch eine Winzigkeit«, sagte Vinod. »Mir ist richtig bang davor, überhaupt danach zu fragen.«

»Ich bin dein getreuer Knecht, wie man früher gesagt hat.«

»Es ist aber peinlich.«

»So etwas wie ›peinlich‹ gibt es hier nicht. Apropos, das Nacktbaden beginnt am zwanzigsten Mai. Da nehmen wir den Pool in Betrieb. Keine Ausreden.«

Im Gegensatz zu Senderovsky und trotz seiner dichten Behaarung, die sogar einer Stute zu denken geben würde, hatte Vinod niemals Hemmungen gehabt, was seinen Körper anging.

»Erinnerst du dich noch an den Roman, den ich dir vor einer Million Jahren gegeben habe?«, sagte er. »Bei dem du mich davor bewahrt hast, dass ich ihn einem Agenten schicke? Wofür ich dir ewig dankbar bin.«

Senderovsky blickte zum einzigen verglasten Fenster des Bungalows hinaus. Trotz dessen Schallisolierung meinte er den hauseigenen Specht eine seltene Spätschicht antreten zu hören, vielleicht aus Verwirrung angesichts der vielen auf dem Grundstück brennenden Lichter. »Ich glaube, ich erinnere mich da an was«, sagte er.

»Das wäre wenigstens schon mal einer von uns«, sagte Vinod. »Mir fällt inzwischen nicht mal mehr der Titel ein.

Bestimmt war er irre umständlich. Aber irgendwie hätte ich Lust, mir das Ganze noch mal anzusehen. Nicht um es jemandem zu zeigen, sondern bloß um mich an meinen Gemütszustand zu erinnern, als ich es geschrieben habe. Jetzt, wo wir alle hier sind.«

»Das hört sich irgendwie nach einer Abschiedsrede an«, sagte Senderovsky. »Du weißt doch, dass du uns alle überleben wirst.«

»Besteht denn die Möglichkeit, dass du das Exemplar aufgehoben hast, das ich dir gegeben habe?«

Es bestand mehr als nur die Möglichkeit. Etwa fünfzig Meter von der Stelle, wo sich die Freunde unterhielten, in der äußersten nordwestlichen Ecke des Dachbodens im Haupthaus, stand zwischen anderen Schuhkartons mit vergilbten Liebesbriefen, die Senderovsky in der wilden Zeit nach dem Erscheinen seines ersten Buches von Frauen aus aller Welt bekommen hatte, ein Teva-Active-Sandals-Karton. Er enthielt die zweihundertsiebenundachtzig eng beschriebenen Seiten von Vinods Manuskript nebst einer blauen Diskette, einer der letzten ihrer Art.

»Ich bin mir nicht sicher«, sagte Senderovsky. »Kann sein, dass es in der Stadt eingelagert ist.«

»Ach so.« Vinod seufzte. »Ja, das leuchtet ein. Mich wundert bloß, dass du es nicht weggeworfen hast.«

»Ich würde niemals irgendwelche Vinod-Mehta-Memorabilien wegwerfen. Ich versuche draufzukommen, wo es sein könnte. Und jetzt los, geh dich waschen!«

Auf Mashas Verlangen trugen sie und Karen, die eine am Herd, die andere am Spülbecken, beide Masken. Vinod hatte nicht damit gerechnet, dass sein erster Blick auf Karen ihm nur die Hälfte ihres Gesichts zeigen würde, aber das tiefe, gesprenkelte Haselnussbraun ihrer Augen und die konzentrierte Strenge ihrer schimmernden Stirn taten gleichwohl ihre Wirkung. Er überließ sich dem Glück, besonders als sie, durch die Maske gedämpft, »Vinod!« schrie. »O Gott«, sagte sie. »Ich hätte solche Lust, dich zu umarmen.«

»Die Ärztin erlaubt es nicht«, murmelte Senderovsky, im Wesentlichen an sich selbst gerichtet. Er war in Gedanken immer noch bei dem Teva-Active-Sandals-Karton und der blauen Diskette mit Vinods sämtlichen wohlgesetzten Worten.

»Die Busfahrt war ziemlich unbedenklich«, hörte er Vinod sagen. »Jeder hatte seine eigene Sitzreihe. Hinten saß eine Frau, die geniest hat, aber sie hat gesagt, sie hätte eine Allergie.«

»Wir werden dich nach Strich und Faden verwöhnen«, sagte Karen.

»Genau«, sagte Masha. »Vinod bekommt von allem das Beste, solange er hier ist.«

»Mir geht es absolut supertoll«, sagte Vinod. »Ich werde das alles wie ein Champion durchstehen. Macht zu viel Getue um mich, und ich werde vielleicht unleidig.«

Karen war ein visueller Mensch ohne viel Gespür für Sprache. Aber jetzt erinnerte sie sich wieder an die großen klangvollen Freuden von Vinods Wortwahl und Akzent. Das »w« war stimmlos. Das »d« wie ein doppeltes »t«. Die poetische Art und Weise, wie er »durch« zu »duch« verkürzte. »Ich werde das alles wie ein Champion *duch*stehen.« Im Übrigen »Champion«, nicht das amerikanische »Champ«. Das Leben in der Vorstadt war ihm versagt geblieben, und er hatte seine Kindheit unter zu vielen Tanten und Onkeln verbracht, die alle zusammen über den Preis von Milch und Seide zeterten. Und bis auf den heutigen Tag, fiel ihr auf, bekam seine Stimme Risse an Stellen, die man nie mit Zement ausgegossen und aushärten lassen hatte.

Senderovsky merkte etwas. »Was zum Teufel geht hier vor?«, sagte er. »Eigentlich sollten Ed und ich die ganze Kocherei übernehmen, die Sardinen, das *vitello tonnato*, die Würstchen und die Lammsteaks.«

»Ed ist bestimmt müde nach der neunzigminütigen Fahrt von der City hierher«, sagte Karen. »Ihr wisst schon, der Wechsel der Zeitzonen.«

Vinod lachte. Sie war so brutal. Senderovsky lächelte über sein Lachen. Masha befahl sich, die selbstverständliche Freundschaft zwischen den drei anderen in der Küche positiv zu sehen. Karen war so nett zu Nat gewesen, und Vinod war immer ein Schatz. Und ihr Mann hatte sich, wie ihr eigener Therapeut regelmäßig erwähnte, entschieden, sein Leben mit *ihr* zu verbringen. »Ich gehe Master Kim wecken«, sagte Senderovsky.

»Lass nur, mit der Pasta sind wir fast fertig«, sagte Masha. »Und als Vorspeise gibt es den *jamón* und Oliven. Und zum Nachtisch Käse.«

»Wann kommt denn unser Stargast?«, fragte Karen.

»Heute Abend vielleicht gar nicht mehr«, verkündete Senderovsky.

Von ihrem jeweiligen Standort aus sahen die beiden maskierten Frauen einander an. Nur wenige wussten, dass Masha die schlimmsten Klatschblätter bezog und deren Tabs auf ihrem Computer auch während ihrer Online-Therapiesitzungen offen hielt. Das war etwas, was Senderovsky an ihr liebte, sogar merkwürdig erotisch fand. Ihre Kräche wegen seiner Idee, Leute aus der infizierten City einzuladen, hatten sämtlich damit geendet, dass Senderovsky ganz unten aus dem Stapel seine Trumpfkarte gezogen hatte. »Wenn der große Mime kommen darf, warum dann nicht auch andere?«

Nat sorgte für plötzliche Aufregung, als sie, immer noch in ihrer koreanischen Schulkluft, allerdings abzüglich der Krawatte, auf geradem Weg durch die Küche tänzelte und dabei von irgendeiner »Form-ah« von Liebe – so jedenfalls klang es für Vinod – brüllte, während sie mit sich selbst eine Einzelkindversion von Verstecken spielte.

»Hi, Natasha!«, rief Vinod ihr hinterher.

»Sie nennt sich jetzt Nat«, sagte Senderovsky.

»Zwei Meter Abstand zu den Gästen, Süße«, rief Masha ihr hinterher. Und auf Russisch: *»Dva metra.«*

»Ich decke den Tisch«, sagte Vinod.

»Handschuhe bitte«, sagte Masha. Sie hatte schon vor Eintritt der Katastrophe einen ganzen Karton davon besessen. Die Männer streiften sich kommentarlos Handschuhe über und begannen Schachteln mit recycelbarem Besteck auf die große, überdachte Veranda zu tragen. »Wie ist es denn so, die Jungs wiederzusehen?«, fragte sie Karen, die eine große Portion erstklassiger *pasta nel sacco* umrührte, Ausbeute aus Urbino während eines der seltenen Auslandsurlaube der Familie Levin-Senderovsky.

»Ich finde, sie müssen beide mehr essen«, sagte Karen. Kommentare dieser Art brachten Masha auf. Sie waren zu familiär. Sie selbst konnte sich nicht vorstellen, dergleichen zu anderen zu sagen, schon gar nicht über ihren eigenen Mann. Ihr kam der übliche Gedanke in Bezug auf die alte Dreierbande und deren miese Kindheit, keifende, piesackende Mütter und prügelfreudige Väter: War es denn Mashas Schuld, dass ihre Eltern so liebevoll gewesen waren, so anspruchslos? Seit ihre Schwester an der gleichen Krankheit gestorben war, die Vinods Leben verschont hatte (obwohl Inna *Nicht*raucherin gewesen war, nicht dass das Universum sich einen Dreck darum geschert hätte), ärgerte sich Masha, wie ihr klar wurde, außerdem darüber, dass Karen für *ihren* Ehemann und seinen Freund die ältere Schwester spielte. Jeden November beispielsweise vergaß Senderovsky, Vinod zum Geburtstag zu gratulieren, und jeden November erinnerte ihn Karen daran.

»Ich glaube, er liebt dich immer noch«, sagte sie beiläufig zu Karen.

»Er liebt mich?«, sagte Karen. »Ich glaube nicht, dass Vinod so leicht zu durchschauen ist.«

Aber sie fand, dass es schön wäre, wenn er sie noch liebte. Und traurig, wenn nicht. Wenn die letzte beständige Flamme in ihrem Leben erloschen wäre.

Vinod legte auf den beiden Gartentischen acht Platzdeckchen auf, alle in dem von Masha vorgeschriebenen Abstand: Sieben trugen urheberrechtlich geschützte Bilder aus dem American Folk Art Museum, und eines zeigte sieben bis in alle Ewigkeit für einen Abschlussball gekleidete asiatische Jungen. Auf dieses legte er einen neonfarbenen Kinderlöffel und eine ebensolche Gabel.

Vom Haupthaus verlief ein überdachter Gang zur überdachten Veranda, doch war sie im Grunde in die Waldlandschaft hinter dem Haupthaus eingebettet und grenzte an das Halbrund der Bungalows. Manchmal schauten im Wald umherhuschende Tiere herein, verblüfft vom plötzlichen Erscheinen des großen, schimmernden Bauwerks, in dessen Nordwestecke ein erleuchteter Ofen Glut umwälzte und dessen Zedernholz und Gitterwerk von Sumach und wildem Wein getarnt wurde. Viele der riesigen örtlichen Liegenschaften wimmelten von Jägern, doch weil die etwa hundert Morgen des Senderovsky-Grundstücks von dieser Gefahr verschont blieben, dienten sie als Schule, in der die jüngeren Tiere der Gegend den letzten Schliff bekamen. Hier vervollkommneten Kojoten ihr wahnsinniges Geheul, Geier lernten, aus großen kapitalistischen Höhen Beute auszumachen, und Murmeltiere lehrten ihre Kinder, die Wurzeln der teuren Weihnachtsbäume zu fressen, welche die Schaffarm Senderovskys Blickfeld entrückten, wenn er auf seinem Schaukelstuhl trockenen Sherry trank. Die Veranda wiederum überblickte ein großes, geräuschvolles natürliches Amphitheater. Irgendwo hörte Vinod ein Kollern, das wohl von wilden Truthähnen stammte, obwohl dies wegen der Akustik schwer zu sagen war, denn Laubfrösche und vagabundierende Gänse machten einen infernalischen Lärm, und auf dem Nachbargrundstück verabschiedeten die Schafe den Tag, jedes tiefe Altmännerblöken eine Protestnote gegen Pflegeheime. (Vinod musste an die traurigen Nachrichten aus dem Bundesstaat Washington denken, die er im Bus gelesen hatte.)

»Du, hör mal«, sagte Senderovsky, während er einen Karton Alkohol hereintrug, seinen Kofferraum mithin endlich doch ausräumte, »was deinen Roman angeht: Ich glaube, einer von den Lagercontainern ist versehentlich geräumt worden. Und dein Roman könnte da drin gewesen sein. Tut mir wahnsinnig leid, *bhai.*«

»Das dürfen die?«, fragte Vinod. »Ihn einfach ausräumen? Hast du vergessen zu bezahlen?«

Die Traurigkeit in seiner Stimme war nicht zu überhören. »Wahrscheinlich ein bürokratisches Versehen«, sagte Senderovsky. »Dieses Land geht vor die Hunde. Ich rufe gleich morgen früh an.«

»So wichtig ist es nun auch wieder nicht«, sagte Vinod, aber er war trotzdem gekränkt. Er hatte gehört, dass man in Karens Gegend an einer Technologie arbeitete, die es einem ermöglichte, seinen gesamten Seinszustand einzufrieren, sodass man später sein jüngeres Selbst hochladen und sein Leben dort wieder aufnehmen konnte, wo man es unterbrochen hatte. Es klang nicht weniger unwahrscheinlich als alles andere, was dieser Tage so vor sich ging. Was auch immer dieser Roman enthielt, er könnte ihm die Durchführung einer ähnlichen Operation ermöglichen, glaubte Vinod, vielleicht sogar irgendeine Sperre in seiner Seele durchbrechen.

Die Verandatür schwang auf, und die beiden Freunde drehten sich um und standen Ed gegenüber. Er trug dieselbe blaue Baumwolljacke, in der er aus dem Zug gestiegen war, Chinos, Budapester sowie eine ausgeruhte Miene. »Grüß dich, Vinny«, sagte er. »Karen schon da? Wenn jemand pünktlich kommt, dann die Asiaten.«

Vinod winkte Ed zu. Die beiden waren merkwürdige Freunde, etwa so, wie zwei von der Leine gelassene Hunde manchmal unendlich weit nebeneinanderher laufen können, ohne einen Blick zu wechseln.

»Wo zum Teufel hast du gesteckt?«, sagte Senderovsky zu Ed. »Wir haben weder das *vitello* noch Mashas Lieblingssardinen noch die Würstchen noch die Lammsteaks gemacht.«

»Ach Mist«, sagte Ed. Er rieb sich die Augen. »Ist es zu spät? Was wird unser Glanzvoller Amberson essen, wenn er denn hier ist?«

»Vielleicht schafft er es heute Abend nicht mehr«, sagte Vinod.

»Womit Senderovsky die größte Berühmtheit am Tisch wäre«, sagte Ed. »Wie praktisch.«

»Masha hat die *pasta nel sacco* für einen besonderen Anlass aufgehoben«, sagte Senderovsky. »Und Karen ist seit Neuestem viel berühmter als ich.«

»Ah, weiße Trüffel.« Ed lächelte angesichts einer glamourösen Erinnerung an die Marken. »Tja, dann gehe ich mal Gibsons mixen.«

»In der Küche musst du eine Maske tragen«, rief Senderovsky ihm hinterher.

»Weißt du noch, als er mich mit einem Golfwagen angefahren hat?«, sagte Vinod, nachdem Ed vergessen hatte, die Verandatür hinter sich zu schließen und eine wild taumelnde Motte geradewegs auf das Kerzenlicht zuhielt.

»Ich hoffe, du hast ihm nie verziehen.«

»Du kennst doch meine versöhnliche Art«, sagte Vinod. »Sieh mal.« Er zeigte auf den vorderen Rasen, auf etwas, was er für eine Versammlung von Leuchtkäfern hielt, die ihre Warnlämpchen knapp oberhalb des Grases blinken ließen, als wollten sie einer hoch entwickelten Intelligenz über ihnen Signale geben. Aber Vinod hatte furchtbar schlechte Augen, und die Leuchtkäfersaison war noch Monate entfernt. Jenseits des ausgedehnten vorderen Rasens und der eingebildeten Leuchtkäfer lag die Kurve der Straße, über deren winterrissigen Asphalt ein Paar sich nähernder Fernlichtstrahlen strich.

5

Dee Cameron fuhr wie eine Tochter der beiden Carolinas, die Haupt- und Nebenstraßen eine natürliche Verlängerung ihrer in Sandalen steckenden Füße. Sie raste an nordöstlichen Vorstädten vorbei, als wären es Gelbkiefernwälder; sie konnte die Polizeipräsenz weiter vorn spüren und hatte für alle Fälle ein strahlend weißes Absicherungslächeln aufgesetzt.

An der Einmündung der Straße, die zu Senderovskys Bungalowkolonie führte, hatte sie eine Ansammlung echter Bungalows in abblätternden Primärfarben erspäht: die Propangastanks umstandslos neben den Eingangstüren aufgestellt, die Reihen von Briefkästen mit Wurfsendungen für den Müll vollgestopft und mit »Apartment 1« und so weiter beschriftet, als gehörten sie Leuten aus der Stadt und nicht den Armen vom Lande. Flaggen mit obskuren Streifenmustern und fragwürdiger Anzahl von Sternen waren zahlreich, und einige sprachen anscheinend Alaska oder Hawaii oder gar Arizona die Staatlichkeit ab. EINFAHRT HUNDERTPROZENTIG VERBOTEN!, brüllte etwa ein Schild in handgeschriebenem Zorn. SOFORT UMDREHEN! Und Dee wurde an die erbitterte Verteidigung kümmerlichen Besitzes erinnert, mit der sie groß geworden war, in genau so einem Bungalow wie dem, den sie gerade passierte, inmitten der weißen Armut und ihrer gewaltigen, alles niederwalzenden, entwürdigenden Monotonie: Sie durften mit Fug und Recht als Sockel der Karriere gelten, die sie sich in jüngster Zeit aufgebaut hatte. Auch Senderovskys Einwandererbiografie hatte etwas von diesem Beigeschmack gehabt (wenngleich mit Flugreisen und mehr hysterischen Männern), und das war der Grund, weshalb sie sich damals überhaupt für sein Seminar angemeldet hatte, als sie in der City studiert hatte und Senderovsky noch Dozent gewesen war.

»In hundert Metern links abbiegen. Dann haben Sie Ihr Ziel erreicht«, verkündete ihr Wagen etwas hochtrabend. Hatte sie das wirklich? Abgesehen von dem Schauspieler, der sich vermutlich als Idiot erweisen würde, wusste sie nicht, was ihr bevorstand oder was sie zu erwarten hatte. Nein, halt, angeblich hatte sich ja auch die Frau angesagt, die die »Tröö Emotions«-App entwickelt hatte, offenbar eine Highschool-Freundin von Senderovsky.

Möglicherweise würde sie aggressiv auftreten, ihre Stärke demonstrieren müssen. Ihre Essays entsprachen dem Verhalten eines frisch eingelieferten Häftlings, der auf den härtesten Insassen im Knast zutritt und ihm voll in die Fresse haut. Sie schrieb mit Verachtung für zart besaitete Gefühlsduselei, versetzt mit liebevoll strengen Beobachtungen über die soziale Schicht, die sie kürzlich in ihren chaotischen Brownstones willkommen geheißen hatte. Manchmal verfiel ihre Prosa ins schleppende Näseln ihrer Heimatregion und das, was ein Kritiker »Südstaatentümelei« nannte. Dazu passend besaß sie ein Paar wunderschöne Cowgirl-Stiefel aus den 1970ern von tiefroter Farbe mit prächtiger Regenbogenstickerei in Sonnenradmustern (nicht dass jemand aus ihrer Verwandtschaft jemals dergleichen getragen hätte). Weil sie groß war und ihr Gesicht kantig, ihre Augen ein

Gefäß für ein tiefes, fremdartiges Blau, wusste sie, dass Stiefel und etwas Schlichtes wie eine Bauernbluse bei einem breiten Querschnitt gebildeter Ostküstenmänner eine Unzahl pawlowscher Reflexe hervorzurufen pflegten. Alles, was sie tun musste, war, den Mund aufzumachen und für Verwirrung zu sorgen. Politisch war sie stets schwammig geblieben und erwähnte häufig, dass Joan Didion Anfang der Sechziger, als sie in ihrem, Dees, jetzigem Alter gewesen sei – Joan Didion war, abzüglich des Regionalismus, Dees stilistische Patin – Nixon unterstützt habe. »Meine Erbitterung Ihnen gegenüber verdankt sich einem speziellen Antrieb«, warnte sie den Leser am Beginn ihrer Essaysammlung, »also behalten Sie Ihre vorgefassten Meinungen besser für sich. Ich lasse mich in keine Schublade stecken.«

Und dennoch war sie einsam. Das Virus machte ihren Teil von Brooklyn immer mehr zur toten Zone, in der nichts als das Geheul von Krankenwagen und möglicherweise selbstmörderische Gänge zur Bodega blieben. Allmählich empfand sie ihre Zwangslage als persönliches Problem. Sie hatte Freunde, aber die waren in diesen schwierigen Zeiten offenbar mehr daran interessiert, füreinander als für sie da zu sein. Vielleicht hatten sie sie nie als vertrauenswürdig betrachtet.

Bestenfalls würde sich dieser Aufenthalt als Fortsetzung von Senderovskys alkoholbedingtem Trümmerhaufen einer Schreibwerkstatt erweisen. Als sie bei oder vielmehr neben ihm studiert hatte, war er auf dem Höhepunkt seiner Fähigkeiten und seiner Popularität gewesen. Aber er hatte nie einschüchternd gewirkt, jedenfalls nicht auf sie. Wenn sich aus der Arbeit eines Studenten ein ernsthaftes Problem ergab, hatte sein Gesicht jedes Mal einen Ausdruck angenommen, der zu fragen schien: *Was mache ich hier? In dieser ehrwürdigen Institution? Ich, Senderovsky?*

Außerdem hatte sie Tröö Emotions, die Wahre-Gefühle-App, beim ersten Date mit jemandem ausprobiert, mit dem sie sich wohlzufühlen glaubte, einem bärtigen Journalisten, der über den Luxusuhrenmarkt schrieb, und es hatte für sie beide nicht hingehauen. Also war die Freundin ihres Dozenten höchstwahrscheinlich bloß eine weitere Palo-Alto-Schwindlerin.

»Links abbiegen«, erinnerte sie das Navi, sein Charakter der eines nervösen Beagles. Der Wagen, den sie fuhr, war nicht teuer, aber er gehörte ihr, keine Ratenzahlungen, und er symbolisierte die Fähigkeit, in der City ein Auto zu besitzen, die gelegentlichen Parkgebühren aufbringen zu können. Mit der rechten Hand drehte sie das Lenkrad von Mitternacht auf sieben Uhr. Im Gleißen des Fernlichts wogte das hohe Gras des vorderen Rasens im Wind auf und ab wie die Juden in Dees Viertel beim Gebet. Der Kies auf der Einfahrt war sehr ungleichmäßig verteilt, und überall verstreut lagen riesige Äste, Outtakes eines Dokumentarfilms über gebleichte Korallenriffe. Sollte dies alles – das nicht gemähte Gras, die toten Äste – an die unbekümmerte Haltung reicher urbaner Aristokraten denken lassen, die sich bewusst nicht um den äußeren Anschein kümmerten? Das musste sie richtig verstehen, musste dahinterkommen, wer diese Leute waren, falls sie sie attackieren musste.

Der Anblick des Haupthauses und der flankierenden Bungalows war eher verwirrend als einschüchternd. Sie hatte ein Foto davon im Immobilienteil der Zeitung gesehen, wo man Senderovsky Gelegenheit gegeben hatte, sein Anwesen als »seinen Spleen« zu bezeichnen. Aber das Haupthaus wirkte klein und gewöhnlich, und das einzig Interessante an diesen Gebäuden – jedes nicht viel größer als ihre ärmlichen Gegenstücke unten an der Straße – war ihre ungewöhnliche Zahl. Auf der trübe erleuchteten Veranda (Kerzen?), die allein schon für Poesie sorgte, konnte sie mehrere Leute erspähen. Die Scheinwerferstrahlen ihres Autos stöberten durch zerzaustes Gras, im Licht tanzten Insekten, alles ein bisschen mythisch und auf ursprüngliche Weise südstaatlich. Dee dachte an einen Kuss auf dem Gelände ihrer Highschool, raue, schrundige Hände an ihrem BH, der gefährliche Mund eines achtzehnjährigen Alkoholikers, ein zerrissenes, im Wind flatterndes Banner zur Anfeuerung des Teams, dessen Spiele – nur Stehplätze – sie ignoriert hatte, SHOOOO, DOGGIES!

Senderovsky kam die Zedernholzstufen heruntergelaufen, um sie zu begrüßen. Er trug eine Art Gewand. Das also wollte er jetzt verkörpern. Er hatte beträchtlich an Gewicht und Haarfülle eingebüßt, seit sie ihn zuletzt gesehen hatte, auf einer literarischen Veranstaltung, die so prächtig und bieder gewesen war, dass man sie beide dazugebeten hatte, damit sie für Vielfalt sorgten. Sie öffnete die Wagentür und bohrte eine Sandale in den Kies. »Hey, Proffi«, flötete sie und schlang die Arme um sich selbst, um zu demonstrieren, wie sie ihn umarmt hätte, wenn das Ganze nur ein paar Wochen früher stattgefunden hätte.

»Dee Cameron! Toll!«, flötete Senderovsky zurück und umarmte sich ebenfalls selbst. »Sie haben es geschafft. Ja! Und ich bin kein Proffi mehr. Bloß noch Zivilist. Man hat meinen Degen zerbrochen, wie bei Dreyfus.«

Dee hatte zwei ausgezeichnete Hochschulabschlüsse, aber teilweise sagten ihr die kulturellen Verweise nichts, die die älteren Generationen gern anbrachten. Das störte sie nicht. Auch im Seminar pflegte Senderovsky weiterzuquasseln, nervös und betrunken – zuweilen musste sie auch ein drittes Adverb, nämlich »charmant«, hinzufügen –, während die Studenten unter dem riesigen Konferenztisch an ihren Handys herumfummelten. »Ich habe einen Armagnac mitgebracht«, sagte sie.

»Oooh, là, là!«

»Ich weiß noch, wie Sie das Zeug im Seminar runtergekippt haben.«

Er griff nach ihren Koffern und setzte sie sofort wieder ab. Sein nächster Leistenbruch wartete gleich um die Ecke.

»Tut mir leid, ich habe zu viel eingepackt«, sagte sie. »Mädelskram. Lassen Sie mich mit anfassen.«

»Nein, nein, nein.« Senderovsky ächzte vor sich hin. »Wie heißt noch mal diese Mädchenschule? Miss Porter's. Tja, Sie dürfen mich *Mister* Porter nennen.« Dee wusste nicht, wovon er redete, höchstwahrscheinlich irgendwelcher europäischer oder mittelatlantischer Kram, aber sie lachte erneut, als sie um die große, gelbe Veranda herumgingen, die Leute darauf immer noch undeutlich, genau zu erkennen dagegen zwei männliche Augenpaare, die ihr eindeutig folgten.

»Das ist eine erstaunlich gut aussehende Frau«, sagte Ed.

»Ich kann im Dunkeln nicht gut sehen«, sagte Vinod.

Sie war im »Writer's Cottage« untergebracht, wie der Zeitungsartikel es genannt hatte. Die Banalität der Senderovsky'schen Vorstellung vom »Schriftstellerleben« brach ihr das Herz. Es gab – sie zählte mit – sieben alte Schreibmaschinen und möglicherweise eine weitere im Bad.

Sie konnte sich ausmalen, wie ihr früherer Lehrer die letzte Underwood neben dem Poster einer jungen Joan Didion – er war, das musste man ihm zugutehalten, der erste Lehrer, der ihr ein Exemplar von Didions Essaysammlung *Das weiße Album* geschenkt hatte – in das Regal aus hellem Holz gestellt und gedacht hatte: So. Jetzt ist alles an Ort und Stelle.

»Das ist das kleinste Cottage, aber es ist auch das gemütlichste«, sagte Senderovsky.

»Es ist wie ein Dachkämmerlein im Wald«, sagte Dee, die sich an ein Wort erinnerte, das er im Seminar oft verwendet hatte.

»Genau!«, rief Senderovsky. Dieser kleine Gefühlsausbruch veranlasste beide, ein Stück auf Abstand zu gehen. Senderovsky meinte, Parfüm zu riechen, aber vielleicht war es auch ein Shampoo mit Blütenduft. Es war fast zwei Jahrzehnte her, dass er sich um jemanden bemüht hatte, und während seines offiziellen Werbens um Masha hatte er die Gerüche seiner künftigen Frau im Grunde nie katalogisiert. Sie hatte von Anfang an nach Zuhause gerochen (ein tragischer Beginn, wie ihm inzwischen klar war).

»Sie können sich ein bisschen frisch machen, dann stelle ich Sie der Bande vor«, sagte Senderovsky.

»Ich gehe gleich mit Ihnen«, sagte Dee. »Muss nur eben pinkeln.«

Senderovsky setzte sich auf das winzige Bett – seines Wissens hatte darauf keiner seiner Gäste jemals mit jemandem geschlafen, diese mönchischen Schriftsteller – und lauschte dem Geräusch eines gedämpften, aber kräftigen Strahls, das aus dem Badezimmer kam. Er war begeistert von den vielen Kapiteln des Tages, wurde aber schon vor dem Hauptereignis müde: dem Essen und der Ankunft des Schauspielers, die ungewiss war wie demzufolge auch alles andere in seinem Leben. *Studentin beim Pinkeln*, dachte er bei sich, nicht lüstern, aber er heftete den Einfall zwecks möglicher künftiger Verwendung ab.

Dee überlegte, ob sie sich vor *und* nach dem Abwischen die Hände waschen sollte, entschied sich dann, unvorsichtig zu sein, und wusch sich die Hände erst, als sie fertig war. Senderovsky hörte das Geräusch, mit dem eine junge Frau eine Toilettenspülung betätigte, und erinnerte sich, dass das einmal seine Bedeutung gehabt hatte. Dee las das gerahmte Zitat neben dem rostigen alten Spiegel, den das Ehepaar praktisch für nichts in der Stadt am anderen Flussufer gekauft hatte.

DIE LIEBE NIMMT UNS MASKEN AB, VON DENEN WIR FÜRCHTEN, DASS WIR OHNE SIE NICHT LEBEN KÖNNEN, UND WISSEN, DASS WIR HINTER IHNEN NICHT LEBEN KÖNNEN – JAMES BALDWIN

»Hey«, rief sie Senderovsky über dem Geräusch des Händewaschens zu, »haben Sie das Baldwin-Zitat erst in den letzten paar Wochen rahmen lassen?«

»Nein«, rief Senderovsky zurück. »Das hängt da schon ewig. Ein glücklicher Zufall.«

Als sie auf die Veranda kamen, saßen schon alle in Jacken und Pullovern in gesundem Abstand zueinander, als wären sie organisierte Kriminelle oder Würdenträger beim Völkerbund. Senderovsky und seine Frau und Tochter waren nebeneinander gruppiert, Masha schnitt einer zappeligen Nat auf ihrem Schoß eine Scheibe spanischen Schinken ab. Dee zählte vier Asiaten bei insgesamt sieben Anwesenden, augenblicklich eine Überzahl. Die asiatische Frau war die wichtige, der ostasiatische Mann wichtig gekleidet. Niemand war sonderlich hässlich oder attraktiv. Dieser Zensus enthielt keinerlei Wertung, sagte sich Dee, sie verarbeitete lediglich Informationen.

Am Morgen war sie die Auftritte der Anwesenden in den sozialen Netzwerken durchgegangen. Die Seite des Schauspielers glich einem von Schweiß und Mühsal seiner Fans errichteten Tempel. Karen hatte keine Seite, was angesichts ihrer umstrittenen Stellung in der Welt der Technologie erstaunlich war. Sasha folgte sie bereits in den sozialen Netzwerken; normalerweise bestanden seine Posts aus einem nächtlichen Hilfeschrei im Suff und dem nüchternen morgendlichen Bemühen um Relevanz. Seine Frau hatte keinen eigenen Auftritt, soweit sie das sagen konnte. Und von Vinod hatte sie noch nie gehört.

Senderovsky stellte sie als seine Lieblingsstudentin und als überaus erfolgreich vor. Alle winkten ihr aus sicherem Abstand zu, auch Vinod, der mit prophylaktischer Hilfe eines Ofenhandschuhs tintigen Rotwein in Gläser goss. Als der Monolog ihres ehemaligen Dozenten vorbei war, wusste niemand etwas zu dem Neuankömmling zu sagen. »Sieht richtig gemütlich aus im Kerzenlicht«, sagte Dee, aus ihrem üblichen Südstaatenrepertoire schöpfend. Ed lächelte sie an. Oder vielmehr, er verstärkte sein Lächeln, während seine rechte Hand in der Nähe seines Ohrs schwebte.

»Vinod wird sich erkälten«, sagte Masha. »Vielleicht sollte mal jemand Feuer machen.«

»Mir geht's gut«, sagte Vinod. »Und von Kälte bekommt man keine Erkältung.«

»Ja, das ist ein Ammenmärchen«, sagte Senderovsky. »Oder darf man so was heute auch nicht mehr sagen?«

»Doch, darf man«, sagte Dee.

»Vin, ich kann deine Gänsehaut von hier aus sehen«, sagte Karen.

»›Gänsehaut‹ ist ein komisches Wort!«, schrie Nat.

»Richtig, mein Schatz, aber das kann man auch leise sagen«, sagte Masha. »Im Ernst, jemand sollte den Ofen anzünden. Vielleicht ein männlicher Mann?«

»Ich mache das«, sagte Ed ganz unwillkürlich, den Blick immer noch auf Dee in ihren hautengen Jeans und der Fleecejacke gerichtet. Er eilte zum Ofen hinüber und begann sich daran zu betätigen. Er hatte das schon zigmal gemacht, auf unzähligen verschiedenen Veranden während unzähliger verschiedener Dämmerstunden, doch diesmal war es anders. Seine Finger glichen Bleiriegeln. Er hatte ein Tablett voller Gibsons stehen lassen, die, wie sich herausstellte, niemand wollte und die er wahrscheinlich selbst würde trinken müssen. »Nehmen Sie sich einen Gibson, Dee«, rief er der jungen Essayistin zu, die Silben in seinem Mund ungelenk und schleimig.

Er fragte sich, was mit ihm nicht stimmte.

»Danke«, sagte Dee und ließ den Wermut ihren Mund fluten, zusammen mit dem winzigen Plopp der beschwipsten Cocktailzwiebel. »Die sind ausgezeichnet!«

»Wie war Sasha denn so als Lehrer?«, fragte Karen.

»Wir haben sein Seminar ›Die Sasha-Senderovsky-Show‹ genannt. Ich habe mir jedes Mal fast in die Hosen gepinkelt.«

»Sie hat ›gepinkelt‹ gesagt!«, schrie Nat und spuckte dabei kleine Schinkenstückchen.

»Hand vor den Mund«, sagte ihre Mutter.

»Das ist aber auch wirklich komisch, Liebes«, sagte Dee zu Nat. Und zu Masha: »Dürfen wir dieses Wort verwenden?« Die Mutter nickte wenig überzeugend.

»Meine Tochter ist sehr lebhaft«, sagte Senderovsky. »Aber

heute Abend benimmt sie sich recht gut, weil es nämlich Spaß macht, Gäste zu haben, stimmt's?«

Nat sagte nichts, sondern giggelte bloß vor sich hin, den Mund voller Schinken. Ungeachtet ihrer Frühreife liebte sie den Pipi-Kacka-Humor, den ihre Eltern albern fanden. *Gepinkelt.*

Vinod fiel auf, dass Karen die Kleine ansah und die übrigen Anwesenden ignorierte. Karen dachte, dass Masha sie in dem größeren Zweizimmer-Familienbungalow untergebracht hatte, um den Umstand hervorzuheben, dass sie keine Kinder hatte und höchstwahrscheinlich auch keine mehr bekommen würde. (Wie Leon es während ihres vorletzten Krachs in einem Privatjet von nirgendwo nach nirgendwo so ungemein dramatisch formuliert hatte: »Gott sei Dank ist uns das erspart geblieben. Du als Mutter …«) Vielleicht hatte aber auch Senderovsky sie dort untergebracht, weil sie jetzt wichtiger war und mehr Platz verdiente. Beim letzten Mal hatte man sie in eine seltsame kleine Kammer gesteckt, deren Wände mit einem Haufen gruseliger Wiegenlieder beschrieben waren. Jetzt flüsterte Nat zwei Meter von ihr entfernt immer wieder mit konzentriert monotoner Stimme das Wort »gepinkelt« vor sich hin, während sie aus Baguettebrocken ein Arme-Leute-Häuschen baute. Karen hätte das Mädchen gern auf dem Schoß gehabt, wäre ihr gern mit den Händen durch den schwarzen Bubikopf der Erinnerung gefahren. Sie hatte sich ihrer jüngeren Schwester entfremdet, noch bevor Tröö Emotions »durch die Decke gegangen« war, und wusste noch nicht einmal, wo Evelyn sich im Augenblick befand und ob sie wohlauf war.

Jetzt fiel ihr ein, dass Masha ihre jüngere Schwester verloren hatte. Krebs, nicht wahr? Sie blickte angelegentlich, jedoch ohne bestimmten Ausdruck zu Masha hinüber, ein Blick, den diese als Zorn anstatt Kummer fehlinterpretierte. Was hat *die* für einen Grund, zornig zu sein?, dachte Masha.

»Was macht denn das Feuer?«, rief sie Ed zu.

»Bis jetzt noch kein Glück. Das Anmachholz ist feucht geworden.« Ed warf einen flüchtigen Blick auf Dee, die an einer länglichen griechischen Olive lutschte.

»Ein schlechter Tänzer stolpert sogar über seine Eier«, rief Senderovsky ihm zu.

»Helfen wir ihm«, sagte Vinod zu Senderovsky.

»Du bleibst sitzen!«, sagte Karen, aber Vinod muckte auf.

Sämtliche Männer machten sich jetzt am Ofen zu schaffen, wobei Ed und Sasha die Abstandsregeln ignorierten, aber im Grunde wusste keiner, wie man ihn anschürte, nicht einmal der Grundbesitzer selbst.

Schließlich seufzte Masha und stand auf. »Macht mal bitte Platz«, sagte sie und nahm ihrem Mann den Schürhaken aus der Hand. Als das Feuer brannte (damit das gelang, musste man eine Zugklappe öffnen), wurde Senderovsky bewusst, dass Masha seinen angestammten Platz am Tisch Vinod überlassen hatte, damit er näher an der Wärme des Feuers sitzen konnte, sein teigiges Gesicht von einem biblischen Glanz erleuchtet.

»Masha ist großartig«, sagte Ed zu Dee, nachdem er seinen Platz hinter seinem Gibson wieder eingenommen hatte.

»Sie haben wahrscheinlich die Vorarbeit geleistet«, sagte Dee.

Es gab einen Begriff, den sich Ed und Senderovsky vor langer Zeit in der Stadt hatten einfallen lassen, nach einem betrunkenen Maitag, den sie auf einem Dach in der Fifth Avenue verbracht hatten: Sonnenklamottenwetter. Die Luft war noch immer beißend kalt, aber für Ed war die große, schlanke Dee der Inbegriff von Sonnenklamottenwetter. Er fragte sich, wie viele Zentimeter größer als er sie sogar in flachen Schuhen war.

»Das ist kein *jamón serrano*«, sagte Senderovsky nach seinem zweiten Glas Wein am anderen Ende des Tisches, »sondern *jamón montaño.*«

»Was ist denn der Unterschied, Proffi?«, fragte Dee. Eigentlich war sie keine Freundin von Diminutiven, aber Russen schienen sie zu schätzen.

»Zunächst mal wird er dicker aufgeschnitten«, erklärte Ed. Im Gegensatz zu seinen Freunden war ihm nicht aufgefallen, dass er die rechte Hand hinters Ohr gelegt hatte, während er mit ihr sprach.

»Reisen Sie viel?«, fragte ihn Dee mit etwas lauterer Stimme, weil die hinters Ohr gelegte Hand darauf hinzudeuten schien, dass er sie schlecht hörte.

»Ach, hierhin und dahin.«

»Sobald das hier vorbei ist, mache ich mich selber auf die Socken.«

Ed malte sich etwas sehr Spezielles aus: ein kleines, unaufgeräumtes Zimmer in Chania auf Kreta, das einzige Fenster ausgefüllt von einer großen, aus dem Hafen emporragenden Moschee mit vielen Kuppeln, das optische Weiß vom Meer blank geputzt, die wie ein Tintenfisch-Ei neben einer bunten, unbekümmerten Reihe christlicher Tavernen stand. Und am Schreibtisch (weil das einzige Zimmer ihrer bescheidenen Unterkunft gleichwohl einen Schreibtisch haben würde) legte diese Frau, Dee, eine silberne Halskette an, die er ihr in Athen gekauft hatte, zugegebenermaßen im Satellitenterminal des Flughafens, denn er hatte zwar versucht, es ihr auszureden – »Wenn du auf der Insel nichts Besseres findest, und ich schwöre, das wirst du, kaufen wir sie auf dem Rückweg« –, aber sie hatte sich entschieden, und nun schimmerte der silberne Anhänger auf ihrer sonnenverbrannten Haut. »Ich schmiere dich mit Aloe vera ein«, sagte der Phantom-Ed zur Fantasie-Dee. Er hatte an jede Eventualität gedacht.

Die Hand hinterm Ohr, wollte Ed gerade zu einem dichten, tief empfundenen Monolog zum Thema Reisen ansetzen, als Senderovsky geräuschvoll seinen rustikalen Stuhl zurückschob und sich mit seinem Hausmantel und seinem Glas Roten vor seine Gäste stellte.

»O nein«, sagte Karen. »Er hält eine Rede.«

»Daddy war Lehrer, bevor ich auf die Welt gekommen bin!«, sagte Nat.

»Stimmt, und ich war seine Schülerin«, sagte Dee.

»Ich glaube, jemand richtig Dummes könnte viel von Daddy lernen!«, sagte Nat.

Alle lachten, und Senderovsky fragte sich, ob die Bemerkung seine Tochter als seltsam oder als altklug auswies. »Obwohl wir streng genommen draußen sind, benutzen wir unsere Stimme für drinnen«, instruierte Masha ihre Tochter. »Und wir denken nach, bevor wir etwas sagen« – auf Russisch –, »damit wir die Gefühle anderer nicht verletzen.«

Sasha warf einen Blick in die Runde seiner Gäste. Ed vermied es geflissentlich, Dee anzusehen. Dee sah Senderovsky an, als hinge ihre Note davon ab. Masha atmete im Rhythmus mit dem Mädchen auf ihrem Schoß, wie stets in der Hoffnung, ihr Denken mit dem ihrer Tochter zu synchronisieren. Karen streckte Senderovsky die Zunge heraus, was Nat zum Lachen brachte, was wiederum Karen noch mehr zum Lachen brachte.

Karen zog sich immer so an, als wäre sie gerade einer Zeitmaschine entstiegen: Heute trug sie ein bretonisches Fischerhemd von der Heilsarmee und eine Feincordhose. (Ihren Bundeswehrparka hatte sie wegen der Wärme des Ofens, vielleicht auch der Vinods, ausgezogen.) Sie sah besser aus, wenn sie die City verließ, ruhiger. Das galt für sie alle.

»Meine Lieben«, sagte Senderovsky. »Willkommen im Haus der Völkerfreundschaft, wie wir das in der Union der Sowjetrepubliken zu nennen pflegten. Wir leben in einer Zeit der Angst.« Masha zeigte auf Nat und drückte einen Finger an die Lippen. Er hatte die generalisierte Angststörung seiner Tochter vergessen, die allerdings gerade im Wesentlichen damit beschäftigt war, mit ihren Olivensteinen Murmeln zu spielen, und ihm gar nicht richtig zuhörte. »Einer Zeit der Angst, aber auch einer Zeit der *Freude*«, ergänzte Senderovsky. »Wir haben unsere Stadt verlassen, um einander Gesellschaft zu leisten, und vielleicht haben wir Schuldgefühle, weil wir Menschen zurücklassen, die vielleicht sehr krank werden.« Masha machte abermals auf ihre Tochter und deren Verhaltensprofil aufmerksam. »Aber nicht *allzu viele* Schuldgefühle, und nicht *allzu* krank, denn wir sind alle anständige Menschen, und wir sind hier, um dafür zu sorgen, dass uns nichts zustößt. Nun kenne ich euch alle schon …«

Mag sein, dass Senderovsky an dieser Stelle einige noch leidenschaftlichere Sätze äußerte, und mag sein, dass er dabei spürte, wie sich entlang seiner unteren Augenlider Tränen sammelten, aber niemand hörte seine Worte oder fühlte sich bewegt von der heißen Flüssigkeit, die seinen Augäpfeln sanft entquoll.

Ein winziges rotes Auto kam den Kies heraufgeknirscht.

Bei den herabgefallenen Ästen blieb es stehen, wie um sie kritisch zu mustern, dann setzte es seine Fahrt fort. Senderovsky fand, es sah aus wie die kleinen Wägelchen, die man an die Versehrten des Großen Vaterländischen Krieges verteilt hatte. Ed vermutete richtig, dass es sich um einen Lancia handelte.

»Er ist es«, sagte Masha.

»Wer?«, fragte Nat.

Aber niemand antwortete.

6

Der Schauspieler entstieg dem Wagen. Sofort war er sich der Zuschauer mit ihren gezückten Lorgnetten bewusst. Er war nicht in Stimmung. Die Fahrt über die landschaftlich schöne Strecke war endlos gewesen, und er hatte sie größtenteils damit zugebracht, am Telefon mit seiner Freundin zu streiten. Sie hatte ungewöhnlich viel Glasgower Dialekt gesprochen, weshalb er nur hatte raten können, was genau sie sagte, aber es schien um den Zeitpunkt zu gehen, den der Schauspieler sich für seinen Besuch auf dem Land ausgesucht hatte, und nun hatte sich das Ganze an einer Stelle festgesetzt, die normalerweise für Sinusitis-Kopfschmerzen reserviert war. Senderovsky, der offenbar chassidische Kleidung trug, kam auf ihn zugeeilt, die Lippen lila vom Wein, die noch verbliebenen Büschel seines nicht gestutzten Haars merkwürdig auf der Seite liegend wie der Rückenkamm eines ruhenden Stegosaurus. »Da sind Sie ja!«, sagte er zum letzten seiner Gäste. »Ich habe mir solche Sorgen gemacht, Sie würden nicht kommen. Wegen Ihrer vielen Nachrichten.« Der Schauspieler legte den Kopf schräg und blickte in die Ferne, als wollte er sagen: Nachrichten? Es gab Nachrichten? »Ich habe gerade einen Toast ausgebracht, aber jetzt fange ich noch mal von vorn an. Aber zuerst gehen wir zu Ihrem Bungalow, nicht?«

»Wie Sie meinen.« Senderovskys Lächeln schmolz in der Hitze der Gleichgültigkeit seines Gastes.

»Mehr Gepäck haben Sie nicht?«, fragte der Grundbesitzer. Der Schauspieler hatte sich eine Reisetasche – sie war mit dem Namen eines kalifornischen Weinguts nebst Hotel beschriftet, das Ed verabscheute – über die Schulter gehängt.

»Bin ja nur für ein paar Tage hier.«

»Natürlich, natürlich.« Sie gingen den Pfad hinauf, vorbei an der stillen Veranda mit ihren vielen Augen. Masha konnte Senderovskys devotes Geschwafel hören, und es machte sie traurig. »Die Idee hinter diesem ganzen Anwesen, die verrückte Idee, sollte ich vielleicht sagen, war, die Bungalows auf einer Ebene mit dem Haupthaus anzulegen. Die Bungalows sind zwischen fünfundvierzig und siebzig Quadratmeter groß, im größten soll auch eine kleine Familie unterkommen können, und das Haupthaus bietet Schlafmöglichkeiten in ungefähr gleicher Raumgröße, gedacht für drei Leute: mich, meine Frau und meine Tochter. Sie werden sie gleich kennenlernen, meine Frau ist ein riesiger Fan. Außerdem gibt es noch Küche, Esszimmer und Wohnzimmer mit einem Konzertflügel, den alle Bewohner benutzen dürfen. (Ich glaube, ich habe Sie mal auf der Bühne spielen hören.) Solange wir hier sind, gibt es keine sozialen Rangunterschiede. Alles ist ein bisschen wie in einer Kommune. Stellen Sie sich zu der Anzahl von Menschen, die sich zu irgendeiner Zeit hier aufhalten, ein weiteres Element vor, und Sie haben unsere kleine Gemeinschaft als Ganzes. Meine glücklichsten Kindheitserinnerungen gelten einer Bungalowkolonie auf der anderen Seite des Flusses, in der russische Einwanderer wohnten, billige, aber ordentliche Unterkünfte, wunderbare Menschen, eine unglaubliche Herzenswärme! Und da wären wir.«

Sie standen am Eingang eines Bungalows, den der gleiche graue Verputz zierte wie das Haupthaus. Ein Bewegungsmelder, der Senderovsky stets ignorierte, sprang sofort an, als der Schauspieler sich näherte, ein Halogenscheinwerfer, der ihn und nur ihn anstrahlte. »Allerdings muss ich gestehen«, fuhr Senderovsky fort, »dass zwar alle Bungalows gleich geschaffen wurden, aber der da vielleicht mein Lieblingsbungalow ist. Und auch der meiner Frau. In einer Minute werden Sie wissen, warum.«

Er öffnete die Tür und schaltete ein Licht ein. Dem Schauspieler erschloss sich nicht, warum. Vielleicht war die Minute noch nicht vorbei. Die Wände bedeckten nach Heimwerkerarbeit aussehende Regale mit rauen Kanten, gefüllt mit Büchern, die teils alt und ausländisch waren. Es gab gerahmte, kleinteilige Zeichnungen und Fotos von einer Stadt, die er nicht erkannte (Kopenhagen, konnte das sein?), einer wuchtigen Klappbrücke, die ein karnevaleskes Kreuzfahrtschiff passieren ließ, an Deck ein Aufgebot winkender Homunculi mit Baseballkappen, von einem hellbraunen, von zwei gefrorenen Kanälen umrahmten Schloss, das unter einer Schneedecke ächzte, um die niemand gebeten hatte, sowie eine Karte von einem U-Bahn-Netz, beschriftet in einem ihm unbekannten Alphabet, dessen sich kreuzende grüne, rote, blaue und lila Äste mal ein Parallelogramm, mal eine spiegelverkehrte 4 bildeten.

»Das ist der Petersburger Bungalow«, verkündete Senderovsky. »St. Petersburg ist die Stadt, in der meine Frau und ich geboren sind!«

»Aha«, sagte der Schauspieler. »Ist eins von den Büchern *Schuld und Sühne*?«

»Das da!«, sagte Senderovsky und tippte mit dem Zeigefinger gegen einen kyrillischen Buchrücken. »Und hier, neben Ihrem Bett, haben Sie auch gleich eine Übersetzung. Sie dürfen natürlich lesen, was Sie wollen. Setzen Sie sich mit einem kleinen Picknick auf die Wiese und lesen Sie. Ich kann mir nichts Schöneres vorstellen.«

Der Schauspieler lächelte mit den Augen. Er stand im Begriff, Senderovsky unangenehme Neuigkeiten mitzuteilen, und verspürte plötzlich ein Quäntchen Mitgefühl für den Mann, dessen Buch er seit nunmehr einem halben Dutzend Jahren fürs Fernsehen zu bearbeiten versuchte. Senderovsky – oder »Zurück an Ab-Sender«, so Elspeths und sein Spitzname für ihn, nachdem sie so viele seiner Entwürfe abgelehnt hatten – klang anders als damals in der City oder in Los Angeles. Dem Schauspieler war nicht klar, dass der zweisprachige Charakter all der Zeit, die Senderovsky mit Frau und Tochter verbrachte, einen anderen Soundtrack in ihm hervorrief.

Derweil freute sich Senderovsky am Lächeln des Schauspielers und daran, wie dessen Präsenz von den fünfzig Quadratmetern des Petersburger Bungalows Besitz ergriff. Damals, in der Grundschule – einem schrecklichen Ort für den kleinen, linkischen Senderovsky und seinesgleichen – hatten die Schüler Hochglanzkarten mit Bildern von Tieren und kurzen Informationen über sie gesammelt. Die begehrteste Karte zeigte einen Puma, dessen Kopf auf seinen Pranken lag und dessen weiß bepelztes Maul und gelbe Augen ein Höchstmaß an tierischer Intelligenz und Ruhe vermittelten. Wenn man die Karte umdrehte, sah man den Puma, wie er sich nach erfolgreicher Jagd die Lippen leckte und mit der Zunge bis zur Nase kam, dazu eine Reihe statistischer Angaben, aus denen hervorging, wie schnell der Puma war, wie empfindungsfähig, wie schön und gefürchtet. In Gegenwart des Schauspielers mit diesen gedankenvollen Augen und dem breiten Mund fühlte er sich jedes Mal an die Hochglanzkarte mit dem Puma erinnert.

Die Weingut-Reisetasche landete mit einem überraschend lauten Plumps auf dem Boden. »Hören Sie«, sagte der Schauspieler, »ich muss Ihnen etwas sagen. Ich habe das neueste Drehbuch gelesen. Ich möchte Ihre Zeit nicht weiter verschwenden. In meinen Augen wäre es das Beste, wenn wir das, was wir haben, wegschmeißen und ganz neu anfangen.«

»Von vorn?« Senderovsky spürte, wie sein Hausmantel aufklaffte, die züchtig sein Herz bedeckende Brust bloß lag, sodass der Schauspieler sie sehen konnte, besonders das kleine rosa Knöpfchen eines Nippels. »Aber Sie haben doch gesagt, diesmal hätten wir es beinahe.«

»Ich bin endlich draufgekommen, was damit nicht stimmt«, sagte der Schauspieler. »Ich habe es gründlich auseinandergenommen. Für einen Pilotfilm ist der Ton völlig falsch. Wir können nicht mit Humor einsteigen. Wir müssen im Lauf der ersten drei Staffeln darauf hinführen.«

»Aber die vom Fernsehen erwarten …«

»Die vom Fernsehen interessieren mich nicht. Die arbeiten für uns. Die sind auf uns angewiesen.«

Das, dachte Senderovsky, war eine grundlegende Fehleinschätzung der Situation.

»Ich muss mal«, sagte der Schauspieler. Zum zweiten Mal an diesem Abend hörte Senderovsky lautes Wasserlassen, denn die ländlich tiefe Toilettenschüssel sorgte für die Akustik einer Kathedrale. Er betrachtete den gerahmten Metroplan einer Stadt, die einst Leningrad geheißen hatte. In den ersten sieben Jahren seines Lebens in dieser Stadt hatte er

Masha so wenig gekannt wie sie ihn während ihrer ersten elf, aber sie waren durch die überaus wichtige Blaue Linie, die offiziell M2 hieß, miteinander verbunden gewesen. Senderovskys Metrostation, Elektrosila, wörtlich »Elektrischer Strom«, fand sich tief im reizlosen, hartgesottenen Südteil der Stadt (eines der dortigen Viertel schenkte dem Land seinen derzeitigen Präsidenten auf Lebenszeit), während Mashas Station Petrogradskaya im Art-Nouveau-Norden der Stadt lag, einer Gegend, die zu Kommentaren wie etwa »Da geht ein echter Petrogradsky-Intellektueller mit Slippern und Hausmantel« führen könnte.

Überflüssig zu erwähnen, dass sie bei Eltern aufwuchs, von denen Senderovsky nur träumen konnte, die Sorte Eltern, die das Staatsfernsehen ihrer Wahlheimat mit seinen marktschreierischen Lauftexten, grimmigen blonden Moderatorinnen und fantasielosen, mörderischen Lügen ignorierten. Masha liebte ihre Eltern, liebte die Sprache ihrer Eltern und wollte, dass Natasha das »Geschenk« der Kultur ihres Landes kennenlernte. Aber Senderovsky war trotz seines Petrogradsky-Gehabes nach wie vor der Elektrosila-Mann. Er wusste, dass er in einem kranken Land geboren war, einem Land, das mittlerweile fest entschlossen war, seine Krankheit über die sozialen Medien und im Schutze der Nacht auch in anderen Ländern zu verbreiten – im Augenblick dessen wahres Geschenk. Ganz gleich, welche Absichten Masha hatte, er wusste, dass Nat, das wilde Kind aus Harbin, das unter ihrem Dach lebte, fermentiertem Kwass, rotem Kaviar, Butterbroten, der Lyrik von Joseph Brodsky und Bungalows wie diesen nichts abgewinnen konnte.

Und er wusste jetzt, dass das Drehbuch für den Pilotfilm nie zustande kommen würde. Und in Los Angeles würde kein Scheck ausgestellt werden. Und Monate, äußerstenfalls ein Jahr später würde die Sasha-Senderovsky-Bungalowkolonie ihre Pforten schließen, genau wie die unzähligen russischen Bungalowkolonien auf der anderen Seite des Flusses, genau wie die, in der er während ihres ersten Jahres in diesem Land seine geliebte Masha kennengelernt hatte: der Blauen Linie der Leningrader Metro frisch entstiegen, das kastanienbraune Haar noch immer wie mit dem weißen *bant* einer Schuluniform zurückgebunden.

Was konnte er tun? Wie konnte er den Schauspieler günstig stimmen? Wie konnte er seinen seltsamen Traum am Leben erhalten?

Auf der Veranda hatte man sich lautstark über dessen Filme, seine derzeitige Freundin und seine Verflossenen verbreitet, über das Strahlen seiner Augen, den Schnitt seiner Anzüge und seine Anwesenheit bei den Preisverleihungen (Masha wusste sogar, von welchem italienischen Hersteller seine Schuhe bei der letzten gekommen waren), und war dann abrupt verstummt, als er, seinen russischen Sancho Pansa an der Seite, die Stufen zur Veranda hinaufstieg. »Hi«, sagte der Schauspieler und winkte mit der Hand wie von der Reling einer ablegenden *Queen Mary*.

Man stellte sich einander vor. Die Zeit begann für alle langsamer zu verstreichen, außer für Nat. Da sie einen Stimmungswechsel, die Bedeutung des neuen Gastes wahrnahm, kletterte sie vom Schoß ihrer Mutter, rannte auf der Veranda herum und schrie: »Sie hat gesagt, sie hätte sich fast in die Hosen gepinkelt! Sie hat gesagt, sie hätte sich fast in die Hosen gepinkelt!«

»Sie haben ja ein süßes Kind«, sagte der Schauspieler zu Karen und Ed.

»Ach du Schande!«, sagte Dee.

Auf der Veranda trat Schweigen ein. Nat hatte aufgehört herumzurennen. »Nein, *das da* sind meine Mutter und mein Vater«, sagte sie und zeigte auf ihre nichtasiatischen Eltern. »Sie heißen Sasha und Masha.«

»Oh, verdammt«, sagte der Schauspieler. Er vergrub das Gesicht so geräuschvoll in seiner hohlen Hand, dass es wehgetan haben musste. Alles lachte. »Bitte verpetz mich nicht«, sagte er.

Vinod tat so, als tippte er etwas in sein Smartphone ein. »Aktualisierung des Feeds … jetzt!«

»Jedenfalls«, sagte der Schauspieler zu Masha, »haben Sie einen wunderbaren Sohn.«

»Eigentlich«, begann Masha, aber Sasha trat hinter sie und legte die Hände auf ihre Schultern.

»Danke, dass Sie gekommen sind«, sagte er. »Die meisten hier sind alte Freunde, aber aufgrund Ihres Œuvres haben wir das Gefühl, dass wir Sie schon kennen. Sie mögen vielleicht noch nicht unser Freund sein, aber wir sind bereits die Ihren.«

Der Schauspieler nickte: Das klang durchaus zutreffend. Er ließ sich am Ende eines der Tische nieder, an einer Seite Dee und etwas weiter entfernt Ed. Vinod bot ihm ein Glas Roten an, aber er sagte, er verzichte lieber. »Wenn ich trinke, schlafe ich schlecht.« Andererseits führte seine Anwesenheit dazu, dass alle anderen mit nervöser Selbstvergessenheit tranken. Ed fummelte an dem schönen roten Radio herum, bis es anspruchsvollen äthiopischen Jazz von sich gab. Die Stimmung war angespannt und heroisch zugleich.

Auf dem Nachbargrundstück begannen Schafe zu blöken.

»Ich bin kein Naturmensch«, sagte der Schauspieler, »aber müssten die nicht schlafen?«

»Wir haben sie mit unserer lauten Musik aufgeweckt«, schrie Nat.

»Und vielleicht auch mit deinem Geschrei«, sagte Masha.

»Haben Sie gewusst, dass das Border-Leicester-Schafe sind?«, sagte Nat zu dem Schauspieler und rückte ihm sehr viel dichter auf die Pelle als zulässig. Er zuckte nicht zurück, aber Nats Mutter kam herbeigelaufen und zog sie weg. »Ihre Wolle ist Merino, wie mein Geburtstagsarmband« – sie hielt das Armband hoch, damit der Schauspieler es in Augenschein nehmen konnte –, »aber sie ist länger und stark gewellt, deswegen wird sie normalerweise zu Garn versponnen.«

»Du bist so ein schlaues Kind«, sagte Karen zu ihr. »Ihr hättet hören sollen, wie sie den Schafen vorhin koreanische Popsongs vorgesungen hat.«

»Ich liebe BTS!«, schrie Nat. Der Schauspieler vermutete, dass das der Name einer Band, und außerdem, dass der Junge vielleicht nicht ganz ein Junge war, jedenfalls noch nicht. »Ich gehöre zur BTS ARMY. Das steht für *Adorable Representative MC for Youth.*«

»Vielleicht kann sie uns später etwas auf dem Klavier vorspielen«, sagte Masha. »Sie lernt nach der Suzuki-Methode.«

»Suzuki?«, sagte Ed. »Ich habe noch nicht mal die Hyundai-Sonate gelernt.«

Die Immigranten lachten. »Ach, Ed«, sagte Karen.

Dee brachte ein Lächeln zustande. Ihr entgingen mehr Verweise als sonst. Weiße Ignoranten wie ich, dachte sie, wir sind heutzutage die Immigranten. Sie sah den Schauspieler an, der ebenfalls die Schultern zuckte.

»Wie ich höre«, sagte Masha zu dem Schauspieler, »sind Sie zur Hälfte Ire, aber auch zu einem Viertel Türke?«

»Das fehlende Viertel muss Gujarati sein«, sagte Vinod. »Wie sonst kann man so gut aussehen?«

»Sie wissen ja eine Menge über mich«, sagte der Schauspieler zu Masha.

»Es ist nur so, dass wir ein bisschen gesalzenes, türkisches luftgetrocknetes Rindfleisch in der Speisekammer haben«, sagte Masha. »*Basturma.* Wir essen das auch in Russland, wegen des ziemlich großen armenischen Bevölkerungsanteils.« Sie hatte eine halbe Stunde damit zugebracht, sich zu überlegen, was sie zur Ankunft des Schauspielers anziehen sollte, ein Zeitaufwand, den sie seit ihren Zwanzigern in Kleidungsfragen nicht mehr getrieben hatte, und sich schließlich für ein weißes Zelt von einem Kleid entschieden, das möglichst viel von ihr verbarg.

Der Schauspieler bewunderte ihre Augen. Wie viele Jahrzehnte hatte sie mit Senderovsky verbracht? Er versuchte sich vorzustellen, was das an Schönheit kosten musste. »Ich glaube, ich erinnere mich von meiner Großmutter an so etwas. Und an eine Art Fladenbrot.«

»Lahmacun.«

Er schnippte mit den Fingern. »Bingo.« Alles lachte.

»Ich dachte, wir wären schon eine internationale Tafel«, sagte Ed, »aber unser neuester Gast enthält Vielheiten. Du kannst mich mal, Walt Whitman.«

»Du kannst mich mal, du kannst mich mal, du kannst mich mal!«, schrie Nat, ihr Affekt in Mashas Ohren viel zu jungenhaft aggressiv. Das Mädchen hatte zuerst Nate sein wollen, aber Masha hatte sie überzeugt, dass Nat, eine Kurzform ihres Vornamens, cooler war. Ada Horowitz aus ihrer Klasse hatte sich bereits für nichtbinär erklärt, aber ihr Vater war der zweitreichste Private-Equity-Manager in der City. Und Ada war der reinste Schatz, in jeder Hinsicht sozial kompetent, von Nats Vokabular und Ängsten unbelastet, Ängsten, die eines Tages, das lehrte Masha ihre Berufserfahrung, in Depressionen übergehen würden. Masha wusste, wie schwierig die Kindheit für ihren Mann gewesen war. Manchmal sah sie ihre Tochter an, wenn diese sich in einem BTS-Monolog oder einer leidigen Diskussion über Leicester-Schafe verlor, und dachte, schwer bedrängt von ihren eigenen Ängsten und sowjetischen Prägungen, schlicht: Wird irgendwer mein Kind so lieben wie ich?

»Ich schätze, ich bin die einzige richtige Weißbacke hier«, sagte Dee. Der Schauspieler nahm sie zum ersten Mal zur Kenntnis. Sie erinnerte ihn an eine persönliche Assistentin, die ihm vor langer Zeit zur Seite gestanden hatte, eine schlaksige Texanerin, die ständig unpassende Bemerkungen machte und in der Branche nicht alt geworden war. Senderovsky erging sich in einer langatmigen Erklärung, warum Dee wichtig war, und erwähnte einen angesehenen Preis, den man ihr gerade verliehen hatte, den Young Literary Lion. (Ich habe einen Löwen und einen Puma an meinem Tisch, dachte Senderovsky.)

»Das muss ich mir mal ansehen«, sagte der Schauspieler. »Ich bin immer auf der Suche nach interessanten Sachen, die man bearbeiten kann. Jedenfalls sobald ich mit Sashas Buch fertig bin. Aber bis das so weit ist, drehe ich vielleicht schon Werbespots für den Lobbyverband der Rentner.«

Gelächter erwies sich jetzt als heikler, war aber immer noch gestattet, wobei Senderovsky selbst ausgiebig kicherte, eine Faust für den Eigenbedarf unterm Tisch geballt. Der

Schauspieler machte gern Witze auf Kosten anderer. Senderovsky empfand das als charakterliches Defizit. Er hatte nur wenige Filme gesehen, in denen sein Herr und Meister eine Hauptrolle spielte. (Er war kein eifriger Kinogänger; langsames, romanhaft erzählendes Fernsehen war sein Lieblingsmedium.) Der Schauspieler konnte Menschen mit charakterlichen Mängeln verkörpern, seine Fähigkeiten waren unermesslich, er konnte jederzeit wie auf Knopfdruck über eine Version seiner selbst weinen, die nur teilweise existierte, aber seine eigenen Mängel waren ihm nie so recht bewusst. In gewissem Sinne war er zutiefst ohne Jesus. Einem kleinen, beschädigten Atomreaktor vergleichbar, konnte er sein eigenes Spektrum von »Gefühlen« erzeugen, das er dann als Hintergrund-Gammastrahlung in die Umgebung freisetzte. Jeder am Tisch mit Ausnahme von Senderovsky, ja jeder auf dem Planeten wollte eine Dosis davon.

Senderovsky wandte seine Aufmerksamkeit wieder dem Gespräch zu. »Es gibt wissenschaftliche Untersuchungen über die Freundschaften, die sich im Grundschul- und im Highschool-Alter speziell zwischen vier Gruppen bilden«, sagte Vinod gerade mit seiner schönsten Ehemaliger-Außerordentlicher-Professor-Stimme. »Zwischen Koreanern, Gujaratis, Westafrikanern und sowjetischen Juden. Heranwachsende aus diesen Gruppen tendieren dazu, besonders feste Bindungen einzugehen, obwohl wir nicht genau wissen, warum.«

»Eine coole Nigerianerin hätte unserer Gang gutgetan«, sagte Karen. »Oder ein Nigerianer.«

»Die sind erst kurz nach unserer Generation gekommen«, sagte Vinod.

»Sie drei haben sich also in der Highschool kennengelernt?«, fragte der Schauspieler.

»Im ersten Jahr«, sagte Vinod.

»Ich habe fast keine weißen Freunde«, sagte Senderovsky. Und, hätte er am liebsten stolz hinzugefügt, meine Tochter ist wahrscheinlich genderfluid.

»Danke, Mister Darum-geht's-hier-nicht«, sagte Ed.

Die Hände in blauen Einmalhandschuhen, hatte Masha begonnen, die *pasta nel sacco* aufzutragen. Die Pasta war klebrig, fand Senderovsky, jedenfalls nicht al dente, und die weißen Trüffel, obwohl schmackhaft, bildeten eine Art Brei. Der Grundbesitzer selbst wusste kaum, wie man Wasser kocht.

»Sie hätten die beiden sehen sollen, als ich sie kennengelernt habe«, sagte Karen bezüglich Senderovsky und Vinod. »Was die für *Sachen* anhatten! Ich habe ihnen ständig Vorträge gehalten. ›Wenn ihr euch so anzieht, wie ihr euch anziehen wollt, und auf Partys geht, werden die Leute euch einfach für schräg halten. Wenn ihr euch anzieht, wie ich es euch sage, werden die Leute euch bezaubernd finden. Ja, ich weiß, die Stadt ist verdammt oberflächlich!‹«

»Wie haben sie sich denn angezogen?«, fragte Dee zwischen zwei Bissen Pasta, die sie köstlich fand. »Schildern Sie uns doch mal ein paar Highlights.«

»Ja, wie haben sie sich angezogen?«, tönte Nat.

»Also dein *Daddy* hat Puka-Muscheln getragen!«

Alles lachte, auch Nat, die Puka-Muscheln nicht kannte. Masha hakte das unter »akzeptables Sozialverhalten« ab – das Bedürfnis, sich anzupassen.

»Das kann ich mir nur allzu gut vorstellen«, sagte der Schauspieler.

»Und Vinny hier stand total auf Teva-Outdoorsandalen.«

»Ach«, sagte Masha. »Da habe ich auf dem Dachboden einen Karton gesehen. Vielleicht sind das ja deine.«

Senderovsky und Vinod warfen einander einen kurzen Blick zu. »Ich dachte, der Karton wäre eingelagert«, sagte Senderovsky. Er hatte den Blick bis fast auf die Füße gesenkt, um seine Miene zu verbergen, und wandte ihn dann, weil er das für zu verräterisch hielt, stattdessen einem Baum zwischen den Bungalows zu, auf dem ein mysteriöser Vogel mit gelben Schulterpolstern schlummerte.

»Wieso eingelagert?«, fragte Masha.

»Ich habe in der Stadt einen Lagerraum gemietet.«

Senderovsky war kein guter Lügner, aber seine Frau wollte ihm dennoch glauben. Und Vinod war, obwohl von seinen Eltern dazu erzogen, stets auf der Hut zu sein, nicht von Natur aus misstrauisch.

»Aber warum denn?«, fragte Masha. »Wir haben hier oben so viel Platz.«

»Wir sollten den ganzen alten Kram durchsehen«, sagte Karen. »Ich habe vor Kurzem in meiner alten Wohnung in Crown Heights ein paar Fotos von uns gefunden, die sind zum *Brüllen.*«

»Karen ist unsere Archivarin«, sagte Vinod. »Eigentlich verrückt, wenn man bedenkt, wie viel sie zu tun hat.«

»Was machen Sie denn beruflich?«, fragte der Schauspieler Karen. Er bemühte sich, freundlich zu sein. Sich zu beteiligen. Niemand konnte ihm Desinteresse vorwerfen. Für alle Fälle strich er sich das Haar etwas zurück.

»Sie arbeitet in der Hightechbranche!«, schrie Nat. »Ihre Firma hat ein Lizenzabkommen mit BTS. Anstatt ›Fake Love‹ singen sie ›Real Love‹. Ich hab's gerade nachgeschlagen.«

»Stimmt das?«, fragte der Schauspieler, plötzlich munter werdend.

»Sie hat vergangenes Jahr die Nummer eins unter den Apps entwickelt«, sagte Vinod, so stolzgeschwellt, als spräche er von seiner Mutter oder seinem Kind. »Haben Sie mal Tröö Emotions ausprobiert?«

»Ist ja irre!« Über den Tisch hinweg sah der Schauspieler Karen mit einer Art gespielt verblüfftem »Was haben *wir* beide eigentlich hier verloren?«-Lächeln an. »Meine Freundin wollte, dass ich das mit ihr mache. Ich musste sie abschießen.«

»Zu viel Angst?«, fragte Karen.

»Wie viel verliebter können wir schon sein?«, sagte der Schauspieler.

»Ach«, sagte Masha, die seinen Ton fehlinterpretierte.

»Ich weiß noch nicht mal genau, wie es funktioniert«, sagte der Schauspieler.

»Es funktioniert nicht immer«, sagte Karen. »Wir werden von einer Menge unglücklicher Menschen verklagt. Obwohl der Download gratis ist.« Die Verheirateten, die ihre Partner an die App verloren hatten und sich inzwischen an einer weiteren Sammelklage beteiligten, ließ sie unerwähnt.

»Man macht ein Foto von sich, wie man jemandem in die Augen schaut?«, fragte der Schauspieler.

»Und *zack*!«, sagte Ed, »sind beide ineinander verliebt.«

»Manchmal«, sagte Karen.

»Aber wie kommt man bloß auf so was?«, fragte sich der Schauspieler und warf die Hände hoch.

»Karen hat einfach auf ihrem Computer herumgedaddelt«, sagte Senderovsky.

»Bitte sag niemals ›herumgedaddelt‹«, sagte Karen.

»Sie hat einfach herumgedaddelt, und so ist sie darauf gekommen.«

Der Schauspieler war immer noch erstaunt von seiner

Tischnachbarin. »Aber was ist der *Impetus* dafür, so etwas überhaupt *ins Auge zu fassen*?«, fragte er. »Sind Sie bei einer Highschool-Aufführung des *Mittsommernachtstraums* als Puck besetzt worden?«

»Sagen wir einfach, jemand hat als Kind nicht genug Liebe bekommen«, sagte Ed. Er machte eine dramatische Kunstpause. »Und dieser Junge war ich.«

Dee lachte. Ed fielen ihre übergroßen Schneidezähne auf. Er hatte einmal in Italien ein Mädchen mit solchen Zähnen gedatet, das fast dreißig Zentimeter größer war als er. Sie pflegte Ed, der sich tot stellte, auf den Armen durch die Straßen von Bologna zu tragen, im Zuge einer künstlerischen Performance, die sie *La Pietà Mobile* nannte. Das war fast dreißig Jahre her. *Vor einer Generation*, dachte Ed. Das Schräge und Wilde war der Welt größtenteils schon vor dem Virus ausgetrieben worden. Vielleicht konnte jetzt ja etwas davon wiederkommen.

»Sie sollten es mal ausprobieren«, sagte Dee zu dem Schauspieler.

»Ich? Bei wem? Oder sagt man ›mit wem‹?« Er sah Senderovsky an, der die Achseln zuckte. Idiomatik war nicht sein Fachgebiet. Im Englischen navigierte er auf Sicht, wie ein Pilot, der ohne die Hilfe von Instrumenten fliegt.

»Ihr beide solltet es ausprobieren«, sagte Vinod zu Dee und dem Schauspieler. »Das wird bestimmt nett.«

»Können wir nicht *ein Mal* unsere Handys stecken lassen, wenigstens während wir essen?«, sagte Ed.

Karen fiel sein Ton auf; überrascht sah sie ihn und Dee und dann wieder ihn an. Ed hatte nie Gefühle. »Oder ihr beide könntet es ausprobieren«, sagte sie und zeigte auf Dee und Ed. »Ihr sitzt schon nebeneinander.«

»Ich glaube nicht, dass wir dieses Experiment angesichts der Abstandsregeln durchführen können«, sagte Masha.

»Das stöömmt«, sagte Ed.

»Sie müssen das alles so satthaben«, sagte Dee zu Karen.

»Aber wenn Dee mitmacht, bin ich bereit, das Risiko einzugehen«, sagte Ed.

»Masha hat nicht ganz unrecht, was das Abstandhalten angeht«, sagte Karen. »Wir kriegen tatsächlich Schwierigkeiten, jetzt, wo alles in den Lockdown geht. Wir bieten eine Haftungsausschlussklausel: Nur für den Hausgebrauch.«

»Ich bin ernsthaft gewillt, es auszuprobieren«, sagte der Schauspieler. Er blickte in die Runde. »Ich meine, heutzutage ist alles so verdammt langweilig. Und wir haben die Erfinderin hier bei uns. Dee, was meinen Sie? Was ist das Schlimmste, was passieren kann?«

»Ich bin dabei«, sagte Dee. »Ich verliebe mich so oder so nicht.«

»Absolut richtig«, sagte Senderovsky. »In der Schreibwerkstatt waren alle hin und weg von Dee, aber sie hat denen bloß was vorgemacht.«

Dee reichte ihr Smartphone Karen, dann stand sie auf und ging zu dem Schauspieler hinüber; aus irgendeinem Grund hätte es nicht andersherum sein können. »Die beiden machen das nur ein Mal und nur für eine Sekunde«, sagte Masha zu Nat. »Ansonsten halten sie Abstand.«

»Nicht, wenn die App funktioniert«, sagte Ed.

Der Schauspieler war etwa einen Kopf größer als Dee. Er trug eine Jeansjacke, die nach Billigmarke aussah, es aber nicht war. Mit Dees modischem Fleece und ihren tief liegenden blauen Augen, dachte Senderovsky, wirkten die beiden wie ein eingespieltes Paar, ihre handfesten Anglo-Gesichtszüge, seine ethnisch vielfältige Herkunft, ein wirklich verlegenes Lächeln und eine sorgfältige Inszenierung von Verlegenheit. »Also, wie gehen wir vor?«, fragte der Schauspieler.

»Bitte atmet einander nicht an«, mahnte Masha.

»Dreht die Köpfe um etwa dreißig Grad«, sagte Karen von ihrem Regiestuhl aus. »Und dann schaut ihr euch einfach in die Augen.«

»Als wären wir verliebt?«, fragte Dee.

»Das übernimmt der Algorithmus.«

Dee blickte zu dem gut aussehenden Mann neben sich auf. Sie hätten sich in ihrer beider Lieblingsbar in der Canal Street getroffen haben können, die, wie die Veranda, in Kerzenlicht und äthiopischen Jazz getaucht war. Er hätte einfach ein weiterer besonders attraktiver Fremder sein können, der durch ein Leben voller attraktiver Fremder streifte. »Hi«, sagte sie.

»Hallo«, sagte der Schauspieler. Er konnte den kräftigen Duft von Butter und Parmesan in ihrem Atem riechen und fragte sich, ob das hieß, das sie einander zu nahe und damit potenziell ansteckend waren. Er stellte sich seine umfangreichen Todesanzeigen vor. Seine Miene ergänzte sich um einen Ausdruck von Kummer, den Dee fälschlich für Verlangen hielt.

»Bitte lächeln!«, schrie Nat, während Karen die beiden fotografierte.

»Was passiert jetzt?«, fragte der Schauspieler.

»Es wird formatiert«, sagte Karen. »Lassen Sie ihm einen Moment Zeit.«

»Erinnerst du dich an diesen Film, *Der helle Wahnsinn*?«, sagte Senderovsky zu seiner Frau, die neben ihm saß, während Nat rittlings auf ihrem Stuhl hockte wie ein Lakai (Unfähigkeit still zu sitzen und still zu halten, vermerkte

Masha). »Wir haben ihn damals in der alten Bungalowkolonie mit einem Projektor angeschaut.« Auf Russisch fügte er leise hinzu: *Erinnerst du dich?* Aber Masha hatte wie alle anderen den Blick auf Dees Smartphone geheftet. Die gesamte Veranda war nun gleichsam in Ölfarben erstarrt, ein von Goya dargestelltes Sommerhaus außerhalb von Madrid, voller Höflinge und Bediensteter, deren jeweiliger Gesichtsausdruck ihr wahres Wesen verriet: aufgeregt, frustriert, gebieterisch, hoffnungsvoll, begehrend, begehrt.

»Hier«, sagte Karen. Sie gab Dee das Telefon zurück.

Dee betrachtete das digital optimierte Foto. Sie sahen tatsächlich glücklich aus im Kerzenlicht, glücklich wie alte Freunde, die einander eine ganze Weile nicht gesehen hatten, glücklich wie das aus Senderovsky, Karen und dem Inder bestehende Trio. Der Schauspieler war doof, ein schöner, doofer Wuschelkopf von einem Mann. Aber das Foto schien nichts als ein Social-Media-Artefakt erster Güte zu sein. Sie stieß einen leisen Seufzer der Erleichterung aus, fühlte sich sicher. Nichts würde sie vom beständigen, einsamen Kurs ihres Lebens abbringen.

»Wahre Lööbe?«, fragte Ed, die Hand fest um sein weiches Ohrläppchen gelegt.

»Ich brauche noch ein bisschen Zeit, um es zu verarbeiten«, sagte Dee.

»Auf die Schnelle geht es nicht«, sagte Karen.

»O je. Ich rufe beim Verbraucherschutz an«, sagte der Schauspieler.

»Vielleicht war sie ja schon in Sie verliebt«, sagte Senderovsky. Masha sah ihn an und schüttelte traurig den Kopf. *Das ist mein Lebensunterhalt*, hätte er ihr am liebsten gesagt. Dee blieb auf Abstand, während sie um den Tisch herumging und das Telefon ins Blickfeld der anderen hielt. Ein höflicher Konsens bildete sich heraus. Sie sahen sehr süß aus miteinander. Sie sahen aus wie ein Paar. Sie sahen aus, als *könnten* sie ineinander verliebt sein. So sah relative Jugend nun mal aus. (Der Schauspieler war zehn Jahre älter als Dee, aber immer noch jünger als Senderovsky und seine Landsleute.) *Schrecklich.*

»Los geht's«, sagte Dee, als sie dem Schauspieler das Telefon hinhielt.

»Soll ich schon mal den Ehevertrag aufsetzen?«, sagte der Schauspieler. Masha stöhnte innerlich.

»Sehen Sie sich die Augen an«, sagte Karen. Der Schauspieler dachte, sie meinte Dees Augen, und nahm sich ein paar Sekunden Zeit, sie zu begutachten. Ihre Augen waren zum Flirten aufgelegt, schelmisch, vielleicht bemüht, eine Art Boshaftigkeit zu kaschieren. Sie versuchte sich zurückzuhalten, dachte der Schauspieler, versuchte Distanz zu seinem Charme zu wahren, was an sich ein Kompliment war. Er war drauf und dran, etwas Höfliches zu sagen.

Doch dann betrachtete er seine Augen. Vom anderen Ende des Tisches beobachtete Karen, wie sein Gesichtsausdruck sich änderte. Seine Augen auf dem optimierten Foto waren nicht seine Augen. Sie waren nicht seine fotogenen Augen. Sie waren nicht seine Schlafzimmeraugen. Sie gehörten nicht Getty Images. Sie gehörten nicht seinem ungeahnten Selbst. Vielleicht lag es an Senderovskys Bemerkung von vorhin, aber er musste an die Filme der 1980er denken, an die erhellende Berührung eines Außerirdischen, die Flut von Licht und Erkenntnis. Der lächelnde Mann vor ihm war der, der er sein musste, die endgültige, die vollendete Version, und diese Frau, die ihm das Telefon hinhielt, mit ihrer rotblonden, störrischen Tolle und ihren ungezupften Brauen, war diejenige, die ihm den Aufstieg zu jener Stufe ermöglichte. Er konzentrierte sich auf seine Augen, wie er sich auf seinen Text konzentriert hätte. Die *Method* war ein Lageplan, aber kein Mensch wusste, wie oder warum eine Rolle in sich stimmte.

Karen entsann sich jetzt, dass ihre Marketingpräsentation für Tröö Emotions mit einem Foto des Schauspielers und der norwegischen Prinzessin begonnen hatte, mit der er damals liiert gewesen war. Er war zwar nie Markenbotschafter gewesen, hatte jedoch das grobe Raster des Algorithmus stets beispielhaft verkörpert.

»Na?«, sagte jemand.

»Hübsch, sehr hübsch«, sagte der Schauspieler und lachte. Andere lachten mit ihm. Dee lachte. Aber Karen kannte diesen Ton.

»Hoppla«, sagte sie leise, und ihr Abstand zu den anderen sorgte dafür, dass das Wort ungehört blieb, wenngleich Ed es ihr von den Lippen ablas.

Dee ging wieder zu ihrem Platz zurück. »Die App macht Spaß«, sagte sie zu Karen. »Egal ob sie funktioniert oder nicht, sie bringt einen dazu, dass man darüber nachdenkt, was Leute voneinander wollen.«

»Das stimmt«, sagte der Schauspieler, immer noch in seinem leichten Dämmerzustand. Er sah zu Dee am anderen Ende des Tisches hinüber, ihr Körper ein Fleck aus grüner und oranger Wärme inmitten der Schwärze seiner Nachtsichtigkeit. »Wenn Sie so nett wären«, sagte er zu ihr, »mir dieses Foto zu schicken?«

7

Alkohol ist für jede Erzählung ein Geschenk, und jeden Autor verzückt das *Plopp*, mit dem ein Korken gezogen wird. Jetzt werden sich die Protagonisten demaskieren. Jetzt werden bei Lachen und Liebe die Hemmungen fallen. Jetzt werden die Hauptfiguren flirten und grausam abblitzen, und die Ungeliebten werden in ihre Gläser seufzen und sich zu erinnern versuchen, wie es war, begehrt zu werden.

Eine Stunde später – alle Erwachsenen bis auf Masha und den Schauspieler waren angetrunken – stellte Senderovsky fest, dass zwischen seinen Beinen eine weitere Flasche Primitivo klemmte, die er gerade zu öffnen versuchte.

»Das kann auf keinen Fall unbedenklich sein!«, rief ein betrunkener Vinod.

»Meine Oberschenkel haben das Virus nicht!«, rief Senderovsky zurück.

»Doktor?«, wandte sich Vinod an Masha. »Ihre fachliche Meinung?«

»Das wäre ein komplizierter Übertragungsweg. Allerdings wissen wir noch nicht, was möglich ist.« Sie bemerkte, dass der Ofen in der Ecke nicht richtig zog und eine starke Hand, nämlich ihre, brauchte.

»Das habe ich in eurem Bahnhof auf dem Bahnsteig gesehen«, sagte Ed und hielt sein Telefon hoch, damit die anderen, jeweils einzeln, einen Blick darauf werfen konnten. Es zeigte ein Foto von einem Aufkleber in Rot, Weiß und Blau, der sich durch eine Art außerirdischer Ikonografie auszeichnete: ein dekonstruiertes Hakenkreuz, darin gefangen die Segmente einer Schlange, dazu die Worte PATRIOTIC DEFENSE LEAGUE. SLEGS BLANKES.

Senderovsky und Masha dachten beide an die vielen Tätowierungen, die die Unterschenkel ihres Hausmeisters zierten. »Solches Zeug sehe ich hier öfter, und es macht mir Angst«, sagte Masha. »An der Hauptstraße hat jemand eine Flagge mit einem Adler, der auf einer Weltkugel sitzt. Und durch die Weltkugel geht ein Anker.«

»Ich habe drei Onkel bei dieser Organisation«, sagte Dee.

»Bei der Patriotic Defense League?«, fragte Masha. »Das ist ja zum Fürchten!«

»Nein, bei den US-Marines.«

»Ach so«, sagte Masha.

»Nur zu, Mädchen«, sagte ein betrunkener Ed zu Dee. »Geben Sie's ihnen! Nieder mit den herrschenden Eliten!«

»Nur damit Sie Bescheid wissen«, sagte Karen, »Ed ist der Spross einer Chaebol-Familie.«

»Chaebol light«, sagte Ed. »Und außerdem bin ich das schwarze Schaf der Familie. Neuerdings halten sie mich an der kurzen Leine.«

»Wenn man ein Fremdwort benutzt, wäre es vielleicht cool zu erklären, was es bedeutet, sonst kommen sich einige unter uns vielleicht dumm vor«, sagte Dee.

»Ganz recht«, sagte der Schauspieler. Mit plötzlich auflodernder Heterosexualität sah er Dee an.

Die beiden Koreaner erklärten Dee geduldig, was »Chaebol« bedeutet. »Aber meiner Familie gehört nicht Samsung oder so was«, warnte Ed. Er war inzwischen schwer betrunken; seine Hand lag nicht mehr hinter seinem Ohr. Irgendetwas in ihm wollte Dee begreiflich machen, dass er über Geldmittel verfügte. Genug für ein anständiges Leben, genug für Chania.

Masha dachte immer noch an den faschistischen Aufkleber auf dem Bahnsteig, an ihre nicht angezündeten Sabbatkerzen und an ihre asiatische Tochter. »Was bedeutet *slegs blankes*?«, fragte sie.

»›Nur für Weiße‹«, sagte Ed. »Das ist Afrikaans.«

»Na großartig«, sagte Masha. »Einfach großartig.«

»Mehr Wein, Proffi!«, verlangte Dee.

»Sie kriegen nichts mehr«, sagte Senderovsky, schenkte ihr allerdings noch einmal kräftig nach, während er aus dem Augenwinkel den Schauspieler ansah. Er hatte bemerkt, wie der Schauspieler Dee anstarrte, und wollte feststellen, wohin sich das Ganze entwickelte.

Dee kippte den gehaltvollen, fruchtigen Edeltropfen hinunter. Ed machte ihr im Stillen seine Vorstellung von einer denkwürdigen Reise nach Kreta schmackhaft, aber etwas anderes schien sie zu beschäftigen. Sie wandte sich an Senderovsky. »Wissen Sie, anstatt all diese Cottages zu bauen, oder wie Sie die nennen, und Ihre Freunde hierher einzuladen, könnten Sie stattdessen doch auch ein paar Ortsansässige kennenlernen. Sind doch schließlich auch Menschen, oder? Ex-Marines und so weiter.«

»Stimmt«, sagten Ed und der Schauspieler.

»Sie sind mir vielleicht ein Feuerkopf«, sagte Masha.

»Sasha weiß im Grunde gar nicht, wie man neue Freunde gewinnt«, sagte Karen. Sie wies auf die gesellige Runde. »Das alles hier ist bloß Mache.«

»Sie sollten eine App für *ihn* entwickeln«, sagte Dee. »Einem Brother aus der Klemme helfen.«

»Verdaaaammt«, sagte Ed.

»Im Seminar war sie ständig so«, sagte Senderovsky, »besonders wenn sie einen in der Krone hatte.«

»Als wir für *München am Hudson* recherchiert haben, bin ich mit ein paar echten Nazis rumgezogen«, sagte der Schauspieler.

»Der Film war gruselig«, sagte Masha.

»›Die ham richtig Tinte aufm Füller‹«, rappte Dee in ihr Weinglas, »›sin' nämlich alles Schwänze, diese Killer.‹«

Senderovsky und seine Freunde erkannten sofort, welchen Rap-Song Dee sich da aneignete, und lächelten wehmütig. Er war fester Bestandteil der Partys gewesen, die Senderovsky und Vinod nach ihrem Collegeabschluss in ihrer beengten, aber keuschen Einzimmerwohnung veranstaltet hatten. Der Schauspieler hatte ihn zuerst in der Highschool gehört. Dee musste damals, als der Song herauskam, wie alt gewesen sein? Sieben? Der Schauspieler bedachte diesen Umstand. Ihr Verhalten, wer sie war, überrollte ihn wie die Gezeiten. Sie stellte sich gegen ihren ehemaligen Lehrer, gegen die Langweiligkeit von Leuten seines Schlags, die Zaghaftigkeit und fehlende Abenteuerlust. (Genau das waren auch die Probleme mit seinen endlosen Fluten überarbeiteter Drehbücher.) *Sieh mich an!*, schrie der Schauspieler innerlich, so laut, dass die Umgebungsgeräusche verschwanden, das Rascheln nackter Zweige, das Jaulen von Kojoten, die von den Angstpheromonen der aufgewachten Schafe in der Nachbarschaft Wind bekamen. *Warum siehst du mich nicht an?* Wenn du fragst, werde ich antworten. Wenn du dich erkundigst, werde ich Auskunft geben. Wenn du das Streicheln meiner Finger, das

Piken meiner Bartstoppeln, das Spiel meiner Zunge willst, werde ich es dir geben. *Aber zuerst musst du mich so ansehen, wie ich dich ansehe!*

Masha hatte ihre Hände auf Nats Ohren gelegt. »Okay«, sagte sie. »Ich denke, es wird Zeit, dass jemand schlafen geht.«

»Tut mir leid, Nat«, sagte Dee. »Ich hätte kein schmutziges Wort gebrauchen dürfen. ›Schwänze‹ ist ein schmutziges Wort.«

Und sie weiß, wann sie zerknirscht sein muss, dachte der Schauspieler. Sie hat alles unter Kontrolle, auch wenn sie unter Beschuss gerät.

»Schon okay«, sagte Senderovsky. »Irgendwann muss sie ja mal etwas über die männliche Anatomie erfahren, warum also nicht heute Abend? Aber jetzt ab ins Bett, *sladkaya.*« Süße.

Die Lautstärke des Heulens kam unerwartet. »Nein!«, schrie Nat und brachte damit sogar die Kojoten zum Schweigen, die die Umzäunung der Schaffarm inspizierten. »Ich will nicht schlafen gehen!« Sie rannte auf der Veranda herum und kam anderen dabei gefährlich nahe. Die Welt war ein Wirbelwind aus schönen und unfairen Dingen. Sie wollte ihren Kopf in Mommys Bauch rammen, wollte die Anfänge von Daddys neuem Bart zerraufen, leicht an Karens Feincordhose entlangstreichen, die sie sich so weich vorstellte wie bla bla bla *Lama Lama im Pyjama*, und warum war sie inzwischen zu alt für dieses Buch? Und was war eigentlich mit der kleinen Wohnung ihrer Eltern in der City passiert, und was mit Dennis dem Doorman und seinem hinten zerknitterten Anzug, und was mit ihrem grell erleuchteten Klassenzimmer und den Welten, die ihre Klassenkameradinnen untereinander entwarfen, Welten, in die sie nicht eingeladen wurde, die sie jedoch von der Insel Elba ihrer sogenannten Ruhematte aus beobachtete und katalogisierte, und was war passiert, was war passiert, was war passiert? Senderovsky sah zu, wie seine Tochter heulend herumrannte, völlig außer Kontrolle. Er kannte ihre Gedanken nicht, aber er registrierte ein Aufmerksamkeitsdefizit-Hyperaktivitätssyndrom, die Grenzgebiete des Autismus, einen Verlust der exekutiven Funktionen, pragmatische Kommunikationsstörungen – sämtliche Therapeuten und spezialisierten Schulen wollten ein Stück von ihr haben, alle hatten sie eine neue Idee, was ihr fehlte, aber die einzige Diagnose, die jemals hängen geblieben war, war die von ihm und Masha Ashkenazi: generalisierte Angststörung. In unvorstellbarer Größenordnung. Der einzige Traum, den er für sein Kind hatte: dass ihm die Demütigungen des Immigranten erspart blieben. Doch obwohl sie nicht an seinem und Mashas inzestuösem Genpool teilhatte, konnte er sie nicht vor diesem speziellen Schmerz bewahren.

Masha hatte ihre schreiende Tochter eingeholt und hielt sie nun in den Armen. Sie sprach in bestimmtem Ton. »Du möchtest nicht schlafen gehen, nicht wahr, Nat?« Die Therapeutinnenstimme. »Das muss sehr frustrierend für dich sein.«

»Ja!«, nuschelte Nat unter Tränen. »Es ist sehr frustrierend.«

»Was braucht es denn, damit es dir besser geht?«

»BTS!«

»Kein Bildschirm direkt vor dem Schlafengehen. Wie wär's mit einem Präriehundekuss?«

Karen verfolgte die Szene wehmütig. Sie konnte die trockenen Lippen des Kindes auf ihrer Stirn spüren. »So wissen sie, dass sie die Richtigen sind«, sagte sie laut. Vinod hätte am liebsten über den Tisch gelangt und Karens Hand ergriffen. Er hatte geweint, als er von ihrer Scheidung erfuhr, wusste allerdings nicht, um wen.

»Was heißt das?«, lallte Dee. »Was ist ein Präriehundekuss?« Aber Karen mochte es ihr nicht erklären. Sie behielt es für sich.

Nachdem Nat und Masha Gute Nacht gesagt hatten, stand Dee auf und sagte: »Tja, ich bin dann auch mal lieber ein braves Mädchen und mache Feierabend.«

»Keinen Absacker?«, fragte Ed.

»Wie lautet Ihre E-Mail-Adresse, damit ich Ihnen das Foto schicken kann?«, fragte Dee den Schauspieler. Er schrieb sie auf eine Papierserviette, wobei er die eine Hand mit der anderen ruhig hielt.

Sie sahen ihr nach, wie sie die Zedernholzstufen hinunterging, lauschten dem Klatschen ihrer Sandalen. (War es nicht zu kalt für Sandalen?, dachte der Schauspieler.) In den Bungalows hatte man keinen Empfang, deshalb ging sie ins Wohnzimmer, um dem Schauspieler das Tröö-Emotions-Foto zu schicken. Ein nichtssagender Raum, bis auf einen Steinway-Flügel und die musealen Fensterbänke und Rahmenleisten aus Kastanienholz; die Identitäten seiner Bewohner waren nach außen, in Richtung der Bungalows, projiziert worden. Es gab ein einziges, silbern gerahmtes Foto von Senderovsky und Masha als Zwölfjährige in der russischen Kolonie auf der anderen Seite des Flusses. Es sah so aus, als säßen sie auf einem Heuhaufen, und gegen ihre spillerige Unschuld nahm sich Dees eigene in jenem Alter geradezu zwergenhaft aus. Senderovsky hatte genügend krumme Zähne, um ein halbes Lächeln damit zu bestreiten. Sein Blick war auf Masha gerichtet, genau wie vorhin der des Schauspielers auf Dee. Und Masha selbst war eine schlanke Schönheit mit einer Prise von etwas nicht ganz Europäischem, die ihre Erklärung vielleicht in einem wuchtigen russischen Band in dem Bücherregal neben dem Flügel fand, einem Buch, das umriss, wie sich die Mongolische Eroberung auf die Kiewer Rus ausgewirkt hatte. Dee ging hinaus, vorbei an der Veranda (erneut richteten sich zwei männliche Augenpaare auf sie, diesmal freilich andere als zuvor) und auf ihren Bungalow zu, der, in einen frostigen Schimmer getaucht, auf seinen Fußbalken hockte.

»Ich sollte mich auch hinhauen«, sagte der Schauspieler, nachdem die Tür von Dees Bungalow sich geschlossen hatte und das kleine Haus bernsteingelb erstrahlte. Er stand auf und schlang die Arme um sich, wie um sein Herz wieder an die richtige Stelle zu drücken, eine Kammer nach der andern.

»Aber es gibt noch eine Käseplatte«, sagte Senderovsky.

»Wir haben morgen viel zu tun«, sagte der Schauspieler zu Senderovsky, mit einer Stimme, die, wie er hoffte, seinen Rang und seine Autorität vermittelte, die jedoch in Anbetracht seines neuen Leidens niemanden zu überzeugen vermochte.

8

»›*You smoke*‹«, sang Karen und reichte ein imaginäres Mikrofon an Vinod weiter.

»›*I smoke*‹«, sang Vinod und reichte das Mikrofon zurück.

»›*I drink*‹«, sang Karen.

»›*Me too*‹«, sang Vinod.

»›*Well good*‹«, sang Karen, »›*cuz we gon' get high tonight.*‹«

Senderovsky und Ed saßen auf einem der nautisch anmutenden, Feuchtigkeit abweisenden Verandasofas (dem Designer hatte ein Strandhaus vorgeschwebt) und sahen zu, wie ihre Freunde im Kerzenlicht zur Musik tanzten. »Zum ersten Mal haben wir diesen Song an dem Abend gehört, an dem wir beide uns kennengelernt haben«, sagte Senderovsky, der Haushistoriker, zu Ed. »Das war 2001, ein denkwürdiges Jahr, in diesem Brownstone in Fort Greene, in dem Suj und ich damals gewohnt haben. Erinnerst du dich noch an meine Ex-Freundin Suj? Was aus der wohl geworden ist?« Ed zuckte die Schultern. »Irgendein Typ lief mit einer Rüstung rum, und einer von den stellvertretenden Bürgermeistern oder ein Stadtrat oder so was hat im Badezimmer im zweiten Stock mit dir Kokain geschnupft! So haben wir uns kennengelernt, stimmt's? Als ich bei dir und dem Vizebürgermeister reingeplatzt bin.«

»War das nicht die Party, auf der du Masha wiederbegegnet bist?«, sagte Ed. Er hatte eine Flasche Wein und die vier Gibsons getrunken, die Dee hatte stehen lassen.

»Auf dieser Party ist eine ganze Menge passiert«, sagte Senderovsky. »Die hat vieles ins Rollen gebracht.«

Karen und Vinod plumpsten kurz hintereinander auf das Sofa gegenüber, das die perfekte Aussicht auf die Schaffarm und deren viele rustikale Baulichkeiten bot, eine Bungalowkolonie für Vierbeiner. Sie waren schweißgebadet und lachten, ihre Hände suchten einander, begierig nach Körperkontakt. Vinod verlor sich im *Gluck-gluck-gluck* ihres altersgedämpft albernen Lachens, dem Schimmer ihrer Wangenknochen. Karen spürte die Jahre von sich abfallen. Als sie nach ihrem Glas auf einem Beistelltisch griff, hätte sie nach einer Karaffe billigem Beaujolais im damaligen Lieblingsrestaurant der Gruppe in der City greifen können, einer Brasserie namens Florent, der chrombewehrten Festung ihrer Ursprungsgeschichte. Jetzt fürchtete sie sich vor der Verdichtung der Zeit, vor der Unschuld, die Vinod heraufbeschwor. Ständig bekam sie zu hören, dass ihr Leben jetzt, und erst jetzt, »unbegrenzte Möglichkeiten« biete. Aber alle diese Möglichkeiten erschienen ihr durchaus begrenzt und zudem mit Sternchen versehen, hervorgegangen aus nicht ausgeübten Aktienoptionen, nicht jedoch aus dem Verständnis für andere. Der Verlauf war klar: Mit jedem verstreichenden Jahr würde sich ihr Alleinsein verschärfen, bis selbst der Badezimmerspiegel ihres Lofts in der White Street einen Weg finden würde, sie abzulehnen, ihr das Gesicht einer anderen zeigen würde.

»Ihr beide seid hinreißend!«, rief Senderovsky. »Vinod, erinnerst du dich noch an diese Party in Fort Greene, auf der wir Ed kennengelernt haben? Und ich nach zwanzig Jahren Masha wiederbegegnet bin?«

Vinods Lächeln schwand. Er ertappte sich dabei, dass er

die Beine übereinanderschlug. »Ja«, sagte er ohne Gemütsbewegung. »Tolle Party.« Er hatte im Augenblick keine Lust auf eine Zeitreise, schon gar nicht zu dieser speziellen Soiree. Er musste wieder an seinen Teva-Karton mit dem Roman darin denken.

»Noona«, sagte Ed mit halb geschlossenen Augen zu Karen. »Machst du mir einen Käseteller? Bitte, bitte. Ich kann nicht mehr gehen.«

Karen seufzte und ging zu dem Tisch hinüber, wo sich viele pikante lokale Cheddars, cremige Époisses und triefende Greenswards mit Schinkenaroma um ein Feld von Trauben scharten. Sie musterte ihren entfernten Verwandten, sein offen stehendes Hemd, das ein Dreieck von Brusthaar frei ließ, sein Einstecktuch, seine Flügelkappenschuhe. Vielleicht hielt er sich für weltmännisch, aber er erinnerte sie an einen mittleren Angestellten in Seoul, der kurz vor Abfahrt des letzten Zuges in die S-Bahn-Station Apgujeongrodeo gestolpert kommt, auf dem Weg zu seiner unerbittlichen Hypothek und seiner unerbittlichen Ehefrau.

»Noona«, sagte Ed, als der Käseteller vor ihn hingestellt wurde. »Bestimmt hast du die App auch schon selber ausprobiert, oder? Funktioniert sie bei dir? Hast du sie mit Leon ausprobiert, bevor ihr euch getrennt habt?«

»Das ist ein bisschen persönlich, *bhai*«, sagte Vinod.

»Wieso denn persönlich, wir sind doch beste Freunde, oder?«

»Es freut mich, dass du nach so vielen Jahren immer noch die Fähigkeit besitzt, dich in jemanden zu verlieben«, sagte Karen, »aber Dee ist nicht die Richtige für dich.«

»Ach leck mich doch, *noona*«, sagte Ed. Der Satz brachte ihn zum Lachen. Er bezeichnete sie gern als seine »ältere

Schwester«. Senderovsky war froh, dass er die teure, achtzehn Jahre alte Flasche nicht geholt hatte: Ed hätte sie ruckzuck geleert und am nächsten Tag schon vergessen. »Ich soll auf eine nette, ausgeglichene koreanische Masha warten, stimmt's? Das ist aber nicht unbedingt jedermanns Sache. Nichts für ungut, Sasha.«

»Eddie.« Senderovsky streckte die Hand aus, obwohl das gegen Mashas Abstandsregeln verstieß. »Wie wär's, wenn wir dir das Einstecktuch aus- und einen Pyjama anziehen, was meinst du?«

Ed schnaubte und blickte in die Runde. *»Faces look ugly when you're alone«*, sagte er.

»Auf geht's, Jim Morrison.« Während sie von der Veranda wankten, zog Karen etwas aus der Tasche, was Vinod, die schlechten Augen zusammengekniffen, nicht richtig erkennen konnte. War das möglich?

»Okay, das ist jetzt vielleicht eine total blöde Idee«, sagte sie. »Aber ich würde sagen, wir ziehen uns das Ding rein. Genau wie in dem Song.«

»Du meinst, wir alle?«, fragte Vinod. »Was würde Masha sagen? Wir können doch keinen Joint rumgehen lassen.«

Sie ließen einen Joint herumgehen. Masha war in dem geräumigen Badezimmer im ersten Stock und schaute auf die Veranda hinab. So verstohlen wie ein Marrane zur Zeit der Inquisition hatte sie vor ihren Kerzen *»Lehadlik ner schel Schabbat«* geflüstert, um Nat im Zimmer nebenan nicht zu wecken, hatte die Kerzen mit einem einzigen geübten Luftausstoßen gelöscht und sah nun zu, wie ein Mann, der nur noch einen Lungenflügel hatte, *einen Joint rauchte, der gerade die Lippen eines anderen Menschen* *berührt hatte.* Und obendrein ließ sich Ed, den Arm um die Schulter ihres Mannes gelegt, von diesem zum Big-Island-Bungalow schleppen, und beider Gesicht glänzte von Alkoholschweiß.

Diese verdammten Idioten.

Nachdem er Ed losgeworden war, kehrte ihr Mann auf die Veranda zurück, wo man den Joint *an ihn* weiterreichte. Die Musik auf der Veranda war laut, Gott sei Dank ging Nats Fenster auf die andere Seite des Hauses, doch nun wurde die Musik von dem gottverdammten Idiotengelächter der vier übertönt, dem Karaoke der Verdammten.

Eine halbe Stunde später kam Senderovsky die Treppe heraufgestiegen und betrat in aufgekratzter Stimmung und mit roten Augen das gemeinsame Schlafzimmer. Er streifte endlich seinen albernen Hausmantel ab und stand in Sporthose und weißen Socken vor ihr. »Wasch dir die Hände!«, zischte Masha ihn an.

»Natürlich, natürlich«, sagte Senderovsky. »Du kannst mir sogar dabei zusehen.« Sie stand im Bademantel neben ihm, während er sich zwanzig Sekunden lang die Hände wusch und sich der Marihuanagestank im Badezimmer breitmachte wie der Mief eines Schmutzwäschekorbs.

»Also«, sagte sie, »wie viele von uns müssen für deine persönliche Neuinszenierung von *Der große Frust* sterben?«

»Bitte«, sagte Senderovsky. »Die letzten Jahre mit den Fernsehdrehbüchern und so weiter waren echt hart für mich. Hast du gehört, wie sich dein geliebter Schauspieler beim Essen über mich lustig gemacht hat? Ich bin der Einzige, den er so behandelt. Er kann Schwäche riechen. Lass mich einfach ein, zwei glückliche Minuten mit meinen Freunden genießen. Ich bitte dich, Masha. Ich brauche das.«

»Braucht Vinod das auch? Und du als Asthmatiker. Gestern Nacht habe ich dich im Schlaf husten hören.«

»Säurereflux.«

»Bist du jetzt Arzt wie unser Präsident?«

»Vinod hat seit drei Jahren keine Symptome mehr. Und außerdem war es nur Stadium II.«

Masha fing an zu weinen. Das Drama des Weinens war ihr ein Gräuel, eine Erinnerung an eine ferne Kindheit, und schon damals war es ihre inzwischen dahingegangene Schwester Inna gewesen, die zu den Aufmerksamkeit heischenden Tränen eines jüngeren Geschwisters neigte. Aber nur so konnte sie sich ihrem Mann als jemand präsentieren, der verletzt worden war, jemand anders als ein »weiblicher Stalin«.

»Masha«, sagte Senderovsky. Alle seine Emotionen wallten mächtig auf. Er hatte Karen um eine Prognose für den Schauspieler in Bezug auf Dee gebeten, und sie hatte gesagt, er sei jetzt vielleicht in einem nachgiebigen Zustand, verwirrt, desorganisiert, Orientierung suchend. All das könnte sich als wertvoll erweisen, könnte den Schauspieler in eine Position der Verwundbarkeit bringen, was das Drehbuch für den Pilotfilm anging. War das der Grund, warum er Dee und Karen mit eingeladen hatte?

Er folgte seiner weinenden Frau ins Schlafzimmer. »Mashenka«, sagte er.

»Fass mich nicht an. Womöglich bekomme ich es noch von dir.«

»Aber wir schlafen im selben Bett«, sagte er auf Russisch.

»Ich weiß gar nicht recht, ob das so eine gute Idee ist«, antwortete sie auf Englisch. Dass sie so kurz vor Mitternacht die unmelodische Sprache ihrer Wahlheimat verwendete, kam selten vor. Senderovsky wusste, dass er in Schwierigkeiten war. Im Bett rollte er sich, von ihr abgewandt, auf einer Seite zusammen, und das Blut wurde mit der Kraft von Elektrosila durch den Ziegelstein seiner Stirn gepumpt. Leute seiner Gesellschaftsschicht waren sowohl zu reich als auch zu arm, um sich scheiden zu lassen. Manche hatten es sogar aufgegeben, sich zu streiten, bloß als Vorsichtsmaßnahme.

»Du liebst mich nicht«, sagte sie.

»Doch, *sladkaya.*«

»Im Grunde liebst du niemanden.«

Er gab keine Antwort. »Was ist eigentlich in diesem Teva-Schuhkarton?«, fragte sie. »Was versteckst du vor deinem sogenannten Freund? Was hast du diesmal angestellt?«

Senderovsky gab keine Antwort.

9

Vinod lag in T-Shirt und Jeans unter dem Gujarati-Wiegenlied.

Er wusste, er würde von dem Tubus träumen, sowie er die Augen schloss. Wie er, den Tubus tief im Hals, aufwachte, ihn mit den Händen herauszuziehen versuchte, davon würgen musste. Er hatte von einem viel jüngeren und gesünderen Mann in New Orleans gelesen, den das Virus gefällt und der beim Aufwachen versucht hatte, zu schreien, das Ding herauszuziehen, die Augen vor Angst weit aufgerissen, hilfloser noch als jener Vinod, dem man soeben eröffnet hatte, dass das massive Sodbrennen, das er einer Pfefferschote in einem der ungeheuer scharfen *shaaks* seines Onkels zuschrieb, in Wirklichkeit Lungenkrebs war. Es sei denn, das alles war ein Traum und er war bereits intubiert. Das Tanzen mit Karen, der lippenstiftbefleckte, direkt von ihren Lippen weitergereichte Joint, die Fürsorglichkeit und Besorgnis von Masha und seinen Freunden, die makellosen violetten Berge hinter ihm, während er über den Fluss schwebte, die gespenstische Gegenwart des Schauspielers? Wie konnte dies alles kein Traum sein? Er würde jetzt jeden Moment erwachen und sich im Horror wiederfinden.

Karen duschte. Sie wusste, dass das heiße Wasser tagsüber ständig ausging: Senderovskys Bungalowkolonie hatte sich noch nicht komplett von ihrem sowjetischen Stammbaum gelöst. Sie spürte ihre rechte Hand zwischen den Beinen. Sich nicht selbst zu befriedigen, nachdem man dem Schauspieler am Tisch gegenübergesessen hatte, glich einem Besuch in einem schwedischen Möbelhaus, ohne dass man sich die billigen, tröstlichen Fleischbällchen gönnte. Trotzdem dauerte es lange, bis der Rhythmus des Wassers auf ihrem Rücken sie über die Ziellinie trug, die Stirn gegen das Linoleum der Duschkabine gepresst, während ihr ganzes Wesen sich schuldig und klein fühlte. Sie drückte sich noch etwas Flüssigseife in die Hand. Sie stellte sich Vinod vor, der lachte wie ein Nerd aus einem Film der Achtziger, total zugekifft. Sogar sein Lachen hatte einen Akzent. Sie hörte einen Heizkörper gegen die Fußleisten keuchen, als brächte er eine Beschwerde gegen sie, Karen, vor. Von allen Gästen hatte nur sie zwei Zimmer. Zwei Zimmer für eine Person. Plötzlich kam ihr ein Gedanke. Sie rannte in ihr Schlafzimmer und schnappte sich ihr Telefon, weil sie aus irgendeinem Grund glaubte, ihre Schwester habe ihr eine Nachricht geschickt. Aber in den Bungalows hatte man keinen Empfang, und ohne Verbindung war das Telefon nichts als ein dunkler Obelisk, sein Display eine flüssige Netzhaut voller falscher Sterne.

Auch Dee ließ eine Hand unter das Gummiband ihrer Unterhose gleiten. Mach doch einfach, dachte sie. Sie hatte sich nicht in ihn verguckt, aber hatte nicht einer seiner Filme sie einmal zum Weinen gebracht? Das war damals, als sie versuchte, den Übergang von quasi vorstädtischer Südstaatenbruchbude zur Studiowohnung mit Räucherstäbchenduft im Brooklyner Bushwick-Viertel zu schaffen, und ihre Tage in einem Zustand gesteigerter Verletzlichkeit verbrachte. Er war inspirierend, oder etwa nicht? Wie viele junge Frauen ihres Schlags hatte er auf seinen Schultern von den unbedeutenderen Metropolregionen in die bedeutenderen tragen helfen? Hatte sie nicht zu schreiben angefangen, damit sie eines Tages jemanden wie ihn kennenlernen konnte? Aber es war trotzdem mühsam, ihr Atem spielte nicht mit, der Zorn, der sie normalerweise zuverlässig vorwärtstrieb, bremste sie diesmal. Porträt einer Gesellschaftsschicht, dachte sie voller Bitterkeit, atmete ein letztes Mal lang gezogen aus, ihr Becken kam leise bebend zum Stillstand, die gerahmte Joan Didion starrte mit kühlem Mitgefühl auf sie herab. Hinterher war ihr schwindelig, als hätte sie irgendeinen unwichtigen Literaturpreis oder einen Online-Flame-War gewonnen. »Du hast Glück«, hörte sie sich in der Dunkelheit des winzigen Zimmers sagen. Warum um alles in der Welt hatte sie das gesagt? Weil sie der virusverseuchten City entkommen war? Weil der Schauspieler sie jetzt anscheinend liebte? Weil sie in eine Welt eingetreten war, in der spanischer Schinken viele Verkleidungen und Namen trug? Als sie die Augen schloss, erschienen Senderovskys weinverfärbte Immigrantenzähne vor ihr, schadhaft und väterlich. »Toll!«, sagte er.

Masha war es gleich, ob ihr Mann sie hörte, und er hörte sie. Sie spreizte die Beine, das Bett wurde von ihrem Duft überflutet, der, wenn ihr Mann sich nur daran erinnern würde, überwältigend war. Sie allein hatte eine konkrete Fantasie von dem Schauspieler: er auf die allernaheliegendste Weise auf ihr (was ihr an Fantasie fehlte, machte sie durch Feurigkeit wett), auf ebendiesem Bett, ihre Hände gegen seine Brust gepresst, weil sie nicht alles von ihm auf einmal zulassen konnte. So viel war über sein weiches Haar und die Farbe seiner Augen geschrieben worden, dass sie sich, um etwas Neues an ihm beanspruchen zu können, auf den Schmelz seiner Sklera konzentrierte. Weiß ist die Farbe der

Unendlichkeit, hatte Malevich verkündet. Hinterher starrte sie eine gute Stunde lang in die Dunkelheit, bis sie das Zimmer als Ganzes ausmachen konnte, das Kastanienholzfurnier der Fensterbank, die billigen Papierrollos, das prosaische Rechteck des Lichtschalters. Wann hatte sie sich das letzte Mal zugleich so gut und so voller Angst gefühlt? Im Flughafenterminal, wo es nach schrecklichen Zimtschnecken roch, an ihrer Seite ihr nervöser Mann, der die Abflugtafel nach »Beijing« absuchte, in Gedanken schon bei dem Anschlussflug nach Harbin, der Hektik eines übervölkerten neuen Landes, dem Moment, in dem sie ihre Tochter zum ersten Mal leibhaftig zu Gesicht bekommen würden.

In seinem Bungalow träumte Ed von Chania. Leider hatte der Grad seiner Betrunkenheit sämtliche Kurzzeiterinnerungen ausgelöscht, und Dee war nicht da, um seinen Reisebericht zu beleben. Der Traum nahm die Form einer endlosen Suche an. Er versuchte unentwegt, zu seinem Hotel zurückzugelangen, verirrte sich jedoch immer wieder in der Sommerglut griechischer Straßen. Er musste seiner Mutter, die in der Hotellobby auf ihn wartete, ein wunderschön verpacktes Geschenk bringen, aber er wusste nicht, was darin war. Er musste es ihr lediglich aushändigen, und dann würde das Dienstmädchen seiner Mutter ihm dafür ein Päckchen zusammengelegter Unterwäsche aushändigen. Das Geschenk war nur ein Detail; worauf es ankam, war die *Unterwäsche.* Ed nämlich war von der Taille abwärts nackt, während er durch die staubigen Straßen ging.

Als er seine Frau endlich schnarchen hörte, war es schon fast Morgen. Senderovsky schlich die leise knarrende Treppe zum Dachboden hinauf und tauchte kurz darauf, Spinnweben hinter sich herziehend, mit einem Teva-Schuhkarton wieder auf. Während er zur Haustür hinausging, die auf den vorderen Rasen mit seinen toten weißen Ästen führte, kam zur Hintertür der schlaflose Schauspieler mit seinem Telefon herein, mit dem er sich in das WLAN des Haupthauses einzuloggen gedachte – das Passwort stand in Mashas eleganter, postkyrillischer Handschrift auf der Memotafel am Kühlschrank. Er lud das Tröö-Emotions-Foto herunter, dazu alles, was er sonst noch über Dee finden konnte, einschließlich ihres Buches *Wie man sich selbst Steine in den Weg legt und kapituliert.* Es war, von Cleveland bis Catalunya, nicht weniger als vierhundertmal besprochen worden. Jedes Mal wenn er das Agenturfoto von ihr sah, vergrößerte er es mit Daumen und Zeigefinger. Ihre Augenbrauen waren nie gezupft, und ihr nüchterner Blick war eindringlicher als ihr beschwipster. In jüngster Zeit war sie in einen kleineren Skandal verwickelt gewesen. Sie hatte sich mit ein paar Bösewichten von der fragwürdigen Rechten eingelassen: »Einige dieser Leute sind sehr gebildet und lassen sich nicht so ohne Weiteres abtun. Sie kanalisieren die Denkweise armer Leute, die zufällig weiß sind und, so unsere gern gehegte Überzeugung, überhaupt nicht denken.« Ihre Widersprüche verschlugen ihm den Atem. Er lud das attraktivste Foto von ihr hoch, ein schlichtes, aufgenommen mit dem Handy bei einer Lesung auf einem Podium, Spaghettiträgerkleid, kurz geschnittene Stirnfransen, Halogenlicht. Atemlos rannte er zurück zu seinem Cottage, zu den nutzlosen Büchern, der Karte der Leningrader S-Bahn und dem festen neuen Bett, das nach den Freuden seines Körpers schrie.

Senderovsky stand inmitten der abgerissenen weißen Äste, umgeben von Tod, Vinods Roman schon seit zwei Jahrzehnten behaglich in seinem Karton. Am Ende der Auffahrt standen taubedeckt die Mülltonnen und warteten auf ihre Leerung. Wenn er seinen Plan ausführte, wären Vinods Worte für immer verloren. Senderovsky grübelte über diesen Umstand nach. Wie sehr er seinen Hausmantel und alles, was er repräsentierte – das Wehleidige, das Posieren –, in diesem Augenblick hasste! Das alles war das genaue Gegenteil von Vinods Roman, einem Porträt seiner Eltern während ihres Studiums in Indien, als sie noch ineinander verliebt gewesen waren. Dieses seltene, unwahrscheinliche Phänomen: der Roman eines jungen Mannes über ein anderes Thema als ihn selbst.

Senderovsky stand vor den grauen Märzhimmeln, als wartete er darauf, dass über ihn gerichtet werde, ein kahl werdender Mann, der einen Haarschnitt brauchte. Nein, er konnte es nicht. Aber das Manuskript auf den Dachboden zurückzulegen kam nicht mehr infrage, nun da seine Frau von dem Schuhkarton wusste und ahnte, was er enthielt. Er blickte sich um. Viele Murmeltiere teilten sich das Anwesen, deren reizbarstes Exemplar jedoch war von Nat »Steve« getauft worden. Steve hatte einen übergewichtigen, pelzigen Körper, gesprenkelt mit hellroten Glanzlichtern, und wie ein wohlhabender Amerikaner mit mehreren Eigentumswohnungen hatte er sich mehr als eine geräumige Höhle gegraben. Er übersommerte in einem Bau in der Nähe des Pools und fläzte zuweilen sogar in glücklichem Nagetierstumpfsinn auf dem Pooldeck. Während der kargeren Monate wohnte er bei den Weihnachtsbäumen, die die westliche Grundstücksgrenze flankierten und aus deren köstlichen süßen Wurzeln er sich Wintermahlzeiten machte. Diesem Bau näherte sich Senderovsky nun mit dem Teva-Karton unterm Arm.

Ihm kam ein Gedanke: Würde Steve Literatur fressen? Bestand Papier nicht aus dem gleichen Material wie Bäume? Das war bestimmt nur eine Zwischenlösung. Während er Vinods Roman in das Stadthaus des Murmeltiers stopfte, sah er auf der Straße einen schwarzen Pick-up vorbeifahren, die Scheinwerfer wegen des noch unvollständigen Tagesanbruchs eingeschaltet. Eine Ecke des Teva-Kartons stand noch heraus. Mit seiner feinen Großstädterhand scharrte Senderovsky einen großen Haufen harter Erde zusammen und versuchte sie wie eine improvisierte Sandburg um den Karton herum festzuklopfen.

Abermals hörte er das Grollen eines Motors. Der schwarze Pick-up hatte offenbar gewendet und kehrte nun aus der Gegenrichtung zurück. Jetzt war er am Rand der Auffahrt zum Stehen gekommen, genau auf Höhe des Haupthauses. Ein Fenster wurde heruntergefahren, und eine Hand mit einem Smartphone erschien. Sasha sah, wie sie ein Bild von seiner Bungalowkolonie knipste. Das Fenster wurde hochgefahren. Mit angestrengtem Blick sah Sasha dem vorbeifahrenden Wagen nach. Klebte hintendrauf ein Sticker? Die dekonstruierten Reste eines Hakenkreuzes? *Slegs blankes?*

Oben in ihrem Zimmer begrüßte Nat den neuen Tag. Sie rieb sich die Augen auf eine Weise, die wir mit kleinen Kindern verbinden, auch wenn ihre Gedanken in Erwachsenengeschwindigkeit rasten. Der grüne vordere Rasen lag vor sie hingestreut und flehte sie an, herauszukommen und darauf herumzutrampeln. Ihr geistiges Bild von dem Gelände wurde durch einen unerwarteten Eindringling gestört. Ihr

Daddy kniete in seinem Gewand vor Steves Winterpalast und vergrub etwas darin. Als wäre er Steve selbst.

Das Leben mit Daddy war eine fortwährende Begegnung mit einem Gänseblümchen: Er liebte sie, er liebte sie nicht. Aber er war, und da stimmte Mommy jedes Mal zu, sehr lustig. Die Sasha-Senderovsky-Show, wie Dee, die nette neue Frau, es gestern Abend beim Essen genannt hatte. Nats Mommy liebte Nat immer, aber Nat konnte ihr nie brav genug sein. Es gab eine Nat, deren Körper sie bewohnte, aber auch noch eine andere (*Natasha* hieß sie), die in einem anderen Land lebte (es hieß *Rossiya*), in einer anderen Stadt (*Sankt Petersburg* hieß sie jetzt) und die wahrscheinlich wie eine junge Version von Mommy oder Tante Inna aussah, die in den Himmel gekommen war (den es laut einer Klassenkameradin, deren Familie Pferde besaß, gar nicht gab).

Aber irgendetwas war gestern Abend passiert, was Eindruck auf Nat machte, vielleicht den größten ihres noch nicht sehr langen Lebens. Ihre Mutter hatte recht, insofern Nat viele soziale Stichwörter verpasste, aber einige Tatsachen waren unwiderlegbar. Nämlich dass der Schauspieler wichtig war. Mindestens Jin- oder J-Hope-Level-wichtig. Eine ihrer Klassenkameradinnen hatte einen Schauspieler als Vater, und die Schule verwandelte sich in eine völlig andere Einrichtung, wenn er sich herabließ, zum Familien-Singabend zu erscheinen und eine Calypso-inspirierte Version von »Itsy Bitsy Spider« zum Besten zu geben. Und gestern Abend hatte der Schauspieler angedeutet, was sie schon immer gewusst hatte. Dass ihre Eltern in Wirklichkeit gar nicht ihre Eltern waren. Oder jedenfalls nicht so ganz. So wie sie nicht so ganz der Mensch war, für den ihre »Mutter« sie hielt. Und wenn sie nicht zu ihnen gehörte, dann gehörte sie vielleicht zu niemandem.

Außerdem hatte er sie »süß« genannt.

Nat ging ins Bad, um sich mit ihrer importierten BTS-Zahnbürste die Zähne zu putzen (Jins Schmollmundlächeln ein großartiger Tagesbeginn) und dann ihre Mutter zu wecken und ihr zu erzählen, was Daddy da schon wieder Lustiges im Vorgarten machte. Während sie den süßlichen Strudel Kinderzahnpasta ausspuckte, brachte sie schon der bloße Gedanke an ihren Daddy, wie er vor Steves Bau kniete, zum Lachen. Sie betrachtete ihr Spiegelbild mit der bunten Zahnpasta auf der Oberlippe, wie jedes Mal überrascht darüber, dass die Nacht vergangen, aber die Nat im Spiegel geblieben war.

ZWEITER AUFZUG

VERSTRICKUNGEN

1

Das Anwesen hatte nicht gut geschlafen. Papiertaschentücher und allerlei anderes flossen nun durch die Kanäle des Abwassersystems, trotz der Schilder, die Masha in den Badezimmern der Bungalows angebracht hatte: NEHMEN SIE RÜCKSICHT AUF UNSERE ALTMODISCHEN INSTALLATIONEN. Nach zwei Duschen (Dee und Ed) war die Wasserversorgung im Begriff, für den Rest des Tages trockenzufallen, mit zumindest einer katastrophalen Folge, wie wir bald sehen werden. In der dichten Bewaldung hinter der überdachten Veranda versammelten sich verschiedene Vögel, um eine öffentliche Tagung über einen großen Sturm abzuhalten, der sich von Neufundland näherte. Ein Murmeltier, das hinter einem Hartriegel hervorlugte, sah zu, wie sein Wohltäter und Feind, der Grundbesitzer, seinen Bau als privaten Lagerraum nutzte, und war auf eine solche Veränderung ihrer Beziehung nicht gefasst.

Unterdessen versammelten sich die Bewohner der Bungalows abzüglich des noch schlafenden Vinod auf dem Hang des Hügels, um einem ländlichen Ritual beizuwohnen: Ein Mann mit einer Kreissäge, der eine Schutzbrille und um die Taille einen breiten Ledergurt trug, verwandelte die urzeitlichen gebleichten Äste, mit denen der vordere Rasen übersät war, in bloße Scheite, die dann neben der Veranda zu einem

Pascal'schen Dreieck geschichtet werden würden, auf dass der Ofen sie verschlingen konnte.

»Jetzt beginnt der Spaß erst richtig!«, erklärte Senderovsky. »Jetzt kann ich den Rasen richtig mähen lassen. Und wisst ihr, was wir dann machen? Wir bauen ein Badminton-Netz auf! Im Gras gibt es zwar tödliche Zecken, aber wir können trotzdem spielen, wenn wir lange Strümpfe tragen. Hat schon mal jemand von Rasenhockey gehört?« (Einen Sport dieses Namens gab es nicht.)

»Hey, Dee«, sagte Ed. »Haben Sie Lust auf einen Spaziergang? Ich kann Ihnen Sashas Straße zeigen.«

»Wir nennen das hier Chaussee«, sagte Senderovsky.

»Danke, Farmer Sasha«, sagte Ed.

»Klar«, sagte Dee. »Was hab ich denn sonst schon zu tun?«

Der Schauspieler, unrasiert und mit ein paar Körnchen Schlaf um die osmanischen Augen, war unzufrieden. Er hatte vieles mit Dee vorgehabt, das vom Ekstatischen bis zum Banalen reichte. Vielleicht konnte er sich anschließen? Nein, das würde verzweifelt wirken. Und da war noch etwas. Vorhin hatten er und Karen, Ed und Dee einander ihre jeweiligen Bungalows gezeigt, und dabei hatte der Schauspieler einiges Verstörende festgestellt. Karens Bungalow hatte zwei Zimmer, gestaltet in der Farbe einer vorstädtischen Zahnarztpraxis, aber gleichwohl doppelt so viele Zimmer, wie er hatte. Senderovsky hatte behauptet, der Bungalow des Schauspielers sei etwas Besonderes, aber vielleicht war er das nur für ihn und es handelte sich um einen Versuch, ihn, den Schauspieler, zu degradieren.

Nat war aus dem Haus gerannt und kam auf sie zugesprungen. »Tante Karen! Willst du mit mir das Winterhaus von Steve dem Murmeltier besuchen?«

»Abstand«, befahl Masha. Sie war von Nat darüber informiert worden, dass ihr Mann Sachen im Bau des Murmeltiers verstaute, was sogar für seine Verhältnisse schlichtweg zu weit ging. Sie fragte sich, ob es an der Zeit war, den Arztkittel anzuziehen.

»Klar, mein Schatz«, sagte Karen.

Der Schauspieler wandte sich an Senderovsky. »In zwanzig Minuten in meinem Bungalow«, befahl er dem Grundbesitzer.

Der Baumpfleger brachte seine Säge zum Schweigen und ließ der vorbeigehenden Dee eine ausgiebige Inspektion angedeihen. Sie tat ein Gleiches. Ein nettes Gesicht, schüchternes Lächeln, das ein paar kaputte Zähne zeigte, vielleicht ein paar Kneipenschlägereien in seinen wilderen Tagen. Aber das hieß, seine Biografie mit einem groben ländlichen Pinsel anzumalen, genau das, was sie bei ihren großstädtischen Lesern verabscheute. Vielleicht war er einfach schon mehrmals vom Baum gefallen und hatte sich auf diese Weise die Zähne ausgeschlagen. Ed hätte am liebsten etwas über die Säge des Baumpflegers gesagt, doch im Augenblick war er sich nicht ganz im Klaren über den Unterschied zwischen Kreissäge und Kappsäge, und er wollte sich mit der Terminologie nicht vertun. Dass er die Chaussee »Straße« genannt hatte, schmerzte ihn immer noch.

Sie spazierten die von laublosen Eichen und Ulmen gebildete Promenade der Auffahrt entlang und an der Schaffarm vorbei. Sie gingen auf einander gegenüberliegenden Straßenseiten, wahrten Abstand, die Stimmen erhoben wegen des Lärms der Laubfrösche. Ed wies mit weit ausholender Geste auf die Hügel mit den darauf verteilten Schafen und sagte zu Dee: »Viele Menschen erinnert das an das ländliche England.« Ihm wurde bewusst, dass er genauso affektiert klang wie Senderovsky.

»Kenne ich nicht«, sagte sie.

»Ist Ihr Buch in Großbritannien nicht erschienen?«

»Doch, aber ich hatte nur eine Lesung in London.«

»Natürlich, natürlich.« Sie trug eng anliegende Jogginghosen und dasselbe Fleece wie gestern, und ihre Sandalen waren jetzt Laufschuhe. Ed grübelte über all das nach, versuchte, alle seine Tagträume unter Kontrolle zu halten, die lächerliche Reise nach Chania, die silberne Kette um ihren sonnenverbrannten Hals. Das Wetter war noch kalt, die Uhr war erst kürzlich vorgestellt worden, aber die Sonne drückte ihm eine warme Hand gegen das Schlüsselbein. Und ihr auch. Eine Reihe Schafe in ihren natürlich vorkommenden schwarzen, kniehohen Stiefeln übersprangen einen kleinen Bach, und sie spannten dabei die Hinterhand an wie Pferde. Zwei Pferde auf der anderen Straßenseite, gekleidet in ihre Wollpullover, beobachteten sie wie ein olympisches Schiedsgericht.

»Das alles ist sehr schön«, sagte Dee, fast in Form eines Zugeständnisses.

»War es so, wo Sie groß geworden sind?«

»Stellenweise«, sagte sie. »Ich glaube, ein Stück weiter kommen wir zu diesen Stellen.«

»Wo das ländliche England in die Appalachen-Region übergeht«, sagte Ed. Ihm wurde klar, wie beleidigend sich das vielleicht anhörte, aber Dee lachte.

»Ich komme mir vor wie in einer Realityshow«, sagte sie. »Als würde uns ein Wagen mit einer Kamera nachfahren.«

»Ich bin süchtig nach dieser japanischen.«

»Ich wette, in Sashas Haus gibt es nicht mal einen Fernseher.«

»Die Wette gewinnen Sie.«

»Und wo sind Sie her?« Jetzt war es an ihr, sich verlegen zu fühlen. In der Frage könnte mitschwingen, dass er trotz seiner perfekten Aussprache kein richtiger Amerikaner sei. Bei einer Lesung in Minneapolis war ihr das schon einmal passiert, mit einer Laotin im Publikum (einer Laos-*Amerikanerin*, musste sie sich ermahnen, vielleicht auch einer Hmong-Amerikanerin), und sie hatte sich wegen ihrer Ignoranz geschämt, wegen der Art, wie sie sich und ihresgleichen präsentiert hatte. Hinterher hatte sie in ihrem Hotelzimmer geweint, bei einem aus Craftbeer und zartem Hühnchen bestehenden Essen auf Spesen, und sowohl die schuldbewussten Tränen als auch die Spesenabrechnung waren etwas Neues für sie gewesen. Aber die Laotin, Studentin an einem teuren geisteswissenschaftlichen College, hätte auch netter zu ihr sein und sie korrigieren anstatt zurechtweisen können. »Ich meine, aus welchem Teil des Landes?«, fragte Dee.

»Also das ist eine echt kniffelige Frage«, sagte Ed. »Ich bin hier aufs College gegangen, aber ich bin ehrlich gesagt kein amerikanischer Staatsbürger.«

»Ihr Englisch ist viel besser als meins«, sagte sie in übertrieben schleppendem Südstaatentonfall. Sie kamen gerade an einem kleinen Grundstück vorbei, dessen sanft abfallender, gewellter, aquamarinblauer Rasen ein Schild trug, auf dem in vielen Sprachen – darunter auch die drei, mit denen Ed groß geworden war – HASS HAT HIER KEINE HEIMAT stand. »Aber gestern Abend haben Sie gesagt, Sie sind Koreaner, oder?«

»Offiziell nicht«, sagte Ed. »Ich habe die Schweizer, die

britische und die kanadische Staatsbürgerschaft. Nach dem Brexit muss ich mir wohl auch was in der EU besorgen. Eine Menge Leute werden Malteser.« Also waren Erdölprinzen und sonnengedörrte russische Orang-Utans inzwischen einfach nur *Leute.* Was war los mit ihm?

»Aber Sie sind öfter hier? In der City, meine ich.«

»Klar. So oft es geht. Zweite Heimat.«

»Und Sie hatten nie Lust, Amerikaner zu werden?« Sie wusste nicht, warum sie auf diesem einen Punkt herumritt.

»Das ist was für Leute ohne Wahlmöglichkeiten«, sagte Ed. »Sorry, ich wollte ...« Seine Stimme verklang.

»Nein, schon kapiert. Staat im freien Fall. Wo sind Sie aufs College gegangen?«

»School of Foreign Service in Washington. Meine Mutter wollte, dass ich Diplomat werde. Aber es hat nicht hingehauen.«

»Superdiplomatisch sind Sie wirklich nicht«, sagte Dee. Über die Straße hinweg sah er sie an. Sie lächelte. Wieder diese Erinnerung: Bologna, das Auslandsjahr, die große, irre Freundin, wie sie ihn rumgetragen hatte, *La Pietà.* »Aber ich wette, viele von Ihren Freunden sind Diplomaten.«

»Die *Kinder* von Diplomaten.« An dieser Stelle wurde ihm klar, dass er irgendeine Gemeinsamkeit mit ihr brauchte. »Senderovsky ist einer der wenigen Selfmadeleute, die ich kenne. Er und seine Highschool-Freunde.«

Vor ihnen setzte sich das liberale Anwesen weiter fort. In einem von sorgfältiger Menschenhand angelegten Teich lobhudelte sich eine sanft dahingleitende Ente mit schillerndem Kopf vor jedem, der zuhören mochte. Reicher Leute Hühner querten hocherhobenen Hauptes die Straße. Diese schwang sich nach oben, weg von der idealen Auenlandschaft und in

Richtung der Landesstraße. Die Sonne verschwand hinter einem Gebetsschal.

»Warum macht Sasha das?«, fragte Dee. »Diese ganzen Hütten unterhalten? Das muss doch ein Vermögen kosten.«

»Das haben Sie schon beim Essen erwähnt«, sagte Ed. Der sanfte Anstieg brachte ihn außer Atem. Er musste unbedingt mit dem Rauchen aufhören. Dabei gierte er verzweifelt nach einer Zigarette. Er zückte sein Päckchen Gauloises.

»Gestern Abend war ich betrunken und unhöflich«, sagte Dee. »Nicht gerade einer meiner stolzesten Momente. Kann ich eine schnorren?«

Sie trafen sich in der Straßenmitte, beide mit ausgestreckten Armen. Ed bot ihr ein Feuerzeug an, dann überlegte er es sich anders, trat nahe, gefährlich nahe, an sie heran und hielt die Flamme an die Zigarette, die ihr aus dem Mund hing. Sämtliche Bungalows waren mit dem gleichen billigen Shampoo mit Blumenduft ausgestattet, und obwohl er den fettigen Wust, in den es sein Haar verwandelt hatte, schrecklich fand (er hatte gleich heute Morgen ein besseres Shampoo bestellt), sorgte der Duft an Dee dafür, dass es ihm vorkam, als wären sie Reisegefährten, die sich auf der Landstraße begegnet waren, Pilger, deren Schicksal es war, einander zu finden. Sie wandte sich von Ed ab, als sie den Rauch ausstieß, aber er wäre ihm am liebsten gefolgt, hätte ihn am liebsten in seine eigene, nikotingesättigte Lunge gesogen. Er musste irgendetwas über Senderovsky sagen, was Vertrauen zwischen ihm und Dee aufbauen würde. Er wusste, wie neugierig sie hinsichtlich ihres früheren Dozenten war, wie neugierig wir alle hinsichtlich unserer Mentoren sind.

»Ich glaube, dass seine Finanzen nicht sehr solide sind«, hörte er sich sagen. »Ich glaube, er steht auf der Kippe.«

Das zeigte die beabsichtigte Wirkung. Dee nickte, während sie rauchte, die Lippen nachdenklich geschürzt. »Verdient denn seine Frau viel Geld?«, fragte sie.

Die Frage hatte etwas von der Unschuld einer Streberin. »Früher war sie niedergelassene Ärztin«, sagte Ed, »aber inzwischen arbeitet sie für eine gemeinnützige Organisation für Russen mit psychischen Problemen. Ihre Schwester ist vor ein paar Jahren gestorben.«

»Das ist ja schrecklich.«

»Da hat sie sich beruflich verändert.«

»Ich glaube, Sasha hat sie einmal ›das moralische Gewissen unserer Familie‹ genannt.« Sie lachten beide. »Diese Zigaretten sind ganz schön stark.«

»Sasha hat versucht, den Einkommensunterschied mit Fernseharbeit wettzumachen«, sagte Ed, der das Tratschen jetzt richtig genoss.

»Dabei besitzt er nicht mal einen Fernseher.«

»*Ding, ding, ding!* Vielleicht ist das der Grund, warum seine Sendungen nie produziert werden.«

»Armer Sasha.«

»Er lebt im falschen Jahrhundert«, sagte Ed. Irgendwie heiterte das Gespräch sie beide auf. »Aber er bemüht sich.«

Jetzt kamen sie an Reihenhäusern mit grüngrauer, angerosteter Verkleidung vorbei, die Grundstücke einheitlich rechteckig und an die Außenbezirke der City erinnernd, aber jedes einen vollen Morgen groß. Auf einem Rasen, der fast zu Tode gemäht war, stand ein rotes Schild mit der Aufschrift ALLE LEBEN ZÄHLEN.

Ein paar Häuser weiter kam eine trächtige Corgihündin den Rasen herabgerannt, um Ed und Dee anzukläffen. Die

Besitzerin, eine Frau mittleren Alters mit Lockenwicklern im Haar, folgte ihr und rief: »Bessie! Nicht in die Straße!«

»Geh zurück zu deinem Frauchen, Süße«, sagte Dee in schleppendem Tonfall zu der Hündin, die sofort wie angewurzelt stehen blieb, hypnotisiert, drauf und dran, mit dem Schwanz zu wedeln.

Die Frau mit den Lockenwicklern starrte Ed an. »Komm sofort hierher!«, schrie sie, vermutlich an den Hund adressiert, den Blick jedoch immer noch auf den Herrn mit den drei Pässen gerichtet. Während die Hündin sich umdrehte und mit übers Gras schleifendem Bauch zurückwatschelte, wandte sich ihre Besitzerin an Dee und sagte: »Entschuldigen Sie die Belästigung.«

»Überhaupt kein Problem«, sagte Dee. »Sie ist ein richtiges Schätzchen. Sieht aus, als würde sie gleich platzen.«

Das Gesicht der Besitzerin wirkte wie verbrannt vom kurzen Gastauftritt der Morgensonne, aber womöglich war sie auch Alkoholikerin. Ihr Blick ging weiter zwischen dem ungleichen Paar hin und her, vielleicht weil sie ergründen wollte, was der Mann trug (ein elegantes, maßgeschneidertes Stück, genannt City-Hunter-Jacke). »Also wenn Sie Welpen wollen«, sagte sie zu Dee. Dann drehte sie sich um und stampfte zurück in Richtung Haus, während die Corgihündin nach ihren Füßen leckte, nicht ahnend, dass ihre Kinder gerade einer Fremden angeboten worden waren.

»Schlussfolgerungen?«, sagte Ed, während sie sich entfernten.

»Sie hat ›Nicht *in* die Straße‹ zu dem Hund gesagt«, sagte Dee. »Nicht ›*auf* die Straße‹. Die Straße ist etwas, in das man eintritt. Etwas dem eigenen Besitz Fremdes.«

Ed nickte. »Ihre anthropologischen Überlegungen sind

solide«, sagte er. »Sie hätten den Blick sehen sollen, den sie *mir* zugeworfen hat.«

»Ihre Leute kommen in den Staatsmedien zurzeit nicht besonders gut weg.«

»Meine Leute? Ich bin Angloschweizerkanadier.« Sie lachten beide. Dee bemerkte eine in Schwarz, Blau und Weiß gehaltene US-Flagge, Hinweis auf eine rechtsradikale Gesinnung, die an der Ladeklappe eines parkenden schwarzen Pick-ups flatterte. Vielleicht hatte Masha nicht ganz unrecht, was die Einwohnerschaft dieser speziellen Gegend anging, obwohl diese Leute, dachte sie, ihrer Familie niemals etwas tun würden. Die Zusammensetzung einer nördlichen Kleinstadt wie dieser würde nicht zulassen, dass so etwas passierte, zumindest nicht einem nominell weißen Paar. Andererseits veränderte sich der Zustand des Landes gerade in rasender Geschwindigkeit.

»Vielleicht sollten wir umkehren«, sagte sie.

Ein flachsköpfiger Junge sprang auf einem Trampolin und vollführte einen spektakulären Salto, als träte er im Fernsehen auf. Nach Abschluss der Übung lächelte er und winkte Dee zu. »Richtig gut!«, rief sie in seine Richtung. Ed zupfte an den Ärmeln seiner City-Hunter-Jacke.

Sie gingen schweigend zurück, bis sie ihn um eine weitere Zigarette bat. »Sie sind schuld, wenn ich wieder süchtig werde«, sagte sie, und Ed meinte, Honig in ihrer Stimme zu hören. Während die Zigarette zwischen ihre Lippen glitt, ihre Augen in Erwartung des Nikotinstoßes schmal wurden und sein edles Feuerzeug die Spitze der Zigarette in eine Flamme hüllte, griff Ed mit der anderen Hand nach ihrer knochigen Schulter und drückte sie auf eine Weise, die in seinen Augen freundlich war: einmal, zweimal. Das ging –

jemandem Feuer geben und dabei dessen Schulter berühren. Beinahe so, als wollte man für eine ruhige Hand sorgen, während man mit dem Feuerzeug hantierte. Andererseits hatte sich vor vielen Jahren auf einem ländlichen Bahnhof in der Slowakei ein gut aussehender Mann beim Feuergeben auf ähnliche Weise – Feuerzeug, Schulterdrücken, Schulterdrücken – an Ed herangemacht, und er, erfahrungshungrig, hatte ernsthaft darüber nachgedacht.

Was zum Teufel machte er jetzt? Seine Gefühle glichen einer trächtigen Corgihündin, die *in* die Straße entwischte. Vielleicht war es der allgemeine Tenor der Zeiten. Alleinstehende hatten Angst davor, allein zu sterben. Er erinnerte sich an seine Beklemmung, als er den Big-Island-Bungalow betreten und gesehen hatte, wie wenig ihn erwartete. Vielleicht gab es nichts mehr zu verlieren. (Obwohl er heute Morgen, als er aufgewacht war und an sie dachte, das Foto des Kilauea über seinem Bett geradegerückt hatte, für den Fall, dass Dee ihm jemals einen längeren Besuch abstattete.) Zwei Hunde hinter einem Elektrozaun knurrten sie beide an. Nur Ed zuckte zusammen; Dee rauchte einfach weiter. Wenn sie das nächste Mal etwas Schönes sahen, würde er sie fragen.

Die Sonne zeigte sich wieder, sowie sie in den liberalen Abschnitt der Chaussee zurückgelangten, wo der Hass »keine Heimat« hatte. Sie kamen an einem murmelnden Bach vorbei: vielleicht der Frühling, der sich volle Geltung verschaffte, oder ein Rohrbruch ein Stück weiter. Entlang des Bachlaufs standen Rohrkolben, die sich im Wind neigten und wie Getreide schimmerten. Jetzt schien der richtige Zeitpunkt zu sein. »Übrigens hätte ich diese Tröö-Emotions-App gern mit Ihnen ausprobiert«, sagte Ed. Sie blickte verblüfft auf, und weil Ed glaubte, sie wolle etwas Höfliches sagen, fuhr er fort: »Allerdings nur aus wissenschaftlichen Gründen. Ich bin genau wie Sie. Ich verliebe mich nicht. Seit mindestens zwei Jahrzehnten nicht mehr. Und bei Ihnen funktioniert es eindeutig auch nicht.« Er sprudelte wie der Bach.

»Also wollen Sie sie widerlegen?«, fragte Dee.

»Vielleicht ist es das. Ich habe das Gefühl, dass unser Leben heutzutage viel zu sehr im Bann der Technik steht.«

»Aber ich glaube schon, dass es bei manchen Leuten funktioniert«, sagte Dee. Ed nahm an, dass sie den Schauspieler meinte. War sie sich über seine Gefühle für sie im Klaren? Alle anderen offenbar schon.

»Vergessen Sie's«, sagte Ed. »War bloß ein dummer Gedanke. Ich langweile mich wohl einfach. Letzten Endes ist es bloß ein Gesellschaftsspiel.«

»Ich weiß nicht«, sagte Dee. »Es hat etwas Anstößiges. Der ›Bann der Technik‹, wie Sie gesagt haben. Wir treten unsere Rechte ab, und Karen macht einen Haufen Geld. Und wofür? Viele von uns haben sich alle Mühe gegeben, ihre Gefühle so zu kanalisieren, dass sie sich nicht mehr so leicht verlieben.«

»Stimmt genau!«, sagte Ed. In mancher Hinsicht waren sie sich so ähnlich. Aber dass sie die App nicht mit ihm ausprobieren wollte und dass sie nicht darauf aus war, sich »leicht zu verlieben«, deprimierte ihn. Sie standen vor einer Scheune, die eine Reihe wirtschaftlicher Rezessionen im Lauf der Jahrzehnte hatte verrotten lassen und deren Mansardendach genügend Lücken aufwies, um den Blick auf die Berge auf der anderen Seite des Flusses freizugeben. Wolken warfen Schatten auf die Berge, wie dunkle Flecken auf einem Röntgenbild. Sie standen keine zwei Meter auseinander, und er wollte im Leben nichts weiter als den Duft ihres billigen Shampoos. Vermutlich wäre ihre Hand, wenn er den Arm ausstrecken und nach ihr greifen würde, hart, schwielig, nicht von der Farmarbeit, die ihre Vorfahren gekannt hatten, sondern von der stetigen inneren Unruhe der Großstadt, die jetzt ihr Leben war, dem fortwährenden Reiben des Daumens am Zeigefinger.

Er sah zu, wie sie durch die löchrige Scheune starrte und rauchte, rauchte. Sie dachte, dass sie noch nie jemanden wie Ed kennengelernt hatte. Er stand so sehr außerhalb des Systems, dass er wahrscheinlich das System war. Ein wenig erinnerte er sie an den Luxusuhren-Journalisten, der gern eine Beziehung mit ihr gehabt hätte und auf der linken Seite seines Schnurrbarts herumkaute, bis sie sich kräuselte. Sie waren beide *wählerisch*, was ihre Kleidung, ihre Ausdrucksweise und ihre Manierismen anging, die Art, wie sie zugleich bolzengrade dastanden und innerlich die Schultern hängen ließen. Lebte in diesen wohlgepflegten Hüllen ein zufriedener Mensch? Als er ihr – zweimal – die Zigarette anzündete, hatte er sowohl Schüchternheit als auch Sex ausgestrahlt, weshalb sie noch um die zweite Zigarette gebeten hatte. Hier war kein Algorithmus am Werk, sondern lediglich ein Mann, der auf der Suche nach einem Trumpf seine Karten durchblätterte. Könnte sie mit ihm schlafen und ihn dann in den Wind schießen? Angesichts des Umstandes, dass die nächsten Wochen oder Monate auf dem Anwesen von Senderovsky einer japanischen Realityshow gleichen würden, wäre das schwierig.

Und außerdem, was hatte es mit diesem ständigen Handhinters-Ohr-Halten auf sich? Empfing er Anweisungen von seinen außerirdischen Herren?

Am meisten aber beschäftigten sie andere Dinge. Schon vor dem Virus hatte es nicht genügend Attacken auf ihr Buch gegeben. In letzter Zeit hatte sie die Dinge selbst in die Hand nehmen müssen, hatte versucht, Kontroversen zu entfachen und in ein Vormittagsprogramm eingeladen zu werden, aber die Situation veränderte sich immerzu, und es bestand wenig Spielraum. Sollte sie der laotisch-amerikanischen Studentin an dem teuren geisteswissenschaftlichen College in Minneapolis nach dem Mund reden oder sie aufstacheln?

Sie gingen zurück in Richtung des Hauses, beide in Gedanken.

Als sie an der Schaffarm vorbeikamen, stieg der Fahrer eines schwarzen Pick-ups mit kräftig getönten Scheiben, der doppelt so schnell wie erlaubt die Straße entlanggejagt kam, auf die Bremse, kam wenige Meter vor ihnen zum Stehen und ließ den Motor unter der Haube spielen, sodass jedes andere Geräusch verdrängt wurde. Eine undeutliche, vermutlich männliche Gestalt winkte Dee zu, gab, nachdem keine Reaktion erfolgte, Vollgas und stob an Ed vorbei, der in die Abgase des Pick-ups gehüllt wurde.

Er winkte ihm herausfordernd nach.

2

Ich habe heute Morgen Odysseus wiedergelesen«, sagte der Schauspieler.

O nein, dachte Senderovsky.

»Ich habe darüber nachgedacht, welche Gemeinsamkeiten ich mit Odysseus habe. Und mit Misha.« Misha hieß die Figur, die der Schauspieler in der Adaption eines von Senderovskys frühen Romanen spielen sollte. Misha war der Sohn eines reichen russischen Oligarchen, der auf verschlungenen Wegen durch eine vom Bürgerkrieg zerrissene ehemalige Sowjetrepublik in den Westen zu entkommen versucht. »Ich, Misha und Odysseus, wir haben vieles gemeinsam«, sagte der Schauspieler. »Wir sind weltgewandt, listig, wir sind Schwindler. Aber wir kämpfen ständig gegen unsere Hybris. Und mit Hybris meine ich Anspruchsdenken, das ist nämlich das Gleiche.«

Ist das so?, fragte sich Senderovsky.

»Ja, ich habe eine Anspruchshaltung«, sagte der Schauspieler, »aber genau das hat mich überhaupt erst zu der Rolle hingezogen. Es ist die natürlichste Erklärung für das, was ich ungefähr zum jetzigen Zeitpunkt als Mensch bin. Es ist die seltene Rolle, dank derer ich mit den Füßen voran in mich selbst hineinspringen kann.«

»Ich verstehe«, sagte Senderovsky.

»Ach, tatsächlich? Weil …«

Vielleicht lassen die drei Punkte den Leser vermuten, der Schauspieler habe seine Rede unterbrochen, aber es handelte sich lediglich um eine Unterbrechung in Senderovskys Bewusstsein. Seine Augen beobachteten das pumaartige Herumtigern des Schauspielers, das man von ihm kannte, wenn er äußerst erregt war, hin und her über die ganze kurze Länge des Bungalows, wobei er sich ständig die Haare zurückstrich, die ihm wie ein alter Schleier über die Augen fielen. Ed hatte Senderovsky eine japanische Realityshow empfohlen, und jetzt wurde er daran erinnert, wie sich die jungen Frauen in dieser Show ebenfalls fortwährend die Haare aus den hübschen Gesichtern strichen, um ihren Text zu akzentuieren. Außerdem wurde Senderovsky an den Unterricht erinnert. Nicht an den, den er in seinem Jahrzehnt als Professor gegeben hatte und der niemals von einem Epitheton wie »didaktisch« hätte getrübt werden können. (Einer seiner Studenten hatte während eines Seminars so viel Armagnac getrunken, dass man ihn in die Universitätsklinik hatte bringen müssen.) Er dachte an seine Anfangszeit in diesem Land, daran, wie er ohne richtige Englischkenntnisse in einem Klassenzimmer saß und versuchte, dem Gefasel eines unvorbereiteten, verunsicherten Erziehers zu folgen, während er in Gedanken nach Leningrad zurückkehrte, zur Metro, zum Sausen ihrer gummigedämpften Räder, zu den Schachzügen eines Anfängerromans, die er sich in seinem vollgestopften Verstand bereits zurechtlegte. Hatte Nat irgendwelche Erinnerungen an das Waisenhaus in Harbin, obwohl sie schon mit knapp vier in dieses Land gekommen war? Er hatte vor, sie zu einem viel späteren Zeitpunkt zu fragen, und fürchtete sich davor, was sie ihm vielleicht offenbaren würde.

»*Ich* kehre nach Ithaka zurück«, sagte der Schauspieler.

»Ich mache meinen Bogen schussbereit, um Penelopes Freier zu töten, aber diese Freier sind *ich.* Oder vielmehr, sie sind das in mir, was getötet werden muss.«

Senderovsky meinte zu kapieren. »Sie wollen Ihr Anspruchsdenken töten«, sagte er.

»Nein!«, schrie der Schauspieler. »Haben Sie denn nicht zugehört? Anspruchsdenken ist mein Treibstoff. Es ist der Sack voller Winde, den Odysseus von Wie-heißt-er-doch-gleich bekommt. Dank ihm kann ich der Schwindler sein, der den Zyklopen überlistet. Wissen Sie, was diesem Drehbuch fehlt, was allen Ihren Drehbüchern fehlt? Ein Wort. Subtext.«

»Ich habe mal ein Hauptseminar über Subtext gegeben«, sagte Senderovsky.

»Ist das Ihre Rechtfertigung für ein beschissenes Drehbuch? Der akademische Betrieb?«

Der Schauspieler setzte zu einem weiteren Monolog an, der noch leidenschaftlicher ausfiel als der vorangegangene, wobei er sich manchmal die Hand vors Gesicht hielt und in deren Innenseite sprach, wie in Ermangelung eines Totenschädels. Senderovsky hatte ihn schon erregt erlebt, aber noch nie so sehr. *Er ist wirklich in sie verliebt*, dachte Senderovsky. Wie könnte er sich das zunutze machen? Laut Karen war der Schauspieler möglicherweise »verwirrt, desorganisiert, Orientierung suchend«. Was, wenn er Dee dazu brächte, sich an einer ganz geringfügigen Überarbeitung des Drehbuchs zu beteiligen? Könnte das Orientierung liefern? Würde das dazu beitragen, der Fernsehgesellschaft das Drehbuch schmackhaft zu machen?

»Anstatt mit dem Bild anzufangen, wie Misha mit bloßen Händen eine Languste futtert, während er auf einer aufblasbaren Ente fläzt und über seinen Reichtum quatscht, fangen wir mit einer Traumsequenz an, in der er sich selbst sieht, wie er immer wieder eine Weltkugel dreht, Russland, Europa, der Atlantik, Amerika, Russland, Europa, der Atlantik, Amerika, Russland« – Ja, dachte Senderovsky, *ich hab's kapiert* –, »während im Hintergrund ein Augenpaar schwebt, wie auf dem Cover von *Der große Gatsby.* Und erst in Folge elf erfährt der Zuschauer, was ihm unterbewusst schon die ganze Zeit klar war. Dass das die Augen von Mishas toter Mutter sind.«

»Das ist ja lächerlich!« Die Worte waren Senderovskys Mund unwillkürlich entschlüpft. Es gab keine Möglichkeit, sie wieder zurückzubitten.

»Was haben Sie gesagt?«

»Entschuldigung«, sagte Senderovsky. »Ich habe bloß gemeint, dass das immer noch eine Komödie ist. Denn ebendas hat die Fernsehgesellschaft gekauft. Träume von toten Müttern sind grundsätzlich nicht lustig. Warum können wir nicht zusammen mit den Zuschauern ein bisschen lachen? Zumal wenn man bedenkt, in was für Zeiten wir leben. Wäre es nicht egoistisch, ihnen das vorzuenthalten?«

»Ich kann nicht mit Ihnen arbeiten«, sagte der Schauspieler. Er ging ins Badezimmer und drehte den Wasserhahn voll auf. Das gab Senderovsky Zeit, seine Möglichkeiten abzuwägen und seine Gedanken zu sammeln. Sobald er sie gesammelt hatte, straffte er sich und blähte die Brust. Wenn der Schauspieler zurückkehrte, wäre er bereit, das Folgende zu sagen:

»Falls Ihnen meine Drehbücher nicht gefallen, steht es Ihnen frei, jederzeit zu gehen.«

Senderovsky hätte sich nie für fähig gehalten, diese Worte zu äußern – der größte Teil seines Einkommens hing jetzt von dem Schauspieler und dem Drehbuch ab –, aber da waren sie. Warum sagte er sie? Weil er wusste, dass der Schauspieler das Haus auf dem Hügel nicht mit seinen Tröö Emotions im Schlepptau verlassen würde? Senderovsky stand auf und wandte sich zur Tür.

»Gehen Sie in Ihr Haus und denken Sie über das nach, was ich gesagt habe«, sagte der Schauspieler. »Denken Sie darüber nach, wie Ihre Emotionen dieses Projekt sabotieren. Und wenn Sie schon dabei sind, denken Sie auch darüber nach, wo Sie mich im Verhältnis zu Ihren anderen Gästen untergebracht haben.« Senderovsky dachte, er meinte das symbolisch, aber der Schauspieler machte eine ausladende Geste, mit der er auf seine Unterkunft hinwies.

»Möchten Sie, dass ich einen von meinen Freunden ausquartiere, damit Sie einen Bungalow bekommen, der mehr nach Ihrem Geschmack ist?«, sagte Senderovsky. »Ich könnte Dee fragen. Ihr Bungalow ist für Autoren gedacht. Vielleicht inspiriert Sie das ja. Soll ich sie bitten zu tauschen?« Der Schauspieler sagte nichts, aber die Pumaaugen blitzten.

3

Karen rannte mit wild rudernden Armen den Hügel hinunter. Das Kind flog vor ihr her, vorbei an den kurzen grauen Schatten der Eichen, Pappeln und Espen, auf den parkähnlichen mittleren Abschnitt des Rasens und in Richtung einer Postenreihe von Weihnachtsbäumen, die den Anblick der Schaffarm und die den ganzen Tag anhaltende Blöksalve ihrer Bewohner abwehren sollten.

»Da ist es!«, schrie Nat. »Guck mal, Tante Karen!« Sie fiel vor einem Loch auf die Knie. Über einer weiten Jungenjeans trug sie einen langen, schlichten gelben Rock, festgehalten von einem hässlichen Gummizug. Während Nat auf den Boden sank, zog Karen den Rock an den Seiten hoch, damit er keine Grasflecken bekam, und spürte dabei in den Armen die Phantombewegungen ihrer verstorbenen Mutter.

»Guck mal!«, sagte Nat, nachdem sie etwas Erde zur Seite gescharrt hatte. »Da ist eine Schachtel!«

Knirschend ging Karen neben ihr in die Knie. Den von Masha vorgeschriebenen Abstand einzuhalten war keinesfalls möglich. Das Loch war wunderschön gegraben, ein vollkommen rundes Gehäuse, das an Tierpfoten in wild wühlender Bewegung denken ließ. »Hat Steve das Murmeltier die Schachtel hierhergebracht?«, fragte Karen.

»Nein. Steve kann keine Schachteln tragen. Er pflanzt überall auf dem Rasen Sonnenblumen.«

»Steve gärtnert?«

»Er nimmt Sonnenblumensamen in den Mund, und dann verstreut er sie überall auf dem Rasen, also kriegen wir jede Menge Sonnenblumen, falls wir jahrelang hierbleiben müssen und nie wieder in die City kommen.«

Nat plapperte weiter über Steve und die Apokalypse, während Karen in das Loch griff und vorsichtig einen zerknautschten und teilweise zerrissenen Teva-Active-Sandals-Karton in der unglücklichen Farbkombination Lohgelb, Gelb und Braun zutage förderte, das »v« in Teva dargestellt als ein über die angrenzenden Buchstaben gebreitetes Flügelpaar. Wer hatte sich diese Typografie ausgedacht? Und waren Masha und Senderovsky gestern Abend nicht in eine Diskussion über diesen fehlenden Karton geraten?

»Warte mal«, sagte Karen, »wenn Steve den Karton nicht hierhergebracht hat, wer dann?«

Nat sah Karen mit besorgtem Blick an. Angst präsentierte sich als trockene Stelle hinten an ihrem Gaumen. Sie hatte dann jedes Mal das Bedürfnis, nervös loszuplappern, zu monologisieren, wie sie es ihre Mutter einmal zufällig hatte nennen hören. Das Dilemma: War es richtig, Tante Karen in ein Geheimnis über ihren Daddy einzuweihen? Beim Essen hatte Tante Karen vieles über ihren Vater gesagt, Sachen, die bei den Lehrern in Nats Kindness Academy als »übergriffig« gelten würden und die Nat von ihrem Rechteck auf der Ruhematte aus oft mit großem Interesse mitbekam. Aber bevor die Gäste eintrafen, hatte Mommy ihr erklärt, dass Erwachsene gern »frotzelten«, dass sie einander auf diese Weise ihre Zuneigung zeigten, indem sie Witze machten, die manchmal grausam klangen – zum Beispiel, dass Daddy sich »unmöglich anzog«. Karen sei mit solchen Witzen schnell bei der Hand, aber Mommy erklärte, dass sie darunter (unter was?) ein sehr liebevoller Mensch sei.

Und wahrscheinlich gehörte der Teva-Karton zu einem Spiel, einer Schnitzeljagd für Erwachsene. Also war es okay, die Wahrheit zu verraten.

»Daddy hat ihn in Steves Loch getan.«

»Was?«

»Und er hat Steve noch nicht mal um Erlaubnis gefragt«, flüsterte Nat.

»Das ist ja sehr interessant«, sagte Karen. Mit knackenden Gelenken stand sie auf. »Weißt du, was wir tun sollten?« Nat schüttelte den Kopf, begeistert davon, dass sie in das Spiel einbezogen werden sollte. »Wir bringen die geheime Schachtel in meinen Bungalow, damit sie vor Steve sicher ist, und dann überlegen wir unsere nächsten Schritte.«

»Au ja!«, schrie Nat.

»Und dabei sind wir schön leise und achten darauf, dass uns niemand sieht.«

Sie huschten den Hügel hinauf wie Spione, die sich einem feindlichen Lager nähern, warfen verstohlene Blicke hin und her. Du meine Güte, dachte Karen, während sie zusah, wie Nat vor ihr herrannte, im Nacken ein einzelnes Muttermal, die Arme in ruckender Laufbewegung, die sie sich von ihrem Vater abgeschaut haben musste, bei den seltenen Gelegenheiten, bei denen er sich hatte beeilen müssen. Karen wusste nicht, wie man mit einem Kind redete. Sie war nicht wie Masha mit ihren »Präriehundeküssen«. Und doch hatte das Kind sie am Morgen gleich als Erstes aufgesucht. Karen und ihre Schwester hatten ebenfalls ihre Version der Ruhematte gehabt, als sie in Nats Alter gewesen waren und das Englische ihr zäh wie Haferbrei im Mund klebte, aber im Gegensatz zu Nat hatten sie auch einander gehabt.

Karen öffnete die Tür ihres Bungalows, und das atemlose Kind wuselte hinein und sprang auf einen Sitzsack, bei dem es sich wohl um Sashas oder Mashas Versuch handelte, die amerikanische Vorstellung von »Familien« zu kanalisieren. Es gab außerdem etliche gerahmte Dr. Seuss-Poster, schlichte, pseudoskandinavische Holzspielzeuge und ein Brettspiel, das »Liebe lässt Angst los« hieß – mit anderen Worten, das Wartezimmer einer Kinderpsychologin.

Und wenn schon, dachte Karen. War das nicht besser, als bei ihren Eltern in Elmhurst groß geworden zu sein, wo jedes Wort und jede Geste ein Befehl, eine Bekundung von Missvergnügen, eine Verletzung der Souveränität der Kindheit war? War dies kein Fortschritt? Wie kam sie dazu, Nats Eltern zu kritisieren? Zumindest einer der beiden gab sich Mühe.

Sie ließen sich auf einem Läufer südwestlichen Stils im Schneidersitz voreinander nieder. Karen war im Begriff, die Schachtel feierlich zu öffnen, dann überlegte sie es sich anders. »Ich will zuerst mal nachsehen, ob nichts Schlimmes drin ist«, sagte sie zu Nat.

»Was meinst du mit ›Schlimmes‹?«

»Etwas nur für Erwachsene.« Nat sperrte vergnügt den Mund auf. Vieles lief in ihren Gedanken zusammen: Erwachsene, die »frotzelten«, eine Murmeltierwohnung, die für schändliche Zwecke verwendet wurde. Und außerdem hatte dies alles offenbar auch damit zu tun, dass der Schauspieler ihr gestern Abend seine Anerkennung ausgesprochen hatte, alle diese Anzeichen für Neuanfänge, Bündnisse und Verpflichtungen. Nat wollte erwachsen werden, aber nicht ganz.

Obwohl sie noch genau ein Jahrzehnt davon trennte, träumte Nat davon, auf dem College im Nachbardorf zu studieren, damit sie ihrer Mommy immer noch nahe sein konnte. Sie hatte gehört, dass viele Absolventen ihrer Kindness Academy auf genau diesem College landeten. Die Studenten kamen mit großen Gebrauchtwagen in Nats Dorf gefahren, wo sich ein Burrito-Restaurant ihrer Bedürfnisse annahm, bewegten sich gemächlichen Schritts über die zwei Hauptdurchfahrtsstraßen und blieben gelegentlich vor einem Schaufenster stehen, um auf etwas zu zeigen und zu lachen. Im Gegensatz zu Nats jungen Klassenkameraden schienen sie niemals Bücher mit sich herumzutragen oder zu lesen, kein *Lama, Lama im Pyjama*, aber sie bedachten Nat oft mit einem benebelten Lächeln (sie waren bekifft), das wie eine Einladung wirkte, sich ihnen irgendwann anzuschließen, eine Cateye-Brille zu tragen und mit ihnen große *horchatas* aus einem einzigen Halm zu trinken.

Karen öffnete die Schachtel ein kleines bisschen und machte schmale Augen. »Oh«, sagte sie.

Nat beugte sich vor und spähte in die Schachtel, ehe Karen sie schließen konnte. »Was bedeutet ›Hotel Solitaire‹?«, fragte sie. »Ist das so, wie wenn meine Mommy ihre Sabbatkerzen anzündet?«

»Nein, mein Schatz, das ist bloß der Name eines Buches. Ich weiß nicht, wovon es handelt.«

»›Von Vinod Mehta‹«, hatte Nat vom Deckblatt abgelesen. »Verkauft er viele Bücher, so wie Daddy früher?«

»Ich glaube, das ist eine andere Art Buch. Ein privates.«

Wie von Vinod am Vorabend erwähnt, war Karen die Archivarin des Freundestrios, aber dieses spezielle Bruchstück der Erinnerung war ihrem Griff längst entglitten. Sie erinnerte sich an eine dunstig-düstere Bar im ukrainischen Teil der Stadt, ihre Hand auf der von Vinod. Er weinte, oder? Er weinte nie, auch dann nicht, wenn sie ihm ihren jeweils neuesten Freund präsentierte, normalerweise einen hochgewachsenen Iren, der mit einem H-1B-Visum in die Staaten gekommen war. Sie erinnerte sich, gespürt zu haben, wie ihre Cordhose an einer schmierigen Sitzfläche klebte, sie hörte sich im ewigen Zwielicht der Bar etwas zu ihm sagen: »Scheiß auf ihn. Was weiß er schon? Er sollte es seiner Agentin schicken, dann kriegt er eine ehrliche Meinung.«

Ihre Erinnerung bekam einen Schluckauf. Aus den Schatten der Bar heraus sagte Vinods Abbild etwas zu ihr, aber es war schwer zu enträtseln. Das Personal der Kneipe bestand im Wesentlichen aus einer hübschen Studentin in einem Tanktop, die ständig bekümmert aussah, Vinod, damals ebenfalls Student, jedoch mit kollegialer Wohlgelauntheit behandelte. Karen versuchte, das Gespräch zu rekonstruieren. »Lass es mich lesen, Vin.« – »Ich kann nicht.« – »Wieso nicht?« – »Weil es die größte Niederlage meines Lebens ist.« – »Sasha kann ein ziemlicher Arsch sein, was die Arbeit anderer Leute angeht.« – »Machst du Witze? Er schreibt eine Empfehlung für jedes Buch, das man ihm schickt.« – »Manchmal ist er auch ein ziemlicher Drückeberger.« – »Er will mir einfach die Peinlichkeit ersparen.« – »Es ist nicht so, dass *meine* Karriere gerade durch die Decke geht.« – »Das ist keine Karriere. Ich habe gedacht, ich hätte da was.« – »Vielleicht bist du einfach kein Schriftsteller.« – »Ich will gar kein ›Schriftsteller‹ sein. Das ist das Letzte, was ich will. Ich dachte, ich hätte das Zeug zu einem einzigen Buch, das jemandem etwas bedeuten könnte. Einem jungen Menschen vielleicht.« – »Du bist ein junger Mensch.« – »Ich bin einunddreißig!« – »Ich wette, man muss bloß ein bisschen daran arbeiten. Setzen wir uns zusammen hin, wir drei, und sprechen das Ganze durch.« Und so weiter und immer weiter, und zusammen mit seinem brach auch ihr Herz. In Momenten größter Enttäuschung überwanden sie jedes Mal die Programmierung ihrer Eltern, boten einander jedes Mal mehr, als sie jemals bekommen hatten.

»Dann wollte Daddy, dass Steve Vinods Buch liest?«

Karen sah das Mädchen an, stellte sich vor, wie die Rädchen ihres rührend naiven Denkens ineinandergriffen.

»Weißt du was«, sagte Karen, »ich glaube, er wollte das geheim halten, vielleicht als Überraschung. Und wir sollten es auch geheim halten.«

»Dürfen *wir* Vinods Buch lesen?«

»Ich lese es zuerst, bloß um sicherzugehen, dass nichts Unanständiges drinsteht. Und dann lese ich dir vielleicht einiges daraus vor.«

»Im Lesen bin ich schon bei Level Y. Das ist zwei Noten weiter, als ich eigentlich sein müsste.«

»Das wundert mich nicht.« Nun, da Nats Interesse an der mysteriösen Schachtel befriedigt war, spielte sie mit dem Saum ihres Rocks, den sie hoch- und runterkrempelte. »Was ist denn, mein Schatz?«, fragte Karen.

»Tante Karen.«

»Hm?«

»Kannst du Koreanisch?«

»Ein winziges bisschen. Aber nicht so, wie deine Mom und dein Dad Russisch können. Sie sind Muttersprachler, besonders deine Mom.«

»Kann ich dir ein Geheimnis verraten? Aber du musst versprechen, dass du es niemand weitererzählst.«

»Wir haben ja schon ein paar Geheimnisse miteinander«, sagte Karen und zeigte auf den Teva-Karton. »Der Bungalow hier kann unser geheimer Treffpunkt sein.« Sie erwog sofort, sich von ihrer Assistentin »Geheimer Treffpunkt«-Dekorationen schicken zu lassen, was immer zum Teufel das sein mochte.

»Ich will eigentlich gar nicht Russisch lernen«, sagte Nat. »Ich meine, ich kann es schon ziemlich gut. Wahrscheinlich auf Level Y. Aber eigentlich will ich Koreanisch lernen. Ich will nach Korea fahren und Jin, RM – das steht für Rap Monster – Jungkook, Suga, Jimin, J-Hope und V kennenlernen. Guckst du ihre Videos?«

»Na klar«, log Karen.

»Wirklich! Wer ist dein Liebling?«

»Sie sind alles so süß. Wen magst du denn am liebsten?«

»Jin?«

»Ich auch.«

»Was für koreanische Wörter hat denn deine Mommy immer zu dir gesagt?«, fragte Nat. »Kannst du mir welche beibringen?«

Karen überlegte, wie es wohl sein würde, zusammen mit Nat ihren Vater in Florida zu besuchen, das einzige noch lebende Mitglied ihrer Familie, dessen Aufenthaltsort sie kannte. Aber sie ist nicht von deinem Blut, würde er nach gründlicher Musterung sagen. Vielleicht würde er zu dieser späten Stunde aber auch eine adoptierte Enkelin akzeptieren. Broward County schien ihrem Vater neue subtropische Perspektiven zu eröffnen; inzwischen schaltete er im Fernsehen regelmäßig den liberalen Sender ein, und eine ältere weiße Dame aus seiner Wohnanlage machte sich offenbar an ihn und seine Pilotenbrille und seinen

Minikühlschrank mit dem Riesenvorrat *tteok* vom letzten Mondneujahr heran.

Ihr kam ein weiterer Gedanke: Mochte die Boygroup-besessene Nat sie nur wegen ihres koreanischen Aussehens? So wie bestimmte Männer?

Eine Stubenfliege tingelte durch das Wohnzimmer ihres Bungalows, heftete die klebrigen Läppchen ihrer Füße an jede malvenfarbene Oberfläche, die sie finden konnte, und suchte mit ihren drei Augen beiläufig nach Nahrung. Sie verarbeitete visuelle Informationen siebenmal so schnell wie ein Mensch, sodass sie die Annäherung eines solchen quasi in Zeitlupe wahrnahm. Diese spezielle Fliege hatte Senderovskys Klatsche in der zurückliegenden Woche schon mindestens dreimal ein Schnippchen geschlagen und betrachtete den kurzatmigen Hausmeister als Witzfigur. Daher hatte nichts sie auf die Pappform von »Liebe lässt Angst los« vorbereitet, die sie an die Wand quetschte und dem süßen Summen ihres Lebens augenblicklich ein Ende machte.

»Jo-ta!«, schrie Karen, als sie die Fliege zerschmetterte. »Das hat meine Mommy immer gesagt, wenn sie eine Fliege geklatscht hat. Es bedeutet so was wie ›gut gemacht‹.«

Nat packte »Liebe lässt Angst los« und knallte die Schachtel ohne rechten Grund gegen die Wand, sodass neben der Fliegenleiche ein zweiter Abdruck entstand. *»Jo-ta!«*, schrie sie.

»Sehr gut«, sagte Karen. »Deine Aussprache ist sehr gut.«

»Was noch? Was noch? Was noch?«

Karen dachte daran, welche Worte ihrer Mutter sonst noch jeden Tag über die Lippen gekommen waren. *Jo-ta* und das damit einhergehende Sausen einer Fliegenklatsche könnten durchaus die freundlichsten gewesen sein. »Es gibt noch *Nuh sug je hae!*«

»Nuh sug je hae!«, schrie das Mädchen mit perfekter Aussprache. Die Arme zu einer Kampfsportpose ausgestreckt, stand sie da. »Was heißt das?«

»›Mach deine Hausaufgaben.‹ Wahrscheinlich sagt dir das deine Mommy auf Russisch, wenn du noch nicht damit fertig bist.«

»Nein, ich mache gern Hausaufgaben. Sag mir noch was!«

»Piano chyeo!«

»Piano chyeo!«, schrie Nat, wieder perfekt.

»›Übe Klavier‹«, erklärte Karen. »Aber das machst du bestimmt schon.«

»Ich kann den ganzen *Schwanensee* spielen.«

»Ti-bi kkeoh!«

»Ti-bi kkeoh!« Der Atem entströmte ihrer Lunge mit einer Präzision, die Karen nie ganz gelang. Es war kein bloßes Nachäffen; es grenzte ans Spirituelle. Sie musste ihrem K-Pop mit fanatischem Ohr gelauscht haben. »Was heißt das?«

»›Mach den Fernseher aus.‹«

»Wir haben gar keinen Fernseher.«

»Glaub mir, das weiß ich.«

»Nuh sug je hae! Piano chyeo! Ti-bi kkeoh!« Nat begann durchs Zimmer zu marschieren und dazu die elterlichen Kommandos zu brüllen, als stünde sie für ihre koreanische Privatversion von *Meine Lieder – meine Träume* vor der Kamera. Während Karen diese Worte hörte, die sie und Evelyn damals bis ins Mark erschüttern konnten, spürte sie, wie sie bagatellisiert, neutralisiert, in die Spielzeuge der zweiten Generation verwandelt wurden. (Streng genommen war Nat nicht im Land geboren, aber trotzdem.) Worte, die Karen gequält hatten, waren jetzt der alberne Singsang-Marsch

einer Achtjährigen beim Versuch, mit einer coolen koreanischen Boygroup zu kommunizieren, die die halbe Welt erobert hatte (man stelle sich vor, *das* wäre damals, 1979, in Elmhurst passiert).

Karens Tagträumerei wurde unterbrochen von einem Männerschrei draußen oder, genauer, einer Mischung aus menschlichem Kreischen und Pumaknurren, so laut, dass Karen ans Fenster stürzte.

Sie spähte durchs Fliegengitter und versuchte, den Ursprung des Tumults festzustellen.

Ach du lieber Gott.

Sie griff nach ihrem Smartphone, drückte den Kamera-Button und wählte Video.

»Bleib, wo du bist, mein Schatz«, befahl sie Nat.

4

Masha sprach gerade mit einer Patientin, als sie das Gekreische hörte. Ihr Bildschirm zeigte ihr die Ansicht eines Schlafzimmers einer typischen Wohnung in einem Rego-Park-Minitower, die trübselige, verblasste Variante aus rotem Ziegelstein, in der sie als Kind neun Monate des Jahres verbracht hatte. (Die übrigen drei verbrachte sie etwas glücklicher mit dem jungen Senderovsky und ihren gemeinsamen Freunden in der flussaufwärts gelegenen Bungalowkolonie.) Statt eines Wandschranks, mit dem jede amerikanische Wohnung mindestens dreifach ausgestattet ist, hatten die Mieter einen frei stehenden Hochglanzkleiderschrank angeschafft, der auch als wandhoher Spiegel fungierte, und Masha konnte ihr bebrilltes Nachmittagsgesicht darin reflektiert sehen, zusammen mit dem üblichen Kram aus Chanukkaleuchtern und provinziellen Lackschatullen. Die Frau auf dem Bildschirm hätte eine Senderovsky sein können, vielleicht die Tante ihres Mannes, eine dieser wasserstoffblonden, schlachterprobten Russinnen Anfang siebzig, die sich durch eine lebenslange Dysthymie, wenn nicht gar hundertprozentige Depression knurren und seufzen, inzwischen noch verschlimmert durch die Zwangsstörung, deren Auftreten sich dank des Virus bloß verdreifacht hatte. Vielleicht war das der Grund, warum dieser spezielle Kleiderschrank heute so strahlend glänzte. Neben der Frau, die wie ein zutraulicher

Welpe auf Mashas Zuwendung wartete, war eine Flasche Glasreiniger auszumachen.

Die Patientin, Lara, sprach in dem gleichen atemlosen Sturzbach von Worten wie Nat, wenn sie überreizt war, sie monologisierte gewissermaßen über den Tag, den sie auf ihrer liebsten Social-Media-Plattform verbracht hatte. Dort hatte Lara, so wie etliche von Mashas Patienten an diesem Morgen, von dem Mikrochip erfahren, der beim Virustest tief in den Nasengang eingeführt wurde, und zwar auf Geheiß des liberalen, in Ungarn geborenen Milliardärs, den sie mit maximaler Gehässigkeit »Dschordsch Tsoris« nannte. Das Virus – dafür gab es mittlerweile schlüssige Beweise – war von dem bösen Ex-Magyaren in einem Labor entwickelt worden, als Teil einer Strategie, mithilfe dieses rotznäsigen Mikrochips die Weltherrschaft an sich zu reißen und sie den marxistischen Herren ihrer Jugend zurückzugeben. Manchmal scrollte Masha durch die Feeds ihrer Patienten, eine berauschende Anarchie aus bezahltem Rassismus wie etwa *Eine ehrliche Geschichte der Schwarzen und der Demokratischen Partei*, Verbreitung von Verschwörungstheorien nach dem Motto »Wenn Sie vom Masketragen Kopfschmerzen bekommen, sehen Sie sich dieses Video an« und Vladimir Horowitz im Frack, wie er in der Carnegie Hall Schubert spielte. Dass alle drei in so enger Nachbarschaft existieren konnten, ließ sich als »das sowjetisch-aschkenasische Paradox« bezeichnen, und jeder Versuch, auf den Umstand hinzuweisen, dass die Anti-Tsoris-Propaganda sich häufig auf das Detail konzentrierte, dass der Milliardär in jeder Hinsicht so jüdisch war wie die meisten von Mashas Patienten (in manchen »Artikeln«, die sie posteten, wurde Soros mit Kippa und Schläfenlocken dargestellt), blieb ohne Wirkung.

Mashas Aufgabe, wie sie sie sah, bestand darin, für eine tröstliche Präsenz zu sorgen; allein ihr sanftes, sommersprossiges Gesicht beruhigte diese übererregten Immigranten, zusammen mit einem stetigen Nachschub an Medikamenten gegen Angstzustände sowie an Serotonin-Wiederaufnahmehemmern, die sie ihren fanatisch psychiatriefeindlichen Patienten als »Schlafmittel« schmackhaft machte. Allein schon der Umstand, dass sie unter den Auspizien einer jüdischen gemeinnützigen Organisation überhaupt mit ihr redeten – einem *terapevt*, wie sie sich selbst ihren Patienten gegenüber nannte, was jede Art von Therapie, auch eine physische, implizierte –, war ein Beleg für ihre Fähigkeiten. »Ich bin dazu da, *Ihnen* zuzuhören«, begann sie jede Sitzung unter Verwendung der förmlichen Anrede.

Während Masha zusah, wie Lara, einen aquatisch blauen Schimmer in den manischen Augen, über Soros' Plan wütete, sie via Nase zu beherrschen und zum Tragen einer Maske zu zwingen, war sie mit den Gedanken anderswo, nämlich bei ihrer Tochter und ihren unerwünschten Gästen. Im Kühlschrank befanden sich eine Schüssel selbst gemachter Eiersalat und Brot mit vielen Ballaststoffen, aber würden sie auch dahinterkommen, wie man aus diesen beiden Hauptzutaten Sandwiches machte? Senderovsky behauptete, ja. Und dann gab es noch die endlose Abfolge von Nats Therapeuten und virtuellen Unterrichtsstunden (das hieß, heute, am Samstag, natürlich nicht, obwohl Masha trotzdem arbeitete) sowie umfangreiche, aber einfache Hausaufgaben zum Thema soziale Kompetenz und wie viel Freude es machte, jedermann zu lieben, was ihre Tochter sowohl langweilte als auch ein Schlaglicht auf die unterentwickelte Bandbreite ihrer Emotionen warf. Es war ein merkwürdiges Vergnügen,

Nat und Karen in vollem Galopp den Hügel heraufrennen zu sehen – eine erwachsene Freundin zählte gleichwohl als Freundin, nicht? –, aber sie machte sich Sorgen, dass das Kind mit seinen immer gleichen Interessen, hauptsächlich der Boygroup, seinen gelegentlichen Temperamentsausbrüchen und der Notwendigkeit von Ordnung und Kontrolle Karen überfordern würde.

»Wenn Sie immer noch Probleme mit dem Schlafen haben«, sagte Masha zu Lara, wobei »schlafen« für »funktionieren« stand, »könnte ich Ihre Dosis auf zwanzig Milligramm erhöhen. Viele meiner Patienten erzielen mit dieser Dosierung großartige Erfolge.«

»Es ist mir egal, ob ich lebe oder sterbe«, sagte Lara, was im Russischen »Mir geht es gut, danke der Nachfrage« entspricht.

»Obwohl ich weiß, dass Tsoris mich tot sehen will«, fügte sie hinzu.

»Na, das ist doch mal ein guter Grund, am Leben zu bleiben«, sagte Masha.

Lara lächelte, sodass ihre staatlich finanzierten Keramikkronen in der schmierigen Linse des veralteten Laptops ihrer Tochter schimmerten, denn das tägliche Gespräch mit Masha war das Highlight ihres Quarantänetags. Lara lebte allein – ihr Mann, zunächst eine Alkoholleiche, war inzwischen vollends tot –, aber Masha meinte, im Kleiderschrank ganz kurz eine Kinder-*tapka*, einen Hausschuh, gespiegelt zu sehen, der, im Vorüberhuschen eingefangen, den kurzen Flur der Wohnung entlangschlappte, unterwegs zum Fernseher im Wohnzimmer, zu dem mit Kohl bestückten Kühlschrank oder dem akkurat gemähten Rasen zwischen den Ziegelsteintürmen, wo Angehörige unterschiedlicher Ethnien zusammenzuklumpen pflegten wie nasse Socken frisch aus der Waschmaschine. Das war natürlich eine Illusion; das Kind gab es nicht, nur das gerahmte Foto ihrer Schwester neben dem Monitor, wie sie für alle Zeiten ein Jurastipendium bekam, das sie gar nicht unbedingt wollte, graue, griesgrämige jüdische Augen, den Kopf müde zu ihrer älteren Schwester hingebeugt, ganz ähnlich wie Senderovsky in der russischen Bungalowkolonie seinen Kopf in ihre Halsbeuge zu schmiegen versuchte, während sie in ihren Badeanzügen an dem winzigen oberirdischen Pool der Kolonie saßen und eine Sturzflut von Gefühlen zwischen ihnen in eine Richtung floss.

Fuuuuuuuuuuuuuuuuuuuuh!

Sie musste sich das Jaulen in ihrer Träumerei eingebildet haben. Aber nein, da war es wieder. Ein ortsansässiger Rotfuchs (oder war es ein »Berglöwe«)? Ein Tier, das von einem anderen Tier zerrissen wurde? Nein. Jetzt hörte sie Worte. Hässliche Worte. »Einen Moment bitte, Lara Zacharovna«, sagte Masha unter Verwendung von deren Vaternamen. (»*Nu, nu*, tun Sie, was Sie tun müssen«, erwiderte ihre Patientin, als wäre ihr ganzes Dasein nur eine endlose Reihe von Zurückweisungen und Ablehnungen.) Masha rannte durch das Wohnzimmer mit dem stummen Steinway und den freudlosen pastellfarbenen Sofas, durch die Küche mit dem Ungetüm von gewerblichem Herd, dem Spülstein und der professionellen Espressomaschine und hinaus auf die Galerie, die das Haupthaus mit der Veranda verband, wo …

Wo sie auf den verblüffendsten Anblick ihres Lebens traf.

Der Schauspieler war nackt, sein dunkles Haar in eine schillernde Schaumwolke von Shampoo oder Conditioner gehüllt, aus der es unablässig von seinen Locken herabtroff, als wäre er ein Softeis-Automat. »So eine verfluchte Scheiße!«, brüllte er, die mit Seife bedeckten Augen zu Schlitzen zusammengekniffen. Und dann, als er merkte, dass sich ihm jemand näherte: »Helfen Sie mir! Scheiße, jetzt helfen Sie mir endlich!«

»Ich bin da«, kündigte Masha sich an, deren Blick bereits den Rüssel und die beiden Ohren seiner Genitalien überflog, aber noch keine Zeit gehabt hatte, den rasierten und gestylten Schamhaarflaum darüber zu verarbeiten. »Kommt kein Wasser mehr?«

»Scheiße, ja! So kann ich nicht leben. Dieser Conditioner enthält« – einige Inhaltsstoffe, von denen sie noch nie gehört hatte – »und muss sofort ausgespült werden! Sonst kann es zu Netzhautschäden kommen.«

»Hier«, sagte Masha, »ich nehme jetzt Ihre Hand, okay?« Sie blickte sich um, um sich zu vergewissern, dass niemand sie beide beobachtete (von ihrem Bungalow aus nahm Karen alles mit ihrem Smartphone auf), dann packte sie seine Hand, deren nasse seifige Wärme von Leben pulsierte. Er quetschte sie wie ein Kind in Panik. Sie führte ihn ins Haus, während nach wie vor in großen Batzen Conditioner von ihm herabkleckerte und in opalisierenden Placken von Industriequalität die breiten Fußbodendielen bedeckte. »So kann ich nicht leben!«, ächzte der Schauspieler. Nach nur achtzehn Stunden auf dem Senderovsky'schen Anwesen war seine Perspektive bereits komplett russifiziert. Sie führte ihn in das rudimentäre Badezimmer im Erdgeschoss, und er verkündete, obwohl an der Hand geführt, mit trauriger, dramatischer Stimme: »Ich kann nichts sehen«, als wäre das jetzt ein bleibender Zustand.

Sie drehte die Dusche auf, die jedoch nur einen kurzen Strahl nebst einem lauten Fauchen von sich gab. Das geschmeidige W seiner Pobacken erfüllte Mashas Gedanken und verdrängte Nat, Lara Zacharovna und den Versager, der ihr Mann war. Direkt darüber befand sich ein nicht recht passendes Haarbüschel, wo der Schwanz der Urzeit ein Zuhause gefunden hätte, fast ein Spiegelbild des rasierten Wuchses oberhalb des Rüssels und der beiden Ohren, und sie musste aufhören, unter seine Gürtellinie zu schauen. »Ich halte Eimer mit Wasser bereit für den Fall, dass so etwas passiert«, sagte sie zu ihm.

»Für den Fall, dass so etwas passiert?«, kläffte er blind. »Das ist schon mal passiert?«

Die Hand zwischen seinen kantigen blauen Schulterblättern, schob sie ihn sanft in die Dusche und sagte ihm, er solle sich bücken. »Tut mir leid, ich bin klein«, fügte sie hinzu.

Er beugte sich leicht vor. Sie war sich ihrer kräftigen Unterarme deutlich bewusst, als sie einen Eimer Wasser hochhievte und den Inhalt über den unwahrscheinlich dichten Wust seiner Haare goss, den sie dann mit beiden Händen knetete, um den Schaum herauszuspülen, der sich bereits zu festigen begann. Er legte eine starke, nasse Hand um ihre Taille, um das Gleichgewicht zu halten, und empfand keine Notwendigkeit, sich für die Heftigkeit seiner Berührung zu entschuldigen. Nun, da sein Körper vor ihr ein russisches г bildete (in Alphabeten zu denken beruhigte sie), konnte sie die festen Wölbungen seiner Brust unter dem Einfluss der Schwerkraft deutlich hervortreten sehen und sie mit den weichen Linien des Hinterteils vergleichen, den leicht femininen Hüften, denen die üblichen Einkerbungen preisgünstiger Männerunterwäsche fehlten. (Trug er überhaupt welche, oder war sie so seidig wie die Kleidung von Mormonen?) Die Luft füllte sich mit dem seltsamen Moschusduft, der wohl von dem speziellen Conditioner herrührte und ihr den Tierfellvorleger in Erinnerung rief, den ihr Onkel Artyom »der Abenteurer« aus der Gegend von Jakutien mitgebracht hatte. Und das alles passierte in der Zeitlupenzeit einer Fliege, und Mashas Augen hielten es ebenso zuverlässig fest wie Karens Smartphone. »Es dauert vielleicht eine Weile, bis ich das aus Ihren Haaren herauskriege«, sagte sie und spürte, wie sie trotz des ächzenden Deckenventilators in den Achselhöhlen zu schwitzen begann.

»Nicht bloß die Haare«, sagte er mit zusammengebissenen Zähnen.

»Was?«

»Nicht bloß die Haare.« Seine Fantasie ergötzte sich an sich selbst, die Bilder fuhren Karussell. Er sah Dee, sah seine eigenen Augen, wie sie Dee auf dem digital optimierten Foto betrachteten, aber er roch *diese* Frau, eine Doppelbrise aus Morgenmolke und Schweiß. Ja, er roch diese Frau, die Frau des Mannes, der gerade seine schriftstellerische Arbeit, seinen Schaffensprozess, seine beträchtliche Bildung, seine Vorliebe für die griechischen Klassiker beleidigt hatte. Vornübergebeugt stand er vor ihr, nackt, aber machtvoll. Irrte er sich, wenn er glaubte, dass ihre Hände seine Kopfhaut mit mehr als der Berührung einer geübten Mutter liebkosten? Dass sie nach ihm gierten? Er hielt sich etwas darauf zugute, etliche Menschen von unvollkommener Physis zu kennen, hätte aber nie gedacht, dass er einmal nackt vor einem stehen würde. Durch die Schlitze seiner brennenden Augen sah er ihren Hängebusen, die rosig angelaufenen, dicken Arme und die Falten in ihrem Hals, und obwohl er wusste, dass beim derzeitigen soziopolitischen Klima vieles nicht zulässig war, stand ihm das hier vielleicht doch zu.

»Nicht bloß die Haare«, wiederholte er, inzwischen schwer atmend. »Waschen Sie mich ganz. Damit alles abgeht.« Er erwog, »wenn Sie mögen« oder »wenn Sie können« hinzuzufügen, was das Ganze abmildern und ihn vielleicht sogar exkulpieren würde, aber er hielt sich stolz zurück, während sein Penis sich von selbst zu heben begann.

Sie sah das alles. Hörte das erregte Zittern seiner Stimme und spürte, wie ihr selbst an den Rändern ihrer Fingernägel und in der warmen Hülle ihrer Unterwäsche die Kontrolle entglitt. Sie wollte etwas sagen, einen Satz nach dem anderen sprechen, nach Art von Nat oder Lara Zacharovna monologisieren oder ihre verstorbene Schwester wachrufen und ihr alles, was geschah, in endlos aneinandergereihten englischen Sätzen erzählen, ganz gleich, ob ihr Akzent wiederkehrte oder nicht. Aber nein, das ging niemanden etwas an, nicht einmal ihre tote Schwester. Sie dachte an die letzte Szene ihres Lieblingsfilms, der zufällig in Ostdeutschland spielte: Ein ehemaliger Stasiangehöriger kauft ein Buch über sein Leben und wird von dem Verkäufer gefragt, ob das ein Geschenk sei. *»Das ist für mich«*, sagt der alternde ehemalige Stasimann äußerlich ruhig, aber sichtlich bewegt. *Das ist für mich.*

»Wo soll ich Sie waschen?«, flüsterte sie, während der Knorpel seines Ohrläppchens sich zwischen ihren Fingern bog, ihre rissigen Lippen nur einen Zoll davon entfernt. Er ergriff ihren anderen Arm, zunächst unsicher, wohin er ihn legen sollte. Wieder war er sich des allgemeinen Tenors der Zeiten bewusst, aber irgendwie beruhigten ihn ihr Alter und ihr Beruf. Sie war Ärztin, sie entstammte einer Ära anderer

Übereinkünfte. Er legte ihre Hand auf seine Brust, wo er ihr half, in Bögen um deren feste Form zu fahren, dann griff er nach unten, um die Fülle dort zu massieren. Und wenn sie ihre Bögen jetzt vergrößerte, würde sie ihn bald ganz erfassen. Er wollte, dass sie sich Zeit ließ, er wollte das Ganze kontrollieren und außerdem angemacht werden. Als in seinem Bungalow plötzlich kein Wasser mehr gekommen war, hatte er sich zunächst vorgestellt, er spielte in irgendeiner extrem beschränkten Serie eines neuen Streaminganbieters einen kürzlich Erblindeten, und seine Panik, seinen Kontrollverlust als Treibmittel in ein neues Dunkel verwendet. Aber, wie er zu Senderovsky gesagt hatte, alle Rollen führten zu ihm selbst. Und jetzt liebkoste sie ihn, vorgeblich um die Schaumplacken abzubekommen, aber mit geübter, muskulöser Bewegung. Es gab ein Wort, das er sagen wollte, einen Eigennamen, aber das würde vielleicht kein gutes Ende für ihn nehmen. Andererseits aber: eine Ärztin aus einer Ära anderer Übereinkünfte. Er hatte es verdammt noch mal satt, sich die ganze Zeit zu beherrschen.

»Dee«, sagte er laut und einem Stöhnen so nahe, wie er konnte. »Oh, Dee.«

Die Frau hörte auf. Sie blickte nicht auf, sah ihn nicht an. »Nicht aufhören«, sagte er. »Mach weiter.«

Masha zuckte zurück, lockerte ihren Griff, doch dann kamen die immer gleichen Worte in Endlosschleife: *Das ist für mich, das ist für mich, das ist*, Scheiße noch mal, *für mich!*

Es war viel, und es vermischte sich mit den nach Tierfell riechenden Schaumplacken, die den Abfluss umkreisten, bis kaum mehr zu unterscheiden war, was von ihm stammte und was aus einer teuren ausländischen Flasche kam. Sie drehte das Wasser ab, und nun stand er ihr in völliger Stille gegenüber, ein hochgewachsener mediterraner Körper, die geschlossenen Doppelklammern seiner Brust, das Präsexuelle seines Bauchs, der akkurat kurz geschorene Flaum eines Pornografentraums und das leise wippende Getier darunter. Seine Augen waren rot, als hätte er geweint, und in jedem Film, den er jemals gemacht hatte, gab es eine Szene, in der seine Glückstränen flossen und über die Skulptur seines Gesichts rannen wie in der Katharsis eines ganzen Volkes, einem alten Ritus. Das alles hatte ihr gehört. War es richtig, das so zu sehen? Im Possessivum? »Zum Lunch gibt es Eiersalat, wenn Sie wollen«, sagte sie.

Er schnaubte, doch dann berührte er mit der Hand ihre Wange. »Ihr Mann sollte die Wasserleitungen in Ordnung bringen lassen«, sagte er. »Aber bis dahin möchte ich, dass Sie diese Eimer bereithalten.« Er lächelte »jungenhaft«, wie er fand.

»Mal sehen«, sagte Masha. Sie reichte ihm ein Handtuch.

»Wollen Sie mich nicht abrubbeln? Beenden, was Sie angefangen haben?« Irgendwo verbarg sich da ein Scherz. Plus die Unterstellung: Sie hatte damit angefangen.

»Ich habe eine Patientin«, sagte sie, und das plötzliche Innewerden ihrer Verpflichtungen gegenüber einem Menschen in (ständiger) Not machte der Geburt ihrer eigenen kurzen Lust ein Ende. Sie ging hinaus, vorbei an all den vertrauten Anblicken, den großen und kleinen Zeichen von Kultur, mit denen ihr bescheidenes Zuhause überladen war, die immer noch nassen Hände wie einen Nachweis vor sich ausgestreckt. Einen Nachweis dafür, dass sie lebendig, stark und begehrt, wenn auch nicht geliebt war.

5

My *name is Luka‹«*, tönte es aus dem Satellitenradio, und Senderovsky sang fröhlich mit, während er in halsbrecherischem Tempo die Auffahrt hinaufholperte und dabei den Rasen unter die Lupe nahm, der mittlerweile von ausgebleichten Ästen völlig frei war. *»›I live on the second floor!‹«* Ein unbestreitbar männliches und koloniales Gefühl packte ihn. Er hatte dem Schauspieler die Stirn geboten, und er hatte mithilfe des Baumpflegers dem Unrat eines Sturms und damit der Natur selbst die Stirn geboten! Der Rest des Tages würde mit Leichtigkeit vergehen.

Jäher Nebel hatte sich über das Anwesen gelegt, und er konnte im Fenster des oberen Badezimmers einen Stapel frisch gewaschener Handtücher sehen, die ihn in einen Zustand tiefer häuslicher Ruhe versetzten. Wieder einmal war alles an seinem Platz. »Sie haben eine großartige Familie und ein großartiges Zuhause«, wie seine Agentin aus Los Angeles gesagt hatte. Er hustete eine gute Minute lang in seine Hand, während er den Wagen parkte, und von der Anstrengung krampfte seine Lunge. Das war bestimmt der Säurereflux. Er sollte seinen Alkoholkonsum einschränken und Schokolade sowie säurehaltige Nahrungsmittel meiden.

Apropos Nahrungsmittel: Auf Eds Bitte war er gerade zu Rudolph's Market in dem genau nördlich liegenden Dorf gefahren, um einen Kofferraum voller Waren zu besorgen, darunter auch ein mysteriöses und teures Glas »Tunesisches Piment-Zitrus-Confit«. Als er aus seinem Wagen stieg, sah er den Schauspieler aus dem Haus kommen, ein Handtuch um die Taille geschlungen, das Haar ein dunkler Heiligenschein, die Fesseln kräftig, aber schlank, wie die von Karen.

»Hallo«, rief Senderovsky dem fast nackten Mann zu. »Juu-huu!« Ihm kam ein Gedanke. »Ist im Bungalow kein Wasser gekommen?«

»Bloß ein weiterer Tag im Paradies«, sagte der Schauspieler mit missmutig verzogenem Mund.

»Bitte gehen Sie hinein«, sagte Senderovsky. »Ich lasse meinen Hausmeister nach den Leitungen sehen. Ihnen ist bestimmt kalt?«

»Ich fühle mich ganz prima«, sagte der Schauspieler. »Ich mag die Kälte.«

Er drehte sich um und ließ den Grundbesitzer, so stellte er sich vor, in einem Zustand dunkler Ratlosigkeit stehen. Auf dem Weg aus dem Haus hatte er das überbelichtete Foto gesehen, das den jungen Senderovsky und seine künftige Frau, ein charismatisch wirkendes Kind mit prächtigen slawischen Wangen, auf einem Heuhaufen zeigte. Er erinnerte sich an Senderovskys Gejaule über einen seiner Vorschläge zum Drehbuch – »Das ist ja lächerlich!« – und wog es gegen das Gefühl der überraschend geschickten Hand von dessen Frau an seinem Körper auf.

»Karen sagt, es ist besser, abends zu duschen!«, rief Senderovsky ihm nach. »Ich hätte das vorhin bekannt geben sollen.«

»Reparieren Sie's!«, rief der Schauspieler zurück. Jetzt spielte er einen Diktator auf einem Balkon, jemanden, der nicht mehr als zwei Worte auf einmal verwenden musste.

Aber kaum war er zurück im Petersburger Bungalow, fiel seine Selbstsicherheit in sich zusammen. Er sank auf einen harten modernistischen Stuhl neben einem harten modernistischen Schreibtisch und sackte vornüber wie ein ertappter Schuljunge. Da waren erstens die möglichen Konsequenzen. Er rekapitulierte, was nur Minuten zuvor passiert war. Hatte er eine Grenze überschritten? Viele seiner mit Y-Chromosomen ausgestatteten Kollegen waren inzwischen, metaphorisch gesprochen, im Knast, nachdem sie jahrzehntelang Frauen angefasst und Frauen angewiesen hatten, sie anzufassen. Die Ausreden von wegen Mashas Generation und ihres Berufs wirkten schwach. Wenn überhaupt, hatte sie die nötigen Mittel und Fähigkeiten, ihn zu vernichten. Das Beste, was ihm jetzt noch einfiel, war, dass sie »Europäerin« war, und vielleicht war es ja nicht das erste Mal, dass sie ihren Trottel von Ehemann betrogen hatte. Trotzdem, er hätte sie nicht endgültig kränken und Dees Namen laut sagen dürfen. Das war genauso daneben wie Senderovskys Drehbücher.

Was ihn natürlich auf Dee brachte. *Sie war daran schuld!* Nein, es war nicht Dee. Es waren Karen und ihr Algorithmus. Sie war nicht besser als der Typ von dem sozialen Netzwerk, die kleine rotblonde Rotznase bei den Anhörungen im Kongress. Das waren alles Gauner, darauf aus, ihn zu vernichten, das Land zu vernichten. Und nun gehörte dank Karen sein Herz nicht mehr ihm. So wenig wie seine Augen.

Seine Augen. Seine Augen auf dem Foto. Seine Augen, wie sie sie betrachteten. Wie sie von seinen Augen betrachtet wurde. Das war der Augenblick des Höhepunkts in der Dusche, und Masha war nichts weiter als eine Handlangerin (war das ein weiterer Scherz?), als sich das alles von ihm abspulte, das Verlangen, die Begierde, das Bedürfnis.

Er hatte Bedürfnisse. Er hatte eine Vergangenheit. Wenn er Dee herumkriegen wollte, wäre es das Geschickteste, sich ein paar Monate Zeit zu nehmen und ein Memoir zu schreiben. Vielleicht wäre jetzt der richtige Zeitpunkt dafür. Dann könnte er es Dee präsentieren und sagen: »Es steht alles da drin. Nicht nötig, mich auf einen Sockel zu stellen. Nicht nötig, Vermutungen darüber anzustellen, wer ich bin. Ich bin wie jeder andere.« Nur war er das nicht. Er hatte nicht um seinen Grad von Anspruchsdenken gebeten; der war ihm aufgebürdet wie ein Fluch, zusammen mit seinem Talent und den beiden Dolmas seiner Augenbrauen. Natürlich hatte er gelitten! Sein Grad an Vielseitigkeit fiel einem nicht einfach zu, ohne dass man litt. Aber wie er im Einzelnen gelitten hatte, der »rote Faden« seines Schmerzes, ja, dem musste er in dem Memoir auf den Grund gehen. »Das hier bin ich, Dee.« Ein Schriftsteller konnte das noch genauer sagen als ein Schauspieler. »Ich habe das für dich geschrieben, Dee.« Er wusste genau, welcher Name auf die Seite mit der Widmung kommen würde.

Er holte sein Tablet hervor. Es wäre lustig, wenn er sein Memoir im gleichen Stil verfasste wie sie. »Ich habe das *wie* du geschrieben, Dee.« Eine Hommage. *Wie man sich selbst Steine in den Weg legt und kapituliert* von Dee Cameron. Ein richtig guter Titel. Er klickte sich am Impressum vorbei, und in dem grauen Licht, das in poetisch schrägem Winkel durchs Fenster einfiel, fasste er sich unwillkürlich an seine Haare, was ihn daran erinnerte, dass er sie sich angesichts seines kleinen Missgeschicks mit dem Conditioner eher früher als später bürsten musste. Sein Telefon summte – manchmal hatte man in den Bungalows ein, zwei Sekunden lang Empfang, der unsichtbar tastende Strahl eines Sendemasts in den

Bergen –, aber er würde nicht drangehen und seiner Glasgower Elspeth später sagen, dass der Empfang, um ein Wort aus ihrer Sprache zu benutzen, *»wonky«* sei.

Was, wenn Dees Buch umwerfend gut war? Würde er es dann überhaupt durchkriegen? Würde er ihr Talent verabscheuen, oder würde er lernen, es zu akzeptieren? Ich muss mit dem Konkurrenzdenken aufhören, sagte er sich. Er konnte damit umgehen, dass die Frau, mit der er für immer zusammen sein wollte, eine gewisse Form von Berühmtheit genoss, anstatt eine nur sehr mäßige wie Elspeth. (Sie war Model und Aktivistin.) Es klopfte an der Tür. Was, wenn es Dee war? Er hüpfte auf einem Bein, während er sich eine in Reichweite liegende schmutzige Unterhose und ein T-Shirt überstreifte. »Einen Moment!« Er schlüpfte in Jeans und strich ein Büschel Haare zur Seite. Er öffnete die Tür.

Es war der indische Typ, unter dem Arm etwas, was wie eine grob gewirkte Decke aussah (in Wirklichkeit handelte es sich um einen handgeknüpften Läufer, den Senderovsky während eines ausgelassenen Literaturfestivals in Paraty, Brasilien, aufgetrieben hatte), und, dem Wetter entsprechend, mit einer sehr pragmatischen Übergangsjacke bekleidet, die ihm ein reicher Cousin vermacht hatte. »Entschuldigen Sie, Mr. ---«, sagte der friedliche Eindringling, den schönen Nachnamen des Schauspielers anrufend. »Hätten Sie etwas dagegen, wenn ich mir aus Ihrem Bungalow ein Buch hole?«

Der Schauspieler nickte, hatte sich damit abgefunden, freundlich zu sein. »Tut mir leid, ich kann mir Namen einfach nicht merken, Sie sind …«

»Vinod. Ich suche nach einer Ausgabe von *Onkel Vanja.* Sie steht gleich da drüben.« Der Mann mit den sanften, erloschenen Augen wusste genau, wo Vanja in der bunten Masse der Bücherregale vor sich hin schmollte. Warum hatte *er* nicht diesen Bungalow bekommen? Vielleicht konnte er ihn ja bitten zu tauschen.

»Ich glaube, ich habe Sie einmal in Berlin in einer sehr avantgardistischen Version von *Der Kirschgarten* gesehen«, sagte Vinod.

»Ja«, sagte der Schauspieler. »Da war ich sehr viel jünger. Ich habe den Kirschgarten gespielt, wenn ich mich recht erinnere. Oder vielmehr dessen Personifizierung.«

»Eine sehr schwierige Rolle, die Sie aber mit Bravour gemeistert haben.«

Der Schauspieler lächelte, wehrte das Kompliment händewedelnd ab. »Ich bin bloß ein Gefäß. Das Genie war doch wohl Čechov?« Er hatte das nicht als Frage gemeint.

»Es muss spannend sein, mit Sasha zusammenzuarbeiten«, fuhr Vinod fort.

»›Spannend‹ ist nicht das erste Wort, das mir dazu einfällt.«

»Er ist ein großartiger Autor. Ich habe das Glück gehabt, mitzuerleben, wie er sich im Lauf der Jahre entwickelt hat. Ich habe mich selbst einmal an einem Roman versucht, und er war so freundlich, ihn zu lesen und mir Ratschläge zu geben. Im Grunde seines Wesens ist er Lehrer.« Die Ernsthaftigkeit von Vinods Freundschaft rührte den Schauspieler. Unter Männern in seinen Kreisen erlebte er derartige Zuneigung eher selten. »Sie würden übrigens einen großartigen Onkel Vanja abgeben«, sagte Vinod.

Die Komplimente wirkten besänftigend auf den Schauspieler, weil sie von einer Stelle kamen, die von Konkurrenzdenken offenbar völlig frei war. Im Gegensatz zu Senderovsky konnte dessen Freund Komplimente erübrigen und hatte nicht das Bedürfnis, sich ständig zu beweisen. Er sah zu, wie Vinod zu einem Regal neben dem Plan der Leningrader U-Bahn hinüberglitt und den erwähnten Band herauszog.

»Eigentlich«, sagte der Schauspieler, »wollte ich immer den eingebildeten Professor spielen, der Vanja und seine Familie besuchen kommt. Dem das Gut gehört. Ich komme gerade nicht auf den Namen.«

»Serebrjakov.«

»Genau! Mein Aufenthalt bei Senderovsky könnte mir tatsächlich die Grundlagen dieser Figur vermitteln.« Er kam sich sehr gebildet dabei vor, dass er dieses Gespräch führte.

Vinod sagte nichts, sondern schüttelte lediglich den Kopf und lächelte. Der Schauspieler bewunderte die fünfhundert Wimpern, mit denen Vinods Augen fast so üppig ausgestattet waren wie seine eigenen. »Lesen Sie zurzeit etwas Interessantes?«, fragte Vinod, und seine Armbewegung umfasste die Reihen von Büchern, von denen sie umschlossen waren.

»Ich habe gerade Dees Essayband heruntergeladen.«

»Den habe ich letztes Jahr gelesen«, sagte Vinod.

»Aha. Und wie finden Sie ihn?«

»Ich finde, sie bemüht sich.«

»Bemüht sich worum?«

»Sie bemüht sich, dahinterzukommen.«

»Tun wir das nicht alle?«

»Nein, das glaube ich nicht.«

Der Schauspieler wusste nicht recht, ob Vinod das als Lob für Dees Buch gemeint hatte oder nicht. Aus irgendeinem Grund verspürte er das Bedürfnis, ihn Senderovsky abspenstig zu machen und auf seine Seite zu ziehen, eine »überraschende, aber dauerhafte Freundschaft« zu schließen, wie es im Pressetext einer Fernsehgesellschaft heißen würde.

»Sasha hat mir gesagt, Sie haben einen Lungenflügel verloren«, sagte er.

»Nur zum Teil«, sagte Vinod.

»Er übertreibt immer, nicht wahr?«, rief der Schauspieler aus. Aber Vinod antwortete nicht, sondern nickte nur unverbindlich und verbeugte sich leicht. Der Schauspieler meinte, eine gewisse Kälte wahrzunehmen. Als Vinod den Bungalow verlassen hatte, erlitt der Schauspieler einen plötzlichen Anfall von Einsamkeit, der sich in Zorn verwandelte. »Was wollen die bloß alle von mir?«, sagte er laut und verlieh seinen Worten mit einer Hand Nachdruck, obwohl er sich nicht sicher war, von wem er eigentlich sprach. Er wusste, er würde es unerträglich finden, mit sich allein zu sein, bis er zum Essen sein schönstes Hemd anzog und Dee wiedersah.

Und was dann?

Vinod ging mit seinem Läufer den steilen grünen Pfad zur Wiese hinunter, ebender Wiese, die Senderovsky dem Schauspieler als ruhiges Plätzchen zum Lesen empfohlen hatte. (»Ich kann mir nichts Besseres vorstellen.«) Das Gras war hoch, ungemäht, und Vinod drückte es mit den Händen flach, irgendeine atavistische Erinnerung an das Oval Maidan, an strohgelbes, anämisches Gras unter seinen Füßen, das Klacken eines Kricketschlägers, Männer und Jungen, die einander mit Schreien anfeuerten, Begeisterung, an der er nicht teilhatte. Vielleicht war da ein Picknickkorb gewesen, eine hübsche Tante mit einem Muttermal, aus dem ein einzelnes Barthaar wuchs, ölige *pakoras* und *dhoklas*, die sich warm anfühlten. In letzter Zeit machten sich diese aufdringlichen, penetranten Erinnerungen ohne Ende geltend, aber woher sollte er wissen, welche echt waren? In seinem Alter glich der Verstand dem wässrigen Eintopf, den die Parsen aus Ziegenhirn zu kochen pflegten, im Café Military unten in Churchgate, wo die Deckenventilatoren die Moschusdüfte des nichtvegetarischen Essens verteilten und durch die Erinnerung an das erste Bier quirlten, das je seine Lippen berührt hatte, an den dicken, pubertierenden Cousin Gautama, der ihn zu zwei Jahrzehnten schwerer Trinkerei anstachelte.

Er richtete sich ein kleines Plätzchen her und betrachtete seine Umgebung. Die Wiese verlief gute zehn Meter unterhalb des restlichen Grundstücks, und zusammen mit Vinod ließ sich auch der merkwürdige Mittagsnebel nieder. Als er aufblickte, ragten die große Zedernholzveranda, das verputzte Haupthaus (dem Gipsputz seiner zweiten Jugend in Jackson Heights so ähnlich) und die stationären Satelliten der Bungalows vor ihm auf, als wären sie gerade aus dem Nichts erschienen, heraufbeschworen von einem Verrückten bei Gogol oder Cervantes. Und jetzt bestaunte Vinod die Größenordnung von Senderovskys Projekt, die ungeheure, unbeschwerte Verschwendung des Ganzen, ein so gewaltiges Unternehmen, dass einem unwillkürlich das Wort »Insolvenzverfahren« in den Sinn kam. Im Gegensatz zu seinen Freunden hatte Senderovsky keine Geschwister und auch keine herkömmliche Immigrantenkernfamilie; jeder Bungalow diente zur Korrektur der pandaartigen Leidenschaftslosigkeit seiner Eltern und Vorfahren.

Der Nebel drang in Vinods Lungenflügel (Plural) und trieb dann in großen, trägen Schwaden gegen das oberhalb gelegene Wohnprojekt, verhüllte und enthüllte die kalifornisch weitläufige Zedernholzveranda (die Platzdeckchen waren bereits gewaschen und zum Essen wieder aufgelegt) und die Bungalows mit ihren leicht geneigten Dächern, wie ein Hokuspokus, der sie ebenso rasch zum Verschwinden wie zum Hervortreten brachte.

Die Laubfrösche meldeten sich erneut mit größerer Dringlichkeit als zuvor, aber bis auf eine Schar Stare, die an Ort und Stelle in einer toten Ulme Schutz suchten, konnte niemand die Ursache ihrer Aufregung, einen von Kanada heranziehenden Sturm, feststellen. Allein im Nebel, versuchte Vinod das russische Theaterstück zu lesen, während er oben in den Häusern Lichter aufleuchten und ausgehen sah wie einen Code und sich der Hahn auf der Wetterfahne von Karens doppeltgroßem Bungalow wie unsinnig drehte, schließlich jedoch mit seinem Schnabel von Neufundland weg zeigte. Vinod würde sich selbst belügen, wenn er behauptete, er sehne sich hier inmitten von Kälte und Feuchtigkeit nicht nach ihrer Zärtlichkeit. Er liebte sie immer noch ganz und gar, sogar die Anmutlosigkeit ihrer gierigen, ewig unzufriedenen Immigrantenseele, sogar die Grausamkeit ihrer Ausdrucksweise und ihren Dreifach-Espresso-Mundgeruch. Aber er musste wie eine Figur in einem Čechov-Stück denken, die immerzu von Begierden gequält wird, jedoch in einem Leben gefangen sitzt, das viel zu klein ist, um der Gesamtheit eines Menschen Rechnung tragen zu können. Deshalb war Čechov auch so beliebt. In seinem Werk gab es keine schneidigen Persönlichkeiten, die einem Endpunkt wie dem Ruhm des Schauspielers oder Karens Algorithmus entgegengaloppierten, sondern nur verschwindende Horizonte, nur verwilderte Wiesen, von denen man nach oben schauen und versuchen konnte, in Dunst gehüllte Landschaften zu erkennen.

Er schlug das Buch auf, wurde jedoch von Furcht übermannt. Nichts von all dem konnte wirklich sein. Wieder erinnerte er sich, wie er erst gestern die Brücke über den Fluss genommen hatte, den Rest des Kontinents hinter sich, die violetten Berge ein bisschen zu vollkommen, um glaubhaft zu sein. Und gerade eben hatte er ein erfreuliches Gespräch mit dem Schauspieler gehabt, einem der meistbewunderten Kulturschaffenden auf dem Planeten. Und die nächsten Wochen oder Monate – wie viele es auch sein mochten – würde er einen Steinwurf entfernt von Karen verbringen, die er mindestens ebenso viele Jahre lang im Grunde nicht gesehen hatte, jedenfalls nicht, seit Tröö Emotions an den pausbäckigen Vorstandsvorsitzenden einer japanischen Hoppla-jetzt-komm-ich-Bank verkauft worden war.

Was also geschah *wirklich* mit ihm?

Ein Ertrinkungstod, so wurde es, wie er gehört hatte, beschrieben. Junge Menschen, die in ihren Klinikbetten ertranken. In ihren Lungenflüssigkeiten ertranken, in sich selbst ertranken. Er berührte seinen Mund und seinen Hals, tastete nach dem Tubus, stieß aber nur auf seine trockenen Lippen und seinen Adamsapfel, der hart war und hing. (Aber was, wenn seine Hände fixiert waren?) Müde sprang er auf und schlug mit Fäusten nach dem Nebel. Nebel! Eine fast schon zu einfache Metapher für die Medikamente, die wahrscheinlich durch seinen Körper zirkulierten und dafür sorgten, dass er schlaff, gefügig und erfolgreich intubiert blieb.

Oder zurück zur Simulationshypothese. Erneut dachte er an die Programmierer in dem interstellaren Bangalore, diejenigen, die dieses ganze Universum zu verantworten hatten. »Herr«, sagte er, an das gewandt, was auch immer für die als Vinod Mehta bekannte Codefolge zuständig gewesen war. Aber das Wort war zu religiös, klang zu sehr nach »Prinz Rama«, um glaubhaft zu sein. »Sir!« Zu kolonial, zu unterwürfig, zu ausrufezeichenbedürftig. »Wesenheit«, sagte er schließlich, was sich richtig, wenn auch etwas bürokratisch anfühlte.

»Für dies alles verantwortliche Wesenheit«, sagte er, »ich hoffe und bete – falls das, die Andacht, die Form ist, in der du angesprochen werden möchtest –, dass du kein Sadist bist. Dass du mich zu gegebener Zeit hiervon erlösen wirst. Dass du mir erlauben wirst, den Endpunkt und Ausgang aus dem, was auch immer du geschaffen hast, zu erreichen.« Er hielt inne und blickte sich um. Der Nebel wallte jetzt, als hätte er, Vinod, tatsächlich eine riesige, böswillige Wesenheit oder zumindest deren Produktionsabteilung auf sich aufmerksam gemacht. Aber wie schön es aussah, dieses suppige Ungestüm der wirbelnden Feuchtigkeit. Wie gut es die karge Nacktheit der Bäume konturierte, die in Vinods von *Onkel Vanja* beeinflusster Fantasie (und nur in seiner Fantasie) jetzt allesamt russische Birken waren. Und es waren auch nicht alle nackt. Die japanischen Ahorne begannen sich rot zu verfärben. Ein längerer Ast hing über Vinod, und er konnte einen jungen Specht mit rotem Käppchen sehen, der erfolglos versuchte, die Fertigkeit seiner Eltern zu erlernen. Doch der Vogel kippte bei jedem Schnabelhieb um und fiel vom Ast, dann flatterte er wieder hinauf und versuchte es erneut. Und dieses ganze Routinegeschehen spielte sich ab, während der Nebel um sie herum waberte, als würde der Code des Vogels unabhängig von dem des Nebels ausgeführt, als wären sie getrennt voneinander programmiert worden.

Er erwog, den Hügel hinaufzugehen, zu seinem Lullaby Cottage und was immer es ihm an Sicherheit verhieß, die Sicherheit beglaubigter Dokumente auf dem Boden seines Koffers. (War das »Lullaby«, das Schlaflied, ein weiterer

Hinweis auf die Medikamente, die ihn unter Narkose hielten?) Ein weiteres Licht, gedämpft und modern, flackerte in Karens Bungalow auf, im Badezimmer, was Vinod jedoch nicht wusste. Es beruhigte ihn wie der Anblick eines Leuchtturms im Sturm, und jetzt kam ihm der Nebel sanft und liebevoll vor, ein feuchter, gegen eine Kinderstirn gedrückter Schwamm, um das Fieber niedrig zu halten. Er konnte seinen plötzlichen Stimmungswechsel, das Nichtvorhandensein von Angst, nicht erklären. Er wusste nicht, dass Karen gerade mit dem Manuskript des Romans, den er vor fast zwei Jahrzehnten geschrieben hatte, auf der Toilette saß, die Augen angestrengt von der Zehnpunktschrift, in der die komplizierten Sätze ineinander übergingen, wobei sie jedoch langsam, heiter-beschwingt, die Zirkularität der Gedankengänge des Autors nachvollzog, die sie kannte und liebte.

Der kleine Specht hatte endlich sein Geburtsrecht geltend gemacht, und das Geräusch seines winzigen Bohrers hallte über die Wiese. Vinod setzte sich auf seinen brasilianischen Läufer und schlug erneut *Onkel Vanja* auf. Er las: »*Garten. Man sieht einen Teil des Wohnhauses samt der Terrasse. Unter einer alten Pappel an der Allee ein Tisch … Zeit: drei Uhr nachmittags. Trübes Wetter.*«

Genau so war es.

6

Ed verwendete ein langsam brennendes Kohlebrikett, das dafür sorgte, dass alles schön saftig blieb, ein Muss für die zarten Sardinen, die er zu grillen gedachte. Seit dem Spaziergang hatte er den Tag damit zugebracht, Vorbereitungen für das Abendessen zu treffen. Er würde seine Faulheit vom Vortag wiedergutmachen. Er würde ihnen (na gut, ihr) das beste Essen bieten, das sie in einer ländlichen Umgebung je bekommen hatten. Das Rezept für eine würzige und ungewöhnliche Variante des immer gleichen mayonnaiselastigen *vitello tonnato* stammte von einem der besten Köche von Turin, und im Augenblick war es Ed egal, dass es sich um ein Sommergericht handelte, während das unbeständige Wetter unentwegt mit seinen Hoffnungen und Träumen spielte.

Der Nebel verzog sich endlich, gerade rechtzeitig für ein frühes Abendessen. Er hatte Senderovsky mehrere kulinarische Besorgungen machen lassen, und jetzt erspähte er den Russen auf dem vorderen Rasen, wo er offenbar vor einem Loch im Boden kniete und darin herumstocherte. Beschäftigte er sich mit dem Brunnen? Die Duschsituation war noch schlimmer als sonst. Ed hatte nach seinem Spaziergang kaum ein Rinnsal von lauwarmem, nach Schwefel riechendem Wasser abbekommen. Er sah zu, wie Senderovsky sich mit blass gewordenem Gesicht und zerwühltem Haar den

Hügel hinaufmühte. »Hast du heute jemand auf dem Rasen gesehen?«, fragte der Grundbesitzer.

»Nicht, seit du damit gedroht hast, das Badminton-Netz aufzubauen«, sagte Ed.

»Seltsam, sehr seltsam«, murmelte Senderovsky. Sein Herz flatterte, Vinods Roman war aus Steves Winterpalast verschwunden. Und das ausgerechnet jetzt, wo er in einer ausrangierten Komposttonne in der Garage den perfekten Platz dafür gefunden hatte.

»Ich brauche dich und Vinod demnächst als Küchenhelfer«, sagte Ed.

»Aye, aye«, sagte Senderovsky und salutierte zackig. »Ist das ein Negroni?«

»Ich habe in der Speisekammer einen edlen 1960er-Campari gefunden«, sagte Ed. »Du hast doch nichts dagegen? Er sah ziemlich selten aus.«

»So was habe ich?«, fragte Senderovsky, als spräche er von einem Delfin, der überraschenderweise bei ihm im Keller wohnte. »Dann bedien dich. Ich lege mich ein Weilchen hin.« Er hustete laut in seine Hand und schmeckte Metall.

Ed hatte sich geschworen, dass er nicht trinken, sondern dass er den Abend als Schlachtschiff bestreiten würde, das der USS *Dee* Bonmots vor den Bug knallte. Doch immer wieder fanden Gläser mit Negroni den Weg in seine Hand, und seine Zunge suchte immer wieder die würfelförmige Kühle des darin klirrenden Eises. Wie schaffte es Senderovsky nur, sich in dem halben Jahr, das er hier oben verbrachte, nicht ständig zu besaufen? Ed erinnerte sich vage, dass er vergangene Nacht ein paar unfreundliche Dinge gesagt und sich danach auf dem Weg zu seinem Bungalow auf die Schulter seines Freundes gestützt hatte, aber vor Senderovsky konnte er sich gar nicht schämen, denn der hatte für ihn, wie ihm jetzt klar wurde, mehr von einem Bruder als sein leiblicher Bruder in Seoul.

Während er die nächste Stunde mit Vorbereitungen beschäftigt war, sank der Pegel des edlen Camparis aus den Sechzigern. Er hatte die Zuckerschoten, eine der geheimen Zutaten seines *tonnato*, blanchiert und röstete sie jetzt sorgfältig auf dem Grill. Anchovis und Thunfisch waren püriert und in die Mayonnaise eingearbeitet, Kapern, Zitronensaft und – eine weitere geheime Zutat – drei geviertelte Habanero-Schoten zu seidiger Sämigkeit zerkleinert und mit reichlich koscherem Salz abgeschmeckt worden. Das kalte Kalbfleisch wurde sodann mit Korianderblättern und Kürbiskernen bestreut, mit einem Schuss Piment-Zitrus-Confit beträufelt und schließlich mit der cremigen Lawine des eigentlichen *tonnato* überzogen. Als er fertig war, brannten seine Finger von Habanero-Feuer, und er fragte sich, ob das Gericht die eher empfindlichen Gaumen nicht beleidigen würde. Koriander war stets eine umstrittene Zutat, und er wünschte, er hätte ermittelt, wie Dee dazu stand.

Senderovsky und Vinod erschienen mit bedrücktem beziehungsweise benommenem Gesicht vor ihm wie zwei Rekruten einer österreichisch-ungarischen Armee kurz vor der Niederlage. Er gab ihnen rasch etwas zu tun: Dinge von der Küche zur überdachten Veranda befördern, auf den Grill achten, während er sich erleichterte, und, am wichtigsten, ihm Gesellschaft leisten, seine Nervosität lindern und damit seinen Alkoholkonsum reduzieren (das war jedenfalls die Idee).

»Hübscher Look«, sagte Karen im Näherkommen, das Gesicht vom kürzlichen Schlaf noch leicht verquollen. Ed trug seine Maske tief unterm Kinn (mit anderen Worten sinnlos), und in seinem Mund steckte unverrückbar eine Zigarette. Ausnahmsweise einmal wünschte er, Karen wäre nicht sarkastisch. »Pass auf, was du tust«, fügte sie hinzu, während er sanft in den Kohlen stocherte. Sie hatte ihn noch nie so fleißig gesehen. Er ist bis über beide Ohren in sie verliebt, dachte sie.

Er hatte die Sardinen in eine Schüssel gegeben und mit Olivenöl bestrichen. Die übrigen Gäste trafen nun nach und nach aus ihren jeweiligen Unterkünften auf der Veranda ein, und Dee, die einen Collegeparka trug, ging mit breitem, verschmitztem Grinsen wortlos an ihm vorbei. Er nickte ihr wie ein Profi zu. Showtime, dachte er bei sich, während in seinem Mund ein halbes Glas Campari herumschwappte. Das *vitello tonnato* befand sich auf der Veranda. Die Lammsteaks waren aufgetaut. Er legte die Sardinen auf den Grill und sah zu, wie die kleinen Fische brutzelten, die Augen zu einem tiefen, meditativen Blick erstarrt, seine Schürze und seine City-Hunter-Jacke mit einem frischen Fisch- und Holzkohlefilm überzogen. Entscheidend war, sie umzudrehen, ohne dass allzu viel von der zarten Haut abging, und das erforderte die Fingerfertigkeit eines Chirurgen. Als die Sardinen auf einem Bett aus Rucola angerichtet wurden, welkte dieses von der Hitze – ein Zeichen dafür, dass alles in Ordnung war.

Genau in diesem Moment erschien zwischen den letzten Nebelfetzen ein geisterhafter Senderovsky, der in seine Faust hustete, in der anderen Hand jedoch einen strategisch notwendigen Teller mit geviertelten Zitronen hielt, die Ed sofort über dem Fisch ausdrückte, wobei der Saft an seinen von den Habanero-Schoten gereizten Händen brannte. »Gleich servieren«, befahl er dem Grundbesitzer und rannte zu seinem Badezimmer, um sich den Schmutz abzuwaschen und sich mit einem kurzen Spritzer eines unaufdringlichen Eau de Toilette zu salben.

Als er wieder auf die Veranda kam, brachten die Gäste ihm eine stehende Ovation dar. Er warf einen raschen Blick auf Dee, bemüht, das Geräusch ihrer Hände aus dem der anderen herauszuhören. »Ihr habt ja noch gar nicht probiert«, sagte er zu ihnen.

»Du wirst ja ganz rot!«, sagte Senderovsky.

»Man muss sich nur mal die Präsentation ansehen«, sagte Dee. »Das ist wie aus einer Kochsendung.«

Er verkniff es sich, sich vor ihr zu verbeugen. »Esst, esst«, sagte er, und das erinnerte Karen an etwas, was ihre Mutter beim Frühstück immer zu ihr gesagt hatte: »Iss, iss, warum du so fett?« Vinod musste an die gemeinsamen Essen mit Karen und Senderovsky im Florent denken, drei abgebrannte, heißhungrige Studenten, die Fritten in einen großen weißen Klacks Aioli tunkten, dünne, blättrige kleine Scheiben Ziegenkäse von dem riesengroßen Laib abschnitten, Muschelschalen auseinanderklappten und mit den Zähnen das Fleisch herauszogen, das eine Mal, als sie sich hemmungslos vollschlagen konnten, ohne sich an Karens Kodex von Coolness zu halten.

Ein ähnlicher Hunger hatte die Anwesenden gepackt. Das Gespräch kam zum Erliegen, die Erwachsenen langten zu, ihre Kaugeräusche laut und ungehobelt (Senderovsky wurde daran erinnert, wie seine Mutter ihm das auch in Russland verpönte *chavk*-Geräusch mit demonstrativ offenem Mund verboten hatte: *Sashenka, ne chavkai!*), Plastikmesser säbelten an *tonnato*-getränkten Kalbfleischscheiben oder lösten vorsichtig Sardinenfleisch von der Wirbelsäule. »O mein Gott«, rief Dee, die Augen voller Tränen. »Ist das scharf!«

»Zu scharf?« Ed machte sich Sorgen.

»Nein, genau richtig. Und diese Zuckerschoten, die passen einfach wahnsinnig gut zu dem Kalbfleisch und der Sauce.«

»Texturen«, sagte Senderovsky, ein unaufgeforderter Rückgriff auf seine Rolle als Dees Lehrer. »Das Weiche im Gegensatz zum Knusprigen.«

»Das ist irre lecker«, sagte Karen. »Wenn du dich mal auf was konzentrierst, Ed.«

»Also diese Sardinen«, sagte Masha, während sie für Nat ein ölig glänzendes Stück filetierte, »die könnten nicht perfekter gegrillt sein. Es kommt mir vor, als könnte ich ihre Essenz inhalieren.« So lyrisch zu werden sah ihr gar nicht ähnlich, dachte Senderovsky. War sie diejenige, die Vinods Roman aus seinem Versteck geholt hatte? Manchmal machte sie zwischen Telefonaten mit Patienten und Nats Unterrichtsstunden und Sprachtherapieterminen kurze Spaziergänge auf dem Rasen.

»Ich habe sie bloß für dich gemacht«, sagte Ed zu Masha und zwinkerte gleichzeitig Dee zu, um ihr zu signalisieren, dass das nicht stimmte, dass alles nur für sie war.

»Du solltest ein Kochbuch schreiben«, sagte Vinod.

»Die Welt braucht ein weiteres Buch über die mediterrane Küche ungefähr so dringend wie ich ein Magengeschwür«, sagte Ed.

Nur der Schauspieler blieb stumm. Normalerweise hätten die Gäste herauszufinden versucht, welche Meinung er dazu hatte, doch sie waren nach wie vor so begeistert von dem Essen, dass ihnen das Fehlen seines Urteils gar nicht auffiel. Ihr mangelndes Interesse traf ihn empfindlich.

»Wo haben Sie so zu kochen gelernt?«, fragte Dee.

»Ich habe in jüngeren Jahren eine Zeit lang in Italien gelebt«, sagte Ed.

»Weißt du noch, als du mit dieser Gräfin eine zweisprachige Zeitschrift über die Flüsse der Welt gegründet hast?«, sagte Karen. »Wie hieß sie doch gleich?«

»Hieß sie nicht einfach *Rivers* Schrägstrich *Fiumi*?«, sagte Senderovsky, dessen Mund inzwischen ungestraft das *chavk*-Geräusch von sich gab, denn seine in Forest Hills unter Quarantäne gestellte Mutter war zu weit weg, um ihn zu hören.

»Darüber wollen wir jetzt nicht reden«, sagte Ed, und Karen hob ergeben die Hände. Ed griff nach einer Flasche Riesling (die Zeitung würde ihn in Kürze zum meistunterschätzten Tropfen dieses speziellen Sommers erklären) und goss sich ein Glas randvoll ein, während ihm klar wurde, dass er zuerst Dee hätte fragen sollen, ob er ihr nachschenken solle. Ausgerechnet jetzt, nach seinem Triumph mit dem *tonnato* und den Sardinen, *Rivers/Fiumi* aufs Tapet zu bringen? Das würde er Karen nie verzeihen. Dann hatte er seine Jugend eben mit albernen, indolenten Dingen, finanziert von ererbtem Geld, vergeudet. Na und? Wurden die achthundert Leser von *Rivers* etwa ruiniert von seiner romantischen Schwärmerei mit Mitte zwanzig, inspiriert von einer Kombination aus seiner Liebe für Huck Finns Fahrt auf dem Mississippi und der einzigen Familienreise, auf der sein Vater viel zu betrunken gewesen war, um ihn zu demütigen, auf einem Luxusdampfer, der die breiten Schleifen des Nils hinabschnaufte? Im Gegensatz dazu zerstörte Karens Erfindung ganz gezielt das Leben von Menschen, einschließlich das des Schauspielers.

Am Tisch kehrte wieder Schweigen ein. Diese gemeinsame

Mahlzeit war anders als die erste. Mit Ausnahme von Senderovsky hatten alle Anwesenden etwas Neues übereinander erfahren, und die Geheimnisse waren so pikant wie das mit Habanero gewürzte *tonnato*, das sie ohne Rücksicht auf die ländlichen Rohrleitungen in sich hineinschaufelten. Karen starrte Senderovsky an, in dem Wissen, dass er versucht hatte, Vinods Roman in einem Murmeltierbau zu begraben. Nat starrte Karen an, in dem Wissen, dass diese ihr Koreanisch beibringen und sie dann eines Tages bereit sein würde, in Seoul Jin, J-Hope und Rap Monster zu treffen. Dee und Ed sahen einander an, nach ihrem langen Spaziergang Gefährten, sie im Bewusstsein seines Verlangens, er bemüht, seine Chancen abzuschätzen. Der Schauspieler sah Masha flüchtig von der Seite an, im Wissen um die Konsistenz, die *Textur*, um ihren Mann zu zitieren, ihrer Berührung. Und Masha starrte auf ihren Teller, im Wissen um die Hitze seines Seitenblicks, in dem, wie sie fürchtete, sowohl Mitleid als auch Spott lag.

»Okay«, sagte Ed, »wer möchte Lammsteaks?« Mit Ausnahme von Vinod und Nat – beide Moralisten, was Lämmer anging – hoben alle die Hand. »Es gibt sie blutig, es sei denn, ihr sagt was anderes.«

Bald wurden die an Knochen haftenden, rosigen kleinen Fleischstücke auf Teller gehäuft, und die minderwertigen, wiederverwertbaren Messer erwiesen sich als unbrauchbar. Die sechs Lammesser führten ihre wehrlose Beute mit den Fingern zum Mund und rissen an dem Fleisch wie Wahnsinnige. Das saftige, aber zähe Fleisch erforderte die Beharrlichkeit eines passionierten Karnivoren, und jeder Esser beschloss den Kauvorgang mit einem Ablecken zuerst des Zeigefingers und dann des Daumens. Senderovsky war besonders angetan von diesem Gericht, einem Emblem seiner Bungalowkolonie in Reinkultur. »Bevor ich begraben werde, möchte ich mit Olivenöl beträufelt und mit Salz bestreut werden«, sagte er.

»Daddy stirbt noch lange nicht«, sagte Masha zu Nat. »Er macht nur alberne Witze.«

»Vielleicht sterbe ich ja vor ihm!«, tönte Nat.

»Wie kommst du denn darauf?«

»Ja, wie?«, sagte Karen.

»Wegen des Klimawandels.«

Ed, vom Zuspruch für sein Essen erfreut, hatte sich gerade einen Extra-Sidecar mit handwerklich bereitetem Gin zu Gemüte geführt und spürte, wie sich seine Zunge entsprechend lockerte. »Ich nenne Nats Generation die Generation L«, verkündete er. »L wie in ›Letzte‹.«

»Ed, was zum Teufel ist denn in dich gefahren?«, sagte Karen.

»Ich sage nur, dass es verantwortungslos ist, einen neuen Menschen in diese Welt zu setzen«, sagte Ed.

»Haben sie doch gar nicht!«, sagte Karen. »Niemand hier hat irgendwen in diese Welt gesetzt.«

»Ich bin immer noch total fruchtbar«, warf Dee ein. »Aber ich stimme Ed zu. Keine Kinder mehr.«

Aha, dachte der Schauspieler.

»Ja, ich bin adoptiert«, verkündete Nat, an Ed gewandt.

Der Schauspieler wurde munter, denn er spürte, dass sein Rivale gleich zur Rede gestellt werden würde. Ein Schweigen legte sich über alle, gefüllt vom irrwitzigen Zwitschern der Vögel, die die erste Tranche Wind von den Berkshires herabfahren spürten. Senderovsky wurde gewahr, dass keine Musik lief, das schöne rote Radio nicht eingeschaltet war.

»›Adoptiert‹ bedeutet, Mommy und Daddy sind nicht

meine biologischen Eltern«, erklärte Nat. »Es bedeutet, ich bin nicht aus Mommys Bauch gekommen.«

»Aber das weiß ich doch, mein Schatz«, sagte Ed. »Ich hab's nicht so gemeint. Du hast großartige Eltern. Du wirst lange leben.« Er hatte noch nie die Worte »mein Schatz« gebraucht, weder einem Kind noch einem Erwachsenen gegenüber, und dass sie ihm über die Lippen gekommen waren, verstärkte noch das Gefühl, sich eines nicht näher bestimmten Verbrechens schuldig gemacht zu haben.

»Da bin ich nicht so sicher, aber trotzdem danke«, sagte Nat. Dee und der Schauspieler lachten. Nats Mutter wand sich innerlich. Ein Erwachsener konnte diesen Satz sagen, nicht aber ein Kind. Erst neulich hatte Nat gesagt: »*So richtig* fehlt mir die City nicht«, und die beiden ersten Worte machten Masha traurig. Erlebte Nat überhaupt eine Kindheit? So richtig nicht.

»Hey«, sagte Nat, »ich habe den Text von ›Alouette‹ auf Englisch gelernt, wollt ihr ihn hören?«

»Im Augenblick nicht, Nat«, sagte Masha.

»›Lerche, hübsche Lerche!‹«, sang Nat mit perfekter Intonation. »›Lerche, ich rupfe dich. Ich rupfe deinen Kopf! Ich rupfe deinen Kopf! Ich rupfe deinen Schnabel! Ich rupfe deine Augen!‹«

»Okay, das reicht jetzt«, sagte Masha. »Das ist kein hübsches Lied.«

»Doch, das ist ein hübsches Lied!«, schrie Nat. »Es ist frankokanadisch!«

»Natasha Levin-Senderovsky! Möchtest du eine Auszeit?«

»Weil ich gesagt habe, dass es frankokanadisch ist?«

»Immer mit der Ruhe«, sagte Senderovsky. Das ganze Essen war dabei, ihm zu entgleiten. Und dabei hatte er so viel Geld für das Lamm, das Kalbfleisch und die Mayonnaise ausgegeben, die eine Familie auf der anderen Seite des Flusses von Hand herstellte.

»Du hast gerade Lamm gegessen«, sagte Nat. »Okay? Dem hat man auch die Augen und den Kopf gerupft. Jemand hat es getötet. Das war auch Generation L. Aber das war dir egal, stimmt's?«

»Siehst du, was du angerichtet hast?«, sagte Karen zu Ed.

»Was denn?«, sagte Ed. »Du hast doch auch Lamm gegessen!«

»Davon rede ich doch nicht«, sagte Karen. »Was du gesagt hast, hat sie völlig durcheinandergebracht.«

Der Schauspieler fand es an der Zeit, moralischen Kontext und Ernst zu liefern. »Im Endeffekt ist es doch so«, sagte er, »dass Nat wirklich außergewöhnlich ist. Wie diese junge Schwedin mit dem Asperger-Syndrom.«

»Wie bitte?«, sagte Masha.

»Alouette, gentille alouette!«, schrie Nat. *»Alouette, je te plumerai!«*

»Nat, ich habe dir gesagt, du sollst aufhören«, sagte Masha.

»Ich habe auf Französisch gesungen«, sagte Nat. »Damit du die schlimmen Wörter nicht hören musst.«

Karen sah das ganze Leben des Kindes vor sich, die Aufsässigkeit, die Streitlust, den Drogenkonsum, die Affären mit hochgewachsenen Iren mit H-1B-Visa auf der Suche nach »etwas anderem«, die Flucht vor Eltern, die kein Recht hatten, ihr Leben zu überwachen. Was, wenn sie, Karen, sich jetzt einschaltete und ihr die Jugend leichter machte? Was, wenn sie sich nicht als Elternersatz, sondern als viel ältere Schwester anböte? Und diesmal würde sie nicht versagen.

»Gehen wir nach oben, dann kannst du in deinem Zimmer BTS schauen«, sagte Masha. »Du bist sowieso mit Essen fertig.«

»Nein! Ich will bei den Erwachsenen bleiben!«

»Ich gehe mit dir nach oben«, sagte Karen. »Du wolltest mir doch zeigen, wie du Klavier spielst.«

»Piano chyeo!«, schrie Nat. »Das ist Koreanisch. *Ti-bi kkeoh!* Nicht dass wir ein *ti-bi* hätten.«

Nicht nur Ed, sondern auch Masha sah Karen überrascht an. Abgesehen von dem Einfluss, den Karen auf ihren Mann (und natürlich auf Vinod) ausübte, brachte sie nun auch noch ihrer Tochter eine andere Sprache bei. Dagegen war an sich nichts einzuwenden, außer dass sie sich vielleicht vorher mit ihr hätte besprechen können. »Wenn ihr beide vor dem Schlafengehen Klavier spielen wollt, dann ist das in Ordnung«, sagte Masha, und die Schroffheit ihrer Stimme entsprach dem aufkommenden Wind. Sie wollte Karen aus den Augen haben. »Aber nur ein Lied, und dann ab ins Bett.«

»Juhu!«, schrie ihre Tochter, während sie und Karen sich ins Wohnzimmer verfügten.

»Wow, tut mir leid«, sagte Ed zu Masha und Senderovsky. »Ich bin den Umgang mit Kindern einfach nicht gewohnt. Obwohl sie für ein Kind fast zu gescheit ist.«

»Aber sie ist eins«, sagte Masha. »Ein Kind.«

»Mir geht es genauso«, sagte Dee. »Ich habe verlernt, wie man mit ihnen redet. Ich habe Nichten, aber die sind bei Weitem nicht in Nats Intelligenzbereich.«

Ja, dachte Masha, redet nur weiter davon, inwiefern meine Tochter sich von anderen unterscheidet.

»Sasha hat uns immer beigebracht, dass ein Kind zwar teuer ist, aber großartiges Material abgibt«, fuhr Dee fort.

Ed lachte. »Ja, das ist Senderovsky vom Feinsten.«

»Das hast du in deinem Seminar erzählt?«, sagte Masha. »Warst du deshalb mit der Adoption einverstanden?«

»Also«, begann Senderovsky.

»Außerdem hat er gesagt, man soll ›eine Akademikerin‹ heiraten«, sagte Dee. »Das sei die einzige Möglichkeit, als Künstler zu überleben.«

»Freut mich, dass er seinen eigenen Rat befolgt hat«, sagte Masha.

»Sasha ist ein Überlebenskünstler«, sagte Dee.

Alle kauten schweigend, während sie die Rieslingflaschen herumreichten, deren grüner Inhalt im Kerzenschein schimmerte und schwappte, bis Karen auf die Veranda zurückkam, strahlend und mit Lachgrübchen, wie Vinod auffiel. »Fertig mit *Schwanensee*?«, fragte Masha. »Ich bringe sie ins Bett.«

»Sie hat schon ihren Schlafanzug an«, sagte Karen. »Sie war richtig müde und musste bloß noch zugedeckt werden.«

»Sie braucht ein Glas Wasser neben dem Bett und ihr kleines Handtuch.«

»Das mit ›Lama, Lama im Pyjama‹ drauf?«, fragte Karen. »Das habe ich ihr zusammen mit einem Foto von Jin unters Kopfkissen gelegt.«

Der zärtlichste Teil ihrer Beziehung zu ihrer Tochter, die Gutenachtrituale, bei denen Nat sogar noch weiter regredierte als sonst, ließ sich also ohne Weiteres von jemand anderem übernehmen. Sie war nicht so sehr Mutter, dachte Masha, als vielmehr Betreuerin, Unterrichtsplanerin und allgemeine Therapeutin. Eines Tages würde ihre Tochter den Präriehundekuss mit Karen teilen, wenn sie es nicht bereits getan hatte, und dann konnte Masha genauso gut auf den Dachboden ziehen.

Unterdessen rückte ihr der Schauspieler langsam mit seinem Stuhl näher. »Sie waren also auch in New Haven?«, sagte er zu ihr, eine Augenbraue gehoben.

»Woher wissen Sie das?« Sie sah ihren Mann an, der mit hochgezogenen Schultern und getrübtem Blick an einem Lammknochen knabberte. »Hast du über mich gesprochen?«

»Überhaupt nicht«, sagte Senderovsky.

Er muss mich gegoogelt haben, dachte Masha. Er hat sich die Mühe gemacht. »Nun ja, ich habe mein Studium viele Monde vor Ihnen abgeschlossen«, sagte Masha. Ihre Schüchternheit schnürte Senderovsky die Kehle zu. Er hatte zwar damit gerechnet, dass seine Frau für den Schauspieler schwärmte, aber das hier versetzte ihn zurück in die Bungalowkolonie, in eine Zeit, als die elfjährige Masha in einen großen dummen Ochsen namens Oleg verliebt gewesen war, der vorwiegend sich selbst und ein LeBaron genanntes Auto geliebt hatte.

Der Schauspieler lehnte sich auf seinem Stuhl zurück und taxierte sein Publikum und das Unbehagen, das er unter dessen Angehörigen säte. Er trug ein eingelaufenes hellbraunes Gabardinehemd von pseudomilitärischem Aussehen, das an jedem anderen als ihm affektiert gewirkt hätte – eine Absichtserklärung eigenen Rechts und eine Replik auf Eds bemühte Flottheit. Er konnte alles tragen, alles tun, alles verkörpern.

»Und, Vinod«, sagte er wie zu einem alten Freund, »waren Sie schon mal verliebt?«

Das sorgte für leise Unruhe unter den drei ursprünglichen Freunden, die – allesamt stolze Absolventen von City Colleges – schon die flagrante Erwähnung von New Haven nervös gemacht hatte. Aber der Schauspieler stellte gern unangenehme Fragen. Er fand, dass er dieses Vorrecht verdient hatte, nachdem er ständig vor Publikum sein Innerstes bloßlegte.

»Wer war denn nicht schon verliebt?«, fragte Karen präventiv.

»Ich frage Vinod«, sagte der Schauspieler.

Masha spürte sie jetzt, seine Grausamkeit, und schalt sich dafür, dass sie das nicht abstieß. Er war also der Typus, der sich eine Gruppe vornahm und dann den Verletzlichsten darin attackierte. »Was war gleich noch mal Ihr Hauptfach?«, fragte sie den Schauspieler. »Theater?«

»Ich bin schon den größten Teil meines Lebens in Karen verliebt«, sagte Vinod. Dabei schaute er auf seinen Teller und die drei akkurat abgenagten Sardinenskelette, das Ökonomische, das all dieses sorgfältige Abnagen repräsentierte. Senderovsky wäre am liebsten um den Tisch herumgelaufen und hätte ihn umarmt.

»Und Sie wissen schon immer von dieser Liebe, nehme ich an«, sagte der Schauspieler zu Karen. »Ich frage das alles aus einer Position der Anteilnahme.«

»Wir haben eine Freundschaft, die stärker ist als jede körperliche Liebe«, sagte Karen.

»Das klingt nach Pro-forma-Erklärung«, sagte der Schauspieler.

Vinod setzte sich gerade und richtete den Blick auf den Schauspieler. »Meine Liebe zu Karen«, sagte er, »ist der erfüllendste Teil meines Lebens. Und ja, ich habe auch andere geliebt, war auch mit anderen zusammen. Nicht allzu vielen, aber trotzdem. Karen und ich sind Freunde, aber wir sind einfach zu verschieden.«

»Wie meinen Sie das?« Jetzt spielte der Schauspieler die Rolle eines hartnäckigen Fernsehinterviewers. Bald würde er zum Nutzen aller eine größere Wahrheit enthüllen.

»Ich hatte Ambitionen, aber im Gegensatz zu ihr konnte

ich meine nicht erfüllen. Aber meine Enttäuschungen sind meine geblieben. Mein Kummer ist privat, und so habe ich es immer haben wollen.« Ed seufzte zustimmend. »Je älter ich werde, desto mehr freue ich mich an Menschen, die parallel zu mir kreisen, aber stets außer Reichweite bleiben. Meine Freunde, die Schriftsteller, die ich bewundere, und besonders meine einzige Liebe.« Er hob sein Glas in Richtung Karen, dann stellte er es ab, ohne zu trinken, wie um das Entscheidende dessen, was er gerade gesagt hatte, zu illustrieren.

Die ersten fünf Seiten von Vinods Roman gingen Karen durch den Kopf. Sie wusste immer noch nicht, was sie davon halten sollte, aber sie wusste, sie würde immer nur fünf Seiten pro Tag lesen, um es zu rationieren. Sie empfand seine Erklärung als Geschenk, das schönste, das ihr seit Jahren gemacht worden war. In ihren Augen gab es nur eine Art, wie sie sich dafür revanchieren konnte. »Entschuldigung«, sagte sie und stand vom Tisch auf.

Die Anwesenden funkelten den Schauspieler an. Das erinnerte ihn an die wenigen Gelegenheiten, bei denen er den Bösewicht und nicht den dunklen, unergründlichen jungen Mann gespielt hatte, der gegen seine eigene Geschichte ankämpft. Aber das störte ihn nicht. Gehasst werden war etwas, womit er arbeiten konnte. »Vergleichende Literaturwissenschaft«, sagte er zu Masha. »Und danke, dass Sie mir vorhin zur Hand gegangen sind.« Sein Blick streifte Mashas Gestalt. »Bei mir kam kein Wasser mehr«, verkündete er den anderen. »Aber keine Sorge! Die Herrin des Hauses hat alles im Griff.« Jetzt sprach er im Tonfall des Grundbesitzers und nahm dessen Raum ein.

Senderovsky begann in seine Faust zu husten. »Es tut mir leid«, sagte er mit tränenden Augen. »Ich habe es nicht. Das

Virus. Das ist Säurereflux.« Er hustete weiter, und das so laut, dass der Schauspieler von ihm ab- und wieder zu Masha hinrückte. Der Schauspieler erwog dreist, nach ihrer Hand zu greifen, die wie ein fahler Kloß auf ihrem Schoß lag. Er spürte, wie sich unterm Tisch ein Bein nach ihrem streckte. Sie spürte dessen Nähe und wusste nicht, was sie tun sollte. *Inna, hilf mir*, dachte sie auf Russisch. *Inna, ich habe meine Kraft verloren.*

»Vielleicht bin ich ja altmodisch«, sagte der Schauspieler, »aber ich finde, die Leute sollten Affären haben.«

»Wie kommen Sie jetzt darauf?«, sagte Dee. Also hatte er endlich ihre Aufmerksamkeit auf sich gezogen.

»Sorry«, sagte er. »Einfach nur so. Das Landleben geht mir jetzt schon an die Nieren. Ich« – er lächelte – »fasle bloß so herum.« Senderovsky hustete weiter, so rhythmisch und genau im Takt wie die Gitarrenakkorde von Caetano Veloso, den aufzulegen er vergessen hatte. Jedes Mal wenn er zu dem Schauspieler und seiner Frau hinsah, fielen ihm nicht die vielen Rollen ein, die dieser auf der Bühne und auf der Leinwand gespielt, sondern nur die eine, die er selbst gespielt hatte, nämlich die des Clowns. Dabei war es eine Zeit lang ein höchst lukratives Unternehmen gewesen, und einmal hatte man ihm sogar einen Lehrstuhl an einer wichtigen Universität in der City angeboten (den er törichterweise abgelehnt hatte, um fürs Fernsehen zu arbeiten).

»Vielleicht solltest du zu Bett gehen«, sagte Masha zu ihrem Mann. Ed und Dee fragten sich beide, ob der abgemagerte Mann Fieber hatte, und versuchten, ihre Interaktionen mit ihm zu rekonstruieren. Sein Husten klang jedenfalls trocken, ein verräterisches Zeichen. Vinod stand auf, um ihm ein Glas Wasser zu bringen.

»Ich kann mich nicht hinlegen«, sagte Senderovsky. »Das macht den Reflux nur schlimmer. Ich muss aufrecht bleiben.« Dee erinnerte sich an einige seiner Formulierungen während seines Seminars, die sie hinterher in einer billigen Kneipe mit ihren Kommilitonen hämisch auseinanderzunehmen pflegte. Irgendwer hatte sogar ein Dokument mit »Sasha-Aussprüchen« zusammengestellt, das im Aufenthaltsraum des Studentenwohnheims an die Korkpinnwand geheftet wurde und nach allem, was sie wusste, dort immer noch schief an einem Reißnagel hing.

»Verdammt, was habe ich viel gegessen«, sagte Ed zu Dee und rieb sich den Bauch, ein Versuch, sie an seine Kochkünste zu erinnern. »Wir müssen mehr Spaziergänge machen, sonst gehe ich völlig aus dem Leim.« Er wog derzeit knapp über sechzig Kilo.

»›*Your body dysmorphia brings all the girls to the yard*‹«, sang Dee, eine Melodie aus Eds und Senderovskys frühen Dreißigern, die sie beide vergessen hatten. Sie war nicht so betrunken wie am Vortag, aber beschwipst genug, um den auffrischenden Wind, der gegen die Fliegengitter schlug, als etwas Behaglichkeit Förderndes wahrzunehmen. »Hey, haben Sie diese japanische Realityshow, von der Sie vorhin geredet haben?«, fragte sie Ed.

»Ja, ich habe das meiste heruntergeladen«, sagte Ed. Er griff nach seinem Messbecher mit Gin und trank ihn in einem Zug aus. »Wenn Sie mögen, können wir es uns in meinem Bungalow ansehen.« Er hielt kurz inne, ehe sein Anstandsgefühl sich durchsetzte. »Alle sind willkommen«, sagte er.

»Ich glaube, ich gehe und arbeite an dem Drehbuch«, sagte der Schauspieler. »Irgendwer muss das ja machen.« Masha sah zu, wie er aufsprang, seine Bewegungen gereizt und gezwungen, dann spürte sie das Fehlen seines Knies neben ihrem. Er ist wütend auf Dee, dachte sie. Sie erinnerte sich an die kleinen Fische, die ihr Vater verwendet hatte, um die Seebarsche im Long Island Sound zu ködern, und wie sie am Haken zu zappeln pflegten und für nichts anderes taugten, als zwischen den Zähnen eines wichtigeren Tiers zu sterben.

Sie hörten Karen unelegant die Stufen hinaufstampfen. Sie sagte nichts, sondern ging zu Vinod hinüber. Sie hatte ein kleines Gefäß in der Hand, das bis zum Rand mit einer pfirsichfarbenen Substanz gefüllt war. »Das musst du dir unter die Augen streichen«, sagte sie. »Wir alle haben schon schlaflose Nächte erlebt, aber du, mein Schatz, musst diese wunderschönen Gucker vorzeigen.«

Sie öffnete den Behälter, holte mit dem Zeigefinger ein wenig Creme heraus und begann, damit Halbmonde unter Vinods Augen zu malen. Er lächelte, bis seine trockenen Lippen an den Rändern Risse bekamen. »Nicht doch«, sagte er. »Wen muss ich schon beeindrucken? Außer dir.«

Die Anwesenden sahen dem Ablauf des Rituals zu, das nur Senderovsky als solches erkannte, weil sie das Gleiche in den jüngeren Tagen ihrer Freundschaft viele Male für ihn und Vinod getan hatte: Cremes und Lotionen und sogenannte Produkte aufgetragen, sie gegen das Alter präpariert, vor dem sie sich so sehr fürchtete, denn die einzigen Lebensrezepte ihrer Mutter waren: gutes Aussehen, gute Hausaufgaben, gutes College, gute Ehe, gute Söhne, guter Tod. Während sie an seinen Augen arbeitete, fiel allen die Sorgfalt auf, mit der sie zu Werke ging, als wäre Vinod ein heiliger Gegenstand, ein Talisman, als wäre nichts wichtiger, als ihn etwas weniger verunstaltet in die Welt hinauszuschicken.

Lächerlich, dachte Masha. Sie macht ihm genauso etwas vor, wie der Schauspieler mir etwas vormacht.

»Tja«, sagte der Schauspieler und taxierte die Szene. »Mein Job hier ist getan. Gute Nacht.«

»Schlafen Sie gut«, sagte Ed, Siegesgewissheit in der Stimme. »Klopfen Sie einfach an die Tür, wenn Sie die japanische Realityshow mit uns sehen wollen.« Das »Klopfen Sie an die Tür« implizierte, dass er und Dee mindestens halb nackt sein würden.

»Also ich würde sie furchtbar gern sehen«, sagte Karen. »Vin, kommst du auch mit?«

Ed seufzte.

7

Ed baute seinen Laptop zwischen den Ananasskulpturen auf dem Schreibtisch auf, und Dee – wie auch Vinod und Karen, die Störenfriede – ließ sich, Drink in der Hand, vor der Bettkante auf dem Boden nieder, aufgedreht ob der Aussicht auf minderwertige Unterhaltung. »Okay«, sagte Karen, »ich muss das jemandem zeigen, sonst sterbe ich glatt.«

»Was denn?«, rief Dee. Sie fragte sich, wie es wohl wäre, mit Karen befreundet zu sein, dieser wichtigen Frau, die sich so mühelos wie ein Kind verhalten (und sich mit einem Kind anfreunden) konnte, das Gegenteil sämtlicher ernsthafter Menschen, die sie in der City kannte.

»Aber ihr müsst sozusagen in Gedanken eine Vertraulichkeitsvereinbarung unterschreiben«, sagte Karen. Sie zückte ihr Smartphone. »Ernsthaft, das bleibt unter uns.« Vinod machte die Geste des Lippenversiegelns. Dass sie fröhlich war, stimmte ihn fröhlich. Früher pflegte sie ihn und Senderovsky jeden Abend vor dem Ausgehen zu fragen: »Okay, was ist der neueste Tratsch?«, worauf sie beide darum wetteiferten, sie wie zwei City-College-Scheherazades zum Lachen und Luftschnappen zu bringen.

»Also«, sagte Karen, »ich habe mit Nat in meinem Bungalow gespielt und auf einmal diesen Schrei gehört. Und. Okay. Dann passt mal auf.«

Sie beugten sich so nah heran, wie das Virus es zuließ. Mindestens drei von ihnen hatten den Schauspieler in Filmen nackt gesehen, und einer hatte auf der Londoner Bühne schon einmal die Seitenansicht seines Penis gesehen. Hier aber war seine Nacktheit nicht in Szene gesetzt und gekünstelt, seine Wut, sein Geschrei (»Machen Sie's weg!« – »Scheiße, es brennt wie Feuer in den Augen!«) waren echt, er war in aller Brutalität und Nacktheit er selbst, und er hatte keinerlei Kontrolle über sein Leben, ja nicht einmal über das, was er mit seinen weit geschlossenen Augen sehen konnte. Das Drama seines wirklichen Selbst überstieg das seines Leinwandselbst; es war zugleich trauriger und komischer anzusehen. (Vielleicht, dachte Ed lieblos, war er doch kein so toller Schauspieler.) Aber er ist schön, dachte Dee. O mein Gott, wie schön, dieser Mann nur zwei Bungalows weiter. Es war, als hätte er durch sein hilfloses Gejaule nicht nur sich selbst, sondern auch sie eingefangen, ein hübsches Tier, dem es stets gelingt, sich in einer fremden Tundra zu verirren. Und alle Teile seines Körpers, auch die sonst verborgenen, waren wie ausschließlich für sie entblößt und lockten mit ihren Unvollkommenheiten. Ja, er rasierte sich das Schamhaar wie ein Idiot, aber vom Steiß bis zu den schweren Monden seiner Hoden zog sich ein entsprechender Streifen Haare, und es gab nichts, was er dagegen hätte tun können, außer sich einen Assistenten oder eine Freundin zuzulegen. Aber jetzt wusste sie Bescheid. Und jetzt wollte sie ihm durch den Algorithmus helfen, der ihn umgarnt hatte. Oder doch nicht? Ed saß einen halben Meter von ihr entfernt, atmete bedenklich, sein Gesicht wirkte verärgert. Es war so wunderbar, ihn beim Essen neben sich sitzen zu haben, mit ihm durch jungfräuliche Landschaften zu spazieren, jemandem zuzuhören, der ein halbes Leben älter war als sie, der das Thema Fortpflanzung und Verstrickungen und so vieles mehr bereits zu den Akten gelegt hatte. Seine Lippen würden gut schmecken, nach Lamm, Kalbfleisch, Gin und Zitronenvierteln, wie ihre.

Ed konnte ihren Alkoholatem riechen. »Genießen Sie die Aussicht?«, fragte er in der Hoffnung, witzig zu klingen. Seine Hände brannten immer noch von der Schärfe der Habaneros, und er wollte mit ihr allein sein, sie umarmen, sie das Kitzeln seiner Wimpern und die Kraft seiner Arme spüren lassen. Jetzt hatte sie den Schauspieler nackt gesehen, aber auch er hatte einen Körper, der ebenfalls fit und gepflegt war.

»O mein Gott«, sagte Vinod. »Nein!« Jetzt stand Masha auf der Terrasse, und ihr Blick war vorwiegend auf eine Stelle gerichtet, auf die er nach dem Gesetz Abrahams und nach Brauch und Sitte nicht hätte gerichtet sein dürfen (doch wer konnte es ihr verübeln?). Um den Kontrast zu dem nackten Mann noch zu verstärken, trug sie einen Blazer mittlerer Preisklasse für ihre Onlinesprechstunde, obwohl ihre Füße nackt waren. Und dann nahm sie seine Hand und drehte ihn behutsam herum, vergleichbar einem Schleppboot, das einen Öltanker in den Hafen bugsiert.

»Habt ihr die beiden heute Abend nicht gehört?«, sagte Karen. »Meine Assistentin war auch in New Haven. Die Frage nach dem Hauptfach gehört zu der Art, wie die Leute dort flirten. Ich wette, er hat die Ware schon auf Qualität geprüft.«

Vinod lachte über ihre vorstädtisch merkantile Ausdrucksweise.

»Vielleicht hättest du das Video nicht aufnehmen sollen«, sagte Ed. »Du weißt schon, Privatsphäre.« Karen zuckte mit den Schultern. Ed begriff, dass für Karen und ihresgleichen aus dem Valley alles, was mit Pixeln und einem Daumen zu tun hatte, jederzeit zulässig war.

»Sollen wir es Sasha sagen?«, fragte Vinod. »Bestimmt hat sie ihn bloß zum Badezimmer geführt und …«

»Und ihm beim Waschen geholfen!«, rief Karen. Dee lachte.

»Tja«, sagte Ed. »Vielen Dank dafür. Seid ihr sicher, dass ihr diese Realityshow immer noch sehen wollt? Sie wird euch vergleichsweise langweilig vorkommen. Keine geilen russischen Seelenklempnerinnen oder nackte Stars von Bühne und Leinwand. Ihr seid gewarnt worden.«

Die Show begann, und sie sahen sie sich an wie beabsichtigt, als Hintergrundunterhaltung, als leises, beruhigendes Geräusch. Gemäß den Regeln des russischen Romans dachte jeder über jemand anderen nach. »Nacht, Karen-*emo*«, hatte Nat zu ihr gesagt, die Hände des Mädchens in der vorgegebenen Haltung des christlichen Gebets vor ihrem warmen Gesicht gefaltet, unter dem Kopfkissen ein hübscher koreanischer Junge und ein trotziges Lama, die Welt bewacht und tadellos sicher vor Viren und Menschen.

Sie hätte sie irgendwohin mitnehmen sollen, dachte Karen. An einen weit entfernten Ort. Zwei Schwestern, die zusammen ihr Leben gestalten. Der Plan braute sich in ihrem Kopf zusammen wie ein Sturm. Und Vinod? Konnte sie einen Mann lieben, den sie bemitleidete? Aber was, wenn sie ihn gar nicht mehr bemitleidete?

Der Wind drückte gegen das Fenster des Schauspielers, brachte es zum Wackeln und machte Schlaf unmöglich. Er musste hier weg. Wie würden die nächsten Wochen aussehen? Sich ab und zu von Senderovskys Frau einen runterholen lassen, während Dee ihn beim Essen ignorierte? Er hatte Kollegen, die vor allem nach Demütigung gierten, sogenannte Actionhelden, die am liebsten gepeitscht und »gestöpselt« wurden, aber zu denen zählte er nicht. Er würde in den Lancia steigen und morgen früh wieder in der City sein. Er würde in ihrer Leere gefährlich leben. Er würde sich mit den Kassiererinnen und Lebensmittelhändlern, die dageblieben waren, solidarisch erklären. Aber er konnte nicht. Er hatte Lust, hinauszurennen und ihr vor ihrem Bungalow mit seiner tadellosen Singstimme ein Ständchen zu bringen. Aber was, wenn das Fenster aufginge, und zum Vorschein käme er? Er stellte sich ein Einstecktuch in einem getüpfelten Pyjama vor, ein siegreiches Lächeln, während sie sich raschelnd hinter ihm im Bett rekelte. Oder vielleicht duschten sie gerade trotz des Sturms, trotz der Kälte im Freien miteinander, in ebender Außendusche, die man ihm im Petersburger Bungalow vorenthalten hatte. Er zog einen Bademantel des kalifornischen Weinguts an, das Ed verabscheute, und ging mit seinem Tablet zum Haupthaus. Draußen fiel ihn der stürmische Wind an, der, wie alle, seine Kraft verkannte. In der Stille der Küche, wo die Lämpchen der Espressomaschine Signale blinkten, klickte er sich noch ein bisschen durch ihr Œuvre und wechselte dann ungeduldig auf ihre Social-Media-Accounts. Und da war, erst vor einer Stunde gepostet, das digital optimierte Foto von ihnen beiden. Elspeth würde es sehen und ihm eine Nachricht von wirrer Heftigkeit schicken. Sein PR-Mann würde etwas Weltgewandtes und zugleich Besorgtes sagen. Seine Fans … was soll's, wen kümmerten die schon. Die würden sich damit arrangieren. Sie hatte ihr gemeinsames Foto gepostet. Sie wollte es aller Welt zeigen. Er legte sein Notepad auf den Küchentresen und roch den Fisch und das vergammelnde Fleisch im Abfall, während die Fensterscheiben in den Rahmen rüttelten. *Komm zu mir*, sagte er zum Wind. *Ich bin der listenreiche Odysseus. Du wirst mir die Segel blähen.*

Senderovsky blieb, wie vorgeschrieben, vor dem Schlafengehen noch eine Stunde sitzen, in der Hoffnung, dem Säurereflux dadurch abzuhelfen. Aber er hustete immer noch. Trocken. »Lass mich mal deine Temperatur messen«, sagte Masha.

»Sieh mal einer an, wie freundlich sie jetzt ist«, sagte Senderovsky auf Russisch. »Vielleicht kannst du mir ja auch beim Duschen helfen.«

»Ich weiß nicht, was deiner Ansicht nach passiert ist«, sagte sie auf Englisch, »außer dass ich mal wieder dein Chaos beseitigen musste.«

»Früher fand ich deinen Akzent so süß, wenn du Englisch gesprochen hast«, sagte er. »Bloß weil du schon älter warst, als du hierhergekommen bist. Ich wollte dir Orientierung geben. Ich wollte dir helfen, dich einzugewöhnen.«

»Sprich nur weiter in der Vergangenheit«, sagte sie. »Wer kann es dir verdenken, so wie unsere Zukunft aussieht?«

»Die Schuld auf andere abwälzen«, sagte er, »sehr *au courant.*«

»Und jetzt redest du mit mir, als wärst du in den sozialen Medien unterwegs«, sagte sie. »Ach, Sashenka. Hör auf, so clever und prägnant zu sein. Das turnt mich wahnsinnig an.« Sie knipste das Licht aus, und er hörte, wie sie sich von ihm wegdrehte, sodass das Bett in seiner eigenen geübten Sprache ächzte.

Als das Geräusch seines Hustens ihn weckte, fetzte der Wind durch die Bäume, gierte nach Blättern, begnügte sich jedoch mit den Ästen, die er mit grässlichem Stöhnen einen nach dem andern brach wie ein Folterer in der Lubjanka.

Verdammt noch mal, der Wind klingt tatsächlich wie ein Güterzug, dachte Senderovsky. Er war ein geschworener Feind von Klischees; im Seminar hatte er Dee gegenüber nur ein einziges Mal die Stimme erhoben, nämlich als sie den Ausdruck »eierschalenblau« verwendete, um den Farbton eines Kinderzimmers zu beschreiben, das es in ihrer speziellen Realität gar nicht gegeben hatte. Er stand auf und zog eines der Rollos hoch. Der Mond war nicht zu sehen, aber zwei geisterhafte Strahlen erhellten die Auffahrt auf halber Länge, ausgehend höchstwahrscheinlich von einem schwarzen Pick-up, auf dessen hinterer Stoßstange SLEGS BLANKES stand. Jetzt reichte es ihm. Er würde die Polizei rufen. Nein, er würde selbst hinuntergehen, komme, was da wolle. Er zog seine Sporthose und seinen Hausmantel an, deren Lächerlichkeit er in eine Rüstung ummünzte, und schnappte sich von einem Haken im Vorraum eine Wollmütze.

Draußen drohte der Wind ihn emporzuheben und mit flatterndem Hausmantel zu einem Friedhof englischer Kindermädchen und kaputter Regenschirme zu tragen. Aber Senderovsky hielt stand. Er platschte durch den Dunst, von dem die Spezialbrille beschlug, die er nachts trug. (Sein Nachtsehvermögen ließ mit dem Alter ebenfalls nach.) Als er in den äußeren Sichtbereich der beiden Fernlichtstrahlen gelangte, sah er, was der Wind schon nach der Hälfte der Nacht angerichtet hatte: Der Rasen war nun von einer noch eindrucksvolleren Ansammlung gebleichter Äste bedeckt,

Verkörperung eines gedanken- und achtlosen Universums voller Leid, reichlich mit Krankheiten versehen, seine Bewohner Lammsteaks auf zwei Beinen.

»Scheiße!«, brüllte er untypischerweise.

Schon während er auf das Scheinwerferpaar des Eindringlings am Ende seiner Auffahrt zuschritt, nahm Senderovsky den Wind persönlich. Er hatte dem Baumpfleger gerade achthundert Dollar in bar gegeben, die er nicht besaß. Und wofür? Geändert hatte sich nichts. Die toten Bäume stürzten weiter um. Er konnte nicht gewinnen.

»Wer sind Sie?«, brüllte er der einsamen Gestalt hinter dem Steuer des Pick-ups entgegen. Eine aufs Lenkrad klopfende behandschuhte Hand konnte er im grünen Schimmer einer Popmusiksender-Kennung auf dem Armaturenbrett nicht sehen. Im Näherkommen bemühte er sich um einen freundlicheren Ton. »Haben Sie sich verfahren?« Und dann, in seinem besten Amerikanisch: »Mister, haben Sie sich verfahren?«

Ein Krachen seitlich von ihm. Ein Schuss? Und dann noch ein Krachen. Er schlug sich den aufgeklafften Hausmantel vors Gesicht und fiel zu Boden, Kies drückte sich gegen seinen Bauch. Das Krachen kam wieder, doch diesmal hörte es nicht auf; irgendetwas stöhnte unter der unablässigen Folter des Windes, sein Flehen blieb ungehört, bis ein Stück Ulme, ein Riesengeweih aus Holz, sich von dem hohen, nackten, gelben Stamm direkt über Senderovsky zu lösen begann.

Ny vsyo, dachte er auf Russisch. *Ich bin erledigt.* Doch während er die Augen schloss, wurde er mit einem Mal von der Auffahrt in den weichen Graben des Rasens gerollt, Nutznießer einer unsichtbaren Vorsehung. Ein schreckliches Bersten sorgte dafür, dass er sich in Embryohaltung zusammenkrümmte. Augenblicke später, als er die Augen aufschlug, tippte ihm das äußerste Ende des riesigen abgetrennten Astes mit hartnäckigem Finger gegen die Stirn, so wie es Nat manchmal tat, um ihn zu früher Stunde aufzuwecken. Der Wind ließ nicht locker, doch nun begann auch noch Landregen, der seine Frau zuverlässig in den Schlaf wiegte, gegen den Rushmore seiner Stirn zu schlagen. Der frisch abgetrennte Ast verströmte den Wildgeruch junger Sommerhaut. Inzwischen war es stockdunkel. Überall in der Stadt war der Strom ausgefallen, so wie er überall im Land ausfiel. Der Pick-up war vom unteren Ende der Auffahrt verschwunden.

DRITTER AUFZUG

GEHT WIE EIN LAMM

1

Neben der Straße wachsen wunderschöne Rohrkolben«, teilte Nat ihrem Vater beim Frühstück mit, zwei Wochen nachdem wir die beiden das letzte Mal gesehen hatten. Laut ihren Therapeuten war es mit ihren Fähigkeiten zum Blickkontakt nicht weit her, doch nun schaute sie ihm direkt in die Augen, als wollte sie ihn mit ihrer Unschuld gewogen stimmen. Wieso kam Karen so gut mit ihr zurecht? Wieso konnte er nicht anerkennen, dass er der Vater einer bemerkenswerten Tochter war, der nichts entging, die es jedoch anders verarbeitete als diejenigen mit weniger Ängsten, mit ruhigerem Gemüt, und die sich mit höchster Ehrlichkeit äußerte? Es war noch nicht zu spät, ein vollwertiger Vater für sie zu werden, falls er das Lösungsmittel fand, das seine Liebe entkalkte. Sein geliebter Espresso zitterte in seiner Hand, und er kaute knirschend an dem ballaststoffreichen Müsli in seinem Mund. »Sieh sie dir an, wenn du heute einen Spaziergang machst, okay, Daddy?«, sagte Nat.

»Okay«, sagte Senderovsky. Aber – um die letzte Zeile eines berühmten Autors zu paraphrasieren – er rührte sich nicht. Statt der sanften braunen Augenstrahlen seiner Tochter sah er die Scheinwerfer des Pick-ups am Ende seiner Auffahrt, die ihn in ihr bösartiges Licht tauchten.

In der City starben Menschen. Manche mehr als andere. Das Virus war über die Erde gezogen, hatte jedoch beschlossen, sich dort niederzulassen, so wie die Eltern von Masha, Senderovsky, Karen und Vinod vor Jahrzehnten entschieden hatten, dorthin zu fliehen, vor dem nächtlichen Nachhall von Stalin und Hitler, vor Teilung und Aufteilung, vor dem Schmerz, der nicht in ferner Erinnerung floss, sondern unmittelbar von den Händen ihrer eigenen Väter ausging.

Wenn sie im Haupthaus Empfang hatten, erfuhren die Bewohner der Bungalows, was zweihundert Kilometer flussabwärts passierte, und sie empfanden vieles, hauptsächlich aber Schuldgefühle. Es war so unverschämt schön da, wo sie sich befanden. Das Wetter war nach wie vor unbeständig, bot aber selbst in seiner Unbeständigkeit interessante Anblicke. Eine dünne Schneeschicht nach einem brüllend heißen Tag. (»Keine Angst, ihr Blumen«, sang Nat mit banger Stimme den Narzissen vor, die sie und Karen am Haupthaus, direkt vor Mashas Büro, gepflanzt hatten.) Ein brüllend heißer Tag, unterbrochen von neuem Schneegeriesel, das wie feuchte Zuckerstückchen auf Nats Zunge schmolz. Selbst die nächtlichen Stürme, die mit komischer Beständigkeit auf Senderovskys Rasen eindroschen, waren auf ihre Weise atemberaubend, wenn die Bäume – die die ersten Blätter bekamen – sich in langen Schwüngen hin und her wiegten wie mitternächtliche Tänzer.

Schuldgefühle. Weil sie hier in ihrer eigenen Gemeinschaft sicher waren und nach zwei Wochen von Masha verfügter Semiquarantäne auch keinen Abstand mehr voneinander halten mussten, mit Ausnahme von Senderovsky, dessen Husten sich mit jedem Tag verschlimmerte. »Ich habe es nicht«, pflegte er jeden Abend beim Essen, ihrer einzigen gemeinsamen Mahlzeit, mit tränennassen Augen zu verkünden, nachdem er einen schwindsuchtartigen Anfall erlitten hatte. »Säurereflux«, pflegte er hinzuzufügen, während der Schauspieler demonstrativ von ihm ab- und zu Masha hinrückte, deren Knie ihn mittlerweile warm und bereitwillig unterm Tisch willkommen hieß.

Schuldgefühle, weil es reichlich zu essen gab (alle außer Senderovsky nahmen zu, sogar Vinod), dazu gebildete und faszinierende Gesellschaft und für einige auch die ersten zarten Liebesbande. Niemand empfand den krassen Unterschied zwischen Stadt und Land stärker als Vinod. Hinter seinem örtlichen Krankenhaus in Queens, machte er sich klar, war eine Reihe von Kühllastern geparkt, in die von Gabelstaplern die Leichen der Verstorbenen gehievt wurden. Voller Schuldgefühle schrieb er seinen Arbeitskollegen im Restaurant seines Onkels. Wenn sie zurückschrieben, freute er sich jedes Mal, dass sie geantwortet hatten. Doch nach dem Lesen ihrer Nachrichten legte er sein Smartphone hin, blickte zum Fenster hinaus und sah zu, wie auf den angrenzenden Wiesen das Heu geschobert wurde, während die sich paarenden Monarchfalter nordwärts zogen und sich in einer Wolke aus Schwarz und Orange an Seidenpflanzen gütlich taten. Warum war er hier, und warum waren seine Kollegen dort? Weil seine Eltern Papiere hatten? Weil gebildeten Indern in der großen Ordnung der Dinge größere Priorität beigemessen wurde als ungebildeten Mexikanern? Obwohl er nach den Maßstäben seiner Familie objektiv versagt hatte – zuerst als kleines Licht auf dem heiteren Gebiet der »Schriftstellerei und Rhetorik«, dann als gewöhnlicher Arbeiter –, befand er sich hier, auf dem Anwesen eines Klassenkameraden von einer Elite-Highschool, einer Zuflucht im Kleinen wie im Großen.

Er war hierhergekommen, um sich aufzulösen – seine Worte, nicht unsere –, doch es war die Stadt, die hinter ihm in Auflösung begriffen war. Wenn Karen nicht hier wäre, wenn sie ihn nicht jeden Tag mit ihrer vorhersehbaren Neckerei und Neugierde, mit ihrer unerwarteten Liebe für Senderovskys kleine Tochter fröhlich stimmen würde, dann, sagte er sich, würde er sofort nach Elmhurst abreisen.

Aber er blieb. Alle blieben sie. Obwohl die Indolenz des Landlebens sie schwerfälliger, matter, wackliger auf den Beinen machte. Die einzige Ausnahme war, wieder einmal, Senderovsky, dessen Besorgnis im gleichen Säurebad brodelte wie sein Reflux. Er konnte nicht schlafen, und das lag nicht nur daran, dass sein Husten ihn wach hielt. (Masha trug mittlerweile Ohrstöpsel.) Er erwog, einen Streifenwagen zu rufen, damit der Sache mit dem schwarzen Pick-up nachgegangen wurde, aber er befürchtete, das Eintreffen der State Trooper würde Masha und die Bungalowbewohner ängstigen. Er behielt seine Furcht ebenso für sich wie die Erinnerung an den übergroßen Ulmenast, der ihn in jener Nacht hätte erschlagen können, und an die gütige Macht, die ihn in Sicherheit gewälzt hatte. Wie lange würde er noch Glück haben? Wenn er nach dem Husten zu atmen versuchte, hörte er es in seiner Lunge und seiner Speiseröhre mahlen wie das Werk einer rostigen, veralteten Uhr. Jeden Morgen roch er an seinen Achselhöhlen, weil es hieß, das Virus beeinträchtige den Geruchssinn. Die vertrauten Stallgerüche waren da, doch wenn er in den Spiegel schaute, konnte er den Blick seiner Augen nicht lokalisieren, nur deren Höhlen. Wer saß hinter dem Steuer des Pick-ups, drauf und dran, seine Kolonie zu attackieren? Wer hatte Vinods Roman genommen? Wer hatte die Wahrheit herausgefunden?

2

Die japanische Realityshow war der stetige *taiko*-Trommelschlag ihres abgeschiedenen Lebens. Das Erzähltempo war bestenfalls neunzehntes Jahrhundert, und manchmal legten Vinod oder der Schauspieler das russische Stück oder den russischen Roman hin, die sie gerade lasen, und fragten sich, ob sie stattdessen immer noch die Show sahen. Das Set-up entsprach den Gepflogenheiten des Genres: drei Japanerinnen und drei Japaner Mitte zwanzig bekamen ein schickes Haus in Tokio oder auf Hawaii oder irgendwo anders in Japan zur Verfügung gestellt. Doch im Gegensatz zu ihren westlichen Pendants betrogen die Hausgenossen einander nur selten, ergingen sich nicht in Obszönitäten und ergaben sich auf dem Bildschirm auch nicht ihrer Lust. Sie sondierten ihre Freundschaften, Liebeleien und ausgedehnten Romanzen derart schüchtern, mit einem derartigen Mangel an Sicherheit, dass Ed, Senderovsky, Masha und besonders Vinod meinten, sie betrachteten ein Paralleluniversum, in dem sie als junge, gut aussehende Mittelschichtjapaner wiedergeboren worden waren, die gerade als Verkäufer im Einzelhandel, Köche und Onlinepersönlichkeiten anfingen.

Bis dato gab es etwa ein halbes Tausend Folgen, und Ed kannte sie alle auswendig. Wie konnte es sein, dass dieser von Verstrickungen freie Mann dermaßen fasziniert war von einer Sendung, in der geschlagene dreißig Minuten dafür draufgehen konnten, bei einem Teller Soba-Nudeln über eine harmlose Zurückweisung zu diskutieren? Wie konnte es sein, dass Ed jedes Mal wenn eine draufgängerische, naive, zur Hälfte indonesische Ringerin von ihrem Schwarm, einem lakonischen, in sich gekehrten Basketballspieler, einen Korb bekam, unter Tränen ins Badezimmer rannte?

Senderovsky fand die Sendung ebenfalls herzzerreißend. Die Fehlschläge der jungen Menschen auf dem Bildschirm riefen ihm seine eigenen ins Gedächtnis. Sie erinnerten ihn an seine liebeleeren frühen Jahre, bevor er sein erstes Buch verkauft hatte. Genau wie damals befanden sich seine Finanzen im freien Fall. Die Rechnung für die Entfernung der toten Bäume überstieg viertausend Dollar, und er musste auf die Karte eines wucherischen Kreditgebers letzter Instanz zurückgreifen. Und inzwischen war es für den Fortbestand seiner Ehe zwingend notwendig, die Wasserversorgung in den Bungalows und im Haupthaus in Ordnung zu bringen. Ja, Senderovsky hatte gehört, dass seine Frau und der Schauspieler irgendein kompliziertes Säuberungsritual pflegten. Manchmal drückte er das Ohr an die Tür des Badezimmers im Erdgeschoss, wo Masha, wie er wusste, tagsüber Wassereimer für den Notfall bereithielt, aber er hörte nie irgendetwas. Außerdem gab es das Gerücht, Karen habe ein Video von etwas Ungehörigem aufgenommen. Wenn Senderovsky in sexueller Hinsicht an seine Frau dachte, kehrte er gedanklich zu der wilden Party in Fort Greene zurück, auf der er sich 2001 mit ihr wiedervereinigt hatte, zu ihrer weichen, gebräunten Haut, zu der Art, wie die beiden Angelpunkte ihrer nackten Schultern das Licht zurückwarfen, zu ihrem jugendlichen Flirten und ihrer übertriebenen medizinstudentischen Abgebrühtheit. War von dieser Vitalität noch irgendetwas übrig? Und wenn ja, warum sollte dann der Schauspieler die lange aufgesparten letzten Tropfen des Lebens verdienen?

Der Hausmeister war gekommen, um sich die Sache anzusehen, konnte das Problem jedoch auch dann nicht präzise feststellen, nachdem er sich mühsam unter mehrere Waschbecken gefaltet hatte. »Tja«, sagte er, »sieht so aus, als wäre das ein Fall für den General.« Womit er den Generalunternehmer meinte, der die Cottages gebaut hatte. Normalerweise hätte Senderovsky über diesen Scherz gelacht und ihn unter »ländliche Weisheit« abgeheftet, doch heute wurde er ungeduldig und böse. »Wofür bezahlen wir Sie eigentlich?«, bellte er.

Der Hausmeister hatte sich zu seiner vollen rustikalen Größe aufgerichtet, seine Züge rosig und kindlich, sein wahres Alter unmöglich zu schätzen, während er insgesamt aber vor Missvergnügen schnaufte, sodass die billigen Gläser seiner Brille beschlugen. (Was, wenn *er* der Fahrer des schwarzen Pick-ups war? Vielleicht stand sein Gegenspieler ja direkt vor ihm, drauf und dran, ihm den Schädel einzuschlagen, wie es in der Nacht des Sturms schon der Ulmenast hätte tun sollen.) »Die Sache ist die«, sagte der Hausmeister, »Sie haben mich seit zwei Wochen nicht bezahlt. Und für lau arbeite ich nicht. Meine Alte hat« – er nannte den wissenschaftlichen wie auch den christlichen Namen einer Krankheit und einige ihrer grässlichen Merkmale. »Wir haben auch Rechnungen zu bezahlen. Nur ist das für uns eine Frage von Leben und Tod.«

Senderovsky sah zu, wie sein Pick-up – grau, nicht schwarz – das Fairway des Rasens hinuntersauste und mit einem wütenden Schlenker nach rechts verschwand. Der

Generalunternehmer wurde herbeordert, ein magerer Mann mit Collegeabschluss, der in irritierend unvollständigen Sätzen sprach und Rechnungen stellte, die in Stufen von zehntausend Dollar anstiegen. Er fuhr einen schwarzen Pick-up, den er in ländlich-authentischem Zustand hielt, die Schmutzfänger noch mit Frühjahrsmatsch überzogen. War das Senderovskys Quälgeist gewesen, Besitzer der behandschuhten Hand, die am Ende seiner Auffahrt aufs Lenkrad geklopft hatte? Nein, das war nicht möglich. Die Rechnungen seines Generalunternehmers hatte Senderovsky immer pünktlich bezahlt. Installateure, Elektriker und Baumpfleger kamen und gingen, aber auf dem Land hielt man seinen Generalunternehmer nicht hin.

»Wie's aussieht, werde ich die Pumpe mit dem Sonargerät überprüfen müssen«, sagte der General.

»Was heißt das denn?«, rief Senderovsky, wobei sein russischer Akzent wiederkehrte. »Wir sind hier doch nicht auf einem U-Boot.« Doch das Sonargerät würde bald einen Riss in der Pumpe offenbaren, und das bedeutete, dass der gesamte Mechanismus zum Preis von zehntausend Dollar exklusive Arbeitskosten ausgetauscht werden musste.

»Wie ich höre, haben Sie in letzter Zeit Schwierigkeiten, einige Ihrer Dienstleister zu bezahlen«, sagte der General, drückte auf den Steg seiner weltmännischen Brille und blickte sich gleichmütig um.

»Einige Einkommensquellen sind versiegt«, sagte Senderovsky. »Wegen des Virus«, log er.

»Wie dem auch sei«, sagte der Generalunternehmer.

Jetzt begann Senderovsky, in seine Faust zu husten, das gleiche trockene, monströse Bellen, das ihn am Esstisch schüttelte. Der Generalunternehmer ging auf Abstand und zog seine Maske hoch. In den wohlhabenden Dörfern trug man sie mittlerweile. Erst neulich hatte Senderovsky auf der Hauptstraße eines Lebkuchendorfs einen alten Mann mit blauer chirurgischer Maske hinter einem maskierten kleinen Mädchen hergehen sehen, und er hatte das Bild als den Anfang vom Ende der Welt empfunden.

»Für Sie habe ich immer Geld«, sagte Senderovsky. »Bitte fangen Sie einfach mit der Arbeit an. Es ist zwingend erforderlich.«

Etwa um diese Zeit finanzieller Schwierigkeiten rief seine Agentin aus Los Angeles an, ihre Stimme sanft und trügerisch cremig wie ein gekühltes Chiasamen-Parfait. »Wie geht's meinem russischen Lieblingsschriftsteller plus Drehbuchautor?«, hauchte sie ins Telefon.

Das Virus hatte die Produktion gestoppt, doch nun, da der Mittelstand auf absehbare Zukunft in Unterwäsche im Bett liegen würde, war das Bedürfnis nach »Content« größer denn je. Laut seiner Agentin hatte man sich bei der Fernsehgesellschaft entschieden, eine andere Serie, ein medizinisches Drama über Menschen, die an ansteckenden Krankheiten starben, einzustellen, und suchte nun händeringend nach Ersatz, nach etwas Komischem, was weit weg war von der Dystopie der Gegenwart. Senderovskys Drehbuch hatte wieder Gnade gefunden vor der launenhaften Chefetage der Fernsehgesellschaft.

»Von mir aus kann es jederzeit losgehen, aber er segnet es einfach nicht ab«, sagte Senderovsky von dem Schauspieler. »Er will es nicht komisch. Er will die *Odyssee.*«

»Scheiß auf ihn«, sagte die Agentin. »Sag ihm, wir haben einen Sendeplatzki.«

»Er ist Executive Producer.«

»Das ist momentan auch meine Katze. Oder soll ich sagen, meine *koshka*?«

Die Agentin hatte auf dem College Russisch im Nebenfach studiert.

»Du weißt doch, wie er ist. Er geht auf mich los. Er ist voller Konkurrenzneid. Er macht sich an meine Frau ran.«

»Was bist du, der Kommissar der Verletzten Gefühle? Benimm dich nicht wie ein Kind, Peter Panowitsch. Wir haben eine Serie zu machen.«

»Kann ich um einen Vorschuss auf meine Gewinnbeteiligung bitten?«

»Ha, ha, ha! In Sachen Humor hast du's immer noch drauf. Und ich weiß genau, wer bei dem Pilotfilm Regie führen sollte.« Sie erwähnte den Namen einer Inderin, die Senderovsky von einer Science-Fiction-Serie kannte, an der er Gefallen zu finden versucht hatte. »Ich habe sie in ihrem Ferienhaus in Kerala besucht«, sagte die Agentin. »Sie hat eine großartige Familie und ein großartiges Zuhause.«

Senderovsky entsann sich, dass sie bei einem Besuch vor einigen Jahren genau das Gleiche über sein Zuhause, seine Frau und sein Kind gesagt hatte. Wie ein Narr hatte er diese Worte in der kleinen Börse unter seinem Herzen verwahrt, die er als Kind genäht hatte, einem Aufbewahrungsort für all die amerikanischen Worte, die seine Eltern niemals äußerten. Wieder einmal hatte er eine Grundregel vergessen: dass ein Mensch, der unter einem ewig blauen Himmel lebte, in den grauen Landschaften anderer Trost finden konnte. Solange es *irgendwo* auf der Welt Weizengras und Yoga gab, war alles und jeder »großartig«.

Trotzdem, ein Sendeplatz! Und es war konkret von Regisseuren und Pilotfilmen die Rede. Jetzt hatte er eine klare Aufgabe und ein noch klareres Hindernis vor sich. Sein ganzes Leben hing von seiner Fähigkeit ab, es aus dem Weg zu räumen.

Dee und Senderovsky saßen auf den wetterfesten Sofas der Veranda mit Blick auf die Wiese und die Schaffarm dahinter. Die Grasteppiche und der weite Horizont wirkten immer noch beruhigend auf Dee, aber nicht in gleichem Maße wie bei ihrer Ankunft. Auch sie begann sich, wenngleich ohne eines von Vinods philosophischen Eröffnungsmanövern, zu fragen, ob irgendetwas von all dem real, ob sie nicht vielleicht wie einer von Nabokovs hilflosen Schmetterlingen gefangen und zur Belustigung von Senderovsky oder irgendeiner viel höheren Macht auf Nadeln gespießt worden waren.

»Hier habe ich«, verkündete Senderovsky und präsentierte Dee einen Stapel Blätter, »den Pilotfilm zu unserer Serie. Ich hätte schrecklich gern, dass Sie das lesen.«

»Na klar«, sagte Dee. »Ich finde alles toll, was Sie machen. Es ist immer lustig.«

Eine Fokker D von einem Flugplatz für historische Maschinen flog eine stotternde Schleife um die Bungalows und steuerte nun wieder den gemähten Grasstreifen an, der ihr als Landebahn diente. Senderovsky meinte, am Rumpf des alten Doppeldeckers ein eisernes Kreuz auszumachen. Noch mehr *slegs blankes*? Wurde er auch aus der Luft beobachtet?

»Und ich würde Sie um einen winzigen Gefallen bitten«, sagte er. »Wenn Sie es lesen und wenn es Ihnen gefällt, könnten Sie vielleicht ein bisschen Zeit mit unserem Freund, dem Bühnenkünstler, verbringen und ihm das sagen. Ich glaube, die Perspektive eines Menschen, den er wirklich respektiert, wäre sehr hilfreich für ihn.«

Dee lachte. Ihr Mund war anmutig, räumte Senderovsky ein, so wie er auch die Mähne des Palominos ein Stück weiter unten an der Straße anmutig fand. »Er tut mir leid«, sagte Dee. »Dieser Algorithmus ist so beschissen.«

»Ich könnte wetten«, sagte Senderovsky, »dass er auch ohne den Algorithmus in Sie verliebt wäre.«

»Quatsch, Proffi«, sagte Dee. »Er hat mich ja kaum angesehen, ehe wir das Foto gemacht haben.«

»Er verliebt sich in Künstlerinnen und Denkerinnen.«

»Er hat ja noch nicht mal mein Buch gelesen.«

Die Tür zum Haupthaus öffnete sich knarrend, und heraus trat Masha, in der Hand einen schweren Eimer Wasser, in einem ärmellosen Sommerkleid, das um einige Wochen verfrüht war. Sie steuerte den Petersburger Bungalow an. Sie sah Dee und ihren Mann, fragte sich, wie sie sich verhalten sollte, *sofern* sie überhaupt imstande war, sich zu verhalten, und befand, dass letztlich gar kein Verhalten erforderlich war. Sie lächelte, winkte mit der freien Hand und setzte ihren Weg zur Hütte des Schauspielers fort, mit laut im Eimer herumschwappendem Wasser und linkslastigem Gang (in der Nacht war ihr rechtes Bein eingeschlafen), und ihr Kleid klebte am Hinterteil fest, bis sie es mit zitternder Hand glatt zog. Sie sahen zu, wie sie den Eimer vor der Tür des Schauspielers abstellte, zweimal klopfte, sich dann rasch umdrehte und, die Augen auf das Fell ihrer Pantoffeln gerichtet, zurückging.

Der Schauspieler trug, als er die Tür öffnete, demonstrativ nichts als eine europäische Unterhose, schaute hinab auf den Eimer und rief: »Masha!« Als sie nicht antwortete, brüllte er ihr wie einem Hund auf Abwegen hinterher: »Was ist denn los? Komm zurück!« Dann warf er einen Blick auf die Veranda, sah Senderovsky, sah besonders Dee und schaffte es, gleichzeitig den Mund zu öffnen und die Tür zu schließen.

Mashas Dreistigkeit berührte Dee stärker als Senderovsky. Sie dachte daran, was der Eimer Wasser und zumal das Herumschwappen repräsentierte. Sie dachte daran, wozu man es benutzen konnte, und an Mashas bleiche Kloßhand. Sie betrachtete sich selbst mit unkritischem Blick, erkannte ihre vielen Vorteile und beschloss, ihrerseits kühn zu werden. »Ich lese Ihr Drehbuch und rede mit ihm«, sagte sie. »Vielleicht können Sie ja vorarbeiten. Es so aussehen lassen, als wäre es Ihre Idee. Hallo? Hören Sie überhaupt zu?«

Senderovsky beobachtete, wie seine Frau im Sommerkleid zu ihren Patienten und zu den Unterrichtsplänen ihres Kindes zurückkehrte, und dachte an die Bandbreite von Ungewissheit, die zwischen zwei Partnern, auch glücklichen, offenbar wird, wenn sie sich zu Bett begeben. Er wünschte, er könnte sich – wie offenbar seine Frau – in jemanden verlieben. Er war eine sehr lange Zeit seines Lebens der Schönheit nachgejagt, bis er sie eingeholt und festgestellt hatte, dass sie, wie alles andere, nicht mehr als ein, zwei Kapitel gehobener Prosa wert war.

Nun kam es nur noch auf das Anwesen und seine Rettung an. Auf das taubenetzte Land, das Rascheln sterbender Bäume, die Gesellschaft von Freunden, die am Bahnhof ausstiegen, und das Geräusch, mit dem gegrilltes Fleisch gewendet wird, einmal, zweimal – das alles musste erhalten bleiben, bis er seinen letzten Huster tat.

3

Falls Sie sich für meine Frau interessieren, könnte ich darüber hinwegsehen.« Senderovsky hielt den Eimer Wasser vor sich, überrascht davon, wie schwer er war und wie mühelos seine Frau ihn gleichwohl getragen hatte.

»Sie können das Ding abstellen«, sagte der Schauspieler. »Und ich interessiere mich nicht für Masha.« Er hatte gerade selbst unter den Laken Hand bei sich angelegt, nur um von der Ankunft der falschen Sorte Senderovsky gestört zu werden.

»Ich sage Ihnen das als Gentleman«, sagte Senderovsky. »Ich unterliege keinerlei alten Zwängen.«

»Was sind Sie doch für ein erbärmlicher Wicht.« Der Schauspieler wischte sich die Hand an seiner europäischen Unterhose ab.

»Betrachten Sie es doch mal von meiner Warte«, sagte Senderovsky. »Ich bin nicht mit den Vorteilen groß geworden, die Sie hatten. Vorteile physischer, finanzieller und emotionaler Art. Und dennoch stehe ich hier vor Ihnen. Biete Ihnen einen Eimer Wasser an, den meine Frau Ihnen gebracht hat. Einen Schwamm haben Sie selbst, nehme ich an. Ich will bloß, dass wir vorwärtskommen und dass Sie zufrieden sind.«

Der Schauspieler grinste höhnisch. Er fragte sich, ob er sein tägliches Abseifen mit Masha fortsetzen konnte, nun da ihr Mann Bescheid wusste und der Kitzel des Verbotenen wegfiele. Am Ende verdarb Senderovsky alles.

»Sie halten sich für etwas Besseres als mich, nicht wahr?«, sagte der Schauspieler.

»Keineswegs«, sagte Senderovsky. »Es geht hier nicht um Konkurrenz.«

Der Schauspieler streifte sich ein T-Shirt über, das ihm nicht einmal bis zum Nabel reichte. Er wollte nicht über Masha reden, aber reden wollte er.

»Vielleicht haben Sie recht, was die Vorteile angeht«, sagte er. »Einige unter uns sind leichtfüßig. Wir können uns drehen. Anstatt in der Vergangenheit zu leben, haben wir keine Angst davor, Neues zu lernen. Ich habe nicht bloß ›Schauspielerei‹ studiert. Ich bin nicht bloß ›Schauspieler‹. Ich habe außerdem Tanz, Musik, Literatur, Geschichte, Theologie und sowohl praktische als auch theoretische Physik studiert.«

Er wies auf den nach Büchern und Mäusekötteln riechenden Bungalow. »Und im Endeffekt bin ich besser als Sie. Ich bin ein besserer Fahrer als Sie, ein besserer Koch, ein besserer Flugzeugmechaniker, ein besserer Berufsfischer, ein besserer Privatdetektiv, ein besserer und ganz sicher mutigerer Astronaut und, wenn ich mir die Zeit nähme, das Handwerk richtig zu lernen, auch ein besserer Autor. Außerdem weiß ich, wie man mit Menschen kommuniziert und wie man ihnen ihre unverstelltesten Gefühle entlockt. Und ich weiß, wie man sie zum Höhepunkt bringt. Da haben Sie den Unterschied zwischen uns.«

»Ich glaube, ich verstehe«, sagte Senderovsky.

»Da bin ich mir nicht so sicher. Ich mache das nicht wegen des Geldes. Ich mache es auch nicht, um geliebt zu werden. Ich will nicht, dass die Leute mit mir lachen oder weinen. Wenn es Applaus gibt, schön. Stille ist auch prima. Ich brauche keine netten Zeitschriftenartikel über meine Wohnung oder meine

Lieblingsseife. Ich habe Respekt vor der Arbeit, die ich mache. Von dem Moment an, da ich die Bühne gesehen habe, hat sie mir Ehrfurcht eingeflößt. Was an *Ihrer* Arbeit flößt Ihnen Ehrfurcht ein? Inwiefern macht sie Sie demütig?«

»Gestatten Sie mir dennoch«, sagte Senderovsky, »eine dürftige Rechtfertigung. Auch wir, denen es an Ihren angeborenen Vorteilen fehlt, müssen in der Welt zurechtkommen. Es gibt ein russisches Wort, *krutista*, das heißt ›herumwirbeln‹. Von einer Sache zur anderen wirbeln, um über die Runden zu kommen. Ebendas macht das menschliche Dasein für die meisten aus. Wir kreiseln und kreiseln wie ein Dreidel im Dezember. Wir stehen, wie es früher hieß, anderen ›zu Diensten‹. Stehen wir Ihnen nicht alle zu Diensten?«

»Sagen Sie Ihrer Frau, sie kann kommen und beenden, was sie angefangen hat«, sagte der Schauspieler. »Denn ja, sie hat damit angefangen, wenn Sie es unbedingt wissen wollen. Sie hat zuerst Hand bei mir angelegt. Wie gering sie Sie achtet.«

»Aber was ist mit *ihr*?«, sagte Senderovsky.

»Was ist mit wem?«

»Mit derjenigen, die Sie wirklich lieben. Dee.«

»Lecken Sie mich am Arsch«, sagte der Schauspieler. »Das bin nicht ich, das ist der Algorithmus. Sie sieht mich als Roboter, und das liegt an dem, was Ihre Freundin mit mir gemacht hat.«

»Und wenn ich da etwas machen könnte?«, sagte Senderovsky. »Wenn ich Sie beide auf gewissermaßen natürliche Weise zusammenbringen könnte? Sie ist Autorin, Sie sind Autor.«

»Ich habe nie behauptet, dass ich Autor bin. Nur dass ich einer wäre, wenn ich mir Mühe gäbe. Es kann sogar sein, dass ich ein Memoir schreibe.«

»Sie möchte mit Ihnen spazieren gehen«, sagte Senderovsky.

»Das hat sie gesagt?« Der Schauspieler fing den Blick des Grundbesitzers auf. Sein Gesicht war rot, doch seine Chakren pulsierten blau. Seine Verletzlichkeit bewegte Senderovsky. »Was ist mit ihren Spaziergängen mit Ed?«

»Ich glaube, sie ist durchaus in der Lage, mit mehr als einem Menschen spazieren zu gehen«, sagte Senderovsky, dessen Stimme jetzt kalt und gebieterisch war. »Vielleicht können Sie mit ihr über das Drehbuch reden. Ich habe ihr eine Version ausgedruckt.«

Aha, dachte der Autor. Es hat also mit dem Drehbuch zu tun. Er hat sie für sich eingespannt. Das war von Anfang an die Absicht. »Nein, das ist keineswegs ein Quidproquo«, sagte Senderovsky und nahm damit die Einwände des Schauspielers vorweg. »Ich möchte bloß, dass Sie beide Gesprächsstoff haben.«

Er wandte sich zum Gehen.

»Wann?«, rief der Schauspieler.

»Wann was?«

»Wann kann ich mit ihr spazieren gehen?« Nun fragte er also schon um Erlaubnis. Wie ein Bittsteller. Wie jemand, der »zu Diensten« stand.

»Ich sage Ihnen Bescheid«, sagte Senderovsky. »Aber es dürfte nicht mehr lange dauern.«

Der Tag verstrich zwischen Kälte und Wärme, aber der Schauspieler kleidete sich wie schon seit Aufkommen des Virus nicht mehr, enge Jeans und ein weißes T-Shirt, alles darauf ausgerichtet, seine elementare Attraktivität zur Schau zu stellen, auch auf Kosten ständigen Bibberns und übernatürlich steifer Brustwarzen. Außerdem trug er eine tief ins Gesicht gezogene Kappe mit dem Logo einer nicht mehr bestehenden Baseballmannschaft, damit es vorbeikommenden Autofahrern schwerer fiele, ihn zu erkennen.

Gemäß Senderovskys Instruktionen erwartete sie ihn am unteren Ende der Auffahrt, wie üblich in Jogginghose und Fleece, und dass ihr offenbar nichts daran lag, für ihn etwas anderes als ihre Alltagsklamotten anzuziehen, deprimierte den Schauspieler. »Hey, danke, dass Sie damit einverstanden waren, einen Spaziergang mit mir zu machen«, sagte er. Schon hörte er sich lächerlich an: auf Wohlwollen hoffend, anstatt es zu gewähren. Er musste sich wie der Mann verhalten, der er war. Auf einem geschäftigen Filmset, unter Hunderten von umherschwirrenden Anliegen, hatte jedes Crewmitglied zwei weitere: *In welcher Stimmung ist der Schauspieler? Was kann ich tun, um ihn zu erfreuen?*

»Ed und ich gehen immer in diese Richtung«, sagte sie. »Sollen wir's mal in die entgegengesetzte probieren?«

»Ja«, sagte er. »Wie geheimnisvoll. In diese Richtung. Spazieren gehen.« Was redete er da eigentlich?

Es war Spätnachmittag, um sie herum dämpfte sich das grelle Licht des Tages. »Ich habe gehört, dass es nächste Woche endlich warm bleiben soll«, sagte der Schauspieler. »Gott, hör sich einer meinen Small Talk an.«

»Hab nichts gegen ein bisschen Small Talk«, sagte Dee in schleppendem Tonfall. »Je smaller, desto besser. Yessir.« Er lachte. Wie die meisten bedeutenden Schauspieler war er viel kleiner, als man ihn sich vorstellte, im Grunde von sehr durchschnittlicher Größe. Praktisch gesehen hieß das, dass sich ihre Nichtnase ungefähr auf Höhe seines ausgeprägten Kinns befand, das nun von einem zarten, drahtigen Fell gesprenkelt und mit gemahlener dänischer Seife gereinigt war, die er sich eigens zu diesem Anlass hatte kommen lassen. Er gehörte diesem Volk zwar nicht an, aber er erinnerte sie an einige der älteren jüdischen Jungs in ihrem Viertel, wenn sie frisch vom örtlichen Cheder kamen, die von der Schrift noch glänzenden Augen nun vom blendenden Licht des christlichen Draußen verwirrt. Wie diese Jeschiwa-Jungs sie ansahen oder vielmehr den Blick von ihr abwandten, alle entflammt von der schlimmsten und gewöhnlichsten Art von Bedürfnis, dem Bedürfnis, das unartikuliert, lila verschrumpelt, für immer in der Brust feststeckt. So sehr unterschied sich deren Bedürfnis gar nicht von seinem, oder? Karens Algorithmus hatte diese Anmutung von fundamentalistischer Religion. Sie selbst, die Erfinderin von Tröö Emotions, konnte sich nicht verlieben, dachte Dee; sie besaß nicht den Mut, Vinods Liebe zu akzeptieren, und nun hatten überall auf der Welt Millionen ein unnötiges Kreuz zu tragen, litten an ebender Begierde, die gutzuheißen sie selbst sich weigerte.

Sie sollten es einfach hinter sich bringen. Sollte er sie einfach auf irgendeiner vor Blicken geschützten, ungemähten Lichtung mit diesen weichen, untrainierten Unterarmen packen und fünf Minuten drauflosrammeln, und dann konnten sie vielleicht zusammen ein Selfie machen und ihrer Wege gehen. Erst heute Morgen hatte sie Masha um eine Pinzette gebeten, um sich die Augenbrauen in Form zu zupfen, und vor Verlassen ihres Bungalows hatte sie im Spiegel eingehend ihre Zähne inspiziert. Trotzdem, sich für ihn schick machen würde sie nicht. Sollte er Fleece fressen.

Auf ihrem Gang präsentierten sich ihnen immer wieder Tiere. Ein Falke mit goldener Halskrause schwebte direkt über ihnen, ließ sich von einer Aufwärtsströmung emportragen. »Das muss schön sein«, sagte Dee. »Sich einfach treiben zu lassen.«

»Ich bin mal Gleitschirm geflogen«, murmelte der Schauspieler, dabei war er sich nicht einmal sicher, ob das der richtige Ausdruck zur Beschreibung dessen war, was er einmal über einem Flecken Mojave-Wüste getan hatte, die Sonne wie Feuer auf dem Rücken.

Sie kamen erneut an einer Schafweide vorbei, die sehr viel heruntergekommener wirkte als die in der Nachbarschaft von Senderovskys Anwesen. Ein schwarzes Schaf saß abseits von seinen Genossen auf den Hinterläufen und sonnte sich. Das war ich als Kind, hätte der Schauspieler ihr am liebsten vorgelogen, aber er verkniff es sich. Er hatte die ganze vorige Nacht kein Auge zugetan und zur Vorbereitung seine eigene Biografie durchgearbeitet. Sie kamen an einem Kaninchen vorbei, das bei ihrer Annäherung vor Angst innehielt und seinen dünnen, zerbrechlichen Hals reckte, während sein weißer Stummelschwanz erbärmlich zitterte. Vielleicht war das auch ich zu irgendeinem Zeitpunkt. Aber zu welchem? Eine Hirschkuh auf der Straße blieb stehen, sah sie an und hob dann ganz langsam und elegant ein Bein, als wollte sie Klavier spielen.

»Eine Hirschkuh«, sagte der Schauspieler. Na großartig. Jetzt bestimmte er schon ganz gewöhnliche Tiere. »Wunderschön«, fügte er zwecks genauerer Kennzeichnung hinzu.

Sie kamen an einem Mann vorbei, der über einen Zaun hinweg mit großer Zärtlichkeit ein Pferd streichelte. »Hey, Echo«, sagte der Mann und blickte dabei tief in die großen Augen, in denen sich die Weite der Tierseele zur Geltung brachte. (Auf dem Rückweg würden sie das Pferd sehen, allein, wie es sie erwartungsvoll ansah und sich die empfindsamen, greiffähigen Lippen leckte.) »Ein richtig hübsches

Pony haben Sie da«, sagte Dee zu dem vernarrten Mann, der ihnen freundlich zuwinkte.

Sie kamen an einer ländlichen Familie vorbei, die Gesichter mürrisch und schwindsüchtig, die Kinder in hellbeigen Sweatshirts mit den Namen lokaler öffentlicher Schulen. Die Erwachsenen funkelten sie hasserfüllt an, weil sie davon ausgingen, dass sie aus der City waren, bis Dee sagte: »Hi zusammen. Wie es heißt, wird es jetzt jeden Moment wärmer.« Und dann folgte ein Austausch von Winken und anderen kleineren Bekundungen von Menschlichkeit. »Ed ist ganz begeistert, wenn ich so auf die Leute zugehe«, sagte Dee zu dem Schauspieler.

»Ich wette, Sie sorgen dafür, dass ihm auf Ihren Spaziergängen nichts passiert«, sagte der Schauspieler.

»Wir sind an einem Pick-up mit einer Konföderiertenflagge vorbeigekommen, auf der ERBE, NICHT HASS stand. Mein lieber Mann, die Leute machten den Eindruck, als würden sie Ed gleich ermorden, bis sie mich gesehen haben.« Sie lachten beide.

»Was würden wir essen, wenn die unseren Küchenchef ermorden würden?«, sagte der Schauspieler. »Oh, sehen Sie, eine Schildkröte.«

»Das ist eine Schnappschildkröte«, sagte Dee und bückte sich zu dem Geschöpf, das gerade seinen langen, gefährlichen Weg über die Straße antrat. »Was die wohl vorhat? Es ist noch zu früh für sie, um sich auf die Reise zu machen und Eier zu legen.«

»Das arme Ding wird überfahren«, sagte der Schauspieler. Er beschloss, das prähistorische Tier am Panzer zu packen und auf die andere Straßenseite zu tragen, wo ein Teich von der Konsistenz von Erbsensuppe auf es wartete.

»Immer langsam, Ranger Rick«, sagte Dee. »Nicht einfach so packen. Bei uns gab's diese Alligatorschildkröten, die konnten einem glatt einen Finger abbeißen.« Der Schauspieler seufzte. Er wünschte, er wäre mit diesem Grad von Naturverbundenheit groß geworden und besäße das Vokabular, ihn zu artikulieren. Senderovskys kleine Tochter hatte neulich etwas Seltsames gesagt (neben den vielen seltsamen Dingen, die sie zu sagen pflegte): »Der Natur kann man immer vertrauen.« Er wusste nicht, ob das stimmte, aber er beneidete die Kleine um ihre Jugend auf dem Land. Normalerweise mied er Rollen, die im unermesslichen Amphitheater des Westens spielten, weil die Stille des Nichtmenschlichen ihm ein ewiges Rätsel blieb. Doch Dee redete jetzt mit der Schildkröte.

»Na denn, Schätzchen«, sagte sie. »Ich packe dich jetzt hinten am Panzer, ohne deinen Schwanz anzufassen, Süße. Will ja deine Wirbelsäule nicht verletzen. Und jetzt drehe ich dich um, damit ich dich besser ziehen kann. Du guckst jetzt also rückwärts, gehst aber vorwärts.« Der Schauspieler sah zu, wie die urzeitlichen Beine auf dem Asphalt Halt suchten, während der Panzer eine feuchte Spur auf der Straße hinterließ. Einmal schnappte sie mit dem Maul nach hinten, ergab sich aber bald Dees gemessener Bewegung.

Ein schwarzer Pick-up bremste ab und machte keine Anstalten, weiterzufahren, bis die Operation abgeschlossen war. Er blieb mit erwartungsvoll brummendem Motor mitten auf der Straße stehen. Die Augen des Tiers drehten sich fortwährend in ihren schuppigen Gehäusen, zeigten sich ganz schwarz oder ganz weiß, und der Schauspieler fragte sich, ob das Geschöpf Angst hatte. Er wollte es trösten, wusste aber nicht, wie. Es streicheln? Der Panzer war ein offensichtliches

Hindernis, und nichts an dem Wort »Schnappschildkröte« ließ an einen ungezwungenen Austausch von Wärme denken. Man konnte nur tun, was Dee tat.

Sobald sie die Schildkröte zu dem schaumigen Teich auf der anderen Straßenseite gezogen hatte, drehte Dee sie hinten am Panzer herum, damit sie in die richtige Richtung schaute und nicht durcheinandergeriet. Diese letzte Geste kam für den Schauspieler unerwartet, und er spürte, wie er dem Ansturm einer unerklärlichen, aber oft nützlichen Traurigkeit erlag, die er als Platzhalter für Liebe verwendete. Er hatte nicht gewusst, dass Dee außer komisch, streitlustig und typisch südstaatlich auch freundlich sein konnte. Wenn es jenseits der Gefühle, die er auf dem digital optimierten Foto sah, Wahrere Gefühle gab, dann wollte er den Fall durch deren Tiefen lieber nicht erleben.

Der Besitzer des schwarzen Pick-ups hupte zweimal, vielleicht in Anerkennung von Dees gutem Werk. Der Schauspieler strengte sich an, durch die getönten Scheiben hindurch den Fahrer zu erkennen, konnte aber nur sich selbst sehen.

Leichter Nieselregen setzte ein, und Dee wollte wissen, ob der Schauspieler in seinem T-Shirt friere und vielleicht umkehren wolle. Nie hatte er sich entschiedener gegen eine Idee ausgesprochen. Er hatte das Gefühl, sie würden, wenn sie noch länger weitergingen, zueinanderfinden, ihre Verbindung über die Begegnung mit der Schildkröte hinaus erweitern, auch wenn sie meistens stumm blieben und er sich auf den erfreulichen Anblick von Dees selbstbewusstem Gesicht durch seine Sonnenbrille beschränkte.

Die Asphaltstraße endete, und sie stapften unter einem

kühlen, schattigen Kieferndach über feuchte Erde. Sowie sie die Kiefern hinter sich gelassen hatten, gelangten sie auf eine Lichtung voller primitiver Baulichkeiten, die an eine apokalyptische Version von Senderovskys Anwesen denken ließen. Kleine, mit Brettern verschalte Bungalows umgaben ein Haus auf dem Hügel mit eigener überdachter Veranda (obwohl die Fliegengitter längst zu breiten Streifen zerrissen waren, die jetzt unheilvoll im Wind schlugen). Auf jedem verlassenen Gebäude konnte man – weltläufiger, als man es auf dem Land erwarten würde – das Gekritzel von Kindern und Jugendlichen sehen: »Ömercan Güldal war hier. Turkey rulz!« – »Hallo vom künftigen NBA-Superstar João Sousa.« – »Gianni Fusco, Bett 12, macht Aua in deinem Arsch. *Forza Italia!*«

»Ich glaube, das war eine Art internationales Jugendcamp oder so«, sagte der Schauspieler.

»Ich glaube, Sie haben recht«, sagte Dee und zeigte auf ein von wucherndem Sumach halb verborgenes Schild am Straßenrand, auf dem CAMP INTERNATIONALE stand. Es war verziert mit einer Girlande von Kinderzeichnungen der Flaggen vieler Länder. »Gehen wir doch ins Trockene.« Sie nahm seine Hand und führte ihn zu einer Art Freilichttheater, das nach Moos und verrottendem Holz roch. Oberhalb der Bühne war im gleichen schlampig jugendlichen Stil wie die übrige Beschilderung ein riesiger Globus aufgemalt, zusammen mit der Legende SCHAUSPIELER ZEIGEN UNS DAS WAHRE GESICHT DER WELT.

»Tja«, sagte er, »gegen diese Ansicht kann ich schlecht was haben, stimmt's?« Seine Hand lag noch in ihrer, und sie hatte den Daumen auf eine Weise in seinen Handteller gedrückt, die Absichten verriet.

»Nein, ich bin kein Hundchen, das tut, was man ihm sagt. Obwohl, wenn ich Sie wäre, würde ich einfach diesen Scheißfilm mit ihm produzieren und es hinter mich bringen. Schließlich läuft Ihre Karriere im Augenblick auch nicht gerade berauschend. Ich habe die Besprechungen von *München am Hudson* und *Terabyte* nachgelesen. Du lieber Himmel.«

»Großartig. Vielen Dank. Und jetzt wollen Sie einfach vögeln, um das hier hinter sich zu bringen, wie?«

»So ist das Leben. Es bewegt sich vorwärts. Zu seinem logischen Abschluss.«

»Sie werden ohne jede Lust mit mir vögeln.«

»Das liegt ganz bei Ihnen.«

Er packte sie an den Schultern und wirbelte sie herum. »Nein«, sagte sie. »Versuch es nicht mal auf diese Weise.«

»Ich habe nicht versucht ...« Er ließ ihre Schultern los. »Weißt du was?«, sagte er. »Angeblich bin ich doch der Schauspieler, aber ich bin der Einzige von euch, der nicht die ganze Zeit schauspielert. Ich bin der Einzige, der nicht bloß imitiert oder sich verstellt. Denn das ist es, was mein Handwerk jetzt verlangt. Man braucht sich eure Sippschaft bloß anzusehen. Der russische Schriftsteller. Der seelenvolle Brahmane. *Wiedersehen mit Brideshead* auf Asiatisch. Und du. Der trinkfeste Energiebolzen aus den Südstaaten.«

»Zieh dieses verdreckte nasse T-Shirt aus«, sagte sie. »Wie dämlich, sich an einem kalten Tag so anzuziehen. Während ein Virus herumschwirrt. Du willst mich beeindrucken? Glaubst du, ich weiß nicht, wie dein Körper aussieht? Wir alle wissen, wie dein Körper aussieht. Ein Hurra auf einen schönen Körper.«

Er begann sich das T-Shirt auszuziehen und brachte es

fertig, es dabei unter den Achselhöhlen zu zerreißen. »Man kann uns sehen«, sagte er und wies mit dem Kinn auf die Straße, die vor dem Freilichttheater einen Bogen machte.

»Und das stört dich?«, sagte sie. »Die ganze Welt ist eine Bühne.«

»›Schauspieler zeigen uns das wahre Gesicht der Welt‹«, sagte er.

»Was?«

Er zeigte auf die Aufschrift über ihnen.

»Runter mit den Jeans«, sagte sie.

»Nein.«

»Nein?« Sie wich seinem Kleiner-Junge-Blick, dem Zittern seiner Augen aus. »Na schön«, sagte sie. Sie knöpfte seine Jeans auf, einen Knopf nach dem andern. Mit bis zu den Knöcheln heruntergezogener Unterhose wirkte er wie im Augenblick gefangen. Aber er hatte auch eine Erektion, und das Dreieck seines Schamhaars war besonders dunkel nachgewachsen. Wenn sie seinen Gesichtsausdruck ignorierte, konnte sie mit einem Mann zusammen sein.

Nachdem sie ihr Fleece ausgezogen hatte, nahm er die Vollkommenheit ihres Körpers wahr, die noch straffe und junge Haut, dazu den dunkelpinkfarbenen BH, der eine Nummer zu groß wirkte. Sie streifte sich die Jogginghose herunter wie ein Futteral. Die Unterhose war anders als der BH, filigran, und jetzt wollte er mehr als alles andere Dees Wärme. Was konnte er nehmen, und was musste er hergeben? »Soll ich dich lecken?«, fragte er. »Oder?«

Sie drehte sich auf die Seite, den Blick von ihm abgewandt. Die Hände an ihrem BH, schmiegte er sich von hinten an sie und massierte unbeholfen ihre Brüste. Das war das Beste daran, dachte sie. Haut an Haut. Sie schaute ihm nicht in die Augen, versuchte auch nicht, den Geruch seiner Haare zu verstehen, den schrecklichen Conditioner, den er für seine Samson'schen Locken verwendete. Sie hatten etwas köstlich Einsames, die Hände an ihrem BH, die nicht unter die Träger zu fahren wagten, aber auch die warme, schwer atmende Masse eines Mannes hinter ihr, dessen professionell wohlriechender Atem an ihr Ohrläppchen schlug. Sie zupfte ihren Slip zur Seite (*Slip*, dachte er, registrierte das Wunderbare daran und das Wunderbare seines plötzlichen Fehlens), lenkte ihn dann in sich, und er lächelte, als er das vertraute Geräusch des Eindringens hörte.

Sie hatte sich nicht klargemacht, wie hart sich die Holzplanken des von Pollen bedeckten Bodens an ihrer Hüfte anfühlen würden (das würde bestimmt einen blauen Fleck geben, ein unter der Dusche zu untersuchendes Memento, falls heute Abend noch Wasser übrig wäre), und jetzt blieb ihr Blick an einem alten, von Ömercan Güldal, João Sousa und ihresgleichen längst aufgegebenen Nerf-Football hängen, auf dessen zarter Haut noch die Bissspuren eines örtlichen Opossums zu sehen waren. Und die Graffiti überall, mit denen sich diese Kids der nächsten Generation von Campbesuchern kundtaten, eine Generation, die niemals kommen würde. Das gehörte alles zu dem Moment, in dem sie sich befand, neben den Milliarden von Momenten, die den täglichen Wahnsinn des Planeten ausmachten. Sie stieß kräftiger gegen ihn, spürte ihre Pobacken an seinen glatten, haarlosen Flanken, wollte ihm etwas Zusätzliches von ihr geben, vielleicht sogar beweisen, dass Liebe trotzdem möglich war. Ihr Atem war Nebel in der bedeutungsträchtigen Luft.

Von ihren Stößen kam er aus dem Rhythmus. Jetzt war er in ihr stillgestellt, nichts Geringeres. Jeder benutzt mich, dachte er. Wie eine natürliche Ressource. Elspeth, Masha, diese Frau. Und ich lasse sie. Ich genieße es. Warum kann ich nicht das Kaninchen an der Straße sein? Das von seinen Gefährten getrennte Schaf, das allein auf den Hinterläufen sitzt? Warum muss ich mich so ins Zeug legen, um verletzlich zu sein? Wer hat mich zu dem Falken gemacht, der für immer in der Aufwärtsströmung festhängt?

Als die nassen Reifen eines Pick-ups über den Fahrweg knirschten und seine Scheinwerferstrahlen in einem Schwall von außerirdischem Licht langsam, ganz langsam über die Einzelform strichen, zu der ihre Körper verschmolzen waren, verbarg er sein Gesicht, kam aber sofort.

»Ich will nicht, dass du weiter mit dieser alten Frau herummachst«, sagte Dee, als sie sich anzogen.

»In Ordnung«, sagte er. Er hoffte, dass sie in der zunehmenden Dunkelheit sein Grinsen nicht sah. Jetzt wollte sie ihn ganz für sich allein! Seltsam, aber unter normalen Umständen hätte er genau in diesem Moment das Interesse an ihr verloren. Und dann machte sich ein alter Instinkt geltend, und er musste wie ein Idiot fragen: »Verhütest du?«

»Äußerst gewissenhaft«, sagte sie.

Auf dem Rückweg kamen sie, beide in Gedanken versunken, an einem halben Dutzend offenbar überfahrener Tiere vorbei, die auf dem Asphalt verstreut lagen. Der Schauspieler schreckte bei jedem zurück, doch Dee verstand ein totes Opossum so gut wie sonst etwas. Trotzdem war es merkwürdig, dass jedes Tier über dem Auge blutete, als wären sie von einem Schützen mit einer 22er getötet worden. Was für Leute lebten an dieser Straße? Wenigstens die Schnappschildkröte war in ihrem Erbsensuppenteich sicher.

Sie betrachtete die in Dunkel getauchte Gestalt des Schauspielers, das optische Weiß seines T-Shirts an den Achselhöhlen zerrissen, die Hände vor sich ausgespreizt, während er sich daran erinnerte, wie er auf der kalten, leeren Bühne ihre Pobacken gepackt hatte.

4

Der *gae* macht *meong-meong, meong-meong*!«, bellte Nat.

Karen klatschte in die Hände und kitzelte sie unter ihren mageren, kräftigen kleinen Armen. Kinder quietschten wirklich, wenn man sie kitzelte – das war Tatsache. Würde Nat sich an diese Freuden erinnern, wenn sie älter war? An eigene Freuden dieser Art konnte sich Karen nicht erinnern. Bei ihr war das alles ein Durcheinander aus gestohlenen Fernsehstunden, in Walkmen eingelegten Kassetten, Programmierkursen, die ihr Vater sie im CVJM hatte belegen lassen (wer außer ihm wusste, dass sie sich so schön bezahlt machen würden?) und der privaten »Mungo«-Sprache, die sie mit Evelyn erfunden hatte, schnaubende, grunzende und schnalzende Laute, die ihre Eltern nicht verstehen konnten, deren Logik sich ihr jedoch so unmittelbar erschloss wie BASIC oder C++. Aber hatte sie jemals irgendwer gekitzelt? Sie verschränkte die Arme und versuchte, sich selbst unter den Achseln zu kitzeln. Vielleicht funktionierte es nur, wenn jemand anders es bei einem machte.

Das Kind wachte vor seinen Eltern auf, und so konnten sie eine Koreanischstunde einschieben, ehe Masha sie fortschleppte, zur freudlosen Beschäftigung mit Russisch, Mathematik der dritten Klasse und dem stetigen Fluss praktischer Therapien. »Mommy, wie lange dauert die Sitzung bei Dr. Sandra heute?«) Eine ganze Stunde lang lebten Nat und Karen in einer Welt, in der Schweinchen richtig schweinchenmäßig *ggul-ggul-ggul* machten, denn auf welchem Planeten konnte ein fettes *dwaegi* mit rosa Ohren wohl einen manierierten Laut wie *oink* von sich geben? Sie konzentrierten sich zunächst auf Tiere, da sie von ihnen umgeben waren. Ein *gae* war sowohl ein Hund als auch ein Krebs. Ein *neoguri* war ein Marderhund, ein merkwürdiger Bewohner Ostasiens, eher einem Fuchs verwandt. Steve dagegen war eindeutig ein *mamo.* (Jede Sprache sollte mindestens so viele Vokale wie Konsonanten haben, im Hangul-Alphabet zehn bis sechzehn.)

Sie war in keiner Weise dazu befähigt, Koreanisch zu unterrichten, das wusste Karen, denn sie selbst war in jenem peinlichen Immigranten-Mischmasch groß geworden, bei dem ihre Eltern sie in der wahren Sprache anredeten und sie selbst in der schändlichen angenommenen antwortete. Nur Vinod und Senderovsky hatten mit feinem Instinkt an ihrer jeweiligen Sprache festgehalten, obwohl sie sich deshalb in Karens Augen stets schwerer getan hatten, sich einzufügen, zu akzeptieren, dass sie ganz und gar hier und nicht dort waren (davon zeugte Vinods hartnäckiger Akzent und Senderovskys Bungalowspleen).

Aber Karen mochte den Klang ihres halb englischen, halb koreanischen Kauderwelschs, und Nat war schwer davon abzuhalten, es bei Tisch zu wiederholen, wo sie beide Masha sowohl das Gekränktsein als auch die Überraschung ansehen konnten. »Viele bedeutende Schriftsteller haben Russisch gesprochen«, sagte Karen ihr einmal bei Eds glühend heißem Kabeljau *livornese*, »wie dein Dad.« Aber es gab kein russisches Gegenstück zu BTS, keinen J-Hope mit seiner komischen »Eichel«-Tasche und seiner perfekten *aegyo*

(Niedlichkeit) und ganz gewiss keinen süßen, liebenswerten Jin mit seinen abgedroschenen Witzen und seinen dicken, aufgespritzten Lippen. Es faszinierte Karen, dass ihre ursprüngliche Heimat der Welt nun offenstand, während die von Senderovsky alles daransetzte, zunichtezumachen, was gut an ihr war. Kein Wunder, dass das Kind das eine und nicht das andere wollte.

Die Wände ihres Bungalows verwandelten sich. Sie telefonierte täglich mit ihrer Assistentin und dirigierte einen endlosen Zug von Lieferwagen die gekieste Auffahrt hinauf, an deren Ende Masha zusah, wie die Pakete entladen und zu Karens Bungalow getragen wurden. In Mashas Verstand kämpfte der Satz »Ich bin dabei, sie zu verlieren« Wort gegen Wort, Silbe gegen Silbe mit »Aber sie ist so glücklich«. Masha hatte es damit versucht, zur Badezeit russische Lieder von Akkordeon spielenden Krokodilen zu trällern und ihre Tochter dabei zu kitzeln, um sie zum Quietschen zu bringen, aber Nat hatte sich ohne Gemütsregung zwischen ihren Händen bewegt, die Wärme des Tages und die damit einhergehenden Freuden noch auf der Haut. Zumindest ihre Bildschirmzeit hatte sich verringert und fantasievollem Spiel Platz gemacht. Ihre Sprache war weniger starr, eher pragmatisch. War es nicht genau das, was sie sich von der Kindness Academy erwarteten? Eine Freundin? Karen war an die fünfzig, aber nach Mashas Einschätzung überall da, wo es drauf ankam, verkümmert.

Karens Bungalow war an den Wänden mit Hangul bepflastert und übersät mit kleinen, selbst gemachten Lernkarten sämtlicher Konsonanten und Vokale. Nat stellte Kombinationen von beiden zusammen, und die Diphthonge schlingerten durch den schlichten Raum, während im anderen

Zimmer BTS-Poster an der Wand hingen und das Bett mit kratziger, angeblich aus Mikrofaser bestehender BTS-Bettwäsche bezogen war, die Karen wechselte, sobald sie vom Anschauen der japanischen Realityshow in Eds Bungalow oder vom Tanzen mit Vinod auf der überdachten Veranda nach Hause kam. In Nats Fantasie wohnten die Mitglieder von BTS allesamt heimlich in Karens Bungalow, wenn sie nicht auf Tournee waren, und hatten sich mit ihr angefreundet. Sie und Karen sahen sich Videos darüber an, welches Essen sie gern mochten: J-Hope entschied sich erwartungsgemäß für den guten alten *haembeogeo* (Diphthonge, stell sie zusammen!) und gebratenen Reis mit *kimchi*, während es Jin mit seiner Vorliebe für Lobster und kalte Sommerbuchweizennudeln mit Rinderbrust und Apfelweinessig eher delikat mochte. »Na los, Ed«, sagte Karen, »mach *naengmyeon* für Nat. Sie möchte es unbedingt probieren. Koch mal was anderes als den mediterranen Scheiß. Von dem ganzen *Tschi-jah* kriege ich Blähungen. Hör auf mit dem Selbsthass.«

Sie deckten gerade den Tisch auf der Veranda, wo die goldene Stunde der Abenddämmerung wich, während Vinod auf der frisch gemähten Wiese unterhalb von ihnen auf seinem Läufer lag und las, auf einen Ellbogen gestützt, die Beine zu steif, als dass er im Schneidersitz hätte sitzen können.

»Ich koche nicht koreanisch«, sagte Ed. »Das erfordert ganz andere Fähigkeiten. Und außerdem ist es für *naengmyeon* noch zu kalt. Und unsere Familie ist sowieso nicht aus dem Norden.«

»Dann mach wenigstens gebratenen Reis mit *kimchi.* Ich würde es ja selbst machen, aber bei mir brennt immer alles an. Ich habe keine Geduld. Das Letzte, was meine Mom zu mir gesagt hat, bevor sie gestorben ist, war, dass mir schon immer eine kurze Ehe bestimmt war.«

Ed zog an seiner Zigarette und stieß einen dünnen, knapp bemessenen Strahl aus. »Was ist los mit dir, *noona*?«, sagte er. »Ich mache mir Sorgen.«

»Worüber?«

»Über die Kleine. Dieses Virus wird eines Tages vorbei sein, und dann wirst du dich von ihr verabschieden müssen. Sie ist nicht deine Tochter, weißt du.«

»Danke, Ed«, sagte Karen. »Was täte ich nur ohne deine Wahnsinnsehrlichkeit?«

»Wenn du auf einmal Koreanerin werden willst, dann rede auch wie eine.«

»Warum hasst du mich?«, sagte sie.

»Warum glaubst du, dass ich dich hasse?«

»Wegen Dee.«

»Ich hätte eine Chance bei ihr, wenn dein Scheißprodukt nicht wäre. Und sag mir bloß nicht, sie tut mir nicht gut, als wärst du dafür Expertin.«

Sie sah ihn an. Seine Haare waren immer noch voll und seine Kieferpartie nach wie vor kräftig, aber um seine Augen machte sich das Alter allmählich bemerkbar. Sie dachte an die morgige Lektion mit Nat. Wie sagte man »Spinnwebe«? Eine Spinne war eine *geomi*, also …

»Und noch etwas«, sagte Ed und benutzte seine brennende Gauloise als Zeigestock, »tu nicht so, als hätte Nat keine Probleme. Ich habe sie wegen nichts und wieder nichts wie am Spieß schreien hören.«

»Sie ist gerade mal acht.«

»Und wiederholt irgendwelche Sachen immer wieder, völlig sinnlos. Masha ist Therapeutin. Sie kann ihr helfen.«

»Masha ist völlig im Arsch, falls es dir noch nicht aufgefallen ist.«

»Warum bleibst du nicht bei dem, womit du dich auskennst«, sagte Ed. »Warum bleibst du nicht dabei, Leute in die Verzweiflung zu manipulieren.«

»Ach Ed«, sagte sie. »Was soll ich denn zu dir sagen? Ich wollte dich nie verletzen.«

Er sagte nichts. Der Rauch drang weiter aus seinem Mund, in Form der knappen blauen Zeichen, die den Großteil des Vokabulars ihres Vaters bildeten. Es fiel ihr schwer, sich Ed als Romantiker vorzustellen, wo er doch schon zu Collegezeiten wie ein fünfzigjähriger *ajeoshi* gewirkt hatte, der aus einem Mundwinkel Rauch ausblies und sich durch den anderen Alkohol einflößte, dazu die manierierten, teuren Klamotten, die Sonnenbrille.

»Joesong hamnida«, sagte Karen. Erst gestern hatte sie mit Nat geübt, wie man sich auf Koreanisch förmlich entschuldigte, falls Nat jemals versehentlich J-Hope auf den Fuß trat oder in der Metro von Seoul jemand Älteren schubste, wenn sie beide endlich dorthin reisen konnten.

»Deine Aussprache«, sagte Ed, »ist grauenhaft.«

Die Tage verstrichen, und bald würden sie *naengmyeon*-Wetter bekommen, auch wenn Ed sich weigerte, das eiskalte Sommergericht zuzubereiten. Die Luft roch feucht und nasskalt, mittags glänzten die benachbarten Rasen, und die ärmeren Anrainer der Straße wuschen ihre Autos. Die Apfelblüten waren aufgegangen, und Senderovsky parkte seine Nase auf einem niedrigen Ast. Aaah! Die Abzugsrinnen am Straßenrand trockneten aus, und die Gänse, die zu Besuch kamen, lernten, mit weniger auszukommen. Steve das Murmeltier tauchte am Pooldeck auf und sauste sonnentrunken und ausgelassen durch die Gegend wie ein Londoner Taxifahrer, der seine zwei Wochen Urlaub an der Costa del Sol macht. Bienen und Riesenameisen, die gewerkschaftlich organisierten Arbeiter des Tierreichs, nahmen ihre parallelen Bauprojekte in Angriff. Der Reihe nach traten Pfingstrosen, Rhododendron und Hartriegel auf den Plan und bombardierten das Grundstück mit ihren Pollen, und nur Ed mit seiner Sonnenbrille weigerte sich zu niesen und strich sich mit dem Handgelenk über die Nase, wenn ihn das Bedürfnis überkam. Im Lullaby Cottage zog Vinod eine Kurta an und wirkte in der neuen Hitze eleganter und mehr in seinem Element als die anderen. Unter den hellhäutigen Mitbewohnern wurden raue, vom Wind rissige Hände glatt und rosig. Und gerade als die Unisex-Rugby-Shirts im Stil der Siebziger, die Karen für Nat bestellt hatte, endlich kamen, war es zu heiß, um sie zu tragen (obwohl sie es trotzdem tat, weil Karen-*emo* entsprechende besaß).

Es war an der Zeit, den Pool aus dem Winterschlaf zu holen und in Betrieb zu nehmen, sobald Senderovsky die Mittel fände, eine ausstehende Forderung der Wartungsfirma zu begleichen. In der Zwischenzeit wurde auf dem vorderen Rasen das versprochene Badminton-Netz aufgebaut, und sie entdeckten, dass Vinod, gekleidet in T-Shirt und Dhoti, trotz seiner eingeschränkten Lungenkapazität hart und fies spielte, wobei er so tat, als streckte er sich ungeschickt nach dem Federball, um allenfalls einen schwachen Schlag zu liefern, und ihn dann voller Schadenfreude übers Netz drosch. Er gewöhnte sich sogar ein dazu passendes, untypisch böses Lachen an, eine Annäherung an den schnauzbärtigen Dämon auf der Hawaban-Dose, dem in ganz Indien bekannten, starken Abführmittel, dem Kerl, der »Ich bin hungrig« sagt, nachdem er ausgiebig geschissen hat. Früher hatten Vinod und seine Brüder versucht, sein angebliches Lachen nachzuahmen, während sie einander auf der von den Vormietern dagelassenen Kunstledercouch – die allein als Wappen des Countys Queens hätte dienen können – zerquetschten und anrempelten und dabei »Ich bin hungrig!« schrien.

»Aua, Vin!«, rief Karen jedes Mal, wenn der stachelige Federball ihr gegen die Stirn knallte. »Was zum Geier …?«

»Fünfzehn zu acht, Vinod«, verkündete Nat feierlich, ihre Mitzählaufgabe ein heiliges Ritual.

In Vinods siegreichem Lächeln erspähte Karen manchmal ein Element, das sie seit seiner Krankheit vor einem Jahrzehnt nicht mehr wahrgenommen hatte: den kleinen, sich windenden Wurm des Verlangens, die zusätzliche Hitze seines Lächelns und die verlegene Art, wie er nach einem siegreichen Schlag die Arme am Körper anlegte, um die Schweißrinnsale zu verbergen, die ihm über die Handgelenke liefen. Um sie vor ihr zu verbergen.

Es war das Buch, das sie umstimmte. Sie hatte hier und da Vinods Essays und Kurzgeschichten gelesen – zum Teil waren sie wohlwollend aufgenommen worden und hatten ihrem Freund den traurigen Status eines freischwebenden Hilfsdozenten in mehreren vorstädtischen Universitätssystemen eingebracht. Unter vier Augen stöhnten sie und Senderovsky häufig über Vinods Mangel an draufgängerischem Ehrgeiz. In jüngeren Jahren, als sie noch selbst um ihr Renommee gekämpft hatten, hatten sie Vinods Sanftheit als notwendiges Antidot gegen ihre eigene Wildheit empfunden. »Was ist los mit unserem Jungen?«, pflegte Senderovsky in sein kleines, für jene Zeit typisches finnisches Mobiltelefon zu fragen. »Er hat seine Unterlagen nicht rechtzeitig eingereicht«, sagte Karen dann, »also ist er jetzt raus aus dem Rennen um den aussichtsreichen Job.« – »Kannst du bitte versuchen, ihm Vernunft einzubläuen?« – »Ich?« – »Ja, er liebt dich. Ich bin bloß sein Bruder von einer sommersprossigen Mutter.« – »Nein, dazu ist es jetzt zu spät.«

Es war schon immer zu spät gewesen. Dabei hatte auch Karens eigene Karriere Zeit gebraucht, um in Schwung zu kommen. Trotz ihrer streberhaften C++-Kindheit und der von Immigranten wimmelnden, mathematisch orientierten Highschool, die sie zusammen mit Vinod und Senderovsky besucht hatte, war sie zunächst auf das Modeinstitut der City gegangen und erst mit Mitte dreißig von der Mode (mit ihren unmöglichen Margen) zur Technologie gewechselt. (»In mancher Hinsicht ist es der gleiche Scheiß«, hatte sie, etwas zu nahe an der Wahrheit, in ihrem ersten Interview gesagt, nachdem Tröö Emotions durch die Decke gegangen war. »Man versucht, einen Haufen von Leuten dazu zu bringen, dass sie sich fälschlich für jemand anders halten.«) Zunächst wurde sie von den durchweg männlichen Start-up-Ensembles, wo sie als die obligatorische Hipster-Frau arbeitete, nicht ganz für voll genommen: die coole Asiatin, die in einer Bar in Bushwick, nicht größer als ein U-Bahn-Waggon, Ukulele spielte und irre Logos entwarf, aber Karen lernte die ganze Zeit dazu, verarbeitete Informationen, wie sie es ihr ganzes Leben lang getan hatte. Ihre Geheimwaffe: Sie musste niemanden beeindrucken, weder die Büroriege von größenwahnsinnigen, über Codes brütenden Asperger-Autisten, viele davon Absolventen von Karens mathematisch orientierter Highschool, und schon gar nicht ihre Mutter oder ihren Vater, die beide keine Ahnung hatten, wer sie war oder was sie machte, und von ihr schlicht erwarteten, dass sie zwei großartige Kinder produzierte, von denen mindestens eins männlichen Geschlechts war.

In den rauen Jahren vor ihrem beruflichen Durchbruch jedoch empfand sie Vinods mäanderndes Auf-der-Stelle-Treten als Balsam. »Ich werde mich in Vin verwandeln«, sagte sie Senderovsky einmal nach einem Rückschlag. – »Ich weiß nicht recht, wie das gehen soll«, hatte er geschnaubt. »Nein, wir werden zusammenziehen. Ich wollte schon immer über einer Bodega wohnen.« – »Stell dir vor, wie praktisch!«

Doch nun war da das Buch. Karen las zwar immer noch recht viel, aber sie sah sich ganz bestimmt nicht als so engagierte Leserin, wie ihre Freunde es waren. Es gab einen japanischen Autor, den sie liebte, weil seine klare, sparsame Prosa sie in eine ausgeglichene Stimmung versetzte. (Die Realityshow, die sie in Eds Bungalow schaute, vermittelte ihr manchmal ein ähnlich friedliches Gefühl der Sättigung.) Vinods Buch kam aus einer völlig anderen Richtung.

Wenn er es in Queens angesiedelt hätte – ihrem Stadtteil, ihrer beider Stadtteil –, hätte sie Wegweiser vorgefunden, wäre durch die Seiten gesegelt und hätte über die vertrauten Ähnlichkeiten zwischen ihrer und seiner Immigrantenerziehung gelacht, so wie bei Senderovskys Romanen. Aber das Buch spielte in Indien, an einer Universität in einer großen Stadt, die vermutlich nicht Bombay war. (Zum einen lag sie im Inland, und es wurde mehrfach auf ihre Provinzialität angespielt.) Sie las fünf Seiten pro Tag für sich und zitierte dann einiges Nat gegenüber, nur um zu hören, wie seine Sprache ihr über die Lippen kam. Und dann schlichen sie sich ins Haupthaus, um Begriffe nachzusehen, die sie nicht verstanden, Nat glücklich darüber, an einem Geheimprojekt mit Karen-*emo* beteiligt zu sein.

Die Kongresspartei. Teilung. Sikhismus. Jammu und Kaschmir. Pukka Sahibs. Indosarazenisch. *Lakhs* und *crores.* Ein *aarti.* Der Text war durchdrungen von der Lebenswirklichkeit des Landes, von Argumenten und Gegenargumenten, von politischen Winkelzügen und den postkolonialen Gewohnheiten einer verwestlichten Elite. Sie verstand immer noch nicht alles, wusste nicht, was davon Komödie war und was nicht (Senderovsky hätte zur Orientierung der Leser reichlich Ausrufungszeichen eingestreut), aber die Dichte des Textes vermittelte ihr das Gefühl, der Autor versuche sich an einer Mimeografie der Vergangenheit, die ihn zu Vinod Mehta gemacht hatte. Und wenn sich in der Zehnpunktschrift Schönheit oder Gelächter fand, gut, und wenn nicht, konnte ihm niemand Raffinesse oder Lügen vorwerfen.

Aber, und das war noch wichtiger, er erzählte außerdem eine Liebesgeschichte zwischen zwei Menschen in einer Gesellschaft, die diese beiden Menschen lieber getrennt sähe. Das war – zumal für eine in Indien spielende Geschichte – mit seinen häufigen Anspielungen auf Familienstatus, Helligkeit der Haut und die brutalen Zwänge des Kastensystems fraglos konventionell. Aber die Protagonisten waren ihr vertraut. Es waren seine Mutter und sein Vater, deren Liebe beinahe als etwas Heiliges behandelt wurde, Vinods einziges Geburtsrecht. Es war das Heraustreten seiner Eltern aus dem Zustand der Unschuld, die holprigen Jahre zwischen einer anständigen bürgerlichen Kindheit und Jugend in einem armen Land und den Mühen der Einwanderung in ein wohlhabendes.

Hier versetzte der junge Mann, der sein Vater war, ihm keine Schläge gegen den Kopf, beschimpfte ihn nicht täglich zur Begleitmusik seiner eigenen Ohnmacht als *bhenchod*, und die junge Frau, die seine Mutter war, setzte ihn nicht herab, verglich ihn nicht mit seinen beiden älteren Brüdern, deren vielzähniges Lächeln und schlichte merkantile Gier geradezu eine Einladung zum Erfolg in Amerika waren. Denn dies war eine für ihre Zeit und ihren Ort seltene »Liebesheirat«, die Protagonisten mussten sich ineinander verlieben. Und weil sie sich ineinander verlieben mussten, musste Vinod das Beste ausloten, was seine Eltern einander während ihrer Jugend hatten bieten können, und die Schlacke ihres späteren Lebens, die unvermeidlichen Enttäuschungen von Queens und den blanken Hass ihrer jeweiligen Familien ignorieren.

Und schließlich handelte das Buch von ihnen beiden. Von Karen und Vinod. Von einem Mann, der einer Frau Argumente für sich liefert, obwohl klar ist, dass er den Härten des Erwachsenenlebens und den Aufgaben, die das Vatersein mit sich bringt, noch nicht gewachsen ist.

Ein Gedanke: Wenn sie in jungen Jahren eine Beziehung eingegangen wären und später ein Kind bekommen hätten, wäre Vinod dann zu einer Version seines Vaters geworden? Jetzt erschien ihr das unmöglich, aber hatte sie es damals geglaubt? Dass unter der Sanftheit eine erhobene, schlagbereite Hand lauerte? War das einer der Gründe, warum sie ihn abgewiesen hatte? Als sie noch in der Highschool waren, im allerersten Jahr ihrer Freundschaft, hatten sie alle drei einander geschworen, dass sie niemals Kinder haben würden, und nur Senderovsky hatte gegen diesen Pakt verstoßen, obwohl er einmal dessen eifrigster Verfechter gewesen war.

Als sie das Buch zur Hälfte gelesen hatte, fragte sie sich, ob sie ihm nicht sagen sollte, dass sie es las. Sie waren eines Abends zu seinem Lullaby Cottage gegangen, nachdem sie eine kräftige neue Sorte Marihuana geraucht hatten, die ihre Assistentin ihr aus der City geschickt hatte – sie rief eine Art sanfte Paralyse hervor, sodass alles etwas später zu passieren schien, als es tatsächlich passierte –, und sie sah sich selbst zu ihrem Bungalow zurückrennen, unters Bett greifen und den Teva-Karton hervorholen. »Warum?«, würde sie ihn fragen und die Schachtel hochhalten. »Warum hast du mir das nicht schon früher gegeben? Warum hattest du nicht die Kraft, dich gegen Sasha durchzusetzen? Du hättest ein anderes Leben haben können.«

Sie ließ sich Zeit beim Auftragen der Salbe auf seine dunklen Tränensäcke, massierte die tiefen Halbkreise alter Erinnerungen, und in der ländlichen Stille konnten sie beide die schwellenden und sich brechenden Wellen ihres jeweiligen Atems hören. Sieh mal, wie alt wir sind, dachten sie beide. Sie hatten so viel Zeit ihres Lebens damit verbracht, in Busse zu steigen und die Gestalt des anderen im Staub verschwinden zu sehen.

Falls es dazu kommen sollte, würde er den ersten Schritt tun müssen. Er hatte sich eingeredet, dass er sich aus einem anderen Grund bei Senderovsky verkroch, nämlich um Bilanz zu ziehen. Aber *niemand ist vergessen, nichts ist vergessen.* Was, wenn er keine Čechov'sche Figur wäre, gefangen in einem Leben, das viel zu klein war, um der Gesamtheit eines Menschen Rechnung zu tragen? Was, wenn er …

Was, wenn er in das Gläschen griffe und den Finger in Glibber tauchte, der die Farbe von billigem Kaffeeeis hatte? Das Zeug fühlte sich kalt an, aber sein Finger würde es wärmen. Und dann, wegen der vom Marihuana hervorgerufenen Zeitverzögerung scheinbar eine Minute später, hatte er den Zeigefinger zu ihrem Auge – dem Auge, das dem von ihr berührten gegenüberlag – geführt und »bloß ein winziges bisschen«, wie sie jedes Mal sagte, auf den kaum merklichen dunklen Grat darunter gestrichen.

»Was machst du denn da?«, sagte sie lachend.

»Du hast dich so lange um uns gekümmert, da dachte ich, ich revanchiere mich mal«, sagte er.

»Ich kann die Creme selbst auftragen«, sagte sie, und sofort versetzte ihr eigener Stolz ihr einen Stich. *Ich kann das selbst!* Das tägliche Mantra ihrer Kindheit und darüber hinaus, jedem vorgebetet, der zuhörte.

»Aber du solltest es nicht müssen«, sagte er.

Er schob ihre Hand zur Seite, beugte sich vor und küsste sie auf die Lippen. Vor Schreck ließ sie die Augen offen, auch als seine sich wie in religiöser Inbrunst schlossen. Sie bewegte die Lippen ganz leicht gegen seine, sah seine Leidenschaft. Wie fühlte es sich an? Es fühlte sich an, wie wenn Vinod sie küsste, der weiche Pelz seines Schnurrbarts nach Kurkuma duftend. Das war immer das Problem: dass sie wusste, wie jede Sekunde ihrer Romanze ablaufen würde, dass dies der am sehnlichsten erwartete Moment ihres Lebens war, und dennoch konnte sie, wenn sie atmete, anstatt zu hyperventilieren, genießen, was diese wenig überraschenden Lippen taten.

Ihre Augen blieben offen, und sie sahen »einen stattlichen älteren Gentleman«, wie ihre tote Mutter vielleicht auf Englisch gesagt und dabei etwas im Radio oder Fernsehen Aufgeschnapptes nachgeplappert hätte. Ihre Nasen berührten sich, immer ein komisches Zwischenspiel, doch dann spürte sie, wie seine Hand in deutlich sexueller Absicht ihren Nacken massierte. Wenn es zu körperlichen Begegnungen kam, die es in ihrer Jugend reichlich gegeben hatte, hatte sie normalerweise kein Problem damit, geradewegs das Bett anzusteuern – dazu war es schließlich da –, doch diesmal fing sie sich.

»Ach du meine Güte«, sagte sie. Innerhalb der grünen Wände ihres Highs, gefangen in den Primärfarben des Lullaby Cottage, registrierte sie erst jetzt vollständig, wo sie waren und wer sie waren. Der Bungalow kam ihr vor wie ein Zimmer im Wohnheim eines Colleges mit künstlerischem Anspruch, wie keiner von ihnen es jemals besucht hatte, obwohl Vinod überall angenommen worden war, wo er sich beworben hatte, auch in New Haven. »Was machen wir denn da?«, sagte sie. Sie legte ihm ihre flache Hand auf die Brust. Um ihn zurückzuhalten? Einen Moment lang wussten sie es beide nicht, aber es fühlte sich so schön an, seine Brust zu berühren, nach allem, was er durchgemacht hatte, deren Ganzheit zu spüren.

»Gerade wollte ich ›Tut mir leid‹ sagen«, sagte Vinod schließlich. »Tut mir leid, dass ich dich küsse. Aber ich habe alle meine Entschuldigungen gründlich satt.«

»Gut«, sagte sie. »Scheiß auf deine Entschuldigungen.« Im Schein der Lampe auf seinem Schreibtisch sahen sie einander an. »Kannst du mir einen Gefallen tun?«, fragte sie.

»Was möchtest du denn?«

Sie hob die Arme, unter denen sich mittlerweile winzige Fettpölsterchen zeigten, was er liebenswert fand. »Kannst du mich kitzeln?«

»Im Ernst?«

»M-hm.«

Er fasste ihr unter die Arme, spürte ihren warmen Schweiß und das Gekräusel neuer Achselhaare. »Ha«, sagte sie, zaghaft, wünschte, sie könnte sich Nats wilden Lachanfällen ergeben. »Ha!«, sagte sie erneut. Und dann fing sie an zu lachen, gewaltige Ausbrüche quiekender Freude. *Ggul-ggul-ggul.* War es das, was sie die ganze Zeit gewollt hatte? Wie schwer war es, in diesem Scheißland glücklich zu sein?

»Soll ich aufhören?«, fragte Vinod.

»Neeeeiiin!« Inzwischen war sie außer Atem, schnappte nach Luft, und die an sämtliche Wände gepinselten Schlaflieder sangen ihr in ihren fernen Alphabeten vor. »Okay«, sagte sie mit nassen Augen und laufender Nase. »Okay, hör auf.« Er zog die Finger weg, verstummte einen Moment lang, dann schob er die Ärmel ihres T-Shirts hoch und streichelte ihre Schultern. »Ich bin noch nie gekitzelt worden«, sagte sie, seufzte vom wohligen Gefühl seiner Hände und fragte sich, ob die Schwielen an seinen Fingern von seinem neuesten Job in der Restaurantküche seines Onkels herrührten. Nein, sie waren schon immer da gewesen, oder? Er war schon mit Schwielen geboren. »Gott, ich bin so stoned«, sagte sie.

»Du bist verrückt, total verrückt«, flüsterte er und freute sich am Klang dieser einfachen Worte aus seinem Mund. Sie schlang die Arme um ihn und ertappte sich dabei, dass sie sein Haar küsste, das zwar mit Grau durchsetzt, aber immer noch absurd üppig war. Er drückte sie an sich und küsste ihren Hals, der noch weicher war, als er ihn sich vorgestellt hatte. »Was machen wir da?«, flüsterte sie immer wieder, während ihre Lippen zu den Haaren an seinem Hals hinunterwanderten, die sich wie ein Rollkragen aus Kammgarn seinen Nacken emporringelten und die zu rasieren sie ihn immer gedrängt hatte, die sich nun aber schön anfühlten oder, genauer gesagt, so, als müssten sie geküsst werden. »Oh, Vin.«

Seinen Namen oder ein amerikanisches Teilstück davon zu hören machte ihn traurig, und er wusste nicht, warum. Es war, als hätte er einen Moment lang vergessen, wer er war. Als wäre er in den Körper eines anderen Vinod geschlüpft, und das wäre der Körper, den sie die ganze Zeit gebraucht hatte. Er hörte auf, ihren Hals zu küssen, obwohl ihn das schmerzte. Das Pfeifen seiner angeschlagenen Lunge kehrte wieder, und er erinnerte sich, dass er in Senderovskys Bungalowkolonie gekommen war, um sich aufzulösen, und nun tat er genau das Gegenteil, gewann mehr Präsenz und Festigkeit, verlangte von den Programmierern in dem interstellaren Bangalore, sich ständig neuen Code einfallen zu lassen. Was, wenn er mit Karens Liebe nicht mithalten konnte? Oder mit seiner?

Er spürte sie heftig beben und begriff schließlich im Nebel seines Highs, dass sie weinte. »Ist schon okay, Baby«, sagte er, machte gleichsam eine kleine Spritztour mit dem amerikanischen Wort »Baby«, einem Wort, das er bei seiner einzigen ernsthaften Freundin, einer hochgewachsenen, in ihrer Traurigkeit fast verblüffenden, ebenfalls koreanischen Hilfsdozentenkollegin niemals verwendet hatte. Er küsste das spärliche Haar auf ihrer Schädelkrone und spürte, wie sein High sich verflüchtigte. »Ist schon okay«, wiederholte er. Was hatte er getan? Er hätte sie nicht küssen sollen. Sie lösten sich voneinander, und er prägte sich ihr Gesicht ein – den Gegensatz zwischen ihrer weichen Nase und den Wangenknochen, die mit zunehmendem Alter nur noch schärfer hervortraten –, als würde er sie nie wiedersehen.

»Es tut mir leid«, sagte sie. »Es tut mir leid, was er dir angetan hat.«

»Was soll das heißen? Wer hat mir was angetan?«

Sie nahm ihn bei der Hand und führte ihn nach draußen. Trotz seines nachlassenden Highs fühlte sich dieses Vorgehen vertraut an. Damals, als die Welt noch in Kodachrome war, hatte sie ihn und Senderovsky an der Hand zu sämtlichen Orten in der City geführt, wo es elitär zuging und wo sie sich in Teva-Sandalen und Puka-Muschelketten wie Hochstapler vorkamen. »Schau mal«, sagte er, »da auf der Wiese, Leuchtkäfer. Ich glaube, sie sind endlich da!«

»Nein, mein Schatz«, sagte sie. »Es ist noch zu früh. Es muss erst Juni werden.«

»Es ist doch schon fast Juni.«

»Ende Juni.«

»Tu einfach so, als wären sie da, und küss mich.«

»Wo uns alle sehen können?«

»Wo uns alle sehen können.«

Von der im Dunkeln liegenden Veranda aus beobachteten Ed und Senderovsky, wie sich der Kuss in Echtzeit abspielte, und beide beugten sich vor, als sähen sie von einem Theaterbalkon aus zu. (»O Gott«, sagte Ed. »Scheiße, was ist denn jetzt los?«) Sie nahm ihn mit in ihren Bungalow. Die Lampe warf Halogenlicht in die Dunkelheit. Ein Rollo wurde heruntergezogen, sodass der Grundbesitzer und der Gentleman nichts weiter sehen konnten.

Als Karen sich bückte und unters Bett griff, spürte sie die Nylongrobheit des BTS-*Love-Yourself*-Bettbezugs an ihrer Stirn. Er stand hinter ihr, bolzengerade, als verlangte die Rolle des Liebhabers militärische Präzision. Sie bemerkte das und fand es süß. Ob es wohl richtig war, ihm das jetzt anzutun, direkt nach ihrem ersten Kuss? Wo sie stoned waren?

Sie stand auf, kickte den Teva-Karton weiter unters Bett, drehte sich um und legte ihm die Hände um die stoppeligen Wangen. »Lass mich raten«, sagte sie, »du hast dich erst heute Morgen rasiert?« Das war etwas aus der Vergangenheit, dass sie sich über seine Struppigkeit lustig machte.

Ihm fiel auf, wie gründlich sie die Böden gefegt hatte – sie konnte nicht anders, nicht einmal auf dem Land. »Weißt du noch«, sagte er, »damals in Queens, wie wir immer *Die Simpsons* geschaut und dabei miteinander telefoniert haben? Wir haben beim Zuschauen über die Sendung geredet. Meine Eltern hatten noch ein Telefon mit Wählscheibe.«

Sie legte die Hände auf seine Pobacken und drückte sanft.

»Du warst in Elmhurst, und ich war in Jackson Heights«, sagte er, von Erinnerungen überflutet, außerstande, mit Reden aufzuhören, noch während er die Hände zu ihrer Brust hob und dabei eine geistige Schranke in eine Welt passierte, in der er sie endlich so berühren durfte. Er malte sich aus, wie sie Senderovskys Pool entstieg, während er die Fülle ihres Körpers betrachtete. Wenn sie miteinander ins Bett gingen, würde er immer noch wie ein olfaktorisches Nachbild das Chlor an ihrem Hals riechen können.

»Ich war bloß einen Metallica-Song entfernt«, sagte sie.

»Ja, stimmt«, sagte er. »Du hast damals aus irgendeinem Grund auf Metal gestanden. Ich bin so froh, dass das nach dem zweiten Collegejahr wieder vorbei war.«

Sie ließ sich rückwärts aufs Bett fallen und zog ihn mit sich. Er wog so wenig (zu wenig, sagte ihre alte Version). Die Erektion, die sie an ihrem Oberschenkel spürte, war kein Sakrileg mehr. Sie gehörten nicht zu einer Familie, ganz gleich was sie sich eingeredet, ganz gleich wie sehr sie eine Familie gebraucht hatte.

In der Ferne ertönte ein Schuss. Karen fragte sich kurz, ob Jagdsaison war, während Vinod ihr das T-Shirt auszog und wie ein Schuljunge nach dem Verschluss ihres BHs griff.

Senderovsky und Ed hörten den Schuss drei Wiesen weiter. Der Ofen war mit Beginn der warmen Jahreszeit erkaltet, und nur eine einsame Kerze hüllte die beiden Freunde noch in düstere Schatten. Senderovsky lauschte dem Knall nach, der von den fernen Bergen im Osten widerhallte, wo die Weiße der Mondsichel in einem Himmel aus Schwarz und Blau schlummerte und mit ihm die Flagge eines kleinen baltischen Staats bildete. Die Jagdsaison begann erst im Herbst. Was hatte es zu bedeuten, dass jetzt schon geschossen wurde? Und hier waren sie, in der Schmuckschatulle der Zedernholzveranda über den Wiesen zur Schau gestellt, zwei redselige, in Kerzenlicht getauchte Ziele.

»Es lag daran, dass sie zur Hälfte Indonesierin ist«, sagte Ed. Endlich hatte er die richtige Verwendung für sein Einstecktuch gefunden, mit dem er sich hingebungsvoll schnäuzte, ein dumpfes, elefantöses Trompeten. Er war selbst erschrocken von seinen Tränen, obwohl es erstaunlich guttat, vor dem emotionalen Russen zu weinen. »Die Fans haben ständig rassistisches Zeug gepostet. Sie haben sie als Affen bezeichnet.«

Seine Lieblingshausgenossin in der japanischen Realityshow, eine zweiundzwanzigjährige aufstrebende Ringerin, hatte sich umgebracht, nachdem sie online verspottet worden war. Wegen des Virus waren keine neuen Folgen gedreht worden, und nun bestand die Möglichkeit, dass die Show endgültig eingestellt wurde. »Sie war die Netteste von allen«, sagte Ed und wischte sich die Augen. »Als sie sich in den

Basketballspieler verliebt hat, war sie ganz schüchtern und ist ganz ehrlich damit umgegangen. Und als er sie abwies, hat sie nicht etwa die Hoffnung verloren. Sie wollte bloß jemanden, der sie liebt. Und weil sie Ringerin war und eine *hâfu*, weil sie zugleich kleines Mädchen und Wildfang war, weil sie nicht in alle Schubladen passte, in die sie in einer konformistischen Gesellschaft passen muss, haben sie sie in den Tod gemobbt.«

Senderovsky musste an Nat denken. Masha kontrollierte nach jedem Schultag auf Anzeichen von Mobbing, so wie man auf dem Land auf Zecken kontrollierte, aber alles, was sie Nat entlocken konnte, war, dass diese sich auf ihrer Ruhematte sicher fühlte, wo sie ihre eigene Fantasiewelt ausspann und manchmal eine ganze Unterrichtsstunde lang halb flüsternd mit sich selbst redete, ein Verhalten, das ihre Lehrer zu Mashas Verdruss nicht zu verhindern oder »umzusteuern« versuchten, weil sie »auch diese Seite ihres Charakters würdigen« wollten. Geweint hatte sie nur einmal, nämlich als sie die ganze Klasse dazu zu bewegen versuchte, sich wie Mitglieder von BTS zu verkleiden, und ihre Mitschüler sie autoritär fanden, obwohl sie doch nur das Einzige, was sie liebte, mit ihnen hatte teilen wollen.

Sie tranken in aller Ruhe, hörten dem Radio zu, versuchten zu entscheiden, ob sie beide Brian Eno immer noch mochten. Senderovsky fand, es wäre vielleicht an der Zeit, das Gespräch auf das vordringliche Thema zu bringen. »Ich finde, du solltest nicht abreisen«, sagte er zu Ed, der seinen Gladstone-Koffer bereits gepackt hatte. »Dee liebt ihn nicht. Sie spielt doch bloß mit ihm.«

»Wie ich höre, hat der große Mime dein Drehbuch endlich abgesegnet«, sagte Ed. »Schön für dich.«

»Und sein betreutes Duschen mit Masha hat er auch eingestellt«, sagte Senderovsky. »Jetzt, wo er hat, was er wollte.«

»Neulich hat er mich gefragt, ob ich ihm beibringen könnte, wie man eine Lammschulter grillt«, sagte Ed. »Ich wette, er hat in der Highschool auch von den Asiaten abgeschrieben.«

Ed zündete sich eine Zigarette an, und Senderovsky stellte ihm rasch einen Aschenbecher hin, den er während seiner Reisejahre in einem Mittelklassehotel in Bogotá geklaut hatte. »Karen sagt, sie sind ganz dicht an dem Gegenmittel dran«, sagte er, und ihm fiel auf, dass Ed die seltene Fähigkeit besaß, gleichzeitig zu rauchen und zu weinen (eine auf dem Knie seiner Mutter erlernte Kunst). »Dann kriegst du noch eine Chance bei Dee. Apropos Chance.« Er goss Ed ein weiteres Glas von dem sündteuren Alkohol ein, den er schließlich zu diesem Anlass aufgetischt hatte, und gönnte sich selbst eine kleine Kostprobe. (Es war gegen seine Natur, etwas derart Teures zu trinken.) Nachdem der Alkohol sämtliche empfindsamen Stellen seiner Speiseröhre getroffen hatte wie eine Flipperkugel, die die Lustzentren ihres Automaten entzündet, begann er laut zu husten.

»Wo soll ich überhaupt hin?«, sagte Ed. »London? Seoul? Das ungarische Weingut meines Bruders? Was sollte ich denn dort? Im Augenblick haben sowieso weite Teile von mir wegen Reparatur geschlossen. Ich kann Dee genauso gut in Fleisch und Blut vor mir sehen wie in irgendeiner wütenden Erinnerung.«

»Ich persönlich beneide dich darum, dass du etwas empfinden kannst für jemanden«, sagte Senderovsky. »Als ich aufgehört habe, mich zu verlieben, ist auch meine Kunst gestorben. Ich erinnere mich nicht mal mehr, wie die Liebe ist.«

»Wie wenn man ständig eine verstopfte Nase hat.«

»Hmm.«

»Wie wenn man sich eine Magnumflasche Champagner in den Hals kippt und dann vergisst, wie man schluckt.«

»Okay.«

»Wie wenn man sich mit dem eigenen Daumen eine Romeo y Julieta anzündet.«

»Ich hab's kapiert.«

In Karens Bungalow war das Licht ausgegangen, und beide Männer wussten, was das hieß. »Ich hoffe, Vinod weiß noch, wie das geht mit seinem Ding«, sagte Senderovsky schließlich.

»Es heißt, das ist wie Einradfahren.«

»Stell dir vor, du begehrst jemanden dein Leben lang, und dann gehst du mit diesem Menschen ins Bett und stellst fest, dass es genauso ist wie mit allen anderen. Oder sogar schlechter. Vielleicht passt dir irgendetwas Triviales an diesem Menschen nicht. Ich habe mal mit einer Frau Schluss gemacht, weil sich in ihrem Mundwinkel immer Speichel angesammelt hat. Was für ein Idiot ich war.«

»Es sind die Kleinigkeiten, die mir an dieser Sendung fehlen werden«, sagte Ed. (Oft waren die beiden zufrieden damit, aneinander vorbeizureden.) »Wie sich am Ende jeder Staffel alle zusammengefunden und das Haus geputzt haben. Stell dir das mal woanders vor als in Japan.«

»Als Vinod und ich in dieser Wohnung im vierten Stock ohne Fahrstuhl in der Washington Street zusammengewohnt haben, haben wir immer darum gestritten, wer den Müll runterbringen muss. Nach einer Weile haben wir ihn dann einfach im Kühlschrank aufbewahrt, damit er kein Ungeziefer anzieht. So hat uns Karen manchmal ihren Verehrern vorgestellt. Die Jungs, die ihren Abfall im Kühlschrank aufbewahren.«

Ed gähnte.

»Folgendes«, sagte Senderovsky. »Du weißt, ich bitte dich nie um irgendetwas. Wäre es möglich, dass du mir für ein, zwei Monate eine kleinere Summe leihst, bloß damit ich die Poolfirma bezahlen und die Alkoholvorräte wieder auffüllen kann? Jetzt, wo die Dinge am Laufen sind, habe ich von der Fernsehgesellschaft einen riesigen Teilbetrag zu erwarten.«

»Ich verstehe nicht, warum du mich nicht schon früher gefragt hast«, sagte Ed. »Du versorgst praktisch seit zwei Monaten fünf zusätzliche Leute mit Essen und Alkohol.«

»Ich komme aus einer dieser protoarabischen Kulturen, in denen der Gast heilig ist. Außerdem hast du es nie angeboten.«

»Die neuen Anwälte meiner Mutter halten mich an der kurzen Leine. Aber irgendwas werde ich schon zusammenkratzen. Tun es zehntausend?«

Senderovsky nickte. Er fühlte sich in seinem Stolz verletzt.

In Karens Bungalow ging das Licht wieder an. »Wie lange war das jetzt, fünfzehn Minuten?«, sagte Ed. »Nicht schlecht für jemanden in Vinnys Alter.« Er hatte aufgehört zu weinen und schien plötzlich guter Laune zu sein. Senderovsky fragte sich, ob es daran lag, dass er ihn um Geld gebeten hatte.

Jetzt hörten sie Geschrei, nicht nur Karens durchdringenden Sopran, sondern auch Vinods tiefen, ungeübten Bass. Den größten Teil seines Lebens hatte er so leise gesprochen, sich solche Sorgen gemacht, wegen seines Akzents verhöhnt zu werden, dass Lehrer ihn häufig aufgefordert hatten, das Gesagte zu wiederholen. »Klingt nach Liebe«, sagte Senderovsky, aber er machte sich Sorgen über ein potenzielles Zerwürfnis zwischen seinen Freunden. Ausgerechnet jetzt, wo ich das Geld habe, um den Pool in Betrieb zu nehmen, dachte er.

Karens Tür sprang auf, und eine Reihe von Bewegungsmeldern schalteten sich ein und präsentierten einen atemlosen Vinod, der, nur mit seiner Pyjamahose bekleidet, auf die überdachte Veranda zurannte, seine Haut im künstlichen Licht blässlich. Ein Gegenstand, der sich als farbige Pappe darstellte, flappte in einer Hand, und er wurde von einem Zorn angetrieben, der seine Schritte zu lang machte, wie ein Betrunkener, der glaubt, er könne den Horizont überholen. Hinter ihm tauchte Karen auf, die gerade ein T-Shirt über den Schimmer ihres nackten Bauchs zog. »Vin«, schrie sie. »Komm zurück!«

»Irgendetwas sagt mir, dass wir noch Wochen damit zu tun haben werden, dieses Durcheinander zu entwirren«, bemerkte Ed.

Vinod reagierte nicht auf Karens geschriene Anweisungen. Das war an sich schon erschreckend. Als er die Tür zur Veranda aufriss und das wenig solide Blatt dabei fast aus den Angeln hob, sahen sowohl Ed als auch Senderovsky die brennende Wut in seinen Augen.

»Oha«, sagte Ed.

Und jetzt konnte Senderovsky den Gegenstand in Vinods Hand ganz sicher identifizieren und spürte sich zu seiner Verteidigung aufstehen, noch während er Karen näher kommen und Worte rufen hörte, die nicht Teil ihrer gemeinsamen Sprache waren.

Vinod baute sich vor Senderovsky auf, ein kleiner Mann, der einen noch kleineren überragte, eine geballte Faust seitlich am Körper, als wäre er sein eigener Vater beim Betreten der Küche plus Boxring in Jackson Heights.

»Hast du mich belogen?«, brüllte er Senderovsky an.

»Okay, okay«, sagte Ed und schob sinnloserweise eine Hand zwischen die beiden Kontrahenten. »Beruhige dich. Das passt doch gar nicht zu dir.«

»War es gut?«, brüllte Vinod. »Ja? Und dann hast du mich belogen? Du bist ein ... ein ... ein beschissener ...« Er war sich nicht sicher, ob er gegen die Regeln ihrer Beziehung verstoßen konnte, gegen die drei Jahrzehnte alte, bestehende Ordnung der Dinge: ganz oben Karen, neben ihr Senderovsky, und Vinod um denjenigen kreisend, dessen Anziehungskraft zum jeweiligen Zeitpunkt gerade stärker war.

»Ein beschissener Heuchler!«, brüllte er schließlich.

Während Senderovsky seinem Freund aus dem Augenwinkel ins Auge schaute, dachte er: *Mein Gott, er ist erwachsen geworden.*

Und: *Das ist das Ende unserer Familie.*

»Es tut mir leid«, sagte Senderovsky genau in dem Moment, als Karen in Flipflops auf die schlecht beleuchtete Bühne der Veranda schlappte und Vinod ihm mit präzise empfundener Rage die Hand, die nicht die Überreste des Kartons hielt, auf die linke Wange klatschte.

Der angetrunkene und wackelige Grundbesitzer empfing die ihm aus seiner Kindheit vertraute Züchtigung genau wie beabsichtigt. Sein Hals und sein Kiefer knackten hörbar, er stieß mit den Waden gegen den niedrigen Tisch, auf dem die Flasche teurer Alkohol stand, sein Gewicht brachte beide aus dem Gleichgewicht, Glas, Holz und Körper gerieten für eine Sekunde aneinander und erlagen dann auf ihre je eigene unglückliche Weise der Schwerkraft, während die lauten Rufe der beiden Zuschauer den Lärm des Zersplitterns übertönten.

5

Zwei Tage nachdem Vinod den Gastgeber auf der Veranda geohrfeigt hatte, kam aus dem Mittleren Westen eine kurze Nachrichtenmeldung, die nach und nach immer größere Bedeutung gewann. Alle Erwachsenen waren in stärkerem oder geringerem Maße entsetzt und vertraten untereinander Positionen, die von »Das ist ein neuer Tiefpunkt für unser Land« bis zu »Was habt ihr denn erwartet?« reichten. Einigen machten die Demonstrationen und das reichlich zu Bruch gehende Glas in der City Angst (»Das sind keine Unruhen, das sind Aufstände«, korrigierte Senderovsky seine Frau vor aller Augen), während andere wünschten, sie stürmten selbst durch die Straßen, beleuchtet vom Feuer brennender Mülltonnen, so wie es in der Glanzzeit der City dort zuzugehen pflegte.

Jedenfalls bekräftigte alles, was sie sahen und hörten, wenn sie auf ihren Tablets die Nachrichten des Tages herunterluden, dass sie Bewohner eines Halbkreises von Häusern um ein sogenanntes Haus auf dem Hügel nebst überdachter Veranda und Swimmingpool waren, den ein Trio nach Chlor riechender Techniker in Arbeitskluft eines Tages zum Leben erweckt hatte. Sie waren so weit weg von den Aufständen, wie es nur ging. Sie betrachteten eine doppelte Katastrophe gleichsam durch eine Brille, gehalten an einen Feldstecher, der seinerseits an ein Fernglas gehalten wurde.

Senderovsky machten die Nachrichten mehr zu schaffen als den anderen. Er sah sich das Videomaterial zu dem im Mittleren Westen von einem Cop verübten Mord an, während er, im oberen Badezimmer eingeschlossen, auf der Toilette saß. Er prägte sich die Szene ein. Die hässlichen amtlichen Schuhe, die hässlichen amtlichen Hosen, den Knüppel, die Taschenlampe und das Funkgerät, die hochgeschobene, weit oben auf dem Bürstenschnitt sitzende Sonnenbrille, und unter dieser ganzen brutalen amtlichen Gewalt ein Sterbender, der das letzte Wort ruft, das wahrscheinlich auch sein erstes war, diese beiden sich wiederholenden Silben, *Ma* und *Ma.* Und dann war er kein Mensch mehr, sondern nur noch ein lebloser Klotz, der auf eine amtliche Trage gehievt wurde, und man hörte Rauschen, Anweisungen und Funkmeldecodes.

Während der aufsteigenden Phase seiner Karriere hatte eine Agentur Senderovsky als Redner vermittelt, der, aus einem gescheiterten Staat kommend, aufrüttelnde Vorträge darüber hielt, wie er sich von einem eingeschüchterten Immigranten in einen erfolgreichen Grundbesitzer mit einem fast einen Hektar großen Anwesen verwandelt hatte. Er hatte damals ein Memoir veröffentlicht, in dem er die schwierige Beziehung zu Mutter und Vater Senderovsky schilderte, aber er beendete seine weitgehend lustigen Vorträge jedes Mal in ernsterer Tonlage, indem er seinen Eltern dafür dankte, dass sie in ihrem Leben eins richtig gemacht hatten: Sie hatten sich der Demütigung des Flüchtlingsdaseins unterworfen, um ihn hierher in diese Gefilde zu bringen, weg von der Unterdrückung, die in ihrer zerfallenden Heimat herrschte.

Aber was, wenn das alles ein Irrtum gewesen war? War es Zufall, dass jene beiden Länder, die am meisten Interesse daran bekundet hatten, den aus der Sowjetunion flüchtenden Senderovskys samt ihren Magnetschachs und ihrer Sammlung handbemalter volkstümlicher Löffel Schutz und dann Arbeitsmöglichkeiten zu bieten, das Südafrika der Apartheid und *dieses* Land gewesen waren?

All die Jahre sah Senderovsky und sah zugleich nicht oder tat so, als sähe er nicht. (Oder weigerte sich zu sehen.) Wenn er seinen Petersburger Bungalow dekorierte, wenn er im Russisch der Oberklasse mit seiner Frau und seiner Tochter sprach, wenn er auf komische Weise über die Welt fetter, Amok laufender Oligarchen schrieb, der er entkommen war, wenn er für seine Agentin in Los Angeles die metaphorische *shapka* samt Epauletten anlegte, ging er auf Abstand zu dem Land, das er bewohnte. Am Ende war er vor all dem Land geflohen, das nicht in seinem Besitz war. Er hatte sich selbst zum Schutzgebiet gemacht. (Und wer außer den örtlichen Sheriffs würde ihn am Ende beschützen?)

Er war als Flüchtling in dieses Land gekommen, und nun bot ihm das ländliche Amerika eine zusätzliche Zuflucht. Von einer auf Kascha und Schlägen basierenden Kindheit war er zu einem Status aufgestiegen, der es ihm und seinen Freunden, den Auserwählten, erlaubte, dem Virus und was auch immer eine zusammenbrechende Wirtschaft sonst noch auf Lager hatte, ein Schnippchen zu schlagen. Das konnte er, zusammen mit drei Nachweisen seiner privilegierten Stellung und der zu entrichtenden Gebühr, beim örtlichen Register für den Amerikanischen Traum eintragen lassen.

Seine Aufgabe als Immigrant war einfach gewesen. Seine Eltern hatten ihn hierhergebracht, damit er am »amerikanischen Berserker«, wie ein bedeutender jüdischer Autor das einmal genannt hatte, Geld verdiente. Man kam, wurde auf einem städtischen Schulhof wegen seines Akzents gehänselt, dann machte man seine Abschlüsse und wurde in die Schlacht geführt. Zu diesem Zeitpunkt war man bloß ein Streikbrecher, eingesetzt zur Stärkung der bestehenden Ordnung. Während der weiße Polizist in dem Video seinem schwarzen Opfer mit dem Knie die Luft abdrückte, stand ein zweiter Cop, ein Hmong-Immigrant, breitbeinig vor ihm, damit nur ja niemand auf den Gedanken kam, dem Sterbenden zu Hilfe zu eilen. Er hätte auch Russe, Koreaner, Gujarati sein können. Wir alle, dachte Senderovsky, stehen einer Ordnung zu Diensten, die schon lange vor uns bestanden hat. Wir alle sind gekommen, um uns an diesem Land der Knechtschaft gütlich zu tun. Und wir alle sind abwechselnd nützlich und entbehrlich.

An der Einmündung zur Schnellstraße, weit weg von den Anwesen der Liberalen, wurden zur Unterstützung der Polizei blaue Flaggen aufgezogen. Senderovsky sah sie auf einem Spaziergang und schauderte angesichts der Art, wie die Flaggen wehten, steif und neu, als wären sie sich ihrer selbst und ihrer Fähigkeit, Angst einzuflößen, noch unsicher. Für den Fall, dass die Aussage der Fahnen nicht subtil genug war, kamen auf einem Grundstück muskulöse Hunde einen kleinen Hügel heruntergerannt und knurrten Passanten an. (Karen und Nat mieden das Haus auf ihren Spaziergängen, weil die nicht angeketteten Hunde ihnen Angst machten.) Man stelle sich vor, was es Senderovsky, dem Besitzer des (flächenmäßig) größten Anwesens an der Straße, abverlangen würde, dort zu klingeln (nach Umgehung der Hunde) und zu fordern (darum zu bitten?), dass die Flagge eingeholt werde. Was würde er sagen? »Sir, ich fühle mich auf den Schlips getreten«? – »Sir, ich habe Angst«? Das war ja gerade der Sinn der Sache: Ihm auf den Schlips zu treten, ihm Angst zu machen.

Er wollte weg. In ein Flugzeug steigen. Vor ihnen allen flüchten. Aber wo sollte er hin? Jenseits des Ozeans schwoll der Boden vom Blut *seiner* von Hunden gebissenen Vorfahren. Gehörte man dort nicht hin? War er andernfalls nicht, wie Vinod ihn nach dreiunddreißig Jahren Beobachtung, nach einem ganzen Jesusleben genannt hatte, *ein beschissener Heuchler*?

»Warum hast du das Manuskript nicht anderen gezeigt?«, sagte Senderovsky. Er und Vinod standen vor der Espressomaschine und sahen zu, wie sie ihre morgendlichen Waschungen vollführte, ehe sie die erste Tasse zubereitete. Tage waren vergangen, seit Vinod seinen Freund geschlagen hatte. »Du kennst doch Verlagsleute. Warum hast du dich allein auf meine Meinung verlassen?«

»Du hast mir gesagt, ich soll es nicht herumschicken«, sagte Vinod. »Du hast mir gesagt, es würde meine Karriere ruinieren, noch ehe sie begonnen hätte. Du hast gesagt, ich soll an etwas anderem arbeiten. An einem komischen Roman über eine Jugend in Queens.«

»Warum hast du mir vertraut?«

»Weil du zur Familie gehörst.«

»Wer zum Teufel traut der Familie? Würdest du dich darauf verlassen, dass deine Brüder sich dir gegenüber anständig verhalten?«

»Ich werde mir Geld von Karen leihen«, sagte Vinod, »und dir eine neue Flasche Whiskey kaufen und den Tisch reparieren lassen.« Dieses Angebot verletzte Senderovsky noch mehr. Es implizierte, dass alles, was Vinod wegen *seiner*

Eifersucht verloren hatte, unermesslich war. Ich habe deine Flasche kaputtgemacht, du hast mein Leben kaputtgemacht.

»In deinem Buch gibt es eine Stelle«, sagte Senderovsky. »Gleich nachdem sich deine Eltern in den Parimal Gardens zum ersten Mal geküsst haben. Und am nächsten Tag ist der Vater wütend. Er ist verliebt, aber er ist auch wütend, denn« – Senderovsky schloss zum Zitieren die Augen – »›Sie hatte ihm genommen, was ihn, wie er geglaubt hatte, sein Leben lang aufrechterhalten würde. Den Charakter des einsamen Mannes, dessen Alleinsein ans Heilige grenzt. Wohin sie auch gingen, welches reiche Land auch immer ihnen ein Visum ausstellen, was auch immer sie ihm sonst noch von sich schenken würde, so wie sie ihm einen Augenblick zuvor die feuchten Fältchen ihrer Lippen geschenkt hatte, er würde ihr niemals verzeihen.‹«

Vinod war verblüfft von Senderovskys Erinnerungsvermögen, davon, dass er sich sogar den Namen des unbedeutenden Parks gemerkt hatte, in dem sich seine Eltern damals in Ahmedabad nähergekommen waren. Hatte er das Manuskript seither viele Male gelesen? Hatte er den Teva-Karton deshalb so lange aufgehoben? Zwecks Inspiration?

»Und solche Stellen gab es noch mehr«, sagte Senderovsky. »Viel mehr Stellen auf jeder Seite. Du hast die Wahrheit gesagt, ohne schlau zu tun. Du hast deine Eltern gezeigt, während ich meine in meinem Schatten verborgen habe. Alles, was ich hatte, war Schlauheit. Und eine Zeit lang hat sich Schlauheit gut bezahlt gemacht.«

»Ich will hier weg«, sagte Vinod. Er griff nach der fertiggestellten Tasse Espresso, schwenkte den kupferfarbenen Inhalt und trank das heiße Gebräu in einem Zug. »Für mich ist das alles hier jetzt vergiftet. Auf demselben Grundstück mit dir fühle ich mich einsamer, als ich mich in meiner Einzimmerwohnung fühlen würde.«

»Du fährst nicht nach Elmhurst zurück«, sagte Senderovsky. »Und mit deiner Erlaubnis werde ich meiner Agentin morgen *Hotel Solitaire* schicken.«

»Wir haben so viele Jahre in Freundschaft miteinander verbracht«, sagte Vinod, »ohne jemals richtig ›Scheiß auf dich‹ zueinander zu sagen. Also lass mich jetzt der Erste sein, der es sagt. Scheiß auf dich, Sasha Borisovich Senderovsky. Scheiß auf dich und deine dämlichen komischen Romane und dein dämliches komisches Leben. Ich suche mir selbst einen Agenten.«

Wie erwartet, ging es ihm nicht besser, nachdem er diese Worte geäußert hatte. Er hatte sie sich lediglich von jemandem geborgt, von jemand im Land Geborenen, der sie zu Recht und ohne jede Spur von Akzent benutzte.

»Nein«, sagte Senderovsky. »Du gehst nicht. Du bleibst hier bei ihr. Hier ist es sicher. Und es ist leichter, sich zu verlieben. Und wir können das wieder einrenken, du und ich. Wenn es dich stört, beim Essen mein Gesicht zu sehen, kannst du in ihrem Bungalow essen, oder ich esse allein in der Küche.«

Vinod spülte am Abwaschbecken seine Espressotasse aus, ohne ein Wort zu sagen.

Aber sie versammelten sich weiter zum Essen, sämtliche acht Bewohner, als wäre das das einzige Erfordernis ihres Aufenthalts: täglich die Zedernholzstufen hinaufzusteigen, wie gewohnt am Tisch Platz zu nehmen (Ed und der Schauspieler hatten kürzlich die Plätze getauscht, damit Letzterer neben Dee sitzen konnte), in kulinarischer Anerkennung mit den Köpfen zu nicken, während Ed die neuesten Erzeugnisse verwendete, die auf dem lokalen Bauernmarkt auftauchten, Kirschen und Speisekürbisse. Aber es herrschte, wie erwähnt, eine neue Stille, eine Zeichensprache der Liebe zwischen Karen und Vinod und Dee und dem Schauspieler, hauptsächlich jedoch brütendes Schweigen, während die Bungalowbewohner verarbeiteten, was ihr Gastgeber dem Sanftmütigsten unter ihnen angetan hatte.

Nur Nat redete und redete, über BTS, sonnenbadende Murmeltiere und die Zeichentrickfilme in koreanischer Sprache, die sie sich zusammen mit Karen (und inzwischen auch Vinod) ansah, als wollte sie die anderen ins Gespräch zurückzwingen. Sie versuchte, die Ehre ihres Vaters zu verteidigen, sie alle daran zu erinnern, dass er nichts lieber mochte, als die Stimmen seiner geliebten Gäste zu hören, auch wenn seine Hand sich nicht zum Zuprosten hob, sondern auf der Serviette liegen blieb und seine Augen die Kirschsauce streiften, mit der Ed seine Schweinekoteletts kunstvoll überzogen hatte.

»Das *mal* sagt zur *ori*: ›Du gehst so komisch!‹ Ein *mal* ist ein Pferd, und eine *ori* ist eine Ente. Aber *mal* heißt auch ›schlimme Sprache‹. Deswegen sagt das Pferd andauernd schlimme Sachen. Und da hat es zu *hama* dem Nilpferd gesagt: ›Du bist so fett‹, und das *hama* hat angefangen zu weinen.«

»Also«, sagte Nat, als ihr klar wurde, dass ihr Sprachunterricht keine Anerkennung finden würde, »es ist nicht leicht, zur Zeit des Virus ein Kind zu sein.«

Nach dem Essen, als der Schauspieler Masha und Senderovsky vorschlug, er und Dee sollten ins Haupthaus ziehen (er behauptete, er brauche nun, da sie in die Vorproduktion einstiegen, ständig Internetempfang) und Senderovsky,

Masha und Nat in den Petersburger Bungalow, konnte Senderovsky nur einen zustimmenden Laut von sich geben. »Wir müssen ihn jetzt bei Laune halten«, flüsterte Senderovsky Masha auf Russisch zu. »Wir haben es fast geschafft.«

In Mashas Büro freuten sich ihre russischen Patienten über die nächtlichen Zusammenstöße zwischen den Protestierenden und der Polizei im ganzen Land. Sie hatten dieses Land nie richtig gemocht, diese älteren sowjetischen Immigranten, die sich am üppigen Büfett staatlicher Unterstützung gütlich taten. Seine promiskuitive Diversität hatte sie angewidert, sein erster schwarzer Präsident hatte sie regelrecht vernichtet, und nun würden sie es sich endlich zurückholen.

In ihren Social-Media-Beiträgen tauchten Fahndungsfotos von Schwarzen auf, die spöttisch in die Kamera grinsten, dazu Breitseiten in schlechtem Englisch: »Dieser Mann … ist nach Windmere gegangen, eine bewachte Wohnanlage, um ein Auto zu stehlen. Er hat den Besitzer mit ein Baseballschläger totgeschlagen, dann ist er in sein Haus gegangen und hat mit ein Baseballschläger sein Sohn totgeschlagen. Das ist dasselbe wie ein Knie auf dem Hals von ein Unschuldigen … Fragen Sie sich – warum haben Sie Angst, das zu teilen!!!«

Und wohin sie sich auch wandten, überall erwartete sie schon ein Mann namens Biieel Gates mit seiner monströs langen Injektionsnadel. Unter dem Vorwand des angeblichen, von seinem Freund Dschordsch Tsoris verbreiteten Virus würde der bebrillte Biieel sie zwingen, sich zu bücken, sie direkt in die *popka* »impfen« und sie damit in marxistische Zombies verwandeln, die sich damit begnügen würden, in einer Gesellschaft ohne »STARKE MASKULINE MÄNNER« zu leben.

Ihr besonderer Hass galt der Bürgermeisterin von Chicago, einer kleinen schwarzen, lesbischen Frau, die mit einer eins achtzig großen weißen Frau verheiratet war: Diese beiden sozialistischen »Perversen« regierten »die Stadt mit den meisten Morden von Schwarzen an Schwarzen in Amerika«. Was, fragte sich Masha, würden ihre Patienten wohl von ihrer Familie halten? Was würden sie von Nat halten? Warum half sie ihnen, heilte sie, hörte sich ihre verdrehten Monologe an, wo sie und ihre Schwester doch niemals solche Hässlichkeit erlebt hatten und es in ihrer eigenen Familie keinen gegeben hatte, den man hätte therapieren oder retten müssen?

An dem Tag, an dem der Schauspieler ihr sagte, dass sie ihn nicht mehr waschen solle, und damit bestätigte, dass Dee seine Zuneigung nun erwiderte, hörte sie ein Klingen in den Ohren. Es war wie das Klingen von Kirchenglocken, mit dem im alten Russland vor dem Beginn eines Schneesturms gewarnt wurde. An den vorangegangenen Tagen hatte sie in der Dusche eine gewisse Initiative gezeigt, hatte ihre Bluse geöffnet und eine seiner nassen, seifigen Hände auf ihre Brust gelegt, die er eine Zeit lang drückte – vielleicht ein in Morsecode erfolgender Notruf an seinen PR-Mann –, und dann hatte sie seine andere Hand unter ihren Rock geschoben, worauf er zurückfuhr und, dümmstmöglich, sagte: »Du hast ja gar keine Unterwäsche an.«

Während sie sich nach dieser Dusche selbst die Hände wusch, sagte er: »Ich möchte aufhören, verliebt zu sein. Kannst du eine Suchttherapie empfehlen?« Sie sagte, sie habe Kollegen, die ihm möglicherweise helfen könnten, obwohl zur Wirkung von Tröö Emotions immer noch Studien liefen, die sich mit der Frage beschäftigten, zu welcher Kategorie von Krankheiten die Effekte des Algorithmus am besten passten. Da hatte er sich ihr von hinten genähert, während sie am Waschbecken stand und mit ihrer ruhigen Therapeutinnenstimme sprach, seinen nackten Körper an ihren Rock gedrückt und sich mit großen Kreisbewegungen an ihr gerieben, als hätte er noch mehr zu geben. »Danke, Mashenka«, sagte er. Sie hatte ihm die Verkleinerungsform ihres Namens beigebracht. »Du bist die Einzige, der ich nicht völlig egal bin.« Und als sie ins Haupthaus zurückging, in ihr Büro und zu dem Bildschirm voller wütend quäkender Russen, setzte sie sich hin, spürte seine Nässe an ihrem Rock und dachte, dass sie am liebsten direkt vor ihren Lyubas und Laras freudig gejuchzt hätte, und sei es nur, um ihnen zu zeigen, wie es war, noch etwas anderes zu empfinden als Hass.

Und dann war das alles vorbei. Natürlich hatte ihr Mann seine Hand im Spiel, er hatte Dee veranlasst, das Interesse des Schauspielers zu erwidern, damit es mit seinem Drehbuch für den Pilotfilm voranging, und er hatte gewusst, was er seiner Frau und, wenn man es recht bedachte, einem seiner besten Freunde damit antun würde. War er letztlich irgend menschlicher als die Laras auf ihrem Bildschirm, irgend besser geeignet, sich in den Kummer anderer einzufühlen?

Der Schauspieler hatte sie an einem Freitag zurückgewiesen; das wusste sie noch, weil sie an jenem Abend im Zuge ihres geheimen marranischen Rituals im geräumigen oberen Badezimmer bei ihrem *Lehadlik ner schel Schabbat* die Handfläche – und zwar die zum Waschen des Schauspielers eingesetzte – auf die beiden Kerzen herabgesenkt und sich darüber geärgert hatte, dass die Flammen so rasch erloschen waren und sie weder gereinigt noch anderswo als in den vier Kammern ihres problematischsten Muskels Schmerzen hatten empfinden lassen. *Wir haben uns also gegenseitig benutzt*, sagte die russische Stimme in ihr immer wieder in nichttherapeutischem, praktischem, Lara-artigem Ton. Wir haben einander benutzt, und dann musste es enden. Zwei Menschen hatten Bedürfnisse, den Bedürfnissen wurde entsprochen. Was hatte sie sich sonst noch zusammenfantasiert? Dass sie miteinander durchbrennen würden? Dass sie ihm alles bedeuten würde? Dass sie in einem Hotel in Los Angeles im Bett frühstücken würden, wenn das alles vorbei war? Jede Beziehung beruhte auf Leistung und Gegenleistung, und niemand gab jemals mehr, als er musste.

Und jetzt war ihr Mann auch noch als eifersüchtiger Verräter seines besten Freundes entlarvt worden. »Warum wollte Daddy Vinods Manuskript in Steves Winterpalast verstecken, wo doch alle sagen, dass es so gut ist?« – »Nicht alle, mein Schatz. Ich zum Beispiel habe es nicht gelesen.« – »Aber Karen-*emo* sagt …« – »Das reicht jetzt. Daddy ist nicht vollkommen, aber *so* schlimm ist er auch nicht.« (Großartig, jetzt nahm sie ihn schon in Schutz.)

So waren sie nun beide verlassen und mit Verachtung gestraft, sie und ihr Mann, die Beleidigte und der Verletzte, verurteilt zu einer fünfundvierzig Quadratmeter großen Hütte auf ihrem eigenen Anwesen, allein zwischen den Feldmausköttteln, dem Kojotengeheul und den Gewehren, die außerhalb der Saison ganz in der Nähe losgingen und deren gedämpftes *Popp-popp-popp!* jeden Tag näher kam, bis irgendjemand schließlich seinen Heldenmut zurückgewinnen und direkt auf die beiden ergrauten, über den Samowar gebeugten Köpfe zielen würde. Ja, die Revolution holte auch sie ein. Wie viele Revolutionen würden sie während der niemals endenden Geschichtlichkeit ihres gottverdammten Lebens noch durchleben müssen?

Aber die Welt der Koloniebewohner war im Begriff, sich unwiderruflich zu ändern. Und diesmal würde es nichts mit den Russen zu tun haben.

6

Es passierte drei Wochen später. Dee wachte in Mashas und Senderovskys Bett auf und lauschte dem gewaltigen Rauschen der Bäume, die so nahe waren, dass man sie vom ersten Stock des Haupthauses aus anfassen konnte. Direkt unter ihr stellte der Schauspieler die futuristischen Knöpfe der Espressomaschine zu seiner Zufriedenheit ein. Das Haupthaus war, zumal mit seinem guten Empfang für ihren Laptop, ein Genuss, aber es gab Dinge an ihrer Liebesaffäre, die ihr nun, da nicht mehr jeder seinen eigenen Bungalow bewohnte, fehlten. Damals war er aufgedreht und manisch gewesen, hatte sich seltsame neue Arten einfallen lassen, wie sie beide ihre Liebe ausdrücken konnten. Er hatte vorgeschlagen, sie sollten ihre schmutzige Unterwäsche austauschen und bei der Arbeit auf ihrem jeweiligen Schreibtisch liegen haben. Der Hausmeister – von Senderovsky endlich voll bezahlt und begeistert, seine ausländischen Arbeitgeber auf ein Leben in einer Hütte beschränkt zu sehen – wuchtete mit Vergnügen die Schreibtische aus den Bungalows von Dee und dem Schauspieler und richtete in den nunmehr unbenutzten Schlafzimmern des Haupthauses gemütliche Büros ein. (»Was gebt *ihr* beide für ein schönes Paar ab!«, hatte er gesagt.) Sie sagte dem Schauspieler, seine Idee mit dem Unterwäschetausch sei widerlich – »Aber du bist so Dee-liziös!«, hatte er gerufen –, doch dann focht er seinen

Vorschlag mit viel Charme durch, und irgendwann fand ein seidiges, nach Moschus riechendes Ding auf ihren Schreibtisch, als Drapierung für eine der Underwood-Schreibmaschinen aus ihrem alten Bungalow.

Wie war es, mit dem Schauspieler liiert zu sein? Es war überwältigend, als sähe man ihn im Kino von der ersten Reihe aus, seine melodische Stimme zum Dröhnen verstärkt, sein Gesicht in Nahaufnahme, während er sich unentwegt mit ungezügelter Begeisterung durch immer neue Dinge rätselte und von Freuden erstrahlte, die er zwar bestimmt schon erlebt hatte, nun jedoch zu ganz neuen und ausschließlich ihnen gehörenden Erfahrungen umwidmete. (»Das ist das erste Mal, das ich eine Aprikose wirklich geschmeckt habe.«)

»Ich liebe dich«, pflegte er morgens als Erstes zu sagen.

»Das respektiere ich«, antwortete sie dann. Schön, dachte er. Respekt war bloß ein Richtungsschild auf dem Weg zur Liebe. Er musste einfach nur liebenswerter sein.

Nun, da sie allerbesten Empfang hatte, frönte Dee jeden Morgen dem Privileg, das zuvor Senderovsky zu genießen pflegte, nämlich sich noch vor dem Zähneputzen in den sozialen Netzwerken umtun zu können. Sie war selbst überrascht davon, wie sehr ihr das Gift gefiel, das die Fans des Schauspielers gegen sie verspritzten: Einige posteten nebeneinander Fotos von Dee und ihrer Vorgängerin, Elspeth aus Glasgow, um die Defizite Ersterer hervorzuheben. Von Dee verwendeten sie normalerweise das am wenigsten anziehende Bild, das sie finden konnten, die Augen zum Schutz gegen das Blitzlicht auf dem roten Teppich irgendeines Literaturfestivals zusammengekniffen, sodass ihr Gesicht verriet, wie unvertraut ihr selbst diese unbedeutende Form von Ruhm war.

Was spielte es für eine Rolle? Sie waren zum Ersten Paar im Zeitalter des Virus gekrönt worden. Ihr Buch erlebte einen sehr bescheidenen Anstieg der Absatzzahlen, und ihre PR-Managerin hatte sie angerufen, um ihr zu ihrer neuen Beziehung zu gratulieren. An diesem speziellen Morgen hatte es eine gewaltige Resonanz auf das Foto gegeben, das der Autor auf seinem Feed gepostet hatte: Es zeigte sie und ihn, wie sie zusammen einen Babykürbis hielten, ihr Kopf mit schelmischem Lächeln an seine Schulter gelehnt, beide mit ihrem Wust langer, wirrer Pandemiehaare, und darunter hatte er geschrieben: »Wir lernen, wie man Babys macht!«, als hätten sie den Kürbis selbst gezogen und nicht auf einem Bauernmarkt gekauft. Außerdem deutete der Satz an, dass sie vielleicht bald eine Familie wurden, genau die Art von unerhörter Äußerung, die man dem Schauspieler durchgehen ließ.

Sie lag auf einem Haufen Kissen, deren Bezüge erst kürzlich vom stärkehaltigen Duft ihrer früheren Benutzer befreit worden waren. An diesem Morgen hatten sie vergessen, miteinander zu schlafen, ein Versäumnis, mit dem sie leben konnte (es wäre unklug, sich an irgendeine Routine zu gewöhnen), und der Zweig einer wild wuchernden Ulme stupste immer wieder gegen das Fenster, während Dee sich durch ihre vielen Erwähnungen scrollte, bis sie schließlich dachte: Verdammt, wir sollten den Baumpfleger ranholen, damit er die Bäume stutzt. Erst neulich hatte der Schauspieler, nachdem sie im Gegensatz zu heute gleich nach dem Aufwachen miteinander geschlafen hatten und sein neben ihr liegender Körper auf dem pseudorustikalen Bett im Craftsman-Stil ein kleines bisschen ausgepumpt und verspießert gewirkt hatte, den Kopf mit der dichten schwarzen Lockenpracht gehoben, sich umgeblickt und gesagt: »Weißt du was, in dieses Haus bin ich nicht verliebt. Es hat überhaupt nichts Besonderes.«

»Das Kastanienholzfurnier der Fensterbank gibt es so angeblich nicht mehr«, sagte Dee.

»Wenn es doch bloß offen angelegt wäre«, sagte der Schauspieler. »Dann würde es besser in die Natur drum herum passen, wie die Veranda.«

»Vielleicht können wir um die Erlaubnis bitten, es umzubauen«, hatte sie gesagt.

Und er hatte bloß gelacht und gesagt: »Erlaubnis erteilt.«

Dee und der Schauspieler wussten es nicht, aber Masha und Senderovsky hatten dieses Möbelstück – und das Haus selbst – ausgesucht, weil es heiter und hell war, das Gegenteil der dunklen Schränke und schweren osteuropäischen Vorhänge ihrer Eltern.

Doch als sie nun allein auf dem Bett lag und ihre Augen vom kargen frühmorgendlichen Sonnenlicht noch blinzelten, ging Dees langer, breiter Mund (»Für meinen Geschmack gerade pferdeähnlich genug« – der Schauspieler) langsam auf und erschlaffte, ihr Atem wurde unregelmäßig, panisch (»Ich hör dich wahnsinnig gerne japsen, Baby«), und ihre Hände krümmten sich mit großer, spannungsgeladener Kraft um das unschuldige Gehäuse ihres Laptops (»Man merkt gleich, dass du trainiert hast, bevor das alles losging«).

Was zum Teufel war da los?

Überall in der blau-weißen Landschaft ihres bevorzugten Social-Media-Netzwerks zeigten die Angriffe eine neue Stoßrichtung, und es war nicht das sexistische Geschwätz über ihr Aussehen im Gegensatz zu dem von Elspeth. Nein, diese Kommentare, die sich in Echtzeit vervielfältigten, galten einem Essay, den Dee über *Vom Winde verweht*, den rassistischen amerikanischen Film schlechthin, geschrieben hatte, der gerade wieder im Gespräch war, nachdem man bei einem neuen Streamingdienst beschlossen hatte, ihn wegen der jüngsten Unruhen aus dem Angebot zu nehmen.

Sie hatte den Essay verfasst, unmittelbar nachdem der anfängliche Ausbruch von Begeisterung für *Wie man sich selbst Steine in den Weg legt und kapituliert* bei der kleinen, aber ewig gelangweilten Leserschaft des Landes etwas abgeflaut war und ein anderes Buch, über eine Kindheit als arme Weiße, es auf den Bestsellerlisten zu überholen begann.

Dee hatte sich an diesem Punkt zu einer provozierenden Zuspitzung entschlossen, ohne die Sicherheit eines linken Standpunkts zu verlassen. Der Essay – nicht ihr bester, wie sie als Erste zugeben würde – konzentrierte sich auf einen Kindheitsfimmel für *Vom Winde verweht*, der auf eine Fahrt nach Atlanta mit ihrer Mutter und deren damaligem, gewalttätigem Freund zurückging – er hatte kurz zuvor herausbekommen, dass der Zündschlüssel seines kaputten Datsun als Waffe besser zu gebrauchen war –, einer Fahrt, die sich für ihre Familie als große finanzielle Belastung erwies (sie hatten in einem schäbigen Motel an der Peripherie der Hauptstadt von Georgia übernachtet, und auf der Rückfahrt war ihnen das Benzingeld ausgegangen), aber auch zu einer lebensverändernden Erfahrung wurde, insofern sie die junge Dee dazu anregte, sich das Buch zu kaufen, auf dem der Film basierte, was sie wiederum veranlasste, zum ersten Mal Tagebuch zu führen, und zwar auf der Rückseite eines von einem Lastwagen gefallenen Blocks Agway-Kundendienstformulare (das mochte stimmen oder auch nicht, aber so beschloss sie die Geschichte zu erzählen), und zwei Jahrzehnte später schließlich in einem Seminarraum mit dem beschwipsten Senderovsky und allem anderen kulminierte.

Auf den ersten Blick war der Essay schwerlich eine an ein Pulverfass gelegte Lunte. Er breitete zunächst alles aus, was dem Film offenkundig vorzuwerfen war, angefangen bei der servilen Darstellung seiner schwarzen Figuren. Doch dann schwenkte er um zur Armut seiner Zuschauer (darunter die Familie Cameron) und deren Sehnsucht nach einer idealisierten, romantischen Vergangenheit, von der man diese schottisch-irischen Leute zu zehren gezwungen hatte, nachdem ihnen alles andere (die Jobs, die Hoffnung) genommen worden war.

Auf dieser Linie argumentierte der Essay weiter, stupste den Leser mal sanft in eine bestimmte Richtung und überraschte ihn gleich darauf mit einem Schubs in die entgegengesetzte. Dabei zielte Dees rotziger Ton, ihr Markenzeichen, durchweg auf den betuchten Leser mit viel Freizeit. Wie sich dieser Leser erdreisten könne, nicht über die Ursachen von Dees Armut und seine eigene Komplizenschaft im Geltungsbereich des gewinnorientierten Kapitals nachzudenken? Wie er dazu komme, die junge Dee herablassend zu behandeln, bloß weil sie das einzige Narrativ in ihrem Leben liebte, das kein Wegwerfplunder aus der »Gesichtspflege«-Abteilung des Piggly-Wiggly-Supermarkts war?

An etlichen Stellen bezeichnete Dee ihre verarmten Landsleute als »meine Leute« und fügte einmal eine beschreibende Aufzählung ihrer Verwandtschaft ein. (Wie Senderovsky in seinem Seminar zu sagen pflegte: »Wenn Ihnen die Ideen ausgehen, schreiben Sie einfach eine Aufzählung. Die Leser lieben Aufzählungen.«)

Zu Dees Aufzählung gehörten: » … Teilzeit-Kojotenpelzhändler, mit Schimpf und Schande aus Fort Bragg verjagte Gefreite, an Psoriasis leidende Kirchencafé-Ladys, Sozialschmarotzer, rassistische Cops, die es juckt, den richtigen Autofahrer von der Straße zu winken …« Und sie schloss mit den Sätzen: »Sosehr Sie sie vielleicht hassen und sosehr es Ihnen zuwider wäre, den Gang eines Kaufhauses mit ihnen und ihren kreischenden, schlecht erzogenen Bälgern (meinen Nichten und Neffen) zu teilen (aber Sie stehen ja ohnehin mehr auf kleine, wohlriechende Läden in ehemals schwarzen Vierteln), *das sind alles meine Leute.*«

Ein Screenshot dieser Passage erschien in einer Erwähnung nach der andern, die ihren Feed inzwischen besiedelten, und neben der Rubrik »meineLeute« waren die Worte »rassistische Cops« hervorgehoben.

Um die Sache noch zu verschlimmern, hatte sie in *Wie man sich selbst Steine in den Weg legt und kapituliert* zweimal ein aus dem Mund eines Onkels stammendes, rassistisches Schimpfwort gebracht (»Ich wollte, dass es auf der Seite explodiert«, hatte sie in einem früheren Interview gesagt), das nun ebenfalls Teil eines Screenshots neben »meineLeute« und »ScheißDeesagt« war.

Und dann waren da die Fotos, die sie während ihrer provokanten »Ich werde bis zum Tod Ihr Recht verteidigen, es zu sagen«-Phase neben Bösewichtern von der fragwürdigen Rechten zeigten. Und dann die Zitate der Khaki tragenden Bürstenschnitt-Typen von der extremen Rechten, die auf offensichtlich widerwärtigste Weise kommentierten, was nach den jüngsten Morden und Unruhen auf den Straßen des

Landes los war, gefolgt von den Worten »ein weiteres von Dee Cameron gebilligtes Zitat« und, natürlich »meineLeute, meineLeute, meineLeute«.

Ihr war die Luft weggeblieben, und als sie wiederkehrte, roch Dee Morgenatem und Schweiß. Sie fühlte sich von ihrem Körper getrennt, ein Bein lag kalt wie ein totgefahrenes Tier am anderen. Den Laptop gegen ihren Unterleib geklemmt, saß sie da, und sowohl ihr rechtes Auge, häufiger Leidtragender von Überanstrengung, als auch der Cursor auf dem Bildschirm blinzelte.

Noch mal, was zum Teufel war da los?

Sie war entlarvt, bloßgestellt worden. Aber wegen was? Noch vor Wochen war das alles zulässig gewesen. Alles, was sie geschrieben hatte, enthielt genau das richtige Maß an Nuancierung. Es war auf Herz und Nieren geprüft und von ihrer PR-Managerin gebilligt worden.

Es war wie damals, als die Laos-Amerikanerin sie während ihrer Lesereise korrigiert hatte, aber das war ein privater Moment gewesen. Das hier fand in den sozialen Medien statt, und das hieß, es war auf Gottes Antlitz gedruckt.

An einige der neuen Beiträge war der Name *seines* Accounts angehängt, der über drei Millionen Follower hatte. »Bist du in letzter Zeit mal deiner Freundin gefolgt?« – »Sieht nicht gut für euch aus, Leute.« – »Vielleicht kannst du ja als Nächstes GlenRassist Glen Ross spielen.« – »Steck deiner Tussi den Babykürbis in den Arsch.« Sie saß weiter da, wie gelähmt. Bald würden seine Schritte die Treppe heraufhallen, und sie würden einen weiteren Tag des Über-Bauernmärkte-Schlenderns und Für-Bilder-Posierens beginnen. Würde er es mit einem Lachen abtun? Würde er behaupten, dass dem

Ersten Paar der Quarantäne nichts passieren konnte? Dass sie zu süß waren, um zu scheitern?

Aber so etwas gab es nicht mehr. Sie war ausgestoßen worden, auf die andere Seite des Cordon sanitaire, und nun auf der falschen Seite der Geschichte begraben.

Nein, das konnte nicht sein!

Sie würde es nicht zulassen!

Sie wusste nicht, wie sie dorthin gekommen war, wie ihre Beine die Beweglichkeit zurückgewonnen hatten, doch nun stand sie nackt vor dem Badezimmerspiegel und putzte sich die Zähne. Sie öffnete die Tür des Badezimmerschränkchens, um ihr Gesicht nicht ansehen zu müssen, die weiße Zahnpasta, die an ihren Mundwinkeln schäumte wie der Schlusseffekt eines Schierlingsbechers. Senderovsky hatte den größten Teil seines umfangreichen Arzneimittelbestands ausgeräumt, aber auf einem Bord standen immer noch ein Stuhlweichmacher und ein Stuhlfestiger, die ExitPro beziehungsweise Carpathium plus hießen. Wenn sie alle diese Tabletten auf einmal schluckte, würde sie dann implodieren?

Sie spülte sich den Mund aus und fädelte sich die Zähne, alles genau nach Vorschrift. Jetzt würde sie unter die Dusche gehen und sich säubern, säubern, säubern, und das dampfend heiße Wasser der kürzlich in Ordnung gebrachten Dusche würde ihre Haut rosig und fleckig machen, alles, bloß nicht weiß. Sie hörte ihn nicht hereinkommen und registrierte seine Anwesenheit erst, als er ihr die Arme um die Taille schlang, sein Atem nach Koffein und den unvergleichlichen Sesambagels duftend, die seine Agentur ihm aus Montreal hatte schicken lassen. »Bleib mir vom Leib!«, schrie sie.

»Was?« Er hatte sein gekränktes, verwirrtes Babygesicht aufgesetzt.

»Tut mir leid«, sagte sie. »Ich muss zuerst duschen. Ich rieche.«

»Wann hat uns das je gestört?«, sagte er und beugte sich zu einem Kuss vor, der verweigert wurde. Dann, leise und niedlich wie ein Junge, der etwas verbrochen hat, aber möchte, dass seine Eltern ihn wieder lieb haben: »Aber Deeeee … Ich mag dich stinkig.«

»Na großartig«, sagte sie. »Lass mir einfach einen Moment Zeit. Okay? O-*kay?*«

»Okay«, sagte er, die Hände beschwichtigend vorgestreckt, die Augen von Unschuld überglänzt.

Sie versuchte sich zu fassen, sank stattdessen jedoch schluchzend zu Boden, und er stand da, im Gesicht einen Ausdruck des Entsetzens, das rasch Instinkt Platz machte, und der Instinkt leitete ihn, wie er ihn früher schon immer geleitet hatte. Er sank neben ihr zu Boden, bettete seinen Kopf in ihren Schoß und begann mit ihr zu weinen, und seine Tränen, sein Beben und krampfhaftes Lufteinziehen traten nach und nach an die Stelle ihrer entsprechenden Äußerungen, bis sie viel authentischer geworden waren und Dee vollends zu weinen aufhörte, wie in Trance dalag und den Lauten seines unbegründeten Kummers zuhörte.

7

An jenem Tag, während Dee Cameron der Welt in einem auf neue Weise unwillkommenen Licht präsentiert wurde, waren Karen und Nat zu einem ihrer morgendlichen Spaziergänge aufgebrochen, und beide sangen »Fake Love«, »Boy in Luv«, »War of Hormone« und andere BTS-Hits wie auch Songs aus einem pädagogischen Zeichentrickfilm über einen albernen koreanischen Tiger, der von seiner Mutter als *hyo-ja*, als guter Sohn, anerkannt werden möchte. Normalerweise gingen sie bis zu dem Haus, wo schwarz und blau die Pro-Polizei-Flagge flatterte und die Hunde laut bellend bis zur Grundstücksgrenze gestürmt kamen. Die Pollensaison für Hundszahngras, Roggen und Hafer hatte die Rasenflächen im Nordosten mit einem Überzug versehen, der dem Fell eines wohlgepflegten Terriers glich, und eine massive Allergie bei Nat hervorgerufen. Damit sie nicht so heftig niesen musste, hatte Karen ihr eine hochwertige Filtermaske aufgesetzt und trug auch selbst eine.

Im Augenblick gingen sie an der Schaffarm vorbei, die Morgensonne zu schwach, um ihrer Haut einen Bronzeton zu verleihen, und Nat hüpfte auf einem Bein oder sprang auf beiden oder rannte auf ihre staksig chaotische Art über den Asphalt oder drehte sich um und machte »den Stier«, das heißt, rammte in vollem Tempo Karens Bauch, was dieser ein bisschen den Atem nahm, aber alles auf verspielt-kindliche

Weise, während Karen die fröhlichsten Refrains ihrer verstorbenen Mutter rief: »*Ohmama-ohmama-ohmama!*«

In diesem Augenblick bog ein Pick-up (seine Farbe würde ein strittiger Punkt bleiben) um die Kurve vor Senderovskys Grundstück und schien, während er sich Karen und dem Kind näherte, zu beschleunigen und die Schnauze in ihre Richtung zu senken.

Es spielte sich innerhalb einer halben Sekunde ab. Normalerweise winkte Nat vorbeifahrenden Autos gern zu (und welche lieblose Kreatur würde das Winken eines Kindes nicht erwidern?), doch diesmal hatte Karen kaum Zeit, Nat zu packen und zur Seite zu reißen.

Laut Karen passierte der Pick-up das Kind in einem Abstand von allenfalls fünfzehn Zentimetern, und der an beiden vorbeirauschende Fahrtwind machte das Ganze nur noch schlimmer. »Scheiße!«, schrie Karen. Sie schlug die Hand vor den Mund, als Nat zu ihr aufblickte. »Entschuldigung, mein Schatz, Entschuldigung.«

»Was ist denn passiert, Karen-*emo*?«

»Der Wagen, der ist uns so nahe gekommen. Aber es ist alles okay.«

»Mein Daddy ist auch ein schlechter Fahrer«, sagte Nat. »Mommy hat den Kindersitz aus seinem Wagen rausgenommen, damit ich mit ihm nicht mal mehr zum Einkaufen fahren kann.«

Sie verfiel rasch in ihr übliches »Angstreden«, und inzwischen blökten auch die Schafe, als hätten sie den Beinaheunfall (oder war Unfall das falsche Wort?) gesehen, und zwei weiße Pferde auf der anderen Straßenseite – Vater und Sohn – nickten den beiden zu, als sie vorübergingen. Ein Doppeldecker vom nahe gelegenen Flugplatz flog direkt über sie hinweg und schor die tief hängenden Wolken wie ein Rasenmäher der Lüfte, und Karen blickte argwöhnisch zu dem eisernen Kreuz auf dem unteren Flügel auf. Nichts kam ihr mehr sicher vor.

Sie bugsierte Nat auf die grasige Bankette am Straßenrand und hielt, während sie neben ihr herging, den ausgestreckten Arm vor sie, als würde das allein sie vor allem schützen, was auch immer als Nächstes um die Biegung kam.

Das war ihr erster Gedanke: Ich habe das Kind nicht beschützt.

Ihr zweiter Gedanke: Vor wem? Nun wurde ihr klar, was der Fahrer des Pick-ups gesehen hatte: eine Asiatin und ein asiatisches Kind, die beide Masken trugen, und das zu einer Zeit, da Leute, die schwarz-blaue Fahnen zu Ehren der Polizei aufzogen, solche Menschen in aller Regel hassten.

Also stellten sie und Nat als asiatische Maskenträgerinnen in den Augen des mörderischen Fahrers nun eine doppelte Bedrohung dar. Sie versuchte sich ins Gedächtnis zurückzurufen, was sie hinter dem auf der Windschutzscheibe liegenden Gleißen gesehen hatte. Ordentlich gestutzter, militärischer Kurzhaarschnitt, so war es ihr vorgekommen, ein angedeuteter Schnurr- und Kinnbart, Sonnenbrille, ein Grinsen? Sie war sich allerdings nicht sicher. Tatsächlich konnte es durchaus sein, dass sie das Video von dem Polizisten aus dem Mittleren Westen, der dem Unschuldigen das Knie auf den Hals stemmte, im Kopf hatte. Vielleicht gab es in Wirklichkeit nur *einen* einzigen weißen Mann, der von der Warte seiner amtlichen Stiefel, seines amtlichen Fahrzeugs und seiner hoch über seinem amtlichen Grinsen sitzenden amtlichen Sonnenbrille aus auf die Welt starrte. Und das Endergebnis all dieser Amtlichkeit? Ein tonnenschweres Auto, das in einem Abstand von weniger als fünfzehn Zentimetern an einem achtjährigen Kind vorbeiraste.

Karen lieferte Nat bei Vinod ab, der sich in ihrem Bungalow aufhielt, und klopfte an die Tür des Petersburger Bungalows. Der Grundbesitzer erschien in heiterer, von Koffein angeregter Stimmung, in der Hand ein Geflatter von Ausdrucken aus der zweiten Staffel der Serie (SCHWEIZER HAREM DES INT. OLIGARCHEN – NACHT). Nachdem er jüngst bei Vinod in Ungnade gefallen war, freute er sich über jedweden Besuch. »Rauchen wir ein bisschen Morgengras, so wie früher immer!«, rief er.

Sie erzählte ihm von dem Vorfall mit dem Pick-up und seiner Tochter, und das mit durchaus kritischem Unterton, als wäre es irgendwie seine Schuld, als hätte er sich mit Absicht diese gefährliche Örtlichkeit für seine Datscha ausgesucht.

Senderovsky dachte an das Fernlicht am Ende seiner Auffahrt, an den herabfallenden Ulmenast, der das Senderovsky'sche Erdenleben beinahe vorzeitig beendet hätte. »Welche Farbe hatte der Pick-up?«

»Was? Wieso ist das denn wichtig?«

Er rannte zur Tür hinaus, um den besten Empfang zu bekommen, und eine Stunde später wirbelte ein großer Ford unter seiner bootsartigen Karosserie Kies auf, und von der Hügelkuppe aus konnten Karen und Senderovsky bereits den hellbraunen Filz-Stetson sehen, der auf dem Kopf des Fahrers saß.

State Trooper Burns trug eine blaue chirurgische Maske, die jedoch die Eckigkeit seines Kiefers in keiner Weise kaschierte. Angesichts der jüngsten Ereignisse in der Geschichte der Polizeiarbeit des Landes fand Karen sein gutes Aussehen ärgerlich. »Eine Sekunde, ich hole mir eben eine Maske«, sagte sie.

»Nicht nötig, Ma'am«, sagte der Polizist freundlich. Er war so nett gewesen, seine Sonnenbrille abzunehmen, vielleicht war das aber auch nur der Form halber geschehen. Seine Augen waren bis zum Karikaturhaften blau.

Sie gingen durch, wie sich der Vorfall abgespielt hatte. »Und Sie sind sicher, dass er versucht hat, Sie anzufahren?«, sagte Trooper Burns. »Sie sagen, er hat versucht, einen Bogen zu machen.«

»Er hat versucht, uns *Angst zu machen.* Ist das kein Verbrechen? Wir sind zwei Asiatinnen, die Masken tragen.«

»Das verstehe ich jetzt nicht ganz.«

»Das *verstehen* Sie nicht?«

Senderovsky berührte sie am Arm. »Sie äußert sich von einem politischen Standpunkt aus«, sagte er.

Karen schüttelte seine Hand ab. »Ich sage, es könnte sich um Vorurteilskriminalität handeln«, sagte sie. Der demütige Klang ihrer Stimme passte ihr überhaupt nicht. Wenn sie damals im Valley weiße Männer in Hoodies hatte anbrüllen können, warum konnte sie sich dann nicht an der Ostküste gegen einen Polizisten behaupten?

Der Trooper machte sich ein paar Notizen. Die Ankunft seines Streifenwagens auf dem Hügel riss die Bewohner der Kolonie nach und nach aus ihrer Nachmittagsstarre. Vinod war vor den Bungalow getreten, und Masha kam die Zedernholztreppe aus ihrem Büro im Haupthaus herunter. (Nur Dee und der Schauspieler blieben, in ihre neue Mühsal versunken, im ersten Stock.) Sie rückten näher, versuchten, kleine Details aufzuschnappen. Ein skrupelloser Pick-up-Fahrer hatte versucht, Karen und Nat umzubringen? Masha rannte sofort zu Karens Bungalow, wo Nat deponiert worden war, um festzustellen, ob es ihrer Tochter gut ging, und fand sie in ihrem üblichen Mittagsmonolog begriffen (mit Vinod als geduldigem Zuhörer), aber nicht verängstigter als sonst.

»Und welche Farbe hatte der Pick-up?«, fragte Trooper Burns, während sein Blick Vinods rockähnlichem Lungi und Senderovskys Blick dem einzelnen schwarzen Streifen folgte, der am Hosenbein des Troopers hinablief.

»Grau, glaube ich«, sagte Karen. »Ich bin mir nicht sicher.«

»Meinen Sie, wir sollten Ihre Tochter fragen?«, fragte der Trooper.

»Noch einmal, sie ist nicht meine Tochter«, sagte Karen.

»Sie ist meine Tochter«, sagte Senderovsky. »Vinod, würdest du sie bitte holen?«

Nat, Masha und Vinod kamen gleich darauf den mit Steinplatten belegten Fußweg herauf. »Ich bin die Mutter«, sagte Masha präventiv. »Nat, mein Schatz, als du mit Tante Karen spazieren gegangen bist, war da ein Pick-up, der es mit dem sicheren Fahren vielleicht nicht so genau genommen hat …«

»Genau wie Daddy!«, schrie Nat.

»Jedenfalls ist er euch zu nahe gekommen«, sagte Masha. »Erinnerst du dich, wie der Wagen ausgesehen hat, Nat?«

»Nein. Er ist bloß zu schnell gefahren.«

»Irgendeine Erinnerung an die Farbe?«, fragte der Trooper.

»Ich glaube, er war grau«, sagte Karen.

»Ich glaube, er war grün«, sagte Nat. »So ein dunkles Grün, wie ein Wald.«

»Bist du sicher, dass er nicht schwarz war?«, fragte Senderovsky. »Hatte er seltsame Aufkleber hintendrauf?«

»Was?«, sagte Karen. »Nein, er war nicht schwarz. Wo

hast du das denn her? Du warst doch gar nicht dabei. Und was für Aufkleber?«

Senderovsky warf einen Blick in die Runde und seufzte. »Nat«, sagte er, »könntest du ein Weilchen in Mommys Arbeitszimmer gehen und Videos schauen?«

»Nein, ich will hier draußen bleiben!«, schrie Nat. »Das ist spannend!«

»Schatz«, sagten Masha und Karen gleichzeitig, aber Karen hatte sich bereits auf ein Knie niedergelassen, Nats beide Hände ergriffen und sah ihr in die Augen.

»Okay.« Der Ton des Kindes war so friedfertig, verriet derart seltene Einsicht und Folgsamkeit, dass Masha den Blick von ihm und Karen abwandte und auf den niedrigen Bungalow richtete, den sie mit ihrem Mann teilte, auf eine frontal heranziehende graue Masse, die ein weiteres Sommerunwetter nebst der kostspieligen Unmenge weiterer malträtierter Äste und hinterher, möglicherweise, der Freude eines doppelten Regenbogens verhieß.

»Ich wollte niemanden beunruhigen«, sagte Senderovsky, als seine Tochter gegangen war, »aber es hat in letzter Zeit einige Störungen gegeben, die ich zunächst für Zufälle gehalten habe. Aber inzwischen glaube ich das nicht mehr.« Der Trooper nahm diese Rede zur Kenntnis und fragte sich, ob sein Gegenüber Ausländer oder geistesgestört oder beides war.

Und jetzt sprach Senderovsky von dem schwarzen Pick-up mit den seltsamen Aufklebern hintendrauf, der regelmäßig am vorderen Rasen vorbeifuhr, und wie ebendieser Pick-up während des denkwürdigen Sturms vor Monaten mit dreist eingeschaltetem Fernlicht am Ende der Auffahrt gestanden habe. Und dann sprach er von den Schüssen, die immer näher am Grundstück abgefeuert würden, obwohl dies doch die Jahreszeit sei, in der die Jagd dem springenden Rotwild und den frisch geborenen Murmeltieren einen Waffenstillstand gewähre. (Masha bestätigte die militärischen Übungen, die sie nachts hörte.)

Der Trooper schrieb das alles auf und wunderte sich darüber, welche Rolle Pick-ups vieler Farben in der großstädtischen Fantasie dieser Leute spielten. Aber er hatte von zunehmenden Störungen in dieser Gegend gehört, von seltsamen jungen Leuten, die ziellos über eindeutig beschilderte Privatgrundstücke streiften, von Pick-ups, die ohne Zweck durch die Gegend fuhren, und dass in dem alten, verlassenen internationalen Jugendcamp noch mehr Leute als sonst Sex hatten. »In solchen Zeiten«, sagte er zu den Bungalowbewohnern, »müssen wir alle vorsichtig sein. Sie sind hier auf dem Hügel ziemlich abgeschieden. Wenn also irgendwelche üblen Typen beschließen, Ihnen einen Besuch abzustatten, bekommen Ihre Nachbarn das vielleicht gar nicht mit. Sie wären ganz auf sich gestellt.«

Diese Äußerung schockierte die Anwesenden. Sie waren zugleich isoliert und ungeschützt. Sie waren auf sich allein gestellt.

»Aber Sie haben gesagt, der Pick-up, den Sie gesehen haben, war schwarz?«, sagte der Trooper zu Senderovsky. »Nicht grau oder grün, wie die beiden jungen Ladys gesagt haben.«

»Ja«, bestätigte Senderovsky. »Nein. Ich weiß nicht.«

»Fällt Ihnen jemand ein, der vorhaben könnte, Ihnen zu schaden?«, fragte der Trooper. Er schaute reihum auf die vielen Gebäude des Anwesens. »Vielleicht jemand, der für Sie gearbeitet hat.«

»Auf diesem Anwesen arbeiten viele Leute, aber die werden alle anständig bezahlt«, sagte der Grundbesitzer. »Nein, ich würde Karen beipflichten. Das hört sich nach Vorurteilskriminalität an. Ach so, außerdem sind einige unserer Besucher prominent.« Er erwähnte die Anwesenheit des Schauspielers und Karens Beruf. Der Trooper nickte und überreichte Senderovsky mit einer seiner behandschuhten Hände eine Karte.

Während der Streifenwagen, an der Unterseite von aufstiebenden Kieselsteinchen gekitzelt, die Auffahrt hinunterfuhr, wandte sich Masha an ihren Mann und sagte: »Na, vielen Dank für die Information, dass wir seit drei Monaten gestalkt werden.« Sie ging zurück zu ihrem Arbeitszimmer und vermerkte dabei das Geschrei des frischgebackenen Liebespaars im ersten Stock und den Umstand, dass ihr dessen Probleme völlig egal waren.

8

Er hatte sich zu einer Telefonkonferenz mit seinem PR-Mann, seiner Agentin und seinem Manager im Badezimmer eingeschlossen. In der elektronischen Welt brodelte es schon den ganzen Tag, jede Minute poppte eine neue Entdeckung auf, während Zehntausende unterbeschäftigte Fans des Schauspielers ihre eigenen unbezahlten Nachforschungen anstellten. Ein Social-Media-Spürhund war dahintergekommen, dass sich der Schauspieler auf Senderovskys sonderbarem Anwesen aufhielt, und hatte mithilfe der sozialen Medien außerdem deduziert, wer die anderen durchaus bekannten Bungalowbewohner waren. Der Zeitungsartikel über Senderovskys Bungalowkolonie (Titel: »Der Traum von der eigenen Datscha«) wurde ausgegraben, massenhaft hochgeladen und bespöttelt. In den sozialen Medien fragten Leute: »Bist du ein Sasha, eine Dee oder eine Karen?« Irgendwie erstand Dees digital optimiertes Tröö-Emotions-Foto wieder von den Toten auf (sie hatte es kurz nach dem Posten gelöscht), und das veranlasste die Agentin, den Manager und den PR-Mann zu einer Reihe neuer Fragen. Ob der Schauspieler erzwungenermaßen in Dee verliebt sei? Ob das alles Karens Schuld sei? Ob sie ihn mit der App als Geisel halte? Ob der Schauspieler im Schutze der Nacht ausgeschleust werden müsse? Denn es sei vollkommen ausgeschlossen, mutmaßten sie, dass er Elspeth »für jemanden wie sie« aufgegeben habe.

»Ich kenne dich wie einen Bruder«, sagte der Manager, »und du bist kein bisschen rassistisch.«

»*Sie* ist auch kein bisschen rassistisch.«

»Ich würde gern deine türkische Großmutter ins Spiel bringen«, sagte der PR-Mann. »Du kommst aus muslimischen Verhältnissen. Das ist Fakt.«

»Ich möchte nicht, dass die Leute da allzu tief nachbohren«, sagte der Schauspieler.

»Was soll das heißen? Du hast das in Unmengen von Interviews erwähnt.«

»Lassen wir das erst mal«, sagte der Schauspieler kryptisch.

Er müsse Elspeth umgehend anrufen, sagte seine Agentin. (Sie vertrat inzwischen sowohl den Schauspieler als auch die modelnde Aktivistin.) Das Fenster ihrer Vergebung schließe sich allmählich. Angesichts der Tröö Emotions der ganzen Angelegenheit, angesichts des Umstandes, dass er unter Zwang gehandelt habe (»korrekte Wortwahl«, sagte der Manager), sei seine ehemalige Freundin für ein persönliches Treffen offen. Sie sei verletzt und wütend, sie werde Worte äußern müssen, wie er sie lange Zeit von keinem Menschen gehört habe, aber das sei für ihn jetzt der einzige Ausweg. Man werde auf eine »Amok laufende Technologie« abheben müssen, um zu erklären, dass er sich in eine Rassistin verliebt habe. Die Agentur halte einen minimalen Besitzanteil an einem Flugzeug, das derzeit eine Stunde und zwanzig Minuten südlich von dem Schauspieler stehe. Er müsse lediglich in seinen kleinen roten Lancia steigen und ein kleines bisschen fahren.

»Oder«, sagte der Manager, »wie wär's damit: Ihr wart nie ein Liebespaar, sondern bloß befreundet.«

»Du hast dich mit ihr angefreundet, und sie hat dich hintergangen«, sagte der PR-Mann.

Ja, waren sich alle einig, das sei gut. Er habe unter Zwang eine unzuträgliche Freundschaft geschlossen.

Es klopfte an der Badezimmertür. »Ich muss los«, sagte der Schauspieler.

»Ein Letztes noch«, sagte die Agentin. Sie war in einem früheren, finanziell weniger lohnenden Leben Dramaturgin gewesen und ein Fan gewichtiger Worte geblieben.

»Was?«, fragte der Schauspieler seufzend.

»Du musst dir vor Augen führen, dass du nicht bloß ein Mann bist. Du bist nicht bloß irgendein ›Mensch‹.« Die Agentin hielt effektvoll inne. »Die ganze Welt schaut auf dich.«

Während sie sich zu einem aus Schwertfisch und Finocchio bestehenden Essen zu Tisch setzten, konnte der Donner, ein bekannter Schmierenkomödiant, nicht an sich halten und ließ sich mit einer Reihe monströser Salven vernehmen, die der geräuschempfindlichen Nat Angst machten und die kürzlich erst in Schrecken versetzten Anwesenden verwirrten, die einige der Donnerschläge für Schüsse hielten. Karen und Vinod, deren Stühle in Richtung Auffahrt zeigten, hielten ab und zu nach einfahrenden Pick-ups Ausschau.

Nachdem zehn Minuten schweigenden Kauens verstrichen waren, ergriff Dee das Wort. Sie legte nach Art ihres Autorinnenfotos die Hände unters Kinn und sprach dann ruhig und heiter, so wie man mit den Briten spricht.

»Heute habe ich Nat und Karen zugesehen, wie sie die Platzdeckchen aufgelegt haben«, sagte sie, »und dabei ist mir ein Gedanke gekommen. Wir tun so, als wären wir hier ungeheuer divers. Wie Sasha damals bei unserem ersten Essen so stolz verkündet hat: ›Ich habe fast keine weißen Freunde!‹

Aber ich muss trotzdem fragen: Wo sind die Schwarzen an diesem Tisch? Wo sind die Schwulen? Die Nicht-Cisgender?«

»Die Latinos?«, sagte Nat im gleichen Ton wie Dee, die Hände ebenfalls unterm Kinn gefaltet. Sie hatten kürzlich ein Cinco-de-Mayo-»Modul« in der Schule gehabt.

»Und wo sind die armen Leute?«, sagte Dee, die das Kind ignorierte, während ihr aufging, wie sehr sie Altklugheit in elitären Kreisen verabscheute, und die sich fragte, ob sie das so zur Sprache bringen könnte, dass sie Nats Eltern damit an den Karren fuhr, ohne das Kind selbst zu kränken.

»Man kann jederzeit in die City zurückkehren«, sagte Masha zu Dee. Wie alle anderen am Tisch hatte sie Dees Leiden in den sozialen Medien verfolgt. »Die Seuche schwächt sich dort ab, und es gibt jede Menge ökonomische Diversität, wenn man weiß, wo man hinschauen muss.«

»Ich glaube, Dee hat einen schweren Tag«, sagte Vinod, »und wir sollten versuchen, ihr auf nichtkonfrontative Weise zu helfen.«

»Ganz Ihrer Meinung«, sagte Dee. »Seien wir nichtkonfrontativ. Und hören wir bitte mit der Lügerei auf.« Sie warf Senderovsky, dem bekannten Lügner, einen raschen, wissenden Blick zu. »Ich schlage vor, wir veranstalten eine kleine Übung. Wir gehen in unser jeweiliges Zimmer zurück, holen unsere Taschenrechner raus und kommen mit einer vollständigen Offenlegung unseres Vermögens wieder. So wissen wir, wo genau wir innerhalb des Systems stehen. Ich würde außerdem auch Einkommen angeben, das zu einem unfair niedrigen Satz besteuert wird, zum Beispiel Kapitalgewinne, und auf ererbtes Vermögen würde ich gesondert aufmerksam machen. Wer seinen Vermögensverwalter anrufen muss, kann uns die Ergebnisse morgen beim Essen vorlegen.«

Sie hörten einen Donnerschlag, dann anhaltendes Blöken von der Schafweide, mit dem sich die Tierwelt drüben in Erinnerung rief.

»Da ich sehen kann, wie beängstigend diese Idee für fast alle hier ist«, sagte Dee, »mache ich gern den Anfang.« Sie zückte ein Stück Papier und entfaltete es. »Mein Nettogesamtvermögen beträgt 238.345 Dollar und 23 Cent. Ungefähr neuntausend Dollar davon sind mein Auto nach Wertminderung, und ungefähr zwanzigtausend sind ein Vorsorgekonto, das heißt am Markt investiert und entsprechend besteuert. Grundbesitz habe ich keinen.«

Niemand sagte etwas. Man hörte lediglich das Klirren von Geschirr auf Tellern. »Moment mal«, sagte Karen, »soll das wenig oder viel sein?«

»Es ist, was es ist«, sagte Dee. »Mein Ziel ist Transparenz.« Das Lachen, das sie hörten, kam von Masha. Es war volltönend und theatralisch (und historisch) und erinnerte Senderovsky jäh daran, warum er sie einmal geliebt hatte. »Entschuldigung«, sagte sie. »Ich glaube, Dee will uns sagen, dass sie im Vergleich zu uns anderen arm ist. Dass sie gelitten hat. Dass man ihr Handeln unter diesem Gesichtspunkt entschuldigen muss.«

»Darum geht es überhaupt nicht!«, rief Dee.

»Sie sind jetzt wie alt, einunddreißig?«, sagte Masha. »Als ich so alt war wie Sie, nach dem College und dem Medizinstudium, war ich zweihunderttausend Dollar *in den Miesen.*«

»Und ich war in dem Alter süchtig nach Pferde-Tranquilizern«, sagte Senderovsky. Die Tischrunde lachte. Masha hielt Nat die Ohren zu.

»Ich habe ungefähr dreihundert Dollar auf der Bank«,

sagte Vinod. »Mein Vater sagt, er vermacht mir vielleicht seinen Buick.«

»Schätzchen«, sagte Karen, »für jemanden mit Anfang dreißig ist das tatsächlich ein Haufen Geld.« Ihre Stimme enthielt keinerlei Boshaftigkeit. Sie tut ihr leid, dachte Ed.

»Sagt Karen aus der *White* Street!«, sagt Dee. Der Name Karen war kürzlich zu einer abwertenden Bezeichnung für eine bestimmte Kategorie weißer Frauen geworden.

»Die Sorte Karen bin ich nicht«, sagte Karen. »Ich bin die Sorte, die wegen ihres Aussehens beinahe über den Haufen gefahren wird. Und woher wollen Sie wissen, wo ich wohne? Ich habe meine Wohnung bei einer Gesellschaft mit beschränkter Haftung gekauft.«

Dee lächelte sie an. Ihr wurde klar, dass sie unter den Frauen keine Verbündeten hatte. Wie überaus vorhersehbar. »Sie übernehmen keine Verantwortung für das, was uns passiert ist, nicht wahr?«, sagte sie.

»Sie haben es verkackt«, sagte Karen, und Masha hielt ihrer Tochter erneut die Ohren zu. »Das habe ich auch. Oft sogar. Dieses Land ist voller erfolgreicher Versager. Kein Mensch erinnert sich an irgendetwas. Machen Sie reinen Tisch und fangen Sie von vorne an.«

»Vielleicht können *Sie* sich ja hinter Ihren Millionen verstecken«, sagte Dee.

»Und Sie können sich hinter Ihren 238.000 verstecken.«

Dee tat Ed fürchterlich leid. Sie war kein grundsätzlich schlechter oder sonderlich rassistischer Mensch, dachte er, aber sie hatte sich fürchterlich verrechnet. »Sie können stolz darauf sein, dass Sie jeden einzelnen Cent davon selbst verdient haben«, sagte er zu ihr. »Und zwar auf eine Art, wie ich es nicht könnte.« Dee vermied jeden Blickkontakt mit Ed, aus Sorge, sie würde, wenn sie seine Fürsorglichkeit sähe, ganz gegen ihre Natur vielleicht zu weinen anfangen.

Nach einigen Sekunden Schweigen sagte Vinod zu Dee: »Ich habe Ihr Buch gelesen.«

Sie blinzelte überrascht. »Ach ja?«

»Ja«, sagte Vinod. »Ich war wohl zu schüchtern, um mit Ihnen darüber zu reden, da ich selbst kein Buch veröffentlicht habe.« Dee, Ed und der Schauspieler sahen Senderovsky vorwurfsvoll an. »Es ist sehr gut geschrieben.«

»Danke.«

»Ich glaube, es handelt davon, wie dieses Land mit der weißen Vormachtstellung umgeht. Sie versuchen, viele Widersprüche zu verstehen, Widersprüche, die sich aus Ihrem Geburtsrecht ergeben.«

»So weit ist es mit diesem Geburtsrecht gar nicht her«, sagte Dee.

»Aber letzten Endes.« Vinod hielt eine Sekunde inne. Der Donner versuchte, etwas einzuwerfen, aber niemand hörte ihn. »Letzten Endes«, sagte er, »ist nicht recht erkennbar, auf wessen Seite Sie stehen.«

»Ich stehe auf der Seite der Leute«, sagte Dee. »Ist das nicht klar ersichtlich?«

»Auf der Seite Ihrer Leute«, sagte Vinod. »Und das heißt, auf Ihrer eigenen Seite.«

MeineLeute. Der Schauspieler erkannte, was er beim Scrollen durch ihre Erwähnungen in den sozialen Medien nicht erkannt hatte. Die Hoffnungslosigkeit ihrer Position. Und seiner eigenen. Sie saß in der Falle. Er saß in der Falle. Was, wenn er ihr in die Augen schaute und sein ungeahntes Selbst, den Mann, der er sein musste, nicht mehr sähe? Diese

Realität durchdrang ihn, vernichtete seine Tröö Emotions, erfüllte ihn in geradezu Nat'schem Maße mit Angst.

Was, wenn seine Liebe zu ihr es unmöglich machte, sich selbst zu lieben?

Sie saß neben dem Schauspieler an der Westseite des Tisches, sodass man beim Blick auf die Schönheit des Sonnenuntergangs unter normalen Umständen auch ihrer beider Schönheit mit wahrgenommen hätte. Doch die Sonne war an diesem Abend aus dem Rennen, an ihrer Stelle fegten wie Länder geformte Wolken dahin, von denen der Wind hier und da ein Elsass oder ein Osttimor abspaltete. Und die beiden Liebenden wirkten ebenfalls wie voneinander abgespalten.

Ed beobachtete Dee. Er könnte nach ihrer Hand greifen und sie halten. Er könnte sich das Elend ihres Kampfes, ihre Hilflosigkeit zu eigen machen und sie aus beidem herausführen. Kürzlich hatte sich herausgestellt, dass die Hausgenossen in der japanischen Realityshow die ganze Zeit gecoacht worden waren. Bloß Schauspieler in einem Stück gewesen waren. Spielzeuge. Und das war sie mit ihrem ansehnlichen Mittelschichtkonto und ihrer gierigen Mittelschichtseele im Grunde genommen ebenfalls, auch wenn sie die Kühnheit besessen hatte zu glauben, sie könnte durch Schreiben und Reden zu jemand Originellem werden. Eine Sekunde lang trafen sich ihre Blicke. Sie wollte ihre untere Gesichtshälfte nicht für ihn glätten, die Hälfte, die im Katalog früherer Kränkungen lebte und dem Witz und Funkeln ihrer Augen als Gegengewicht diente, aber er würde sie ohnehin nehmen, wie sie war. Wenn er das Signal bekäme, würde er sie in die Geborgenheit eines langen und komplizierten Dilemmas holen, in einen Fehler, den sie gemeinsam machen konnten.

9

Masha und Senderovsky lagen im Petersburger Bungalow im Bett und lauschten den Regengüssen, die auf das teure neue Dach trommelten. Landregen. Datscharegen. Masha bedeutete er immer noch etwas. Instinktiv, als wäre dies 1983, streckte sie die Hand aus und ergriff die von Senderovsky. In der russischen Bungalowkolonie auf der anderen Seite des Flusses hatte sie ständig Händchen mit ihm gehalten, hatte gedacht, es wäre für sie platonisch, hatte gewusst, dass das für ihn nicht galt, und hatte es trotzdem getan. Schon damals war er ein Quell ständiger Unterhaltung für sie gewesen, eine »Einmann-Clowntruppe«, stets mit dem dämlichen Witz über Babuschkas und Kohlsuppenfürze bei der Hand. Und trotzdem hatte sie ihn geheiratet. Und trotzdem liebte sie ihn.

»Die erste Rate von der Fernsehgesellschaft wird diese Woche angewiesen«, sagte Senderovsky. »Allerdings schulde ich Ed zehntausend und dem General und den Arbeitern noch mal zwanzig. Viel wird also nicht übrig bleiben.«

»Das macht dir bestimmt Angst«, sagte sie. »Kein Geld mehr zu haben.« Aus therapeutischen Gründen sprachen sie Englisch.

»Sie haben die nächsten zwei Staffeln schon in Auftrag gegeben, also stehen wir ganz gut da.« Was er ungesagt ließ, war, dass das Geld, falls der Schauspieler mit Dee Schluss machte, falls er abermals ein kritisches Auge auf die Drehbücher warf oder falls er komplett ausstieg, um sich von Senderovsky und seiner Datscha des Desasters zu distanzieren, nach der ersten Rate aufhören würde zu fließen. Sie spürte, wie er ihre Hand drückte, und wusste, dass er sich Sorgen machte. Es sollte weiteres Handdrücken folgen, bis er schließlich einschlief und dabei die ganze Zeit hustete.

Sie lag eine weitere Stunde wach, bis irgendwer den Knauf der Eingangstür zum Bungalow drehte. Masha fuhr hoch. Sie hatte darauf gedrungen, dass sämtliche Bewohner nachts ihre Tür abschlossen, nachdem sie den State Trooper die Schutzlosigkeit ihres Anwesens hatte schildern hören. Sie dachte daran, ihren hustenden Mann zu wecken, lief stattdessen jedoch selbst an die Tür und spähte an dem Rollo vorbei.

Es war Nat unter einem bunten Wanna-One-Regenschirm (das war eine mit BTS konkurrierende Boygroup; Nat konnte es nicht ertragen, den Regenschirm mit ihren wahren Helden nass zu machen), immer noch in ihrem getüpfelten Kittel. Masha ließ sie herein. »Was ist denn los?«, flüsterte sie.

»Ich will bei dir und Daddy schlafen«, flüsterte Nat zurück. Für Masha fühlte sich ihr Nacken klebrig an. Wahrscheinlich hatte Karen es versäumt, sie zu baden. Masha ertappte sich bei der Sorge, Karen könnte mitten in der Nacht aufwachen und feststellen, dass das Kind nicht da war. Warum beschäftigte sie sich auf einmal so mit Karens Gefühlen? »Ich habe Karen-*emo* eine Nachricht geschrieben«, flüsterte Nat, als könnte sie die Gedanken ihrer Mutter lesen.

Sie kletterte rasch ins Bett und fand zwischen ihren Eltern eine Mulde, in die sie sich, einen Arm um ihre Knie, hineinkuschelte. Masha vergrub die Nase in Nats schmutzigem

Haar und begann möglichst tief einzuatmen. Senderovsky legte blindlings einen Arm um Nat, doch da durch das offene Fenster kein Mondlicht einströmte, konnten seine Frau und seine Tochter sein Traumlandlächeln nicht sehen. Irgendwann allerdings sah Masha, dass seine Hand Nats kleine Hand gefunden hatte, und sie beschwor sich, den Umstand zu vergessen, dass es, wenn die Kinder in der Kindness Academy vor dem Gang zum Mittagessen oder in die Pause (es gab viele Pausen) Paare bildeten, oft niemanden außer der Lehrerin gab, der Nat an der Hand hielt.

»Du solltest dir eine Gesundheits-App besorgen, um Daddys Husten zu überwachen«, flüsterte Nat. Sie hatte von Karen viel über Apps gelernt.

»Pssst«, flüsterte Masha zurück. »Zähl von zehn aus rückwärts, in welcher Sprache du willst, und dann schläfst du.«

»Desyat«, begann Nat. *»Desyat, devyat, vosem, sem, shest, pyat, chetyre, tri, dva, odin.«*

»Tak derzhat«, flüsterte Senderovsky im Schlaf, das selten gespendete Lob seines Vaters klar und süß an seinem Gaumen.

Karen und Vinod schnarchten hingebungsvoll, die Arme verzweifelt umeinandergeschlungen, als entschwände gerade der letzte Schornstein der *Titanic* hinter ihnen in den Wellen. Ed hatte zwei Schlaftabletten genommen, zuerst eine und eine Stunde später eine weitere, ein linker Haken ans Kinn, gefolgt von einem rechten Haken, sodass er nun ausgeknockt auf der Bettkante lag. In der Kelleretage seines Bewusstseins spielte leise eine Flöte, und diesem herrlichen Klang schwebte er körperlos entgegen.

Dees Gesicht war tief ins Kissen vergraben, und sie

musste zuweilen manövrieren, um Luft zu holen. Der Sex hatte ihr geholfen, sich zu beruhigen. Der Schauspieler hatte sein Äußerstes gegeben, und sein Äußerstes war wunderbar. Sie hatte ihn sogar – aus Leidenschaft, wie sie nur vermuten konnte – in die Lippe gebissen. Sie lachten, als sie bemerkten, dass sie ihm eine blutende Wunde zugefügt hatte, machten aber trotzdem weiter. Er liebt mich, der Idiot, hatte sie gedacht. Alle Kommentare in ihrem bevorzugten sozialen Netzwerk hatten unrecht. Sie war es wert, geliebt zu werden.

Er konnte nicht schlafen. Es donnerte und blitzte, und über ihm drehte sich der (im Wesentlichen dekorative) Deckenventilator. *Apocalypse Now.* Die zweite Einstellung des Films. In der Willard in dem Hotel in Saigon zu dem rotierenden Deckenventilator aufblickt. Sie befanden sich mitten in einem Krieg, dachte er. Es regnete Bomben wie in diesem Graham-Greene-Roman über das Leben während des Blitzkriegs. Er berührte sich selbst und führte die Finger zur Nase, damit er sie beide riechen konnte. Gib mir die Kraft, dachte er. Aber die Kraft wofür?

Er hatte Lust, ein Lied zu singen, an das er sich aus der *Sesamstraße* erinnerte, die er als Kind gesehen hatte. (Ein Schlüsselkind, dachte er mit beruhigendem Selbstmitleid.) Es war die Adaption eines britischen Kinderlieds, als Kanon gesungen von einer aus vier Zeichentrickschildkröten bestehenden Familie. Er hatte es seither als vierstimmigen Kanon auf der Bühne gehört. Er setzte sich ans Fenster und begann mit dem Mund die Worte zu formen, zuerst in seinem natürlichen Bass, von dem er dann im Kopf zu Tenor, Alt und Sopran wechselte.

Come follow, follow, follow, follow, follow, follow me.
Whither shall I follow, follow, follow?
Whither shall I follow?
Follow thee! To the redwood, to the redwood, to the redwood,
Redwood tree!

Leise, damit sie nicht wach wurde, öffnete er das Fenster und beugte sich hinaus in den Regen, um mit seiner eingerosteten, aber ganz passablen Stimme zu singen. *Whither shall I follow, follow, follow …?* Bei jeder Zeile legte er einen Extraakzent auf das Fragezeichen, auch bei der letzten, die stattdessen eigentlich ein Ausrufungszeichen verdiente. Er spürte, wie er heiser wurde, während der Regen auf ihn herunterprasselte und die Luft zu Dunst gerann. Er wollte auf der Bühne stehen, singen, weinen, geben. Das war seine Bestimmung. *Die ganze Welt schaut auf dich.*

Um vier Uhr morgens war er immer noch wach und starrte im Erdgeschoss auf das Foto von Masha und Senderovsky, wie sie auf dem Heuhaufen saßen, er mit schiefen Zähnen, sie mit ihrem Grübchenkinn, als verkündeten sie ihre gemeinsame Zukunft. *To the redwood, to the redwood, to the redwood, / Redwood tree?* Aus der Tasche seines Bademantels piepte sein Telefon. Sein Team an der Westküste war ebenfalls wach. Er las sich durch Nachrichten voller verzweifelter Großbuchstaben. Inzwischen war offenbar ein Video aufgetaucht. Ein Video à la: DU MUSST DIR DAS VIDEO ANSEHEN! Und: DAS BIST NICHT DU, ODER? Und: DIE »BLOSS FREUNDE«-STRATEGIE LÄSST SICH VIELLEICHT NICHT MEHR HALTEN. Aber er war es. Er und sie, auf einer abgeranzten, von Gras umgebenen Bühne. Das Filmmaterial war größtenteils dunkel und körnig, grasgrün mit gelegentlich aufblitzenden Violett- und Blautönen, aber ab und zu wurde die Szene von Scheinwerferstrahlen erleuchtet, die durch die Biegung der Straße strichen, sodass man mitbekam, wie er mit pneumatischer Inbrunst von der Seite rhythmisch in sie hineinstieß. Der Videofilmer schlich sich durch das nabelhohe Gras des verlassenen Jugendcamps immer näher an die Bühne heran und fing sie beide in Pixeln ein. Ton gab es keinen.

Nat wachte stets früh auf und beschäftigte sich selbst, bis die Erwachsenen aufstanden. Vom Fenster des Petersburger Bungalows aus sah sie eine vertraute Gestalt eine Reisetasche in Richtung Garage tragen. Weil sie ihre Sandalen nicht gleich finden konnte, zog sie die *tapki* ihrer Mutter an und schlurfte in diesen großen, flappenden Hüllen nach draußen. Der kleine rote Lancia fuhr gerade langsam und im Schutze des Nebels von seinem Stellplatz. »Halt!«, schrie Nat. »Halt!« Sie stolperte über eine *tapka*, fiel auf den Kies und schürfte sich das Knie auf. Die kleine Schildkröte von einem Wagen rollte weiter langsam die Auffahrt hinunter, vorbei an den von früheren heftigen Stürmen gebliebenen Baumstümpfen, und bog dann, während das sinnlose Leuchtzeichen eines Blinkers den grauen, leeren Fahrweg entlangzuckte, nach links auf die Staatsstraße ab.

Nat schaute auf ihr aufgeschürftes Knie – zerschrammt und leicht blutend, eher ungeschützt und beängstigend als tatsächlich vor Schmerzen pochend – und begann, ehe sie sich erklären konnte, was da in ihr ausgelöst worden war, leise und ohne Theatralik zu weinen; Tränen sammelten sich an ihrem Kinn und fielen dann mit dem schweren Platschen von Monsunregentropfen auf ihren getüpfelten Kittel. Als sie mit Weinen fertig war, setzte sie sich, von jeglichem Willen zu irgendeiner Bewegung verlassen, auf den Kies und wartete darauf, dass ein Erwachsener kam und sie nach Hause brachte.

VIERTER AUFZUG

DER TOD VON ALEXANDER BORISOVICH

1

R*azgar leta*, die beiden russischen Lieblingsworte von Senderovsky. Hochsommer. Oder, wörtlich übersetzt, »die Glut des Sommers«. Der kahlen Stelle des Grundbesitzers hatte sich ein vollkommener Kornkreis eingebrannt – er liebte die Sonne so sehr, dass er nicht einsah, warum man sich davor »schützen« musste –, und Masha kümmerte sich täglich darum wie ein Landarbeiter um ein widerspenstiges Tier. *»Nu, vot«*, pflegte sie zu sagen (»Na, hast du's mal wieder geschafft«), während sie unter zufriedenem Seufzen seine rote Kopfhaut mit einer Kombination aus verschiedenen Salben einrieb.

Nat betrachtete diese neu entstandene öffentliche Innigkeit zwischen ihren Eltern mit gewohnt ängstlichen Augen. Es betraf nicht nur die beiden. Nachdem der Schauspieler abgereist war, verhielten sich alle anders, freundlicher, weniger befangen, als wäre das bloß ein weiterer Sommer, wenn auch einer, an dem der Straßenrand mit blauen chirurgischen Masken und aufgebrauchten Fläschchen Handdesinfektionsmittel vermüllt war. Aber ohne den Schauspieler war die Einmaligkeit dahin, das anfängliche Gefühl, ihre Eltern seien in Wirklichkeit gar nicht ihre Eltern, ihr sei das Recht gewährt worden, ihr Schicksal selbst zu wählen, und sie sei, da diese auf Jin-Niveau berühmte Persönlichkeit sie so genannt hatte, ja vielleicht wirklich »wunderbar«. Während ihre Bindungen zu Karen-*emo* (und Onkel Vinod) blieben, gehörte sie mittlerweile auch unverkennbar jener kleinen Gruppe von Levin-Senderovskys an, die sich mit ihren seltsamen Ernährungsgewohnheiten und Reminiszenzen durchs Leben wurstelten. Auch liebte sie sie, obwohl sich, was als deren Liebe durchging, wie ein Strick um den sonnengebräunten Stängel ihres Halses anfühlte. Sie empfand es als ihre Pflicht, sie glücklicher zu machen, selbst wenn bei diesem Austausch einiges von ihrem eigenen Glücksgefühl verloren ging.

Während das Quecksilber der Spitze des Thermometers zustrebte, feierte die Nation mit einem nicht nachlassenden Gefühl des Entsetzens ihren Geburtstag. In anderen Teilen des Landes stapelten sich die Leichen. Die Kühllaster fuhren nach Süden und Westen. Es wurde deutlich, dass der Präsident des Landes seine Macht vielleicht niemals freiwillig abtreten würde, und Karens Assistentin leitete das Antragsverfahren zur Wiedererlangung ihrer koreanischen Staatsbürgerschaft für sie ein.

Gestrandete Autoren von Gesellschaftsromanen fotografierten flussauf- und flussabwärts pflichtschuldig schwer zu bestimmende Blumen und machten Aufzeichnungen über das Erscheinungsbild aufziehender Sturmtiefs und drohender Gewitterwolken. Mehr als einer war zu beobachten, wie er zu einer schlafenden Eule aufblickte oder eine von der Sonne ausgedörrte Wiese betrachtete und seine jeweilige höhere Macht anflehte, ihm *doch bitte dabei zu helfen, aus dieser ganzen Stille irgendetwas zu machen.*

Unterdessen summte das Anwesen des Grundbesitzers von tierischer und menschlich-tierischer Aktivität. Steve das Murmeltier hatte seinen dem Pool benachbarten Bau mit Flieder geschmückt, so jedenfalls sah es für Nat aus (in Wirklichkeit hatte Onkel Vinod den Bau geschmückt und das Kind überzeugt, das Ganze sei das Werk des Murmeltiers). Zugvögel – Grasmücken? – fielen in einen Baum ein, überrannten ihn mit ihrem Gesang und verließen ihn dann wieder ebenso rasch und ohne erkennbaren Grund wie gelangweilte amerikanische Touristen eine antike historische Stätte. Karen und Vinod pflegten sich in Eds Freiluftdusche zu stehlen, wo sie monumentalen Sex hatten, die vier Hände gegen die mit Muscheln besetzten Wände gedrückt, während sie einander zur Erfüllung brachten, auch wenn Vinod gelegentlich eine Hand zum Mund führte, um sich zu vergewissern, dass er nicht intubiert war und dass all das wirklich geschah. Er hatte sein Gepäck in Karens Bungalow geschafft und alles ausgepackt, bis auf etwas Notfallunterwäsche und die notariell beglaubigten Papiere auf dem Boden eines Koffers. Er würde sie jetzt nicht mehr brauchen. Er war gesund und stark und verliebt. Karen half ihm, Anfragen an Agenten zu formulieren. Endlich konnte er die Figur hinter sich lassen, die er für seinen Vater geschrieben hatte, »den einsamen Mann, dessen Alleinsein ans Heilige grenzt«.

Mit der Abreise des Schauspielers war es, als wäre ein Fabrikbesitzer fortgegangen und die Arbeiter spazierten leicht benommen an den stillstehenden Fließbändern vorbei. Wie sollten sie sich untereinander verhalten? Gehörte das alles jetzt ihnen? Was würden sie tun, nun da der klotzige Name nicht mehr über dem Eingangstor stand? Seltsamerweise rückten die sieben verbliebenen Bewohner der Kolonie enger zusammen. Ihnen allen hafteten ihre Fehler und ihre früheren Rangeleien an (man erinnere sich nur an Dees letzten

Ausbruch bei Tisch), aber im tiefsten Innern mochten sie einander und waren an ihre gegenseitige Gesellschaft gewöhnt wie Geschwister oder Polarforscher. Nun aßen sie sowohl mittags als auch abends miteinander, fanden sich Schlag halb eins in der Küche ein, um Mashas Eiersalat auf Bauernbrot zu häufen. Und um drei Uhr nachmittags unter der Woche, wenn Nat einen Termin bei ihren Sprachtherapeuten hatte, rannten diese Mittvierziger auf ein schnelles Bad zum Pool und kombinierten ihre fröhliche Nacktheit mit der Schärfe von Karens Marihuana.

Und dann war da noch Dee.

Wenn ein Liebhaber sich davonmacht, fehlt uns als Erstes die Wärme seiner Berührung, der Hautkontakt, nach dem Babys verlangen und den Nat nie gekannt hatte. (Ein erhalten gebliebenes Foto aus ihrer Waisenhauszeit zeigt sie am Beginn des Lebens, ein strampelndes Wurm mit dunklen Wimpern und vielen zarten Falten an den Handgelenken, aber niemandem, der diese regelmäßig säuberte oder die Kleine in den Arm nahm, wenn sie nachts weinte.) Und so spürte Dee das Verlassensein auf der dermalen Ebene. Sie versuchte, sich wieder umzugewöhnen, aber jeder einzelne Quadratzentimeter Senderovsky'schen Territoriums, an dem sie im Lauf des Tages vorbeikam, verlangte nach der Berührung eines gut aussehenden Mannes, verlangte nach diesem Hautkontakt. *Dabei wollte ich ihn gar nicht lieben!*, sagte sie dann zu sich selbst. Aber die Haut erzählte eine andere Geschichte, und wenn die Sonne unterging, berührte sie sich in der Halsbeuge, nur um Gewissheit zu haben, dass Berührung immer noch möglich war. In Zukunft, dachte sie, werden die Karen Chos dieser Welt Golems entwickeln, die, aus vagabundierenden Atomen unmittelbar heraufbeschworen, uns umarmen und die Nacht hindurch festhalten werden, nur um sich bei Tagesanbruch aufzulösen, und dann wird sich diese ganze Grausamkeit erübrigt haben. (Und die Menschheit im Grunde auch.) Aber bis dahin? Bis dahin litt sie.

Angesichts des Umstandes, dass die Kolonie sie mittlerweile an die einzige gescheiterte Beziehung erinnerte, die sie in den vergangenen zehn Jahren gehabt hatte, angesichts des traumatischen Videos, das sie beide beim Sex im Freien zeigte und das ihre Intimsphäre zerstört hatte (ihre intimsten Körperteile wurden in dem Video zwar von seinem Körper verdeckt, aber das half nicht viel), war ihr ursprünglicher Impuls, zu fliehen. Aber wo sollte sie hin? Sie schwor sich, ihm in den sozialen Medien nicht mehr zu folgen, aber sie tat es trotzdem, und es war klar, dass seine Leute ihn als jemanden positionierten, der die Übel des Rassismus wiederentdeckt hatte (natürlich ohne Dee zu erwähnen), und nun haute er eine naheliegende Initiative nach der anderen raus, Schauspielcamps für schwarze Kinder auf einem zwanzig Hektar großen Feriengelände in Zentralkalifornien (die Anti-Senderovsky-Bungalowkolonie), wo man den Teilnehmern außerdem das komplette Farmerlebnis bot (inzwischen verkauften sie Produkte auf dem Original-Bauernmarkt in Los Angeles) und sogar, unter Einhaltung der Abstandsregeln, *Vom Winde verweht* neu inszenierte, allerdings mit umgekehrter Rassenzugehörigkeit der handelnden Personen. (Das würde schon bald zu einer ganz neuen Reihe von Problemen für den Schauspieler und sein Team führen.) Sie sah seine rehäugigen Appelle an Spender und Sponsoren und konnte sich des Gedankens nicht erwehren, dass die besonders gewinnende Traurigkeit, die er diesen Darbietungen beimischte, nicht nur seinem neu entdeckten Verständnis für strukturellen Rassismus, sondern auch dem Umstand zuzuschreiben war, dass er sie immer noch liebte und dass sie ihm fehlte.

Was soll's, zum Teufel damit! Ihre eigene Lage besserte sich langsam. Eine Gruppe ernsthafter Intellektueller in Buttondown-Hemden hatte in einer bekannten Zeitschrift einen Brief zu ihren Gunsten veröffentlicht. Das Wort »Zensur« war gefallen. Es kursierten Behauptungen, sie werde von einem bevorstehenden Lehrauftrag entbunden, Behauptungen, die nicht stimmten. Zunächst erwog Dee, eine wütende Antwort zu schreiben und der Welt zu sagen, dass sie ihre Hilfe nicht brauchte, dass sie sie wieder einmal missverstanden, diese reichen Intellektuellentypen. Doch am Ende hieß sie die Einmischung wie überhaupt jeden Standpunkt willkommen, der bekräftigte, dass sie kein bigottes Monster war. Und so konnte sie nun, mit dem Brief bewaffnet, in die City zurückkehren und den üblichen Widersachern neue und bessere Kämpfe liefern, ihre Ankläger überraschen und die Bedingungen ihrer Verbannung neu definieren. Sie war drauf und dran, in ihr Neuntausend-Dollar-Fahrzeug zu steigen und abzuhauen, aber jemand anders hielt sie auf den breiten Fußbodendielen des Writer's Cottage fest (wohin sie aus dem Haupthaus repatriiert worden war, nachdem die rechtmäßigen Eigentümer es wieder in Besitz genommen hatten). Der Leser liegt richtig mit seiner Vermutung, um wen es sich dabei handelt.

Sie hatte nie aufgehört, Spaziergänge mit Ed zu machen, weder während ihrer dreiwöchigen Liebesbeziehung mit dem Schauspieler noch danach. Bemerkenswerterweise kam ihre Affäre mit dem Mimen zwischen ihnen selten zur

Sprache, und sie unterhielten sich stattdessen über all die dummen Dinge, über die sich junge (nicht dass Ed besonders jung war) Großstädter der Stunde so unterhielten: die Launen der sozialen Medien, die geschmacksintensiven *mee krops* und *tom kha gais*, die sie zuletzt im Februar geschlürft hatten, ihrer beider Pfad durchs Gestrüpp der High Society, dazu Klatsch über andere Leute, die gerade fertiggemacht wurden und gezwungen waren, abzurücken, abzuschwören und Abbitte zu leisten.

Nach dem Essen mit dem Schauspieler und Vinods verletzenden Worten darüber, dass sie auf der Seite ihrer Leute stehe, begann Ed über seine Familienangehörigen und deren vielfältige Schrecklichkeit zu reden. Wenn man online auf Koreanisch nach ihnen suchte, stieß man auf ihre Rolle bei der Zerstörung der Gewerkschaften und auf die vielen Monopole, über die sie seit den Zeiten der japanischen Besetzung verfügten. Man erfuhr von Tassen mit kochend heißem Tee, die nach Untergebenen geworfen wurden, und von einem älteren Chauffeur, einem dekorierten Soldaten, der nur dafür verprügelt worden war, dass er in einem Firmenwagen die falsche Sorte Duftspray versprüht hatte. Weil reiche Leute vom Leiden der Welt ausgenommen waren, mussten sie sich ihre eigenen, ausgeklügelteren und individuell zugeschnittenen Formen von Leid ausdenken und barocke Versionen dieser verkümmerten Innerlichkeit dann anderen zufügen. Und das waren nur die öffentlich bekannten Dinge. Es gab arrangierte Ehen mit gewalttätigen Schizophrenen, korrupte Scheidungsverfahren, gestohlene Kinder, selbstmordgefährdete Mütter, bloßgestellte und auf Kunstakademien in Rhode Island und London abgeschobene Kinder. Keiner, *kein Einziger* von ihnen war glücklich, alle schlurften nur im Valiumnebel durch Schönheitskliniken und Uhrenboutiquen.

»Und trotzdem«, sagte Ed, »wie kann ich behaupten, ich wäre ganz anders als meine Verwandten? Wie kann ich behaupten, ich hätte mich von all den Jahren des Feudalismus gelöst? Soll ich das Joch der Geschichte etwa ganz allein abwerfen? Das ist so eine unsinnige amerikanische Idee, dass man sich einfach« – ein sehr lautes Fingerschnippen – »ändern kann. Meine Haut ist zu dick, als dass ich aus ihr hinauskönnte. Ich kann mich dafür entscheiden, einen Chauffeur nicht zu misshandeln, aber meine Gangart, wenn ich beschwipst zum wartenden Wagen schlendere, die kann ich nicht ändern. Dieser ganze Mist steckt in mir drin.«

»Mir ist es lieber, ich werde für böse gehalten«, sagte Dee, »als tatsächlich verlogen zu sein. Alles, was ich schreibe, ist ein Zeitstempel in der Geschichte. Alles, ganz gleich wie schrecklich es ist oder ob es mir negativ ausgelegt werden kann, ist, das schwöre ich bei Gott, ehrlich. Kann ich etwas dafür, dass das Porträt, das sich daraus ergibt, nicht den derzeitigen Erfordernissen genügt?«

Das war, wie sie zugeben musste, auch das Rezept der Button-down-Hemdenträger, der Briefschreiber, für die Kunst – dass sie reflexiv, nicht revolutionär sein müsse. Ihnen zufolge und gemäß ihren Erfahrungen in New Haven stand die Künstlerin in unmittelbarer Nachbarschaft der Geschichte, verarbeitete deren rohen Charakter mittels ihrer eigenen beschränkten Erfahrungen und tippte die sich daraus ergebenden Beobachtungen in die Notes-App ihres Smartphones ein. Aber was, wenn diese spezielle Arbeit plötzlich irrelevant geworden war? Und was, wenn Irrelevanz, nicht kulturelle Taubheit, das eigentliche Gespenst war, das in der Bungalowkolonie herumspukte und auch sie, Senderovsky und den Schauspieler heimsuchte? Die Stunde zur Aufzeichnung der Lage war verstrichen; es war Zeit, die Telegrafenstation zu besetzen und die provisorische Regierung in Haft zu nehmen. Vielleicht war es das, was Dee ursprünglich zu Ed hingezogen hatte: Er hatte sich bewusst außerhalb des Spiels gestellt. Öffentlich äußerte er zu nichts eine Meinung, und keine Macht konnte ihn für sein Handeln oder seine Worte zur Rechenschaft ziehen. Wenn die Gesellschaft zusammenbräche, würde er ein Plastron anlegen und zur nächsten noch funktionierenden hinüberschlendern. (Er hatte die kanadische Staatsbürgerschaft.) Er war nicht einmal in den sozialen Medien vertreten.

Ein Pick-up fuhr vorbei, und Ed winkte dem einzigen Insassen zu, der aus der sonnenerleuchteten Kuppel seines Fahrzeugs pflichtschuldig zurückwinkte. Seit der Abreise des Schauspielers hatte es keine Vorfälle mit gemeingefährlichen Fahrern mehr gegeben (Ursache und Wirkung?), aber Ed achtete inzwischen darauf, jedem Wagen zuzuwinken, der die Straße vor Senderovskys Grundstück entlanggerumpelt kam. Er hatte sich bei den Ortsansässigen sogar so etwas wie einen Ruf als der Winker von der V--- Road erworben. Nicht zurückzuwinken galt in der Gegend inzwischen als Fauxpas, unabhängig von der Farbe der Flagge, die man an seiner Veranda aufgezogen hatte. Dee konnte die Überlegung, die hinter dieser falschen Freundlichkeit stand, teilweise nachvollziehen. Senderovsky hatte seinen eigenen, bitter selbstironischen russisch-jüdischen Humor aus einer demografischen Notwendigkeit heraus erklärt, als den Zwang, sich über sich selbst lustig zu machen, ehe die herrschende Gruppe (christliche Slawen) die Möglichkeit dazu bekam: sich selbst zu ohrfeigen, ehe man mit der Faust niedergeschlagen wurde. Davon hatte auch Eds fröhliches Winken etwas, zusammen mit einem übertriebenen »Vorzeigeminderheit«-Lächeln, das mit dem Geräusch des vorbeirauschenden Autos verschwand oder ehrlich wurde, wenn er sich Dee zuwandte und ihr ins Gesicht sah. Das stimmte sie froh. Mit Ed war eine Menge los, aber nur sie bekam es vollständig zu sehen. Die täglichen Spaziergänge mit ihm gaben ihr ein Ziel und machten ihr Vergnügen. Sie bewahrten sie vor ihren fruchtlosen Begegnungen mit den sozialen Medien, und das hieß, auch vor sich selbst.

Nahebei, in einer bezaubernden, progressiven Kleinstadt, einst das Zentrum der am Flussufer gelegenen walverarbeitenden Industrie des neunzehnten Jahrhunderts, gab es ein Restaurant, das für sein Händedesinfektionsmittel bekannt war. Das Restaurant bot südostasiatische Küche, die Ed, wie er behauptete, aus Mangel an den richtigen Zutaten nicht erfolgreich nachkochen konnte, und die Essenausgabe und das Kassieren erfolgten ohne jeden menschlichen Kontakt bis auf ein keimfreies Nicken am Tresen, sobald die Kreditkartendaten ausgelesen waren. Der Gast begab sich mit seinem Tablett an einen der Tische, die in einem riesigen Zelt auf einem ehemaligen Parkplatz in mindestens drei Meter Abstand zueinander standen.

Ed und Dee fuhren in einem Anfall von Begeisterung in das walverarbeitende Städtchen. Sie hatten die ländliche Anthropologie satt und gierten nach neuer Würze. In der Kolonie war es fast Abendessenszeit, und an diesem Tag würden die Bewohner ohne ihren Küchenchef auskommen müssen. (Der Umstand, dass sowohl er als auch Dee fehlten, sorgte dafür, dass Senderovsky eine seiner beachtlichen Augenbrauen und seine Frau ihr schmaleres und dennoch üppiges Pendant hochzog.)

Ed bestaunte die saloppe, senderovskymäßige Art und Weise, wie Dee mit ihrem gewöhnlichen Wagen an den getüpfelten Feldern vorbeifuhr, als wäre der Tod auch dann keine Option für sie, wenn sie die Fahrbahnmarkierungen eindeutig missachtete und sämtliche Instrumente der Armatur protestierend piepten und summten. »Ich hoffe, Sie prügeln mich nicht!«, scherzte Dee, nachdem sie mit ihrer Unverschämtheit einen Traktor von der Straße gedrängt hatte. »Ich weiß, wie eigen ihr Kims mit euren Chauffeuren umgeht.«

Er lachte hinter seiner Pilotenbrille und fragte sich, ob sie ein Date miteinander hatten. In seiner geliebten (und mittlerweile diskreditierten) japanischen Realityshow hatte ein Nerd eine Schönheit um ein Date gebeten, und sie hatte, um ihn abblitzen zu lassen, vorgeschlagen, zusammen mit ihren anderen Mitbewohnern ins Costco zu gehen. Das war als »der Costco-Vorfall« bekannt geworden. Er hielt sich selbst nicht für einen Nerd, hatte diese Art von Situation jedoch sein Leben lang tunlichst vermieden und konnte zum Beweis dafür viele leere Moleskine-Tagebücher vorlegen.

Auf einem Zugangsweg, gesäumt von zahlreichen putzigen Hinweisen zum Masketragen und Abstandhalten, die wir hier nicht reproduzieren müssen, warteten sie auf ihr Essen, holten dann ihre Tabletts und setzten sich an einen Tisch mitten im geschäftigen großen Zelt des Restaurants, wo sie bald von einer Wespe belästigt wurden. »Die ist harmlos«, klärte Dee ihr Date auf, während er erfolglos versuchte, das große, plumpe Insekt händewedelnd zu verscheuchen. »Das ist ein Zikadenkiller. Die stechen nicht.«

»Ha«, sagte Ed. Er krempelte die Ärmel seines gestreiften Banker-Hemds aus Deadstock-Baumwolle bis zu den Bizepsen seiner gebräunten Arme hoch und schloss die klotzigen Perlmuttmanschettenknöpfe wieder. »Sie sollten sich nicht so in Schale werfen«, sagte Dee, während sie seinem Ritual zusah. »Tragen Sie mal was Schlichteres. Sie haben so einen hübschen Körper. Lassen Sie mal ein bisschen was davon sehen.«

Er wusste nicht, was er darauf antworten sollte. »Oh«, sagte er innerlich, während er ihr ein Erröten schenkte. Er öffnete die Pappbehälter mit Süßkartoffelcurry, Hähnchenflügeln mit schwarzem Pfeffer in vietnamesischer Fischsauce und einem »Romanesco«-*larb*, belegt mit Little-Gem-Salat und eingelegten Chilischoten, und begann das Essen zu verteilen. Sie goss zwei Becher aus einem erfrischenden Krug Meskal-Grapefruitlikör ein. Während sie sich stumm zuprosteten, sahen sie einander einen ausgedehnten, schüchternen Moment lang tief in die Augen. Er trank in einem Zug aus und wischte sich mit der bloßen Hand den Mund. Inzwischen war ihm alles egal. Wenn es nicht hinhaute und er allein nach Chania fahren musste, würde er sich einfach in einem Hotelzimmer einschließen und seinem Leben auf die eine oder andere Art ein Ende machen.

»Dee«, sagte er, »ich liebe dich.«

»Ich weiß«, sagte sie augenblicklich.

Und fast ebenso augenblicklich: »Ich glaube, ich liebe dich auch.«

Er nickte gedankenvoll, stocherte mit den massenproduzierten Stäbchen in seinem *larb* und wusste, dass er nichts mehr davon essen konnte, so köstlich es auch schmeckte. Obwohl die Tische weit auseinander standen, waren seine

Sinne jetzt so geschärft, dass er jedes Gespräch um sie herum mitbekam (meistens ging es um lokale Immobilien), und seine arme Blase wurde nun von jener süßen, herrlichen Panik strapaziert, die mit erwiderter Liebe einhergeht.

»Noch irgendwelche Gedanken zu dem, was wir einander gerade gesagt haben?«, meinte Dee. »Oder sollen wir einfach über Politik reden?«

Ein flachsblonder, unzureichend maskierter Fünfjähriger, der ein »ICH BIN FEMINIST«-T-Shirt trug, hatte sich an ihren Tisch verirrt, kurz darauf gefolgt von seinem ebenso gekleideten Zwilling. »Kent! Lorimer!«, schrie eine sommersprossige Mama von einem benachbarten Tisch aus. »Nicht so nahe!«

»Ist schon okay«, rief Dee zurück, noch während sie ihre chirurgische Maske anlegte, um sich vor den Störenfrieden zu schützen. Die feministischen Kinder stoben durch den Schotter davon. Ed hatte für seine Liebeserklärung so viel von seinem Kapital verbraucht, dass er nicht mehr wusste, was für Worte sich sonst noch in seinem Besitz befanden. Er beschloss, es darauf ankommen zu lassen und etwas Dummes zu sagen.

»Du siehst wunderschön aus mit deiner Maske.«

Sie lachte. »Willst du damit sagen, dass mein Mund und mein Kinn hässlich sind?«

»Nein, ich wollte bloß ... Die Gaze passt zu deiner Augenfarbe.«

»O Gott. Bitte lass dieses Jahr verschwinden.« In Ed sprudelte und schäumte so vieles, dass er sich fragte, wie er das alles bei sich behalten, wie er verhindern sollte, dass es als Tränenstrom, als lautes »Romanesco«-Rülpsen oder als dichter, schwarzer, aus seinen Ohren quellender Rauch aus ihm herauskam. Wieder starrten sie einander an, ihre Hände griffen automatisch nach dem Grapefruit-Meskal, die Münder schluckten beklommen. »Soll ich meine Maske zwischen den Schlucken aufbehalten?«, sagte sie. »Macht dich das an?«

»Da kennst du mich aber besser«, sagte er. »Du weißt alles, was ich denke. Immer.«

»Im Augenblick denke ich, dass du unterm Tisch mein Knie mit deinem berühren willst.«

»Siehst du? Das stimmt genau.«

»Und jetzt«, sagte sie, während er sein Knie an ihrem zu reiben begann, »ärgerst du dich schwarz, weil du keine Shorts trägst und deshalb nicht spüren kannst, wie glatt meine Haut ist. Oder vielmehr, du ärgerst dich schwarz, weil du überhaupt keine Shorts *besitzt.* Da müssen wir umgehend Abhilfe schaffen.«

»Du durchschaust mich restlos«, sagte er. »Dass du wie eine Schriftstellerin denkst, verschafft dir einen Vorteil.«

»Na schön, was denke ich denn?«

»Das sage ich lieber nicht.«

»Na, komm schon! Das ist unfair!« Ihre Stimme war hoch und ungewöhnlich mädchenhaft. Sie kannte die Grundlagen des Flirtens nur zu gut, dachte er.

»Du denkst, dass du noch nie von einem Asiaten geküsst worden bist.«

Sie führte in gespieltem Entsetzen die Hand zum Mund und ahmte dabei, unbeabsichtigt, all die jungen Frauen in der Realityshow nach. »O mein Gott«, sagte sie. »Jetzt hast du das Ganze rassifiziert.«

»Habe ich denn nicht recht?«

»Tja.«

»Dann hast du es zuerst rassifiziert.«

»Na schön. Wo soll dieser Kuss stattfinden? Gleich hier vor allen Leuten?« Beiden wurde jetzt klar, dass Dee nach ihrem noch nicht lange zurückliegenden öffentlichen Intermezzo von einigen Gästen des Zeltrestaurants – allesamt Vielnutzer der sozialen Medien, auch Kent und Lorimer, die fünfjährigen Zwillinge – vielleicht erkannt werden würde. Dee wollte nicht noch mehr von ihrer Privatsphäre einbüßen, auch wenn es zu diesem Zeitpunkt nur von Vorteil für sie sein konnte, in aller Öffentlichkeit – da hatte er ihre Gedanken zutreffend wiedergegeben – einen Asiaten zu küssen. (Eine berühmte Neonazi-Fernsehpersönlichkeit war inzwischen mit einem Schwarzen zusammen, nicht dass Dee sich mit ihr vergleichen würde.) »Gehen wir woanders hin«, sagte sie.

Die Korrektheit von Eds Baumwollhemd und die Art, wie er ihr von der Holzbank aufhalf, bedeuteten, dass sie nicht einfach zu ihrem Wagen rennen und doppelt so schnell wie erlaubt zum Big-Island- oder Writer's Cottage rasen konnten. (Welches wäre für ein erstes Schäferstündchen besser?) Stattdessen mussten sie etwas Date-mäßiges in der Stadt unternehmen, ehe sie ihrem animalischen Besten nachgeben durften. Sie gingen hinüber zur Hauptstraße des Städtchens, die aus beträchtlicher Höhe zu einer Promenade mit Blick auf den Fluss abfiel. Vielleicht würden sie dort einen passenden Platz für ihren ersten genüsslichen Kuss finden.

Das Städtchen war voller notleidender Kunstgalerien und Antiquitätenläden mit gesalzenen Preisen. Inzwischen trugen sämtliche Waren Symbole gegen Rassismus neben den Preisschildchen. In Richtung des Flusses beherbergte ein Wohnblock viele nichtweiße Bürger der Stadt, und nahebei hatte sich eine kleine bangladeschische Gemeinde niedergelassen und Geschäfte eröffnet. Das gemächliche Tempo erinnerte

Ed an eine kürzlich unternommene Reise nach Trinidad, und tatsächlich wurde aus einem Ladenfenster heraus fröhlich karibisches Essen über die Straße verkauft. Alle diese Beobachtungen teilte er Dee in rasendem Tempo mit, und sie entdeckte gewisse Ähnlichkeiten, als sie das Geschwafel des Schauspielers mit seinem verglich, nur dass Eds Gesäusel weniger angestrengt, weniger bewusst war, das Geträller eines Beobachters, nicht eines Beteiligten. Und wieder stellte sie fest, dass dies zu ihrer eigenen neuen Perspektive passte, der einer Reisenden, die auf dem Weg in die Vergessenheit gerade eine Reihe herrlicher Höllenlandschaften passierte, und die Art, wie er in seinem übertrieben förmlichen Hemd schwitzte, verlieh ihm alles an Persönlichkeit, was sie bei einem Mann verkraften konnte.

Während sie durch den weißen Teil der Stadt spazierten, bekam Dee ein paar angelegentliche Blicke von Passanten mit, die sie wegen ihrer jüngsten Missgeschicke eindeutig erkannten. Aus ihnen sprach eher Überraschung als Abscheu, das gut eingespielte Denken nahm rasch die gängigen sozialen Berechnungen vor: Aber ja, Senderovsyks »eigene Datscha« lag nur fünfzehn Meilen in Richtung Süden, warum sollte sie also nicht hier sein? Und wer war dieser Neue? War er ebenfalls berühmt-berüchtigt?

Im schwarzen und im bangladeschischen Stadtteil wurden die Blicke weniger; hier war sie keine saisonale Berühmtheit, sondern lediglich eine Touristin. Nachdem sie die Straße überquert hatten, die die Ethnien voneinander trennte, nahmen Dee und Ed sich bei der Hand, wie um selbst ein wenn auch sehr dürftiges Statement zu setzen. Er redete immer noch über die Karibik – offenbar über Kuba (häufige Erwähnungen von Raúl, Fidel und »staatlich betriebenen Geschäften«) –, und sein Gerede war ebenso sehr Umgebungsgeräusch wie eine Klangmaschine oder eine Klimaanlage, während sie beide in einem Nebel von Grapefruit-Meskal und der Spannung zweier ständig Drucksignale aussendender Hände dahinschwebten, die einen Kontrapunkt zu allem bildeten, was er gerade sagte. Wen interessieren schon die ausgelassenen Nächte, die er am *malecón* verbracht hatte?, besagten die Drucksignale. Wen interessiert diese Walfangstadt als eines der schönsten Beispiele regionaler amerikanischer Architektur? Das ist alles bloß schichtenspezifisches Balzverhalten. Was wir wirklich sind, ist, vielleicht, verliebt.

Ein grüner Parade Hill überblickte die Landzunge an der Weite des Flusses, der sich hier um eine große, aber unbewohnte Insel gabelte, die die Stadt auf der anderen Seite (die ordinäre Namensvetterin einer Stadt der Antike) verbarg. Wolken versteckten und offenbarten immer wieder biblische Sonnenräder, und alles um sie herum – die süßen Kinder, die sich in Erwachsenensprache unterhielten und ihre schwarzen Zöpfe zurückwarfen, ein ferner viktorianischer Leuchtturm mitten im Fluss, Erinnerung an ein anderes, untergegangenes Imperium, eine größere Gruppe Bangladescher, die neben den Eisenbahngleisen am offenen Feuer eine Ziege grillten, vor einem Hintergrund aus violetten Bergen, die zu Blau, zu Grau, zu nichts verblassten –, alles war in professionellem kinematografischem Ocker ausgeleuchtet, was bedeutete, dass sie die Freiheit, ja die Pflicht hatten, sich zu küssen. Das taten sie rasch, dann langsam, als ob sie beide ein langes, erschöpfendes Rennen in großer Höhe gelaufen wären, und einer müsste dem anderen nun wieder Leben einhauchen. Beide hatten die Augen geschlossen, und sie versuchte, an nichts als an ihn zu denken, er versuchte, nur an sie zu denken, sie versuchten, das *Warum* dessen, was sie gerade taten, aus ihren Gedanken zu verbannen und sich nur auf das *Wie* zu konzentrieren, und größtenteils gelang ihnen das auch, und sie ächzten sanft zum Dank für das, was der andere zu bieten hatte, Finger liebkosten die Unterseite von Ohrläppchen, seine dichte Mähne, ihre verschwitzten, an ihrem Hals klebenden Strähnen, während die unverschämten kleinen Kinder auf der Nachbarbank sich ständig über ihre Leidenschaft belustigten und die Jungs die Mädchen aufforderten, auch mit ihnen »rumzumachen«.

»Wie warst du denn so in meinem Alter?«, fragte Dee, als ihre Zungen beschlossen hatten, sich eine kurze Pause zu gönnen. Das brachte Ed ihren beträchtlichen Altersunterschied in Erinnerung. So wie alle älteren Geschichtenerzähler machte er sich Sorgen, dass er, wenn er von seiner Vergangenheit spräche, wie ein alter Mann wirken würde.

»Komisch, dass wir an einem Fluss sitzen«, sagte er, »denn als ich genau in deinem Alter war, habe ich noch in Italien gelebt, und es war ebendas Jahr, in dem ich diese zweisprachige Zeitschrift, *Rivers/Fiumi*, herausgebracht hatte.«

»Die über sämtliche großen Flüsse der Welt.«

Er seufzte. »Na ja, die Idee dahinter war, dass wir die Komplexitäten von Gesellschaften erkunden wollten, indem wir die Flüsse befragen, die durch sie hindurchfließen. Vielleicht haben wir damals nicht den Begriff ›befragen‹ verwendet.«

Als Kind hatte er in der Angst gelebt, ausgeschimpft zu werden, und vielleicht fürchtete er sich noch immer davor. Für den einunddreißigjährigen Ed hatte es nichts Schlimmeres gegeben, als gesagt zu bekommen, dass er unrecht hatte. Das war es, was *Fiumi* ihn gelehrt hatte: wie schmerzlich es war, etwas zu versuchen und trotzdem belanglos zu bleiben.

Doch während er Dee aus seinem Leben erzählte, erkannte er, wie komisch das Ganze eigentlich war. Wie sehr die Welt von künstlerischem Misserfolg durchdrungen war, auch wenn die Künstler (und manchmal auch die Gesellschaft um sie herum) diesen Misserfolg gar nicht als solchen erkannten. Nach und nach verfiel er in Senderovskys Manier, wenn der eine Geschichte erzählte – er machte sich über sämtliche Hauptfiguren, vor allem über sich selbst, lustig. Sobald man eine gute Allgemeinbildung genossen hatte, wurden weite Teile des Lebens zu einem komplizierten Witz. Vielleicht war es das, wofür man bezahlte, wenn die Universitätskasse den elterlichen Scheck verrechnet hatte – für das Recht auf den Witz.

Während die Sonne sich hinter die Berge senkte, wurde ihnen klar, dass sie keine andere Wahl hatten, als nach Hause zu fahren und die Situation auf die Spitze zu treiben. Sie kamen an zwei sehr jungen Leuten vorbei, die auf der Haube eines alten, einheimischen Autos saßen. Zu behaupten, dass die beiden »knutschten«, hieße, sie von jeder Schuld an dem in Ed und Dee entfachten Feuer freizusprechen. Zunächst einmal war eine der Brüste der jungen Frau vollständig außerhalb ihres BHs und wurde von zwei vagabundierenden Händen gehalten und liebkost, »in Szene gesetzt«, um im örtlichen Immobilienmaklerjargon zu bleiben, während sie mit ihren in Jeans steckenden Beinen rittlings auf ihm saß und sich mit angespannten Pobacken rhythmisch vor- und zurückbewegte. Sie befanden sich im Blickfeld des einzigen Wohnblocks der Stadt und sahen, um einen arg strapazierten amerikanischen Gemeinplatz zu verwenden, wie Filmstars aus. Festzuhalten war außerdem, dass sie unterschiedlichen Ethnien angehörten, sie weiß, er schwarz. Ed und Dee verarbeiteten dieses Faktum mithilfe ihrer jeweiligen ethnischen Brille.

»Mannomann«, sagte Dee schließlich. »Junge Liebe.«

Ed fiel das Atmen schwer. Ich bin vielleicht alt, dachte er, aber das kriege ich auch noch hin.

Während sie zu Dees Auto rannten, waren sie dermaßen von Lust gepackt und benommen, dass sie beide nicht merkten, dass sie keine Masken trugen. Eine ältere Frau schirmte ihr Kind gegen ihre Annäherung ab und geißelte sie mit einem Blick aus blassblauen Augen. Sobald sie in Dees Wagen saßen, setzten sie zu einem Kuss an, und sie versuchte, eine seiner Hände unter ihren BH zu schieben, aber er sagte: »Nein, Süße, bitte fahr uns einfach nach Hause. Fahr so schnell, wie du magst. Ich kann deine Strafzettel übernehmen.«

Sie fuhr aus der Stadt hinaus, und die Getreidefelder und Apfelgärten nahmen einen festlichen Goldene-Stunde-Schimmer an, aber sie empfanden jede Sekunde als schmerzhaft und brennend. Sie knöpfte den Bund ihrer Jeans auf. »Quetsch einfach deine Hand da rein«, sagte sie.

Er griff über den Schalthebel hinweg und versuchte, sie wie angewiesen zu berühren. »Vielleicht könntest du deinen Sitz ein Stück nach hinten stellen«, sagte er.

Sie machten einen Schlenker an einem leeren Schulbus vorbei. »Blödmann!«, schrie Dee dem Fahrer zu. »Ich versuche hier eine Nummer zu schieben!« Seine Zunge war in ihrem Ohr. »Nein, das mag ich nicht, sorry. Küss mich auf den Hals!«

Laut Tacho fuhr sie achtzig, und eine Stimme, die wie ein Glockenspiel klang, dem man gerade Englisch beigebracht hatte, verkündete: »Achtung, bitte fahren Sie an die Seite und machen Sie eine Pause!«

»Heute nicht, Satan«, sagte Dee und gab noch etwas mehr Gas. Sie bemerkte, dass Ed sich im Sitz nach hinten stemmte und unter schwerem Atmen die Hand zwischen seine Beine gelegt hatte. »Du meine Güte, willst du jetzt etwa vor mir masturbieren?«

»Nein«, rief er. »Es spannt bloß alles so. Ich lockere das Ganze nur bisschen.«

»Ach bitte, mach doch«, sagte sie. »Ich würde schrecklich gern sehen, wie du dir einen runterholst.«

»Du fährst«, sagte er schwach. »Wir sind in einem Auto.«

Sie schnallte sich los und hob ihr Becken. Die Glockenspielstimme wurde fast verrückt vor Verzweiflung. Einen Fuß auf dem Gaspedal, nahm Dee beide Hände vom Lenkrad und streifte sich ihre Shorts samt Unterhose bis auf die Knöchel herunter. »Gib mir deine Hand, Scheiße noch mal«, sagte sie.

»Was?«, sagte er, während er nach dem Lenkrad griff und den Wagen in der Spur zu halten versuchte. In diesem Augenblick zu sterben wäre kein Problem für ihn. Sie schob seine Finger in sich hinein. »Oh«, sagte er. »Dee.«

»Wir können es auf dem Feld da machen.« Sie stöhnte, während das Auto heftig von einer Straßenseite zur anderen schlingerte.

»Man kann uns sehen«, flüsterte er, zwei Finger in ihr feststeckend. Sie kamen an einem Schild vorbei, auf dem stand: UNSERE GEBETE SIND ERHÖRT WORDEN. WILLKOMMEN ZURÜCK, PASTOR ED. »Alle können uns sehen.«

»Das ist mir scheißegal. Scheiß auf alle.«

»O Gott.« Er massierte sie jetzt, mit kreisenden Bewegungen, während er das seidige blonde Dreieck über ihrem Geschlecht mit größerer Sorgfalt musterte, als er jemals für irgendetwas aufgebracht hatte. Wäre er auf der Universität so gewissenhaft gewesen, hätte er vielleicht mit Auszeichnung abgeschlossen (oder einfach nur einen Abschluss gemacht).

Der Wagen hüpfte die Auffahrt hinauf, während Ed versuchte, seine Hand aus ihrer Wärme zu befreien. (Wie verzweifelt er sich jetzt jeden bedufteten Finger in den Mund stecken wollte.) Sie trat auf die Bremse, und der Wagen schlitterte seitlich in eine ungünstige Position, in der er gleichzeitig sämtliche Garagenplätze verstellte. Während sie mit einer Hand ihre Unterhose und ihre Shorts hochzog, sprangen sie aus dem Wagen und rannten auf den nächstgelegenen der beiden infrage kommenden Bungalows zu, nämlich den von Ed. Von der überdachten Veranda hörten sie Nats Stimme herüberschallen: »Dee! Ed! Wir haben noch Essen übrig. Meine Mommy hat Borschtsch gemacht.«

»Das ist schon okay«, flötete Masha den beiden Beinaheliebenden zu, während sie an der Veranda vorbeirannten. »Bestimmt haben sie schon gegessen.«

Ed konnte Vinod, Karen und Senderovsky lachen hören, aber das war ihm völlig egal.

Der Kilauea-Vulkan über Eds Bett spendete dem Pazifik immer noch einen stetigen Lavastrom. Sobald die Tür zu war, fielen sie übereinander her, und ihre gut aussehenden Gesichter stießen zusammen (»Aua«), während sie versuchten, besseren Halt zu gewinnen. »Sorry, nein, nicht sorry«, sagte Dee, während sie Eds gestreiftes Banker-Hemd aus Deadstock-Baumwolle in Fetzen riss. »Das sollst du nie wieder tragen«, zischte sie. »Wir sollten wunderschöne Putzlappen daraus machen. Aus deinem ganzen Scheiß.«

Eds Sehvermögen liebäugelte mit der Dunkelheit, das mit

Sauerstoff angereicherte Blut in seinem Körper floss in eine Richtung – er musste sich ans Atmen erinnern. Sie nahm ihn ganz und gar in den Mund, sie leckte ihn unten, er erforschte mit Zunge und Fingern beide Öffnungen – bisweilen rackerten sie so schwer, dass sie vergaßen, worum es bei ihrem Tun eigentlich ging, und lediglich schwer gegen die Geschlechtsteile des anderen atmeten oder den Strukturen lauschten, die das Stöhnen des anderen annahm. Er wollte ejakulieren, hielt sich aber zurück. »Können wir irgendwas machen?«, fragte er. »Vielleicht irgendwas Schräges?«

»Dass du überhaupt um Erlaubnis fragst, Blödmann«, sagte sie.

»Setz deine Maske auf«, sagte er.

»Du magst mein Kinn wirklich nicht.«

Sie setzte mit zitternden Händen ihre Maske auf, während er ebenso zittrig einen Badezimmerwandspiegel so gegen seinen dämlichen modernistischen Schreibtisch lehnte, dass sie sich sehen konnte, dann fegte er mit einer geilen Hand die scheißhawaiianischen Ananasskulpturen herunter. Ein kräftiger Laut war zu hören, von ihm wie von ihr, als er von hinten in sie eindrang, sie gegen den Schreibtisch gespreizt und vollständig nackt bis auf das vertraute, inzwischen totemische Blau der chirurgischen Maske vor ihrem Gesicht.

O nein, dachte er. Könnte meine Bitte, eine Maske aufzusetzen, vielleicht als Versuch interpretiert werden, sie mundtot zu machen? Oder als Aneignung der islamischen Gesichtsverschleierung? Was bedeutet es für mich als …

Und genau in diesem Augenblick kam er.

2

Der Chef der Fernsehgesellschaft hatte Senderovsky persönlich angerufen, um ihm mitzuteilen, dass man offiziell auf Senderovskys Serie verzichte. Der hatte schon damit gerechnet, nachdem der Schauspieler abgesagt hatte. »Das ist nicht der einzige Grund«, sagte der Chef der Fernsehgesellschaft. »Es liegt auch am Thema. Oligarchen, Nutten, Schmiergelder. Eine ehemalige Sowjetrepublik wird dem Zuschauer nicht so viel anders vorkommen als Amerika im Jahr 2020.«

»Macht es das nicht gerade relevant?«, fragte Senderovsky.

»Nein, das macht es deprimierend.«

Nach dem Anruf, der eine Woche vor Dees und Eds Vollzug ihrer Beziehung erfolgt war, durchmaß er das kühle, dunkle, leere Wohnzimmer des Haupthauses und betrauerte seinen Verlust. Ja, jetzt war es vorbei. Sogar seine Agentin aus Los Angeles mit ihren abgeschmackten Russisch-Kalauern und ihren Sprüchen über sein großartiges Zuhause und seine großartige Familie hatte aufgehört, ihn anzurufen. Die Bank würde ihm die Bungalowkolonie wegnehmen. Na schön! Er würde in die City ziehen, in die winzige Wohnung, und was tun? Einen Roman schreiben? Der bloße Gedanke stieß ihn ab. Er sah vor sich, wie die Worte und Sätze auf dem Bildschirm zunahmen, während Trauertauben auf der Fensterbank ihre Rezensionen gurrten. Er konnte sich ausmalen, wie er die besten Zeilen aus seiner Vergangenheit abschrieb, seine Jugend wiederkäute, nun da die Zukunft nichts als das langsame, stumpfsinnige Ticken eines Metronoms auf dem Steinway war. Er war so nahe dran gewesen, seine eigene Fernsehserie zu bekommen, *jemand* zu sein. Jetzt würde er nach einem Dozentenjob angeln müssen, zuerst vielleicht als eine Art Lehrbeauftragter, und hoffen, dass sich eventuell eine Vollzeitstelle ergab. Er würde im Grunde genommen Vinod werden. Nur dass Vinod tatsächlich etwas Hervorragendes geschrieben hatte.

Und so grämte sich Senderovsky in seinem Wohnzimmer, stieß sich die Hüfte an seinem Steinway, stolperte über Nats Krempel auf dem Boden. (Wann war sie in den Besitz einer Bogenschützenausrüstung gelangt?) Er hatte in den sozialen Medien immer das Richtige gesagt. Er hatte geweint, als dieser Mann in Minneapolis umgebracht worden war. Er war ein Ordoliberaler. Er glaubte an die Rolle des Staates in der sozialen Marktwirtschaft und an Umverteilung. Reparationen, wenn es sein musste. Doch jetzt würde er noch weiter gehen. Er würde auf alle seine Privilegien verzichten. Er würde keinen Roman mehr schreiben, damit auch andere Gehör finden konnten. Wenn er aufgefordert würde, einen Vortrag zu halten oder in Hollywood wiederzuerscheinen, würde er Economy fliegen. Aber falls er sich strikt an sein Armutsgelübde hielt, wer würde dann für die Grundbedürfnisse aufkommen? Wer würde für Nats Kindness Academy aufkommen?

Und das war das Seltsamste daran: Während seine Karriereaussichten schwanden, betrachtete Senderovsky die Mitglieder seiner Kleinstfamilie mit frischen Morgenaugen. Karen, seine erfolgreichste Freundin, wollte Nat als Tochter; der Schauspieler hatte seine Frau als »Handlangerin«

begehrt. Was für ein Narr wäre er, wenn er nicht zu schätzen wüsste, was er hatte? Nun, da sie wieder ins Haupthaus gezogen waren, Nat wieder in ihrem winzigen Zimmer wohnte (obwohl sie gelegentlich bei Karen und Vinod übernachtete) und er und seine Frau in ihrem, nahm ihn ein familiärer Zauber gefangen, am besten veranschaulicht durch die widersprüchlichen Gerüche von Bacon am Morgen und Sabbatkerzen am Freitagabend. Eines Nachts, nachdem Masha im Esszimmer ihr *Ner schel Schabbat gelehadlik*t hatte, hatte er sich auf sie gewälzt, seine Nase hatte sich im Moschus ihres Haars verirrt, sie hatte mit zwei kerzenwarmen Händen seine mageren, Kindheit heraufbeschwörenden Schultern gehalten, fest zuerst, als könnte er davonfliegen, dann locker, weil sie wusste, dass er es nicht tun würde, und sie hatten an nichts als den Schimmer bestimmter Gegenstände, die Seltsamkeit der Ehe und die Tröstungen eines wiedergewonnenen Zuhauses gedacht. Und er hatte für die Dauer ihrer langsamen Kopulation sogar zu husten vergessen.

Masha sah sich inzwischen in der Stimmung für ihren Mann und für das Leben, das sie schon so lange nicht mehr geteilt hatten. Sie hatte beschlossen, sich von ihrer Arbeit mit den älteren Russen freizunehmen. Das war während eines Besuchs bei ihren Eltern in einem jüdischen Vorort von Boston geschehen. Sie war mit Nat dorthin gefahren, im Wagen eine rote Kühlbox voller Borschtsch und Baguette als Proviant (sie traute dem Hygienekonzept der Raststätten nicht), was sie an sämtliche Autofahrten ihrer Kindheit erinnerte, die sie und ihr *bant* seit ihrer Landung in Amerika vor siebenunddreißig Jahren unternommen hatten.

Sie saßen, mit Maske, in einem winzigen Garten, sie und Nat auf der einen und ihre Eltern auf der anderen Seite, zwei entzückende Gnome, die auf ihre Enkelin einredeten, sich in dem rasenden Tempo, das Nat bevorzugte, dem Vorgang des bemühten, sinnfreien Geplappers hingaben (*boltovnya*, wie es auf Russisch heißt). Obwohl Nat ihnen überhaupt nicht ähnlich sah, liebten sie sie abgöttisch, diese Nachkommen eines winzigen, verschwitzten Stamms, die ihren Anteil an *tsoris* – Dschordsch und sonst welchen – erlebt hatten und sich nun aus akademischen Gründen (ihre Mutter gab nach wie vor Einführungskurse in Mathematik an einem großen katholischen College) auf der Schwelle einer historischen amerikanischen Stadt befanden und nur Augen hatten für ein Harbin-Mädchen in einem Kittel, der so grün war wie das ihren kleinen Garten beschattende Grüppchen Ulmen, dem ihr ganzer Eigentümerstolz galt. (*»Nu, ne choroshe zhe li u nas, pryamo kak v derevne«* – »Na, ist es nicht großartig hier, genau wie auf dem Land?«)

»Deine Mutter hilft Menschen wie Großvater Boris und Baba Galya, damit sie weniger wütend sind«, hatte Senderovsky unter Verweis auf seine Eltern seiner Tochter einmal Mashas Arbeit als Psychiaterin erklärt. Aber half sie ihnen, den Laras ihrer Welt, um Senderovsky selbst zu helfen? Vielleicht war das die Wahrheit, anstelle der Lüge, die sie sich selbst eingeredet hatte – dass sie in Innas Sprache helfen wollte, Leiden zu mildern. Und nun trällerten ihre Eltern – klein und grau, aber noch immer vital und lustig – ihr und ihrer Tochter etwas vor, und sie konnte der Friedfertigkeit ihrer Sprache anhören, in welch geringem Maße die Immigrantenerfahrung sie gedemütigt hatte. Was für ein Glück das für sie, Masha, gewesen war. Glück, das sie besitzen konnte, anstatt den Schmerz anderer an ihre Tochter weiterzugeben. Und was blieb ihr nun, da ihr Mann arbeitslos war, anderes übrig, als wieder eine Privatpraxis aufzumachen? Jawohl, die Bungalowkolonie verkaufen, sich in die City zurückziehen, in einem Stadtteil mit viel Grün Praxisräume mieten und wohlhabenden weißen gebürtigen Amerikanern helfen, ihr atomisiertes Leben durchzusprechen und sich auf ihren Anteil an historischer Schuld einzulassen. Man stelle sich vor, Menschen zu beraten, die die Welt tatsächlich besser machen anstatt ethnisch gesäubert haben wollten.

Sie zündeten im Garten das 26-Stunden-*Jahrzeit*-Licht an (so viele Kerzen in meinem Leben, dachte sie), obwohl es bis zu Innas Todestag noch einen Monat hin war, aber jetzt waren sie zusammen, und vielleicht war es kein schlechtes Omen, wenn die Zeremonie früher abgehalten wurde. Die Levins stritten darüber, wer die Kerze anzünden solle, und Masha sagte: »Aber das soll natürlich die Mutter«, was ihre hübsche Mutter, wie nicht anders zu erwarten, zum Weinen brachte (wie gern Masha sie umarmt hätte, wie sehr sie sich wünschte, das Virus würde verschwinden, damit Mütter, die ihre Tochter verloren hatten, richtig getröstet werden konnten), und weil Nat das nervös machte, drückte Masha sie fest an sich, als der Docht Feuer fing und das blassgelbe Licht zwischen ihnen erschien wie eine reine neue Seele. »Mein Gott, Inna hätte Nat geliebt«, sagte ihre Mutter auf Russisch und blies eines der Wegmans-Streichhölzer aus. »Das habe ich verstanden!«, schrie Nat, und anstatt ihre dreisprachige Tochter zu feiern, musste Masha, weil sie Masha war, an die Frage denken, die ihre Tochter ihr auf der langen Herfahrt gestellt hatte: »Meinst du, ich bin vielleicht Koreanerin? Vielleicht habt ihr mich ja aus einem koreanischen Waisenhaus adoptiert.«

Und sie hatte, den Blick auf die Straße gerichtet, ihr Herz

in beide Hände genommen und ihrer Ausbildung und dem tiefen Reservoir an Petrograder gesundem Menschenverstand zum Trotz geantwortet: »Ich glaube, genau so war es, mein Schatz. Ich glaube, da kommst du her.«

Sie machten sich zum Essen fertig. Ed trug die ersten Bermudashorts seines Lebens, ein Geschenk seiner Freundin. Er hatte eigenhändig Napa-Kohl fermentiert und tischte für Nat ein BTS-Themendinner auf, das aus dem von J-Hope heißgeliebten gebratenen Reis mit *kimchi* und *haembeogeo* bestand.

Und nun müssen wir darüber reden, was Vinod und Senderovsky oberhalb der Taille anhatten. Nämlich nichts. Beide fühlten sich unter ihren Freunden mittlerweile so wohl, dass sie beschlossen hatten, beim Essen in der Abendhitze nur Shorts – der Grundbesitzer – beziehungsweise einen karierten Lungi – sein Freund – zu tragen. Nats Blick ging zwischen dem sarongartigen Gewand ihres neuen Onkels mit dem muskulösen, von Operationsnarben gezeichneten Oberkörper (sie hatte gerade zugesehen, wie der im Bruststil durch den Pool pflügende Vinod einem Seeungeheuer gleich mit lautem Gurgeln an die Oberfläche kam) und dem schweren, weiblich wirkenden Busen ihres Vaters hin und her. Tja, dachte Masha, so sind wir. Ohne die Laras im Hinterkopf bewirkte der Anblick der beiden fast nackten Freunde, deren Gefühl von Männlichkeit ungefähr die Hälfte des Landes stören würde, dass sie sich entspannte. Masha rollte die Ärmel ihrer Bluse hoch, sodass der neue Bronzeton ihrer Schultern zum Vorschein kam, und spürte den zarten Wind unter ihren Armen hindurchstreichen. Diese Welt hielt noch so viel Vergnügen bereit. Und Karen saß in ihrem engen Badeanzug da, einem Einteiler, der sie in Vinods Augen unerträglich jung wirken ließ, als würden sie gleich die Hörer ihrer Festnetztelefone abnehmen, diese klangvollen Nummern eintippen und die nächste halbe Stunde damit zubringen, über eine Livefolge von *Die Simpsons* zu diskutieren, während ihre Eltern unten gegen das System und gegeneinander wüteten.

Die Hände chilirot gefärbt, häufte Nat Unmengen *kimchi* auf ihren *haembeogeo*, und ihr zarter Gaumen nahm das scharfe Lieblingsgericht ihres Idols hin. Karen und Masha wussten, dass eine von beiden sich später um den launenhaften Magen des Kindes kümmern müsste, und beide hofften egoistischerweise, dass die andere Bezugsperson ihrem Schützling Linderung verschaffen würde. Ed und Vinod hatten die Köpfe zusammengesteckt und diskutierten mit der Inbrunst von Collegestudenten, die erst kürzlich ihre Unschuld verloren haben, in leisem Ton Aspekte der körperlichen Liebe. Senderovsky, von einer der achtundvierzig Flaschen Retsina betrunken, die Ed zur Feier eines freudigen Anlasses unlängst bestellt hatte, sang für sich und seine Frau ein ausgelassenes russisches Lied über eine Lokomotive, die dem Sozialismus entgegensaust. Karen unterwies Dee in der Benutzung von Onlinekonferenz-Software für ihre Seminare im Herbst, vielleicht ein Versuch, wiedergutzumachen, was ihre eigene Software Dee angetan hatte, während Nat den Kopf an die nackte, nach Chlor riechende Schulter ihrer *emo* gelegt hatte und zu einer Salve zeitlich perfekt abgestimmter *kimchi*-Fürze ansetzte. Der geheimnisvolle Vogel mit den gelben Schulterpolstern hatte sich mit seiner Familie zu einem improvisierten Wurmpicknick in dem riesigen Wald unmittelbar hinter der Veranda eingefunden. Zwei Nestlinge, geblendet vom Sonnenlicht und froh, weil sie die volle Kälte des Kontinents noch nicht erlebt hatten, pickten nacheinander, während ihr Dad auf einem hohen Ast saß und von der Reise sang, die sie alle hierhergeführt hatte; nicht direkt ein Liebeslied, sondern eher eine Darstellung seines Lebens und seines Wertes als Geschöpf dieser Erde, als Vater, als Liebhaber, als Migrant, als Vogel. Und wenn wir unsere säkularen Überzeugungen auch nur einen halben Absatz lang hintanstellen wollen, können wir uns die Migrantenseelen sämtlicher derzeit am Tisch anwesender menschlicher Vorfahren vorstellen, wie sie die zu etwas Vertrautem wie Kohl mit gebratenem Reis und etwas Unvertrautem wie einer Scheibe Fleisch zwischen zwei kreisförmigen Stücken Brot versammelte Nachkommenschaft betrachten, glücklich wie Eltern auf einem Spielplatz, wenn sämtliche zusammengekommenen Kinder ruhig und friedlich miteinander spielen, niemandes junge Gefühle verletzt werden und jeder noch unschuldig nach Hause gehen wird.

Natürlich befinden wir uns nun, nach der Logik des Romans, an einem Höhepunkt. Diese Atempause, diese glückliche Familie, diese vier neuen Liebenden, dieses Kind, das langsam seine Schüchternheit ablegt, dies alles muss zur Vernichtung vorgesehen sein, nicht wahr? Denn wenn wir sie einfach im Feierrausch ließen, während die vom Schicksal weniger Begünstigten dieser Welt tiefer in Verzweiflung versinken, während Hunderttausende aus Mangel an Glück, Mangel an Mitgefühl, Mangel an Rupien zugrunde gehen, wären wir dann bei unserer Zuteilung von Zufriedenheit gerecht? Und so seufzen wir, bekreuzigen uns, murmeln das Kaddisch, vollziehen unsere *pujas* und *wudu*, alles zur Vorbereitung auf das Unvermeidliche, das sich in diesem Fall mit dem Knirschen von Kies entlang der Auffahrt ankündigt.

3

Sie hörten das Knirschen von Kies entlang der Auffahrt. Es war Samstag, und sie erwarteten keine Handwerker. Senderovsky hatte weiteres Haushaltsgeld von Ed und Karen (und eine milde Gabe von Dee) kassiert, und nun funktionierte die aufwendige Maschinerie des Anwesens tadellos und in perfektem Zusammenspiel. Heißes Wasser floss aus neuen Nichtkupferrohren, Hecken wurden von dem mittlerweile gut gelaunten Hausmeister gestutzt (er hatte eine staatliche Beihilfe zur Finanzierung eines neuen Motorrades verwendet), und unangenehme Riesenameisen wurden en masse von Angestellten einer Firma von der anderen Seite des Flusses niedergemetzelt (Motto: *Wir machen Schluss mit Schädlingsverdruss*). Und am wichtigsten, der Kabelnetzanbieter hatte einen Vertreter geschickt, der Router in sämtlichen Bungalows installierte, sodass die Koloniebewohner wieder ihrem Arbeitsleben nachgehen konnten. Senderovsky nahm das als Zeichen, dass sie vielleicht auf unbestimmte Zeit bleiben würden, eine Aussicht, die ihn froh stimmte, obwohl er wusste, dass er schon vor dem ersten Schnee kein Geld mehr haben würde.

Während das Knirschen von Kies zu hören war, verspürten diejenigen, die von der Auffahrt abgewandt saßen, nur wenig Lust, sich umzudrehen und den Neuankömmling in Augenschein zu nehmen, sich ihren herrlichen Frieden zunichtemachen zu lassen, wie es zuweilen durch das orgiastische Heulen des fernen Zuges geschah, der zur Hauptstadt des Staates rumpelte. Was denn nun?, dachten sie. Gesellschaft? Gäste? An einem so schönen Tag? Wer braucht die denn? Oder, in Senderovsky-Sprech, zum Teufel mit ihnen! Masha griff nach ihrer Handtasche mit dem Vorrat von Masken.

Sie richteten ihren durch die Dämmerung getrübten Blick auf das Fahrzeug, das auf sie zuknirschte und dessen geräuschvolles Näherkommen zunächst vom Gespenst eines schon lange toten Apfelbaums beschattet wurde. Die adleräugige Nat war die Erste, die begriff, was vor sich ging. »Was zum Geier?«, rief sie, wobei das letzte Wort seit Kurzem einen Ehrenplatz in ihrem unschuldigen Vokabular einnahm. Dee, beim Sehtest von niemandem zu schlagen, erkannte als Nächste die vertraute unregelmäßige Form des Autos und erblasste. Senderovsky sprang von seinem Stuhl auf und bedeckte seine Brüste, voller Scham wie Adam, nachdem er zum ersten Mal genascht hatte. Und Ed lachte so traurig, dass Vinod ihm mitfühlend auf den Rücken klopfen musste. Die Koloniebewohner sahen einander an, als wäre es das letzte Mal.

»Kann ich mit Dee sprechen?« Die Frage wurde an Senderovsky gerichtet, als wäre er ihr Vater und das Ganze spielte in einem anderen Jahrhundert. Der Schauspieler stand an der Tür der überdachten Veranda. Allen wurde deutlich, dass er unter technischen Problemen litt: Seine Haare waren professionell geschnitten, aber sie loderten über ihm wie eine Fackel bei einer misslungenen Olympiade, und seine Augen hatten den trüben Schimmer einer in einen Algennebel gehüllten toten Koralle. Auf seiner Stirn glitschte Schweiß, als wäre er von einem Scheibenwischer darauf verteilt worden, und sein Wagen, dessen Motor er abzustellen vergessen hatte, blubberte und surrte hinter ihm wie eine Stinkwanze gegen Ende des Sommers.

Dee saß mit dem Rücken zu ihm. »Du solltest dich hier nicht sehen lassen«, sagte sie laut. »Das tut keinem von uns gut.«

»Ja, bitte gehen Sie«, sagte Ed.

»Ich mache das schon, Süßer«, sagte Dee.

»Dann lassen Sie mich wenigstens mit Ihnen reden«, sagte der Schauspieler zu Senderovsky. »Ich habe Neuigkeiten.«

»Halte Abstand«, sagte Masha zu ihrem Mann und reichte ihm eine Maske.

Sie gingen in den Petersburger Bungalow, und Senderovsky schloss die Tür hinter ihnen. Er verhielt sich wie ein Wildhüter, der ein gefährliches Tier in einen Käfig sperrt. Er legte seine Maske an und öffnete die Fenster. Der Schauspieler betrachtete sein früheres Domizil, und jede einzelne Erinnerung berührte ihn wehmütig, von der Sekunde, in der er am Abend seiner Ankunft seine Reisetasche abgestellt, bis zu dem Moment, in dem er dieselbe Tasche triumphierend zum Haupthaus geschleppt hatte, um seinen rechtmäßigen Platz neben Dee einzunehmen. Dies war das Wohnheim seiner bescheidenen Anfänge mit ihr, sein Liebesinternat, und nun stand er als älterer und gründlich ruinierter Mann hier.

»Ich habe mit Bob Gilderdash gesprochen«, sagte der Schauspieler zu Senderovsky. Das war der Chef einer kleinen, aber renommierten Fernsehgesellschaft, unaufdringlicher Konkurrent jenes Senders, der die auf dem Buch des Grundbesitzers basierende Serie ursprünglich in Auftrag gegeben hatte. »Ich habe ihm Ihre Drehbücher geschickt. Die lustigen. Er ist ein Riesenfan Ihrer Arbeit. Er war 1979 oder so in Moskau, also war er natürlich hin und weg. Er hat gesagt, diese Serie zu produzieren sei ein nationales Gebot, ganz gleich wer die Wahl gewinnt. Wörtliches Zitat.«

Senderovsky verdaute die Neuigkeit. Der alte Hunger nagte an ihm, die Chance, wieder jemand zu sein. Und dennoch machte er sich Gedanken. Inmitten des toten Korallenrots in den Augen des Schauspielers schwebte eine seltsame neue Dunkelheit. Sein Blick war auf einen Punkt etwas oberhalb von Senderovskys Schulter gerichtet, obwohl er doch für seinen unerschütterlichen Augenkontakt bekannt war. Senderovsky beschloss zum ersten Mal im ganzen Sommer, nicht zu lügen. Er beschloss, stark und seinen Freunden gegenüber loyal zu sein. »Sie ist in Ed verliebt«, sagte er. »Ich glaube, das war sie von Anfang an, obwohl es ihr selbst schwerfiel, sich das einzugestehen. Warum lassen Sie sie nicht in Ruhe?«

Seine Worte, stellte er fest, hatten keinerlei Wirkung auf den Schauspieler, weder in die eine noch in die andere Richtung. Bestimmt hatte er in den sozialen Netzwerken genügend glückliche Fotos von Dee und Ed gesehen. Bestimmt besaß er genug Lebenserfahrung, um zu wissen, dass dieses Lächeln Menschen gehörte, die einander begehrten, die eher für sich selbst als für ihr Publikum lächelten. »Ich kriege das hin«, sagte der Schauspieler. »Wenn Sie mir helfen, helfe ich Ihnen.«

»Sie sollten mit Karen reden«, sagte Senderovsky. »Sie hat gesagt, es gibt vielleicht eine Möglichkeit, Ihnen zu helfen. Setzen Sie sich mit ihr zusammen. Gehen Sie die Alternativen durch. Ich hätte nie gedacht, dass ich das mal sagen würde, aber Sie sehen einfach fürchterlich aus.«

»Kann ich übers Wochenende bleiben?«, sagte der Schauspieler. »Ich weiß nicht, wo ich sonst hinsoll. Mein Team redet nicht mit mir, außer ich halte mich von ihr fern. Ich habe mitten in der Nacht das Flugzeug der Agentur genommen.«

»Da muss ich Masha fragen«, sagte er. »Sie sollten ständig Ihre Maske tragen.«

»Ich habe es nicht«, sagte der Schauspieler. »Das Virus, meine ich.« Er klatschte dreimal in rascher Folge in die Hände, wie bei einer Flamencodarbietung. »Hören Sie«, sagte er. »Ich habe eine Idee. Wir drei sollten miteinander durchbrennen.«

»Sie, ich und Masha?«

»Sie, ich und Dee. Ich kann Ihnen Einfluss verschaffen. Das alles hier« – seine ausholende Geste umfasste den Bungalow – »könnte bloß eine komische Vergangenheit sein, eine Fußnote in Ihrer Bio. Sie werden eine Rolle spielen. Ich bin dabei, eine Produktionsfirma zu gründen. Wir bestimmen selbst, wo es langgeht.«

Senderovsky schüttelte den Kopf nach Art von Vinods Mutter von einer Seite zur anderen: das berühmte, unverbindliche indische »Ja-Nein«.

Sobald sein widerstrebender Gastgeber gegangen war, ließ sich der Schauspieler schwer auf das Bett sinken und wischte sich den Schweißfilm von der Stirn. Sein heimlicher Teilhaber war seit fünf Tagen bei ihm, hervorgegangen möglicherweise aus einer Aerosolwolke in der Toilette einer Tankstelle in Palm Desert, wo er und Elspeth mitten in einem langen, mit harten Bandagen ausgetragenen Streit haltgemacht hatten, einem Streit, der damit endete, dass beide Kontrahenten in der Westküstenversion des Lancia, einem Alfa Romeo mit offenem Verdeck, weinten, obwohl nur einer von ihnen ernsthafte Treffer hatte einstecken müssen. Vielleicht war es aber auch nicht die fäkale Aerosolwolke, sondern der hustende ältere Mann gewesen, der aus der Toilette gestolpert war, ehe der Schauspieler seinen Platz auf der Schüssel eingenommen hatte, während ihm die Maske wie ein Tropfenfänger ineffektiv unter der Nase hing. Vielleicht war es aber auch ein Abschiedsgeschenk von Elspeth selbst gewesen, die, wenngleich frei von Symptomen, in Los Angeles ein nicht dokumentiertes Schäferstündchen minderer Qualität mit einem waghalsigen Influencer von geringem Hygienebewusstsein gehabt hatte. Schon jetzt sondierte der heimliche Teilhaber jeden Sektor jenes geteilten Berlin, das der Körper des Schauspielers war, tat sich nach größerem Einfluss, nach pulmonaler Einheit mit diesem schlaflosen Tier um, das ständig den sauren Geschmack der Auslöschung im Mund hatte.

Der Schauspieler stand auf, spürte Dees Anwesenheit ganz in der Nähe und sagte sich, dass dies die Zeit für innere Stärke, nicht für Verzweiflung war. Er hustete einmal, zweimal, spürte ein mittlerweile vertrautes, flüssiges Rumoren im Magen und das Aufwallen des Zuckerschoten-Blutorangen-Salats, den er im Flugzeug gegessen hatte und der in seiner Speiseröhre hochstieg, und er schaffte es beinahe bis ins Badezimmer, ehe er sich erbrach.

Im Haupthaus und in den Bungalows waren Verhandlungen im Gange. Auf der Veranda und in »separaten Räumen« fanden Krisengespräche statt. Stimmen, die wochenlang gelassen gewesen waren, wurden plötzlich laut. Koloniebewohner weinten. Oder hielten die Tränen zurück. Nur Nat freute sich über seine Rückkehr, über die Erfüllung ihrer

Prophezeiung, die unmittelbare Nähe wahrer Größe. Sie hatte ihre Mutter gebeten, ihn hierbleiben zu lassen. Sie und Karen würden eine schicke neue Maske für ihn nähen und ihn dann wochenlang isolieren. Für sie war er ein verletzter Vogel.

»Ich liebe ihn nicht, und ich will ihn nicht«, sagte Dee zu Ed. »Hör auf, von ihm zu reden, als wäre er so etwas wie ein Rivale. Als hätte ich nicht die Wahl.«

»Hier und da muss noch ein bisschen Glut vorhanden sein«, sagte Ed. Sie waren in Dees Hütte, umgeben von Schreibmaschinen, deren Vorhandensein ihr Vokabular unweigerlich hob.

»Was denn für Glut?«

»Die Glut des Verlangens. Von deiner Seite. Für ihn.«

»Verschon mich jetzt bloß mit Englisch als Fremdsprache.«

»Leck mich«, sagte Ed, überrascht, dass ihre Bemerkung ihn immer noch kränken konnte. »Ich denke bloß an deine Karriere.«

»Wie kannst du das sagen? Ich soll mich für meine Karriere zwischen zwei Männern entscheiden? Zwischen einem Mann, den ich will, und einem, den ich nicht will?« Ed wurde klar, welchen Bock er geschossen hatte, und er schämte sich. Sie stürmte hinaus, und er folgte ihr in die warme Mondnacht.

»Ich finde es toll, dass du eine Streberin bist!«, rief er ihr nach. »Ich finde das toll an dir!«

Sie rannte die Auffahrt hinunter und ins Scheinwerferlicht eines Pick-ups, der im Leerlauf an deren Ende stand. Sie meinte auf dem Fahrersitz einen Jungen vom Land zu erkennen, kaum alt genug für den Führerschein, nicht angeschnallt, das picklige Kinn noch unfertig, die Augen voller Angst auf die Frau gerichtet, die da aus dem Dunst auftauchte, als wäre sie drauf und dran, sich in einer überzogenen mediterranen Geste auf seine Kühlerhaube zu werfen. Er löschte rasch das Innenlicht, sodass er in schurkischen Schatten getaucht wurde, setzte zurück, fuhr einen Schlenker zur Auffahrt hinaus und trat mit jugendlicher Kompromisslosigkeit aufs Gas. Sie rannte furcht- und bedenkenlos hinter ihm her. Sie konnte es mit jedem aufnehmen. Mit einem liebeskranken Mimen, ihrem feigen Freund und einem Hinterwäldler wie sie mit einer Repetierschrotflinte.

»Er spielt nur mit dir«, sagte Masha im Haupthaus zu ihrem Mann. Sie waren im Schlafzimmer, beide nackt, da sie sich kürzlich angewöhnt hatten, keine Kleider mehr zu tragen, sobald Nat mit ihrem Foto von Jin und ihrem Lama-Lama-Handtuch ins Bett gesteckt worden war: eine Re-Erotisierung ihres schlichten Schlafzimmers.

»Aber wenn nicht? Wenn nicht?«, rief der Grundbesitzer.

»Pssst!«, zischte Masha. Vom anderen Ende des Flurs her hörten sie Nat laut stöhnen. (Sie wurde im Traum von einer mörderischen Hornisse verfolgt, und die Stimme ihres Vaters klang wie deren nahes Brummen.)

»Er ist da, wo ich ihn haben will«, fuhr Senderovsky fort.

»Er ist nie da, wo du ihn haben willst. Er ist ein Wrack. Er ist gefährlich. Für sich selbst und für andere. Er braucht Hilfe.«

»Du kannst ihm helfen.«

»Da bin ich mir nicht sicher.«

»Dazu könnte ich jetzt sofort etwas sagen. Ich könnte darüber sprechen, was du getan hast.«

»Als die Dinge zwischen uns anders lagen«, sagte Masha, »und unsere Ehe nur noch auf dem Papier bestand, habe ich ihn ungefähr zwei Dutzend Mal in der Dusche gewaschen, und dabei ist er in meiner Hand gekommen.« Senderovsky war eifersüchtig auf das Ausmaß ihrer Ehrlichkeit. Wie brachte man es fertig, mit solcher Leichtigkeit die Wahrheit zu sagen? Genau deshalb hieß es immer: »Heirate nie eine Seelenklempnerin.«

»Du musst nicht so leben«, sagte sie, »mit all den Lügen und Manipulationen. Wir wissen beide, woher das kommt. Man hat dich seit dem Tag deiner Geburt belogen. Wir kriegen das hin, das schwöre ich. Ich arbeite wieder als niedergelassene Psychiaterin.«

»Nur, wenn du auch willst«, sagte Senderovsky, außerstande, anzuerkennen, wie viel seine Frau für ihn tun würde. »Obwohl das die Bungalowkolonie nicht retten wird. Dazu brauchen wir eine Serie, die tatsächlich gesendet wird.«

»Ich weiß, wie sehr du diesen Ort liebst«, sagte Masha, »aber er ist nur ein Platzhalter für deine Erinnerungen. Für eine Zeit, als das der einzige Fleck auf der Erde war, wo du Freunde hattest, willkommen warst und geliebt wurdest und jeder deine Sprache sprach. Aber jetzt hast du auch Freunde, du sprichst die Sprache, und du brauchst dich nicht mehr nach mir zu verzehren, du kannst mich jeden Tag und jede Nacht haben.«

Senderovsky drehte sich von ihr weg und verbarg das Gesicht im Kissen. Der Vater in ihm, der Boris, würde Tränen nicht dulden. Allerdings kamen ohnehin keine, als wären seine Tränenkanäle verödet worden. Er hatte noch nie gewusst, was er mit der Zuneigung anderer anfangen sollte. Wenn seine Mutter ihn als Kind drückte, um ihm ihre Liebe zu zeigen, hatte er jedes Mal voller Wonne »Mama, hör auf!« gequiekt, aber dieses Register hatte seine Stimme längst verloren.

»*Dorogoi*«, sagte Masha (»Mein Lieber«), »tu es für dich selbst, wenn schon nicht für mich und Nat. Erspare dir diesen ewigen Kummer. Es ist okay, einen Traum aufzugeben. Die Mehrzahl der Träume geht nicht in Erfüllung. Unser ganzes Land lernt das gerade.«

»Du musst das in Ordnung bringen«, sagte Vinod zu Karen. Sie lagen, ebenfalls nackt, im Schlafzimmer von Karens Zweizimmer-Familienbungalow, und durchs offene Fenster schrie eine Katzendrossel. Sie hatten die Klimaanlage ausgeschaltet und schwelgten in ihrem gemeinsamen Moschusduft, der zu seiner Entfaltung ein halbes Leben gebraucht hatte.

»Es tut weh, wenn du das sagst«, sagte Karen. »Als wäre alles, was ich getan habe, monströs. Ich habe dem Markt gegeben, was er wollte. Waren das durchweg vorbildliche Praktiken? Natürlich nicht. Das ist nie so. Es gab Investoren.«

»Hättest du nicht etwas Netteres machen können?«, fragte Vinod. »Etwas, was weniger Zwang ausübt als Tröö Emotions?«

»Die wollten nichts Nettes. Wir haben es mit einem Algo für Haustierbesitzer probiert. Aber die Leute sind schon in ihre Hunde verliebt. Und zwar bis über beide Ohren.«

»Du musst das in Ordnung bringen«, wiederholte Vinod. »Ich weiß, es tut dir weh, ihn in seinem jetzigen Zustand zu sehen. Und falls er dir egal ist, denk an Dee und Ed. Er wird sie nie in Ruhe lassen. Er ist besessen.«

»Ich werde in meinem Leben nie mehr eine gute Idee haben«, sagte Karen.

»Wieso?«

»Weil ich von vornherein nie eine gute Idee hatte.«

»Warum hast du dann alles, was du hattest, in etwas gesteckt, woran du nie geglaubt hast?«

»Das weiß ich nicht, *Vin*«, sagte sie laut und drehte sich von ihm weg. »Wir finden uns eben nicht alle damit ab, dass die Gesellschaft tagein und tagaus bloß auf uns scheißt.«

Er berührte sie an Schulter und Hals, bemerkte, dass sie die Arme vor der Brust verschränkt hatte. Aufgrund der spärlichen Anzahl seiner bisherigen Partnerinnen war er unsicher, wie Auseinandersetzungen zwischen Liebenden zu führen waren. Er war stets der Diplomat, wie Senderovsky, doch seine Sanftmut oder aber seine Zurückhaltung (»unser kleiner *bhenchod*-Brahmane«, pflegte sein Vater ihn zu nennen, obwohl sie einer Kaufmannskaste angehörten und obwohl er selbst sich so sehr nach Heiligkeit gesehnt hatte) konnte affektiert und wenig dienlich wirken. Wenn ich nicht mit ihr streite, dachte er, verpasse ich vielleicht eine Chance, ihr aus ihrer Niedergeschlagenheit herauszuhelfen.

»Mir kommt der Gedanke«, begann er, »dass wir drei – du, ich und Sasha – Produkte der geschäftlichen Misserfolge unserer Väter sind.«

»Mein Lieber, ich habe schon einen Seelenklempner«, sagte sie. »Wahrscheinlich den besten in der City. Du bist im Augenblick praktisch mein ganzes Glück, zusammen mit Nat. Du musst hier nicht doppelte Arbeit leisten. Bleib bei deiner Kernkompetenz, nämlich einfach Vinod zu sein.«

»Und ich glaube, du versuchst, die Fehler deines Vaters zu rächen.«

Karen drehte sich ihm wieder zu, sodass sie dicht neben ihm lag. »Leg die Arme um mich«, sagte sie. Er tat es. Sie hatte ein kleines neues Bäuchlein, das er atavistisch liebte, ein Zeichen, dass sie gut aß, dazu vom Schwimmen gekräftigte Arme und Haare so lang wie in ihrer Jugend.

»Er war so ein Loser«, sagte Karen. »So ein gut aussehender Loser. In Seoul hatten sie sogar Geld, nicht viel, aber einiges, und er hat es verpulvert, als wäre er Ed oder so was. Ständig hat er Geschäfte eröffnet, wo überhaupt kein Bedarf bestand, wo es schon einen alteingesessenen Konkurrenten gab. Bayside, Douglaston, Great Neck? Was hat er sich gedacht – dass sein Lächeln jemand anderem die Kunden abwirbt?« Sie sprang auf, die Haut im fahlen Licht dunkel. »Diese gut aussehenden Dads sind die schlimmsten. Die konnten einfach nichts einstecken. Man schluckt die Kränkungen, man schluckt die rassistischen Sprüche. Man verdient das Geld, und man hält die Klappe. Aber er nicht. Ein Schlag gegen ihn, und er rollte sich zusammen wie ein Scheißschuppentier. Du weißt, ich bin in mancher Hinsicht koreanischer als er. Er war der Scheißträumer, und dann ist Evelyn mit ihrem Master in bildender Kunst nach ihm geraten. Er hat es nicht kapiert. Was ist das Geschäftsleben? Ein täglicher Kampf Mann gegen Mann. Womit vergleicht es Sasha immer?«

»Mit Stalingrad. Aber Liebste, es kann doch nicht ständig so sein. Wir leben doch nicht in einem Kriegsgebiet.«

»Ach nein?«

»An irgendeinem Punkt endet der Kampf. Das kann es nicht wert sein.«

»Im Augenblick kann ich alles auf der Welt tun«, sagte sie. »Wir können zum Mond fliegen. Wir können uns im Süden einen Senator kaufen. Wir können tausend Meilen unter dem Meer leben. Alles ist möglich.« Sie sah ihn an. »Jetzt, wo ich dich habe.«

»Und wenn alles möglich ist«, sagte er, »dann musst du ihm helfen. Du musst handeln. Das heißt nicht, dass dein Produkt ein Fehlschlag ist.«

»Mein Produkt ist anderthalb Fehlschläge.«

»Nicht, wenn du ihn in Ordnung bringst.«

»Es wird wie eine öffentliche Entschuldigung wirken.«

»Stell dir vor, was das bedeuten würde, wenn jemand aus deiner Branche der Welt sagt: ›Wir haben einen Fehler gemacht. Wir haben das Beste gehofft, aber heraus kam das Übliche.‹«

Karen lächelte, was beide Grübchen aktivierte. »Du müsstest dich mal selbst hören«, sagte sie. »Ich habe dich noch nie so energisch erlebt.« Sie küsste ihn, spürte die Pelzigkeit über seiner Oberlippe, schale Feuchtigkeit an seinem Kinn, eine unerträgliche Kindheitskuschligkeit. Er dachte ebenfalls daran, wie sie in ihren Kindheitsbetten Schulter an Schulter bei noch laufendem Fernseher eingeschlafen waren (natürlich vollständig bekleidet). Ihre Eltern waren jedes Mal schockiert, wenn sie das sahen, und Karen wurde fast ein Jahr lang angeschrien. Aber irgendwann machten sie ihren Frieden damit. Sie hatten es auch im Fernsehen gesehen. In diesem Land gab es das: ein Junge und ein Mädchen deutlich jenseits der Pubertät und bloß befreundet.

Der unter Quarantäne gestellte Schauspieler blieb zusammengekauert und sehnsuchtsvoll im Petersburger Bungalow, vor dessen Tür Masha Mahlzeiten abstellte, zum Frühstück ihre viel bewunderten Blaubeer-Pancakes, zum Lunch die Reste von Eds vorherigem Festessen. Einmal öffnete er das Fenster und lugte heraus. »Mash«, sagte er, »komm rein und rede mit mir. Bloß reden, sonst nichts.«

Durch die Bartstoppeln und den Bodensatz der Überheblichkeit hindurch sah sie die Blässe seines Gesichts und zuckte zurück. Ein Mensch war trockengelegt worden wie ein mesopotamischer Sumpf – und wofür? »Dir wird es bald besser gehen«, sagte sie. »Karen wird sich mit dir zusammensetzen. Sei stark, okay?«

»Willst du mir nicht beistehen?«, sagte er. »Willst du mir nicht helfen, mit ihr zu reden?« Womit er, wie sie vermutete, Dee meinte. Sie machte kehrt und entfernte sich raschen Schritts, den Blick auf den ersten Stock ihres Hauses gerichtet, wo ihr Mann und ihre Tochter ein russisches Kartenspiel mit Namen »Der Narr« spielten.

Sie spürte es in den Knochen, wie der Herbst mit einem Mal unwiderruflich kalt werden würde, wie der Sommer ganz rasch vom Unfassbaren abgelöst werden konnte. Ein amerikanischer Ausdruck: »geborgte Zeit«. Gefolgt von einem Bild aus ihrem Geburtsland: Panzer auf den Straßen, die in Kolonne fuhren. Sie wusste, dass Senderovsky für eine eventuelle Fahrt über die Grenze stets volltankte, aber die Grenze war geschlossen. Jagdsaison hin oder her, über die fernen Hügel hallten weiter die Schüsse, allmählich immer weniger fern. Und in ihrem Rego-Park-Apartment mit dem verspiegelten Kleiderschrank lachte Lara über sie.

»Was mache ich?«, fragte der Schauspieler, und die Worte klangen verwaschen und undeutlich. »Wie soll ich sein?«

Sie saßen auf der Wohnzimmercouch in Karens Bungalow. Als Vorsichtsmaßnahme gegen das Virus waren sämtliche Fenster geöffnet. Sie zeigte ihm Fotos, tatsächliche Hochglanzabzüge, von ihm selbst aus verschiedenen Phasen seines Lebens, wenngleich etliche aus seinen Tagen in New Haven stammten, diesen frischen, verhätschelten, verheißungsvollen, aber bangen »Prä-«Tagen, bevor sein Urknall ein ganzes neues Universum für ihn und seine Fans in Gang gesetzt hatte. »Das verstehe ich nicht«, sagte er zu Karen. »Müssten Sie mir nicht Bilder von Dee zeigen? Oder zum Vergleich vielleicht Bilder von Elspeth? Von anderen Frauen, in die ich mich verliebt habe?«

»Nein«, sagte sie. »Bloß von Ihnen.«

Die Fotos nahmen kein Ende. Er hatte keine Ahnung gehabt, dass so viele frei zugänglich waren. Während er sie durchblätterte, dachte er an seine Mutter. Seine schöne Mutter, die ihn entweder nicht aus den Augen ließ oder seinen Anblick nicht ertragen konnte. Sie hatten die Krankheit später diagnostiziert, also war es kein großes Ding mehr, und er würde sich nicht davon definieren lassen. Ein Kodachrome-Foto von ihm mit einer Häschenmütze und einem T-Shirt, das den Namen eines Skiortes trug. Ein Kind mit Erdnussbutter auf der Nase (das konnte unmöglich er sein, er war niemals so albern gewesen). Auf dem Rücksitz eines Wagens nach vorn gebeugt, den Kopf auf den Armen, in düsterer Stimmung. Es war immer etwas zu spüren, der Hauch ihrer Krankheit, aber was soll's? Er zwang sich, den Jungen auf den Fotos zu lieben, aber ein Bestandteil fehlte. Andererseits, wenn der Bestandteil die ganze Zeit da gewesen wäre, hätte es dann den Schauspieler gegeben?

»Sie machen sich zu viele Gedanken darüber«, sagte Karen, obwohl er kein Wort gesagt hatte.

»Ich weiß«, sagte er. »Zu viele Gedanken sind Gift für meine Arbeit.«

»Der Algorithmus sucht nach einer Verletzlichkeit in Ihren Augen. In den Falten Ihrer Wange. In Ihrem Blick. Im

Zittern Ihres Kinns. Der Mensch, den Sie ansehen, wenn die App benutzt wird, ist lediglich ein Substitut. Wir haben sogar über Method Acting recherchiert, als wir das Ding zusammengebaut haben. Auf der Bühne substituieren Sie immer aus Ihrer eigenen Erfahrung. Sie finden den emotionalen Auslöser. Dee ist ein Substitut. Sie sind in etwas Nichtvorhandenes verliebt. Wenn Sie das Foto ansehen, wird dieses Nichtvorhandene in Ihren Augen verschlüsselt. Das halten Sie fälschlicherweise für Ihre Liebe zu ihr.«

»Ich glaube, ich sehe es«, sagte er. Karen fiel auf, dass zu viel Schweiß auf seiner Stirn und nicht genug Energie in den Augen darunter war. Sein ganzer Körper wappnete sich gegen irgendeine Konsequenz.

»Das kann man nicht so ohne Weiteres sehen«, sagte sie. »Das braucht Zeit. Leben Sie eine Zeit lang damit.«

»Es kommt mir vor, als sollte ich mit der ganzen Sache in eine Falle gelockt werden«, sagte er. Sie schreckte vor der Beschaffenheit seines Atems zurück. Und vor dem Umstand, dass sie nahe genug war, um ihn riechen zu können. »Weil ich gut bin in dem, was ich tue, konnte das zur Waffe gegen mich werden«, sagte er.

»Es tut mir leid«, sagte Karen. »Diese Technologie hat externe Effekte.«

»Das heißt, Sie haben Scheiße gebaut.«

»Ja.«

»Mit Absicht.«

Karen schwieg. Der Schauspieler konnte den Husten nicht mehr unterdrücken, der sich aufgebaut hatte, seit er in den malvenfarbenen Raum gekommen war, wo sieben koreanische Jungs von doppelt so vielen Postern auf ihn herunterstarrten, und er hob die Faust vor den Mund. Karen ging höflich ein Stück weit auf Abstand. Außerdem versuchte er den dünnen Stuhl zurückzuhalten, der in ihm rumorte. Eine Sekunde lang meinte er, er wäre wieder bei einem Dreh in einer ausländischen Stadt, deren winzige Gassen von glasierter Keramik und gemästeten Europäern überquollen und wo er trotz der liebevollen Fürsorge der Caterer etwas Falsches gegessen hatte.

»Ich muss los«, sagte er. »Ich muss hier weg.«

Er ließ die Tür offen, als er aus dem Bungalow floh, und Karen sah eine von der Türöffnung perfekt gerahmte Hirschkuh, die den Hals reckte, um an die winzige grüne Frucht eines Apfelbaums heranzukommen. Das Tier wandte sich der von dem fliehenden Schauspieler erzeugten Unruhe zu, spannte Schultern und Hinterläufe an.

Karen betrachtete es mit leisem Lächeln, jenen Traum von Verbundenheit, aber es war schon fort.

4

Sie sahen aus, als wären sie berühmt, sie alle, sogar Leute, die Senderovsky vergessen hatte, periphere Bekannte, die ihre eigenen kleinen Gruppen gebildet, ihren eigenen städtischen und vorstädtischen Lebenswegen gefolgt waren. Ob der gelbe Zeitstempel in der rechten unteren Ecke des Fotos 1987, 1993, 2002 oder irgendeines der Jahre dazwischen markierte – Highschool, College, die frühen Jahre seines Erfolgs –, Senderovsky, Karen, Vinod und die Dutzende, wenn nicht gar Hunderte von Freunden, die einmal zu ihrem Umkreis gehört hatten, waren fantastisch gekleidet, vom Objektiv exquisit in Szene gesetzt (damals war jeder, der eine Fuji-Einwegkamera schwang, ein angehender Modefotograf), lächelten, grinsten, zeigten mit angezündeter Zigarette auf irgendetwas, streckten die Zunge heraus, lachten über die eingeborenen Weißen (die immer so wirkten, als wären sie sowohl schüchtern als auch arrogant und nach der neuesten Mode dem Untergang geweiht), trugen Schlabberjeans, dann enge Jeans, waren mit *kawaii*-Pandamützen aus Japan angetan, posierten vor Bezahltelefonen mit einer auf dem Bell-Atlantic-Kasten abgestellten Coladose, hatten Teller mit exotischen Gerichten, wie das damals hieß, auf dem Schoß (Gerichten, mindestens so »exotisch« wie sie selbst), waren haarig und gruselig und knuddelig, starrten verärgert ins Weite, all die betrunkenen Gesichter und geröteten asiatischen Wangen, zwischendurch ordentliche Bücherreihen mit Gläsern voller Asche davor, dann wieder präsentierten sie stolz ihren Nabel und synthetische Klamotten, brachten auf Kneipentischen Zigarettenpäckchen gegeneinander in Stellung, umarmten ihren aus Osaka ausgeliehenen Friseur, betrachteten die Tattoos verwegenerer Leute, schlossen sich Bands an, die entweder »Pale« oder »Fire« als Namensbestandteil hatten, lasen an den dürftigen Stränden von Rockaway Beach *Binewskis – Verfall einer radioaktiven Familie*, saßen im Schneidersitz auf der Haube des sterbenden Oldsmobile eines Verwandten – und die Sorgfalt, die man bei jedem Foto walten ließ, weil es Geld kostete, den Film entwickeln zu lassen, sodass man nicht einfach drauflosknipsen konnte und alle sich Mühe gaben, zusammenzukommen, ein Tableau zu bilden, nach Möglichkeit eine Welt festzuhalten.

»Ich habe das überhaupt nicht so in Erinnerung!«, sagte Senderovsky. »Ich dachte einfach, das wären die Puka-Muschel-und-Teva-Sandalen-Tage. Ich dachte, wir alle hätten bloß versucht, uns zu integrieren. Aber wir waren toll! Wir haben toll ausgesehen. Nicht bloß du, Karen, wir alle. Mein Gott, Vinod, du hast klassische Dior-Sachen getragen.«

Karens Assistentin hatte ein halbes Dutzend Schuhkartons voller Schnappschüsse, den größeren Teil ihres vordigitalen Archivs, geschickt, und nun saßen die drei nach dem Essen auf der überdachten Veranda, wo orangefarbener Kerzenschein das Orange der damaligen Zeit hervorhob, das Orange ihrer Polyesterskipullover, das Orange von Karens Haar im Jahr 1999. »Es ist so seltsam«, fuhr Senderovsky laut fort (er war betrunken), »sich vorzustellen, dass ich immer unter diesem komischen Blickwinkel über uns geschrieben habe, dabei war die Realität damals eine ganz andere. Wir waren glückliche Kinder in einer glücklichen Zeit. Zumindest war sie für uns glücklich.« (Sobald er das sagte, machte er sich Gedanken, welche Zukunft wohl für seine Tochter heraufziehen und welches junge Erwachsenenalter ihr, wenn überhaupt, vergönnt sein würde.)

»Ich finde, hier ist eine deutliche Weiterentwicklung zu erkennen«, sagte Vinod und zog an einem Joint. »Nach 1999 ist es so, als würde sich die ganze Arbeit, die Karen in uns reingesteckt hat, endlich auszahlen.«

»Ja, du hast nicht von Geburt an so glamourös ausgesehen«, sagte Karen. »Weißt du noch, wie oft ich euch Langweiler zum Klamottenkaufen ins Screaming Mimi geschleppt habe?«

»Ich weiß noch, dass ich einen Haufen Geld ausgegeben habe«, sagte Senderovsky.

»Und hinterher mussten wir dir im Florent Muscheln und Pommes spendieren«, sagte Vinod, »als ›Finderlohn‹.« Er nahm ein Foto zur Hand und hielt es hoch, damit der Wind es liebkosen konnte. Seine Stimmung verschlechterte sich augenblicklich.

»Ist das die Party, die Suj für Sasha gegeben hat, als sein erstes Buch erschienen ist?«, fragte er. »Die, auf der Masha wiederaufgetaucht ist?«

»Und wo ihr beide Ed kennengelernt habt«, sagte Karen. »Wisst ihr noch, dass ihr ihn zuerst für ein angeberisches Arschloch gehalten habt?«

»Es gab *auch noch* die Party, auf der der Vizebürgermeister oder so was bei uns im Badezimmer Koks geschnupft hat«, sagte Senderovsky. Er musste dieses (nicht zutreffende) Detail jedes Mal erwähnen, als finge es am besten den letzten wahrhaft wilden Moment seiner Vergangenheit ein, den Übergang vom Partylöwen zum verheirateten, respektablen Bürger.

Das fragliche Foto zeigte Senderovsky, neben einem stockbesoffenen, pockennarbigen, mindestens zwei Meter großen russischen Journalisten stehend, der ihm (aus mittlerweile in Vergessenheit geratenen Gründen) eine Ritterrüstung aus Plastik überreichte, während der stets zu dick auftragende Senderovsky – sein Buch hatte nur Stunden zuvor eine donnernde Rezension in der Zeitung bekommen – den Arm um eine dünne, traurige Inderin in engem T-Shirt und Schlabberjeans gelegt hatte, die mit dem Mund, nicht aber mit den Augen lächelte.

Vinod hielt sich das Foto dichter vors Gesicht. Die drei Freunde waren stets Beziehungen mit Menschen aus den Heimatländern der jeweils anderen eingegangen. Senderovsky hatte drei Jahre lang mit Suj, einem netten, reichen Sindhi-Mädchen, in dem Herrenhaus in Fort Greene zusammengewohnt, das ihre Eltern ihr als »Investition« gekauft und das sie und Sasha mit größter Sorgfalt gentrifiziert hatten. Vinod war eine Beziehung mit der schwierigen koreanischen Akademikerin eingegangen. Sogar Karens Leon Wiśniewski war seiner familiären Herkunft nach Osteuropäer, wenn auch nicht ganz Russe. Und in ebenjener Nacht tat sich Senderovsky wieder mit dem Mädchen zusammen, in das er seit seiner Kindheit verliebt war, und verließ nach viel Selbstzerknirschung und Irrung die Frau, die ihm, wie er stets einräumen würde, »die beste Party meines Lebens« geschmissen hatte.

Vinod wusste nicht, warum ihn die Fotos von dieser Party so verletzten oder woran er sich mit Blick auf Suj so sehr störte. Letztlich war nicht er es gewesen, den man zurückgewiesen hatte. Das nächste Foto zeigte die drei Freunde im Gewühl der lärmenden Party, die nicht einmal die vier Stockwerke des Herrenhauses hatten in Grenzen halten können. (Schließlich hatte irgendwer die Polizei gerufen, und der Nichtvizebürgermeister war aus einem Fenster gesprungen.) Senderovsky stand in der Mitte und versuchte, cool zu wirken, doch seine angestrengten roten Augen signalisierten, dass das ganze Ereignis, dieser neue Schritt zum Starruhm, seine Fähigkeiten bereits bei Weitem überstieg; links von ihm Vinod, der die erste Seite des Literaturteils der Zeitung hochhielt, auf der Senderovsky, die Hand am Kinn, auf die denkbar seriöseste Weise als russischer Romancier posierte (er sah aus, als würde er mit seinem nächsten Satz die Leibeigenschaft aufheben); und links von ihm Karen – mit Grübchen, glasigen Augen und womöglich dem dünnen Belag eines Narkotikums an der Unterseite eines Nasenlochs –, die sich so herzig an den gefeierten neuen Autor lehnte, als hätte sie ihn eben erst kennengelernt und sich geradewegs in ihn verliebt, ihre Körper in einer Hälfte des Fotos aneinandergeschmiegt, während sein und Vinods Oberkörper in der anderen Hälfte weiter auseinander waren, Senderovskys Arm so um Vinods Hals geschlungen, als hätte er ihn in einem Boutiquehotel über die Rückenlehne eines übergroßen Sessels drapiert.

Vinod legte das Foto hin. Seine Freunde plauderten vor sich hin, ergingen sich in Erinnerungen an Sujs beste Freundin, die mit ihr zusammen ein geisteswissenschaftliches College in Ohio besucht hatte und deren Spitzname – weitblickend, wie sie zugeben mussten – Gender lautete, das Thema, das sie mittlerweile ausgerechnet in New Haven unterrichtete.

Senderovsky spielte auf dem schönen roten Radio eine Playlist mit Namen »Sahel Sounds«, aber von den Beats aus Mali ging es Vinod auch nicht besser. Er wollte dahinterkommen, warum er auf einmal so down war. Er blickte zwischen seinen Freunden hin und her. Karen trug seit ihrem Gespräch mit dem Schauspieler in ihrem gemeinsamen Bungalow eine Maske (sie hatte außerdem sämtliche Oberflächen im Wohnzimmer abgeschrubbt, obwohl diese Form der Verbreitung des Virus nicht mehr als wahrscheinlich galt), und die blaue Gaze verbarg die hübsche Möwe ihrer Lippen.

Im Gegensatz dazu war Senderovsky nicht maskiert. Und inzwischen verspürte Vinod aufkeimenden Zorn über das nackte Gesicht seines Freundes, während der Grundbesitzer im Geiste noch einmal die dank eines leichtgläubigen Desi-Mädchens größte Nacht seiner Existenz feierte; dabei hatte er Vinod keine zwei Jahre nach dieser Nacht gesagt, dessen eigener Roman sei »zu sehr der Geschichte verhaftet«, zu betulich, distanziert und alles andere als komisch.

»Betulich und distanziert« waren auch die Begriffe, mit denen er Sujs Verhalten beschrieben hatte, als er seine Freunde um ihren Segen zur Trennung von jener Frau bat, mit der er mehrere Jahre zusammengelebt, der er auf der Tasche gelegen und die er irgendwann sogar hatte heiraten wollen. Er hatte sie verlassen, damit er Masha von der abgelegenen Landepiste der fernen Vergangenheit ausfliegen konnte. Schon damals, erinnerte sich Vinod, hatte er Masha, seinerzeit noch Medizinstudentin, gedrängt, sich anstelle der Psychiatrie lieber der lukrativeren Radiologie zuzuwenden.

»Sieh mal, Karen!«, rief Vinod. »Leuchtkäfer!« Die Wiese, auf der er täglich mit seinem Lesestoff im Schneidersitz saß und über die Unwirklichkeit nachsann, glomm jetzt von Insekten.

»Wisst ihr, ich habe auch schöne Erinnerungen an Leuchtkäfer«, sagte Senderovsky. Wie Vinod erwartet hatte, begann er von Sommern zu sprechen, die er auf der Krim verbracht hatte.

Vinod kuschelte sich an Karen, so wie sie es auf dem triumphalen Foto bei Senderovsky getan hatte. »Gib mir einen Kuss«, sagte er. »Die Leuchtkäfer fliegen. Es ist Knutschzeit.«

Sie schob ihn sanft von sich weg, bemüht, nicht in seine Richtung zu atmen. »In einer Woche sind sie auch noch da.« Für ihren Blick hatten die nostalgisch anmutenden Insekten etwas Programmiertes. Mit ihrem Aufblitzen waren sie fast zu perfekt randomisiert, ein hypnotischer Algorithmus, geschrieben, um Gegenwart und Vergangenheit durcheinanderzubringen.

»Du willst mich nicht küssen?« Er übertrieb seinen Akzent, bemüht, romantisch und *filmi* zu klingen.

»Ich muss vorsichtig sein«, sagte sie durch ihre Maske hindurch. Sie erwähnte ihre Deprogrammierungsarbeit mit dem Schauspieler einige Tage zuvor. »Er hat so krank ausgesehen. Ich glaube, er hatte Dünnschiss. Ist das nicht ein Symptom?«

»Okay, dann küss mich eben nicht«, sagte Vinod.

»Ich muss auf dich aufpassen«, sagte Karen. Sie rieb sich das linke Auge. Sie rieb sich schon seit zwei Tagen das Auge. Es war, als hätte sich unter ihrem unteren Augenlid ein kleines Insekt häuslich eingerichtet und ließe sich nicht zwangsräumen.

»Wieso? Ich bin doch kein Pflegefall.«

»Ihr beide«, sagte Senderovsky. Seit der Schauspieler

zurückgekehrt war, nur um erneut zu fliehen – Gott weiß, wohin (den Lancia hatte er stehen lassen) –, hatte sich die Atmosphäre auf dem Anwesen verändert. Das Wohlwollen und die Waffenruhe zwischen den Bewohnern der Kolonie wurden einer Überprüfung und Revision unterzogen. Vielleicht waren sie deshalb zur Nachtzeit auf der Veranda und versuchten, ihre Leidenschaften zu beruhigen.

Als die Lichter gelöscht waren und Karen die vielen Geräte um sie herum ausgeschaltet hatte, ging Vinod hinüber zu der Couch im Wohnzimmer, wo sie sich selbst unter Quarantäne gestellt hatte, und legte die Arme um ihre schlafende Gestalt. Sie schnarchte mächtig in seiner Umarmung, stärker, als er es von den Übernachtungen in ihrer Jugend in Erinnerung hatte, aber er fand ihren prustenden Mund und küsste sie. Im Traum schob sie ihn weg und drehte sich mit dem Knurren eines Teenagers dem groben Buckel der Couch zu. Sie rieb ihr befallenes Auge am Stoff und stöhnte kläglich. Er bückte sich und nahm den Duft ihres Haars und ihren noch nach Fluorid riechenden Atem wahr. Seine einst ramponierte Lunge füllte sich mit ihr, und er ging leicht gesättigt, aber immer noch einsam zum Bett zurück.

Was, wenn hinter Senderovskys literarischer Debütantenparty mehr steckte, als er tatsächlich in Erinnerung hatte? Was, wenn er zu alt war, als dass er sich auf seine Erinnerung verlassen und begreifen konnte, was alle diese Hochglanzfotos wirklich bedeuteten? Bestimmt waren sie nicht so eindimensional wie das kamerafertige Lächeln, von dem die Nachwelt steif und fest behauptete, dass es echt war. Was, wenn man ihn immer wieder zum Narren gehalten hatte?

Auf ihrer Seite des Bettes lag ein Stück Papier, ein Textauszug aus einer Unterrichtsstunde, die sie Nat gegeben hatte, eine Zusammenstellung der wichtigsten koreanischen Sätze auf Hangul und auf Englisch: »Mein Kopf tut weh, Augen tun weh, Mund tut weh, Beine tun weh, es gibt zu wenig, es gibt zu viel, ich mag es nicht.«

5

Vinod saß mitten auf seiner Wiese auf seinem brasilianischen Läufer und las *Ein Held unserer Zeit.* Diese spezielle Ausgabe des russischen Romans aus dem neunzehnten Jahrhundert begann mit einer wirren Einleitung von Senderovsky, die hauptsächlich davon handelte, dass er sich eine literarische Zukunft ohne gut aussehende Helden wünschte. In den Ulmen oberhalb des geneigten Lesers hatten sich Vogelschwärme niedergelassen, die manchmal stundenlang plapperten und dann plötzlich verstummten, als hätte jemand etwas Peinliches gesagt.

Im Lauf der zurückliegenden Woche hatte Karen eine Bindehautentzündung entwickelt – wenn dies der richtige Ausdruck war – und lebte nun als Vorsichtsmaßnahme abseits der anderen Koloniebewohner, einschließlich ihres Liebsten, auf der Couch. Das machte Vinod wahnsinnig. Wenn sie sich schon von ihm isolieren musste, dann sollte sie wenigstens das hintere Zimmer des Bungalows nehmen, und er konnte sie getreulich mit Essen und Trinken versorgen und selbst auf der Couch schlafen. Und außerdem – trat Bindehautentzündung im Zusammenhang mit dem Virus nicht hauptsächlich bei Kindern auf? Und außerdem hatte sie, anders als die meisten Erkrankten, weder ihren Geschmacks- noch ihren Geruchssinn eingebüßt; sie wusste die Teller mit Eds Gerichten, die Masha vor der Eingangstür abstellte, immer noch zu schätzen. Und außerdem sollte sie aufhören, an ihrem Auge zu kratzen; er würde für Nachschub an kalten Kompressen sorgen, wenn sie ihn nur ließe. Und außerdem hatte ihre Assistentin bereits mithilfe von Mashas Rezept die Cortisontropfen bestellt.

Heute hatte sich die Bindehautentzündung verschlimmert, und Karen war in einen Zustand schrecklicher Angst verfallen, dem nur noch ein plötzliches Gefühl klebriger Erschöpfung gleichkam, als könnte sie ihre Finger nicht mehr voneinander lösen, als könnte sie die untere nicht mehr von der oberen Zahnreihe lösen, geschweige denn die Hand heben und ihr Auge herausstochern. (Und das musste sie dringend, sich die Sehorgane ausstechen wie dieser Wie-hieß-er-doch-gleich, dieser griechische König, der seine Mutter vögelte.) Zum Teufel mit Vinods »Und außerdem«. Sie hatte sich einem Kontakt mit dem Schauspieler ausgesetzt, der – dummer, gedankenloser Idiot, der er war – seinen heimlichen Teilhaber in die Kolonie eingeschleppt hatte. Warum hatte sie auf Vinod gehört und dem Schauspieler geholfen? Warum hatte Senderovsky ihm überhaupt erlaubt zurückzukommen? Warum hatte Masha dem Ganzen nicht ein Ende gemacht? Vielleicht hortete sie in der altmodischen, paillettenbesetzten Börse, die sie ihr Herz nannte, immer noch Gefühle für ihn.

Und, natürlich, die elementare Ursache des Ganzen: Wenn Karens Produkt nicht gewesen wäre, wäre nichts von all dem passiert. Wenn nur Vin auf sie hören würde, wenn er nur ins Haupthaus umziehen oder den Big-Island-Bungalow übernehmen würde, nun da Ed mit Dee zusammenwohnte. Wenn sie Nat nur eine weitere Koreanischstunde geben könnte. Die Sprache brauchte ständige Vertiefung, und der endlose

Konsum von Videos mit Bomi dem Buchstabierenden Tintenfisch, der oft lustige, aber lehrreiche Fehler machte, würde nicht reichen. Wenn ihre eigene Mutter bei dieser einen verdammten Sache – dem Erlernen der Muttersprache – strenger mit ihr gewesen wäre, wäre sie jetzt vielleicht ein anderer, stolzerer Mensch. Vielleicht wäre dann alles bestens gelaufen.

Vinod hörte ein Lärmen oberhalb der Wiese, eines, das von Menschen, nicht von Vögeln herrührte. Inzwischen kannten sie alle die Stimmen der jeweils anderen, und er konnte Dee und Ed in aller Öffentlichkeit streiten hören, dazu die panischen Einwürfe von Senderovskys besorgtem Mezzosopran. Was war da los? Es war noch lange nicht Essenszeit. Also musste es um Karen gehen. Ihr Zustand musste sich verschlechtert haben. Er hätte bei ihr im kontaminierten vorderen Zimmer des Bungalows bleiben sollen, auch wenn sie ihn weggescheucht hatte.

Als er aufstand, fiel ihm das Buch aus der Hand. Er griff danach, um es aufzuheben, der knallbunte Schutzumschlag mit den Zwiebeltürmen ausgebreitet im Gras, aber er bekam es nicht zu fassen. Er griff nach seinem Läufer, aber der war mittlerweile zu weit weg und außer Reichweite. Wie konnte das sein? Er war doch genau da. Er streckte den Arm danach, aber heraus kam nichts weiter als eine winkende Bewegung, als verabschiedete sich der Läufer ins Teppichcollege und er, der besorgte Vater, sagte ihm Lebewohl.

Der Tag kam ihm jetzt unmöglich lang vor, als gehörte er in einen außerirdischen Kalender. Offenbar lebte er seit Wochen in einem einzigen Tag, wie ein Venusbewohner. Er beschloss, in der feuchten, aber vom Wind liebkosten Sommerluft um ihn herum zu atmen, doch ebendieser Vorgang – Brust zusammenziehen, Pause, Brust dehnen – schien jetzt zu viele Schritte zu beinhalten, die kurzfristig zu beachten waren.

Vor seinen Augen flackerten Migränefarben. Er wusste, was er zu tun hatte – von der Wiese zum Bungalow hinauftrotten, doch das kam ihm jetzt schier unmöglich vor, als müsste er ohne die erforderlichen Papiere den tückischen Hang hinauf emigrieren. Er machte ein paar Schritte, dann beugte er sich mit ausgestreckter Hand dem Boden vor ihm entgegen, um sich abzustützen. Seine Waden fühlten sich heiß an, jemand musste ihm mit warmer Hand darüberstreichen, doch als er sich, sein Hals ein schmerzhafter Schraubstock, umwandte, um einen Blick hinter sich zu werfen, war da niemand in seiner Gesellschaft (sogar die Sonne hatte sich mit Rüschenwölkchen versehen). Warum musste er diesen Hügel zu der Gruppe von pastellfarbenen Bungalows hinaufsteigen, die ihm allesamt die Kehrseite zeigten? Warum nicht auf dem frisch gemähten, samtenen Hang eine Siesta einlegen? Welchen Zweck hatte diese ganze Plackerei? Karen, er musste zu Karen. Er kletterte weiter und hielt dabei nur zur Sicherheit, falls er zusammenklappte, die Hand vor sich ausgestreckt. Als er die Zedernholzstufen der überdachten Veranda, den ersten Außenposten der Zivilisation, erreichte, brauchte er ein paar Sekunden, um dahinterzukommen, wo genau er sich befand.

Sobald er die Tür zu ihrem Bungalow öffnete, glaubte er, er würde in das wohltuend schattenreiche, klimatisierte Zimmer eintauchen. Aber die Luft fühlte sich warm und abgestanden an, wie es schlimmer nicht ging. Seine Liebste lag unter einer Decke auf der Couch, unten ragten ihre goldenen Schienbeine und lustigen japanischen Socken heraus, und eine winzige Kompresse auf dem linken Auge erinnerte ihn an die Goldmünzen, die man Toten auf die Augen legte.

»Karen!«, schrie er. Nur war es kein Schrei. Es war ein winziges Quieken. Sie regte sich kläglich. Wieder einmal, so wie schon den größten Teil seines Lebens, waren sie zusammen und gleichzeitig getrennt. Aber wenigstens war sie noch am Leben. Er ging in sein Zimmer und ließ sich aufs Bett fallen. Er musste etwas holen, was auf dem Boden seines Koffers lag. Den kleinen Stapel notariell beglaubigter Papiere, zusammen mit einem größeren Konvolut von Artikeln, die er in den allerersten Tagen des Virus in seiner Wohnung in Elmhurst ausgedruckt hatte. Er musste nur das Testament finden.

Karen entdeckte den Papierkram drei Tage später. Vinod lag im Schlafzimmer flach auf dem Bauch. Sie hatte das betroffene Auge geschlossen und trug Handschuhe, eine Maske und eines der Plastikvisiere, die ihre Assistentin auf Mashas Geheiß für sämtliche Koloniebewohner bestellt hatte. Sein Koffer war offen und sah aus wie geplündert, eine Lawine von schwarzen Jockey-Unterhosen und löchrigen weißen Socken, die sie zu ersetzen plante, sobald Lange-Socken-Wetter kam. »Vinod«, sagte sie. Ein Murmeln. Sie hörte ein lang gezogenes, röchelndes Geräusch, wie von einem eingeklemmten Akkordeon. »Vinod«, schrie sie und schüttelte ihn am Bein.

»Deck mich zu«, sagte er. In regelmäßigen Abständen schauderte sein Körper leicht, hauptsächlich um die Achselhöhlen und an den Hüften, als wäre er ein ängstlich geduckter Hund.

»Ist dir kalt?«, sagte sie. »Ich hole Masha, damit sie nach dir sieht. Was ist das?« Sie hob die Papiere auf, die neben ihm lagen.

»Das ist für dich«, sagte er, und jedes Wort erforderte ein

kurzes Innehalten. Jetzt verstand er den Ausdruck »nach Atem ringen«. Er bekam seinen einfach nicht zu fassen. Er entzog sich ihm immer wieder. Nun, da er kaum noch wach war, konnte er nicht still liegen. Seine Muskeln arbeiteten, seine neuen, von Schwimmen und Sport geformten Muskeln. Was für eine verdammte Verschwendung, konnte er einen britisch beeinflussten Onkel sagen hören, trotz größter Anstrengungen immer noch außerstande, die mit Gujarati- und Bambaiyya-Hindi verbrachten Jahre abzuschütteln. Auf dem Höhepunkt des Sommers, mit ihr in seinen Armen, mit Senderovskys Eingeständnis seiner Lüge, hatte er den Mythos geglaubt, den sie ihm alle aufschwatzten, den von einem gesunden, erfolgreichen, sexuell aktiven Vinod. Ha! Alle Wege führten zu diesen zitternden Hüften, zu den verflüssigten Lungen.

Sie zog eine Decke über ihn und stopfte sie unter seinen Schultern und Zehen fest. Oben auf dem Stapel Papiere lag ein ausgedrucktes Formular. VINOD S. MEHTA, las sie. Und dann das Durcheinander von Zahlen, das eine preisgünstige Adresse in Elmhurst kennzeichnete. Und dann Großbuchstaben: NEW YORK STATE DEPARTMENT OF HEALTH. Medizinische Anweisungen für lebenserhaltende Maßnahmen (MALM).

»Du Idiot«, sagte sie. »Du verdammter, dämlicher Idiot.« In dem Kokon, den sie für ihn geschaffen hatte, holte er weiter Luft, sein Mund öffnete sich, so schien es, zu einem dramatischen Atemzug, doch dann kam er jedes Mal zu kurz, die Hand eines Bettlerkindes seiner ursprünglichen Heimatstadt, die an einer Ampel vom Fenster eines Botschafterwagens weggestoßen wird. »Ich hole jetzt Masha«, sagte sie, aber er hörte sie nicht.

Er ging die Treppe hinauf und hielt sich dabei an dem vertrauten gebogenen Teakholzgeländer fest. Er wusste sofort, wo er war und *wann*: unten das kolossale vordere Wohnzimmer mit seinem ausgelassenen Treiben und die Profiküche, proppenvoll mit hungrigen Partygästen, überall schwere Möbel, aber das für den Immigranten typische Fehlen landestypischer *tschotschkes*, die langen kahlen Wände Wunder genug. Er konnte Sujs und Genders geisteswissenschaftliche Freunde über Lebensmittelgenossenschaften und unaufhörliche sexuelle Entdeckungen reden hören. Er konnte seine und Senderovskys Freunde vom City College – Jurastudenten im ersten Jahr an mittelprächtigen lokalen Instituten, die drei Brüder, die eine Filipino-Indie-Band gründeten und dann alle in die Werbung gingen, eine kleine Schar ambitionierter Sozialarbeiter und Grundschullehrer – in ihren Vorort-Idiomen drauflloskrähen hören. »Vinod«, sagte einer von ihnen im Vorbeigehen, ein verschwommenes Gesicht, dunkle Ringellocken, eine Goldkette aus den unbelehrbaren Teilen von Queens, das gleiche unverfälschte Idiom wie seins, »wo gehst du hin, *yaar*?«

»Hilf mir«, sagte Vinod. »Je mehr Stufen ich nehme, desto mehr …« Desto mehr Stufen wurden vor ihm angefügt, als versuchte er, eine abwärtsfahrende Rolltreppe hinaufzusteigen.

»Ich hole mal eben Suj«, sagte Goldkette. »Warum machst du in der Zwischenzeit nicht Pause?«

»Nein«, sagte Vinod. »Ich muss weiter hinaufsteigen.«

Er stieg weiter hinauf, und die Stufen vervielfachten sich vor ihm. Andere kamen die Treppe herunter, übermütige, lärmende, scheinbar glückliche Menschen, die Gesichter im Gewühl verschwommen, aber er war der Einzige, der hinaufging. Warum konnte er nicht einfach kehrtmachen und mit ihnen zu der wilden Party unten gehen?

Er spürte eine Hand an seinem Ellbogen. Es war Suj. Sie hatte die gleichen kummervollen Schatten unter den Augen wie er, die Schatten, die Karen mit ihren Cremes zu mildern versuchte. »Setzen wir uns«, sagte sie zu Vinod. Er hatte ihre lupenreine Aussprache vergessen. Sie war eine Zeit lang aufs Goldsmiths College gegangen.

»Ich muss nach oben«, sagte er. »Könntest du vielleicht was wegen der Treppe unternehmen? Immerhin ist es dein Haus.«

»Wieso?«, sagte sie. »Was ist oben?« Sie hielt seine Hand. Ihre Finger waren lang und dünn. Ihre Haut fühlte sich brennend heiß an, wie auf Wüstenboden liegen gebliebenes Schleifpapier, und er zog die Hand weg.

»Wasser«, sagte er schwächlich.

»Was ist oben, Vinod?«, wiederholte sie.

»Gehen wir zusammen rauf und finden wir's raus«, sagte er. »Wir können ein Team bilden.«

»So was wie ein Untersuchungsteam?«, sagte sie. »Du bist so ein Kindskopf.« Ihre zarten rosa Lippen waren an den Rändern rissig. »Ein verkopftes Kind. Schau nicht hoch.« Er tat es trotzdem. Die Decke war weg. Rasch ziehende City-Wolken strichen ohne Störung landeinwärts, um Regen zu machen. Er begann zu zittern, und sie drückte ihn fest an sich. Sie roch nach Alkohol und Hummus. »Vinod«, sagte sie. »Du hättest auf ein besseres College gehen sollen. Warum hast du sie nicht zurückgelassen?«

»Weil ich wusste, dass ich irgendwann gleichziehen würde«, sagte er.

Jetzt flüsterte sie ihm ins Ohr, warmer alkoholischer Atem,

beruhigend, aber stark. »Mit diesen Leuten wirst du niemals gleichziehen«, sagte sie, jetzt mit stärkerem, mütterlichem Akzent. »Nie, nie, niemals.«

Er ging durch den Meatpacking District zu seiner und Senderovskys Wohnung in der Washington Street, die in einem fünfstöckigen, brütend warmen Mietshaus lag. In den Armen trug er irgendetwas unmöglich Schweres und Heißes. Er stellte es ab. Betrachtete es genauer. Lamellen. Knöpfe. FRIEDRICH. »Sasha!«, rief er nach oben. »*Bhai!* Ich habe eine Klimaanlage gekauft. Hilf mir, sie raufzutragen.«

Sasha beugte sich aus ihrem Fenster im vierten Stock, wuscheliges, schulterlanges Haar, Schildpattbrille, angepisster Zwanzigjährigenblick. »Wozu brauchen wir die?«, rief er. »Es ist September.«

»Da gibt's die Sonderangebote. Hilf mir. Ich gehe hier draußen ein.«

»Ich schaue mir gerade ein Spiel von den Mets an.«

»Seit wann denn das?«

»Ich habe gestern den Sport für mich entdeckt. Die sind klasse. Scheiße! Jetzt habe ich deinetwegen den Touchdown verpasst. Bleib da stehen. Ich werfe dir den Müll aus dem Kühlschrank runter.«

»Nein, ich muss das Ding da hochschaffen. Warum hilfst du mir nicht?«

»Nimm den Fahrstuhl.«

»Wir haben keinen Fahrstuhl.«

»Natürlich haben wir einen Fahrstuhl. Was ist los mit dir?«

Er zerrte die Klimaanlage an der Schnur ins schmutzige Vestibül. Er hatte das Gefühl, er würde gleich Durchfall bekommen. Er blickte sich in der Eingangshalle mit ihrem stumpf gewordenen falschen Marmor um. Falsche Goldketten, falsches Leder, falscher Marmor. Was für ein Leben er führte. Bis auf das Geräusch seines schweren Atems war alles still. Er führte die Hand zum Mund; es schlängelte sich kein Schlauch heraus. Das Treppenhaus lag links, aber es war abgesperrt, mit einem Schild, auf dem stand: TREPPE AUSSER BETRIEB, BITTE FAHRSTUHL BENUTZEN.

Und da war ein Fahrstuhl, wo keiner hätte sein dürfen, ein surrender kleiner weißer Kasten, der in einem dermaßen altehrwürdigen fünfstöckigen Mietshaus völlig unbegreiflich war. Er zerrte die Klimaanlage an der Schnur in die Kabine und drückte mit dem Ellbogen den Knopf für das Stockwerk. »Halten Sie die Tür auf!«, rief eine Stimme. »Bitte, Sir.« Vinod streckte die Hand aus, damit sich die Fahrstuhltür nicht schloss. Sie glitt mit einem Seufzer zurück, und zum Vorschein kam ein großer, atemloser Mann in einem Mets-T-Shirt. Er stieg ein und sah Vinod mit freundlichen Augen an, »Onkel«-Augen, wie Vinod aus irgendeinem Grund dachte. Er nahm den größten Teil des verfügbaren Raums ein, aber Vinod fühlte sich in seiner Gegenwart sicher. Er wollte nicht allein im Fahrstuhl sein, diesem prototypischen City-Sarg. »Welche Etage?«, fragte er.

Der Mann lächelte, den Blick auf Vinod gerichtet. »Welche Etage, Sir?«, fragte Vinod erneut. Dass sie sich gegenseitig mit »Sir« anredeten, gefiel ihm. Förmlichkeit in einem informellen Land. Altmodische Höflichkeit. Der Mann gab keine Antwort, sondern näherte sich ihm, langsam, ganz, ganz langsam, immer nur ein winziger Halbschritt, wie eine scheue Ziege, bis Vinod die dichte, komplizierte Süßlichkeit seiner Ausdünstung riechen konnte. »Ich muss jetzt nach oben«, sagte Vinod. »Ich habe eine Klimaanlage im Sonderangebot gekauft.« Aber bald spürte er den Bauch und die Brüste des Mannes, die sich, beide lose und einladend wie Kissen, an ihn drückten und ihn gegen die Wand drängten, ganz sanft, aber durchaus beharrlich, als ob der andere versuchte, mit seinem Körper ein Argument vorzubringen. »Warum?«, fragte Vinod. Er hörte die volle Intensität seines Akzents. *Bharum.* »Warum tun Sie das?« Aber der Mann presste sich weiter gegen ihn, sodass die knappe Luft aus Vinods Lunge entwich, und er starrte ihn an und lächelte sein trauriges, herbstliches Lächeln, seine Lippen in Kussentfernung zu denen Vinods. Er presste sich weiter gegen ihn, ohne Verlangen, aber mit seinem ganzen Wesen, als verabreichte er eine vertikale Massage, und sosehr Vinod auch versuchte, sich hinter der ihn umschließenden, platt drückenden Masse herauszuwinden, es gelang ihm nicht. Und sosehr er protestieren wollte, er konnte nicht. Das war das Allerfurchtbarste: Er konnte nicht sprechen. Und er konnte die Hand nicht zum Mund führen, um nach dem Schlauch zu tasten. In allerletzter Minute bemerkte er, dass der Fahrstuhl abwärtsfuhr, am Keller vorbei in den Erdkern.

Vier Hände manövrierten ihn in Richtung Badezimmer. Er trug eine Maske, aber weder seinen Lungi noch seine Jockey-Unterhose. Er blickte auf. Karen und Masha trugen ihre Masken und ihre Plastikvisiere, und im stumpfen roten Schimmer der Glühlampen ähnelten sie Marsbewohnern. Er zitterte vor Angst, vergaß sogar, sich vor Masha zu schämen, obwohl es zwischen seinen Beinen pendelte wie ein auf dem Kopf stehendes Metronom. »Habe ich einen Unfall gehabt?«, flüsterte er.

»Nein, du bist okay, mein Schatz«, sagte Karen.

»Hast du das Material gelesen, das ich herausgelegt habe?«, keuchte er. »Die Patientenverfügung und die Artikel? Es ist alles notariell beglaubigt.«

»Du solltest nicht reden«, sagte Masha. »Konzentriere dich auf deinen Atem.«

»Diese Party«, sagte Vinod. »Was ist auf dieser Party für Sasha passiert? In Fort Greene?«

»Ich habe alles in die Wege geleitet«, sagte Karen. »Wir kriegen dich wieder hin.«

»Nein«, versuchte er zu schreien.

»Psst.« Sie ließen ihn auf die Toilettenschüssel hinunter.

»Nein, nein, nein, nein, nein.« Jeder Laut, den sein Körper von sich gab, war fremd, übersetzungsbedürftig.

Auf der überdachten Veranda saßen Masha und Senderovsky auf einer Seite des Tisches und Karen mit ihrem bandagierten Auge auf der anderen, eine Angeklagte vor Anklägern. Doch genauer gesagt, war Masha die Anklägerin, und Senderovsky hätte neben Karen auf der Anklagebank sitzen müssen. Nur ihre Krankheit sorgte dafür, dass sie auf gegenüberliegenden Seiten des Tisches saßen, obwohl Karen behauptete, sie sei nun, mit den Cortison-Augentropfen, auf dem Weg der Besserung, und auch ihre übrigen Symptome klängen allmählich ab. Wenn sich von ihrem Freund nur das Gleiche sagen ließe.

Senderovsky, mit Maske, war nichts als ein Paar feuchter, umherschweifender Augen, die am Zedernholz seiner Veranda entlangstrichen, über die Couch, wo nach dem Essen so viele vertraute Zusammenkünfte mit seinen besten Freunden stattgefunden hatten (erst vergangene Woche, erst vergangene Woche), und den verfluchten Schwarm der Leuchtkäfer dahinter. Nun trugen sowohl er als auch seine

Frau Visiere, wie zwei Teilnehmer eines Schweißerkongresses.

Irgendwann verharrte sein Blick auf dem dunklen und leeren Lullaby Cottage, und er erinnerte sich an das erste Gespräch, das er und sein Freund bei dessen Ankunft geführt hatten. Vinod hatte nach seinem in dem Teva-Karton verstauten Roman gefragt, und Sasha hatte ihm gesagt, seine Worte hörten sich nach einer Abschiedsrede an. Am liebsten hätte er den beiden Frauen zugerufen: »Er ist zum Sterben hergekommen!«

»Ihr seid mir schöne Freunde«, sagte Masha. »Schöne Bezugspersonen. Ihr habt alles nur Vorstellbare getan, um ihn krank zu machen. Ihr behauptet, ihr drei wärt die Familie, die ihr nie gehabt habt, aber ihr beide seid genau wie die Familien, aus denen ihr kommt.«

Karen war es nicht gewohnt, so attackiert zu werden. Ihre Assistentin hatte eine Assistentin, die nach Verletzendem in ihren Online-Erwähnungen Ausschau hielt. Sie hatte sich ihr Leben lang heruntermachen, beschimpfen lassen und zusehen müssen, wie Finger jeglicher Hautfarbe Schläfenhaut nach hinten zogen, um sie mit hässlichen Nachäffungen ihrer schönen Augen zu kränken. Doch jetzt warf man ihr vor, dass ... ja was eigentlich? Dass sie den Mann ermordete, den sie liebte? Dass sie ihren besten Freund ermordete?

»Vinod hat mir gesagt, ich muss ihn in Ordnung bringen!«, schrie Karen – sie sprach von dem Schauspieler. »Er hat gesagt, das sei meine Pflicht. Ich müsse es auch für Ed und Dee tun. Das hat er gesagt, Masha, ich schwöre es bei Gott. Ich hatte sämtliche Fenster geöffnet. Wir haben hauptsächlich auf der Couch gesessen und Abstand gehalten.«

»Nachdem du also ein Leben lang nicht auf Vinod gehört

hast und die ältere Schwester warst, hast du dir ausgerechnet diesen Moment ausgesucht, um seinen Wünschen zu entsprechen. Und du« – sie wandte sich an ihren Mann – »hast ihn wieder reingelassen. Hast du wirklich geglaubt, er würde eine Fernsehserie mit dir produzieren? Eine Serie über den Sohn eines Oligarchen mit einer missglückten Beschneidung? Wer um alles in der Welt würde sich so was ansehen?«

»Dann sind wir also die Einzigen, die schuld sind?«, sagte Karen. »Du hättest Sasha daran hindern können, ihn wieder reinzulassen. Es ist auch dein Anwesen.«

So ging es eine Zeit lang weiter, bis sich hinter Karens Schutzvisier Rotzbläschen zu bilden begannen. Senderovsky konnte den Zorn seiner Frau auf sie beide nicht verstehen. Was passiert war, war passiert. Der Erinnerung ließ sich kein zweiter Versuch abfeilschen. Sie lebten in außergewöhnlichen Zeiten. Es war wie eine umgekehrt ablaufende Genesis: Die Spezies erlosch nach und nach, der Himmel droben schloss sich. Und jetzt musste jemand dafür bezahlen. Und jetzt würde man den Bock opfern, damit andere geläutert werden konnten. Und jetzt würde Vinod aus dem körperlichen Dasein in die traurige, ausgeschmückte Erinnerung an eine gewesene Zeit übergehen, in die Vergänglichkeit eines Fuji-Schnappschusses in Karens Fotoarchiv.

Er selbst hätte auch nichts gegen ein solches Schicksal gehabt. Nicht dass er ausdrücklich sterben wollte, aber er war darauf vorbereitet. Er war darauf vorbereitet, dass der Besitzer des schwarzen Pick-ups, der brutale Mensch mit den weißen Armen und der roten Mütze, die Zedernholzstufen heraufkam, die wuchtige Waffe auf ihn, und nur auf ihn, richtete und deren volle Gewalt gegen seine weiche Brust entfesselte. Sollte seine Geschichte ruhig auf dieser dämlichen schönen Veranda kulminieren, zu den Sahel-Sounds-Klängen aus dem roten Radio, zu den Schreien des geheimnisvollen Vogels mit den gelben Schultern. Er brachte seinen besten Freund um, würde vielleicht anstelle einer Zusammenfassung seiner eigenen, den Bach runtergegangenen Karriere im Nachruf der Zeitung stehen. Sasha Senderovsky: ein Lügner, ein Teva-Karton-Dieb, Besitzer und Bewohner der Datscha des Desasters.

Unmittelbar vor dieser Zusammenkunft mit seiner Frau und Karen hatte Sasha die ersten Gerüchte vom Wiederauftauchen des Schauspielers auf seinem Anwesen und seinem abermaligen Verschwinden durch die sozialen Netzwerke geistern sehen (hatte der State Trooper geplaudert?), wo er persönlich getaggt und praktisch des Kidnappings und Schlimmerem bezichtigt wurde. Als Vorsichtsmaßnahme hatte er seinen Wagen quer am unteren Ende der Auffahrt geparkt (als ob die Fans des Schauspielers nicht einfach vom Kiesweg ab- und über das einladende Gras weiterfahren könnten) und den Hausmeister angewiesen, einen Ad-hoc-Zaun zu bauen.

Das Visier vor dem Gesicht, ging Karen nun im gelben Lampenschein der Veranda mit weiß behandschuhten Händen Vinods Dokumente durch. »Ich lasse das Ganze mal von meinem Anwalt anschauen«, sagte sie. »Aber ich vermute, Vinod kann tun, was er will. Es sei denn, wir lassen ihn für unzurechnungsfähig oder so was erklären.« Sie sah Masha an.

»Du forderst mich ernsthaft auf, das zu tun?«, sagte Masha. »Such dir gefälligst deinen eigenen Psychiater.«

»Davor hatte er Angst«, sagte Senderovsky. »Vor der Intubation.« Als jemand, der in seiner Kindheit Asthma gehabt hatte, konnte er Vinods Angst vor dem Beatmungsgerät verstehen. Die Vorstellung, aufzuwachen und im Hals einen Schlauch stecken zu haben, der sich nach unten durch die Körpermitte fortsetzte, durch jene Gänge, die für Atmung, Essen, Trinken und Lautäußerung (à la »Hilf mir!«) vorgesehen waren, mit Fesseln an den Händen einer stampfenden Maschine ausgeliefert zu sein – diese unter dem Deckmantel einer antiseptischen Klinik betriebene mittelalterliche Horrorshow.

»Er ist zum Sterben hergekommen«, sagte Senderovsky schließlich. »Das hat er mir bei seiner Ankunft gesagt. Er hat sich seine Chancen ausgerechnet. Deswegen trug er ständig diese Papiere bei sich.«

»Das war damals«, sagte Masha. »Aber sein Leben hat sich verändert. Jetzt ist er verliebt. Er müsste imstande sein, zu kämpfen …« Nun verfiel sie in ein Klischee. Die Vorstellung, gegen eine Krankheit zu *kämpfen* oder für seine Liebe zu *kämpfen*, war bloß Amok laufender amerikanischer Militarismus. Man konnte einiges tun, um seine Chancen gegen so etwas wie dieses Virus zu verbessern, aber wenn man sterben musste, musste man eben sterben. Vielleicht war das die Kernaussage von Vinods Papierstapel.

»Ich glaube, er weiß, dass nach den Anfangsstadien der Liebe zu mir alles den Bach runtergehen wird«, sagte Karen.

»Da spricht bloß deine Depression aus dir«, sagte Masha.

Erneut durchblätterte Karen die Papiere und las aufs Geratewohl aus den Passagen vor, die Vinod mit Markierstift hervorgehoben hatte. »›Eine Lebensspanne von achtundvierzig Jahren erscheint vielleicht kurz, aber erst vor einem Jahrhundert … Wie in dem Peer-Review-geprüften Auszug unter der Bezeichnung … Über achtzig Prozent der intubierten Patienten … Viele Überlebende leiden unter Langzeitfolgen, darunter Paranoia, Bewusstseinstrübungen … Ein trostloses Dasein.‹«

»Diese Statistiken ändern sich gerade«, sagte Masha. »Online ist die Rede von wirksamen neuen Behandlungsmethoden, besonders für Leute mit beeinträchtigtem Immunsystem.«

»Darfst du als Ärztin sie anwenden?«

»Ich bin keine Pneumologin.«

»Viele Ärzte ohne einschlägige Erfahrungen sind zwangsverpflichtet worden.«

»Unter der Leitung von Kollegen, die sich auskennen. In einem Krankenhausumfeld. Jemand müsste ständig die Sauerstoffsättigung des Blutes messen. Man braucht einen IV-Zugang. Ein Pulsoximeter. Einen Monitor. Steroide, falls erforderlich.«

»Du meinst also«, sagte Karen, »er gehört ins Krankenhaus?«

»Herr des Himmels, ja!«, rief Masha. »Im Ernst, was zum Teufel ist los mit euch?« Senderovsky hustete in seine Hand. »Und du« – an Karen gewandt – »solltest dich von anderen Leuten fernhalten, auch im Freien. Ich habe eine kleine Tochter. Hast du sie vergessen? Machst du dir keine Sorgen um sie?«

»Wenn er ins Krankenhaus kommt, werden wir ihn nie wiedersehen«, sagte Senderovsky.

»Das weißt du nicht«, sagte Masha.

»Was ist das Letzte, was er geschrieben hat?«, sagte Senderovsky zu Karen. »Lies vor.«

»Wir haben es schon alle gelesen«, sagte Masha. »Hör auf mit deiner Melodramatik.«

Karen musterte die Levin-Senderovskys voller Traurigkeit. Am Ende, dachte sie, werden sie sich wieder vertragen, und sie werden zusammen zu Bett gehen, und sie werden einander haben. Und ich werde wieder dort sein, wo ich war, bevor ich diese Auffahrt raufgefahren bin. Zurück in dem Loft in der White Street, mit dem Surren der Solarjalousien, die morgens runter- und abends raufgehen, und dem Alabasterspiegel im Foyer, vor dem ich üben kann, Hallo und Auf Wiedersehen zu sagen.

»›Ihr beide seid Menschen, die gern die Kontrolle haben‹«, las Karen aus Vinods letzter Bitte an sie und Senderovsky vor, »›warum also wollt ihr mir ebendiese Kontrolle nehmen? Warum lasst ihr mir nicht eine letzte Würde? Ich will am Ende einfach nicht allein sterben. Ich will bloß bei meinen Freunden sein.‹«

»Tja, wir sterben alle allein«, sagte Masha. »Das ist tragisch. Die größte Tragödie unseres Lebens, mal abgesehen davon, dass wir überhaupt erst geboren werden. Ach übrigens, wie oft habt ihr beide Vinod eigentlich gesehen, bevor das Ganze hier passiert ist? Wie oft habt ihr euch bei ihm gemeldet? Außer um ihm Geld anzubieten, von dem ihr wusstet, dass er es niemals nehmen würde. Um euer Gewissen zu beruhigen.«

»Was weißt du denn schon?«, sagte Karen zu Masha. »Du wirst so etwas wie unsere Freundschaft nie erleben.«

»Und du wirst nie eine richtige Mutter sein«, sagte Masha.

»Genau wie du«, sagte Karen.

Senderovsky streckte die Hand aus, um seine Frau zu trösten. Die zänkischen Stimmen hallten von den Wänden seiner prächtigen Veranda wider, das Gespräch hörte einfach nicht auf, wie bei seinen Eltern, die bloß ein Gläschen Wodka und ein paar Tassen Tee brauchten, um sich den halben Vormittag zu streiten. Er dachte immer noch an den Tod seines Freundes und an seinen eigenen. Eigentlich müssten sie sich alle an das Ganze gewöhnen, an die neue Wissenschaft, die das Ganze darstellte, aber diese mutwillige Vernichtung war ihm immer noch unbegreiflich. Er war ein anständiger Mensch, ein heiterer Gastgeber und ein Ordoliberaler von eigenen Gnaden. Vor vier Monaten hatte er im Schutze des Frühlings fünf Gäste von außerordentlichem Format in seiner Kolonie willkommen geheißen.

Wie war es nur dazu gekommen? Wie?

6

Heiraten ist denkwürdiger Moment.« Eine Stimme mit russischem Akzent. »Extra denkwürdig mit Senderovsky Überragendes Hochzeitsalbum-System.« Vinod ging im trüben Dunst der stickigen Lagerhalle auf die Stimme zu, seine Teva-Sandalen klatschten auf den grauen, staubigen Boden. »Aber zuerst lassen Sie mich Ihnen erzählen von guter Schraube! Es ist spezielle verstärkte Edelstahlschraube, was bei Schraubbindung lässt Seiten von Hochzeitsalbum flach liegen. Hallo? Miesies Fernandes? Hallo?«

Mr. Senderovsky blickte verständnislos auf den Hörer, aus dem als lang gezogener, gleichbleibender Ton das Freizeichen des zwanzigsten Jahrhunderts drang. Vinod wurde klar, dass irgendetwas ganz und gar nicht stimmte. Er hatte seine Arbeit nicht ordentlich gemacht. Er führte die Hand zum Mund, um nach dem Schlauch zu tasten. »So eine verdammte Scheiße«, sagte Mr. Senderovsky und strich sich die letzte Haarsträhne auf dem Olivenkern seines Schädels zurück. »Sasha mir hat gesagt, das ist guter Tipp. Mutter von Collegekommilitone heiratet zum zweiten Mal Ölmann. Fernandes ist nicht spanisch, ist Filipino.«

»Ich habe meine Arbeit nicht gemacht«, sagte Vinod mit zitternder Stimme. »Ich habe das Etikettiergerät nicht repariert.«

»Ach Scheiß«, sagte Mr. Senderovsky. »Ach Mist. Aber

was du willst machen? Ist sowieso lahmer Sommer. Niemand heiratet. Zu heiß. Schwierige wirtschaftliche Klima wegen Clinton. Alles geht in Bruch, aber was ist mit Mitte? Mitte hält nicht. Kaputt. Ganze Hochzeitsalbumbranche …« Um deren Zustand zu beschreiben, vollführte er eine flatternde Bewegung mit der Hand. »Aber Leute wie wir, wir sind Unglück gewöhnt, *nu*, Vinod? Was wir haben gesagt, als indische Ingenieure sind gekommen nach Leningrad: *Hindi, Russi, bhai, bhai.* Bruder, Bruder. Und deshalb jetzt sogar in Amerika wir alle sind *bhais. Bhais* in Unglück!«

»Mr. Senderovsky, darf ich ein paar Kaltanrufe machen? Ich habe an meinem Akzent gearbeitet, wie Sie gesagt haben.«

»Nein, nein, du bist stark. Du trägst Kisten.«

»Lassen Sie mich einen Anruf probieren.«

»Nein, nein, du hast miesen Akzent.«

»Riesenakzent?«

»Ja, was ich habe gesagt?«

»Ich dachte, Sie hätten …« Sie hörten die Klingel und sahen einander an.

»Ich habe nicht Termin gemacht«, sagte Mr. Senderovsky und zupfte an dem mit einer Kette an seinem Dockers-Hemd befestigten Pager. »Vielleicht Idiot Sasha, Marihuana-Raucher, hat vergessen sein Schlüssel. Moment, hast du gemacht Termin?«

»Wie hätte ich denn einen Termin machen sollen? Sie lassen mich ja nicht ans Telefon.«

»Also ist Überraschungskunde!« Mr. Senderovsky wuselte in Richtung der fernen Eingangstür. »Scheißgut! Vielleicht Anzeige in *Village Voice* hat gewirkt.«

Vinod betrachtete das alte cremefarbene Volksschullehrerpult, von dem aus sein Arbeitgeber sein hoffnungsloses

Geschäft führte, und daneben den kleinen Beistelltisch mit einem Telefon und einem Klappstuhl, auf dem Sasha den größten Teil des Sommers an seiner Seite saß wie ein Schoßhund auf Mindestlohn und die politischen Auffassungen und die Unzufriedenheit seines Vaters aufsaugte. Diese kleinen, beengten Immigrantenräume mochte Vinod am liebsten: ob nun den von Curry befeuerten »Diner« seines Onkels, wo der im Lande Geborene und der gerade ans Ufer Gespülte an einem schmalen Tresen pikante Eier für drei Dollar essen konnten, oder den chronisch erfolglosen Computerladen seines Vaters, wo seine beiden Brüder arbeiteten, auf dem Weg zu Schreibtischen in der Wall Street, wo jedoch kein Platz war für Vinod, den brahmanischen *bhenchod*, bis hin zu diesem, dem abwegigsten Einfall, einem Geschäft für Hochzeitsalben mit Mr. Senderovskys patentierter »Spezialschrauben«-Technik in der Hauptrolle, einem Unternehmen, das an der Schwelle zum Internet auf dem letzten Loch pfiff.

»Vinod«, meldete sich der russische Akzent wieder, »deine Freundin ist da.«

Freundin? Mr. Senderovsky machte gern Witze über Vinods Jungfräulichkeit. Ein ganzer Sommer im Büro – im ersten Collegejahr, oder? – war mit Diskussionen darüber hingegangen, ob oraler Sex als sein Eintritt ins Mannsein gelten durfte. Meinte er etwa …?

Karen kam herein, in demselben eng sitzenden bretonischen Fischerhemd, das sie auch bei ihrem ersten Datscha-Dinner getragen hatte, diesmal allerdings zu abgeschnittenen Jeans, die die Muskeln ihrer Oberschenkel und den Schimmer ihrer Knie zur Geltung brachten.

Sie kam auf Vinod zu. Er spürte ihre Nähe und die Marimba von Gefühlen, die dabei jedes Mal in ihm erklang.

Er streckte die Hand aus, um ihre halbnackte Schulter zu berühren, wie ein Vogel, der einen Nestgefährten sanft mit dem Flügel streift. Doch jetzt passierte etwas anderes.

Sie legte beide brennend heißen Hände um seine Wangen und küsste ihn auf den Mund, küsste ihn mit all ihrer aufgestauten Jugend und ihrer noch unschuldigen Seele, und er spürte ihr Knie zwischen seinen Beinen. Vinod konnte nicht aufhören, sie zu küssen, aber er machte sich klar, dass er Angestellter des launenhaften Mr. Senderovsky war und dass er es versäumt hatte, das Etikettiergerät zu reparieren. Er schob sie weg (hatte er das wirklich gerade getan?) und wandte sich seinem Chef zu, der schamlos Karens Brust angaffte. »*Uka-uka*«, sagte Mr. Senderovsky zu Karen. »Wir hatten mal offizielle nordkoreanische Delegation zu Besuch in Institut in Leningrad. Oh, sind solche Frauen in Kimono gekommen.«

»*Hanbok*«, korrigierte ihn Karen.

»Ja, aber ich habe nie probiert. Schmeckt wahrscheinlich gut.«

»Mr. Senderovsky, es ist kurz vor halb fünf«, sagte Karen. »Ist es okay, wenn Vinod für heute Schluss macht?«

Mr. Senderovsky seufzte, um anzudeuten, dass er einer jungen Liebe nicht im Wege stand. »Geh nur, geh«, sagte er. »Ich mache Lohnabzug.«

»Richten Sie Sasha aus, wir sind im Florent«, sagte Karen.

»Schwulenrestaurant? Nur wenn sie nicht bekehren euch zu ihren griechischen Sitten.« Er lachte, Zähne mit Goldkronen an den Rändern seines sowjetischen Mundes.

Sie traten hinaus auf die kopfsteingepflasterten Straßen des Meatpacking District, platschten durch die Lachen aus Blut und Talg, die das Viertel zu dem machten, was es einmal gewesen war, ein prächtiges Stück Americana, gefangen zwischen einem dem Untergang geweihten Highway und einem geschichtenumwobenen Stadthausbezirk. Doch nun blieb das Blut anders an seinen Sandalen und ihren Converse kleben, denn nun *hielten sie Händchen.* Vinod erinnerte sich, dass sich Eds japanische Realityshow fast ausschließlich um den Moment drehte, in dem zwei Hausgenossen die Hand nach einander ausstreckten und die Finger ineinander verschränkten. Wenn nur Karens Berührung nicht brennend heiß wäre; wenn nur die feuchte Stadtluft ihn atmen ließe, während er die Schilder um sich herum überblickte:

DURCHGEGARTE GESALZENE RINDERBRATEN-
STÜCKE AUS DER BLUME
KANINCHEN 1,89/PFD.
GANZE LÄMMER 99 C/PFD.

»Hör zu«, sagte Karen. »Das mit dem Florent war gelogen. Wir treffen uns dort erst später mit Sasha. Gehen wir zu dir nach Hause und vögeln.«

Vinod konnte nichts sagen. Seine Kehle war trocken, seine Füße mit dem Sperma anderer Tiere besudelt. Sein anderes Leben, sein Parallelleben, war gut gewesen, ganz gleich was irgendwer sagte. In seinen achtundvierzig Jahren hatte er Berlin, Bologna, Bombay und, im letzten Moment, auch seine Liebste ohne Hosen gesehen. Aber dieses Leben überforderte ihn. Allein schon der Gedanke, wie diese taffe, unnachgiebige Frau in der Blüte der Jugend sich in ihn hineinwühlte, auf einem der Murphy-Einzelbetten, die über siebzig Prozent von seiner und Senderovskys Wohnung ausmachten (es gab außerdem noch Platz für einen Fonduetopf, einen Deckenfluter, eine Kombination aus winzigem Fernseher und Videorekorder und den Minikühlschrank, in dem sie ihren Abfall lagerten). Sie näherten sich dem hässlichen Gebäude, in dem die Wohnung lag. Vinod klimperte mit seinem Mehta-Computer-Autorisierter-Apple-Händler-Schlüsselanhänger (in Wirklichkeit war Mehta Computers gar nicht autorisiert). Er beugte sich zu ihr hinüber und flüsterte in ihr Honigohr: »Karen. Hör zu. Mir ist da ein Gedanke gekommen. Mehrere Gedanken.«

»Das passiert dir andauernd, Baby. Du könntest ein bisschen Mundwasser gebrauchen, wenn wir oben sind.«

»Was, wenn ich nach New Haven gegangen wäre? Was, wenn ich euch alleingelassen hätte? Meinen Doktor gemacht? Veröffentlicht? Wie Sasha eine Menge Rundfunk gemacht? Ein Image entwickelt, komisch oder ernsthaft oder irgendwas dazwischen?«

»Psst«, sagte sie. »Sprich nicht von diesen Dingen. Das strengt nur deine Lunge an.«

»Ich bin so erregt, dass ich kaum Luft kriege.«

»Ich bin auch ziemlich scharf auf dich«, sagte sie. Aber ihre Augen waren traurig und ihre Grübchen unergründlich.

»Suj hat gesagt, ich würde nie mit euch gleichziehen.«

»Suj? Ist das deine nuttige Cousine aus Connecticut?«

»Nur so eine Stimme in meinem Kopf.«

»Was sage ich immer?«

»Ich denke zu viel. Zur falschen Zeit geboren. Ich werde nie gleichziehen, stimmt's?«

»Gleich legst du deine Hände auf meine Brüste, und wir vögeln so langsam, dass du vergisst, wie man redet.«

»O mein Gott«, sagte er. Obwohl, hatte Karen tatsächlich jemals solche Sachen gesagt? Und sei es nur zu ihrem großen Iren mit dem H-1B-Visum? Das mit dem Mundwasser stimmte allerdings haargenau. Er fingerte ungeschickt an der Eingangstür des Mietshauses, dann trat er in das Vestibül aus falschem Marmor. Der neue Fahrstuhl wartete schon auf ihn. Er begab sich in den stickigen Kasten, geil und benommen. Er drehte sich um. Sie war nicht da. Die Glühbirne des Fahrstuhls flackerte, und die Temperatur um ihn herum wurde beige, düster, kolonial. »Halten Sie die Tür auf!«, rief jemand; es war nicht sie. Er wusste, wer es war. Was, wenn er die Tür nicht aufhielt? Nein, das wäre unhöflich. Er musste immer die Tür aufhalten; sonst wäre er nicht Vinod Mehta. Der große Mann mit den braunen Rehaugen und dem sinnlichen Mund glitt herein. Es war sinnlos, sich zurückzuziehen, aber Vinod tat es trotzdem. Der widerwärtige süßliche Geruch seines Angreifers erfüllte den Fahrstuhl. Letzterer ächzte und löste sich von seiner Aufhängung. Wieder einmal hatte er vergessen, nach dem Schlauch zu tasten.

Erneut kroch er die Treppe hinauf, und mit jeder bewältigten Stufe präsentierte sich eine neue Welt. Der Lärm von der Party unten war verstummt. Es rannten auch keine Partygäste mehr die Treppe hinunter. Alles, was er kannte, waren die Stufen vor ihm und die Aufgabe, die sie beinhalteten. Neben seiner Präsenz gab es noch eine zweite, deren Handflächen er auf den Stufen auftreffen hörte.

Es war Masha. Die Masha von 2001. Das ungelenke Prä-Senderovsky-Mädchen mit den strahlenden Augen, ein kastanienbrauner Bubikopf im Gegensatz zu einer dunklen, fast sephardischen Anmutung. Sie sah aus wie die weibliche Hauptdarstellerin eines Films, in dem der Schauspieler unbedingt hatte mitspielen wollen, einem Film, den die weniger bedeutenden Blogs »schwierig, aber aufschlussreich« nannten.

»Vinod«, sagte sie, »ich spreche Russisch.«

Das stimmte. Zwar hatte Vinod keine der beiden Sprachen seiner besten Freunde jemals gelernt, aber das im Kern unglückliche slawische Gemurmel, das aus dem Mund der schönen jungen Masha kam, war ihm trotzdem verständlich. »Ich verstehe dich!«, sagte Vinod. »Ich habe dich schon immer verstanden.«

»Pst, nicht so laut«, fuhr sie mit scharf artikulierten Zischlauten fort.

»Jeder sagt ›pst‹ zu mir«, sagte Vinod. »Aber niemand hilft mir.«

»Wie können wir dir helfen?«

»Du bist die Ärztin. Was ist deine Meinung?«

»Ich bin Medizinstudentin im zweiten Jahr.«

»Aber *irgendeine* Meinung musst du doch haben.«

»Komm mit mir nach New Haven. Mach deinen Doktor. Gib dich nicht mit diesen Clowns ab.« Das letzte Wort klang wie im Englischen: *kloni.*

»Aber sie liebt mich jetzt. Ich habe es geschafft.«

»Warte, bis du oben auf der Treppe bist.«

»Was ist oben auf der Treppe?«

»Uka-uka.«

»Das ist kein richtiges Wort. Du klingst wie Sashas Dad.«

»Autsch.« Ausgesprochen wie *aff-tsch.*

»Geh runter in die Küche, Masha. Er wartet dort auf dich. Er wird den Unbeteiligten spielen, aber sobald er dich sieht, wird er alles fix und fertig geplant haben. Wie immer. Ein Mann mit einem Plan. Senderovsky. Er wird sie verlassen, als hätte es die vergangenen drei Jahre nie gegeben. Er wird die

Tränen vergessen, die er in ihren Armen vergossen hat, als sein Buch neunmal hintereinander abgelehnt wurde.«

»Ich hatte schon immer ein schlechtes Gewissen, weil ich Suj das angetan habe«, sagte die junge Masha. »Meine Ursünde.«

»War nicht deine Schuld.«

Ein tiefer Seufzer. Jetzt wirkten ihre grauen Augen ausgebleicht, wie die Jeans aus dritter Hand, die man damals in ihrem Heimatland wiederverkaufte.

»Ein Witz auf einem Witz auf einem Witz«, sagte sie.

»Dein Leben?«, riet er.

»Genau darauf habe ich mich eingelassen. Eine Zeit lang war wenigstens Geld da. Er war sehr verführerisch, jedenfalls anfangs. Mir gegenüber, seinem Publikum gegenüber. Dabei schien er sich noch nicht mal groß anzustrengen. Man dachte: Wow, der Bursche weiß, was er tut.«

»Wann ist die Treppe denn zu Ende, Masha? Ich will einfach nur nach oben. Ich will mich einfach nur auf ein Bett plumpsen lassen und mich auf den kühlen Laken ausstrecken.«

»Ich weiß, mein Schatz«, sagte Masha. Jetzt hörte sie auf zu kriechen. Ihre Augen füllten sich mit Tränen. »Wenn du das doch bloß könntest«, sagte sie.

Er hörte auf zu kriechen und legte einen Arm um sie. »O Mashenka«, sagte er. *»Kak mne zhal'tebya.«*

»Nicht«, sagte sie, »ich muss dir nicht leidtun.« Sie zeigte nach oben. Unter ihrem T-Shirt erspähte er ein ungezähmtes Büschel Achselhaar. Sie war damals auf ihrer eigenen Wellenlänge, so frei, wie eine Immigrantin oder ein Immigrant ihres Jahrgangs nur sein konnte. Er folgte ihrem noch immer nach oben weisenden Finger, der an ein Renaissancegemälde mit religiöser Thematik denken ließ, da Vincis *Johannes der Täufer* mit seinem überschwänglichen Lächeln.

»Noch eins, mein Schatz.« Sie reichte ihm mit beiden Händen ein gefaltetes Stück Stoff. »Da draußen ist es nicht sicher«, sagte sie. »Du und Karen, ihr solltet eine Maske tragen.« Sie schob ihm die Maske über den Mund und küsste ihn auf die Stirn.

Die Stufen gingen zu Ende, er war oben angekommen und fand sich nun unterhalb eines Paars monströs großer, in Nichtkampfstiefeln steckender Füße wieder. Masha war fort. Die Party war weitergegangen. Wieder rannten Leute die Treppe hinunter und schrien sich die Lunge aus dem hübschen Leib. Über ihm stand der pockennarbige russische Journalist, der Senderovsky demnächst als eine Art Witz eine Ritterrüstung aus Plastik überreichen würde. Der Mann mit den dichten Augenbrauen blickte auf Vinod mit seiner Gesichtsbedeckung herunter. »Was iest das?«, sagte er. »Där maskiertä Rächär?«

»Wohin gehe ich jetzt?«, fragte Vinod.

Der Russe zeigte in Richtung von Sujs und Senderovskys Schlafzimmer und sprach, seine Lippen unbewegt, aus seinem dritten Auge.

»Heißärr Scheiß«, sagte er. »Also das du musst unbedingt sähän.«

7

Also«, sagte sie, »reden wir.« Sie lagen sich in den Armen, Dee immer noch mit ihrer blauen Gazemaske, an den Wänden flackerndes Kerzenlicht, das zwischen romantisch und gruselig changierte.

»Lass mich raten. Du willst, dass ich einen Beruf ergreife, damit du, wenn du mich auf Partys vorstellst, sagen kannst: ›Mein Mann Edward arbeitet für eine NGO.‹«

»Nein, Bobo«, sagte sie und nahm ihre Maske ab, ließ sie aber an einem Ohr hängen. »Ich werde niemals heiraten. Aber findest du nicht, dass wir allmählich abreisen sollten? Ich meine, das Ganze hier ist doch ein Scherbenhaufen. Es hat Spaß gemacht, als wir alle zum Essen an einem Tisch zusammenkamen, aber jetzt, wo wir alle in Quarantäne sind? Und wieso musst du immer noch alle bekochen, als wärst du unser Küchenchef oder so was?« Sie entsann sich, wie der Schauspieler Ed als ihren Meisterkoch bezeichnet hatte. »Und in der City ist es definitiv sicherer. Immerhin sind hier schon drei Leute infiziert worden. Vinod ist immer noch ansteckend.«

Ed barg seinen Kopf in ihrer Halsbeuge. Er seufzte. »Ich habe das Gefühl, wir schulden ihnen etwas. Vielleicht nicht ›wir‹. *Ich* schulde Vinod etwas.«

»In der japanischen Realityshow ist es so, dass zwei Leute, sobald sie ein Paar werden, das Haus verlassen.«

Ed griff nach dem Nosing-Glas auf seinem Nachttischchen, eine der letzten Affektiertheiten, die er sich gönnte, und nahm einen Schluck von dem Achtzehnjährigen, den er kürzlich zur Feier des dreiwöchigen Bestehens ihrer Beziehung gekauft hatte. Er gab ihr auch einen Schluck und beäugte den fahlen Beschlag, den sie auf dem Glas zurückgelassen hatte.

»Ich habe mich vorhin mit Karen unterhalten«, sagte Dee. »Sie hat uns die Abreiseerlaubnis erteilt. Sie hat gesagt, viel mehr könnten wir nicht mehr für ihn tun.«

Durch das Fenster, das auf den vorderen Rasen ging, war ein sich näherndes Paar Scheinwerfer zu sehen. Es gewann langsam an Farbe, ein stumpfes Weiß, dann ein dunkles Gelb, dann ein suppiges Orange, wie der Detonationsblitz einer Wasserstoffbombe mehrere Pazifikatolle entfernt. Das Geräusch von knirschendem Kies, das normalerweise mit solchen Fernlichtstrahlen einherging, fehlte; der Eindringling hatte den Sperrholzzaun des Hausmeisters umfahren und steuerte nun geradewegs durch das Meer von Gras. Dee sprang aus dem Bett und platzierte die Backen ihres schmalen, blassen Hinterteils neben die von Ed am Fenster. Nackt standen sie da und spähten hinaus.

Nat hatte ein feines Gehör und außerdem einen leichten Schlaf, eine echte Levin-Senderovsky. Das seltsame, wispernde Geräusch, das die übers Gras gleitenden Autoreifen hervorriefen, weckte sie sofort, und sie eilte ans Fenster. Überall in der Bungalowkolonie gingen die Lichter von Bewegungsmeldern an, während der schwarze Pick-up, ein Schatten unter Schatten, sich näherte.

Die vergangenen zwei Wochen waren für Nat schwierig

gewesen. Es kam ihr vor, als hätte es Mommy auf sie abgesehen, seit Onkel Vin krank geworden war. Erst neulich hatte sie zu Nat gesagt: »Diesen Ton kannst du dir gleich abgewöhnen, *sonst setzt's was*!« Solche amerikanischen Sachen sagte Mommy sonst nie.

Nat hatte einen immer wiederkehrenden Traum, der sich vielleicht etwas zu glatt aus ihrer Biografie erklären ließ. Sie wurde in eine Leere hineingeboren, bei ihrer Geburt waren keine Eltern anwesend, bloß eine Frau, die eine Maske trug, unter der sich eine längliche, furchteinflößende Schnauze wie die eines Fuchses verbarg, und dann war die einsame Nat ihr ganzes Leben lang (so kurz es bis dato war) auf Reisen, um Mommy zu finden. Auf jedem Kontinent begegnete sie Kindern in der jeweiligen Landestracht, die sich über sie lustig machten und ihr sagten, sie sei ein komischer Vogel, weil sie keine Mutter und auch keine richtigen Freunde habe, und sie solle einfach zu ihrer Ruhematte gehen und dort bleiben. Der Traum hatte stets ein Happy End: Mommy wurde gefunden, die Ordnung wiederhergestellt, und auf dem Esszimmertisch in der City wurde ein Teller glänzender Blini mit Marmelade serviert. Aber am nächsten Tag speiste das Unerklärliche weiterhin ihre Albträume, wie zum Beispiel neulich, als sie zufällig gehört hatte, wie Mommy zu Karen-*emo* sagte: »Und wenn es einen Putsch gibt? Wenn das Militär die Macht ergreift? Und wir das Land verlassen müssen?« Und Tante Karen hatte gesagt: »Ich habe Leute, die uns kurzfristig nach Korea bringen können. Mach dir keine Sorgen. Uns wird nichts passieren.« Nat kam dahinter, wie sich »Putsch« schrieb, und fand heraus, dass es »gewaltsamer Versuch, die Regierung zu stürzen« bedeutete. Also bestand nun, außer dass Vinod krank war und alle allein in ihren

Bungalows oder auf der Veranda mit dem Kopf in den Händen Onkel Eds Gerichte aßen, auch noch die Möglichkeit von *gewaltsam* und *stürzen.*

Und jetzt hielt ein dunkler Pick-up auf die Bungalows zu, fuhr rücksichtslos über den blaugrünen Rasen, und Nat riss ihr Fenster auf und schrie: »Pass auf, Steve! Steve! Die fahren direkt auf deinen Winterpalast zu!«

Sämtliche Bewohner der Kolonie abzüglich Vinod waren inzwischen hastig in Kleider gefahren und im Freien. Ed, mit einer schweren Taschenlampe bewaffnet, hatte eine Anmutung von Bürgerwehr, genau wie Senderovsky in seinem Hausmantel, die Fäuste geballt von atavistischen Erinnerungen an vergangene Pogrome.

Der Schauspieler war in das verlassene internationale Jugendsommercamp ein Stück weiter die Straße entlang gezogen, ein Camp, das er und Dee einst wochenlang erkundet und wo sie immer neue und unpassende Plätze für ihr Liebesspiel gefunden hatten. Das war die Bewährungsprobe. Er musste unter den »glücklichsten« Erinnerungen seines Lebens leben und dann einen Weg finden, sie zu substituieren. Er musste den heiligen Boden seiner Beziehung zu Dee gegen sich selbst und seine Kunst eintauschen. Er musste die Abwesenheit akzeptieren, die immer im Zentrum seines Lebens stehen würde, denn er war bereits vergeben. Nicht an Dee, nicht an Elspeth, nicht an irgendeinen miesen kommerziellen Algorithmus. Hier gab es eine Bühne, neben der Straße, die Bühne, die sie für ihr erstes Schäferstündchen verwendet hatten. Das Holz war verzogen, und sie war übersät mit Kondomen und ramponierten Nerf-Bällen, aber das machte sie noch bedeutender. Es war keine Bühne, sondern eine Berufung.

Mitten in der Nacht pflegte er sich Essbares zu beschaffen. Er schlich sich mit seiner Reisetasche zum Haus auf dem Hügel, wobei er Möglichkeiten ausknobelte, wie er die Bewegungsmelder an Dees und Eds Bungalows umgehen konnte. In der Küche füllte er die Tasche im Licht seiner Taschenlampe mit Eds Schweinekoteletts und Sardinen, seiner Charcuterie und seinen Cornichons, bis sie in Fett schwamm. Die Bewohner der Kolonie kamen ständig herein, um sich an Resten zu bedienen. Einmal musste er im Samstagsdunkel einer schläfrigen Masha aus dem Weg gehen, die in der Speisekammer das Challah-Brot aß, das er gerade klauen wollte. Er kauerte sich unter den länglichen Spülstein und lauschte ihrem Gemurmel in ihrer Muttersprache.

Ins Jugendcamp zurückgekehrt, aß er mit den Fingern das kalte, ausgezeichnete Essen und verschlief dann zufrieden den größten Teil der heißen Spätsommertage. Er eroberte sämtliche Plätze zurück, an denen sie sich einmal geliebt hatten. Das überwucherte Baumhaus an der Straße, den Glockenturm im japanischen Stil, der einmal die Mahlzeiten für die internationale Jugend eingeläutet hatte, den Tennisplatz mit dem traurig durchhängenden Netz und dem heißen Teerbelag, die von Spinnweben überzogenen Durchgangsbadezimmer, die nach all den Jahren der Nichtnutzung immer noch nach Mensch stanken, den Boden der Musikhütte mit den aufgeklebten Markierungen, die erklärten, wie aufstrebende Argentinier den Tango zu tanzen hatten. Er hatte aus Mashas Wandschrank ein Kissen und eine kompliziert aussehende sowjetische Steppdecke gestohlen (Letztere hätte ohne weiteres in der bemannten Raumfahrt verwendet werden können) und beides zu einem improvisierten Schlafsack umfunktioniert, mit dem er sich jede Nacht einen neuen

Platz suchte, an dem er seine Lider schloss, einen Platz, um die Welt, in der *sie* abwesend war, wiederaufzubauen, eine Welt, in der alle abwesend waren, die er nicht mehr brauchte. Jetzt konnte er wieder der werden, der er war. Ein berufener, ernsthafter Mann.

Im Dunkel der Nacht, nachdem irgendein ortsansässiges Paar mittleren Alters in einem koreanischen SUV herangeglitten war, die Bühne mit seinen pornografischen Lauten missbraucht und als Beweis seines Verbrechens ein Verhütungsmittel zurückgelassen hatte, nach dem Kommandounternehmen zur Nahrungsbeschaffung in Senderovskys Küche, aber vor dem Essen, das er sich als Belohnung zu Gemüte führte, pflegte er seine Rollen durchzugehen, vom Highschool-Spielleiter in *Unsere kleine Stadt* über den College-Jago und den nur allzu verzichtbaren Skinhead in *München am Hudson* bis hin zum bösen Genie von Karens Graden in *Terabyte*, seinem letzten Flop. Er schritt über die Bühne, die Kojoten in den Bergen von seiner dröhnenden Stimme gebührend in die Schranken gewiesen, bis er sich dabei ertappte, dass er flüsterte, anstatt hinauszuschleudern, dahinzuschlurfen, anstatt die Bühne als seinen Besitz zu beanspruchen. Überall, wohin er sich wandte, begrüßte ihn die neue Abwesenheit, und wenn er an seinem Körper hinabschaute oder in den Spiegeln der Durchgangsbadezimmer sein Gesicht erblickte, sah er, wie seine Erscheinung an die Stelle der Arbeit und damit der Wahrheit getreten war.

War er von Anfang an gut gewesen, oder war sein Aufstieg Zufall? Er brauchte Fantasie, um seine Arbeit in Angriff zu nehmen, aber hatte er sich zu sehr auf Charisma und Anziehungskraft verlassen? Und war es die Anziehungskraft, die sich am Ende durchgesetzt hatte? Er rekapitulierte seine

Rolle in *Morning Glories*, als er erst achtzehn gewesen und halb nackt mit diesem dämlichen Hut auf dem Kopf herumgetanzt war, herumgekaspert hatte. Da war keine Fantasie im Spiel gewesen, bloß ein Bedürfnis, zu faszinieren. Er war nichts weiter als ein teurer Avatar. Er war ein Ausweg. Senderovskys Tochter war vielleicht sieben oder acht. Aber alles, woran ihr lag, war diese koreanische Boygroup, denn nur damit würde sie der Rückschrittlichkeit ihrer Mutter entfliehen können. Er wollte keine Fluchtmöglichkeit für andere sein. Er wollte geschmeidig sein. Sich wie ein Niemand durch diese Welt bewegen, wie eine Frau im Regionalvertrieb einer Firma in der Zeit vor dem Virus durch Flughafenlounges gleiten, immer in Bewegung, immer sie selbst. Genau das war die Schauspielerei. Man musste kein Publikum gefangen nehmen, sondern sich selbst gefangen nehmen lassen.

Der schwarze Pick-up tauchte auf, als das Exil des Schauspielers eine Woche gedauert hatte. Er machte wie ein Boot an der gegenüberliegenden Straßenseite fest, neben einem Obelisken im ägyptischen Stil, auf dem einige der Länder aufgeführt waren, die frühere Camp-Teilnehmer ihre Heimat nannten. Der Fahrer schaltete den Motor aus, und der Schauspieler ließ seinen Hamlet mitten in der Yorick-Szene verstummen, während er den schweigenden Störenfried betrachtete. Nachdem er fertig war, nachdem Hamlet nicht mehr war, ließ der Fahrer des Pick-ups einmal, zweimal seine Scheinwerfer aufleuchten, dann wendete er und fuhr in Richtung Staatsstraße davon.

Der Pick-up kam jede Nacht, stets mitten in einer Vorstellung, immer dann, wenn der Schauspieler an der Rolle, die er gerade spielte, etwas Wahres entdeckt hatte. Zunächst nahm der Schauspieler diese Störung übel, doch dann lernte er sie als so natürlich zu betrachten wie das sanfte Palaver des Grases im nächtlichen Wind. Denn es war ein Akt der Kommunikation, es musste ein Publikum geben. Und sein Publikum war der Besitzer eines traurigen, hässlichen Wagens, eine verzweifelte Seele, die sich jede Nacht auf die Suche nach ihm machte. Er – irgendetwas an seinem Fahrzeug ließ an eine verkümmerte Männlichkeit denken – parkte so weit weg, dass er den Schauspieler auch bei heruntergekurbelten Fenstern nicht sprechen hören konnte. Er sah ihn wohl lediglich als kleine Gestalt auf einer baufälligen Bühne. Und wenn die Darbietung vorbei war, blendete er zweimal auf: kein Applaus, bloß eine Anerkennung. Einmal, zweimal. Danke schön, gute Nacht.

Begonnen hatte der Schauspieler bei zunehmendem Mond, der ihm so viel natürliches Licht lieferte, dass er nicht von der Bühne fiel, doch als der Mond abnahm, schaltete der Fahrer seine Scheinwerfer ein, richtete sie aber nicht direkt auf den Schauspieler, sondern über den löchrigen Asphalt der Landstraße. Und der Schauspieler war insgeheim dankbar. Er meinte, den Insassen der Fahrerkabine jetzt sehen zu können. Manchmal wirkte er jung und pockennarbig, allenfalls im Highschool-Alter, dann wieder kahlköpfig, mit verkniffenem Gesicht, wie ein Amtsträger, der örtliche Baggerfahrer oder ein Teilzeitgemeinderat. Für den Schauspieler war er das alles, eine Projektion, ein Substitut, und als für ihn die Zeit kam, das Sommercamp zu verlassen, als Dee ausgelöscht und er wiederhergestellt war, ging er, die Hände in förmlicher Kapitulation erhoben, auf das Scheinwerferlicht zu.

Er stieg in die Fahrerkabine und warf einen Blick auf den Körper neben sich. Ein Körper genau wie seiner. Ein ausgewachsenes atmendes Ding mit seinem zeitweiligen Pachtrecht am Leben. Selbstverständlich gab es auch Gesichtszüge, rotblonde Koteletten umgaben die einfache Stoffmaske, unterm Kragen lugte eine lange Narbenwucherung hervor, aber es war schwierig, dem Pick-up-Fahrer ein Alter – in den Vierzigern? den Fünfzigern? – zuzuordnen. Unter einer roten Kappe, die keinerlei politische Ausrichtung erkennen ließ, sondern lediglich für eine Baumfräsefirma oben an der Staatsgrenze warb, war er von einer Art nichtssagender dänischer Blondheit. Sie sagten kein Wort zueinander. Der Fahrer zeigte auf seine Maske. »Ach, ich glaube, ich habe es schon gehabt«, sagte der Schauspieler. Der Fahrer blieb stumm und starrte geradeaus, und der Schauspieler legte seine Paisley-Maske an, ein Geschenk von Dee. Der Motor sprang an, entschieden, kraftvoll, pflichtschuldig, ein amerikanischer Abschied. Sie fuhren schweigend zu dem Haus auf dem Hügel, glitten mühelos über das Gras des vorderen Rasens. Der Schauspieler stellte keinen Blickkontakt her, als er ausstieg. Das wäre angesichts ihres Schweigens unverschämt gewesen. Aber der Fahrer schaltete die Innenbeleuchtung ein und sprach schließlich doch in die Luft vor ihm, seine Stimme ein Produkt von Zigaretten, sein von Rheuma gekrümmter Körper um das Lenkrad gefaltet. »Ich habe Sie in der Nacht mit Ihrer Freundin nicht gefilmt«, sagte er. »Auf der anderen Flussseite gibt's einen, der macht so was.«

»Ich bin froh, dass Sie es nicht waren«, sagte der Schauspieler.

Der Fahrer blickte mit trüben, schlaflosen Augen geradeaus. Er sprach langsam, als übte er vor dem Spiegel eine Fremdsprache, bei der die Betonung manchmal auf das falsche Wort fiel. »Die frühen Sachen, die gefallen mir am besten«, sagte er. »Als Sie es noch wollten. Als Sie jung waren. Die Freude in Ihrem Gesicht damals. Das war ein Gottesgeschenk. Sie waren gesegnet. Das Universum hat die Art gefeiert, wie das zusammenkam, Ihr Talent, Ihr Hunger, Ihr Lächeln. Wie Sie uns haben wissen lassen, dass Sie leiden. Ehrlichkeit und Anmut. Sie können versuchen, etwas Besseres zu finden, was darüber hinausgeht, aber das wird Ihnen nicht gelingen. Wenn etwas Außergewöhnliches geschieht, dann lässt man es nicht los. Nicht für einen anderen Menschen, um nichts in der Welt. Aber das tun die Leute. Sie vergessen. Sie lassen los.«

Der Schauspieler nickte. Er sah die Lichter im Haupthaus und in den Bungalows angehen. Bevor er seine Tür zuschlug, verbeugte er sich kurz und steif. Wie sie es in der japanischen Realityshow taten. Einmal, zweimal. Danke schön, gute Nacht.

Die Bewohner der Kolonie wurden Zeugen zweier verschiedener Ereignisse. Da war erstens das Wiedererscheinen des Schauspielers nach einer weiteren längeren Abwesenheit. Er stand vor ihnen am oberen Ende der Auffahrt, sein Bart wie in religiöser Verklärung in Flutlicht getaucht, zu seinen Füßen ruhend die Tasche von dem kalifornischen Weingut, das Ed so verabscheute.

Das andere Ereignis bestand aus dem schwarzen Pick-up, der durchs Gras donnerte, um auf die Straße dahinter einzubiegen, und dessen Fernlicht bereits das nächste Kapitel seiner Odyssee schrieb. Nats hervorragendes Sehvermögen konnte das einzelne Wort SUPERDUTY ausmachen, das in Schablonenschrift auf seinem Heck stand.

»Ziehen Sie Ihre Maske über die Nase!«, schrie Masha dem Schauspieler zu. »Kommen Sie nicht näher!«

Der Schauspieler rückte seine Maske zurecht, während sein Blick noch über Kies glitt. Er blickte auf sein Publikum und entdeckte Dee, die ein winziges Unterkleid aus blauem Satin trug, das Ed ihr gekauft hatte, weil es zur Farbe ihrer Maske passte. Durch die Halogenaußenlampen von hinten beleuchtet, bekam ihr Haar einen Heiligenschein, ihr schmächtiger Körper zitterte, ihr Anblick hätte für den Schauspieler unerträglich sein müssen. Aber er lächelte lediglich, und die fast völlige Dunkelheit verhinderte, dass die Koloniebewohner sich an seinen Lachfalten, der attraktiven Erosion seines Gesichts erfreuen konnten. »Dee, ich empfinde nichts!«, rief er. »Dee, ich habe an mir gearbeitet.«

Nat beugte sich aus ihrem Fenster, um die Abbitte des Schauspielers besser hören zu können. Am liebsten wäre sie hinuntergerannt und hätte sich in seine Arme geworfen.

»Wer war das in dem schwarzen Pick-up?«, rief Senderovsky. »Ist das der, der uns die ganze Zeit beobachtet?«

»Das ist ein guter Mensch«, rief der Schauspieler zurück. »Er hat mir geholfen. Er hat keine bösen Absichten.«

»Wieso sollten wir Ihnen glauben?«, rief Ed.

Alle standen sie da, erstarrt, an einem toten Punkt. Der Schauspieler wollte näher kommen. Schließlich waren das seine Freunde. Sie hatten den größten Teil der Quarantäne miteinander verbracht. »Ich bin gekommen, um Wiedergutmachung zu leisten«, rief er. »An jedem von euch.« Er zählte sie durch. »Wo ist Vinod?«

Dem anhaltenden Schweigen, der Stille, folgte das Knirschen von Sneakers auf Kies. Karen rannte genau so, wie ihr Trainer an der Westküste es ihr beigebracht hatte, knackige, elegante Vorwärtsbewegungen, die Hände an der Seite, bis sie den rechten Arm zum Haken beugte, der den Schauspieler mit voller Wucht am Kinn treffen würde.

Vor der Kamera hatte er schon öfter vorgetäuschte Fausthiebe einstecken müssen, und zuerst nahm er ihn freudig als solchen wahr, als Scherz, als ein Ausagieren zwischen Freunden, eigentlich zwischen Gleichen, wenn man Karens schwindelerregende Erfolge in der Welt bedachte. Doch plötzlich stand sein Kopf in einem eigenwilligen Winkel zu seinem Hals und zum Rest seines Körpers, seine Füße vollführten einen raschen Stepptanz in der Auffahrt, bis sie innehielten, das bekannte Universum kippte und sein Kopf sich seinen Füßen auf dem Boden zugesellte.

Während er sein Bewusstsein rekalibrierte, hörte er die Kleine auf sich zulaufen, weinen, und nur ein kurzes Stück von ihm entfernt wurde sie von ihrer Mutter gepackt und herumgewirbelt, und deren ohrenbetäubender Schrei übertönte das verwirrte Raunen des kleinen, aber hingerissenen Publikums. »Natasha! NEIN!«

Und er dachte: Ich werde immer noch geliebt.

Mehrere Tage nach dem zweiten (und letzten) Wiedererscheinen des Schauspielers und seiner erneuten Absonderung im Petersburger Bungalow versorgte Karen Vinod mit Klatsch und Abendessen. Ed behauptete, er könne kein richtiges Dal und auch sonst nichts aus der Gujarati- oder der südindischen Küche kochen, aber er schmeckte ein durchweg hervorragendes Gemüse-Biryani gemäß Vinods Vorgaben ab (er bereitete es nach Lakhnau-Art sowohl mit Joghurt als auch mit Milch zu), und nun verlangten Vinods Geschmacksknospen bei jeder Mahlzeit danach, weil er seinen Geschmacks- und Geruchssinn glücklicherweise nie ganz eingebüßt hatte. Was er erst für *parathas* und eingelegtes Gemüse gäbe! Für Karen bedeutete sein Appetit, dass er allmählich »die Kurve kriegte«, obwohl er regelmäßig hustete und eine fleckige, bläuliche Blässe zeigte, vergleichbar dem Daumenabdruck, der bei Wahlen in armen Ländern eingesetzt wird, um eine doppelte Stimmabgabe zu verhindern. Außerdem bekam er nach jeder zweiten Mahlzeit Durchfall und präsentierte Karens liebevollem Blick zwei müde, versunken wirkende Augen. Einmal war er beim Versuch, die von ihm besudelte Toilettenbrille abzuwischen, gestürzt, hatte sich an der Badezimmerwand kräftig die Wirbelsäule gestoßen und den größten Teil des Tages benommen dort gesessen. Seither bestanden Masha und Karen darauf, dass er ungeachtet seines wiederkehrenden Appetits im Bett blieb, und Karen begleitete ihn bei seinen Gängen ins Badezimmer.

»Dee hat mir erzählt, sie und Ed hätten richtig abartigen Sex«, tratschte Karen. »So was wie Cosplay oder so. Sie trägt eine Gazemaske, wenn sie es machen.«

»Oh.«

»Wir beide machen das auch bald wieder. Sowie du gesund bist.«

Er lächelte. »Keine Masken«, sagte er. »Ich will dein liebes Gesicht sehen.« Sie bemerkte, wie rot sein Zahnfleisch war, und inzwischen wirkten seine Augen zu klein für die Höhlen. In letzter Zeit fiel es ihr schwer, ihn anzusehen und darauf zu verzichten, ihn zu umarmen. Noch schwerer, ihn sich als Erwachsenen vorzustellen, der sich wieder aus eigener Kraft durchs Leben bewegte. Der Junge, den sie vor drei Jahrzehnten gescholten und bemuttert (oder zumindest beschwestert) hatte, war als solcher zu ihr zurückgekehrt. Anstatt Augencreme anzuwenden, schmierte sie ihm jetzt die strapazierten Lippen mit Vaseline ein. Aber er war nicht vollständig niedergekämpft; sein Blick war immer noch leicht männlich. Einmal war sie nackt aus dem Badezimmer gekommen und hatte sich aufs Bett gesetzt, um ihre Unterwäsche anzuziehen, und dabei hatte sie bemerkt, wie er ihren Körper ansah, die Art und Weise musterte, wie dieser sich senkte und Falten schlug. Die Falten über ihren Hüften, gewohnt, alltäglich, für einen biologischen Zweck bestimmt, den sie nie erwogen hatte, lieferten ihm den Vorwand, sich am nächsten unmöglichen Atemzug zu versuchen. Mit schüchtern abgewandtem Blick (denn das war, wie ihm nun klar wurde, ihr Geheimnis: dass sie trotz all ihrer früheren Affären unglaublich schüchtern war) stand sie auf, legte die Hände an die Seiten und zog ihre Lippen für ihn auseinander.

»Süße«, keuchte er an einem anderen Tag. »Ich habe so schreckliche Träume. Du würdest nicht glauben, was da passiert. Einen nach dem andern. Ich brauche etwas, was mich ablenkt. Auf ein Buch kann ich mich nicht konzentrieren.« Was er ungesagt ließ, war, dass es ihm schwerfiel, von Menschen zu lesen, die sich noch in der Blüte ihres Lebens befanden. »Wenn ich nicht wieder einschlafen kann, brauche ich irgendwas Dämliches.«

»Schon kapiert, Babe«, sagte Karen.

In jenem Frühjahr und Sommer wurde es unmöglich, aus dem Fenster zu schauen, ohne über physikalische Probleme zu spekulieren, über aufeinander einstürzende Multiversen, über Zeitachsen, die abbrachen wie antarktische Eisschelfe. Geschah das alles wirklich: Masken und Tyrannen, Aerosolsprays und waffentragende Clowns? Senderovsky, seine

Familie und seine Gäste hatten sich vier sichere Monate lang in ihrer Biosphäre verschanzt, bis die Rückkehr des Schauspielers sie durchbrochen hatte, aber andere hatten andere Methoden entwickelt, damit fertigzuwerden. Eine solche Methode war eine Rückkehr in die 1980er.

Karen fand auf ihrem Computer Zusammenstellungen von Werbespots aus jener Zeit, und nun wurde der schleimige Husten, der aus dem hinteren Schlafzimmer des Bungalows drang, kontrapunktiert von zirpenden Instrumentals, bellenden Hunden, die besseres Tierfutter forderten, und den einschmeichelnden Verlockungen von Kaugummi und Autos, »mit Stolz gefertigt« made in the USA. Vinod fand das Schlafen auf dem Rücken oder auf den Seiten schon lange unmöglich – die schreckliche Stickigkeit, der seine Brust und seine Luftröhre verklebende Schleim –, doch nun konnte er im Sitzen dösen, während die Werbespots ihn anstelle der reinen, langsamen Vernichtung, die ihm in jenem Fahrstuhl in der Washington Street widerfuhr, in eine Art Halbdämmer versetzten.

Raise your hand, you know it, raise your hand, you got it, raise your haaaaaand if you're Sure.
Raise your hand, you feel dry now, raise your hand, you know why now, raise your haaaaaand, if you're Sure.
Confident, confident, dry and secure, raise your hand, raise your hand
If you're Sure.

Diese Verse hatte er während der Highschool-Zeit mit Senderovsky gesungen (*»confident, confident, dry and secure!«*), wenn beide Immigrantenjungs von ihren Klassenkameraden aus der Grundschule den Vorwurf zu hören bekamen, sie röchen nicht so, wie es sich für einen Amerikaner gehörte. (Karen lachte jedes Mal über ihr spezielles indosowjetisches Dilemma.) Der Werbespot fesselte nach wie vor. Cowboys, Polizistinnen, Marinekadetten, künftige Unterstützer des derzeitigen Präsidenten, alle hoben sie die Hände und präsentierten voller Zuversicht ihre deodorierten Achselhöhlen, alle waren sie »sicher«, dass ihr Körpergeruch nicht nur bloß aus nächster Nähe wahrnehmbar, sondern komplett verschwunden, vollkommen neutral war wie bei einem Stück Plastik oder schlimmstenfalls einen Hauch von Industriezucker aufwies wie das Einwickelpapier eines herzhaften Quaker-Oats-Müsliriegels aus der gleichen Zeit. Und in der letzten Einstellung bot die Freiheitsstatue persönlich dem Neuankömmling wie dem im Lande Geborenen ihre kaum bedeckte Achselhöhle zum Daranriechen dar, denn sie war zwar gebürtige Französin, inzwischen aber Amerikanerin, trocken und sicher, jenseits aller Vernunft zuversichtlich.

»Ich finde, Jim ist der bestaussehende Junge der Welt.«
»Ihr Lächeln wärmt mich einfach innerlich.«
»Ihre Zähne, die sind wirklich schön.«
»Ich liebe ein strahlendes, schönes Lächeln.«
»Ich mag Fluorid. Ich mag weiße Zähne, und Frische ist ein Plus.«
»Mit Close-Up fühle ich mich ganz frisch, besonders wenn ich gleich Jim küsse.«
»Close-Up hilft mir, Lisa nahezukommen.«

Jetzt küssten sich Lisa und Jim mitsamt ihrem beiderseitigen schönen Haar und ihren beiderseitigen schönen Zähnen. Sie küssten sich mit der ganzen Konzentration, mit der seine Mutter Yams für Winter-*undhiyu* gehackt oder sein Vater versucht hatte, einem arglosen Amerikaner einen Lisa-Computer von Apple zu verkaufen. (»Nicht dass ich Sie hetzen will, Sir, aber ich schließe in zehn Minuten.«) Während sie sich küssen, kann Vinod spüren, wie sich seine Eltern diesen Werbespot über seine Schultern hinweg entrüstet ansehen und wie sie beide denken: *Sind die zwei überhaupt verheiratet*, baka? Und der junge Vinod denkt: Warum braucht Jim Close-Up, um Lisa nahezukommen? Wenn er selbst Jim wäre, würde er Lisa auch dann küssen, wenn ihre Zunge brennen würde (so wie seine seit zwei Wochen).

»Ich kann nichts dafür, Mom. Sneakers riechen eben.«

»Ihre Mama liebt sie. Woher sie das weiß? Ihr Skippy sagt es ihr.« Und jetzt spürt er es hinten in der Kehle, diese Tränen, die der Feuchtigkeit Nahrung geben, die ihn erstickt, Tränen um die fehlende amerikanische Mama, die sie alle drei nie gekannt hatten, vielleicht eine Mama, die *niemand* je gekannt hatte. Als Jungen hatten ihn diese Werbespots so sehr berührt, er hatte mit offenem Mund, tief betrübt, hingestarrt, auch wenn seine Brüder auf dem Flauschteppich vor ihrer Kunstlederfregatte weitergerauft und einander »*chutiya* Motherfucker« genannt hatten wie die hybriden Kinder von Queens, die sie waren.

»Bain de Soleil für die Saint-Tropez-Bräune.«

»Präsident Reagan hat beschlossen, dass wir uns an diesem Sonntag die Hände reichen.«

»Rufen Sie 1-800-453-4000 an, um festzustellen, ob Sie

Anspruch auf Essensmarken haben. Mahlzeiten müssen keine harten Zeiten sein.«

»Können Sie mit dem Commodore mithalten? Denn der Commodore hält mit Ihnen mit.«

»Heute Abend um elf ein großer Sieg für alle Homosexuellen.«

»Mein Name ist Tio Sancho, und ich habe eine Taco Shell gemacht, die nicht auseinanderfällt.«

Tio Sancho war eindeutig kein Inder, kam jedoch hautfarbenmäßig einem Inder so nahe, wie es im TV nur ging. Jetzt erinnerte sich Vinod an die Suche nach seinem eigenen Gesicht im RCA-Fernseher seiner Eltern, an das Gefühl, dass er ein Pendant hatte, das herzhafte Quaker-Oats-Müsliriegel aß, dessen Mutter ihm widerliche Skippy-Sandwiches machte und mit Argusaugen über sein einziges Paar Adidas-Sneakers samt miefigem Geruch wachte. Gelegentlich ließ man Schwarze in Werbespots zu, besonders wenn es um Fast Food ging oder im Rahmen einer Sendung mit vielen schwarzen Zuschauern. Und hin und wieder erblickte er *sie*. Sie war das eine ostasiatische Mädchen, gesetzt und süß, wie es sich gehörte, stets am Ende eines Potpourris ausgelassener weißer Kinder, die sich ungewöhnlich manierlich an dem minderwertigen Fraß gütlich taten, der gerade beworben wurde. Vielleicht ließ man ihr ein bisschen Schmelzkäse aus dem Mundwinkel kleckern, aber eher weil sie jung war, nicht weil sie zu Übermut neigte.

Schon damals, schon bevor er Karen kennenlernte, hatte Vinod auf diese Auftritte, diese Mädchen geachtet, die anders waren, nicht weiß, im Gegensatz zu ihm jedoch den Werbeleuten nicht verhasst waren. Und jedes Mal wenn er ein solches Gesicht sah, fragte er sich, wie es wohl wäre, mit diesem Mädchen befreundet zu sein, das bestimmt einen Dad hatte, der außerdem Computer von Texas Instruments verhökerte, und eine Mom, die Essen kochte, das sich nicht mit Hellman's vertrug (okay, koreanischer Kartoffelsalat mit Kewpie-Mayonnaise ausgenommen) und zu penetrant war, als dass man es in einem *thali*, einem *dosirak* oder sogar in einer *Fat Albert und die Cosby Kids*-Lunchbox in die Schule mitbringen konnte. Aber inzwischen fragte er sich, ob das asiatische Mädchen am Ende der Werbespots weniger dazu da war, einem das Hostess-Spritzgebäck oder sonst was schmackhaft zu machen, sondern vielmehr, um einem Amerika schmackhaft zu machen. Wie die Freiheitsstatue, die am Ende des Sure-Werbespots ihre Achselhöhle zeigte, sprach das Mädchen eher ein für den Kalten Krieg typisches Ideal von Amerika an – seht her, wen wir hereinlassen! Hart arbeitende Asiaten! Wohingegen eine Erscheinung vom Typ Vinod in einem seiner weißen Pullover mit V-Ausschnitt (alle drei Brüder trugen sie zu besonderen Anlässen, niedlich wie Lämmchen) die Zuschauer vielleicht bloß verwirrt hätte. Warum verkauft uns dieser Braune nicht eine Taco Shell, die nicht auseinanderfällt?

Während er über das asiatische Mädchen nachdachte, versank Vinod in einem tiefen, schweren Schmerz. Er wollte die Vergangenheit nicht noch einmal durchleben oder ihrer gedenken, aber mit jedem mühsamen Atemzug kam er dem Ende näher, und das Ende hieß, sich niemals zu erlauben, es zu verstehen. Und das war das Geschenk, das Senderovsky sich gemacht hatte, das Geschenk, auf seinem Hintern herumzusitzen und sich über sich selbst klar zu werden. Verdiente der brahmanische *bhenchod* nicht etwas Ähnliches?

Doch jetzt war er wieder in Selbstmitleid verfallen, und

das war das Einzige, was er außer dem *Swuusch-klick, Swuusch-klick* des Beatmungsgeräts unbedingt vermeiden wollte. Wieder flüsterte er in Gedanken: Ich habe Berlin und Bologna und Bombay gesehen, das wundersame Bombay der vielen Düfte, und meine Liebste ohne Hosen.

O mythische Karen der CBS-Werbeunterbrechung, mit deinem Supergastgeberin-Grinsen, deinen schwarzen, seidigen Zöpfen, deiner Knopfnase ohne Sattel, deinen Technicolor-Grübchen, deinem Dolby-Lachen und deiner Mutter im Hintergrund, weit hinter der Kamera, wo sie ihren Kinderstar wachsam beobachtet und dabei im *Golf Digest* blättert, musst um sechs zu Hause sein, *yobo* wartet auf das Abendessen.

Er öffnete den Mund, konnte jedoch ihren Namen nicht rufen. Sie war das Mädchen auf dem Bildschirm, Käse in den Mundwinkeln, und er konnte nichts weiter tun als die Lippen bewegen und hoffen, dass sie ihn über die Zeit hinweg hören konnte.

8

Eine Sauerstoffbrille in der Nase, saß Vinod auf der überdachten Veranda. Karen saß neben ihm auf dem Allwettersofa, hielt seine Hand oder machte sich an der Sauerstoffflasche zu schaffen. Auf der darunterliegenden natürlichen Terrasse markierten orangefarbene Pylonen eine »Bühne«, und auf einer Seite waren in gesundem Abstand zueinander Stühle aufgestellt, besetzt mit Studenten des örtlichen progressiven Colleges und einigen Leuten aus dem Team des Schauspielers, die mit dem vielfach geteilten Flugzeug eingeflogen waren. Senderovskys Agentin hatte eine E-Zigarette im Mund baumeln und wirkte von den Monaten der Isolation in ihrer luftigen Wohnung in Bel Air erfrischt. Ein Kamerateam filmte die Vorgänge, und hinter dem Publikum waren Lautsprecher aufgebaut, sodass die Schauspieler über ihre Ansteckmikrofone zu hören waren.

Auf dem grünen Rasen waren mausgraue Mietwagen und örtliche Kombis abgestellt, und weit hinten an der Straße parkte ein schwarzer Pick-up, dessen Insasse mit einem Fernglas zurückgelehnt auf dem Fahrersitz saß, sein Atem gedämpft, seine Seele aufmerksam, bereit, sich in die Kunst zu verlieben.

Vinod nahm diese bedeutsame Szene in Schnipseln in sich auf; seinen Augen, seinem Gehirn und seinem Verdauungssystem gelang es nicht, eine Einigung über die Tragweite des

Ereignisses zu erzielen. »Vielleicht musst du mich zwischendurch mal ins Badezimmer bringen«, flüsterte er Karen zu.

Unter Applaus trat der Schauspieler auf den Plan. Er schien die großartige Ambivalenz zurückerlangt zu haben, die Vinod im Frühjahr an ihm wahrgenommen hatte, vor Tröö Emotions. Er trug lange Hosen und ein blusenartiges Hemd, das an einen russischen Kleinbauern in der Steppe denken ließ. »Die heutige Aufführung von Čechovs *Onkel Vanja* ist Vinod Mehta gewidmet«, sagte der Schauspieler, »der hier über uns auf seinem Ehrenplatz sitzt. Vinod, können Sie uns gut hören?«

Karen beugte sich zu ihm. »Kannst du gut hören? Ist das okay? Ich weiß, es ist eine Überraschung.«

Vinod seufzte ihr ins Ohr, und Karen rief: »Alles bestens!«

»Ich habe für den größten Teil der Quarantänezeit bei Vinod und seinen denkwürdigen Freunden und Freundinnen gewohnt«, sagte der Schauspieler. »Wie einige unter Ihnen, die in den sozialen Medien unterwegs sind, vielleicht wissen, habe ich mich hier sogar verliebt.« Aus dem Publikum kam Gelächter. »Das … hat nicht so toll funktioniert. Aber jetzt bin ich okay. Alles bestens, wie Karen gerade gesagt hat. Ach so, ich sollte noch erwähnen, dass Vinod einer der feinsten Menschen ist, denen ich je begegnet bin. Vor Jahrzehnten hat er, ohne auf den Lohn der Urheberschaft zu schielen, einen unglaublichen Roman geschrieben, der davon handelt, wie es ist, als indischer Einwanderer in Amerika aufzuwachsen.«

»Er handelt nicht von einem indischen Einwanderer in Amerika«, flüsterte Vinod.

»Mit Ausnahme meiner selbst wird die heutige Vorstellung von Vinods Lieblingsstück von Laiendarstellern bestritten: meinen Hausgenossen, einigen hiesigen Stadtbewohnern und Collegestudenten. Die Rolle von Alexander Serebrjakov, einem Professor a. D., wird gespielt von Ed Kim. Die Rolle von Helena, seiner siebenundzwanzig Jahre alten Frau, wird gespielt von Dee Cameron …«

»Das kann unmöglich wahr sein«, flüsterte Vinod, während Karen die Sauerstoffbrille in seiner Nase zurechtrückte. »Bin ich intubiert? Bin ich tot?«

»Sie haben zwei Wochen lang geprobt«, sagte sie. »Es war seine Idee. Es tut ihm wahnsinnig leid, dass er dich krank gemacht hat. Wenn du dich müde fühlst, können wir ins Haus zurückgehen. Sie werden einen Film darüber drehen. Sasha sagt, das wird beim Verkauf deines Buches helfen. Du musst eine Freigabe unterschreiben.«

»Die Rolle von Ilja ›Waffelgesicht‹ Telegin, einem verarmten Gutsbesitzer, wird gespielt von Sasha Senderovsky. Die Rolle von Marina, einer alten Kinderfrau, wird gespielt von Masha Levin-Senderovsky. Da wir keine spezielle Kulisse haben, werden die Bühnenanweisungen gelesen von Natasha Levin-Senderovsky. Und die Rolle von Ivan Vojnickij, besser bekannt als Onkel Vanja, werde ich selbst spielen. Ich habe außerdem Regie geführt. Und bevor wir beginnen, möchte ich rasch die Namen der jüngsten Opfer von Polizeigewalt verlesen.«

Nachdem er ein Dutzend Namen, die er durch dramatische Pausen voneinander absetzte, vorgetragen hatte, trat Nat in einem sackartigen Kaftan, den Masha für sie genäht hatte, auf die Bühne. Wie sämtliche Schauspieler blickte sie nicht in die Kameras, sondern schaute direkt auf Onkel Vinod. Er lächelte geistesabwesend, aber mit Gefühl das kleine Mädchen an, das ebendie Worte ablas, die er vor gar nicht langer Zeit auf seinem Läufer auf der Wiese gelesen hatte: »Garten. Man sieht einen Teil des Wohnhauses samt der Terrasse. Unter einer alten Pappel an der Allee ein Tisch, auf dem der Tee serviert ist … Zeit: drei Uhr nachmittags. Trübes Wetter.«

Das Wetter wollte sich den Bühnenanweisungen nicht fügen. Die Sonne brannte mit einer erbarmungslosen *razgar leta* auf sie herab. Trotz ihrer professionell aufgetragenen Schminke würden die Darsteller bald ihre blusenartigen Kosakenklamotten durchschwitzen. Eine gebeugte Masha mit einer grauen Perücke betrat die Bühne. Sie setzte sich auf einen Stuhl und begann an einem imaginären Pullover zu stricken. Sie sprach mit einem russischen Akzent, der für Vinod falsch klang. Warum sollte sie das tun, wo sie doch die eigentliche Sprache nahezu perfekt beherrschte? Vinod schloss die Augen, und als er sie wieder öffnete, war der Schauspieler in Gestalt von Onkel Vanja auf der Bühne erschienen; er hatte sich die Haare zerzaust, und das Hemd hing jetzt an ihm wie an einer Vogelscheuche. Das sollte dem Aufruhr in Vanjas Seele entsprechen, doch nun tat er Vinod leid. Für die Rollen, die er wirklich wollte, würde er immer zu gut aussehen (kein Wunder, dass er in der Berliner Inszenierung den konkreten Kirschgarten gespielt hatte), und die Kritiker würden ihn wegen seiner Schönheit niedermachen. Wie verzweifelt er sich in ein schnaufendes, plumpes Ding wie das Auto, das er fuhr, verwandeln wollte, und wie überdeutlich ihm die äußeren Merkmale seines Gesichts einen Strich durch die Rechnung machten.

Und nun trat Senderovsky selbst in der Rolle von Telegin oder Waffelgesicht, dem verarmten Gutsbesitzer, auf, das Gesicht mit jenen Pockennarben übersät, denen er seinen Namen verdankt.

TELEGIN (Senderovsky)

Meine Frau ist mir gleich am ersten Tage nach der Hochzeit mit ihrem Geliebten durchgebrannt, weil mein Äußeres ihr nicht anziehend genug schien.

Senderovsky war wie geschaffen dafür, diese Zeile zu sprechen, dennoch klang sie grotesk übertrieben, komödienhaft, gänzlich ungeeignet, die Tragödie von Waffelgesicht durch den Filter der Nichttragödie des modernen verarmten Grundbesitzers mit seiner liebenden Frau, seinem merkwürdigen Kind und seiner immer noch vorhandenen Reputation zu vermitteln. Das Einzige, was seiner Figur Glaubwürdigkeit verlieh, war Senderovskys hartnäckiger, nicht zu dämpfender Husten, das kranke, ängstliche Kind, das vom wohlgenährten Erwachsenenkörper Besitz ergriff.

Das Stück war ausgezeichnet. Der Schauspieler hatte die Regisseursmütze mit Aplomb getragen und aus jedem eine anständige darstellerische Leistung herausgekitzelt. Dennoch wurde Vinod schläfrig und versuchte, seine schwindende Aufmerksamkeit auf die Gespräche zwischen Liebenden und den auf Liebe Hoffenden zu konzentrieren. Besonders angetan hatten es ihm Ed als der selbstsüchtige Serebrjakov und Dee als Helena, seine junge Frau. Ed sprach mit der Förmlichkeit, die sich seit seiner Geburt bei ihm herausgebildet hatte, und Dee verfiel, ohne Karikatur, in ihren ureigensten schleppenden Tonfall. Es war, als sprächen sie zwei unterschiedliche, einander bekriegende Sprachen.

HELENA (Dee)

Du sprichst von deinem Alter in einem Tone, als ob wir alle daran schuld wären, dass du alt bist.

SERERBRJAKOV (Ed)
Du bist es doch in allererster Linie, der ich lästig bin.

(Später:)

HELENA
Wart ein Weilchen, hab Geduld: In fünf, sechs Jahren werde auch ich alt sein.

Vinod registrierte, wie Dee ihr inneres Grinsen nutzte, das tägliche Missvergnügen an sich selbst. Später machte sich der Schauspieler erneut an Dee heran, nur um immer wieder abgewiesen zu werden (hier regte sich das Publikum beim Anblick des berühmten Liebespaars der sozialen Medien).

ONKEL VANJA (der Schauspieler)
Meine Vergangenheit wurde mit allerhand Narrenspossen vertrödelt ... und meine Zukunft ist ohne Zweck und Sinn – einfach entsetzlich. Mein Leben, meine Liebe – was soll ich mit ihnen anfangen, sagen Sie? Mein Gefühl geht zugrunde wie ein Sonnenstrahl, der in eine Höhle fällt, und auch ich selbst geh zugrunde.

HELENA (Dee)
Wenn Sie mir von Ihrer Liebe sprechen, überkommt mich eine Art Stumpfsinn, ich weiß nicht, was ich Ihnen antworten soll. Verzeihen Sie ... ich finde wirklich keine Antwort für Sie. Gute Nacht!

Vinod wünschte, Čechov hätte Dee an dieser Stelle mehr Text gegeben, denn ihre Zurückweisung des Schauspielers verlangte so viel mehr von ihr. Aber der Schmerz des Schauspielers war deutlich zu sehen. Wie die *Neue Zürcher Zeitung* an dem Tag schrieb, an dem das Stück zum ersten Mal gestreamt wurde (man entschuldige bitte die unzureichende Computerübersetzung): »Wir sehen ihn entzweigerissen; Technologie machte ihn zu ihrem Liebhaber, dann arbeitete er hart an sich selbst, um diese Liebe zum Verschwinden zu bringen. Doch nun hat er sich erneut den Schmerzen von Liebe und Zurückweisung unterworfen, und er muss es als Berufsschauspieler tun. Es ist nicht angenehm, aber lehrreich, diesem hervorragenden Darsteller dabei zuzusehen, wie er sich quält und windet. Er gleicht dem Fahrer des letzten Wagens bei einem Verkehrsstau im Gubristtunnel, seine Augen träumen vom künftigen Licht, doch er steht immer wieder still und kommt nicht vom Fleck.«

Und nun driftete Vinod trotz größter Anstrengungen ab, noch während die auf der Veranda aufgebaute Kamera ihn filmte, seine Augenlider näherten sich einander an, sein Kopf sackte Karens Mähne entgegen, während sie sein Fernglas vor ihn bugsierte. Aber er verlor nicht komplett das Bewusstsein. Eine alte, sich in der Sonne wärmende Fliege setzte sich auf seinen Oberschenkel. Sie flog nicht, sie summte nicht, sie saß zufrieden da, ein Leben in der Gegenwart des Universums. Ohne deswegen allzu jainistisch werden zu wollen, weigerte sich Vinod, die Fliege totzuschlagen, obwohl sie sich so langsam bewegte, dass er ihr bestimmt das Leben hätte nehmen können. Er freute sich an der alten, vielleicht blinden Fliege, während der zweite Aufzug zu Ende ging und der dritte begonnen hatte. Er hörte ein ausgiebiges Geträller, drehte langsam und schmerzhaft den Kopf zur Seite und wurde Zeuge, wie ihn ein Vogel mit flauschig weichem Unterbauch wie ein Ladenbesitzer musterte. Ein junger Blauhäher im Flug stieß leicht gegen eines der Fliegengitter, ein geringfügiger Verlust von Unschuld. Kein Theaterstück konnte sich mit dem Anblick eines schlanken Grauhörnchens messen, das auf einem hohen Ast saß und, an niemand Besonderen gerichtet, einen besorgten Monolog hielt. Die Welt war so voller Freuden, dass man sich die Programmierer in dem interstellaren Bangalore unmöglich als etwas anderes denn als Ästheten vorstellen konnte. Er hatte das Bedürfnis, aufzustehen, zur Bühne hinüberzugehen, die Schauspieler zu umarmen, sie zur Heimfahrt zu ihren Liebsten und ihren Kindern, soweit vorhanden, zu drängen und ihn dem Summen der Fliegen und der Beobachtung der Vogelwelt zu überlassen.

»Willst du denn nicht durch dein Fernglas schauen, mein Schatz?«, fragte Karen.

»Lass mir einen Moment Zeit«, sagte er. »Ich genieße das gerade sehr.« Aber er sprach nicht von dem Stück. Er hustete ein, zwei Minuten lang feucht, sein Körper verkrampfte sich in der Sommerhitze, doch als er den Blick senkte, saß die alte graue Fliege immer noch auf seiner Hose. Sie haftete mit sämtlichen klebrigen Läppchen ihrer Beine an ihm, obwohl sie jeden Huster als größeres Erdbeben wahrgenommen haben musste. Er ertappte sich bei dem Gedanken, dass die Welt ungeheuer verarmt wäre, wenn sie keine Fliegen enthielte.

Hinterher besuchte der Schauspieler Vinod auf der Veranda, im Schlepptau Masha und ein Team von Kameraleuten, die Plastikvisiere trugen und sich Müllsäcke übergestreift hatten. Er ließ sich vor Vinod auf ein Knie nieder, als wollte er ihm einen Heiratsantrag machen. Eigentlich gedachte er eine Rede zu halten, doch in der vertrauten Umgebung der überdachten Veranda, dem bourgeoisen Vergnügungstempel ihrer aufwendigen Mahlzeiten, empfand er aufs Neue, welche Gewalt er diesem älter aussehenden Mann angetan hatte, der da mit eingesunkener Brust und pfeifendem Atem vor ihm saß, die Sauerstoffflasche neben sich und den dünnen Schlauch in der Nase. Erschöpft von seiner Darbietung (die er als mangelhaft beurteilte), begann er mit dem Text, den er einstudiert hatte: »Vinod, für das, was ich Ihnen …« Doch sowie er beim »Ihnen« ankam, überwältigte ihn die Lächerlichkeit seiner Position, und er hatte kaum Zeit, dem Kamerateam zu bedeuten, es solle das Filmen einstellen, ehe er zu weinen begann. Das war nicht das Weinen, das jeder auf der Leinwand oder im West End gesehen hatte, sondern ein spuckendes, in hässliche heulende Laute zerfallenes Wehklagen, das an gläubige Frauen an einem Grab denken ließ, wenn ihnen unvermittelt und fast beiläufig klar wird, dass sie, ganz gleich was die heiligen Bücher sagen, nie wieder mit dem geliebten Menschen vereint sein werden und dass nun ihr verschärftes Alleinsein beginnen wird. Der Schauspieler war den Klauen von Tröö Emotions entronnen, nur um in dieses krasse Menschsein zu verfallen. Endlich hatte er gefunden, wonach er suchte.

Der Mann vor ihm zeigte keine Regung, war von seinem Kummer unbewegt. Er schaute auf sein Hosenbein. Was starrte er da an? Vielleicht hatte er einen Schlaganfall erlitten. »Stimmt es«, fragte der Schauspieler Vinod, »dass Sie derjenige waren, der Karen gesagt hat, sie soll mich in Ordnung bringen? Dass Sie sie dazu gebracht haben?«

»Nun halten Sie schon die Klappe«, sagte Karen. »Schieben Sie's nicht auf andere.«

»Sie hätten nicht zurückkommen sollen«, sagte Vinod. Er starrte weiterhin die Fliege auf seinem Bein an und fragte sich, ob sie inzwischen gestorben war. Er führte die Hand an die überraschend weiche Gestalt und stupste sie sanft an. Die Flügel hoben sich. Vinod lächelte. »Sie haben mir einmal gesagt, Sie wollten den hochnäsigen Serebrjakov spielen«, sagte er zu dem Schauspieler. »Aber stattdessen haben Sie Vanja gespielt.«

»Ich habe mein Anspruchsdenken verloren«, sagte der Schauspieler. »Ich hatte das Gefühl, ich bin bereit für die Herausforderung. Das habe ich gelernt, indem ich Sie beobachtet habe. Indem ich Ihre Demut verstanden habe. Wie war ich?«

»Sie sind Serebrjakov«, sagte Vinod. »Sie sind weder ruiniert noch hilflos. Sie beherrschen das, was Sie tun.«

»Aber was tue ich?«

»Vielleicht ist es am besten, wenn Sie das nicht herausfinden«, sagte Vinod.

Der Schauspieler blickte zu ihm auf. Blickte zurück, um sich zu vergewissern, dass die Kameras nicht filmten. Er stand auf und vergaß, sich den nicht existierenden Staub vom Knie zu wischen. »Sie sollten gehen«, sagte Karen zu ihm. »Gehen Sie endgültig von hier weg. Der Sommer ist fast vorbei. Das Urlaubshotel macht demnächst dicht.« Und jetzt hätte der Schauspieler am liebsten zurückgeschlagen, ihr eine Rückhand, wenn nicht gar einen linken Haken verpasst. Denn schließlich hatte das Ganze mit ihr angefangen, oder etwa nicht? Mit dem winzigen Klicken im Objektiv eines Smartphones. Stattdessen trat er von der Veranda ab, und Kamera und Mikrofon wurden abermals emporgehoben und zeigten in seine Richtung.

Auf den Zedernholzstufen lief er Dee und Ed in die Arme, die sich untergehakt hatten und immer noch ihr russisches Kostüm trugen. »Joel«, sagte Dee zu ihm. »Willst du mit uns in die City?«

Er sah sie verwirrt an, als hätte sie seinen Vornamen nie zuvor laut ausgesprochen. »Ja«, sagte er. »Klar. Das wäre toll. Mein Auto ist kaputt.«

»Sie können bei uns mitfahren«, sagte Ed. »Wir haben noch Platz für Sie und vielleicht ein Gepäckstück.«

»Okay«, sagte er. Er betrachtete die beiden Liebenden, musterte sie aufs Neue und fragte sich ohne Bosheit, wie lange sie in den künftigen schwierigen Jahren, in der City, in ihren Masken, als Paar wohl überleben würden. »Wenn ihr mich mitnehmt«, sagte er.

»Könntest du uns kurz allein lassen?«, sagte Vinod zu Karen. »Ich möchte mit Masha reden.«

Masha saß auf dem weißen Schaukelstuhl, der Erwachsenengröße hatte, aber eigens zur Unterhaltung von Nat angeschafft worden war, um ihr mit seinen wilden Bewegungen einen Ersatz für nicht vorhandene Geschwister oder Freunde zu liefern, mit denen sie hätte herumtoben können. »Wie fühlst du dich?«, fragte Masha. »War es zu anstrengend?«

»Es war großartig«, sagte Vinod. »Aber es wird nicht gut enden.«

»Entschuldige, ich kann dich nicht verstehen«, sagte Masha und rückte ihr Plastikvisier und ihre Maske zurecht. Sie hatte ihre graue Perücke abgenommen, trug aber immer noch ihren Kaftan, und ihre Haltung war gebeugt, als könnte sie ihre Rolle der alten Kinderfrau nicht abstreifen.

»Für mich wird es nicht gut enden«, sagte er, jetzt lauter. Unten auf dem vorderen Rasen hatte Senderovsky die Rolle des Verkehrspolizisten übernommen und manövrierte eine Schlange Subarus vom Gras auf die gekieste Auffahrt. Der schwarze Pick-up war längst fort. »Du musst dich gegen sie durchsetzen, wenn es so weit ist«, sagte er.

»Wovon sprichst du?«, sagte sie.

»Von Sasha und Karen.«

»Ich kann mich nicht gegen sie durchsetzen«, sagte sie. »Wann habe ich mich je gegen sie durchsetzen können? Und außerdem hast du ja deine Patientenverfügung.«

»Karen wird eine Möglichkeit finden. Und Sasha wird sie unterstützen.« Er holte tief Luft. »Es gab da einen Mann, dem haben sie beide Beine amputiert, den rechten Arm, die Finger seiner linken …«

»Dazu wird es bei dir nicht kommen. Die Wahrscheinlichkeit dafür …«

»Er ist trotzdem gestorben. Nach zwei Monaten am Beatmungsgerät.«

»Karen möchte die besten Spezialisten einfliegen.«

»Die werden mich ruckzuck ins Krankenhaus einweisen.«

»Es gibt Tage, da zeigst du Anzeichen der Besserung.«

»Es geht nicht vorwärts. Es zieht sich bloß hin.« Er holte tief Atem, die aufgenommene Luftmenge war bescheiden. »Mein Sauerstoffgehalt kann jede Sekunde in den Keller gehen. Mein Herzrhythmus kann verrücktspielen.«

»Alles gute Gründe, sich die beste Versorgung zu verschaffen.«

»Mashenka. Hör mir zu. Du bist in einem meiner Träume vorgekommen. Du hast mir die Treppe hinaufgeholfen.«

»Du steigerst dich da in etwas hinein. Du musst nach

Hause und dich ausruhen. Das Ganze war lächerlich. Nicht zu fassen, dass ich mich zum Schauspielern habe zwingen lassen.«

»Du warst gut.«

»Nein, war ich nicht.«

»Na schön. Aber du bist auch keine Schauspielerin. Du bist Mashenka. Du musst mir helfen. Du musst es versprechen. Sag es. ›Ich werde gegen sie kämpfen.‹«

»Vinod.« Angesichts seiner Hilflosigkeit kam sie sich wieder vor wie eine Elfjährige. Wie sie im Tollhaus eines Flughafens ankam, das stolze *bant* ihres Landes im Haar, die schnittigen Gepäckwagen, die Reklame für Produkte, die es unmöglich geben konnte, das Nichtvorhandensein von Mützen mit sozialistischen Insignien über den Schnurrbärten der Einwanderungsbeamten. So klein war sie wieder. So klein wie er. Vinod, der einstige außerordentliche Professor und Koch in einem Schnellrestaurant. Wenn man in zu große Nähe zu den Ausgestoßenen des Landes geriet, wurde man umgebracht. Schlicht aufgrund des Umgangs mit ihnen. Das war es, was ihre alten sowjetischen Patienten, die Laras, instinktiv begriffen: Dieses Land war ein Schlachtfeld. Indem sie sich den Schlächtern anschlossen, hofften sie, verschont zu werden. »Ich tue mein Bestes«, sagte sie und fragte sich, wie sie verhindern konnte, dass diese Absichtserklärung bloßes Wortgeklingel blieb, »offizielle Phrasen«, wie das auf Russisch hieß. Außerdem war es das, was die Hausgenossen in der japanischen Realityshow zueinander sagten. *Ich tue mein Bestes.* Als Arbeiter, als Freund, als Influencerin. Und dann versagten sie trotzdem.

Sie und Karen führten ihn die Zedernholzstufen hinunter und auf den Bungalow zu, und er spürte ihre Wärme in der

Wärme der Nacht nachklingen. Er musste an Onkel Vanjas Worte denken: »Mein Gefühl geht zugrunde wie ein Sonnenstrahl, der in eine Höhle fällt«, und dachte: Nein, für mich nicht. Für mich ist es noch nicht zugrunde gegangen.

9

Das Scheinwerferlicht fiel auf Dee, die Moderatorin, mit ihrem Spaghettiträgerkleid und ihren kurzen Stirnfransen. Ihr Lächeln war bloß ein Schulterzucken mit Zähnezeigen, aber er würde es trotzdem akzeptieren. »Ich freue mich sehr, Sie bei unserer Veranstaltungsreihe ›Andere Stimmen/ Andere Ufer‹ willkommen heißen zu dürfen«, sagte Dee. »Heute Abend begrüßen wir zwei führende Stimmen unserer Immigrantenliteratur, nämlich Sasha Senderovsky, Autor von *Reihenhaus: Die Datscha des Desasters*, und den Newcomer Vinod Mehta mit seinem Erstling *Liebe lässt Angst los.* Wir beginnen mit einer Lesung von Mr. Mehta.«

Nun fiel das Scheinwerferlicht auf Vinod. Er hob die Hand vors Gesicht, um sich gegen das Gleißen abzuschirmen. »Bitte«, sagte er. »Kann das jemand herunterdrehen?« Das Licht wollte sich nicht abschwächen. Vinod stand mit hörbar knirschendem Geräusch auf, und aus dem Publikum kam vereinzeltes Gelächter. »Ich«, sagte er. »Ich habe nichts vorbereitet, wie ich zu meinem Bedauern sagen muss. Ich bin unvorbereitet.« Aus dem zu einem Viertel gefüllten Auditorium kam weiteres Gelächter, die bösartige City-Variante.

Der Scheinwerfer schwenkte plötzlich auf Senderovsky, der mit einem Stapel Papiere freudig aufsprang. »Danke, Vinod«, sagte Senderovsky und schlüpfte in den für Schriftsteller obligatorischen Rollkragenpullover. »Wenn niemand etwas dagegen hat, werde ich jetzt ausgiebig aus *Reihenhaus* lesen.«

Und während der russische Autor dies tat, während er den performativen Raum einnahm, aus dem er alle seine Werke deklamierte (heillos überzogene Akzente, übertrieben dramatische, komische Pausen), seufzte Vinod sowohl vor Schmerzen als auch vor Erleichterung. Der Scheinwerfer war von ihm weggeschwenkt. Er fühlte sich in dessen Abwesenheit sicher. Und dennoch war auch das Fakt: Der Scheinwerfer war von ihm weggeschwenkt. *Er fühlte seine Abwesenheit.*

»Bitte entschuldigen Sie die Unterbrechung«, sagte Dee zu Senderovsky, »aber wir wollten Raum für ein Gespräch zwischen Ihnen beiden lassen.«

»Ach so«, sagte Senderovsky. »Darf ich wenigstens den ersten Aufzug zu Ende lesen? Ich weiß nicht genau, wie viel Vinod zu sagen hat.« Er setzte sich, geknickt.

»Vinod, Sie haben dieses Buch mit Ende zwanzig geschrieben«, sagte Dee. »Warum hat es so lange gedauert, es zu veröffentlichen?«

»Das kann ich beantworten!«, warf Senderovsky ein. »In sowjetischen Zeiten haben manche Autoren ihre Bücher nicht veröffentlicht, sondern lieber *für die Schublade* geschrieben, wie wir auf Russisch sagen. Das trifft auch für Vinod zu. Er hat für die Schublade geschrieben.«

»Also ist er ein Dissident?«, fragte Dee.

»Ja!«, sagte Senderovsky. »Er ist ein Dissident des literarischen Unterhaltungskomplexes der USA. Er ist ein Dissident des Turbokapitalismus, der Worte in Dollars verwandelt.«

»Können wir das vielleicht von Vinod selbst hören?«

»Schön, schön«, sagte Senderovsky. »Er ist jetzt ein

erwachsener *bhenchod.* Er hat sogar *uka-uka* mit unserer gemeinsamen Freundin gemacht.« Mit der Hand beschirmte er seine Augen gegen das Scheinwerferlicht und suchte das Publikum ab. »Ist sie heute Abend hier?«

»Vinod«, sagte Dee, »möchten Sie etwas sagen?«

Wieder fiel das Scheinwerferlicht auf ihn. Er sah seine Brüder in der ersten Reihe, die beiden *crorepatis* in ihren Broker-Westen: haarige Knöchel, sinnlos aufwendige Armbanduhren, die strahlende Vitalität ihrer klugen Augen, die besagte, dass alles Leben Geschäft und alles Geschäft Leben war. Ein in seinem Gedächtnis verankerter, verirrter Gedanke: Werden sie es angesichts der Weltlage aus London und San Francisco zu meiner Beerdigung schaffen?

21. Mai 2017.

3. Oktober 2018.

Der Todestag seines Vaters beziehungsweise seiner Mutter.

Und nur vier Tage nach dem Tod seiner Mutter war auch Karens Mutter gestorben. Eine Waise und eine Halbwaise, waren die beiden nun meistens auf sich allein gestellt. Aber würde Senderovsky trotz all seiner Bücher und Beteuerungen zum Thema Familie jemals etwas anderes sein als der Sohn seiner Eltern?

»Vinod«, ermunterte ihn Dee mit dem arischen Blitzen ihrer Augen.

Vinod wandte sich an Senderovsky. »Ich habe dein Leben gesehen, und das wollte ich nicht.«

»Das wolltest du nicht?«, sagte Senderovsky. »Was gab es da nicht zu wollen? Ich habe zwanzig Jahre lang immer größere Erfolge gefeiert. Ich war nicht zu bremsen. Wir sind Jungs aus Queens. Sollen wir uns etwa zurücklehnen und die Welt über uns bestimmen lassen?«

»Trotzdem, ich wollte es nicht.«

»Und das hast du jetzt davon«, sagte Senderovsky.

»*Liebe lässt Angst los* handelt von der Zeit der jungen Liebe Ihrer Eltern in Indien«, sagte Dee zu Vinod, »aber es stellt die gleiche Frage, die Senderovskys Buch an dessen Eltern richtet: Wie sind sie geworden, was sie sind? Wie viel davon ist dem Verlauf der Geschichte zuzuschreiben, und wie viel ihnen selbst?«

Jetzt sah Vinod, was auf dem Glastisch vor ihm lag, neben dem Krug mit Wasser und der Vase mit Kunstblumen. Er öffnete den Teva-Karton. Darin sah er das Manuskript. *Hotel Solitaire* von Vinod Mehta. Er griff nach der ersten Handvoll Seiten und stand auf, dann ging er zum Podium hinüber. »Moment, Moment«, sagte Senderovsky. »Wir sollen doch jetzt ein Gespräch führen. Er kann doch nicht einfach anfangen, aus seiner Schuhschachtel vorzulesen! Moment.«

Aber Vinod begann zu lesen, und mit jedem feierlichen Wort, mit jedem Deskriptor von Zeit und Ort, spürte er die Abwesenheit seiner Eltern neben sich, den vor ihm plärrenden Fernseher mit der Farbe der 1980er, das an seinen Waden klebende Kunstleder, aber die Küche hinter ihm ohne ihre müden Stimmen, in denen ihre Angst summte wie ein durchtrennter Nerv. Am Ende handelte er nicht vom Geschichtsverlauf, sein Roman, sondern davon, wie sie sich aneinanderklammerten, während die Flutwelle der Zeit heranrauschte und dann langsam ablief. Er handelte vom eleganten Schäumen der Welle auf dem Sand, während sie sich dorthin zurückzog, woher sie gekommen war.

»Entschuldigung«, sagte Karen zu ihm von dem Stuhl aus, auf dem gerade noch Dee gesessen hatte. Sie war leger gekleidet, mit einem Sweatshirt, auf dem MEDITATE stand, und sah aus, als hätte sie auf dem Weg zum Waschsalon mal kurz hereingeschaut. »Entschuldige, dass ich dich unterbreche, mein Schatz. Aber unsere Zeit ist um.« Sie wandte sich an das Publikum. »Wie wäre es mit einer Runde Applaus für diese beiden alten Freunde?«

Mit einem hässlichen Schnappen gingen die Lichter an; sie nahmen an Hitze und Helligkeit zu, bis sie alles vor ihnen verdrängten, bis alles ins nukleare Kinolicht der 1980er *(The Day After, Threads, Das letzte Testament)* getaucht war. Das Licht umfing ihn weiter, und nun hörte er so etwas wie Rotorblätter drehen, wirbeln, seine Manuskriptblätter flogen vom Tisch und ins Publikum. Was sollte er tun? Wie lauteten seine Anweisungen? Von der ersten Klasse an hatte er stets Anweisungen bekommen. Er konnte nicht einfach dastehen und sich von Licht umfangen lassen. Dafür hatten ihn seine Eltern nicht in dieses Land gebracht, damit er sich in Lumen sonnte. Doch dann verschwanden das Publikum, die Bühne und das Licht, und Vinod …

Lag im Bett neben ihr. Das Bett war von ihrem Schweiß durchtränkt, und Karen wischte sich mit einem der fadenscheinigen Handtücher, die Senderovskys Mutter bei einem Ukrainer, einem fliegenden Händler mit einem Lieferwagen, für ihn kaufte, einen perlweißen Spermaklecks vom Oberschenkel. »Verdammt«, sagte Karen. »Ihr solltet euch wirklich eine Klimaanlage besorgen.«

Die Antwort darauf kannte er: »Sobald sie im September im Sonderangebot sind.«

»Ich weiß nie, wer von euch beiden knauseriger ist, du oder Sasha. Apropos, ich glaube, er wartet draußen, dass wir endlich fertig werden. Wie ein Hund.«

Vinod umfasste ihre Brust, betrachtete sie im grauen City-Licht der 1990er. Gelbe Luftverschmutzung, Hafenstadthimmel und in seiner Hand diese dünnen, blassblauen Adern, die zum dunkelroten Endpunkt ihres weich werdenden Nippels mit seiner ausgeprägten, grübchenartigen Einkerbung hinabführten. »Warte«, hauchte er. »Nur noch ein bisschen Zeit zusammen.«

»Wir wollen keinen angepissten Russen am Hals haben. Und es passiert nicht alle Tage, dass das Florent uns auf dem Pier Essen serviert.«

»Was? Was ist los?« Sie streifte sich das neonfarbene T-Shirt über, das sie sich bei dem Stereolab-Konzert gekauft hatte, fuhr mit den Beinen in eine seiner Boxershorts, dann in einen samtigen Minirock. Vinod stand auf. Vor dem Fenster gammelte wie eine ausgesprochen amerikanische Version der römischen Ruinen die Hochtrasse vor sich hin, aus der einmal ein Touristenpark werden sollte, und der Blut- und Talggestank der Fleischverarbeitung reizte seine Nase. Auf dem Schreibtisch, den er sich mit Senderovsky teilte, stand wie eine Gottesanbeterin eine Anglepoise-Lampe neben den Papierstapeln, bei denen es sich um ihr jeweils erstes (und in Vinods Fall zugleich letztes) Buch handelte. Der rechteckige Klotz eines Macintosh Colour Classic Pro, ursprünglich für den australisch-asiatischen Markt gedacht, summte geschäftig, sein Diskettenlaufwerk trällerte schwachsinnig vor sich hin. Vinod erinnerte sich, wie sein Vater und Senderovskys Mutter bis tief in die Nacht über den Preis gestritten hatten – »Gujarati oder Jüdin, wer wird gewinnen?«, hatte Vinod seinem Freund zugeflüstert, während sie im hinteren Zimmer nervös Bier tranken und jeder hoffte, dass sein jeweiliger Elternteil am Ende einlenken und die letzten fünfzig Dollar drangeben würde, die einen blutigen Keil zwischen sie getrieben hatten. Schließlich, um drei Uhr morgens, hatte Mr. Mehta sich wie ein Python aufgerichtet und die Russin angeschrien: »Ihr Sohn ist schuld daran, dass Vinod in der City bleibt! Die besten Universitäten hätten ihn genommen. Und er wirft das alles für ein City College weg.«

Und Senderovskys Mutter hatte lediglich gesagt: »*Tphuuh.* Nun seien Sie mal nicht so hysterisch. Mein Sohn hat damit nichts zu tun. Er ist in diese Orientalin verliebt.«

Karen öffnete die Wohnungstür – die einzige Tür –, und zum Vorschein kam ein an einen Welpen erinnernder Senderovsky mit Puka-Muschelkette, der auf sie wartete. »Wie lange dauert das denn, zum Orgasmus zu kommen?«, beschwerte er sich. »Das ganze Haus hat euch gehört.«

»Vergiss nicht, den Müll aus dem Kühlschrank mit runterzunehmen«, sagte Karen.

Sasha seufzte und öffnete den Kühlschrank, in dessen einziges Regalfach eine Hefty-Tüte voller chinesischem Essen zum Mitnehmen gestopft war, sodass sich die Umrisse von Pappschachteln und Metallgriffen deutlich unter dem prallen Polyäthylen abzeichneten.

Sie traten hinaus in die Asphalthitze und machten sich auf den Weg zum Pier, vorbei an den Reihen chassidischer Kombis, deren Insassen sich von Transgender-Göttinnen befriedigen ließen. »So sieht echte Arbeit aus«, hatte Senderovsky, wie sich Vinod erinnerte, einmal von einem Fenstertisch im Florent aus verkündet, »jemandem einen zu blasen, der findet, dass es dich nicht geben darf.«

Vinod fiel auf, dass er und Karen jetzt vorneweg gingen, verschwitzte Hand in verschwitzter Hand, während Senderovsky ihnen folgte, als wäre er ihr Kind oder ihr Schützling. Alle paar Schritte blickte Vinod zurück und sah seinen Freund in der ihm eigenen, seltsamen Gangart die Füße nach vorn schleudern, als wären sie lediglich eine Projektion, als wollte er sie von sich schleudern wie ein Paar Schuhe. Vinod fühlte sich schuldig, weil Senderovsky in dieser neuen Konstellation ungeliebt blieb, weil Karen in dieser Version ihn und nicht irgendwelche weißen Jungs in Netzhemden wollte, die nach Feierabend an dem Wasserspender in der 14th mit ihr flirteten. Dass er und Senderovsky so lange ohne Freundin gewesen waren, hatte sie am engsten zusammengeschweißt. Er fragte sich, wie ihre Freundschaft in diesem Universum überleben würde.

Sie überquerten die ampellose Schnellstraße mit ihrem grobkörnigen Asphalt und ihren übergroßen Autos, um zum Pier zu gelangen, der in Windrichtung einer Müllverbrennungsanlage lag und wie der prächtige Hintern der City roch. Junge Transmenschen, die damals noch anders genannt wurden, kamen auf dem Pier in schüchternen, zaghaften Grüppchen zusammen, und es gab vereinzelte Collegestudentinnen, die *Binewskis: Verfall einer radioaktiven Familie* lasen. »Schaut mal«, sagte Karen. Jetzt sah er, was sie am Rand des Piers erwartete – ein von einem Tischtuch bedeckter Tisch, davor drei wunderschöne Florent-Kellner, die für diesen Anlass Hosen mit Bügelfalte und schmale Krawatten trugen. »Du meine Güte«, sagte Vinod. »Wie hast du denn das hingekriegt?«

»Du hast es hingekriegt«, sagte Senderovsky mürrisch. »So wie immer.« Eine goldene Spur aus Zigarettenstummeln und Kondomen von der vergangenen Nacht, teils mit Lippenstiftspuren, markierte den Pfad zum Tisch und zu den Kellnern. Sobald sie saßen, fiel die Sonne aus dem Himmel und wurde augenblicklich von Nacht abgelöst, die Luft um sie herum dicht und sinnlich von nicht zu bestimmenden Ausdünstungen, Erinnerungen an das geliebte Bombay. Das Schachbrettmuster der teils erleuchteten Twin Towers glitzerte wie der Einstiegszauber auf einem Texas-Instruments-Computer.

Normalerweise waren die Kellner keck und geschwätzig, ganz wie Florent Morellet selbst, der liebenswürdige, verrückte Transvestit mit seinen Paraden zum französischen Nationalfeiertag. Ein Kellner – hieß er nicht Miguel? – flirtete stets mit Vinod, knetete ihm unaufgefordert – aber von diesem nervös genossen – die Schulter und nannte ihn liebevoll *Nummer 5* (andere Zeiten). Doch an diesem Abend waren die Kellner zurückhaltend und kleinlaut wie osteuropäisches Proletariat. Synchron nahmen sie die Silberdeckel von den aufgetragenen Gerichten ab, und zum Vorschein kam, was sie üblicherweise aßen: »Alex' Muscheln provençale« mit Pommes frites, »Evelynes Ziegenkäsesalat«, Rillettes. Wie durch Zauberei erschienen Karaffen mit leicht gekühltem Beaujolais. Die Kids an der Mündung des Piers, die auf einem Kassettenrekorder »Groove is in the Heart« spielten, beäugten sie wie Filmstars, blendeten sie mit den Blitzlichtern ihrer Kameras. Karen und Senderovsky begannen wie verrückt zu essen, die Pommes frites versanken rasch in den Aioli-Klacksen, die Muscheln wurden mit öligen Fingern aufgeklappt und genüsslich ausgesogen. Wenn sie sich diese Essen gönnten, dachten sie jedes Mal: *Ziegenkäse! Aioli! Muscheln! Rillettes! Scheiße, was sind wir mondän! Wie weit haben wir es von Queens gebracht?* Doch jetzt konnte Vinod nur an den Geruch von Karens Geschlecht an seinen Fingern denken..

»Leute«, sagte Vinod, »können wir einen Toast ausbringen? Leute?«

Aber sie beachteten ihn gar nicht, sie schlabberten ihre Muscheln auf, stippten frische warme Baguettescheiben in körnigen Ziegenkäse und seidige Rillettes, tranken die Karaffen mit dem überhaupt nicht zur Jahreszeit passenden Beaujolais leer und verlangten von den Kellnern sofort neue.

Ein Müllwagen von der nahe gelegenen Anlage fuhr auf der Schnellstraße in Richtung Downtown und brachte dabei den ganzen Pier zum Zittern. Vinod spürte, dass ihm eine Muschel im Hals feststeckte, dabei hatte er noch gar keine gegessen. »Leute«, keuchte er, »was ist jetzt mit unserem Toast? Wollt ihr nicht mit mir anstoßen?« Karen griff in ihren klassischen JAL-Pilotenkoffer und zog einen Stapel Fotos in einem Umschlag mit dem Kodachrome-Logo hervor. »Nein! Ich will mir keine Fotos ansehen!«, sagte Vinod. »Der beste Augenblick ist genau jetzt, genau hier. Warum seid ihr so wild auf die Vergangenheit? Warum?«

Stumm reichte ihm Karen ein Foto, gerade als ein weiterer Müllwagen die Schnellstraße entlangrumpelte, und nun geriet der Pier ernsthaft ins Wackeln, um sie herum flogen Möwen auf. Die Kellner verbeugten sich zum Abschied vor ihnen und begannen sich auf den sicheren Boden der ölglänzenden Schnellstraße zurückzuziehen, zunächst geordnet, dann im Laufschritt. Aber Senderovsky und Karen blieben sitzen, betrachteten mit einer Hand die Fotos und knackten mit der anderen die Schalen ihrer Muscheln, wie Automaten.

»Leute, wir müssen hier weg«, sagte Vinod. Er schaute auf das Foto. Es war das von der Party in Sujs Haus. Er, Senderovsky und Karen hatten sich untergehakt, Vinod hielt die Buchbesprechung mit dem darauf prangenden Foto seines besten Freundes hoch. »Das ist noch gar nicht passiert!«, rief Vinod seinen Freunden zu. »Karen, du kannst dieses Foto noch gar nicht haben. Karen, alles zur rechten Zeit, okay? Karen, ich liebe dich! Tust du mir bitte einen Gefallen?« Jetzt bewegte sich der Pier in weiten, schlingernden Schwüngen von einer Seite zur andern, und um sie herum stob ein Hagel von Splittern auf, während seine Freunde weiter dasaßen, Muscheln aus den Schalen lösten und die Vergangenheit betrachteten.

Na schön, dachte Vinod. Na schön, dann sterben wir eben alle zusammen. Wenn es so endet, dann endet es eben so. Die Holzbretter unter seinen Füßen schoben sich auseinander, und er sah den dunklen Fluss darunter in ein Licht getaucht, dessen Quelle er nicht ausmachen konnte, zu hell, als dass es Mondlicht sein könnte, nicht dunkel genug, um die Ewigkeit zu sein. Die Weinflaschen glitten in den Mahlstrom, dann kippte der Tisch um und verschwand. Er versuchte, Karens Hand zu packen, aber er verfehlte sie ständig, bekam nichts als Fotos von der Zukunft zu fassen, all die vertrauten Gesichter, all das unheimliche junge Lächeln.

Ein Krachen ertönte. Dann: Gewichtslosigkeit. Die Umarmung des Flusses bekam er gar nicht zu spüren.

»Du musst der berühmte Vinod sein.« Er stand am oberen Ende der Treppe. Die ganze Kletterei hatte sich schließlich bezahlt gemacht. Er schaute schon seit einer ganzen Weile die Treppe hinunter und überblickte die Szene im Wohnzimmer. Suj stellte gerade sich und Gender (Jogginghose, Sweatshirt, Schweißband) Masha vor, die mit einigen ihrer lerneifrig wirkenden Kommilitonen vom Medizinstudium zusammenstand. Aber wo war Senderovsky? Vinod drehte sich um. Der junge Ed lächelte ihn an. »Ich heiße Ed«, sagte er. »Ich bin so was wie ein sehr, sehr entfernter Cousin von Karen auf Besuch aus Europa. Offensichtlich nicht vom Mond.«

Mit einer Handbewegung bedeutete er Vinod, mit ihm in den Raum zu gehen, den Suj umgestaltet hatte und der Senderovsky als Bibliothek diente. Er war eine Spur zu sehr mit Walnussholz vertäfelt, um wirklich schön zu sein, und enthielt viele maskuline Bücher in Regalen. Der städtische Angestellte, den die Leute den Vizebürgermeister nannten, lag völlig weggetreten auf dem Boden, die Arme um eines der Beine des wuchtigen Chippendale-Schreibtischs (ein echter Immigrantenfehlkauf) in der Mitte des Raums geschlungen, während Evelyn, Karens jüngere Schwester, damit beschäftigt war, auf dem gleichermaßen gargantuanischen Beistelltisch Linien eines Narkotikums zu teilen.

»Wo ist Karen?«, fragte Vinod die beiden. Evelyn schob einen BH-Träger zurück, der unter ihrem Sommerkleid hervorgerutscht war, und Ed richtete sich förmlich sein Plastron. »Wer weiß?«, sagte er. »Ein Freigeist, meine Cousine.«

»Ist sie bei einem dieser irischen Jungs?«

Evelyn blickte zu ihm auf. Sie war hübscher als ihre Schwester; ihre Augen schimmerten stets in genau dem richtigen Mischungsverhältnis von Zorn und Unschuld. »Ich lebe noch, weißt du«, sagte sie. »Nicht dass es Karen groß kümmert. Als ich im zweiten Studienjahr ein bisschen zugenommen habe, hat sie mich Pinot genannt. Von wegen voller Körper.«

»Natürlich kümmert es sie.« Vinod ließ sich auf ein Knie nieder und packte eine trockene kleine Hand. »Sie liebt dich. Sie versucht unentwegt, dich zu finden. Dein Vater in

Florida ist wohlauf. Und Geschwister machen sich immer übereinander lustig. Ich bin auch der Jüngste, und ich wurde ständig gedemütigt. Außerdem sind meine Brüder erfolgreicher als ich. Sie sind *crorepatis*, das heißt, sie sind mit vielen *crores* verheiratet. Ein *crore* sind zehn Millionen Rupien oder ungefähr hundertvierzigtausend Dollar.«

Evelyn hielt ihm eine zusammengerollte Dollarnote hin.

»Ich mache das nicht«, sagte Vinod. »Ich will die Kontrolle behalten.«

»Großer Tag für Senderovsky«, verkündete Ed. »Die Zeitung zeigt seine Fresse, er trifft Masha wieder, er lernt mich kennen. Aber was willst *du* tun, Vinod?«

Vinod lehnte sich an den Schreibtisch, auf dem mehrere aufgeschlagene Romane von Evelyn Waugh lagen, ein akademisches Werk mit dem Titel *Spare the Child* und das im Werden begriffene Manuskript von Senderovskys zweitem Buch, dem über den Oligarchensohn. »Ich weiß nicht«, sagte er. »Ich weiß nicht, was ich tun soll. Sasha tritt in eine neue Gesellschaftsschicht ein. Ich will nicht bloß der Freund sein, der dafür sorgt, dass es ihm besser geht, wenn er einen Rückschlag erleidet.«

»Dann sag ihm das«, sagte Evelyn. »Hör auf, so ein Baby zu sein.«

»Ich weiß nicht, wo er ist«, sagte Vinod. »Er ist nicht unten. Er knüpft nicht wieder an die Beziehung mit Masha an. Das sollte er aber.«

»Er ist im Gästezimmer«, sagte Ed. »Und wartet auf dich. Du bist der Gast.«

Evelyn sog mit lautem Schniefen, vergleichbar einem nasalen Aufschlürfen von Nudeln, das Pulver auf dem Tisch ein. »Ahhh«, sagte sie, ihr Gesicht trotz der an ihrer Scheidewand hochsteigenden Lust ein kompletter Leitfaden der Depression.

»Es hört erst auf«, sagte Ed, »wenn du ins Gästezimmer gehst. Und es wird höchste Zeit, dass es aufhört, oder?«

Der Treppenflur war leer, obwohl Vinod im Badezimmer jemanden weinen hörte, die heftigen Tränen einer Frau. Er näherte sich dem Gästezimmer, an dessen Tür hastig ein Schild befestigt worden war: ZUERST KLOPFEN. Er musste nicht klopfen. Der Türknauf fühlte sich heiß an. Drinnen war es dunkel, ganz dunkel. Das war, bevor Smartphones die Nacht erleuchteten, bevor alles in unseren Händen trillerte und leuchtete. Das Gästezimmer war leer bis auf das Himmelbett (noch so ein für den Emporkömmling typischer Schwachsinn). Draußen hörte Vinod, wie sich ein Bus langsam und laut hinabneigte, um einer alten Frau beim Aussteigen auf die Atlantic Avenue behilflich zu sein. Vinod kannte das Geräusch gut, weil er bei zahllosen Gelegenheiten im Gästezimmer übernachtet hatte, obwohl er nur zehn Straßen weiter in einem billigen Einzimmerapartment wohnte. Der Boden unter ihm vibrierte vom Krach der Feiernden. Gender musste die Spice Girls aufgelegt haben, für sie stets ein pädagogischer Moment. Er kam nicht umhin, sich dem Bett zu nähern.

Kam nicht umhin zu bemerken, wie Karen – trotz der angeblichen Qualen der Leidenschaft, trotz all der Drogen, die in ihren Adern zirkulierten – ihr Throwing-Muses-T-Shirt und ihren Juicy-Couture-Rock so ordentlich zusammengelegt hatte, als wäre sie ein Zimmermädchen in Senderovskys Hotel der Völkerfreundschaft.

Jetzt erinnerte er sich wieder. Die lauten Geräusche, die sein russischer Freund von sich gab, abgerissene, erschrockene Laute *(Aaah! Neiin!)*, als ob es ein Jahrhundert früher wäre und die Inspektoren des Zaren wären in seine *isba* gestürmt. Sie saß auf ihm und federte leicht auf und ab, als wollte sie einen schlecht sitzenden Pflock festklopfen. Ihre Augen waren geschlossen, und sie steigerte sich langsam, lautlos, in die harte Arbeit ergeben. Vinod stand da, ein Gespenst, und anstatt Wut zu empfinden, ließ er sich in Sonnenscheinwellen von Friedfertigkeit überströmen. Was soll's? Menschen verletzten einander, und niemand verletzte einen mehr als die Familie. Das hier war seine eigentliche Familie. Keine Übertreibung. Er hatte es die Treppe hinauf geschafft; er hatte gesehen, was er sehen musste. Jetzt hatte er die Freigabe für den Aufstieg an einen schöneren Ort. Er hatte den Kreislauf vollendet, und nun hatte er nur noch den Atem, der in ihm aufstieg, jedes Einatmen klar, gesund, aus eigener Kraft. Und als er die Augen aufschlug, stand Karen vor ihm, ihre Silhouette blau und wie nicht von dieser Welt, das Dreieck zwischen ihrem Bauch und ihren Brüsten von Schweiß glänzend. »Ist schon okay, mein Schatz«, sagte sie mit ihrem Dentyne-Atem. »Seine Feder ist mächtiger als sein Schwert.« Und als er nichts sagte, beugte sie sich vor und küsste ihn auf die Wangen, dreimal, nach slawischer Art. »Es tut mir leid«, sagte sie, »aber ich tue alles, was ich kann, um dich zu retten.« Er schaute hinunter auf das Bett. Sein Freund war fort. Und obwohl seine Hand immer noch die Hitze ihrer Berührung spürte, war sie ebenfalls fort.

Er ging downtown durch die Straßen. Die Schilder waren vertraut, nummerierte Straßen, Avenues mit Namen, die Häuser hingegen nicht. Manchmal erspähte er die Wohnblocks von ehedem, aber die meisten waren durch ländliche

Farmhäuser ersetzt worden, strenge Federals, Colonials mit wunderlichen Fledermausgauben, vereinzelt auch Carpenter Gothic. Von diesen Häusern fielen prächtige Rasenflächen zu den leeren Straßen ab. Das kann nicht sein, dachte Vinod. Wie kann die Stadt eine derart niedrige Bebauungsdichte fördern? Wer wohnt in diesen Häusern? Ein Haus im Dutch Colonial Style fiel ihm ins Auge, komplett verputzt, damit es den Elementen widerstand. Es sah aus wie das Haupthaus auf dem Besitz seines besten Freundes, allerdings ohne die große überdachte Veranda dahinter. Konnte er verbotenerweise ans Fenster treten und einen Blick hineinwerfen?

Vinod ging in seinen *chappals* über das Gras, und niemand hielt ihn auf. Die Luft der neu gestalteten Stadt war frisch und sauber, als hätte man nächtens ländliche Unwetter bestellt, um sie mit Lieblichkeit wiederzubeleben. Vinod ging bis zum bescheidenen Portikus des Hauses. Er spähte in das Fenster. Das Erste, was er sah, war sein Spiegelbild. Er war jung und gut aussehend, seine Stirn mit einer aufgemalten *tika* aus dem Tempel. In dem vertrauten Wohnzimmer hatten sich bemalte, kahlköpfige, orange gekleidete Sadhus um Mashas Steinway versammelt. Sie rezitierten *slokas* auf Sanskrit und klopften dazu auf dem geschlossenen Deckel des Flügels das Versmaß. Vinod lauschte verzückt, mit trockenem Mund. Die heiligen Männer hatten sich in das *Mahabharata* versenkt, jenen Teil, in dem, wenn Vinods Gedächtnis ihn nicht trog, die Schlangen der Welt zu Opfern ausersehen werden, obwohl sie am Ende doch unter uns weiterleben – denn so ist das Universum. Dass er einen bestimmten Wissenszweig mit diesen safrangelben Asketen teilte, bewegte Vinod. Er wollte sich ihnen anschließen, seine unsichere Stimme ihrer Sicherheit hinzufügen *(Raise your hand if you're Sure!).* Er wollte einige von den achtsilbigen Versen lernen und sich in ihrem Rhythmus verlieren. Zugleich machte er sich Sorgen, dass ihre übelriechenden Körper Mashas Flügel beflecken würden und sie deswegen schlechter von Indern dächte. Genau in diesem Augenblick betrachtete einer der Andächtigen – sein Alter war unter der Farbschicht unmöglich zu erkennen – Vinod mit scheeläugiger Eindringlichkeit. Er lächelte weder, noch nickte er, aber seine Augen sagten: *Komm herein.*

Vinod wich zurück. Er drehte sich um. Vor ihm der große grüne Rasen, übersät mit herabgefallenen weißen Ästen und flankiert von der vertrauten gekiesten Auffahrt, und dahinter die Straßen der neuen, ländlichen City. Von seinem Standort auf dem bescheidenen Hügel sah er jetzt Windmühlen, die alte holländische Art, auf den wenigen übrig gebliebenen Wohnblöcken sitzen. Er durfte jetzt ruhig gehen. Doch wenn er in diese Welt hinausträte, wem würde er dann begegnen? Wen kannte er denn eigentlich außer den Bewohnern dieses Hauses, des Hauses auf dem Hügel?

Vinod öffnete die Haustür und trat ein. Er stand im Vestibül seines alten Wohnhauses in der Washington Street. TREPPE AUSSER BETRIEB, BITTE FAHRSTUHL BENUTZEN. Wer erwartete ihn im vierten Stock? Er? Sie? Beide gemeinsam, vom Sommerschweiß verklebt, mit ihrer Liebe für ihn und ihrer Perfidie? Die Fahrstuhltür öffnete sich. Er trat ein, roch die Zigaretten und den blumigen Duftrückstand von Frauen. Die Tür begann sich zu schließen. »Halten Sie die Tür auf!«, hörte er. »Bitte, Sir!«

Aber wenn er es nun nicht täte? Wenn er nun allein mit dem Fahrstuhl hinaufführe? Ohne den dicken Mann? Ohne dass ihm die Luft aus der Lunge gepresst wurde?

Er würde es tun. Er würde die Tür zugehen lassen.

»Für dies alles verantwortliche Wesenheit«, flüsterte Vinod. »Ich hoffe und bete, dass du mir erlauben wirst, den Endpunkt und Ausgang aus dem, was auch immer du geschaffen hast, zu erreichen.«

Die Tür schloss sich weiter, aber nur langsam, führte ihn mit seiner eigenen Freundlichkeit in Versuchung. »Bitte, Sir, halten Sie die Tür auf! Bitte! Ich muss ...«

Er ließ die Hand unten. »Für dies alles verantwortliche Wesenheit«, begann er wie ein Sadhu, aber in einer ganz und gar unheiligen Sprache, zu psalmodieren. »Ich hoffe und bete ...«

»Sir, bitte. Sie wartet auf mich. Meine Frau wartet auf mich. Meine Familie.«

Verantwortliche Wesenheit. Seine Hand hob sich, um die Tür zu stoppen. Die Tür schlug seine Hand gegen den angerauten Stahlrahmen des Fahrstuhls. Er verspürte einen Tremor von Schmerz, unerwartet. Die Tür fuhr zurück und schmetterte dann erneut gegen seine Hand. Vinod schrie vor Schmerz auf. O bitte, o bitte, o bitte. Nun klang ihm eine letzte *sloka* im Ohr, sämtliche Sadhus beteten mit ihm, ihre Safranstimmen gewannen an Höhe. Warum? Warum gab es so viele Schlangen auf der Welt, wo sie doch zur Vernichtung ausersehen worden waren? Die Fahrstuhltür schnitt in seine Hand, durch die Haut, bis auf den Knochen, durch den Knochen hindurch, ins Nichts. Und er konnte sich nicht wegbewegen, und er konnte sich nicht retten.

10

Karen und Senderovsky kamen aus dem Krankenhaus. Der Eingangsbereich erinnerte an ein gut ausgelastetes Hyatt-Hotel in der Provinz, und der Halbkreis der Einfahrt war von schwarzen Suburbans gesäumt. Um sie herum bewegten sich beneidenswert zielgerichtet Leute in violetter Krankenhauskluft, in der Septemberbrise flappten Ausweise an Umhängebändern.

Sie kamen an einem hässlichen orangefarbenen Gebäude vorbei, das ein Schild mit der Aufschrift STÄDTISCHE RECHTSMEDIZIN trug. Karen blieb an einer Mülltonne stehen, um sich zu übergeben. Er schob die Revers des Blazers zur Seite, den sie über ihrem Gingham-Kleid trug – die förmlichste Kleidung, die er sie je hatte tragen sehen –, und tat das Gleiche mit ihrem Haar.

Es war einen Monat her, dass der Leuchtkäfer aus Metall holprig, mit blitzenden Lampen, auf dem vorderen Rasen aufgesetzt, mit seinen Rotoren Kieswirbel aufgewühlt hatte und dass die Männer mit der Trage auf Karens Bungalow zugeeilt waren, wo man Vinod entgegen der von seinen Freunden ignorierten Patientenverfügung sediert hatte. Und jetzt war es vorbei. Sie hatten ihn in seinen letzten Augenblicken nicht noch einmal sehen dürfen, sondern stattdessen einen verschlossenen Plastikbeutel mit seinen letzten Habseligkeiten bekommen: ein T-Shirt des City

College, das er und Sasha besucht hatten, einen karierten Lungi, ein Smartphone, das von verzweifelten Nachrichten von Verwandten rund um die Welt überlief, und eine vergoldete japanische Uhr. Man riet ihnen, den Beutel sieben Tage lang nicht zu öffnen. Karen machte sich klar, dass sie sich in Schale geworfen hatte, um einen Plastikbeutel abzuholen.

Sie gingen weiter, vorbei an den verglasten Klinikbauten, schweigend, geleitet von ihren Füßen: downtown. Sie passierten eine Stadtlandschaft aus hohen roten Ziegelsteinwohnblocks ähnlich denen auf der anderen Flussseite, in denen sie aufgewachsen waren, dann überquerten sie eine breite, hässliche Straße, worauf die Szenerie wechselte: von Sozialwohnungsbauten und Krankenhäusern zu einer Allee mit Restaurants und Bars. Die Tische vor den griechischen Tavernen und den Taquerias waren dicht besetzt mit Collegestudenten und frischgebackenen Absolventen, die zwischen Reihen von Farnen und Plastikwimpeln kräftig auf den Putz hauten. An einem viel befahrenen Radweg fanden sie eine philippinische Kneipe, entzückt von einem Schild, das sich an die vorbeisausenden Radfahrer richtete: VORSICHT, KREUZENDE FILIPINOS.

Es war eine Woche her, dass die Levin-Senderovskys in die City zurückgekehrt waren, damit Nat sich auf die Wiederaufnahme des Unterrichts in der Kindness Academy vorbereiten konnte. Senderovsky war fassungslos gewesen angesichts der Reihe von Valentinskarten auf dem Bücherregal in ihrem kleinen dunklen Wohnzimmer, dem letzten Überbleibsel von Normalität aus dem Februar. »Willst du mein Valentine sein?«, fragte eine an Nat adressierte Karte von ihrer Lehrerin. »Solltest du unbedingt.«

»Hast du Hunger, mein Lieber?«, fragte Karen. »Wir haben seit gestern Abend nichts mehr gegessen.«

Der Kosename rührte Senderovsky. »Ich weiß nicht warum«, sagte er, »aber ich glaube, der bloße Anblick von Essen wird mich zum Weinen bringen.«

»Dann sollten wir bestellen«, sagte sie. »Wir müssen nämlich durchhalten.«

Ein kahlköpfiger, gehetzter Kellner mit der obligatorischen quadratischen Brillenfassung erschien, und Karen bestellte die Speisekarte rauf und runter. Bald füllte sich ihr Tisch mit Räucherfisch-*pancit*, Hähnchen-*adobo* in brauner Butter, in Krabbenfett gebratenem Reis und Schweinerippchen, getränkt mit Bananen-Ketchup-Barbecuesauce. Sie starrten auf die Zusammenstellung der Gerichte, die dampfende Fülle, als bedeutete sie angesichts ihres Verlusts einen schweren Affront.

»Du hast alles getan, was du tun konntest«, sagte Senderovsky. »Das haben wir beide.«

»Wenn wir Freunde bleiben sollen«, sagte Karen, »dann darfst du nie wieder darüber reden, was ich getan habe, nie wieder.«

Senderovsky nickte. »Wie sollen wir denn keine Freunde sein?«, sagte er. »Welchen Sinn hätte denn sonst alles gehabt?«

»Iss, iss«, sagte sie.

»Warum du so fett?«, vervollständigte er den Scherz ihrer Mutter. Beide lachten. Das Gelächter verscheuchte irgendetwas. Sie begannen ernsthaft zu essen, das Schweinefleisch löste sich sanft von den Rippchen, zigarrenartige, mit Rindfleisch Schanghai gefüllte, knusprige Frühlingsrollen knisterten zwischen ihren Zähnen. »Also tun wir's«, sagte Senderovsky. »Unterschreiben wir den Papierkram.«

»Jetzt gleich?«

»Ich will nicht, dass dieser Tag zu Ende geht, ohne dass sich etwas in meinem Leben vorwärtsbewegt. Ich möchte dir näherstehen.«

»Ich schreibe meiner Assistentin eine Nachricht.«

»Und ich Masha.«

»Kann sie Nat mitbringen? Die Schule ist doch schon aus, oder?«

»Weißt du, wem wir noch eine Nachricht schreiben sollten? Dee und Ed. Ed hat gerade fünf Straßen von hier eine Wohnung gekauft.«

»Sag ihnen einfach, dass wir heute keine Gedenkfeier für ihn abhalten. Nicht heute Abend, okay? Wir trinken ein Glas auf ihn, und das ist alles. Versprich es mir, Sash. Und bitte sag Masha, sie soll nachsichtig mit mir sein.«

Die Sommerhitze hatte sich gerade gelegt, und nun bogen sich zu dieser Jahreszeit zwei blaue Lichtstrahlen über den Downtown-Himmel. Masha erspähte ihren Mann und Karen ein Stück weiter in ihrer kleinen, Sukkot-artigen Laube. »Karen-*emo*, Karen-*emo!*«, rief Nat. Radfahrer sausten an ihnen vorbei und brüllten einander etwas von Immobiliendeals und synthetischen Währungen in die Gehörknöchelchen. Karen rannte auf Nat zu, fast über den Haufen gefahren von einer jungen Frau im Rollstuhl, die blindwütig Richtung Uptown steuerte, das entschlossene Gesicht zur Hälfte von einer schwarzen Maske verhüllt. Karen hob das Mädchen mühelos hoch, trotz des City-Gewichts, das Nat sich mittlerweile zugelegt hatte. Das war die Idee: dass sie Nat hochheben würde.

»Wir müssen jetzt alles zu unserem Vorteil nutzen«, hatte

Masha eines Abends zu ihrem Mann gesagt, nachdem sämtliche Gäste das Haus auf dem Hügel verlassen hatten und Vinod ausgeflogen worden war. Sie hatte ihre These zu jener Welt kundgetan, in der Nat voraussichtlich aufwachsen würde: eine Welt der Korruption, der Falschheit und des Niedergangs, selbst wenn das Präsidentenamt in andere Hände überginge. »Ich sage nicht, dass wir das Sorgerecht teilen sollten oder so etwas. Aber Karen soll zu ihrem Leben gehören.«

Daraufhin hatte Senderovsky ihr von seinem Plan erzählt, Karen das Anwesen für etwa das Doppelte des Marktwerts zu verkaufen; vorgesehen sei, dass sie es weiterhin als Zweitwohnsitz nutzen durften, doch werde Karen möglicherweise ein zweites »Haupthaus« bauen, etwas Kalifornisches aus Kiefernholz, das an ihres angrenze. Karen und Masha würden gemeinsam die Elternrolle ausfüllen, und Senderovsky, dachte Masha, würde als beredsame Präsenz im Hintergrund, als Hausmeister der Worte fungieren. Sobald die Papiere unterschrieben waren und das Geld überwiesen, würde er wieder Romane schreiben, »ernsthaftere«, wie er sich selbst gelobt hatte.

Nat saß mittlerweile auf Karens Schultern, kreischte verzückt ob der Höhenänderung, und jetzt hörte Masha ein Stück weiter Dees Glucksen und sah Eds entschniegelte Gestalt: bloß ein weiterer zufriedener, selbstvergessener, gertenschlanker Großstädter, den Arm um seine schöne Gefährtin geschlungen, das Kinn von der Maske umschlossen.

»Karen-*emo,* warum hast du dich so fein gemacht?«, fragte Nat sie.

»Sollen wir es ihr sagen?«, flüsterte Karen Masha zu, die den Kopf schüttelte: »Noch nicht.« Aber Nat hatte bereits angefangen, fröhlich über ihren Tag in der Schule zu plappern. Karen hatte eine »begleitende« Therapeutin engagiert, die Nat helfen sollte, Freundschaften zu schließen, obwohl das den Grundsätzen der Kindness Academy zuwiderlief (eine spontane Spende von Karen hatte die finanzielle Ausstattung der Schule kürzlich verdoppelt), und nun, da BTS immer mehr Mainstream wurde, hatte sich Nat als Bewahrerin sämtlichen die Band betreffenden Wissens hervorgetan.

»Ada Morelo-Schwartz mag BTS übrigens auch«, rief Nat, »dabei hat sie nicht mal gewusst, dass der Name für *Bangtan Sonyeondan* steht, das heißt ›kugelsichere Pfadfinder‹. So was weiß man doch!«

»Sei gnädig, *sladkaya*«, sagte Masha. »Denk daran, was Miss Franco zum Thema Freundschaften schließen gesagt hat. Es ist ein Geben und Nehmen.«

»Hör weiter zu«, sprang Karen ihr bei. »Tausch weiter Informationen aus.«

Dee und Ed hatten Senderovsky in die Zange genommen und stellten ihm mit der Unbeirrbarkeit frischgebackener Paare Fragen. Ed: »Hat er gelitten?« Dee: »War er die ganze Zeit bewusstlos?« – »Wird er eingeäschert?« Aber Senderovsky seufzte bloß, zuckte die Schultern und schälte das Fleisch von den Rippchen. Er sagte ihnen, sie bekämen einen Link zu einer virtuellen Gedenkfeier am Dienstagmittag geschickt, zu einer Uhrzeit, die dem Bruder in San Francisco und dem in London passen würde.

Sie saßen zwischen den Farnen und dem viel benutzten Fahrradweg und reichten Teller mit Essen herum, umgeben von Gesichtern, die wie die ihren aussahen. Masha war gerade aufgefallen, dass ihr Mann seit diesem Morgen nicht mehr hustete. »Ich kriege gerade ein richtig hyggeliges Gefühl«, sagte Ed.

»Bitte hör auf, dieses Wort zu benutzen«, sagte Dee in strengem Ton. »Was uns heute passiert ist, hat nichts Hyggeliges.« *Uns*, dachte Senderovsky. Selbst hier in der Stadt waren sie immer noch Angehörige seiner Bungalowkolonie. Der Sommer 2020, das Jahr der unvollkommenen Vision, würde sie für immer zusammenschweißen. Er nahm sich vor, wegen *Hotel Solitaire* seine Agentin anzurufen. Vinod hatte sich bei der Suche nach einem Verlag nicht von ihm helfen lassen wollen, aber er würde seine Anweisungen ein weiteres Mal ignorieren.

Nat schlug auf Karens Smartphone das dänische Wort *hyggelig* nach. »Was ›gemütlich‹ heißt, weiß ich. Aber was ist ›kon-vi-vi-al‹?«

Sie tranken ein alkoholisches Getränk mit frischer Melone, das zusätzlich mit Pandan-Sirup gesüßt war, und eine Margarita mit Calamansi-Saft und Honig. Karens Assistentin schaute vorbei, und sie und Dee (der sie bis hin zu den schmalen Hüften und dem stark hervortretenden Steißbein ähnelte) hatten dasselbe Creative-Writing-Programm besucht, obwohl Erstere nie in den Genuss von Senderovskys betrunkener Unterweisung gekommen war. Sie ließ Karen, Masha und deren Mann einen Stapel Papiere unterschreiben, die ihre Chefin noch stärker an die Levin-Senderovskys banden. »Ich bin Notarin«, erklärte sie strahlend, als Masha sich gerade fragte, ob man nicht einen Anwalt hinzuziehen solle.

Und darauf tranken sie: auf die gemeinsame Zukunft. Auf den dauerhaften Fortbestand des Hauses auf dem Hügel mit Raum für sie alle und eines Tages, sagte Karen, »vielleicht sogar für Nats beste Freunde oder ihren Liebsten oder ihre Liebste«.

Der Regen kam ganz plötzlich aus dem bedeckten Himmel. Aber die Städterinnen und Städter, maskiert und unmaskiert, ließen sich davon nicht stören. Überall in der philippinischen Neo-Sukka öffneten sich Schirme zum Himmel hin, und das Essen, Trinken und Lachen ging weiter, während die Welt drum herum unter Wasser gesetzt wurde.

Als der Regen aufhörte, die Nacht allmählich ernsthaft abkühlte und Nats Schlafenszeit nahte (gerade kündigte sich ein Wutausbruch an), begann das Restaurant zum Sirenengeheul der Krankenwagen, die an den Farnen und Plastikwimpeln vorbei uptown zu den nur zehn Blocks entfernten Kliniken rasten, dröhnend Slys »Everyday People« zu spielen, und aus dem Fenster eines auf der anderen Straßenseite geparkten alten Autos machte den Boxen des Restaurants ein Reggaestück Konkurrenz. (»Wie in den Neunzigern«, sagte Karen.)

Und obwohl es verboten war, standen sie auf, um neben dem Fahrradweg und seinen elektrifizierten, mit dreißig Stundenkilometern vorbeisausenden Lieferanten zu tanzen. *»I am no better and neither are you / we are the same whatever we do«*, sangen die einladenden schwarzen Stimmen aus der Stereoanlage, und inzwischen glaubten die Tanzenden, dass alle diese Sätze stimmten, dass sie künftig noch enger mit ihren Landsleuten verbunden sein würden (Ed hatte schließlich, auf Dees Bitte, die Staatsbürgerschaft beantragt), dass man ihnen vergeben, sie akzeptieren und mit unbedeckten Gesichtern in die weite Welt hinausschicken würde, von Bogotá über Berlin bis Bombay, wo andere, gleichermaßen glückliche Menschen ebenfalls mit ihnen tanzen würden.

Nur Masha blieb, die Hände zum Schutz vor dem Wiedereinsetzen des Regens auf den notariell beglaubigten Formularen, am Tisch sitzen und sah zu, wie ihre Tochter zu der für sie ungewohnten Soulmusik der späten Sechziger krampfhaft zuckend tanzte, bemüht, mit den Erwachsenen mitzuhalten, die ihrerseits mit ungelenken Bewegungen und arrangiertem Lächeln Fröhlichkeit und spontanes Vergnügen simulierten, Faksimiles dessen, was sie einst gewesen waren, ehe sich all jene Erkenntnisse eingestellt hatten. Ihre Margarita enthielt zu viel Honig, und anstatt sie auszutrinken, hob sie das Glas auf ihn und sagte laut seinen Namen, was in der Septemberluft um sie herum nur eine leichte Störung hervorrief, jedoch dem Faktum seines Lebens Wahrheit verlieh, als ob der Klang seines Namens alles über ihn enthielte. Sie zählte sechs Leute, drei davon Familienmitglieder, winkte den Kellner herbei, setzte ihre Maske auf und bat um genau die Hälfte der Rechnung. Eine kleine Wohnung mit niedrigen Decken erwartete sie, aber sie gehörte ganz und gar ihnen, gekauft von ihrer harten Arbeit und nach amerikanischer Sitte langsam abbezahlt. Endlich war es Zeit, nach Hause zu gehen.

DANKSAGUNG

Ich freue mich, mit meinem Lektor David Ebershoff wiedervereinigt zu sein, der mich durch viele supertraurige und wahre Liebesgeschichten gelotst und sein Einspruchsrecht gegen die großen und kleinen Fehler in meiner Prosa ausgeübt hat.

Random House ist seit nunmehr fünf Büchern mein Verlag, und ich möchte gern den vielen Menschen in diesem hohen, freundlichen Turm danken, die meine Arbeit gelesen und gefördert haben, angefangen mit Andy Ward und Robin Desser, die dieses Boot steuern halfen, als es noch leckte. Und ein riesiger Dank an Gina Centrello, Avideh Bashirrad, Maria Braeckel, Denise Cronin, Barbara Fillon, Ruth Liebmann, Leigh Marchant, Carrie Neill, Darryl Oliver, Paolo Pepe und Melissa Sanford.

Denise Shannon ist seit über zwei Jahrzehnten meine Agentin und stets die Erste, die meine Arbeit mit freundlichem, aber kritischem Auge liest. Ich danke ihr und den anderen hilfreichen Lesern dieses Buches: Doug Choi, Dr. Jonathan Gross, Paul La Farge, Krys Lee, Suketu Mehta, Sarah Stern, Ming Loong Teo und Alex Turner-Polish. James Baluyut lotste mich durch die Zubereitung von Eds *vitello tonnato*, das ich wärmstens empfehle.